Yvonne Janosi

BLOODY ANGEL
Schatten der Vergangenheit

Impressum

1. Auflage, August 2024
© 2024, Yvonne Janosi – alle Rechte vorbehalten.
Hackstraße 120
70190 Stuttgart
www.yvonneswelt.de/
yvonnejanosi@gmx.de

Korrektorat & Buchsatz: Agentur Autorenträume
Lektorat: Larissa Eliasch, Lektoratsstube
© Cover- und Umschlaggestaltung: Juliana Fabula | Grafikdesign –
www.julianafabula.de/grafikdesign unter Verwendung folgender Stockdaten:
shutterstock.com: Siwakorn1933, pics five, Angelatriks, ivan_kislitsin, Waj, Djeep
Design, michelaubryphoto, essicahyde, mrjo, Nejron Photo, Oleg
Krugliak; freepik.com
Schriften: Cinzel, Cinzel Decorative, Dashiell Bright
Landkarte, Kapiteltrenner und Kapitelzierden: Yvonne Janosi

Bibliografische Information der Deutschen Nationalbibliothek:
Die Deutsche Nationalbibliothek verzeichnet diese Publikation in der
Deutschen Nationalbibliografie; detaillierte bibliografische Daten sind im
Internet über http://dnb.dnb.de abrufbar.

Herstellung und Druck über tolino media GmbH & Co. KG,
Albrechtstr. 14, 80636 München. Printed in Germany.
Fragen zu Produktsicherheit an: gpsr@tolino.media.

YVONNE JANOSI

BLOODY ANGEL

SCHATTEN DER VERGANGENHEIT

Für meine Eltern,
die mich immer unterstützt haben und mir das Gefühl gaben,
dass ich alles schaffen kann.

An alle Träumer da draußen –
Glaubt an euch und eure Träume,
sie können wahr werden.

Verein Inseln
Hul'Maa
Esmir
Emsal
Bemfleet
Unoa
Nebelschneise
Purin
Eslim
Bilijum
Schwestern Inseln
Gaboo
A'Korm
Offas
Toolp
Dabdu
Anom
Hab
Bo'Maree
Ralin
Merlas
Zimol
Elfen Inseln
Lome
Dompas
Taktes
Nip
Fleet
Elifidor
Nachana
Po'Bary

GALMADUR

As'Tuma

Sertopi

Desias

Asuma

Wald der Weisen

Polb

Silpea

Amoris

Haken Insel

Naress

Lines

Ursulis

Pagis

Kenud

So'Mon Wald

Swap'Nii

Elny'Sar

Pragja

Tulp

Lthra

Gus'Ohm

T'Alu

N

W

O

S

WASSER

GEIST

FEUER

ERDE

LUFT

HOLZ

METALL

PROLOG

Das grelle Licht fesselte seinen Blick. Er genoss, wie es pulsierend in seinen Händen lag. Das Werkzeug, das er geschaffen hatte, um zu erreichen, was er wollte. Auf der glatten Oberfläche spiegelte sich sein Gesicht. Er wartete. Wartete darauf, endlich Genugtuung zu spüren. Vergebens. Da draußen wagte es immer noch jemand, Hoffnung zu haben.

»Sinnloses Wunschdenken!« Das grobe Saalgemäuer dämpfte sein heiseres Krächzen.

Hass schoss durch sämtliche Adern seines Körpers und berauschte ihn. Zärtlich strich er mit dem Daumen über das kühle Schmuckstück. Das Wissen um die Macht, die es in sich barg, erfreute ihn. Doch wie konnte jemand so dreist sein, die alte Magie einzusetzen? Irgendwer tat es genau in diesem Moment. Das fühlte er. Wie ein Krampf, ein Ziehen tief im Inneren. Er würde diesen Hinweis nutzen wie einen Kompass.

Schraubzwingenartig umschloss er mit langen, knochigen Fingern sein Insignien der Macht. Nichts und niemand würde ihn aufhalten und seine Pläne für Galmadur zerstören.

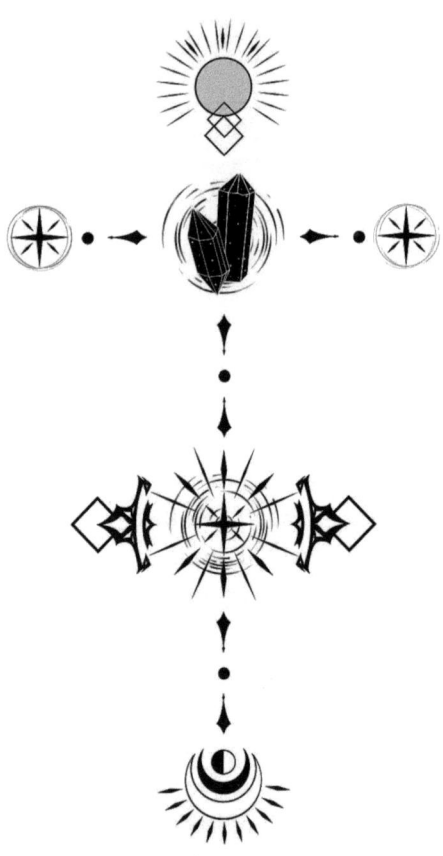

KITEY

Auf den vom Regen durchnässten Paneelen des Hafenstegs pochten Kiteys Schritte dumpf. Sie befand sich auf dem breitesten der zwölf Stege und dem einzigen, der nicht als Anlegeplatz für Schiffe aus allen Winkeln von Galmadur diente. Das Licht des Neumonds drang kaum durch die Wolkendecke. Doch die knisternden Laternen auf den Geländern, welche die Stege säumten, leuchteten kraftvoll. Mit den Fingerspitzen glitt Kitey über die Schnitzereien im wettergegerbten Holz des Handlaufes. Gewundene Symbole, die Schutz bedeuteten. Auf ihrer Haut prickelten die Überreste von Magie.

»Was ist passiert? Diese Zauber müssten zeitlos sein«, murmelte sie. Den Blick auf das Meer gerichtet, auf dessen Oberfläche die Regentropfen tanzten, ging sie zum Ende des Stegs. »Es wirkt so ruhig.«

Ihr Atem schwebte in kleinen Wolken in der kühlen Nachtluft. »Wie trügerisch und verlogen.« Mit verschränkten Armen betrachtete sie die große Flügeltür, die mittig im Boden des Holzstegs eingelassen war. Kitey stampfte mit dem Fuß auf.

Seine Kontrolle über die Solarisschleusen nimmt zu. Es wird immer gefährlicher, die Portale zu benutzen.

Um die nebeneinanderliegenden Türgriffe schlängelte sich eine armdicke Gliederkette samt Vorhängeschloss. Kitey ging in die Knie und betastete das kalte Eisen. Sofort kribbelte es verräterisch auf ihren Fingerspitzen. Ihre Kraft, das Celistma, und die Elementarmagie des Metalls verbanden sich und zogen in ihrer Brust.

Kopfschüttelnd sah sie über die Schulter zum Geländer. »Dieser Scheißkerl.«

Er hat die Magie der Schutzzauber umgelenkt und damit das Tor der Solarisschleuse versiegelt. Wie hat er das geschafft?

Kitey schloss die Lider und konzentrierte sich ganz auf das Kitzeln in ihren Fingern. Mühelos ertastete sie den Zauber mit ihren Sinnen. Vor ihrem inneren Auge bildete sich ein Mandalaartiges Muster leuchtender Linien. Schnaubend ließ sie das Schloss los und fuhr sich durchs klatschnasse Haar.

Irgendwie muss ich das Ding aufkriegen. Die Elementarmagie ist unauffällig, kostet mich aber Kraft. Am einfachsten wäre natürlich …

Sie zuckte mit der linken Augenbraue und schielte an ihre Hüfte. Das Schwert, das dazu geschmiedet war, härtesten Stahl und auch Zauber zu zerschlagen, bot eine verführerische Möglichkeit.

Das gibt aber einen verdammt lauten Knall. Verflucht. Das lockt sicher wieder diese Fackelspinner raus und ich fang von vorn an, den Fluchtweg freizuräumen.

Sie blickte nach links zu den Straßen und Häuserreihen der Handelsstadt Unoas.

Es gab Zeiten, da hatte Kitey jeden Besuch hier genossen. Die Gebäude spiegelten die Vielfalt der Stadtbewohner wider. Moderne und alte Welt trafen aufeinander und verschmolzen zu einer natürlichen Symbiose. Täglich wechselten die bunten Märkte, genauso wie die unzähligen Schiffe, die in fliegendem Wechsel an- und ablegten. Unoa war ein Knotenpunkt, wie es ihn in allen drei Welten nur hier gab. Kamadrin, das Reich der

Hexen, war zwar faszinierend, und Nefeach, wo die meisten ahnungslos ohne Magie lebten, geradezu absurd, doch einen Schmelztiegel wie Unoa, den gab es nur hier in Galmadur.

Kitey seufzte. Das Einzige, was noch an das Unoa von früher erinnerte, war der Geruch des Meeres. Leicht hob sie den Kopf und sog die salzige Brise mit der Note von Algen und Gewitterregen in sich auf.

Über alles andere hatte sich ein grimmiger Schatten des Verderbens gelegt, der das Ende der Hafenstadt bedeutete, wie Kitey sie kannte.

»Ach, was solls. Ich kann mir nicht ewig den Kopf zerbrechen. Und es werden schon nicht so viele Pyros sein.« Entschlossen zog sie das Schwert aus der Scheide. Im polierten Stahl spiegelte sich Laternenlicht und jeder Regentropfen, der es traf, summte wie ein leises Glöckchen.

Kitey kanalisierte ihre Kräfte in ihren Arm, holte aus und schmetterte die Klinge auf das Schloss. Während es donnernd zersprang, flogen wie bei einem Feuerwerk grüne und blaue Funken umher. Die Druckwelle der sich entladenen Energie schleuderte Kitey gegen das Geländer. »Argh.« Ein stechender Schmerz durchfuhr ihre Seite. Zähneknirschend rieb sie über ihre Rippen.

Bei einem der letzten Kämpfe hatte sie ein Bergtroll genau dort mit seinem Granithammer erwischt. Allein den Rüstungselementen der dunkelvioletten Korsage hatte sie es zu verdanken, dass ihre Eingeweide nicht zum Smoothie geworden waren. Die davongetragene Prellung und der farbenfrohe Bluterguss hatten dennoch ihren beschleunigten Heilprozess gefordert.

»Komm schon. Reiß dich zusammen«, presste sie zwischen den Zähnen hervor.

Das ist bloß ein Kratzer.

Mit einer fließenden Bewegung versenkte sie das Schwert wieder in der Scheide und befreite die Türen von der schweren Kette.

Als sie die letzte Schlinge löste, rümpfte Kitey unwillkürlich die Nase. Die Luft veränderte sich. Gestank mischte sich unter die Brise. »Und da sind sie auch schon. Kriechen aus ihren Verstecken wie lichtscheue Mulwinge.«

Das Schwefelaroma gehörte zu den Pyjaremo-Dämonen und kroch bedrohlich durch die Luft.

Verflucht! Ich dachte, ich hätte mehr Zeit.

Sie ignorierte den Schmerzstich zwischen den Rippen und warf die Kette ins Meer. Nicht, dass sie das Ding wieder anbringen wollten.

Sie rannte auf die äußeren Lagerhäuser zu. Regen und Wind peitschten ihr eiskalt ins Gesicht. Der hölzerne Untergrund wich unebenem Kopfsteinpflaster. Die Hauptstraße Unoas führte schnurgerade von einem bis zum anderen Ende der Stadt. Zu beiden Seiten passierte sie die verlassenen Lagergebäude und Werften, alle von Ruß überzogen, der die Streifzüge der Feuerdämonen durch die Stadt kennzeichnete. Türen und Fenster verbarrikadiert mit dicken Eisennägeln, die vor Jahren mit der letzten Hoffnung auf eine Rückkehr zum alten Leben ins Holz getrieben waren.

Aufmerksam spähte sie in die finsteren Gassen, die zwischen den Gebäuden lagen. Die Schwärze war selbst für ihre Raubvogelaugen zu tief, um irgendetwas zu erkennen, aber da war etwas. Sie fühlte es. Es kam näher.

Kurz bevor sie die ersten Wohnhäuser erreichte, hielt Kitey inne. Sie schloss die Augen, blendete alles aus und lauschte konzentriert. Langsam verblasste das Prasseln des Regens in den Pfützen und das Knistern der Straßenlaterne neben ihr.

Da war es. Ein leises Zischen und schlurfende Schritte.

»Hoffentlich kühlt euch elende Fackelnasen der Regen ordentlich ab. Kommt nur her. Ich bin bereit.«

Während sie weiterging, zog der Horizont ihren Blick an wie ein Magnet. Am Ende der Hauptstraße und auf der anderen Seite Unoas ragten die Schlossruinen auf, dessen Spitzdach des letzten verbliebenen Turms an den Regenwolken kratzte. In einem der Fachwerkhäuser, die dicht an dicht um die Ruine standen, befand sich Loreo und erfüllte seinen Teil ihrer Mission.

»Wir brauchen diesen verflixten Zauber«, flüsterte Kitey und tastete mit ihren Sinnen in die nächste Gasse. Schritt für Schritt spürte sie die wachsende Präsenz der Pyjaremo. Doch da lauerte noch etwas anderes. Andere Wesen, die sich unter sie mischten. Ihre Ausstrahlung war blasser, weniger von Magie erfüllt. *Sumpftrolle*, schoss es ihr durch den Kopf. Kampfbereit straffte sie die Schultern. »Es gibt keinen Grund zu zögern. Ich muss diese Aufgabe erledigen und dieses Hindernis aus dem Weg räumen. Einen Feind nach dem anderen.« Die Anspannung kroch ihre Wirbelsäule hinauf und schärfte ihre Sinne fast schmerzhaft.

Als entzünde sich vor ihr ein Lagerfeuer, spürte Kitey auf der Haut die Ausstrahlung seiner Hitze, ehe die orangerote Gestalt des ersten Pyjaremo aus der Gasse trat. Er bewegte seinen sehnigen Körper mit fließenden Bewegungen. Die Rippen und das spitze Schlüsselbein zeichneten sich auffällig unter der gespannten Haut ab. Jeder Regentropfen, der auf seine ledrige Haut fiel, zischte leise.

Beim Blick in seine wie Kohle glimmenden Augen kribbelte ein kalter Schauer in ihrem Nacken. Das war das Gruseligste an ihnen. Nicht die Krone aus Hörnern um den kahlen Schädel oder die röchelnden Laute aus ihrer Kehle. Nein, es waren diese starrenden Insektenaugen. Kitey riss ihren Blick los und umfasste den Schwertknauf.

»Verbrennen«, krächzte ihr der Feuerdämon mit rauchiger Stimme entgegen und zog die Silben in die Länge. Er verzog den Mund zu einem grotesken Grinsen, dabei klapperten die Reihen seiner Haifischzähne wie Kastagnetten. Dann stürmte er auf Kitey zu. Sie zog ihr Schwert und kanalisierte ihr Celistma.

Hinter ihm polterte ein Sumpftroll mit schwingenden Armen auf die Straße. Wie ein wildgewordener Gorilla schlug er sich auf die nackte, von Narben übersäte Brust. Die Backen im algengrünen Gesicht aufgeplustert, vibrierten die kiemenartigen Fleischfalten an beiden Seiten seines Halses. Dann riss er das Maul auf und grölte.

Gleichzeitig flogen von links Feuerbälle an ihr vorbei. Kitey wich nach rechts aus und wehrte ein Geschoss mit der Schwertschneide ab. Heiß gierten die Flammen nach ihr, in deren Innerem sie die verdorbene Schwärze des Nocma wahrnahm.

»Argh. Da sind schon die nächsten!« Mit einer geschickten Drehung umrundete sie den ersten Pyro. Breitbeinig stand sie hinter dem schlaksigen Wesen, holte aus und zog mit einem kräftigen Ruck die gebogene Klinge durch seinen Hals.

Mit einem dumpfen Laut fielen Kopf und Körper getrennt zu Boden. Sein zähes Blut spritzte kaum, dafür klebte es wie heißer Teer an ihrem Schwert. Durch den kühlen Regen bildete sich ein dünner Nebel über seinem Leichnam. Als ein Glimmen durch die Überreste zuckte, wich Kitey zurück. Ein letzter Feuerstoß erfasste Kopf und Körper und verbrannte sie zu Asche. Als hätte es ihn nie gegeben, spülte der Regen das schwarzgraue Pulverhäufchen in die Ritzen des Kopfsteinpflasters.

Wieder schossen Feuerbälle auf sie zu. Flink hechtete sie zur Seite, rollte zweimal über den Boden, um auszuweichen, und richtete sich hastig auf. Dabei stach Schmerz wie Dutzende Nadeln zwischen ihren Rippen.

Als die Geschosse die unteren Lagerhausfenster durchschlugen, setzte die Feuermagie den Innenraum augenblicklich in Brand. Explosionen krachten, dröhnten in Kiteys Ohren. Messerscharfe Fenstersplitter regneten auf die Straße. Augenblicklich loderte das Feuer mit der Schattenmagie in seinem Kern, fraß sich mit unstillbarer Gier durch jedes erdenkliche Material und breitete sich unkontrollierbar aus. Es war nicht zu vergleichen mit dem Feuer der Elementarmagie. Die Hitze drang bis zu Kitey, legte einen glühenden Film auf ihre Wangen. Gierig tobten die Flammen vor ihren Augen und Kitey wusste, dieses Feuer war nicht zu stoppen. Es würden das Haus verschlingen.

Hinter ihr krachte es. Das Gebrüll des Sumpftrolls ließ sie herumwirbeln. Mit geschwellter Brust stemmte er eine ausgerissene Haustür über den zotteligen Kopf. Gleichzeitig sammelten sich in den vierfingrigen Händen der Pyjaremo erneut Feuerbälle. Bedrohlich schwollen sie auf die Größe von Trollfäusten an. Von rechts näherte sich ihr der kleinere Feuerdämon, während sich der massigere von links heranpirschte. Ihre Zähne klapperten so laut, dass das Donnern der Gewitterwolken im Hintergrund verblasste. Das Schwert vor dem Körper, bewegte sich Kitey seitwärts auf die Feinde zu. Sie lauerte auf den richtigen Moment zum Angriff. Brüllend schleuderte der Troll ihr die Tür entgegen. Direkt dahinter folgten die Feuerbälle. Kitey entkam den Geschossen knapp mit einem haushohen Sprung nach oben. Ein flüchtiger Gedanke reichte und ihre Schwingen erschienen. Für einen Augenblick umgab ihre weißen, purpurschattierten Flügel ein perlender Glanz, der verblasste, während sie kräftig durch den Wind schlugen.

Sofort tastete sie nach ihrer Verbindung zur Wassermagie. Das Wasser, kühl und lebendig, verflocht sie mit ihrem Celistma. Die freigesetzte Kraft floss durch ihre Glieder. Konzentriert sammelte sie ihre Energie für einen Angriff. Auf jeder einzelnen der Federn fühlte sie die Hitze, die von dem Inferno unter ihr ausging. Eine dichte Rauchsäule schlängelte sich in den Himmel und der Geruch von brennendem Holz begleitete sie. Mit aufeinandergepresstem Kiefer blickte Kitey in die Flammen. Es zu löschen, würde sie zu viel Kraft kosten. Aber gegen die Pyros war Wassermagie – abgesehen vom Köpfen – am wirkungsvollsten.

Unter ihr schepperte Glas. Die Pyros setzten auch die anderen Gebäude in Brand und tänzelten dabei auf den Fußballen. Die Berührung eines Fensterrahmens oder Balkens genügte und das gefräßige Feuer breitete sich aus. Kitey spürte die Freude der Dämonen über das Inferno. Wie Kinder, die einen Jahrmarkt besuchten. Sie hasste es, die Gefühle von allen und jedem wahrnehmen zu können. Ganz besonders aber, wenn es um Dämonen ging. Sie ballte die Faust fester um den Schwertgriff. Einen Teil ihrer Kraft brauchte sie, um die mentale Barriere zu stärken und sich von den fremden Gefühlen abzuschotten.

Im Sturzflug jagte Kitey auf sie zu. Mit einem kräftigen Flügelschlag schleuderte sie ihnen einen von Wasser umspielten Magiestoß entgegen. Es riss zwei der Pyros von den Beinen. Sie jaulten und klatschten gegen die in Flammen stehenden Gemäuer. Ihr Röcheln übertönte ein Zischen, als die Feuermagie mit dem Wasser kollidierte. Eine grauschwarze Rauchwolke bildete sich, schwoll an und trieb auf Kitey zu. Sie hustete, stieg empor. Raus aus dem trüben Qualm, der ihr Sicht und Atem raubte.

Unter ihr grölte der Troll. Die nächste Böe klärte den Blick auf die Straße.

»Verdammt!«, fauchte Kitey.

Die Pyros erhoben sich rot glimmend aus den Flammen. Einem fehlte ein Arm, dem anderen das halbe Gesicht. Kiteys Herz hämmerte wild vor Zorn.

Es hätte mehr bewirken müssen! Verfluchtes Feuer.

Ihren Schwertgriff umklammernd sauste sie hinab. Aber die Dämonen waren wendig. Ihre Klinge streifte sie nur.

Indes hatte der Troll eine Straßenlaterne aus dem Boden gerissen und schleuderte sie wild herum. Als wäre sie ein lästiges Insekt und die Laterne eine Fliegenklatsche, zielte er auf Kitey. Bei einer seiner ungeschickten Bewegungen rammte sie ihn. Ihre schmale Schulter bohrte sich in den fleischigen Wanst. Der Troll riss den Mund keuchend auf, seine Murmelaugen traten hervor, während es Trollspucke spritze. Taumelnd verlor er das Gleichgewicht und krachte in das brennende Lagerhaus hinter ihm. Sein rauer Schrei dröhnte in Kiteys Ohren.

Mit dem Ärmel wischte sie sich Schweiß, Spucke und Ruß

von der Stirn. Unaufhörlich schwoll die Hitze auf der Hauptstraße an. Die Brände verwandelten sie in eine überhitzte Sauna. Kitey hustete. Die Luft wurde dicker, kratzte in ihrem Rachen. Sie atmete flacher, jeder Atemzug brannte heiß in ihrer Kehle.

In diesem Moment jagte ein faustgroßer Flammenball auf sie zu. Hastig wich sie aus. Grollend und schnaubend beschossen die Pyros sie mit Feuersalven. Ein Geschoss trieb sich durch ihre Handschwingen. Kitey schrie. Ihre Federn zitterten vor Schmerz. Mit dem Loch im Flügel war es unmöglich, wendig zu agieren. Sie landete und ließ ihre Flügel verschwinden. Doch der Schmerz blieb und fühlte sich an wie ein heißes Eisen, das man ihr in die Brust trieb. Nach Atem ringend, wirbelte sie erst nach links; sprang dann sofort nach rechts, um den nächsten Feuergeschossen zu entkommen, die auf sie zuzischten. Ihr Herz hämmerte gegen ihre Rippen. Der Rauch tanzte vor ihren Augen und sie kämpfte darum, die Qual auszublenden. Unermüdlich wandte und schlängelte sie sich um die Geschosse.

»Verbrennen«, spie der kleinere Pyro mit Rachelust in seinen schwarzen Augen.

Wie in einem Kanon stimmte der andere grollend ein: »Vernichten.«

»Ich darf sie nicht zu nah rankommen lassen«, stieß Kitey aus. Schweiß perlte von ihrer Schläfe bis zum Kinn. Die Hitze der Feuerdämonen, der Schwefelgeruch und ihre Drohungen erfüllten alles um sie herum.

Sie ballte die Hand um den Schwertgriff, bis die Knöchel weiß hervortraten, und hob die Waffe an. So tief die raucherfüllte Luft es zuließ, atmete sie ein. In ihrer Brust tobte ihr Herzschlag, während die Wut in ihr aufloderte wie die Lava in einem Vulkan, der bald ausbrach. Der Zorn ätzte jede Vernunft fort. Sie täuschte einen Hieb an. Wieder zuckte Schmerz durch ihre Seite. Mit aufeinandergepressten Zähnen holte sie zu einem tiefen Tritt aus und fegte den kleineren Pyro mit dem halben Gesicht von den Beinen. Der

Schutzzauber auf ihrem kniehohen Stiefel hielt der raschen Berührung stand. Ehe er sich aufrappelte, sauste ihr Schwert auf ihn nieder und köpfte ihn.

Ruckartig wandte sie sich dem letzten zu. »Da war es nur noch einer«, spie Kitey aus, während sie im Rücken die Hitze der Pyjaremovernichtung spürte.

Sie ging gerade in den Angriff über, als ein enormer Knall dröhnte. Der einarmige Pyro starrte mit geweiteten Augen an ihr vorbei. Sie folgte seinem Blick und drehte sich um. Am anderen Ende der Stadt stieg ein Explosionspilz in den Himmel auf. In einer Energiewelle bebte der Boden unter ihren Stiefeln und eine Staubwolke rollte durch die Straßen direkt auf sie zu.

»Nein! Loreo!«, stieß Kitey hervor. Trotz der Schmerzen rief sie ihre Flügel herbei und schraubte sich in die Luft. Sie sah gerade noch, wie der Pyro sich in Richtung Hafen davonstahl, während sie der Explosionswolke entgegenflog.

Ihr lädierter Flügel kostete sie Kraft und Geschwindigkeit, immer wieder taumelte sie. Der Staub raubte ihr die Sicht. Es glich einem Blindflug. Mit malmenden Kiefern flog sie höher, doch der Luftstrom war oben stärker und riss an ihren Flügeln. Verflucht. Mit nur einem gesunden Flügel kam sie nicht gegen diesen Wind an. Nicht schnell genug. Ihre Gedanken kreisten um ihren Gefährten. Allein die Vorstellung, Loreo könnte im Zentrum der Explosion gewesen sein, drehte ihr den Magen um. Auf ihrer Zunge schmeckte sie bitteren Staub. All die Zerstörung war wie eine Kralle, die sich um ihr Herz schloss und zudrückte.

»Loreo?« Sie schrie, wieder und wieder. Jedes Mal trieb ihr der Wind eine Handvoll Staub in den Mund. Sie spuckte aus und hielt sich den linken Arm vors Gesicht.

Er ist hier irgendwo. Das weiß ich. Sie knurrte in sich hinein. *Dieser elende Dreck. Ich sehe so gut wie nichts!*

Wind und Regen wurden stärker. Verkrampft lagen ihre Finger um den Schwertgriff. Sie konnte der Strömung über den

Dächern Unoas langsam nicht mehr standhalten. Im Sinkflug glitt sie dicht an die Häuser.

Endlich ließ sie das Zentrum der Staubwolke hinter sich. Die Luft war zwar immer noch erfüllt von den Partikeln, aber der Regen kämpfte sie langsam nieder. Je weiter sie sich den Schlossruinen näherte, umso schlimmer wurde das Ausmaß der Zerstörung. Krachend stürzten Mauern ein. Begruben die Geschichte, die Vergangenheit der Stadt unter ihren Trümmern. Gebäude brachen auseinander und fielen in sich zusammen. Das Donnern hallte in Kiteys Ohren.

Selbst wenn jemand nach Unoa zurückkommt. Zu was kehrt er zurück? Zu nichts.

Endlich fühlte sie das, worauf sie gewartet hatte. Am Rande ihrer Sinne pulsierte ein vertrauter Funken: Loreos Vomani, die transzendente Ausstrahlung eines jeden Wesens, seiner Lebens-energie, Magie und Emotionen. Und Loreo war nicht allein. Vorsichtig ließ Kitey die Barriere um ihre sensible Wahrneh-mung verblassen. Neben der Aura von Loreo, die sie mit Wärme und Vertrauen verband, flackerte die Vomani des Magier-lehrlings. Sie erkannte sie deutlich an seiner Angst wieder. Mit ihnen steuerte ein präsentes Knäuel aus düsteren Gefühlen auf sie zu. Es lenkte Kiteys Aufmerksamkeit alarmiert von Loreo ab.

Eine Schar Dämonen rollte auf sie zu. Ihr Grölen ver-schluckte das Krachen der Zerstörung, die Unoa heimsuchte. Dämonischer Hass, raue Finsternis und Aggression tobten dicht bei ihrem Freund und waren so intensiv, dass Kitey am liebsten die Barriere verstärkt hätte. Doch sie brauchte diese Wahrneh-mung als Kompass. Es war ihr Wegweiser zu Loreo.

Zielstrebig steuerte sie auf die beiden und das, was sie verfolgte, zu. Durch die Straße unter ihr zog sich ein breiter Riss und die Pflastersteine verteilten sich überall. Häuser waren abgedeckt, bröckelten oder waren bereits völlig eingestürzt.

Was um alles in der Welt war das für eine Explosion? Dagegen

sind die Pyros fast goldig.

Loreos Vomani kam näher und wurde deutlicher. Nur noch ein paar Meter, dann musste er in Sichtweite sein.

Aus dem schwarzgrauen Rauchgewirr, auf das sie zusauste, tauchte er auf. Das Gesicht voll Ruß, suchten seine rot schimmernden Augen bereits nach ihr. Dicht hinter ihm flog die schlanke Gestalt des Magierlehrlings. Sein teilweise zerrissenes, azurblaues Gewand flatterte im Wind. Er krümmte den Oberkörper, presste die rechte Hand auf seinen Bauch und stand auf einer schwebenden Lichtscheibe, einem Wiven. Kitey erfasste die furchterfüllten Gefühle des Lehrlings, als Loreo brüllte: »Weg hier!«

Seine kräftigen, weißbraunen Schwingen trieben ihn mit rasantem Tempo auf sie zu. Die breiten Schultern zog er nach hinten und er hielt seine muskulösen Arme eng am Körper. Am Boden verfolgte sie eine Horde Dämonen, wie hungrige Tiere ihre Beute jagten.

Mit einem Ruck wendete Kitey und flog zurück in Richtung Hafen. Der Regen peitschte ihr entgegen, trommelte auf ihre Schwingen und verstärkte den Schmerz. Sie stöhnte auf und verengte die Augen. Rasch schlossen Loreo und der Lehrling auf.

»Was ist passiert?«, rief sie Loreo zu, während erste Feuerbälle an ihnen vorbeizischten. Die Meute setzte ihnen weiter nach.

»Und wo, verdammt, kommen *die* plötzlich her?«, gab Kitey hastig zurück.

»Sie haben uns aufgespürt. Er hat die Explosion ausgelöst.«

Kitey folgte seinem Blick, der zu dem Lehrling huschte. Schock stand in dessen glasigen Augen. Er keuchte und sein Gesicht war geisterhaft bleich. Dennoch behielt er die Kontrolle über den Flugzauber unter seinen Füßen.

»Es waren zu viele, um zu kämpfen. Ein Splitter hat ihn getroffen.« Loreo klang besorgt.

»Was ist mit dir?« Eine Schnittwunde zog sich knapp unterhalb seines rechten Mundwinkels über seine markante

Kinnkante durch den Dreitagebart. Rote Rinnsale deuteten auf eine Wunde an seiner Stirn hin, die eine Strähne seines ebenholzschwarzen Haares versteckte. Doch am auffälligsten waren die Verletzungen am linken Arm. Während sein Schwertarm von einer ledernen Panzerung geschützt wurde, bedeckte den anderen nur das Hemd. Der Regen verteilte das Blut der Wunde auf dem Stoff, der zerrissen am Oberarm klebte.

»Um ihn mache ich mir mehr Sorgen. Und um deinen Flügel«, entgegnete Loreo.

Kitey schnaubte. »Ein Kratzer, mach dir keinen Kopf.«

Er erwiderte nichts, zog aber die Augenbrauen zusammen, während er sie flüchtig musterte.

Rasch richtete Kitey ihre Aufmerksamkeit wieder auf die Feinde. In der Masse waren die einzelnen rotschattierten Pyrokörper nicht mehr auszumachen. Wie ein Lavafluss drängte die glutheiße Legion durch die Straße. Hinter ihnen stiegen weiter graue Rauchsäulen der Zerstörung in den Himmel auf.

»Argh, wie ich diese Viecher hasse! Jedem ihrer Schritte folgt Vernichtung.«

Eines der feurigen Geschosse verfehlte Kiteys Bauch nur um Haaresbreite. Die sengende Hitze drang im Flug durch den Stoff ihrer Korsage und der Bluse bis auf ihre Haut. Fluchend wich sie weiter den ätzend heißen Kugeln aus.

Ein Aufschrei. Ersticktes Stöhnen.

Kitey riss die Augen auf und spähte über die Schulter. Während eine Feuerkugel an ihrem Kopf vorbeizischte, sah sie, wie der Lehrling auf der Lichtscheibe auf die Knie sackte. Der Flugzauber flackerte. Rote Flammen erfassten sein Gewand, leckten an seinem Körper entlang. Sie begriff, dass ihn ein Feuerball am Rücken getroffen hatte. Spürbar schwand seine Magie.

Kitey und Loreo sausten gleichzeitig auf ihn zu. Der Schmerz schoss durch Kiteys verwundeten Flügel, als sie sich antrieb. Sie streckte die Hand nach dem Lehrling aus. Ihre Blicke trafen sich, er hob zitternd den Arm. Dann verdrehte er die Augen bis Kitey nur noch das Weiß darin sah und sein Arm erschlaffte. Er wankte und riss den Mund zu einem stummen Schrei auf, als er in die Tiefe kippte. Direkt in die Masse der Feuerdämonen hinein. Sie stürzten sich auf ihn wie eine brechende Welle.

Sein erstickter Aufschrei war wie ein Hieb in den Magen. Es gab keine Rettung, das war beiden klar. Kiteys Wut über ihre Hilflosigkeit tobte wie der stärker werdende Wind. Sie ballte die Hände, bis sie angespannt zitterten.

Das Geifern der Pyros unter ihnen klang in ihren Ohren wie ein Freudengesang. »Brennen, heiß und heißer. Feuer, tanze, Flammen springen.«

Einen Augenblick sahen sie zu, wie das Flammenmeer die Magie des Lehrlings gierig aufsog. Es schwoll an. Leckte mit blauglühenden Zungen bis zu ihnen herauf. »Diese widerwärtige Dämonenbrut.« Angeekelt spuckte sie Ruß aus und schüttelte sich Haarsträhnen von der Stirn, die nass daran klebten. Der Tod des Lehrlings reihte sich zu den düsteren Bildern der vergangenen Monate. Wie ein Kreisel bewegten sie sich ständig durch ihre Gedanken. Dass sie den Lehrling gefunden hatten, war ein Funken Hoffnung gewesen. Doch nun erlosch er, direkt vor ihren Augen. War er womöglich der allerletzte Magier gewesen? Kitey schauderte und zwang sich, die Bilder abzuschütteln, den Verlust nicht an sich heranzulassen, und besann sich auf den Grund ihrer Reise. »Hast du das, weswegen wir hier sind?«

Loreo blickte betroffen in die Feuersbrunst unter ihnen. »Was? Ja«, antwortete er und holte einen fast perfekt runden Stein aus der Gürteltasche. Grob bearbeitet glänzte die königsblaue, marmorierte Oberfläche des faustgroßen Brockens.

Erleichtert atmete sie auf. »Zum Glück.«

»Oltir, so hieß er, hat ihn mir gegeben. Denkst du, er hat es geahnt?« Seine Stimme klang belegt und zitterte kaum merklich.

Kitey presste die Lippen aufeinander. Jeden Verlust schien er mit sich zu tragen und mittlerweile waren sie zahlreich wie die Federn seiner Flügel. »Keine Ahnung. Ich weiß nur, wir müssen zur Schleuse. Am besten, solange die Pyros noch abgelenkt sind.«

In Gedanken fügte sie hinzu: *So hatte sein Tod wenigstens den Sinn, uns Zeit zu verschaffen.*

Mit kräftigen Flügelschlägen trotzte Loreo neben ihr dem Gegenwind und nickte. »Ich bin mir ziemlich sicher, dass sie hinter dem Stein her sind.«

»Oder uns«, ergänzte Kitey.

»Vielleicht beides.« Loreo wandte den Kopf in jede Richtung, als würde er jemanden suchen.

»Du glaubst, er ist hier?«

»Nein. Ich weiß es!« Die Augenbrauen zusammengezogen, erwiderte er Kiteys Blick. »Andorian jagt uns.«

Sie verengte die Augen zu Schlitzen und umfasste den Schwertgriff fester. »Lass ihn nur kommen.«

Selbst aus dem Riss in der Hauptstraße unter ihnen züngelten Flammen. Die einst bunt belebte Handelsstadt verwandelte sich vor ihren Augen in ein Höllenloch. Wären sie nicht hergekommen, um den Zauber zu finden, dann hätte Unoa eine Chance gehabt. Vielleicht zumindest. Kitey schob zähneknirschend den Gedanken beiseite, dass sie eine Mitschuld am endgültigen Untergang Unoas trugen.

»Kannst du sie noch spüren?«, fragte Loreo, als sie das Stadtzentrum überflogen.

»Natürlich kann ich das. Sie holen auf.«

Wachsam sah sich Loreo um. »Und ihn? Andorian?«

»Ich bin nicht sicher. Er weiß, wie er sich vor mir verbergen kann, der verräterische Goblin«, gab Kitey grimmig zu.

»Wir haben keine Zeit. Ich muss es hier tun!«, stieß Loreo hervor und änderte seinen Kurs. Statt auf den Hafen und das

Portal zuzufliegen, steuerte er eine Gasse an.

»Bist du wahnsinnig? Hier?« Kitey hatte Mühe, ihm zu folgen, und zog eilig die Flügel in der schmalen Altstadtgasse ein, da setzte er bereits zur Landung an.

KITEY

N a toll! Das ist auch noch eine Sackgasse!« Kitey sah sich um und knurrte in sich hinein. »Dir ist klar, dass die keinen Einkaufsbummel in Unoa machen, sondern uns weiter verfolgen, oder? Verflucht. Ich spüre, wie sie aufholen. Diese ätzende gehässige Freude. Und dieser penetrante Gestank von fauligen Eiern!« Kitey machte ein würgendes Geräusch.

»Das weiß ich!« Als Loreo sie eindringlich ansah, glühten seine Augen rot auf. »Ich befürchte, der Zauber könnte an Kraft verlieren. Wir haben keine Zeit.« Er öffnete die Faust um die Kugel. »Bist du bereit?«

»*Das* ist die Gesteinsstimme?« Ungläubig hob sie die Augenbrauen. »All den Ärger wegen dieses Klumpens.«

»Das ist ein magisches Artefakt!«

»Sollte es nicht irgendwie beeindruckender sein?«, raunte Kitey.

»Es ist einzigartig. Ein Rest der alten Zeit und Kunst.«

Kitey rollte mit den Augen. Sie teilte seine Begeisterung für alchemistische Magiedetails nicht.

»Jedes Exemplar kann bloß einmal verwendet werden, dann erlischt seine Kraft. Die Magie, die darin gespeichert ist, hat ein Magier dafür abgegeben.« In seiner Stimme lagen aufrichtige Ehrfurcht und Sehnsucht. Wie immer, wenn er auf lang vergangene Zeiten zurückblickte.

Doch jetzt, mit dem Stein vor Augen, überkam Kitey Bitterkeit. »Das glorreiche Zeitalter der Magier. Pff. Wo sind sie jetzt? Jetzt könnten wir sie gebrauchen.«

»Das müssen wir rausfinden. Der Zauber ist unser erster Schritt.« Hoffnung und Verständnis begleiteten seine Worte.

»Und er wird funktionieren? Auch wenn ...«

»... ein nicht fertig ausgebildeter Lehrling die notwendigen Beschwörungsformeln in Panik und Eile verfasst hat?«, beendete Loreo ihren Satz.

»Genau das.« Kitey nickte. »Er hat uns gewarnt. Man muss eindeutig auf jedes Wort achten! Sonst geht das fürchterlich schief.«

»Wir müssen es versuchen. Es ist unsere einzige Chance und letzte Hoffnung! Lass die Zweifel los. Die Gesteinsstimme und ihr Zauber werden Hilfe zu uns führen.«

»Wir haben zu lange gewartet. Nur weil der Rat uns zum Nichtstun verdammt hat. Ihretwegen konnte der Schattenmagier mehr und mehr Macht sammeln und ...«

»Hör auf«, unterbrach sie Loreo. »Diese Gesetze gibt es nicht grundlos. Lass uns unsere Kraft nicht mit Wut verschwenden, sondern handeln. Vertrau auf den Zauber. Vertrau auf-«

»Wenn du jetzt sagst, die Götter, dann zieh ich dir den Schwertknauf über den Schädel. Hier und jetzt!« Drohend hob sie das Schwert an.

Loreo schüttelte den Kopf und sah sie eindringlich an. »Vertrau auf unseren Weg.«

Entschlossen schmetterte er die Gesteinsstimme zu Boden und mit lautem Krachen zersprang der Stein in unzählige Einzelteile.

»Kein Wunder, dass die Dinger nach ihrem Einsatz nicht

mehr zu gebrauchen sind«, sprach Kitey ihre Gedanken aus, wich zurück und beobachtete wie hypnotisiert, was geschah.

Durchflutet von freigesetzter Malgadus, der Magie der Magier, vibrierten die Steinsplitter klappernd auf dem Kopfsteinpflaster. Schlangenhaft löste sich blauer Nebel aus den Trümmern und schwoll zu dicken Schwaden an, die wabernd emporstiegen.

Mit klarer Stimme rezitierte Loreo die Beschwörungsformel und das Regentrommeln verblasste zum Hintergrundgeräusch.

ANKOMA TATASU NOMRIN JIBU LAMPIDE,
TASKO SHIOR RUNSHIME EODUNI SHIOR SAMKEPE.

SEAFORE MILLI SHIOR ORNERO, ZAIGA WIHE.
OPJIKASA YARTO-NI, OPJIKASA SUIOR KERIME.

Die Worte, gesprochen in der Sprache der Magier, verstand Kitey nur sinngemäß. Es war eine Einleitung, das hörte sie an seiner kräftigen Betonung. Er rief die Magie aus dem Stein und schickte sie auf die Suche, nah und fern. Mit gerunzelter Stirn lauschte sie dem zweiten, komplexeren Teil.

TOUO BRAVJE MANKOMI WABOLWA,
TOUO STONO GALMADUR LAMIJWA.

ULIME-NIA VITHOS, SURU EODUVIT,
GANO FURIUM VITOLUMUIT.

Es war zu vielschichtig und die Worte konnten verschiedene Bedeutungen haben. Kitey biss sich grübelnd auf die Unterlippe.

Um zu retten. Um aufzuhalten. Kraft und eine Zukunft, die Leben verspri– nein, schafft.

Gelernt hatten die Sprache nur Magier, sie wurde ausschließlich für deren Zauber, Beschwörungen und Ähnliches verwendet. Dass Loreo sie fließend beherrschte, wunderte sie jedoch nicht. Alle geschaffenen Engel verfügten über die Fähigkeit, selbst die seltensten Sprachen zu verstehen und anwenden zu können. Kitey sah zu Boden. Es rief ihr wieder ins Gedächtnis, dass sie zwar ebenso ein Engel, aber doch anders war.

ALMABE TEMPSUKA, BREVUST.
DARLIQUOM YARKIOMA OLMA-NIA BRAJEST.

Im Abschluss, den Loreo sanfter aussprach, erkannte sie ein Wort sofort. *Darliquom Yarkioma* stand für dunkle Zauber.

Die Nebelschwaden umspielten plötzlich ihre Beine. Kitey trat zurück, durchschritt den Dunstschleier und fühlte etwas wie eine Berührung an den Waden.

»Unheimlich«, flüsterte sie und verfolgte gebannt, wie sich die Nebelschlange vor ihnen kräuselte. In ihr hoben sich silberne Fäden ab. Sie bildeten Schriftzeichen. Jedes von Loreos Worten nahm Gestalt an und verschmolz wieder mit dem Nebelgeflecht.

»Jetzt bleibt nur zu hoffen, dass uns der Zauber das bringt, was wir suchen«, wisperte Loreo und schloss die Augen.

»Du und dein unbeirrbarer Glaube. Ob die Götter das Stoßgebet überhaupt im Posteingang finden?« Skeptisch schüttelte Kitey den Kopf und richtete den Blick zum Eingang der Gasse. »Ich bezweifle stark, dass sie alles hier verfolgen. Sonst hätten sie uns ja mal eher helfen können!« Trotz dieser Worte beneidete sie ihn manchmal um diese tief verwurzelte Fähigkeit zu glauben.

Unterdessen stiegen die Nebelschwaden höher in den Himmel, teilten sich weit über ihren Köpfen und zogen in vier Richtungen davon.

»Hoffen wir erst mal, dass die Pyros doch aufgegeben haben. Unsere Chancen stehen so lala. Einige sind genauso dumm wie hässlich«, murmelte Kitey sarkastisch bei einem Kontrollblick auf die Hauptstraße. Das Feuer auf der Straße war erloschen. Doch das Feuerzentrum ließ sich erahnen, als sie zu den Ruinen spähte. »Wie lange wird das Feuer brauchen, bis es sich hierher durchgefressen hat?«

Loreo trat neben sie. »Es ist magisch und hat Kraft aufgesogen. Aber ein paar Stunden wird es wohl dauern. Es hat unterwegs genug zu verschlingen.«

»Das gefällt mir nicht. Es ist zu ruhig hier. Wie lange müssen wir hier jetzt Däumchen drehen? Was genau können wir von dem Zauber denn erwarten?«

In ihrer Umgebung zog gespenstische Stille durch die Gassen wie ein Nachtwächter.

Loreo betastete seinen Oberarm; die Stelle, an der er verwundet war. »Das weiß ich auch nicht. Das hier ist der Ausgangspunkt des Zaubers. Er wird hierher zurückkehren, weil die Aufgabe beinhaltet, uns Hilfe zu bringen. Es sollte nicht lange dauern. Ich habe eingeflochten, dass es eilt.«

»*Hilfe* und *es eilt*? Das ist nicht gerade sehr präzise. Kann der Zauber das jetzt auslegen, wie er will?« Mit hochgezogenen Augenbrauen sah sie Loreo an.

»Ich vertraue darauf, dass es funktioniert. Das solltest du auch.«

»Das tue ich. Nur skeptischer als du. Und jetzt lass mich deinen Arm sehen, der blutet immer noch.« Kitey zog aus der schwarzledernen Beintasche an ihrem Oberschenkel einen Verband und eine Phiole mit einer medizinischen Tinktur und betupfte seine Wunde, ehe sie rasch den Verband anlegte.

Ihre Geduld wurde nicht lange auf die Probe gestellt. Gerade, als sie ihre Utensilien wieder einpackte, spürte sie den magiepulsierenden Windzug. Als liefe die Zeit rückwärts, kehrte der unnatürlich gefärbte Dunst auf demselben Weg zurück, wie er gegangen war. Mysteriös und zielstrebig steuerte er durch die Regenwolken auf die beiden zu und baute sich vor ihnen zu vier Nebelsäulen auf.

Plötzlich zuckte Loreo zusammen und betastete mit der Hand das Kopfsteinpflaster. »Spürst du das?«

»Was denn?« Kitey stand mit verschränkten Armen an die Hauswand gelehnt. Tatsächlich, der Boden unter ihren Stiefeln vibrierte. Gleichzeitig tauchte in ihrer Wahrnehmung ein Pulsieren auf. »Oh, verdammt!«, stieß sie hervor.

Lose Pflastersteine erzitterten, als es zu beben begann. Beide hasteten zum Gasseneingang und spähten die Straße entlang.

»So viel zu deinen hilfreichen Gebeten. Wo haben sie die Verstärkung her? Das sind nicht nur Pyros und Sumpftrolle.«

Eine Feindesmasse drängte sich lautstark auf sie zu. Das Licht der Laternen flackerte, doch sie erkannten unter ihnen die Latila. Jene echsenhaften Wesen, die zum Großteil die Bewohner Unoas waren. Die feingliedrigen Gestalten kamen direkt auf sie zu. Schmutzig klebten die Kleider an ihnen. Ihre grün und blau geschuppte Haut hob sich deutlich von den Pyros ab. Kaum halb so groß wie die hochgewachsenen Feuerdämonen, huschten sie mit flinken Schritten zwischen ihnen umher. Dabei scharrten die Krallen ihrer drei Fußzehen über den nassen Steinboden.

In ihrer Wahrnehmung griff Kälte nach Kitey. Etwas Eisiges wollte sich in ihren Geist drängen. Ruckartig riss sie ihre Barriere hoch.

Alles verschmolz. Das Trommeln des Regens, kratzende Krallen, ächzende Trolle und das kehlige Röcheln der Pyjaremo. Die Gemäuer der Backsteinhäuser zitterten, wie bei einem Erdbeben. Scheiben klirrten. Töpfe mit bereits toten Blumen stürzten von Fensterbänken. Bretter die Türen und Fenster verbarrikadierten, lösten sich und polterten auf die Straße.

»Kitey, sieh genau hin. Ihre Augen und Bewegungen.«

In den schmalen Gesichtern der Latila sah sie nichts. Keine

Emotion, keinerlei Reaktion. Blass starrten ihre seitlich liegenden Reptilienaugen ins Leere, während die Mauern der Backsteinhäuser um sie herum erzitterten. Mit der Faust schlug Kitey gegen die Wand neben sich. »Andorian. Er hat sie zu Marionetten gemacht.«

»Ja, sie sind bereits tot. Er benutzt sie nur noch.« Loreo spie die Worte voller Abscheu aus.

»Und er hat nach mir gegriffen.«

»Was?«

»Er hat es versucht. Ich hab meine Schutzbarriere wieder oben. Das heißt aber auch, meine Wahrnehmung ist eingeschränkter.«

»Dass sie zu schnell aufholen, merken wir auch so.« Loreo malmte mit dem Kiefer und sein Blick huschte zwischen den Nebelsäulen und der Horde hin und her. »Ich lenke sie ab, um Zeit zu gewinnen. Errichte eine Tarnung.« Ohne eine Antwort abzuwarten, stand er mit ausgebreiteten Flügeln vor ihr und schoss davon.

»Wie ich es hasse, wenn er das tut.« Frustriert fuhr sie sich durchs nasse Haar, dann positionierte sie sich dicht hinter dem Eingang der Gasse. Breitbeinig stehend spreizte sie die Arme. Sie atmete tief ein, schloss die Augen und konzentrierte sich auf ihr Celistma. In ihrer Brust erwachte ein Funken purer Energie. Er gehörte zu ihr, zu ihren Engelskräften, die sie anzapfte. Zu ihrer ganz eigenen Magie. Wie Wellen in einem See, in den man einen Stein warf, breitete sie sich aus. Pulsierte warm in ihrer Brust. Bahnte sich einen Weg bis in ihre Fingerspitzen.

Während sie ausatmete, bewegte sie ihre Arme über den Kopf und legte die Handflächen aneinander. Mit dem nächsten Atemzug trat das Celistma weiß leuchtend durch ihre Hände aus. Die Energie prickelte auf ihrer Haut wie Brausepulver auf der Zunge. Sie streckte die Arme vor dem Körper aus, die Handinnenflächen auf den Ausgang der Gasse gerichtet, und öffnete die Augen. Ihr reiner Wille steuerte das Licht und ihre Magie floss wie ein Vorhang über den Eingang. Erzeugte nicht nur eine Blockade, die Eindringlinge abhalten sollte, sondern auch das Trugbild einer Wand.

»So, erledigt. Unter diesen Umständen in nur drei Atemzügen – nicht schlecht. Zumindest vorübergehend schützt es.« Kitey wandte sich den Nebelsäulen zu. Ihr Fuß zuckte ungeduldig. »Der Gott der Zeit macht wohl grad ein Päuschen. Geht das nicht schneller, verdammt?« Das Klappern ihres Stiefelabsatzes vermischte sich mit dem trommelnden Regen.

»Die Warterei macht mich verrückt.« Hinter sich hörte Kitey die Flüche der Pyros, begleitet von grobem Trollegrollen und dem Klappern der scharfen Latilaschnäbel. Dazwischen vernahm sie Loreos Stimme und das Knacken von brennendem Holz. Sie schluckte trocken. Das Wirrwarr der Geräusche rollte näher wie eine Lawine.

Kiteys Augen weiteten sich, als der Nebel wich und sich Silhouetten formten. Je mehr sich der Schleier lichtete, desto deutlicher nahm sie am Rand ihrer Wahrnehmung die Empfindungen der vier Geschöpfe vor sich wahr.

Zwei von ihnen hatten unverkennbar weibliche Körpermerkmale. Die Gestalt der einen erschien ebenso groß wie Loreo, der Kitey um drei Köpfe überragte. Hinter dem milchigen Nebel trat sie hektisch von einem auf den anderen Fuß. Angst kribbelte trotz der Barriere in Kiteys Nacken. Den Mund zu einer Linie zusammengepresst, rieb sie darüber.

Mist. Wegen des Tarnzaubers ist meine Barriere schwächer.

Die andere war das exakte Gegenteil. Ein zierliches Geschöpf, das ihr bis zur Brust reichte und die Fäuste in die Seiten stemmte.

Kitey entspannte ihre gerunzelte Stirn. Endlich verzog sich der Nebel und gab die Sicht auf die Gestalten frei.

Zuerst fiel ihr Blick auf den platinblonden Mann.

Der auffällig weiße und hochgeschlossene Stoffmantel

schmeichelte seiner Statur. Stehkragen und Ärmel waren ausgefranst und abgetragen, doch die aufwendigen Stickereien an den Säumen sprachen für ein edles Stück. Er wischte mit der rechten Hand über seine linke Schulter, als würde er Staub entfernen. »So, wo sind wir gelandet?« Er hob den Kopf und erwiderte Kiteys Blick. Der Anflug von Unsicherheit wich aus seinen königsblauen Augen und ein selbstsicheres Lächeln legte sich auf seine Lippen.

»Unoa«, antwortete Kitey.

Er fuhr sich durchs vom Regen wellig gewordene Haar. »Das steht noch? Interessant.«

Stirnrunzelnd nahm Kitey zur Kenntnis, dass er schwarze Handschuhe trug und Unoa ihm bekannt war.

»Kann mir mal einer erklären, was hier für ein irrer Film abläuft? Wo zum Teufel bin ich? Wer seid ihr?«, platzte der eindeutig jüngere der beiden Männer heraus. Mit geweiteten Augen sah er sie an und wuschelte sich durchs honigblonde, kurz geschnittene Haar.

Kitey schüttelte ungläubig den Kopf, während sie an ihm hinabsah. »Das darf doch nicht wahr sein«, murmelte sie. Der Kerl trug nichts weiter als schwarze Shorts, gemustert mit unzähligen gelben Smileys.

»Das ist alles etwas kompliziert«, erwiderte Kitey auf seine Fragen und biss sich auf die Unterlippe. Immerhin war sein Körperbau definiert. Damit konnten sie arbeiten. Aber diese Hose ...

Plötzlich ertönte ein Knall hinter Kitey, Holz barst und Scheiben sprangen. Der junge Mann zuckte zusammen.

Kommt er etwa aus Nefeach?

Das hatte ihr gerade noch gefehlt, ein ahnungsloser Andersweltler.

»Hey! Kompliziert ist keine Antwort. Was zum verrottenden Murx soll das?« Aus zu Schlitzen verengten Augen starrte sie das kleinste Geschöpf an.

Sie war feingliedrig, hatte spitze Ohren und ein Windstoß trug den Hauch erdigen Waldes zu Kitey. »Eine Elfe«, stellte sie fest.

»Nicht schwer zu erraten. Ich will wissen, was hier los ist!«, erwiderte sie harsch, warf sich den geflochtenen Zopf über die Schulter und musterte mit wachem Blick die Umgebung. Die rosigen Lippen aufeinandergepresst, taxierte sie den Ausgang der Gasse. Der knöchellange, moosgrüne Umhang floss an ihrem Körper entlang. Als sie sich rasch auf Kitey zubewegte, perlte jeder Regentropfen auf ihm ab.

»Halt.« Mit einem Schritt zur Seite versperrte Kitey ihr den Weg. »Das geht nicht. Hörst du ni–«

»Ist mir egal. Aus dem Weg.« Mit flinken Drehungen tänzelte sie um Kitey herum und steuerte unbeirrt auf die Hauptstraße zu.

»Ihr wartet!«, befahl Kitey den anderen drei rasch und wirbelte herum.

Die Stiefelspitze der Elfe durchglitt den Tarnzauber. Er flackerte dabei auf. Kitey packte ihren Arm und riss sie zurück. Genau in dem Moment trat ein grobschlächtiger Troll, gefolgt von einem Latila, vor sie.

»Schhht. Still!«, zischte Kitey ins Spitzohr der Elfe, die versuchte, sich aus ihrem Griff zu winden.

Der Latila leckte sich mit der langen Zunge über die Ränder seines Schnabels. Er taxierte die Tarnwand. Kiteys Puls beschleunigte sich. Ihre freie Hand glitt zum Schwertgriff. Der fleischige Sumpftroll schlug dem Latila grob gegen den Arm und beide spähten genau in ihre Richtung. Kitey hielt den Atem an. Von links ertönte ein Krachen. Die Feinde fuhren ebenso herum und folgten dem Lärm.

Erleichtert stieß Kitey Luft aus. »Der Tarnzauber ist nicht zum Vergnügen da. Und erzähl mir nicht, du hast ihn nicht bemerkt. Da draußen riskiert mein Kumpel seinen Hals, um sie von uns abzulenken. Aber bitte, wenn du Todessehnsucht hast ... Die Pyjaremo sind sicher Feuer und Flamme, wenn du kommst. Und Trolle haben euch ja zum Fressen gern!«, platzte es aus ihr heraus.

Bei der Erwähnung der Trolle huschte ein Funken Furcht über das Gesicht der Elfe. Mit einem Ruck zog sie einen Dolch hinter dem Rücken hervor. »Mit denen werde ich fertig.«

Kitey schnaubte. »Sicher. Mit dem Zahnstocher gegen alle.« Bestimmt drängte sie die widerspenstige Elfe am Arm zurück. »Ihr bekommt eine Erklärung. Wir müssen erst hier verschwinden.«

Ihr Blick schweifte zurück zu dem jungen Mann. Die Arme verschränkt, trommelte er mit den Fingern der rechten Hand an seinem Oberarm. Ebenso unstet huschte sein Blick umher. »Alles easy. Vom Bett in eine Sackgasse mit creepy Figuren. Ich komm klar. Durchatmen. Hab einfach zu viel gezockt und Junkfood gefuttert. Aber verdammt, was bist DU?« Er starrte die groß gewachsene Gestalt an, die hinter dem Mantelträger stand. Sie war ein gehörntes Wesen mit himmelblauer Haut und sah unsicher zwischen ihnen hin und her. »Ich? Also ...«

»Unmöglich!« Kitey zuckte nach vorn. »Eine Dämonin.« Sie kämpfte gegen den Instinkt an, das Schwert zu ziehen.

Der Zauber muss falsch liegen!

Ihre innere Stimme brüllte. Rief ihr alles ins Gedächtnis, was sie an Dämonen verabscheute.

Unerwartet hilfreich war jedoch der ängstliche Gesichtsausdruck der Dämonin. Sie blinzelte nervös, strich sich eine lange Strähne ihres königsblauen Haars hinters Horn und knete ihre Unterlippe mit den Zähnen. »Ein Dämon? Ich?« Ihre blauen Augen weiteten sich und sie zeigte auf sich selbst. » Aber ...«

»Von so einer irren Cosplay-Party hab ich noch nie geträumt!« Damit lenkte der Shortsträger ruckartig alle Blicke wieder auf sich. »Wahnsinn. Ist nur scheiße kalt im Traum.«

»Du ...«, begann Kitey.

»Thriller.«

Sie schüttelte den Kopf. »Ich weiß, es ist aufregend ab-«

»Nein.« Er grinste schief. »So heiße ich. Thriller.«

»Okay. Thriller. Halt die Kla-«

»Ich glaube, wir bekommen Besuch«, warf der Mantelträger ein und zeigte auf die Hauptstraße.

Mehr und mehr Feinde sammelten sich vor der Gasse. Über ihren Köpfen rauschte Loreo umher. Er hieb mit seinem Schwert nach den Händen zweier Trolle, die ihn packen wollten, und wich Feuergeschossen aus. Kurz drehte er den Kopf und sah zu Kitey.

Der Shortsträger stand neben ihr. »Was sind das für Viecher? Gehören die zu irgendeinem D&D-Spiel?«

»Keine Zeit für Erklärungen. Wenn sie die optische Täuschung entdecken, haben wir ein Problem.«

Sie stieß einen scharfen Doppelpfiff aus, der das Brüllen der Dämonen übertönte. Sofort gewann sie Loreos Aufmerksamkeit. Als sie ihre Flügel erscheinen ließ, spiegelte sich in den Augen der vier Überraschung. Mit Loreos letztem Hieb in die Feindesmasse köpfte er einen Pyro, der rasch in Flammen aufging. Ein Funke der einäschernden Stichflamme ging auf das Gebäude dahinter über. Knisternd fraß es sich daran entlang und trieb die tobenden Trolle und schnabelklappernden Latila auseinander. Die Sekunde der Ablenkung genügte ihm, um durch das Trugbild zu fliegen. Kitey sah, wie einer der Trolle Loreo anstarrte, als er durch die Tarnwand huschte.

»Beeilung. Das werden immer mehr«, drängte Loreo.

Der Troll rannte auf sie zu. Donnernd traf seine Faust auf den Tarnzauber. Er flackerte unter der Wucht und gab den Blick auf sie für Sekunden frei.

»Loreo, hilf du den anderen zwei. Los, Elfe, folg uns!«, forderte Kitey. »Ihr seid doch flotte Flieger.« Eilig schielte sie auf den Umhang, der die hauchfeinen Flügel verbarg. »Werd den Stofffetzen los. Wir müssen schnell sein. Der behindert dich.«

Widerspenstig stemmte das feingliedrige Geschöpf die Fäuste an die Hüfte. »Auf keinen Fall!«

Frustriert zischte Kitey. »Gut. Du wolltest es nicht anders.« Sie ignorierte jeden Protest, packte mit festem Griff die Elfe und das Unterhosenmodel an je einem Handgelenk und flog los. Sie kämpfte darum, das Gleichgewicht zu finden. Auf der Seite des verwundeten Flügels trug sie die Elfe. Die Heilung hatte bereits begonnen, doch der ziehende Schmerz kehrte zurück, als sie mit kräftigen Schlägen aufstieg.

Unter ihr schnappte sich Loreo die beiden anderen und schloss rasch auf. Sie schwangen sich weiter in die Lüfte. Indes flirrte das Licht des Zaubers. Sie flogen gegen den Wind des Unwetters an und durchquerten eilig die Rauchsäulen, die von den brennenden Gebäuden aufstiegen.

»Sie haben uns nicht nach oben entkommen sehen«, rief der Mantelträger, der an Loreos Arm den Blick zu Boden richtete. Sein Mantel flatterte im Wind und das Haar klebte ihm regennass an der Stirn. »Vier Trolle hämmern weiter dagegen, eine Handvoll Latila kratzt daran und ... Das kann doch nicht ...« Er brach ab.

Kitey sah seitlich hinab. Zwei Pyros bündelten ihre Feuermagie. Ohne Rücksicht auf die Trolle und Latila beschossen sie die Tarnwand. Zischend zersprang der Zauber, ein lila Funkenmeer stob in den Himmel und zog an ihnen vorbei. Die Flammen erfassten beide Häuser neben der Gasse.

»Kitey, wir müssen höher fliegen.«

»Ich weiß, die verdammten Flammenwerfer! Aber wenn der Depp weiter so rumhampelt, wird ein Feuerball seine geringste Sorge sein.«

Die Dächer der Hochhäuser flankierten ihren Flug durch die Straße. Zwischen den Flammen des Feuermeers erspähte sie die Lichter des Hafens und beschleunigte ihren Flug.

Es war kräftezehrend. Der Shortsträger brabbelte unverständlich vor sich hin. Kitey fing Wortfetzen auf.

»W ... wi ... wir fliegen? Darf ni ... wah ... Kann nich ... Traum ...« Dazwischen vernahm sie Würgelaute, und er zappelte ohne Unterlass.

Sie ignorierte sein wehleidiges Jammern und festigte ihren Griff. »Lass den Scheiß oder ich lass los!« Im selben Augenblick fiel ihr der Dolch in der Hand der Elfe auf. »Wage es nicht! Du kannst mich angreifen, wenn wir gelandet sind. Jetzt haltet still! Beide!«, zischte sie durch ihre Zähne.

Aus dem Augenwinkel sah sie Loreo straucheln, als er zu ihr aufschloss. Die Dämonin unter ihm zitterte. Irgendetwas erschwerte ihm den Halt an ihrem Handgelenk. Kitey kniff die Augen zusammen.

Verdammt. Ist das Schuppenhaut?

Die blaue Dämonin sah zu Boden und schnappte hörbar nach Luft. Ihr heftiges Aufschrecken brachte Loreo gefährlich ins Wanken. Dann packte sie mit ihrer anderen Hand Loreos Arm und hielt sich fest, um Halt zu finden. Erleichtert beobachtete Kitey, wie sein Flug wieder gleichmäßiger wurde.

Während ihnen die Feinde am Boden durch die Straßen hinterherhetzten und Flüche grölten, vernahm Kitey Wortfetzen, die der Blondschopf unter Loreo ihm zurief.

Loreo zögerte. Dann drehte er seinen Arm, damit der Mann ihre Verfolger sehen konnte.

Kitey presste die Zähne aufeinander. Der Gegenwind zerrte an ihren Flügeln. Stach wie Dutzende Nadeln in ihrer verwundeten Schwinge. Sie zwang sich, dagegen anzukämpfen und schneller zu fliegen. Im Augenwinkel sah sie irgendetwas in der freien Hand des Blondschopfes glitzern. Weißer Dampf umwölkte alles von den Fingern bis zum Handgelenk. Sie nahm das Kribbeln von freigesetzter Magie wahr.

»Ein purer Elementarzauber?«, hauchte Kitey verblüfft.

Wer ... Was ist er? Ein Hexer! Hier, in Galmadur?

Doch die Eisschicht, die urplötzlich über die Hauptstraße Unoas wuchs, war definitiv ein Elementarzauber. Reihenweise stürzten ihre Verfolger. Trolle kollidierten aufheulend mit den heißen Pyros, die bei der Berührung des Eises schaurig krächzten.

Kitey spähte kurz hinter sich. Feuersalven flogen umher. Einige flinke Latila gruben ihre Krallen ins Eis, suchten Halt. Sie sprangen geschickt über die klobigen Sumpftrolle. Das Aufeinanderprallen von Pyrohitze und Eiseskälte legte einen Dampfschleier über das Kopfsteinpflaster und umschloss die Verfolger. Endlich vergrößerte sich der Abstand und ihre Zahl minimierte sich zusehends.

Loreo sah erstaunt zu der vereisten Hauptstraße und ihre Blicke trafen sich.

»Was war *das* denn?«, rief Kitey.

Zur Antwort schüttelte Loreo rasch den Kopf, er hatte keine Ahnung.

Sie überflogen die Stelle, an der Kitey vorhin gekämpft hatte. Das Feuer flackerte geschwächt, jedoch noch hungrig suchend über die verkohlten Gerüste und geschwärzten Steine.

Die Schiffstege kamen in Sicht. Loreo entdeckte ihr Ziel als Erster und hetzte darauf zu. »Da vorn ist es!«

»Endlich, die Solarisschleuse!«

Die Laternen auf den Handläufen und Pfählen waren wegweisend wie ein Leuchtturm.

Am Ende des Steges setzten sie die vier ab und landeten bei der mächtigen Flügeltür, die Kitey von den Ketten befreit hatte.

Die Elfe riss sich los. »Finger weg!«

»Fuck, ist mir schwindelig.« Der Shortsträger wankte und stützte sich am Steggeländer ab.

»Wo zum Henker habt ihr mich da reingeritten?«, keifte die Elfe und stampfte mit dem Fuß auf. »Warum verfolgen ...«

Eisiger Schmerz zuckte durch Kiteys Geist. Blendete ihre Wahrnehmung. »Argh.« Kitey sackte auf die Knie. Sie hörte nichts. Sah nichts. Nur die Qual und die Kälte, die sich in ihren Kopf drängen wollte. »Andorian«, presste sie hervor und drückte die Handballen an die Schläfen. Sie lenkte jeden Funken Kraft in ihre mentale Barriere.

Du hast keine Kontrolle über mich. Niemals. Du Scheißkerl, schrie sie in Gedanken.

Mit einem Ruck schleuderte sie ihm ihre geballte Energie entgegen und katapultierte ihn hinaus. Augenblicklich verpuffte der Schmerz und die raue Kälte verschwand. Erleichtert fasste sie sich an die Brust und stand auf.

»Na, na, na, wer wird denn so unhöflich sein? Begrüßt man so einen alten Freund?«

Kitey sah auf. Die blauen Lippen zu einem süffisanten Grinsen verzogen, schwebte Andorians androgyne Gestalt zwischen den Wolken. Seine grauen Schwingen schlugen gemächlich durch den kräftigen Wind.

Neben ihr stand Loreo, die breiten Schultern angespannt und die Hand am Schwertgriff. »Du musst verschwinden!«, zischte er ihr zu.

»Was?«

»Wie vorhin.« Er nickte kaum merklich nach hinten. »Hau ab.«

»Eigentlich hatte ich gehofft, die Pyros würden wenigstens dich ausschalten.« Andorian fixierte Kitey. »Aber du lästiger Reinkarnationsfehler bist zäher als gedacht.« Er glitt genau über das Portal, dessen Türen mittlerweile geöffnet waren. Grelles Licht flutete heraus, betonte seine scharfen Gesichtszüge mit unheimlichen Schatten, gleich einer schaurigen Maske.

»Es braucht mehr als ein paar wandelnde Streichhölzer, um mir einzuheizen. Du bist ein feiger Puppenspieler, der selbst an den Fäden eines Meisters hängt. Wie armselig.«

»Eine scharfe Zunge hat das Engelchen. Pass auf, dass ich sie dir nicht rausreiße.«

Hinter sich nahm sie die vier wahr.

Will Loreo ernsthaft, dass ich mir die zwei schnappe und verschwinde?

Loreos Kiefermuskel zuckte. Er hatte seine Flügel weit aufgespannt. Ein Versuch, die vier vor Andorian abzuschirmen. Am anderen Ende des Steges sammelte sich bereits seine dämonische Gefolgschaft. Ihnen blieb nur die Flucht über das offene Meer oder durch das Portal.

»Anhänger des Schattenmagiers? Wie konntest du nur verraten, was du bist!«, donnerte Loreo Andorian entgegen.

Unter diabolischem Gelächter verzog sich Andorians schaurig-schönes symmetrisches Gesicht zu einer Fratze und sein fuchsrotes Haar tanzte im Wind wie züngelnde Schlangen. »Ihr solltet aufwachen! Dieser armselige Widerstand ist sinnlos. Werdet Teil von etwas Größerem! Etwas, das die Welt verändert.«

»Niemals!«, schrie Loreo und fuhr zu Kitey herum. »Jetzt. Beim bissigen Gnom.«

Kitey verstand seinen Hinweis und nickte eilig.

Er jagte hoch und rammte Andorian. Das Überraschungsmoment des Direktangriffs war auf seiner Seite und Loreo stürzte sich mit ihm ins Meer. Innerhalb eines Wimpernschlags verschwanden beide Männer aus ihrem Sichtfeld. Das Meer toste. Wasser stob auf; spritzte und überschwemmte den Steg.

Die Feindesmeute stürmte auf den Anlegesteg und erste Feuerbälle sausten auf sie zu.

»Na los doch! Flieht«, hetzte der Mantelträger und sammelte wieder Eismagie in seiner Hand. Die Dämonin stand mit zitternden Händen neben ihm und starrte sie an. Etwas in ihrem Blick und an ihrer Vomani veränderte sich plötzlich. Sie nickte zustimmend.

»Ach, verflucht. Kommt schon.« Kitey griff nach dem Shortsträger und der Elfe. Während sein Gesicht mittlerweile kreidebleich war, durchbohrte die Elfe Kitey mit ihrem dolchscharfen Blick.

»Lass los!«, spie die Elfe ihr entgegen und stemmte

sich dagegen.

»Willst du hier sterben?«, zischte Kitey zurück und Thriller zuckte an ihrer anderen Hand heftig zusammen. »St ... Sterben?«

In dem Moment, als sich Kitey mit den beiden aufschwang, jagte der Mantelträger drei unterarmgroße Eisspeere den Steg entlang. Direkt auf die Sumpftrolle und Latila zu, die ihnen entgegenrannten. Zwischen den Speeren blitzte etwas: zwei Dolche. Den ausgestreckten Wurfarm in makelloser Haltung stand die blaue Dämonin neben dem Blondschopf. Als sie den Arm fallen ließ und die Spannung lockerte, erfasste ein Schauer ihren Körper. Deutlich streiften ihre Unsicherheit und Angst Kiteys Bewusstsein.

Begleitet vom Brüllen der Feinde hinter ihr, zog Kitey die beiden mit sich zur Schleuse. Den Griff gefestigt, dachte sie verbissen an Purin, das Ziel ihrer Flucht. Nur diese Verbindung würde sie gemeinsam dort ankommen lassen. Jeden Gedanken, der sie vom Ziel ablenkte, schüttelte Kitey rasch ab, ehe sie im Licht der Solarisschleuse verschwand.

KITEY

Einen Augenaufschlag später verließen sie die Solaris-schleuse durch ein baumhohes Tor, eingebettet in einen Uhrturm aus Marmor.

»Nein. Nein. Nein! Das darf doch alles nicht wahr sein.« Knurrig knirschte Kitey mit den Zähnen. Wie konnte es sein, dass Andorian sie gefunden hatte? Sie spähte über die Schulter zurück und sah sich prüfend um. Verfolgten sie seine Ungeheuer?

Durch das weiße Gemäuer des Uhrturmes verliefen un-zählige Risse wie Spinnweben. Der Turm stand im Zentrum eines Dorfplatzes und überragte alle umliegenden Häuserruinen. Kitey überflog den Vorplatz, auf dem sich Haufen aus heraus-gebrochenen Steinbrocken um den Turmsockel verteilten.

»Lass mich gefälligst runter, du geflügelte Plage!«, zeterte die Elfe und schlug mit der freien Hand gegen Kiteys Unterarm. Sie geriet ins Taumeln, steuerte dagegen und Schmerz zuckte durch ihren lädierten Flügel.

Thriller stöhnte auf. »Boah, ich werd seekrank. Was, verflucht, waren das für gruselige Viecher?«

»Das waren Feuerdämonen. Hör auf, an mir zu ziehen, Elfe«, zischte Kitey. »Wir bleiben nicht hier«, erklärte sie knapp und musterte rasch die Umgebung.

Vor ihnen erstreckten sich Reihen von zerstörten Gebäuden mit ihren steinernen Überresten.

»Mit euch will ich nirgendwo hin. Pyros und Trolle waren hinter mir her, wegen euch. Das wirst du büßen!«, keifte die Elfe.

Kitey schnalzte genervt mit der Zunge. »Das war nicht unsere Absicht. Und jetzt halt still oder flieg selbst!«

Mit einem Mal versteifte sich die Elfe und ihre Vomani verfinsterte sich am Rande von Kiteys Barriere.

Sie überflog eine grau-braune Brunnenfigur in Form einer Dryade, die in den Himmel und Kitey entgegenblickte. Angesichts dieser Zerstörung erschienen ihr die Augen der Dryade vorwurfsvoll. Dieser Ort war mit Unoa nicht zu vergleichen. Windstill umgab sie lauwarme Luft und anstatt des prasselnden Regens floss ein nachtgeschwächter Lichternebel über den Boden weit unter ihnen. Zwischen den zerstörten Häusern strömte er wie ein Fluss dahin. Hier und da lösten sich Schwaden aus dem Nebelfluss. Wie Rauchzeichen stiegen sie schleppend in den Himmel auf, bis sie sich mit den Wolken vermengten.

Zerstörung. Nichts als skrupellose Zerstörung.

Ihr stieg bittere Galle auf. Überall flimmerten die Überreste der zerfetzten Flügeldächer durch den Nebelschleier und die Ruinen ragten wie geisterhafte Grabmale auf.

Loreos Satz »zum bissigen Gnom« war kein Fluch gewesen. Es war der Hinweis auf ihren Treffpunkt – Illin. Dort hatte sie vor Monaten ein wildgewordener Gnom in die Wade gebissen.

Die Anspannung brannte in Kiteys Muskeln. Jeder Schlag des linken Flügels war eine Qual. Selbst die ruhigen Windböen rissen an ihren verwundeten Federn wie ein Sturm. Sie fuhr mit dem Kopf herum. »Uns scheint niemand zu verfolgen.«

Schicksalsgötter, lasst Loreo nichts zustoßen.

Kitey verbannte die Angst, die mit eisigen Krallen nach ihrem Herzen griff, aus ihren Gedanken. »Achtung. Es geht noch mal durch die Schleuse.«

»Vergiss es! Mit dir gehe ich nirgendwo hin. Ich will in meine Wälder zurück.« Mit einem Fauchen bohrte die Elfe ihre Fingernägel in Kiteys linkes Handgelenk. Im Vergleich zu den Schmerzen in ihrem Flügel und dem Ziehen zwischen ihren Rippen war es ein lästig juckender Mückenstich.

»Verdammt«, stöhnte Thriller. »Bist du scharf auf eine Bruchlandung?«

Zielstrebig flog Kitey einen Bogen, als sie würgende Geräusche bemerkte.

Thriller hing mit blassem Gesicht steif und wimmernd an ihrem Arm. »Mir ist kotzübel!«

»Nicht das auch noch!« In fliegender Hast setzte Kitey zum Sinkflug an. »Reiß dich zusammen! Ich lande ja schon.«

Kaum berührten seine nackten Zehenspitzen den Boden, blitzte bedrohlich der Dolch in der feingliedrigen Elfenhand. Unbeherrscht hieb sie nach Kitey, zerschlitzte ihren Blusenärmel und riss sich los.

Gerade rechtzeitig wich Kitey aus. »Ey! Was soll der Scheiß?« Instinktiv ließ sie ihre Flügel verschwinden und stieß den wandelnden Brechreiz zur Seite.

Mit schmerzverzogener Miene rumste er, Schulter voraus, gegen die Überreste einer Natursteinwand. Er stolperte über herausgebrochene Steine und fing sich gerade noch an Hausüberresten ab, bevor er würgte und sich übergab.

Kitey rümpfte die Nase und lenkte ihre Aufmerksamkeit zurück zu der Elfe. Sie rannte in Richtung Uhrturm. Den Dolch umklammert, huschte ihr Blick suchend um die Schleuse und die Trümmer davor. »Argh. Wo ist das verfluchte Verzeichnis?«

Eilig setzte Kitey ihr nach. Die Elfe suchte das Ortsverzeichnis der Schleuse. Ohne es wusste sie nicht, ob sie mit dieser in ihre Wälder reisen konnte. Im Sprint holte Kitey sie ein und stellte sich ihr in den Weg.

»Aus dem Weg!« Sie funkelte Kitey finster an.

»Steck den Dolch weg! Von mir droht keine Gefahr.«

Zumindest nicht, wenn du aufhörst, mich anzugreifen, ergänzte sie in Gedanken.

Bewusst senkte sie die Körperspannung und blieb außerhalb der Schlagdistanz.

Fauchend griff die Elfe wieder an. »Ach ja? Wie komme ich hierher? Schlagende Äxte! Daran bist du schuld. Oder? Bring mich sofort dahin zurück, wo ich herkam, sonst ...« Ihre Stimme klang trotz des scharfen Tonfalls glockenhell und melodisch.

»Muss ätzend sein, mit so einem Stimmchen zu fluchen. Als würde eine Tigermaus brüllen wollen«, erwiderte Kitey spitz und wich routiniert einer erneuten Stichattacke aus. Ihre raschen Schritte wirbelten den Lichternebel um ihre Waden auf.

Verflucht aggressiv. Irgendetwas steigert die Wut der Elfe. Das spüre ich. Nur was?

»Antworte endlich. Wie und warum habt ihr mich zu euch gezwungen?«

»Ja. Wir haben euch geholt. Aber ... hey!«

Aufs Neue sprang die spitzohrige Furie auf sie zu. In einer Pirouette wirbelte sie um Kitey herum. »Wa-rum?«

Hinter ihm würgte Thriller, stöhnte und hustete.

»Mich anzugreifen, ist nicht hilfreich. Hör auf, Elfe!«

»Kajaska! Ich heiße Kajaska!« Wutschnaubend machte sich die weibliche Version des zornigen Rumpelstilzchens bereit und stürmte ein weiteres Mal los.

»Welche Synapsen sind bei dir falsch gepolt? Ich habe keine Zeit für den Mist!« Kitey konterte die Attacke, indem sie ihren Arm gegen den der Elfe stieß. Nicht heftig genug, um sie zu verletzen. Aber so energisch, dass diese zurückwich.

Bereit für die nächste Offensive stand Kitey breitbeinig auf dem staubigen Boden. Entgegen jeder Erwartung rannte die Elfe einen Haken schlagend an ihr vorbei.

»Listig wie ein Irava. Hiergeblieben!« Mit einem geschickten Sprung schnitt Kitey ihr den Weg zur Schleuse ab. »Steck endlich die Waffe weg, Elfe.« Impulsiv schlug sie ihr die filigrane Stichwaffe aus der Hand und packte ihr Handgelenk. »Wir müssen zu den anderen«, knurrte Kitey.

»Wir müssen gar nichts. Es gibt kein Wir.« Kajaskas Augen, grünschattiert wie das Blätterdach eines Waldes, blitzten widerspenstig. Ihre mädchenhafte Brust hob und senkte sich aufgeregt.

»Du ignorantes Trollfutter. Du hast doch die Pyros, Trolle und Latila gesehen! Sie sind überall. Die anderen könnten verletzt sein. Sie haben uns zur Flucht verholfen. Du bist es ihnen schuldig. Eine Lebensschuld!«, brüllte Kitey.

»Argh. Nur wegen euch«, zischte Kajaska. »Ich weiß ja nicht mal, warum ich hier bin.«

»Um Galmadur zu retten!«

»Was?« Abrupt hielt Kajaska inne und starrte sie an.

»Wir erklären euch alles. Später, wenn ...«

Ein schriller Aufschrei schnitt jäh durch die Nacht. Beide drehten ruckartig den Kopf zu einem der Trümmerhäuser.

»Verdammt. Wo ist der magenschwache Shortsträger?« Hin und her gerissen sah sich Kitey nach ihm um.

»Wirst du abhauen?«, fragte sie rau und lockerte ihren Griff.

»Nein. Lebensschuld.«

Ein Impuls schoss durch Kiteys Körper. Wie ein Blitz, der am Gewitterhimmel flirrte, durchzuckten sie ein lähmendes Schockgefühl und Angst. Emotionen, die nicht ihre waren. Von diesem schrillenden Alarm gesteuert, machte sie auf dem Absatz kehrt. Ihr Herz hämmerte gehetzt, während sie durch die blass glimmende Nebeldecke rannte. Unter ihren Stiefeln knirschte der Kiesboden. Hinter sich vernahm sie eilige Schritte und sah über die Schulter.

Im Sprint folgte ihr Kajaska zu dem Trümmerhaus am Rande des Brunnenplatzes und holte mit verbissener Miene auf.

»Du?«

»Ohne dich kann ich die Schuld nicht begleichen.«

Kitey nickte knapp und entdeckte Thrillers zerzausten Haarschopf. Er kniete zitternd in den Überresten des zerstörten Hauses. Sein Blick war wie betäubt auf etwas vor ihm am Boden gerichtet. Kajaska erkannte es zuerst, wandte das Gesicht ab und trat zur Seite.

Zermürbt sackten Kiteys Schultern nach unten. Sie ballte die Hände zu Fäusten und wünschte sich, Loreo wäre hier. Er wusste immer, was er sagen sollte. Auch beim Anblick eines Mädchens, dessen Körper bis zur Brust unter massiven Felsbrocken begraben war. Ein Rinnsal getrockneten Bluts zeichnete eine Linie von ihrem Mundwinkel zu Blutstropfen auf dem Boden. Unterhalb des linken Ohres und ihres lockigen Haarschopfs hatte sich eine Blutlache gesammelt.

Mechanisch krabbelte Thriller zurück. »I- I- Ist sie ... tot?« Dabei schien er die verstreuten Scherben der Fensterscheiben unter seinen Beinen gar nicht wahrzunehmen. Es war allein der lichtarmen Neumondnacht zu verdanken, dass sich das ganze Ausmaß des Leids nur erahnen ließ.

Abwesend starrte Thriller auf das Gesicht des Mädchens. Sein Atem ging stoßweise. »Das ist nicht real.« Er krallte die Finger in den weichen Kiesboden und schüttelte den Kopf. »Nein. Nein. Nein. Ist es nicht. Unmöglich. Sie ist nicht echt. Nicht tot.«

Kitey schluckte trocken und suchte den Blick der Elfe, aus dem jegliche Kampfwut gewichen war.

Nach einem knappen Nicken ging Kajaska behutsam zu dem Leichnam. Sie ließ eine Hand in eine Innentasche ihres Umhangs gleiten und holte etwas heraus. Dann legte sie die Hände aneinander wie zu einem Gebet und schloss für einen Augenblick die Lider. Sanft summte sie vor sich hin, bis zwischen ihren Fingern blassgrünes Licht glomm.

Ihre Naturmagie, dachte Kitey und beobachtete schweigend, wie Kajaska die Hände aufklappte. Die Magie streichelte eigenartig schwach Kiteys Haut.

Irgendetwas ist bei ihr anders. Nicht nur ihr Benehmen. Warum spüre ich ihre Magie so gedämpft?

Kitey schüttelte den irritierenden Gedanken ab, als sich auf Kajaskas Handflächen zwei weiße Knospen mit spitz zulaufenden Blütenblättern und blauen, runden Stempeln öffneten. Sanft legte sie dem toten Mädchen die zarten Blüten auf die Augen.

Erst dann antwortete Kitey Thriller. »Doch. Sie ist tot«, flüsterte sie. Noch während sie die hässliche Realität bestätigte, fühlte sie Thrillers aufloderndes Gefühlschaos. Es wurde größer und größer, wie eine sich aufbäumende Welle die, wenn sie brach, ihn davonschwemmen würde.

»Thriller. Ich … Es ist …« Kopfschüttelnd senkte Kitey den Blick. »Die Wahrheit ist unfair, frustrierend und falsch in so vielerlei Hinsicht.«

»Wie wahr«, hauchte Kajaska und wandte sich ab.

Kitey zog einen Umhang aus ihrer Beintasche und legte ihn Thriller behutsam um die zitternden Schultern. Augenblicklich bereute sie die Berührung seiner kühlen Haut. Impulse seiner Gefühle trafen sie wie Peitschenhiebe. Unaufhaltsam und schmerzhaft intensiv rissen sie ihre mentale Barriere nieder. Wie ein Magnet zog sein Geist den ihren zu sich. Durch Kiteys Körper stieß eine Hitzewelle. Ihr Puls raste.

Ohne es zu beabsichtigen, löste es ihre Fähigkeit aus. Das Sehen in den Geist ihres Gegenübers. Sie verlor das Zeitgefühl. Nahm alles um sich herum nur blass und verschwommen wahr.

Nein. Was? Es hat doch noch nie eingesetzt, ohne dass ich es gesteuert hab. Ich muss es kontrollieren!

Alles verschwand. Die Trümmer, Kajaska, Thriller, das ganze Dorf, einfach alles. Leere umgab Kitey. Verwirrt brauchte sie einen Moment, um sich zu orientieren. Dann nahm sie die Bilder an, wie sie es immer tat. Ließ den Bilderfluss zu. Blasen umschwirrten sie wie tanzende Seifenblasen im Wind. In jeder von ihnen spielte sich eine Szene aus Thrillers Leben ab.

Da begriff Kitey: Er war tatsächlich kein Reisender mit einer Vorliebe für Kleidung aus der nicht-magischen Welt Nefeach. Thriller stammte von dort.

Bei den Göttern! Der Kerl hat keinen Schimmer, was auf ihn zukommt. Wahre Magie ist für ihn ein Filmeffekt. Und die Existenz anderer Welten ein abenteuerlicher Traum.

Anfangs glitten die ungewohnt sprunghaften Bilder wie von selbst in ihr Bewusstsein. Kindheit und Gegenwart wirbelten wirr durcheinander.

Er saß auf einem Spielplatz und baute eine Sandburg. Weinte bitterlich, als das schiefe Gebilde einstürzte. Rasch nahm ihn eine Frau in den Arm und streichelte seinen Rücken. Ihr Gesicht umrahmte kurzes schwarzes Haar, und klare Augen sahen zärtlich durch dicke Brillengläser. Kitey entdeckte sie überall, immer wieder. Seine Mutter. Gemeinsam mit einem stämmigen Mann, der stets einen braunen Fedora auf dem Kopf trug, bereiste Thriller unzählige Orte.

Unstet wechselte die Umgebung.

Er war in ganz Nefeach. Die Chinesische Mauer, die Pyramiden von Gizeh und ein Maya Tempel. Ah, verstehe, seine Eltern sind Forscher.

Egal, wann, er führte ein unbefangenes Leben. In neueren Szenen feierte er, grillte, ging zur Schule, reiste wiederholt mit seiner Familie. Es gab kaum ein Bild, auf dem Thriller nicht ansteckend lachte. Dazwischen lagen einzelne, leisere Momente, in denen er für sich war, aber nie einsam.

Warum zerren die Schicksalsgötter jemanden aus dieser Harmonie heraus und katapultieren ihn in Galmadurs dunkles Chaos? Hat er

durch seine Reisen Wissen, das für uns unentbehrlich ist? Verflixt. Worauf muss ich achten?

Vor Kiteys inneren Augen geriet alles ins Stocken. Während des Ausflugs in seine Lebensgeschichte blitzte die Präsenz seiner Vomani immer wieder über Kiteys Haut. Sie war ungewöhnlich für einen Durchschnittsmenschen aus Nefeach. Spontan kam ihr ein ruheloses Tier in einem Käfig in den Sinn. Auch gelang es ihr nicht, ihre Strahlkraft in Gänze zu erfassen.

Eigentlich müsste ich mühelos seinen Geistkristall finden. Wie kann es sein, dass sich sein Innerstes wie hinter einem trüben Schleier versteckt? Vielleicht wegen des Schocks? Ich würde zu ger–

Gerade, als sie versuchte, in die Tiefe zu gelangen, flutschte Kitey ebenso ungewollt aus seinem Bewusstsein heraus, wie zuvor hinein. Gefrustet schnaubte sie und fuhr sich durchs feuchte Haar.

»Was?«, zischte Kajaska, die vor ihr auf einem Stück Hauswand saß und die Arme auf die Knie stützte.

»Nichts.«

»Dann starr mich nicht so an.« Sie fuhr mit leiser Stimme fort: »Ich habe gefragt, wie es jetzt weitergeht.« Mit einem Nicken deutete sie auf Thriller.

Den Umhang um sich geschlungen, saß er zwischen ihnen. Seine Schultern hoben und senkten sich aufgeregt bei jedem Atemzug. Manchmal wischte er abwesend mit der Hand durch den trüben Nebelfluss, der sich um sie herumschlängelte.

»Keine Ahnung«, antwortete Kitey.

Wie erklärt man, dass es drei Welten und Magie gibt?, fügte sie in Gedanken hinzu.

Sie rieb sich über den versteiften Nacken. »Erst mal müssen wir zu Loreo und den anderen.«

»Gut.« Kajaska stand auf. »Ich begleiche meine Schuld und verschwinde.«

Seufzend beugte sich Kitey vor. »Thriller, wir müssen hier

weg. Ich helfe dir auf.« Unsicherheit kribbelte in ihrem Magen, als hätte sie ein Dutzend Gluhs verschluckt, die aufgeregt umherflatterten. Verkrampft stützte sie ihn am Arm. »Lass mich noch deine Schienbeine ansehen, ja? Du blutest.«

»J– ja. Da waren Scherben. Es tut nicht weh.«

Kitey schielte auf die Wunden. »Du stehst unter Schock.«

»Der Schmerz kommt später«, ergänzte Kajaska trocken.

Auf halben Weg zurück zum Portal kamen sie an den Überbleibseln des trockengelegten Stadtbrunnens vorbei. Der Nebelfluss hatte ihn für sich vereinnahmt und den Platz des Wassers eingenommen. Verspielt walkten sich Schwaden in und um das brüchige Gebilde. Auf dem mittigen Sockel schien die Dryade, der ein Arm und Teile des Geweihs fehlten, auf sie herabzublicken. Von den drei steinernen Bänken, die sich darum verteilten, führte Kitey Thriller zu der einzigen, die intakt war. Er setzte sich seitlich und legte seine Beine auf die Sitzfläche.

»Die Splitter müssen mit einer Pinzette entfernt werden. Das geht hier nicht. Ich habe auch zu wenig Licht.« Murrend kramte Kitey in ihrer Beintasche, bis sie die Sprühflasche fand. In einer runden Glasflasche von der Größe einer Kinderfaust schwappte blaue Flüssigkeit hin und her.

»Es desinfiziert und ist wie ein Pflaster. Fühlt sich etwas komisch an, wenn es fest wird.« Auf beide Schienbeine gab sie je drei Sprühstöße.

»Das ist kühl«, bemerkte Thriller.

»Ja. Nur kurz.« Kitey sah über die Schulter zu Kajaska.

Die Elfe bückte sich, um ihren Dolch aufzuheben. »Ich hab doch gesagt, ich haue nicht ab.«

»Und du würdest mich natürlich niemals anlügen«, konterte Kitey spöttisch.

»Ich kann das nicht.« Thriller krallte die Hand um die Lehne der Bank und atmete aufgeregt. »Das ist ein Albtraum.« Wie eine Flipperkugel schoss der Blick seiner karamellbraunen Augen hin und her. Verwirrung und Angst tanzten in ihm, während er offensichtlich versuchte, das Gesehene zu verarbeiten.

Was konnte sie sagen? Alles, was ihr einfiel, würde das Chaos in seinem Kopf nur vergrößern. Der Junge sah den Wald vor lauter Bäumen nicht mehr und jedes ihrer Worte könnte einen Waldbrand auslösen.

Mit zugekniffenen Augen schüttelte er den Kopf, als könne er die Wirklichkeit vertreiben. »Das kann nur ein Traum sein! Aber als du mich gepackt hast ... mein Handgelenk ... die Wand ... und das Mädchen ...« Zittrig betastete er seine geprellte Schulter, auf der bereits ein lila-blauer Fleck wuchs, und sah zurück zum zerstörten Haus.

»Du glaubst allen Ernstes, das sei ein Traum? Wie kann man so naiv sein? Sieh dich mal um! Wer träumt von so einem aus-radierten Ort mit to-« Kajaska stockte. Das Wort hing unaus-gesprochen zwischen ihren Lippen. »Einem Ort wie diesem? Nein, man hat uns hierherverfrachtet.« Sie verschränkte die Arme vor der Brust und forderte Kitey mit ihrem Blick heraus.

»Da- das ist unmög- Bitte sag, dass es nicht echt ist. Dass es ein Traum ist.« Thriller stotterte und wiederholte immer wieder dieselben Worte wie bei einem Mantra.

Und da wird mir immer vorgeworfen, ich wäre schroff!

Kitey fuhr sich resigniert durchs Haar und beschloss, den direkten Weg zu gehen. »Ich bedauere. Ein Albtraum wäre für uns alle am angenehmsten. Ist es aber nicht. Wir haben euch mit einem Zauber zu uns geholt. Wir brauchen Hilfe. Ihr bekommt eine Erklärung für alles, wenn wir bei den anderen sind.«

»Zauber? Ja, klar, was sonst!« Ein steifes Lächeln legte sich auf sein Gesicht.

Da war er wieder, Kajaskas Zorn. Obwohl Kitey prinzipiell versuchte, die Gefühle anderer auszusperren, war es bei dieser Intensität nahezu unmöglich. Ein Funke drang zu ihr durch, wollte gefühlt werden und wachsen. In der Elfe brodelte es. Ihr Körper bebte wie der Deckel auf einem Topf, der drohte überzukochen.

»Ein Zauber! Diese flüsternde Stimme im Wald und der Nebel. Seid ihr verrückt? Welche halluzinogenen Pilze habt ihr gefuttert? Das war unmöglich ein Alltagszauber. Das müsste schon ein ...« Ihre Augen weiteten sich. »Verrottende Baumwurzel, wo habt ihr mich da reingezogen?«, blaffte die Elfe mit dem Fuß aufstampfend.

»Hier ist es nicht sicher genug, um lang herumzulamentieren! Aber es ist nichts, was dich nicht ohnehin betrifft!« Das war die reine Wahrheit. »Du bist doch eine Waldelfe aus dem Reich Fernhem, hab ich recht?« Kitey musterte sie. Nicht alle Elfen waren klein und zierlich, auch die dünnen Ohrspitzen und ihre Kleidung verrieten sie.

»Und?«, gab die Elfe knapp zurück und stemmte die Fäuste an die Hüften.

Ein Gedanke beschlich Kitey. »Du weißt es nicht, oder? Dein Waldgebiet liegt auf dem Festland.«

Kajaska verengte die Augen. »Was weiß ich nicht?«

»Du weißt nichts von der Zerstörung auf zwei der Inseln. Sie haben Wälder niedergebrannt.«

Die Elfe schlug die Hände vor den Mund. »Unmöglich. Nein.«

»Sie sind überall.« Eindringlich begegnete Kitey Kajaskas Blick. »Wir brauchen eure Hilfe.« Sie rieb sich über die steifen Muskeln ihres Nackens.

Für so eine Situation bin ich einfach nicht geschaffen. Das ist doch paradox. Ich erwarte etwas, was ich selbst nicht tun würde. Blind vertrauen.

»Euch helfen? Was habt ihr vor?« Mit den Fingern betastete Kajaska die blattförmige Brosche am Verschluss ihres Umhangs.

Kitey leckte sich zögerlich über die Lippen und sah abwechselnd zu Thriller und Kajaska. »Na ja ...«

Plötzlich stürzte hinter der zertrümmerten Brunnenfigur ein zottiger Schatten aus dem Nebel. Eine lederhäutige Pranke packte Thriller. Er schrie. Mit einem markerschütternden Brüllen schlug das gorillaartige Vieh seine scharfen Klauen in Thrillers Oberarm. Kajaska zuckte nach vorn. Mit einer raschen Bewegung zog Kitey ihren Dolch aus der Scheide am Oberschenkel.

Tränen schossen in Thrillers geweitete Augen. Wieder schrie er auf. Neben seinem Gesicht durchbrach die breitlippige Fratze des grollenden Viehs den dichten Schimmernebel und bäumte sich auf. Begierig gaffte es auf das hervorquellende Blut an seinen Nägeln.

Kitey warf ihren Dolch, verstärkt durch die Kraft ihres Celistma. Im Augenwinkel sah sie Kajaskas Arm nach vorn zucken. Treffsicher trieben sich zwei Klingen durch das wollige Fell, hinein ins Fleisch. Die Augen des Ungetüms quollen hervor und es löste jaulend seinen Reißnagelgriff.

Benommen ließ sich Thriller von Kitey wegzerren. Er taumelte, seine Glieder zitterten.

Ein kehliger Schrei drang aus dem aufgerissenen Maul mit den vier über die Lippe ragenden Hauern.

»Weg hier! Das ist ein Schkralyth. Sein Ruf lockt mehr Nekrophagen her!«

Ruckartig zog die Kreatur die Dolche aus Arm und Brust, schüttelte sich wie ein nasser Hund und verfolgte sie im Schleusenlichtkegel.

Den Fuß bereits auf der Bodenschwelle des Schleuseneingangs, hielt Kitey inne. »Vertraut mir, bitte! Nur für diesen Augenblick!« Sie streckte Kajaska ihre offene Hand entgegen. Die Elfe sah ihr fest in die Augen und griff zu.

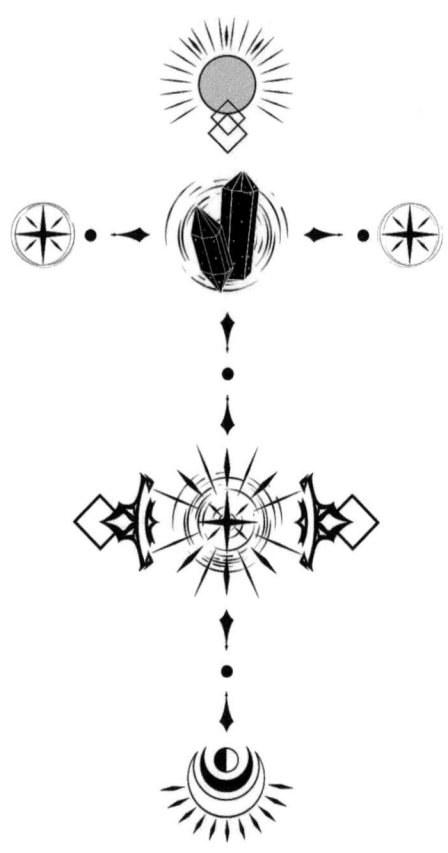

KITEY

Der Schwung des Austritts stieß die Pendeltüren des hölzernen Portaltores auf. Wie ein Scheinwerfer flutete das Licht der Solarisschleuse die Umgebung. Sofort fiel Kiteys Blick auf die gehörnte blaue Gestalt. Ihre Anspannung schoss nach oben wie ein Volltreffer bei Hau-den-Lukas.

Mit kurzen Schritten lief die Dämonin hin und her, sah immer wieder zum Waldrand. Die dichtgewachsenen Nadelbäume und struppigen Büsche wuchsen nicht weiter als fünfundzwanzig Meter von den äußersten Lehmhäusern von Ilin entfernt. Sie boten ein uriges, mittelalterliches Bild mit ihrem strohbedeckten Walm und runden Tonnendächern. Teilweise umrahmten die Gebäude Zäune aus verwittertem Holz, auf denen blasse Lampen brannten.

Japsend zuckte die gehörnte Dämonin zusammen, als Kitey vor ihr landete. Sobald Kajaskas Stiefel das Gras berührten, entfernte sie sich und musterte die Umgebung.

»Was ist passiert? Wo sind sie?«, begann Kitey.

Neben ihr keuchte und schwankte Thriller. »Scheiß Traum.«
Kitey legte ihren Arm stützend um seine Taille.

Die Dämonin strich sich eine dicke Haarsträhne hinter ein
Horn und trat von einem auf das andere Bein. »Was hat er?« Ihr
Blick huschte von Thriller zu den Bäumen. »Da drüb–«

»Beantworte die Fragen.«

»So genau weiß ich das nicht. Ihr seid verschwunden. Loreo
kam zurück. Die wildgewordenen Dinger grölten. Die waren
plötzlich überall.«

Kitey stöhnte auf. »Und Andorian?«

»Wer?«

»Die knochige Fratze mit den roten Haaren.«

»E-Er hat v-versucht, mich ... Ihn traf ein Eisspeer und er
ist abgestürzt.«

»Was!?«

Die Dämonin sah wieder rasch in den Wald und zuckte die
Achseln. »Alles ist so schnell gegangen.«

»Und wo sind Loreo und der Eishexer?«, hakte Kitey ungeduldig nach.

»Die mussten mal.«

Kitey nickte knapp und spähte zwischen die Bäume.
Verflixt, es ist zu finster.

»Hier.« Kajaska trat vor und hielt der Dämonin zwei Dolche
entgegen. »Zwei deiner Waffen sind weg.« Sie deutete auf die
leeren Dolchscheiden an ihrer Hüfte. »Weil du mir zur Flucht
verholfen hast. Ich begleiche meine Schuld mit Elfenstahl.«

»Eine recht freie Interpretation von Lebensschuld, oder?«,
warf Kitey ein. »Rette ihr ebenfalls das Leben, das gebietet es.«

»Meine Dolche retten sie, das läuft auf dasselbe hinaus. Ich
habe gesehen, dass sie mit Klingen umgehen kann.«

»Oder du bleibst, bis sich eine Gelegenheit ergibt.«

»Was auch nicht lange dauern sollte. In den letzten zwei
Stunden haben mich mehr Untiere verfolgt wie in den vergan-

genen 150 Jahren.«

Die Dämonin blinzelte hektisch und winkte ab. »Das ... das ist nicht nötig.«

»Nimm schon«, forderte Kajaska drängend.

Stirnrunzelnd nahm sie die Waffen an und hob die fein geschwungenen Augenbrauen. »Wenn du darauf bestehst.«

»Tue ich.«

»Du hast es echt eilig, zu deinem geliebten Grünzeug zurückzukommen, was?«, kommentierte Kitey und bemerkte, dass Thrillers Beine zitterten.

Indes schwangen die Pendeltüren schleppender und das Licht der Schleuse verschwand dahinter. Beim letzten Aufblitzen des Schleusenlichts kam Loreo zwischen den Bäumen hervor. Kitey atmete auf. Dicht hinter ihm folgte der behandschuhte Blondschopf und ordnete seine Kleidung. Beide waren auf den ersten Blick unversehrt. Einen Augenblick standen die beiden nebeneinander und Kitey kam der Vergleich in den Sinn, dass sich ihre Staturen zueinander verhielten wie Ast zu Baumstamm.

»Wo wart ihr? Ich habe schon befürchtet, du hättest den Hinweis überhört.«

»Wie könnte ich diesen Gnom vergessen? Wir waren in Purin.«

Nach ein paar wackeligen Schritten knickten Thriller die Knie weg. Kitey fing ihn ab. Auf seiner Haut spürte sie kalten Schweiß.

»Das ist schei- Mir ist so ...« Ehe er den Satz beendete, sackte er bewusstlos gegen sie.

»Dort drüben ist ein verlassenes Haus. Das haben wir entdeckt, als wir gewartet haben«, erklärte Loreo.

Gemeinsam schafften sie ihn zu dem verfallenen Lehmhaus kaum hundert Meter entfernt. Das niedrige Strohdach war halb abgedeckt, die Tür hing in den Angeln und ein muffiger Geruch erfüllte den Wohnraum. Kitey spähte durch zwei türlose Durchgänge in leere Nebenräume. Zu ihrer linken führte eine schmale Holztreppe mit gebrochenem Geländer hinauf.

»Wie einladend. Na ja, ein Luxuspalast wäre auch zu viel verlangt.« Diesmal half Kiteys Sarkasmus nicht, das dumpfe Gefühl zu mildern. An den Wänden hinter dem Bett, auf das sie Thriller legten, fanden sich Überreste verblasster Wandmalereien. Von der Decke hingen drei gläserne Kugeln, gefüllt mit Luminesmoos. Loreo schob die metallenen Verdunklungsränder auf, um den Raum zu erhellen.

»Die Bewohner haben genug zurückgelassen, damit es sich für eine kurze Rast eignet. Was ist passiert?«, fragte Loreo, während er Thrillers Verletzungen begutachtete.

Kitey lehnte sich mit der Schulter an den Bettpfosten. »Das will ich von dir auch wissen.«

Loreos Kiefermuskeln zuckten unter dem Dreitagebart, als er seufzte. »Sicher. Erst sehe ich mir das an.«

»Ein Schkralyth hat uns angegriffen«, erklärte Kitey Thrillers Verletzung.

»Die Krallenrisse muss ich reinigen, damit es sich nicht entzündet.« Loreo tastete behutsam die Bereiche um die Wunden ab und begutachtete sie genau. »Seine Schnittwunden an den Beinen sind zum Glück nicht tief. Aber es stecken Splitterreste im Fleisch. Ich brauche Wasser. Die Leitungen im Haus funktionieren nicht. Auf der rechten Hausseite gibt es eine Schwengelpumpe.«

Noch im Türrahmen stehend, bot sich die Dämonin sofort an. »I-ich hole es.« Und schon verschwand sie fluchtartig nach draußen.

Mit zusammengezogenen Augenbrauen sah Kitey ihr nach.

»Du machst Yalianja nervös. Bei deinem finsteren Blick glaubt sie noch, du ziehst gleich dein Schwert«, raunte Loreo und knuffte ihr gegen den Arm.

»Wie bitte? Ya– was?« Sie gab sich keine Mühe, das Grollen in ihrer Stimme zu verbergen.

»Yalianja. Sie hat gesagt, wir können sie Lian nennen.«, mischte sich der Blondschopf ein. »Mir persönlich gefällt

Yalianja besser.« Er zuckte mit den Schultern und setzte sich auf einen der drei Stühle in der Essecke. »Und so finster ist dein Blick nicht. Ihrer ist düsterer.« Amüsiert lächelnd zeigte er auf Kajaska.

Die Elfe reagierte mit einem hörbaren Schnauben, drehte sich um und sah aus dem Fenster. »Und du bist?«

»Werwik.« Er lehnte die Ellbogen auf den Tisch und sah sie direkt an.

Diese demonstrative Ruhe ist eigenartig. Wenn ich nach ihm taste, flackert seine Vomani. Ja, er ist gelassener als die anderen. Aber nicht so sehr, wie er vorgibt zu sein.

Sie wandte sich an Loreo. »Ist dir ihre Waffe entgangen? Du weißt, was ich von Dämonen halte. Speziell von bewaffneten Dämonen.« Auch wenn sie den Stern aus Dolchen unter anderen Umständen bewundert hätte, so eindrucksvoll war er.

Loreo ließ das Thema vorerst fallen. »Was ist mit euch beiden?« Sein Blick glitt über Kajaska und Kitey. »Irgendwelche Verletzungen? Dein Flügel?«

»Schmerzhaft, aber heilt schon. Hör auf, mich zu mustern! Thriller ist der Einzige, der verletzt ist.« Mit Daumen und Zeigefinger zupfte sie an seinem zerrissenen Hemdsärmel. »Abgesehen von dir.«

Die Wundheilung hatte eingesetzt, das sah sie. Einer der Vorteile, wenn man war wie Loreo und sie. »Du solltest den Verband wechseln und noch mal eine Salbe auftragen.«

Kajaska stand Abseits der anderen am geöffneten Fenster und stützte die Arme auf das Fensterbrett. Offenbar konnte sie es auch nicht leiden, beäugt zu werden.

Warum will sie möglichst viel Distanz zu anderen? Waldelfen sind doch eher von der geselligen Sorte. Eine Gemeinschaft hat Hunderte Mitglieder und alle Leben eng beieinander. Das sind keine Einzelgänger!

Als Lian mit dem Wassereimer zurückkehrte, machte sie einen Bogen um Kitey und vermied es, sie direkt anzusehen. Vorsichtig leerte sie das klare Wasser in eine Schale, die neben dem Bett auf einem Nachttisch stand, den Rest füllte sie in den Krug daneben.

Ehe Loreo begann, Thrillers Wunde zu reinigen, warf er Kitey diesen Ich-habs-dir-ja-gesagt-Blick zu. Sie quittierte ihn flink mit ihrem Ist-mir-egal-Augenbrauenzucken.

Während sich Loreo auf die Wundversorgung konzentrierte, durchforstete Kitey die Küchenzeile und zwei Schränke im Nebenraum nach Brauchbarem.

Fündig geworden, trug sie Becher, eine Schale und Krug zum Tisch. »Hey, Werwik, mach dich nützlich und hol noch die Handtücher und die Decke. Und wenn du noch mehr kannst als Eiszauber, zünde doch das Feuer im Kamin an.«

»Sicher.« Er zwinkerte ihr zu und schlenderte zur Feuerstelle rechts neben dem Bett. »Oder ich nutze die Zündsteine.« Diese legte er in die dafür vorgesehenen Kuhlen im Boden. Während er aufstand, glühte der eine schwarz und der andere rot auf. Zwischen ihnen sprühten Funken, die wuchsen und sich vermengten, bis ein loderndes Feuer entstand.

»Wärmt euch auf. Das wird wohl ein längerer Aufenthalt als erwartet.« Aus Loreos Gürteltasche, die neben ihm lag und ebenfalls mit einem Expansionszauber versehen war, kramte Kitey zwei Trinkflaschen heraus, die Jigulfat-G'na enthielten. Beim Einschenken offenbarte sich ein zarter, fruchtiger Teegeruch, der mit der klaren orange-gelben Färbung harmonierte.

»Danke.« Zögernd griff Lian an ihr vorbei und leerte den Becher durstig.

Kitey zog die Augenbrauen zusammen und betrachtete die Hornteufelin. Sie verhielt sich nicht wie die personifizierte Gefahr, die Kitey in Dämonen sah.

Was ist los mit dieser gehörnten Schuppenschlange? Sie wirkt so unsicher, harmlos, fast verletzlich.

Argwöhnisch beobachtete sie, wie Lian in sich gekehrt den Becher in ihrer Hand betrachtete. Als Kitey heimlich nach ihrem

Bewusstsein tastete, erfasste sie augenblicklich Traurigkeit. Überrumpelt schnappte sie nach Luft. Das war eine Emotion, die sie bei Dämonen nicht erwartet hatte.

Ich lasse mich nicht von diesen traurigen Augen und der scheuen Fassade täuschen!

Unbemerkt drang sie in den Geist der Dämonin ein. Es brauchte Konzentration, denn Kiteys Abneigung erschwerte es ihr, eine Verbindung herzustellen. Angekommen offenbarte sich ihr eine verblüffend andersartige Geiststruktur. Die Verderbtheit, das Boshafte im Kern des Wesens, war für gewöhnlich sofort präsent. Hier spürte Kitey nichts dergleichen.

Es kam ihr vor, als schwebe sie in absoluter Leere. Gemeinsam mit den Momentaufnahmen, die sie umkreisten wie ein Karussell, umgab sie eine Leuchterscheinung, ähnlich dem Polarlicht. Bilder eines Waldgebietes, das ihr unbekannt war, und einer fremden Stadt erschienen vor ihr. Die himmelblaue Schuppenhaut der Dämonin fiel zwischen den pastellgrünen Sträuchern, durch die sie rannte, sofort auf. Ihr Weg führte sie über eine gebogene Brücke, durch ein Tor, das in eine Stadtmauer eingelassen war. Im Inneren richtete sich ihre Aufmerksamkeit auf ein imposantes Schloss aus weißem Stein. Die Zinnen der schlanken Türme ragten hoch genug, um an den Wolken zu kratzen. Die befestigten Straßen, durch die sie ging, waren voller Dämonen von Lians Art.

Das konnte nicht in Galmadur sein. Eine Stadt von der Größe würde sie kennen. Von wo hatte dieser eigensinnige Zauber Lian hergeholt? Das war ein ganzes Dämonenvolk mit Kultur und Fortschritt.

Die Tatsache, dass eine derartige Dämonengesellschaft existierte, ohne dass sie es wusste, feuerte Kiteys Misstrauen an. Ihr Mund wurde trocken und für einen Augenblick war Kitey unentschlossen, auf welchen Erinnerungsfetzen sie sich konzentrieren sollte. Sie musste mehr über ihre Persönlichkeit herausfinden. Die um sie fliegende Sintflut von lebhaften Erinnerungen zu ordnen und zu deuten, war knifflig.

Wieder und wieder sah sie Lian denselben Weg gehen. Er führte sie zu einer Art Palastgebäude, hinter dessen Pforten sich ein Büchermeer fand. Lian saß zwischen unzähligen Folianten und Schriftrollen, durchsuchte Regale und saß mit einem lang-bärtigen Alten zusammen.

Man könnte glauben, sie lebe in dieser überdimensionierten Bibliothek. Aber sobald sie das Gebäude verlässt, verändert sich ihre Körpersprache.

Alles in Kitey sträubte sich. Bei dem Gedanken, eine Dämonin als sanft und empfindsam zu beschreiben, krampfte sich ihr Magen zusammen. Es stellte alles auf den Kopf, was Kitey Lian gegenüber empfand.

Das ist absurd. Ich hätte darauf wetten können, dass sie die Kämp-fe, die uns erwarten, lachend genießt. Typisch Dämon eben. Und jetzt muss ich mich fragen, ob sie überhaupt für eine Schlacht geeignet ist. Ist das Götterhumor?

Als Kitey im Begriff war, sich zurückzuziehen, erregte eine Szene ihre Aufmerksamkeit.

Keuchend und verschwitzt drosch Lian auf eine hölzerne Atrappe ein. Hinter ihr stand ein muskelbepackter Dämon, der ihr Anweisungen zurief. Vier auffällige, gewundene Hörner ragten aus seinem Kopf wie bei einem Irokesenschnitt, und seine Stirn lag grimmig in Falten.

Angespornt suchte Kitey nach mehr solcher Bilder und wurde fündig. Offenbar hatte jemand Lian trainiert, sie konnte also kämpfen. Wofür war sie ausgebildet worden? Dass sie über ein Grundmaß an Erfahrung verfügte, war gleichermaßen beruhigend wie besorgniserregend. Worauf sollte Kitey sich ver-lassen? Auf ihr gewohntes Misstrauen? Oder auf das, was ihr Geist sie sehen und fühlen ließ? Etwas, das ihre Instinkte frag-würdig ins Wanken brachte.

Unschlüssig zog sie sich zurück, blendete alles aus und ging in sich. Ein Dämon mochte noch so viel lügen und täuschen – ein Geist sprach immer die Wahrheit. Wenn sie darauf nicht mehr vertrauen konnte, was bliebe ihr dann noch?

Im Gegensatz zu Lian ließ sich Kajaska Zeit beim Trinken. Mit geschlossenen Augen schnüffelte sie und bewegte den Holzbecher unter ihrer Nase sanft hin und her. Mit einem Ruck öffnete sie die Lider und nippte nur.

Kitey schmunzelte.

Natürlich, sie hat die Früchte erkannt. Ob sie weiß, dass sich daraus ein Elixier gegen Müdigkeit und Erschöpfung brauen lässt?

Am Kopfende des Bettes stand der vermeintliche Hexer und beobachtete Loreo. Dieser entfernte mit konzentriertem Blick Splitter für Splitter von den Fußrücken bis zu den Knien. Hin und wieder zuckte Thriller, stöhnte auf und bewegte sich träge. Die Decke lag ausgebreitet auf seiner nackten Brust.

Werwik hielt Thrillers Beine. Stumm unterstützte er Loreo und beobachtete jeden seiner Handgriffe. Besonders der letzte Behandlungsschritt schien ihn zu interessieren.

Ohne von den Wunden aufzusehen, tastete Loreo in seiner Tasche und fand die tropfenförmige Phiole mit dem Schraubverschluss, an dem eine Pipette hing. Sorgfältig beträufelte er den gereinigten Wundbereich mit der bräunlichen Flüssigkeit. Die zähfließende Tinktur dampfte, sobald sie in Berührung mit Blut kam. Dann legte sie sich wie ein wächserner, dünner Film über die Krallenrisse und Schnittwunden an den Beinen.

»Das sollte die Heilung unterstützen.« Loreos Hand ruhte einen Moment flach aufgelegt auf Thrillers Schulter. Darunter begann ein weißes Licht zu glimmen, als er sein heilendes Celistma auf Thriller wirken ließ.

»Wir können erst weiterreisen, wenn er aufwacht.« Loreo wischte sich Schweiß von der Stirn und betastete seinen Arm.

Seufzend ging Kitey zu ihm und wünschte sich, sie besäße ebenfalls diese heilenden Kräfte. »Lass mich sehen.« Als sie die

letzte Lage des Verbandes löste, der an der Wunde klebte, sog Loreo scharf die Luft ein.

»Du reinigst die Wunde, oder? I-Ich wechsle das Wasser.« Lian schnappte sich die Schale, in der rötliches Wasser schwappte, goss es aus dem Fenster und füllte sie wieder.

Loreo lächelte steif. »Danke.«

Selbst die zarten Elfenschritte von Kajaska knarrten gedämpft auf dem Holzboden, als sie an Werwik herantrat. »Ich begleiche meine Lebensschuld. Nimm diesen Elfenkristall. Du beherrschst Elementarmagie und ...«

»Eiszauber! Ich beherrsche Eiszauber«, korrigierte Werwik mit rauem Ton.

Kitey horchte auf.

Warum betont er die Art seines Zaubers so ausdrücklich?

»Nur diesen Elementarzauber?«

»Ja. Nein. Meistens.« Seine gelassene Maske bekam Risse und am Rande von Kiteys mentaler Barriere kribbelten seine aufgeregt flatternden Gefühle. Zumindest für einen Augenblick, denn er hatte sich rasch wieder im Griff und das Flattern verschwand.

»Egal. Er stärkt jegliche Art von Elementarmagie. Am besten funktioniert es bei Erdzaubern.« Kajaska hob die Hand und öffnete ihre Faust. Darin lag ein achtseitiger Kristall, der ihre Handfläche ausfüllte und dessen Oberfläche grün-golden glänzte.

»Diese Kristalle sind kostbar.«

»Richtig. Wir geben sie selten anderen Rassen. Die Erfahrung hat uns gelehrt, dass ihre Kraft zu oft missbraucht wurde. Hättest du mir nicht zur Flucht verholfen, würdest du ihn nicht bekommen.« Kajaskas Ton war ernst, während sie ihm den Kristall entgegenhielt.

»Und du glaubst, ich missbrauche ihn nicht?«

Kiteys Augenbraue zuckte und sie tauschte einen Blick mit Loreo, dem sie routiniert dieselbe Tinktur auftrug wie er zuvor Thriller. Ihr lag ein Kommentar auf der Zunge. Doch sie war zu gespannt auf die Antwort und schwieg.

»Instinkt. Jeder hat Geheimnisse und ...« Sie unterbrach sich und ihr Blick huschte zu Kitey hinüber. »In deinen Augen erkenne ich nichts Boshaftes.«

Mit beiden Händen nahm Werwik den Elfenkristall entgegen. »Ich hoffe, mich ihm würdig zu erweisen.« Seine Schultern versteiften sich und er setzte sich wortlos auf den Stuhl neben dem Bett.

Wachsam beobachtete Kitey, wie er seinen Mantel auszog und auf die Stuhllehne hängte. Der Mantelstoff bauschte sich auf dem Boden wie ein Schneehaufen. Werwik war nicht schmächtig, hatte breite Schultern, eine schmale Taille und lange Beine. Die obersten Knöpfe des weißen Hemdes trug er geöffnet. Darüber betonte eine eng anliegende Weste seine schlanke Figur. Auf dem schwarzen Stoff schimmerten kaum sichtbar dünne Linien. Je nachdem, wie das Feuer flackerte, erkannte sie die Symbole teilweise. Seine elegante Kleidung wirkte hier völlig fehl am Platz. Die filigranen Symbole waren unauffällig im Bereich unter dem breiten Hemdkragen eingearbeitet. Ihrem scharfen Blick entgingen sie trotzdem nicht.

Mist. Was sind das für Symbole?

Konzentriert kräuselte sie die Lippen.

Mein Instinkt sagt, er verheimlicht was.

»Fertig. Das sollte halten, zumindest eine Weile. Kann ich dich jetzt mal draußen sprechen?«, flüsterte Kitey Loreo zu.

Ein grübelnder Schatten legte sich über seine kaffeebraunen Augen, die rot aufschimmerten.

»Halt! Erst will ich wissen, mit welcher Schleuse ich in meinen Wald komme und verschwinde!« Kajaska trat mit in die Hüften gestemmten Fäusten vor sie.

»Elfenohren«, zischte Kitey augenrollend. »Was ist mit deiner Schuldbegleichung bei Loreo? Was drückst du ihm in die Hand?«

»Pah. Warum sollte ich? Er hat mir aus einer Situation rausgeholfen, in der ich ohne euch nie gewesen wäre. Entgegen dem, was du glauben magst, ich bin keine gefühllose, vertrocknete Wurzel. Ich habe gewartet, bis er versorgt war.« Ihr Kopf huschte zu Thriller und ihre Stimme wurde weicher.

Egal, wie bockig sich diese Elfe gab, Fürsorge war Teil ihres Naturells.

»Ihr habt uns alle entf–«

»Dann kommt es auf ein paar Minuten mehr nicht an.« Rasch unterbrach Kitey sie, weil sie ahnte, worauf das hinauslief.

»Wenn du uns verlassen möchtest, werden wir das respektieren. Das gilt für alle. Gebt uns nur bitte die Chance, zu erklären, warum wir eure Hilfe brauchen. Habt noch einen Moment Geduld.« Die Ruhe, mit der Loreo sprach, beeindruckte Kitey. Seine Stimme klang fest und zugleich verständnisvoll. In seinen Worten lag die Kraft der Überzeugung, ein Funken und dennoch wirksam. Eine nützliche Fähigkeit, die sie nicht beherrschte.

Auf der Lippe kauend trat Kajaska zur Seite. »Fünf Minuten. Ich warte fünf Minuten.«

KITEY

L oreo schloss hinter ihnen die Tür und stellte sich zu Kitey an den Waldrand. Die dunkelsten Stunden der Nacht waren vorüber und das Mondlicht strahlte zwischen den Wolken.

»Dieser verdammte Zauber.« Ein paar Schritte tigerte sie umher.

»Das war ... Argh. Wie soll das funktionieren? Und jetzt hast du ihnen gesagt, es sei okay, wenn sie abhauen. Ernsthaft? Wie denn? Die Portale sind gefährlich. Und ich bin doch kein Luft-Taxi für inländische Langstreckenflüge! Außerdem hat Andorian sie gesehen. Damit sind sie zu Zielscheiben geworden.« Energisch gestikulierend ließ Kitey ihren Frust raus.

Loreo lächelte mild und hörte sich ihre Tirade an. »Bist du fertig? Fühlst du dich jetzt besser?«

»Absolut. Es hätte gutgetan, ein bisschen zu schreien, aber nicht alle Häuser sind verlassen.«

»Hoffnung, Kitey. Das war der Zauber. Wir haben alles andere versucht. Wir müssen darauf vertrauen. Ihnen vertrauen. Die Gesteinsstimme hat sie ausgewählt. Dafür gibt es Gründe, wir kennen sie nur noch nicht. Sie kennen sie vermutlich selbst nicht mal.«

Sie schüttelte den Kopf und lachte trocken auf. »Du bist mit diesem unendlichen Vorrat an Vertrauen in alles und jeden gesegnet. Wir beide wissen, dass ich das nicht bin.«

»Kitey ...«, setzte Loreo an, doch sie ließ ihn nicht ausreden.

»Vergiss es. Ich vertraue dir, und du hast genug davon für uns beide.« Sie seufzte hörbar und sah zu ihm auf. »Was ist in Unoa passiert?«

»Keine Ahnung, wie er uns gefunden hat. Ich habe ihn unter Wasser gezogen. Ein paar Hiebe konnte ich Andorian verpassen. Dann hat er sich losgerissen und ist aufgestiegen. Er wollte auf Lian losgehen. Bevor ich ihn erreicht habe, schoss ein Eissplitter durch seinen rechten Flügel. Die Wucht war heftig. Innerhalb von Sekunden war jede Feder vereist. Es zog sich über seinen ganzen Körper.«

»Das hätte ich gerne gesehen. Denkst du, er ...«

»Nein, das reicht nicht aus, um ihn zu vernichten.« Über Loreos Gesicht huschte ein beklommener Schatten.

»Früher oder später wird es passieren.«

»Ja. Es ist nur nicht leicht.«

»Ich weiß.« Kitey legte die Hand auf seinen Arm und versuchte, Verständnis aufzubringen. »Er ist nicht mehr der Andorian, den du kanntest.«

»Er ist kaum wiederzuerkennen. Du hättest ihn toben und brüllen hören sollen. Der Hass, den ich bei ihm wahrgenommen habe, war erschreckend. Als beide Flügel von Eis überzogen waren, ist er ins Meer gestürzt und untergegangen. Ich habe mir Lian und Werwik geschnappt und bin durchs Portal verschwunden.«

»Damit hat Werwik definitiv seinen Zorn auf sich gelenkt. Seine Überlebenschancen stehen besser, wenn er bei uns bleibt.«

»Ich glaube, das ist ihm klar.«

Kitey sah durchs Fenster zu Werwik. »Er hat sich gewundert, dass Unoa noch steht. Ich vermute, er kennt sich in Galmadur aus. Die Frage ist, was er weiß.«

»Na ja ...«, Loreo rieb sich nachdenklich den Nacken. »Ihn bringt die Zerstörung nicht aus der Fassung. Lian schon.«

»Die Dämonin«, zischte Kitey.

»Die euch mit uns zusammen zur Flucht verholfen hat.«

»Zumindest sieht es so aus, als könnte sie mit Waffen umgehen. Das gilt auch für die tollwütige Elfe. Aber was, wenn sie alle Nein sagen und abhauen? Du hast doch gesagt, der Zauber sei unsere letzte Chance. Große Hoffnung und so. Du erinnerst dich? Ach, bei den Göttern.« Kitey raufte sich das Haar. »Wir sind Engel! Warum schaffen wir es nicht allein?!«

»Weil wir weder allmächtig noch unsterblich sind. Und das ist auch besser so.«

»Verdammt, es würde aber helfen.«

»Wir sind da, um unsere Aufgaben zu erfüllen und das Gleichgewicht zu wahren. Mit unserem Eingreifen bringen wir schon genug durcheinander.«

»Du meinst, *ich* bringe einiges durcheinander?« Kitey kickte einen Kiesel in den Wald.

»Nein.«

»Was, wenn Andorian recht hat? Was, wenn meine Reinkarnation ein Fehler war? Ein göttliches Missgeschick? Eine verlorene Wette unter Göttern oder ihr schräger Humor?« Mit künstlich verstellter Stimme fuhr sie fort: »Hey, lasst doch mal sehen, was passiert, wenn wir nach Jahrhunderten wieder einen Reinkarnationsengel auf die Welten loslassen.«

»Denk das bitte nicht. Seine Wut gilt mir und ... na ja ... der Welt, dem Rat der Engel.«

Kitey lachte trocken auf. »Mit Sicherheit stehe ich auch auf seiner Liste. Weil ich seinen Platz eingenommen habe.«

»Er hätte dich gemocht. Früher. Da steckt mehr dahinter.«

»Lass uns nicht in die wirren Tiefen seiner Beweggründe abdriften. Davon brummt mir der Schädel. Wir müssen rausfinden, was der Schattenmagier vorhat.«

»Oder wer er ist«, ergänzte Loreo und rieb sich übers Kinn.

»Ich hoffe, ein Besuch in der unsichtbaren Bibliothek gibt uns Hinweise. Aber zuerst«, Kitey richtete den Blick durchs Fenster ins Haus, »müssen wir entscheiden, was wir mit den vier machen. Glaubst du, Werwik ist ein Hexer? *Wenn* er einer ist, könnte es schwierig werden. Apropos schwierig. Diese zickige Elfe gibt sich wie ein Dämon. Und Lians Sanftmut hat mich geistig geradezu geohrfeigt. Oh, nicht zu vergessen Thriller. Ja, ich habe Potenzial gesehen, aber er kommt aus Nefeach!«

Loreos Augen weiteten sich und er zog sie am Arm zwischen die ersten Bäume. »Du hast Potenzial *gesehen*? In Lians *Geist*? Ohne ihre Einwilligung? In dieser Situation? Das könnte dich ihr Vertrauen kosten.«

Die Lippen zu einer schmalen Linie gepresst, rollte Kitey mit den Augen. In vielerlei Hinsicht kam sie gut mit moralischen Grautönen klar. Loreo nicht.

»Ja, du mustergültiges Beispiel für Tugend. Aber bei Thriller war es ein Versehen. Und welches Vertrauen? Der Zauber hat sie hergeschleift, direkt vor die Füße einer Dämonenarmee. Soll ich mal ehrlich sein?! Ich würde uns kein bisschen trauen. Genauso wenig, wie es Kajaska tut.« Kitey erwiderte seinen Blick stur und stand mit dem Rücken zur Hausfront.

»Nur mit Vertrauen erstarken Schwingen und trotzen jedem Sturm.«

»Echt? Wieder eine deiner Flügelmetaphern?«, entgegnete Kitey mit genervtem Aufstöhnen.

»Vielleicht vertrauen sie uns nicht. Das bedeutet aber nicht, dass sie uns misstrauen. Und das ist ein Anfang.«

»Das führt zu nichts. Wir müssen sie überzeugen, mitzukommen. Das wird schwierig genug und ich behalte Lian im Auge. Diese Waffe und die Kampfübungen ...« Sie griff sich mit Daumen und Zeigefinger an die Nasenwurzel. »Das gefällt mir nicht. Keine Ahnung, was ich davon halten soll.«

Stirnrunzelnd tippte Loreo auf den Schwertknauf neben seinem Gürtel. »Es ist von Vorteil, wenn sie mit Waffen umgehen kann. Wir tragen selbst welche. Denkst du nicht, dass wir genauso bedrohlich aussehen? Bisher war nichts Heimtückisches oder Boshaftes an ihrem Verhalten. Im Gegenteil. Galmadur ist nicht schwarz-weiß. Und auch, wenn es dir unvorstellbar erscheint – es gibt gutherzige Dämonen. Denk an Schlirff.«

Sein plötzlicher Sarkasmus ließ Kitey auflachen. »Unser grüner Wackelpuddingfreund zählt nicht.«

Resigniert schüttelte Loreo den Kopf. »Lass uns einfach ehrlich mit ihnen reden. Keine Geheimnisse.«

»Keine Geheimnisse? Wissen wir denn, ob wir ihnen trauen können?«, wandte Kitey ein.

»Was sagen dir dein Bauchgefühl, dein Instinkt und deine Fähigkeiten?«

Loreo sprach einen wunden Punkt an. Es gab Momente, da stellte Kitey sich selbst infrage und dieses mulmige Gefühl beschlich sie immer öfter.

»Wie war dein Gefühl bei Andorian?«, konterte sie.

»Das ist etwas anderes!«

»Mag sein«, lenkte Kitey ein. »Trotzdem. Unser Instinkt ist nicht unfehlbar. Ganz davon abgesehen: Falls einer dein Angebot annimmt und Lebewohl sagt, ist es besser für denjenigen, nicht alles zu wissen.«

»Deswegen ist es umso wichtiger, sie zu überzeugen.«

»Das könnten wir leichter haben. Gib ihnen einen Schubs in die richtige Richtung.«

»Auf keinen Fall. Ich werde ihren Willen nicht beeinflussen«, sagte Loreo entschieden und schüttelte den Kopf. »Und du ...«

»Du hast Angst. Angst, zu sein wie Andorian.« Sie pikte ihm mit dem Zeigefinger auf die Brust. »Ein Funke macht aus dir keinen bösartigen Puppenspieler.«

»Seitdem das mit Andorian passiert ist, stelle ich mehr infrage, als mir lieb ist. Wir glauben oft, unser Eingreifen sei so unauffällig wie die kleinste Feder an unseren Flügeln. Aber jede noch so winzige von ihnen hat Einfluss auf die gesamte Schwinge.«

»Wem sagst du das? Das Loch im Flügel ist scheiße. Zum Glück haben wir die Tinktur.«

»Kitey, du weißt, was ich meine.«

»Natürlich.« Sie lächelte sanft. »Wenn es hilft, entschuldige ich mich dafür, dass ich in ihre Köpfe gesehen habe. Obwohl ...«

»Du hast was?!«, schrie Kajaska, sprang mit heiß glühenden Wangen vom Dach und landete direkt vor ihnen.

»Listiges Spitzohr, du hast gelauscht.« Kitey ballte die Hand zur Faust und fluchte innerlich. Sie konnte es ihr nicht mal übelnehmen. An ihrer Stelle hätte sie ebenso spioniert.

Knarrend flog die Tür auf. Werwik und Lian stießen verwirrt dazu.

»W-Werden wir wieder angegriffen?«

»Wir nicht. Unsere Waldelfe geht aber vielleicht auf Kitey und Loreo los«, antwortete Werwik der Dämonin.

»Wisst ihr, was diese giftige Zitadellenknolle getan hat? Sie hat in unseren Köpfen rumgespukt. Wie so ein zwielichtiger Seher aus Kenud.« Aufgebracht wiederholte Kajaska alles, was sie mitgehört hatte. »Reicht es nicht, dass ihr uns diesen Saft mit Ipnicks unterjubelt? Denkt ihr, ich habe das nicht gerochen?« Sie schnaubte verächtlich.

»Ich habe euch für Greifen- oder Sirenen-Wesen gehalten. Jetzt wird einiges klarer.« Werwik lehnte mit der Schulter am Türrahmen, verschränkte die Arme und sein Mundwinkel hob sich zu einem amüsierten Lächeln.

»Was war denn mit dem Saft? I-Ich begreife nichts. E-Engel?« Erstaunen blitzte in Lians graublauen Augen und sie musterte Kitey. Es war, als krabbelten Dutzende Käfer über ihre Haut. Sie hasste es und rückte ihre Fähigkeit ins rechte Licht. »Das ist lächerlich. In dem Saft ist nichts, das euch schadet. Und ich bin keiner dieser parasitären Wirrköpfe aus Kenud! Fakt ist:

Ich kann keine Gedanken lesen. Was ich sehe, ist die Vergangenheit. Nicht jedes Detail. Es sind die präsenten Erinnerungen in euch. Ich kann euren Charakter deuten und leider verdammt intensiv Gefühle wahrnehmen, wenn ich nicht eine Barriere um meinen Geist ziehe.« Sie zuckte mit den Schultern. »Außerdem habe ich nur in Thrillers und Lians Geist gesehen. Und bei Thriller war es nicht mal mit Absicht.« Kitey stand unter Spannung wie eine Bogensehne, ihr Puls raste.

»Wir stecken in einer schwierigen Situation«, begann Loreo. »Kitey und ich bewegen uns auf einem gefährlich schmalen Pfad. Ohne Hilfe ist der Kampf verloren. Galmadur ist verloren.«

»Ach, und ihr meint, als Engel habt ihr einen Vertrauensbonus?«, konterte Kajaska.

»Das erwarten wir nicht. Kriege und Machtkämpfe ziehen sich durch Galmadurs Geschichte. Aber dass ein Tyrann sich derart bedrohlich ausbreitet und die Welt auf die Zerstörung zusteuert, war noch nie vorgekommen.«

Werwik senkte den Blick, während Lian neben ihm nervös ihre Hände knetete. Sie öffnete den Mund, um etwas zu sagen. Schloss ihn aber wieder und kein Wort kam über ihre Lippen.

Die Schultern der Elfe bebten vor Wut. »Dann hättet ihr es nicht so weit kommen lassen dürfen!«

»Ganz meine Meinung.« Kiteys linke Augenbraue zuckte und sie verschränkte die Arme vor der Brust.

»Das ist nicht hilfreich«, zischte Loreo ihr zu.

»Aber die Wahrheit.«

Im Nebenhaus klapperte es, dumpfe Schritte polterten und durch die hölzernen Fensterläden drang entfachtes Licht hinaus. Als sich auch noch knarrend ein Fenster des Nachbarhauses öffnete, machte Loreo einen Schritt auf die Tür zu. »Lasst uns drin reden. Man sollte uns nicht sehen.«

Zwischen ihnen breitete sich beunruhigende Stille aus.

Die Anspannung huschte wie frostiger Winterwind über ihre Haut, so dass sich auch die feinsten Härchen auf ihren Armen aufrichteten. Der ohnehin kleine Wohnraum schien geschrumpft zu sein und fühlte sich unangenehm eng an. All die tosenden Gefühle der anderen kratzten an Kiteys Barriere wie ein klauenwetzender Orewan. Die Dielen knarrten unter ihren Stiefeln, als sie angespannt quer durch den Raum schritt und einen Blick mit Loreo tauschte.

Wie erklären wir ihnen das alles?, fragte sie ihn stumm.

Mit einem Seufzen setzte sich Loreo auf einen der wackeligen Holzstühle. Seine Kiefermuskeln zuckten und der rote Schimmer in seine Augen intensivierte sich. Kitey kannte das, es zeigte ihr, wie aufgewühlt er war und wie angestrengt er versuchte, Ruhe auszustrahlen. Er saß mit dem Gesicht zur Raummitte, neigte den Kopf und lehnte die Unterarme auf die Knie. »Es ist schwierig. Wo fange ich am besten an. Wir sind …«

»Keine langen Reden.« Mit spitzen Ellbogen schob sich Kajaska vor sie. »Ich habe genug gewartet. Und was ich gehört habe, gefällt mir nicht. Galmadur retten klingt nobel, aber ich werde nicht bei jemandem bleiben, der in meinem Kopf herumstöbert wie in einer Bibliothek.« Obwohl sie sich vor Loreo aufbaute, überragte er sie selbst sitzend um einen Kopf.

Mit überkreuzten Beinen lehnte Kitey an der Tischkante und überließ es Loreo zu reden. Sie musste schmunzeln, weil sie ahnte, wie er vorgehen würde.

Das wird nicht funktionieren. Seine Ruhe wird sie wieder rasend machen wie einen Bergtroll, dem die Spitzhacke kaputtgegangen ist.

»Unser Kennenlernen lief miserabel.« Wie erwartet, lag diese betont besonnenen Note in seiner Stimme, die auch Kitey oft gehörig nervte. »Und ich verstehe eure Verwirrung«, mit einem Blick auf Kajaska korrigierte er sich, »euren Ärger. Das war nicht unsere Absicht. Wir …«

»Das interessiert mich nicht«, unterbrach ihn Kajaska scharf und klapperte aufgekratzt mit dem Stiefelabsatz. »Erst werde ich von Pyros und Trollen verfolgt. Dann lande ich in der nächsten Ruinenstadt und erfahre von ihr, dass uns ein Zauber hierherbefördert hat.« Ihr Blick glitt kurz zu Kitey. »Sag mir, wie und mit welcher Schleuse ich zurückkomme. Wird der Zauber meine Rückkehr verhindern?«

»Ein Zauber?« Mit einem langen Schritt stand Werwik hinter Kajaska und rieb mit dem linken Daumen über seine rechte Handfläche. Eine eigenartige Geste, die Kitey sofort auffiel.

Gegenüber von Loreo ließ sich Lian auf einen der Stühle plumpsen und zwirbelte an einer ihrer langen königsblauen Haarsträhnen. »Es gibt noch so eine Stadt? Das ist …« Sie seufzte betroffen und sah mit bebenden Lippen von einem zum anderen. »All die Zerstörung. Das ist furchtbar.«

Alles, was sie ausstrahlte, verwirrte Kitey. Waren das aufrichtiges Mitgefühl und Trauer in der Dämonin?

»Leider gibt es mehr solche Städte und Dörfer.« Der rötliche Glanz in Loreos Augen intensivierte sich, während er die Hände knetete. »Was den Zauber betrifft, das war ein alter Malgadus. Ein fast vergessener. Eine Gesteinsstimme.«

»Dass ihr einen derart alten Malgadus aufgetrieben habt, ist bemerkenswert.« Nur eine Handbreit vom bewusstlosen Thriller entfernt saß Werwik vor dem Bett und strich mit der Hand über seine seitliche Westentasche. Kitey erkannte, dass sich der Stoff sanft wölbte.

Da steckt etwas in seiner Tasche. Er streicht immer wieder darüber, fast, als würde er prüfen, ob es noch da ist. Was für ein Hexer ist er? Dieses sichelförmige Hexenmahl an seinem Ohr … Irgendwas ist da komisch. Verflucht. Täusche ich mich? Bin ich zu misstrauisch?

»I-Ich versteh es noch nicht.« Fahrig wickelte sich Lian eine Haarsträhne um ihren schlanken Finger. »Was ist hier los und wie soll ich, ausgerechnet ich, helfen?«

»Uns ist auch noch nicht klar, welche Rolle oder Aufgabe jeder von euch ... von uns in diesem Kampf haben wird«, gab Loreo zu.

Kajaska schnaubte. »Tzzz. Du lebst wohl noch tiefer im Wald als ich, wenn du von alldem nichts mitbekommen hast.«

Werwik sah auf und leckte sich über die Lippen. »Es gibt vereinzelte Gebiete, die bisher verschont sind. Sie hat Glück.« Seine Augen verrieten, dass hinter diesen Worten eine Geschichte wartete. *Seine* Geschichte und Kitey war sicher, auch so manches Geheimnis.

»A-Aber wer tut so was? Das ist barbarisch.«

»Argh.« Die zierliche Elfe fuhr herum und trat gegen den Türrahmen, der dabei laut ächzte. »Jedes Wesen ist zu *so etwas* fähig.« Dann ließ sie den Blick vielsagend von einem zum anderen wandern.

»Das will ich nicht glauben!« Lian straffte die Schultern und richtete sich auf. »Gibt es niemanden, der das verhindert? In Nagiluna, meiner Heimat ...«

»Falls es dir entgangen ist, wir sind nicht mehr in unserer Heimat«, fiel Kajaska ihr ins Wort.

»Wir versuchen es, deswegen seid ihr hier!«, griff Loreo Lians Frage auf.

Just in diesem Moment erwachte Thriller stöhnend. »Boah. Das ist kein Kater, das ist ein Berglöwe. Mit tut all- Was ist passiert?« Wackelig richtete er sich auf den Ellenbogen auf und blinzelte. »O nein. Ihr seid noch da?«

THRILLER

K ann mir jetzt mal einer sagen, was in drei Teufels Namen
hier los ist?« Den Oberkörper aufgerichtet, starrte
Thriller Kitey an.

»Wir sind gerade dabei, das zu klären.«

Stirnrunzelnd sah Thriller in das Gesicht des platinblonden
Fai-D.-Flowright-Verschnitts, der ihm lächelnd ein Getränk
reichte. »Danke. Ähm ...«

Der Typ legte sich die flache Hand auf die Brust und nickte. »Werwik.«

»Okay. Danke, Werwik.« Durstig leerte Thriller den Becher
und gleich hinterher einen zweiten. In seinem Körper schmerzten Muskeln, die er noch nie gespürt hatte. Auf seinen Schien-
beinen und dem Oberarm klebte eine bräunliche Masse, die sich
angenehm kühl anfühlte. Gleichzeitig prickelten diese Stellen
eigenartig. Er lehnte sich nach vorn und tippte die geleeartige
Masse mit dem Finger an. »Was ist das?«

Unter der leicht transparenten Schicht zeichneten sich seine

Wunden ab und riefen die Erinnerung an den Angriff und das tote Mädchen in Thriller wach. Sein Puls raste. Sein Magen krampfte sich zusammen und er atmete hektisch durch den Mund ein und aus.

Werwik legte ihm eine Hand auf die Schulter. »Atme langsam. Zähl bei jedem Atemzug bis drei.«

»Wo ist der Wassereimer?«, hörte er Kitey trocken sagen.

»Neben dem Bett. Warum?« Die Stimme musste zu dem Avatarmädchen gehören. Sie war deutlich sanfter als die von Kitey oder dieser ... Thriller brachte es nicht fertig, das Wort *Elfe* zu denken. Das hätte alles zu real werden lassen. Sein Magen glich einem Squishyball, den man in der Hand quetschte. Er würgte.

»Na deswegen. Er hat einen schwachen Magen.«

Sanft drückte Werwik seine Schulter, und sein Finger kreiste eigenartig auf seiner Haut.

»Zähl. Langsam ...«

»Der Meditationsmist funktioniert bei mir nicht.«

Abrupt hielt ihm Kajaska ein Bündel Grünzeug unter die Nase. »Kau das. Nur kauen, nicht schlucken. Wenn du es schluckst, wird es schlimmer.«

»W-Was ist das?« Da war wieder die sanfte Stimme.

»Das sind Jambum-Blätter.« Die Antwort kam von dem breitgebauten Typ mit dem Schwert, der aussah, als entspränge er einem Final-Fantasy-Game. »Ein gängiges Mittel bei Übelkeit.«

»Das hättest du ihm schon in Purin geben können, anstatt mich anzugreifen«, kommentierte Kitey und zog eine Augenbraue hoch.

»Hauptsache, es hilft.« Er schob sich drei in den Mund, die einem herbstlichen Ahornblatt ähnelten, und kaute los. Es schmeckte zitronig, mit einem Touch Banane. Etwas eigenartig, aber irgendwie lecker. Mit jedem weiteren Malmen lockerte sich das verkrampfte Gefühl mehr. Er entspannte sich. Sein Puls normalisierte sich, die Panik ließ nach.

Die Hand auf seiner Schulter verschwand und Werwik setzte sich wieder vor ihn.

Thriller knetete die Blätter wie Kaugummi zwischen den Zähnen, atmete durch und nahm schwerfällig die Beine vom Bett. Ein dumpfes Ziehen und Stechen machte jede Bewegung mühsam. Er stellte die nackten Füße auf den Boden, wackelte mit den Zehen und legte sich die Decke über die Schultern. Das Bett knarrte, als er nach hinten rutschte und den Rücken gegen die Wand lehnte. »Das Zeug ist der Hammer. Ich fühl mich so ... entspannt.«

»Eigentlich hilft es nur bei Übelkeit«, bemerkte Kitey und sah skeptisch zu Werwik.

»Können wir dann jetzt zum Wesentlichen kommen?« Mit einem geschickten Hüpfer setzte sich Kajaska auf das Fensterbrett nahe der Tür.

»Natürlich«, antwortete der dunkelhaarige Typ.

Thriller schluckte beklommen, als ihm das unheimliche rote Glimmen in dessen Augen auffiel. »Können wir noch mal von vorne anfangen? Ich habe viel verpasst, glaube ich. Das ist verwirrend.« Er atmete tief ein, wobei die Bewegung der Schultern in seinem Arm schmerzte. Er zeigte mit dem Finger auf die Personen, deren Name er kannte. »Also. Kitey, Kajaska und Werwik. Und wer sind die anderen? Wo bin ich? Und warum?« Das flaue Gefühl in seinem Magen bäumte sich wieder auf. Um es im Keim zu ersticken, kaute er eilig wieder auf den Blättern herum.

Der breit gebaute Typ stellte sich als Loreo und das Avatar-Girl als Lian vor und fuhr fort: »Was zählt, ist: Die Gefahr wächst für alle Welten. Jeden Tag. Jede Stunde. Je mehr Macht der Schattenmagier bekommt und seine Nocmatagi erstarkt, umso weiter breitet er sich aus. Zerstört mehr von Galmadur und löscht Leben aus. Darum haben Kitey und ich uns von unseren eigentlichen Aufgaben gelöst. Wir müssen einen Weg finden, ihn aufzuhalten.«

»Wow. Engel? Noc-was? Welt-*en*, Mehrzahl? Ich komme nicht

mit. Zu schnell. Standbild, zurückspulen und Slow Motion. Bitte.«

Kitey rollte mit den Augen. »Ich wiederhole, er kommt aus Nefeach. Fang bei Null an.«

»Okay. Von vorne ... Mal sehen, wo fange ich an ...« Die Stuhllehne knarrte, als sich Loreo zurücklehnte.

Die Neugier flatterte aufgeregt durch Thrillers Adern und sein Herz hüpfte in seiner Brust wie ein Flummi. Jedes von Loreos Worten eröffnete unglaubliche fantastische und verwirrende Dinge. Neben seiner Heimat gab es zwei weitere Welten. Diese hier, Galmadur, und die Welt der Hexen, Kamadrin.

Durch die Expeditionen, auf die er seine Eltern begleitet hatte, war er fasziniert von Geheimnissen und dem Unbekannten. Doch dieser Trip übertraf alles Bisherige. Seine Angst tanzte mit prickelndem Wissensdurst. Wort für Wort sog er auf. Wort für Wort wollte er mehr wissen. Mehr begreifen. Wort für Wort verlängerte sich die Liste seiner Fragen und es lag nicht in seinem Naturell, sie für sich zu behalten.

Auch Lian lauschte wissbegierig und ihre staunenden Augen weiteten sich, als Thriller seinen Fragen Luft machte. »Du sagst, die Welten waren früher eins und ein Zauber hat sie getrennt. Warum? Wie? Wieso weiß niemand davon? Was ist mit Astronauten, warum wurden die anderen Welten nicht entdeckt? Heißt das, meine Welt war mal magisch? Gab es da Einhörner, Hobbits, Elfen und die Viecher, die uns verfolgt haben?«

»Was ist ein Hobbit?« Werwik sah ihn schief an.

Loreo lächelte müde. »Viele Geschichten und Märchen aus Nefeach haben ihren Ursprung in Galmadur oder Kamadrin aus der Zeit vor dem Kolimatum-Zauber, der Trennung. Es existiert nicht alles und jede Menge ist abgewandelt. Ich würde es gerne erklären, aber dafür reicht jetzt die Zeit nicht.«

»Krass. Also sind nach diesem Urknall-Zauber alle magischen Kreaturen oder Wesen in die neuen Welten ungezogen. Und mit den Welten passiert gerade was? Also, ich hab die

Fackelfratzen, das Mädchen und die ganzen zerstörten Häuser gesehen. Herrscht Krieg?«

»Das sind die Auswirkungen, ja. Ein Krieg im eigentlichen Sinn ist es nicht. Das ist anders. Durch keinen Krieg bestand je die Gefahr der Vernichtung einer Welt.«

Thriller knetete die Decke in der Hand. »Du hörst dich an, als hättest du es live erlebt?«

»Das habe ich.«

»Hm, klar. Engel, ewiges Leben und so. Das ist echt viel zu verdauen. Ich hab mir Engel anders vorgestellt. Na ja, glaube ich. Eigentlich habe ich nie richtig darüber nachgedacht.«

»Wir leben nicht ewig. Wie du siehst, sind wir verwundbar. Dank unserer Art heilen wir zwar schneller und haben ...«

»... Fähigkeiten, die uns beeinflussen, ob wir wollen oder nicht«, zischte Kajaska vorwurfsvoll und schlug die Beine übereinander.

»Manchmal setzen wir sie zur Beeinflussung ein. Aber nie leichtfertig oder mit finsterer Absicht. Es gibt ... sagen wir, Regeln und Gesetze für uns.«

»Die ihr natürlich nie frei auslegen, geschweige denn brechen würdet.« Die Stimme der Elfe war schneidend.

»Wenn ihr so was X-Man-Mäßiges könnt, warum trommelt ihr nicht eine Armee zusammen und rettet die Welt –, sorry, Welten? Diese Feuerteufel könntet ihr doch mit einer Megawelle löschen, so wie er mit dem Jack-Frost-Zauber.« Thriller deutete auf Werwik, der den Mundwinkel amüsiert hochzog.

Lian rutschte unruhig auf dem Stuhl herum. »Gibt es hier keine Krieger? Wieso hilft euch niemand?«

»Wenn es nur so einfach wäre.« Kitey seufzte, verschränkte die Arme vor der Brust. »Die Pyros, die Feuerteufel, sind elementare Wesen. Dämonen.«

»Jede Magie der Elemente ist mit dieser Welt verwurzelt. Wesen wie sie oder auch Kajaska als Waldelfe haben eine natürliche Bindung zu den Elementen. Ihre Elementarmagie ist die machtvollste«, fügte Werwik erklärend hinzu, wobei sich Kiteys Blick neugierig auf ihn richtete.

»Richtig«, sagte Loreo. »Wir Engel haben die Bindung zum Irdischen nicht. Nicht so wie ihr alle. Obwohl wir Elementarmagie – oder andere Magieformen – nutzen können, bleibt die der Wesen mit natürlicher Bindung überlegen. Und der Einsatz kostet uns mehr Kraft.«

»Das klingt verflixt kompliziert.« Thriller schwirrte der Kopf wie nach einer zu wilden Karussellfahrt. »Es muss doch aber mehr geben. Irgendjemanden, der euch hilft. So, wie Lian sagt. Krieger, eine Armee ... mehr Engel? Wozu braucht ihr ausgerechnet uns?«, fragte er.

»Die gab es. Was glaubst du, wer die ersten Opfer waren? Nach der Teilung führte jahrhundertelang der Rat der Magier Galmadur. Es gab Frieden.« Kraftlos sanken Werwiks Schultern. Nachdenklich starrte er in den Raum und glitt mit Daumen und Zeigefinger in seine Westentasche.

Kajaska schnaubte. »Beim bärtigen Pilzgnom. Dein Geschichtswissen ist glorifizierend und verdammt lückenhaft. So paradiesisch war die Zeit nun auch nicht. Es gab immer wieder Kriege in den Königreichen und genug durchgeknallte Trollköpfe, die auf andere Rassen losgegangen sind.«

Aus seinen Gedanken gerissen, schüttelte Werwik den Kopf. »Solche Schlachten um Hoheitsgebiete oder Rassenzwistigkeiten sind ein Witz, lächerlich im Vergleich zu ...«

»Was weiß ein Hexer bitte vom Frieden oder Unfrieden in Galmadur? Seit dem Streit mit den Magiern interessieren euch bloß eure Belange. Galmadur ist euch egal! Wie viele leben denn hier? Seit Jahrzehnten bist du der Erste, der mir begegnet. Warum seid ihr untätig?!«, sagte Kajaska und schnalzte mit der Zunge.

»Vielleicht weiß und verstehe ich nicht alles. Aber ...«, Lian sah von einem zum anderen. »Für mich hört es sich an, als hätten viele etwas unternehmen können. Doch keiner hat es getan.« Damit sprach sie aus, was Thriller dachte.

Werwik faltete die Hände im Schoß. »Angst ist eine der stärksten Waffen. Niemand kann sich erklären, warum alle Magier verschwunden sind. Das ist erschreckend.«

»Also, ihr meint allen Ernstes, dass es keinen einzigen Magier mehr gibt? Was ist passiert, hat sich der Erdboden aufgetan und alle verschlungen?« Thriller schluckte. Sein Mund war trocken, und Furcht vor dem, was er hörte, zwängte die Neugier nieder. »Wie besiegt man so mächtige Magier? Ein ganzes Volk?«

Kopfschüttelnd seufzte Loreo. »Das wissen wir nicht genau.«

»Gibt es keine Möglichkeit mit euren Fähigkeiten?«, fragte Lian.

»Nein. Auch für uns gibt es Grenzen. Was wir wissen, ist, dass es schleichend geschah.« Loreo senkte den Blick. »Schiefgegangene Experimente, ausgiebige Expeditionen oder Abenteuerreisen, bei denen jemand verloren geht ... Das war das Leben von Magiern. Bis irgendjemand die Puzzleteile zusammengesetzt hat und begriff, was vor sich ging, hat es Jahre gedauert. Als *seine* Existenz klar wurde und dass er hinter all den eigenartigen Todesursachen und rätselhaften Verschwinden steckt, war es zu spät. Zu viele der mächtigsten Magier waren verschwunden.«

Thriller erkannte in den Geschehnissen etwas, das sich in der Geschichte seiner Welt über Jahrhunderte wiederholt hatte. Fehler, die Menschen jeder Generation, in jeder Epoche machten. »Und nachdem all das passiert ist ... kommt ihr Engel? Nach dem Motto: Besser spät als nie?«

»Mhm, das trifft es in meinen Elfenohren exakt. Du bist vielleicht nicht aus unserer Welt, aber ein torfhirniger Moosgnom bist du auch nicht.«

»Kein Moosgnom. Das ist ein Kompliment, oder?« Thriller kratzte sich am Hinterkopf.

Die Elfe rollte mit den Augen. »Ihr mischt euch wohlwollend ein, wenn es euch passt.«

Kitey fuhr mit dem Kopf zu Kajaska herum. »Klar, uns war

langweilig, und Galmadur zu retten schien ein unterhaltsamer Zeitvertreib zu werden.« Sie ballte die Hände zu Fäusten.

»Kitey, sie können es nicht wissen«, sagte Loreo und seufzte hörbar. »Ich verstehe, dass es für euch so aussieht.« Kopfschüttelnd stand Loreo auf und lief zum geöffneten Fenster am Treppenaufgang. »Wir ... Kitey hat versucht, andere Engel zu überzeugen.«

»Nicht besonders erfolgreich, ihr seid nur zu zweit.«, Kajaskas scharfer Ton klang in Thrillers Ohren fies. Er empfand Mitleid mit Loreo, der sich wie vor einem Schwurgericht verteidigte und tief durchatmend an der Wand lehnte. Die Komplexität der Welt der Engel begriff Thriller nur im Ansatz. Gleichzeitig hatte er das Gefühl, dass Loreo mit dem, was er berichtete, nur an der Oberfläche kratzte. Das System und die Aufgaben der Engel waren allumfassend. Es gab Unzählige von ihnen, jeder an seine Pflicht, Gesetze und Regeln gebunden.

»Der Grund unseres Seins besteht in der übergeordneten Bestimmung, das Gleichgewicht zu wahren. Wir sind Beobachter, die dem Schicksal seinen Lauf ermöglichen.« Bei Loreos Worten schnaubte Kitey verächtlich.

»Allein den Ophanim war es einst erlaubt einzugreifen, wenn das Gleichgewicht bedroht war. Und ich bin ... oder war einer von ihnen«, fuhr er fort und verschränkte die Arme vor der Brust. »Als der Zwist unter den Rassen wuchs, Kriege sich mehrten und magische Fähigkeiten von nicht magischen Wesen verteufelt wurde, kam es zur Trennung. Der Rat der Engel glaubte, dass genau dieses Eingreifen zur letztendlichen Teilung beigetragen hatte.«

»Elende Regeln«, murmelte Kitey Thriller gegenüber. Sie stieß sich von der Tischkannte ab und stellte sich vor das Fenster rechts von ihm am Fuß der Treppe.

Thrillers Liste von Fragen wuchs. Es war wie der Kampf gegen die Hydra. Eine Frage war beantwortet, doch zwei neue kamen hinzu. Loreo zuzuhören, war, als lauschte er einem

Hörbuch. In Thrillers Fantasie nahm alles Form an, verwandelte sich in seinem Kopf zu atemberaubenden Bildern. Wobei er sich auch fragte, wer festlegte, was gut oder böse war. Lag das nicht oft im Auge des Betrachters?

Er rutschte auf dem Bett nach vorn. »Du bist eine Art Ass im Ärmel, von dem man keine Ahnung hat.«

»Das könnte man sagen. Zumindest früher.« Loreos Mundwinkel zuckte, doch es war ein bekümmertes Auflachen. »Ich hatte auch einen Gefährten. Manche Engel teilen sich ihre Aufgabe mit einem Partner. Vor Kitey war es Andorian.«

Werwik zuckte. »So hast du diesen Rothaarigen genannt, der uns angegriffen hat.« Er lehnte den Arm auf die Rückenlehne seines Stuhls und trommelte mit den Fingern darauf.

»Ja. Er hat sich verändert und ich habe es nicht bemerkt.«

Im Blick der Elfe las Thriller, dass auch sie erkannte, wie Loreo litt.

Er ist ein Engel, Kämpfer, und auf einmal so menschlich. So verletzlich. Es ist schnuppe, welcher Rasse wir angehören; wie magisch oder normal wir sind. Jeder kann Leid empfinden. Im Grunde sind wir alle gleich.

Kajaska brach das Schweigen. »Er ist ein abtrünniger Engel. Das ist. Das ist ...« Sie hielt inne, sprang vom Fensterbrett und stampfte mit dem Fuß auf.

»Wir haben den Feind unterschätzt, wissen zu wenig. Was Andorian betrifft ... auch deswegen hat der Rat der Engel eine Einmischung verboten«, erwiderte Loreo und seine Stimme klang belegt.

»Ihr hattet Angst. Angst davor, dass der Schattenmagier dadurch unbesiegbar wird und ihn keiner mehr aufhalten kann. Trotzdem hat er es geschafft.« Werwik umfasste die Stuhllehne so fest, dass ihr Holz knarrte.

Kajaska tigerte zwischen Tür und Tisch hin und her. »Galmadur ist schon *lange* nicht mehr das, was es mal war! Tzzz.

Jetzt kommt ihr auf die Idee, das ändern zu wollen?«

Seufzend schloss Werwik einen Moment die Augen.

Die Anspannung war einschüchternd. Kajaskas heftige Reaktion machte Thriller mehr und mehr klar, dass er sich von der kindlichen Erscheinung hatte täuschen lassen.

»Mir reichts jetzt. Gib du hier Geschichtsunterricht. Ich suche oben Kleidung. Thriller kann nicht ewig halb nackt rumlaufen.« Die Augenbauen zusammengezogen und die Hände zu Fäusten geballt, setzte Kitey den Fuß auf die erste Treppenstufe. Das Holz knarzte verdächtig und Kitey verlagerte wachsam das Gewicht bei jeder Stufe.

»Wir waren sieben«, sagte Loreo, als Kiteys Schritte dumpf über ihnen knarrten.

»Wenn ... Wenn ihr sieben seid ...?« Lian legte den Kopf schief und sah Loreo fragend an.

»Wir *waren* sieben. Zwei sind gefallen. Später haben wir die Puzzleteile zusammengesetzt und erkannt, dass es ein Hinterhalt war. Ein mieser Trick. Ich habe in so vielen Schlachten gekämpft und ihn doch nicht erkannt. Es gab fünf Angriffe. Zur gleichen Zeit. Sie wussten, wir würden versuchen, die Städte zu retten.«

»Ihr habt euch aufgeteilt? Du redest vom Tag des Infernos?« Werwik richtete sich angespannt auf. Auch Thriller horchte auf.

Loreo nickte bestätigend. »Das war der Tag, an dem die zwei Inseln brannten.«

»Von dem Tag habe ich gehört«, meinte Kajaska mit finsterem Blick. »Aber ich wusste nicht, welche Gebiete von dem Inferno betroffen waren. Was ist mit den Elfenvölkern der Truften und Iwaren passiert? Sie gehörten zu den größten und einflussreichsten.«

»Für den Schattenmagier wohl zu den gefährlichsten«, schlussfolgerte Werwik.

»Konntet ihr welche retten?«, fragte Lian und wickelte aufgeregt eine Haarsträhne um ihre Finger.

»Ein paar konnten fliehen«, meinte Loreo und hielt dem scharfen Blick von Kajaska stand.

Über Thrillers Rücken kribbelte ein Schauer, alles erschien so surreal.

»Wohin?«

»Das weiß ich nicht«, beantwortete Loreo ihrer Frage. »Vielleicht Korewatu, die Wälder ähneln sich.«

»Ich muss wissen, was mit meinem Volk passiert ist. Ohne Elfen geht die Natur zugrunde.«

»Das wird sie mit und ohne Elfenvolk, wenn das so weitergeht.« Werwik strich sich mit ernster Miene über die Weste.

Loreo stimmte ihm zu. »Das befürchten wir auch.«

»Aber warum?«, warf Thriller ein. »Ich meine, die Geschichtsbücher sind voll mit machtgierigen Spinnern. Aber wer vernichtet die Welt, die er beherrschen will? Das macht doch keinen Sinn. Das ist doch völlig durchgeknallt.«

»Bis jetzt hat er erfolgreich seine Macht demonstriert und ausgeweitet. Kaum ein Winkel ist sicher. Wenn Orte verschont sind, dann nur, weil er sie nicht als gefährlich oder als unwichtig betrachtet.« Werwiks Stimme klang fest, doch Thriller hörte Verbitterung heraus.

»Sein genaues Ziel kennen wir nicht. Wir wissen nicht mal, wer er ist. Andorian hat auf mich eingeredet. Er wollte, dass ich ihm folge, sprach von einer neuen Welt. Ich wünschte, ich würde verstehen, was er gemeint hat. Er hat so verworren, so wahnhaft, in Rätseln gesprochen.«

»Und wie wollt ihr ihn aufhalten, wenn ihr nichts wisst?«, unterbrach die Elfe Loreo schroff.

Mit langen Schritten bewegte sich Loreo durch den Raum. »Das ist eines der Rätsel, die wir lösen müssen. Der Plan sieht Folgendes vor: Wir bringen euch zu einer Zuflucht, einem Tempel. Dort bündeln wir unsere Kräfte und stimmen sie aufeinander ab. Da die Solarisschleusen gefährlicher werden, reist ihr auf einen

Umweg. Der führt euch zunächst nach Asuma.«

Mit überrascht geweiteten Augen sah Kajaska zu Loreo auf. »Ihr wollt die Chronisten um Rat fragen?«

»Die Chronisten?«, fragten Thriller und Lian gleichzeitig.

»Uralte Bäume, die das Geschehen in der Welt archivieren. Es heißt, sie wüssten alles.« Ein schiefes Lächeln legte sich auf Werwiks Lippen.

»Warum seid ihr nicht früher auf die Idee gekommen?«, wollte Kajaska spitz wissen.

»Weil wir bereits eine Spur hatten. Drei unserer Gefährten sind der Spur nachgegangen. Das ist Monate her. Wir haben den Kontakt verloren.«

Thriller grübelte laut. »Denkt ihr, sie sind verschwunden wie die Magier?«

»Das wissen wir nicht mit Sicherheit. Es gab öfter längere Funkstille. Manchmal ist es zu gefährlich, Kontakt aufzunehmen, oder unmöglich«, antwortete Loreo.

»Trotzdem brauchen wir Informationen«, ergänzte Kitey von der Treppe her. »Die Chronisten und die unsichtbare Bibliothek sind am vielversprechendsten. Hier.« Sie warf Thriller ein Stoffbündel an die Brust. »Nichts Besonderes, aber es sollte passen«, sagte Kitey und krachte mit dem Fuß durch eine Treppendiele. Fluchend zog sie ihn heraus, übersprang die letzten vier Stufen und ließ ein Paar Stiefel neben das Bett plumpsen.

Mit zusammengezogenen Augenbrauen entwirrte Thriller den Stoffklumpen. Bevor er in das Hemd und die braune, angeraute Lederhose schlüpfte, tastete er seinen Arm und die Schienbeine ab. Das glibberige Pflasterzeug war fest geworden und die elastische Masse dämpfte die Berührung seiner Finger. Der Schmerz von vorhin war verschwunden, stattdessen zwickte es fies. Es war erträglich und Thriller atmete erleichtert aus, auch wenn sich seine Glieder bei jeder Bewegung noch steif und müde anfühlten. Er zog sich das graue Hemd über den Kopf, das zwei

Nummern zu groß war.

Werwik seufzte theatralisch. »Im Endeffekt sieht es doch so aus: Wenn das, was ihr sagt, stimmt, dann mag der Schattenmagier seine Krallen bisher in Galmadur schlagen. Aber wird ihm das reichen? Das bezweifle ich. Der Hunger nach Macht ist unersättlich. Früher oder später sind die anderen Welten in Gefahr. Es ist egal, was wir sind: Mensch, Elfe, Hexer, Dämon, Engel – alle werden unter ihm leiden.« Er lachte trocken auf und fuhr sich durch sein blondes Haar. »Dass ihr uns hierhergeholt habt, gibt uns eine Option. Wir können ihm aus dem Weg gehen, bis es unmöglich wird. Oder wir kämpfen darum, das alles aufzuhalten.«

In fließenden Bewegungen scharrte Kajaska mit der Stiefelspitze auf den Dielen. Es jagte Thriller eine Gänsehaut über die Arme. Sein Herz pochte ungestüm, das Blut rauschte in seinen Ohren, als Werwiks Worte in seinen Gedanken widerhallten. Innerlich sah er diese schaurigen Feuerdämonen durch die Metropolen seiner Welt ziehen. Bilder wie aus tollkühnen Filmen, die er eigentlich liebte und mit Chips und Schokolade nächtelang verschlang. Alles war irre aufregend und zugleich furchterregend. Diese neue Realität prügelte erbarmungslos auf ihn ein. Ein Zittern rauschte durch seine Glieder wie ein Formel-1-Wagen. Er schüttelte den Kopf. »Das *kann* nicht echt sein, ihr habt doch an den falschen Pilzen geknabbert«, platzte er heraus. »Kampf auf Leben und Tod … ernsthaft? …« In seiner Panik schlug er mit der Faust gegen die Wand. »Fuck! In einem Traum sollte das jetzt nicht wehtun, oder?!« Er beugte sich heftig atmend vornüber und stützte die Hände auf seine Knie. »Das Kraut … mir ist wieder übel. Das ist … das ist … unmöglich.«

Werwik lächelte schief, es wirkte gezwungen und verkrampft. »Die Wahrheit ist manchmal …«

»Scheiße. Ungl– Oberscheiße«, stieß Thriller aus.

»Wie schätzt ihr die Gefahr für die anderen Welten ein?« In

Lians Stimme schwang Entschlossenheit mit und gleichzeitig zwirbelte sie fahrig eine lose Haarsträhne auf. Das widersprach sich für Thriller und seine Knie zitterten.

Bin ich denn der Einzige, der das zwar verrückt aufregend findet, aber vor Panik dauerkotzen könnte?

Loreo und Kitey tauschten einen raschen Blick.

»Im Moment beschränken sich die Angriffe auf Galmadur, zumindest, soweit wir wissen«, begann Loreo. »Doch die Lage verschlechtert sich zusehends und lässt sich taktisch nur schwer einschätzen. Die einzelnen Übergriffe sind unregelmäßig und verteilt über die ganze Fläche der Welt. Wann ein erster Anschlag auf eine andere Welt folgt, können wir nicht absehen.«

»Mir fehlen noch einige Puzzlestücke, um alles zu begreifen. Trotzdem, ich begleite euch.« Bei Lians Worten drehte sich Thriller der Magen um. Hektisch grapschte er nach dem Wassereimer, spuckte das Kraut aus, das in seinen Backen klebte, und übergab sich.

»Ich glaube, es wäre das, was meine Familie von mir erwartet. Tapfer zur Tat schreiten und das Beste geben. Ich will meine Welt beschützen, meine Familie.« Nur leise drang Lians zitternde Stimme zu Thriller durch.

Über den Eimerrand sah er auf. Ihre mutigen Worte passten nicht zu ihren bebenden Schultern und den Tränen in ihren großen Augen.

Kitey verzog mäßig begeistert die Lippen. Loreo allerdings sah er die Erleichterung an. Zuversichtliche Funken blitzten in seinem Blick. »Ich danke dir für dein Vertrauen und deine Courage.«

Unauffällig schielte Thriller zu Werwik, um seine Reaktion zu sehen, als ihn das nächste Würgen schüttelte. Abrupt erwiderte Werwik seinen Blick und reichte ihm eines der Handtücher.

Thriller wischte sich den Mund ab. Den Eimer sicherheitshalber in greifbarer Nähe, seufzte er. »Ich habe keine Ahnung, wie ich zurück nach ... wie nennt ihr es? ... Newach komme. Würdet ihr mich zurückbringen, wenn ich euch bitte?«

»Wenn du es willst, finden wir einen Weg«, sagte Loreo und seine Worte gaben ihm Zuversicht. Nur hatte Thriller den Eindruck, es schwang auch ein fettes Aber mit.

Kitey stemmte die Hände in die Hüften. »Im Tempel wartet eine Freundin von uns, sie kann dir helfen zurückzukommen. Bis zum Tempel müsstest du uns aber begleiten. Die Reisen zwischen den Welten sind kniffliger als die innerhalb einer Welt. Und wenn du es dann noch willst«, sie fixierte die Wunde an seinem Arm, »dann sorge ich dafür, dass du heil ankommst.«

»Okay«, presste Thriller hervor, während die Angst wieder seinen Magen malträtierte. Da war aber auch dieses aufgeregte Kribbeln, das sein Herz flattern ließ.

Das ist ... Ich bin völlig verrückt. Worauf habe ich mich eingelassen? Was werde ich hier alles sehen? Mama und Papa würden eine Party schmeißen, wenn sie das erleben könnten.

Der Gedanke an seine Eltern brachte ihn zum Lächeln und erinnerte ihn daran, wie abenteuerlustig und zuversichtlich sie jeder Reise entgegengefiebert hatten. Selbst wenn es um kaum besiedelte Urwaldgebiete oder unerforschte antike Stätten ging, die ihre geheimen Gefahren bargen.

Das gab ihm Kraft, er rang die Furcht nieder und konzentrierte sich auf die Freude, die Neugier und das Abenteuer, die auf ihn warteten. »Unglaublich. Wer weiß, was mich bei diesem apokalyptischen Abenteuer erwartet?«

»Also gut, ich begleite euch auch. Finden wir einen Weg, diese Schattenherrschaft zu beenden«, sagte Werwik abrupt und Kajaska und Kitey fuhren zu ihm herum.

»Vielleicht bist du doch kein so cleverer Hexer«, murmelte die Elfe.

»Er ist clever genug, um zu erkennen, dass Weglaufen und den Kopf in die Büsche zu stecken, nichts bringt. Denk an deine

Brüder und Schwestern, die dem Schattenmagier zum Opfer gefallen sind; die Wälder, die in Flammen aufgegangen sind. Wie viele Wälder willst du sterben sehen? Willst du die letzte aller Elfen sein?« Kiteys zu Fäusten geballte Hände zitterten.

Kajaska erwiderte nichts. Weder schloss sie sich ihnen an noch weigerte sie sich. Dass sie schwieg, wunderte Thriller.

Bisher hat sie bissig zu allem ihren Senf dazugegeben. Vielleicht muss sie das mit sich selbst ausmachen. Ich weiß ja auch noch nicht, was ich will.

»Dann lasst uns aufbrechen, die Sonne geht bereits auf. Ich fliege nach Esmir und ihr reist nach Desias.« Loreo stand auf und sah von einem zum anderen.

»Desias?«, fragten Kajaska und Werwik gleichzeitig.

Thriller richtete sich neugierig auf. »Was ist damit?«

»Es ist das Wüstenreich«, antwortete Werwik und neigte den Kopf leicht zur Seite. »Ich dachte unser Ziel seien Asuma und ein Tempel?«

»Das ist der erwähnte Umweg dorthin«, erklärte Kitey knapp.

»Eine Wüste, echt? Cool. Oder wird das gefährlich?«, fragte Thriller und legte sich die Hand über seinen Magen, der weiter Purzelbäume schlug.

THRILLER

Wackelig hob Thriller ein Bein an. Er sah an sich hinab und auf den hellen, goldgelben Sand, in dem er bis zu den Waden steckte. Ein sanfter Duft von Ananas lag in der warmen Luft und ging vom Wüstensand aus. Zu drei Seiten umgaben ihn beige Zeltwände, an denen der Wind riss. »Argh. Das ist alles so verrückt.« Er biss die Zähne zusammen.

Wer bin ich denn!? Alice im Wunderland? Wann bin ich in dieses irre Kaninchenloch gekrochen?

Schauer aus Dutzenden Nadeln zogen pikend über seine Schienbeine. Der Schmerz wanderte dumpf und in Intervallen bis zu seinen Knien hinauf. »Verdammt, ich will gar nicht wissen, wie das ohne das Wunderpflaster von Loreo wäre«, murmelte Thriller vor sich hin.

»Was ist?«, raunte Kitey hinter ihm.

»Ich steck im Sand fest, wie eingebuddelt. Und wenn ich die Beine hebe, tuts weh.« Nach drei tiefen Atemzügen verebbte das fiese Piken allmählich. Thriller drehte Kopf und Oberkörper, so weit er kam, herum und sah sich um.

»Mir geht es genauso.« Lian sah auf und ihr fielen Haarsträhnen über die Schultern. Schräg hinter ihm zog sie mühsam das linke Bein aus dem Sand. Sie war mit ihren Stiefeln knietief eingesunken. Werwik hockte vor ihr und schaufelte mit den Händen das andere frei. »Das kriegen wir schon raus.«

»Er macht es richtig.« Kitey deutete mit einem Kopfzucken auf Werwik. »Wackle mit deinen Beinen etwas hin und her oder schaufele sie vorsichtig frei«, erklärte sie mit nüchternem Ton und richtete ihre Aufmerksamkeit auf den mannshohen Holzschrank rechts neben der Schleuse, durch die sie gerade angekommen waren. Sie öffnete die Flügeltüren und musterte den Inhalt.

Das Portaltor schien in der Rückwand eingelassen zu sein. Ein lederner Vorhang, versehen mit Löchern am oberen und unteren Rand, verbarg den Großteil des scheinwerfergrellen Lichts hinter sich. Durch die Lichtlöcher drang genug Helligkeit in das Zelt, um sich zurechtzufinden. Zu beiden Seiten und entlang der Zeltwände fanden sich je zwei schmale Feldbetten, auf denen Kissen und Decken bereitlagen.

Vor einem davon stand Kajaska und betrachtete ein Pult, auf dem ein in Leder gebundenes Buch lag und das auf der linken Seite der Solarisschleuse aus dem Sand ragte.

»Was ist das für ein Buch?«, wollte Thriller wissen. Bei den unbeholfenen Twistbewegungen kam er sich ulkig vor. Doch er wackelte sein linkes Bein frei und grinste breit vor sich hin.

»Es gehört zur Schleuse«, antwortete sie knapp, ohne den Blick davon abzuwenden, und schritt leichtfüßig über den Sand zum Pult.

Durch das Licht der Solarisschleuse fiel sein Schatten langgezogen voraus und auf den flatternden Stoff des Zeltausgangs. Eine Windböe hob die Stoffbahn des Ausgangs, und Thriller erhaschte den Blick auf einen Berg, den die Wüste umschloss wie das Meer eine steinerne Insel. Erste Sonnenstrahlen lugten über den Horizont und teilten sich den klaren Himmel mit den ungewöhnlich hell strahlenden Sternen und dem geisterblassen Mond, der nah genug erschien, um ihn vom Berggipfel aus berühren zu können. Der Anblick war malerisch.

Stirnrunzelnd legte Thriller den Kopf in den Nacken und sah zum Dach auf. Der helle Stoff schloss sich spitz wie ein Zirkuszelt.

»Wo sind wir hier gelandet?«, fragte Thriller.

»Im Schleusenzelt. Es ist um die Schleuse errichtet. Hier finden Reisende, was sie bei der Ankunft brauchen. Desias ist das einzige Land, das völlig aus Wüste besteht. Und der Sand kommt überall hin. Man braucht also eine spezielle Ausrüstung«, murrte Kitey, die bis zu den Schultern in den Schrank gebeugt war und Stofflagen herauszog. »Wenn man denn etwas in der Unordnung findet.«

»Das ist bestimmt nicht Feng-Shui hier drin«, murmelte Thriller vor sich hin. »Ob es hier irgendwo einen Narniaschrank gibt?«

»Warum der Umweg, um nach Asuma und zu den Chronisten zu kommen?«, erkundigte sich Kajaska. Sie ging in die Hocke und ließ sich Sand durch die Finger rieseln.

»Ein taktischer Zug, würde ich sagen.« Werwik umfasste Lians Knöchel und half ihr, den Fuß aus dem Sand zu ziehen. »Die Magiepartikel im Sand hängen durch seine Feinheit auch im Wind, in der ganzen Luft. Diese Präsenz verschleiert unsere Fährte. Richtig geraten?« Ein schiefes Lächeln auf den Lippen, hob er fragend die Augenbrauen und sah zu Kitey.

»Richtig«, stöhnte Kitey auf. »Der Wald der Weisen grenzt an die Wüste und sie verwischt unsere Spuren.« Fluchend warf sie sich zwei weitere Stoffbahnen über die Schulter. »Wo sind diese verdammten ...«

Thriller krempelte die Hemdsärmel bis zu den Ellbogen hoch und rüttelte vorsichtig an seinem Bein. »Hmmm. Überall

99

Magie also. Sag mal ... Gibt es Schrankportale?«

»Was?«, zischte Kitey. »Ja, es gibt Schrankportale. Die Dinger sind aber selten, weil sie uralt sind. Ich habe noch nie eins gesehen.«

»Ich schon«, meldete sich Kajaska zu Wort. Auf den Zehenspitzen aufgebaut stand sie vor dem Pult und blätterte in dem Buch. Mit zusammengezogenen Augenbrauen überflog sie die Seite.

Hektisch wackelnd befreite er endlich auch sein rechtes Bein, ohne dass die Nadelstiche sein Schienbein plagten. »Wow, ich würde zu gerne so ein Portal sehen.« Thriller lief mit vorsichtigen Schritten in Richtung Ausgang und lugte am flatternden Stoff vorbei nach draußen. Der Anblick erinnerte ihn an die Wüste Gobi mit ihren endlosen Dünen. »Und wie kommt das Zeug wieder zurück in den Schrank hier, wenn wir ...«

»Ich wusste es ... Du löcherst mich die gaaanze Reise.« Kitey blies angestrengt den Atem aus. »Die Bewohner der Wüste, die Niam, kümmern sich um das Zelt. Und bevor du weiterfragst, die siehst du später. Wir legen in ihrer Zeltsiedlung einen Stopp ein. Ich suche nur noch diese bescheuerten Masken.«

Mit der Hand hielt Thriller die Stoffbahn weiter auf und ließ den Blick schweifen. Erstickt schnappte er nach Luft. Am Himmel fand er kein einziges vertrautes Sternbild. Nix! Kein Bär, kein Andromeda. Jungfrau und Co? Sein Herz hämmerte. Fehlanzeige. Als er die Augen schloss, hörte er die Stimme seiner Tante: *»Egal, wo du bist, die Sterne können dir den Weg nach Hause zeigen.«*

Das waren ihre Worte gewesen, als sie damals mit nachtleuchtender Farbe Sterne an seine Kinderzimmerdecke gepinselt hatte. Sie hatte sich sogar ein paar eigene Sternkonstellationen für ihn ausgedacht.

Da muss ich wohl einen anderen Weg finden, Tantchen. Jetzt könnte der ganze Pfadfinderkram, den ihr mir eingetrichtert habt, hilfreich sein.

Resignierend ließ er die Schultern sacken.

Ich wünschte, ich hätte besser zugehört.

Eine kräftige Windböe trieb Thriller Sand entgegen und wirbelte ihm ins Gesicht. Es brannte sofort wie Nesseln auf seinen Wangen. Kitzeln breitete sich in seiner Nase und Kehle aus und wurde kratzig.

»Verflucht! Eingang zu«, rief Kitey.

Thrillers Augen brannten und begannen zu Tränen. Er blinzelte heftig, sah Werwik hochfahren, ehe ihm die Sicht komplett verschwamm.

»Kitey, Wasser«, forderte Werwik eilig.

Wie winzige Nadeln stachen die Körner in seinen Augen. Egal, oder er sie zusammenkniff oder zu öffnen versuchte. Thriller taumelte rückwärts. »Argh. Scheiß ...«, brach er krächzend ab. Der Pudersand kratze mehr und mehr im Rachen. Ein heftiger Hustenreflex setzte ein. Mit jedem Atemzug wanderte er tiefer, bis er das Gefühl hatte, sein ganzer Brustkorb würde innerlich mit Schleifpapier abgerieben.

»Hier!«, hörte er Kiteys feste Stimme.

Thriller hustete, rang nach Atem. Das Gefühl zu ersticken brachte sein Herz zum Rasen und er ging in die Knie. Plötzlich spritzte ihm etwas Nasses ins Gesicht.

»Hier, trink«, sagte Werwik nah an seinem Ohr und hielt ihm etwas vor die Lippen. Wasser floss in seinen Mund und er trank, unterbrochen von Husten, gierig gegen das Kratzen an. Als sich der Hustenreiz endlich beruhigte und er wieder tiefer atmen konnte, wusch er sich mit Werwiks Hilfe die Augen aus. »Danke«, meinte Thriller, blinzelte vorsichtig und sah von Werwik zu Kitey.

Sie kam zu ihnen herüber und hatte einen weiteren, ledernen Wasserschlauch in der Hand. »Trink mehr«, wies sie ihn an »Der Desiassand ist penetrant und nicht ungefährlich. Bei Sturmwinden und in Verbindung mit der wilden Naturmagie sind die

Partikel schneidend wie Klingen.« Kitey schüttelte den Kopf.

»Wilde Magie?« Thrillers Hand zitterte und sein Magen spielte erneut Karussell. Die Haut über seinen Wangen brannte noch und Tränen sammelten sich wieder in seinen Augen.

»Elementarmagie, die frei in der Natur existiert«, erklärte Werwik, grub die Hand in den Sand und rieb mit den Fingerspitzen über die Partikel. »Der Grat zwischen harmlos und gefährlich ist oft sehr schmal.«

Kitey ging vor Thriller in die Hocke. »Wasch dir noch mal die Augen aus. Zum Glück hast du nicht viel abbekommen. Das Brennen lässt gleich nach. Dich muss ich echt im Auge behalten. Die Ausrüstung, um da draußen klarzukommen, gibt es nicht umsonst. Nur Zelte wie dieses oder die Siedlungen bieten ohne sie Schutz.«

»Tut mir leid. Hab kapiert, dass der Sand da draußen gefährlich ist«, entschuldigte er sich, nahm noch einen Schluck und wusch sich anschließend die Augen aus.

Lian saß auf einem der Feldbetten und betastete den Stoffhaufen, der neben ihr lag. »Was lauert in der Wüste noch?«

»Abgesehen vom Sand, den Stürmen, die plötzlich auftreten können, und der Hitze gibt es noch Treibsandflecken und verschiedene Tiere wie Arskropnide oder Pocklinge. Tut, was ich sage, dann kommen wir heil an.« Kitey blies hörbar den Atem aus und klopfte Thriller an den Oberarm. »Und du, halt einfach deine Neugier in Zaum.«

Ob es hier auch Riesenwürmer gibt wie in Children of Dune? Wer weiß, was hier rumwuselt?

»Dann lasst uns aufbrechen, bis zur Stadt der Niam ist es noch ein Stück. Wir ziehen diese wüstenwindfesten Mäntel und Masken an.« Kitey ging zu dem Stoffstapel, der neben Lian auf dem Feldbett lag, und reichte Kajaska den obersten Mantel und eine der speziellen Masken.

»Wow. Das sind mal echte Apokalypse-Gasmasken!«, staunte Thriller und stand auf.

Kitey winkte ihn zu sich her. »Du hast hoffentlich begriffen, dass es kein Kaffeekränzchengeschnatter da draußen gibt. Wir marschieren zügig zu den Niam und ihr alle lasst das Ding auf, klar?«

Thriller schlüpfte in den Wüstenmantel, den sie ihm gab, und befühlte den bronzebraunen Stoff. Leicht wie Leinen schmiegte er sich um Thriller und tastete sich auf der Außenseite wächsern, wobei er innen kühl auf der Haut seiner Unterarme lag. »Das fühlt sich komisch an. Was ist das für Leder?«

»Kinn hoch. Das ist Niam-Leder«, meinte Kitey und schloss die letzte Schnalle am aufgestellten Kragen seines Mantels.

Werwik zog den Wüstenmantel geschickt über seinen eigenen, der komplett darunter verschwand. »Einen robusteren Stoff gibt es nicht. Mäntel und Umhänge aus diesem Material sind sehr beliebt.«

»Niam? So wie die Wesen, zu denen wir reisen?« Lian sah von der Schnalle auf, durch die sie vergeblich versuchte, das Verschlussband zu fädeln.

»Die Mäntel sind aus ihrer Haut hergestellt.« Lächelnd stellte sich Werwik vor Lian und half ihr mit den Bändern und Riemen.

Kitey rollte mit den Augen, als sie in Thrillers wenig begeisterte Miene sah. »Guck nicht so skeptisch. Es ist anders wie bei Leder. Die Niam werfen dreimal im Jahr ihre Haut ab.«

Thriller verzog das Gesicht. »Das macht es irgendwie nicht besser. Häuten klingt so schleimig.«

»Das ist es auch. Ich war einmal dabei«, meinte Kitey naserümpfend und drehte ihn an den Schultern gerade vor sich. »Jetzt halt still.« Etwas ruppig half sie ihm beim Anlegen der Gesichtsmaske.

Während Kitey bei allen den Sitz von Mantel und Maske prüfte, groovten sich das Zittern in Thrillers Knien und das flaue Gefühl im Magen so richtig ein. Er starrte zum Ausgang und klammerte sich an den Gedanken, dass ihn ein fantastisches Abenteuer erwartete und ihn der Sand nicht wie einen Frühstückshappen verschlang.

Auf dem Weg über die Dünen, dem Berg entgegen, versank Thriller unzählige Male bis zu den Waden oder sogar bis zu den Knien im Sand. Es war grässlich. Die Siedlung schien unerreichbar fern und Sandkrümel schlichen sich überall hinein, wo sie konnten. Sie kratzten in den Stiefeln und klebten zwischen den Zehen.

Ich wünschte, ich hätte einen coolen Star-Wars-Wüstenflitzer. Gas geben und tschüss. Raus aus dem Wahnsinn. Hier gibt es Magie und ich muss trotzdem durch die Wüste stapfen. Aladdin hatte einen fliegenden Teppich. Was hab ich? Maske und Umhang. So eine Scheiße!

Erneut wadentief in der Düne versunken, hockte er sich resignierend hin und sah sich nach den anderen um. Keine drei Meter von ihm entfernt erging es Lian ähnlich. Sie steckte mit einem Bein wieder knietief im Sand.

Die zu groß geratene TinkerBell hingegen spazierte leichtfüßig voraus, als würde sie auf dem Sand schlittschuhlaufen, und achtete dabei auf niemanden.

Ich würde Lian ja helfen, wenn ich selber nicht so verflucht aufgeschmissen wäre. Seh ich auch so mitleiderregend aus?

Immerhin half ihr Werwik.

Stöhnend schwang sich Thriller in den Stand zurück und starrte auf seine sandumschlossenen Waden. Auf ein Neues rüttelte er grimmig an seinen verkrampften Beinen, bis sich unverhofft Kitey vor ihn kniete und wortlos Sand wegschob.

Mit der Zeit spielte sich ein holpriger Rhythmus ein, der sie allmählich voranbrachte. Auf den letzten Metern zur Zeltsiedlung wunderte sich Thriller, warum die Temperatur kaum gestiegen war, obwohl die Sonne bereits im Zenit stand. Auf dem Höhepunkt der Düne schirmte Thriller mit der behandschuhten Hand die Sonne über seinen Augen ab. Keine hundert Meter voraus erblickte er einen Torbogen, dahinter zeichneten sich die ersten Zelte ab und in der Niamsiedlung schien wuseliges Treiben zu herrschen. Schemen bewegten sich überall um das Stadttor.

»Wow! Was ist denn das?« Einen anerkennenden Pfiff ausstoßend, glitt Thrillers Blick an dem hölzernen Torbogen entlang, durch das Kitey sie lotste.

»Das ist Sertopi, die Stadt in der Wüste.« Werwik klopfte ihm im Vorbeigehen auf die Schulter und wich einem hageren Wesen mit Elefantenohren aus, das ihn zwei Köpfe überragte.

»Unglaublich«.

Das Tor ähnelte einer Art gebogenem Totempfahl aus acht geschnitzten Tierelementen. Die größte Figur, die in der Mitte thronte und die anderen um sich zu versammeln schien, starrte auf sie herab. Die Augen, die denen von Löwenäffchen glichen, ließen Thriller schaudern. Hastig drehte er sich um und stand mitten im Trubel. Vor ihm reihten sich zu beiden Seiten Zelte aneinander, so weit er sah.

Um ihn herum wuselten und eilten die verrücktesten Wesen. Es war ein Bombardement von Eindrücken. Eine apfelgrüne Kreatur, zahnstocherdünn, schlenderte auf ihn zu. Das schmale Gesicht dominierte ein Entenschnabel und Dutzende Fühler tänzelten im Wind auf den Armen. Dem Nächsten hingen die Ohrläppchen bis auf die nackten Schultern seines Bodybuilderkörpers und drei gebogene Hörner ragten aus dem Rücken. Die Mischung aus Conan dem Barbaren und einem Nashorn raunzte ihm direkt ins Gesicht. »Weg da!«

Ungelenk wich Thriller zurück. Das Muskelpaket grunzte eklig, spuckte vor ihm aus und steuerte auf ein Zelt mit roter Bemalung zu. Vor seinen Füßen hob sich die dunkelbraune Spuckepfütze deutlich vom hellen Sand ab. Thriller verzog angeekelt den Mund. »Igitt.«

Dann stob eine Gruppe von Winzlingen mit einer Art gelbem Fliegenpilzhut auf dem Kopf auf ihn zu, um die der Sand wirbelte. Sie fiepten aufgeregt und kamen flink näher. Es war unmöglich, rechtzeitig auszuweichen. Wie erstarrt stand Thriller da, die Kerlchen reichten ihm bis zu den Knien und wuselten so dicht an ihm vorbei, dass ihn jeder mit seinem Hut an die Beine stieß. Er zuckte zusammen und sog scharf die Luft ein. Die Rempler jagten Schmerzblitze durch seine Schienbeine.

Kopfschüttelnd beobachtete er, wie sie unter dem Torbogen eine korpulente Frau, die überraschend normal menschlich aussah, umrannten. Tumult brach aus und beide Parteien schrien einander an.

Er fuhr erschrocken zusammen, als jemand seinen Arm packte und ihn zu sich herumdrehte.

»Hey. Sieh zu, dass du den Anschluss nicht verlierst.« Kitey stand vor ihm. Ihre gerunzelte Stirn glättete sich und ihre Schultern senkten sich. »Ich weiß, es ist viel für dich. Es wäre aber besser, wenn du nicht verloren gehst. Komm mit, da drüben geben wir die Maske und den Mantel ab. Die anderen warten.« Sie deutete mit dem Kopf auf ein blau-beiges Zelt, das größer war als die umliegenden, und öffnete die Verschlüsse seiner Wüstenmaske. »In der Siedlung brauchst du das nicht.«

»Warum?« Thriller atmete genüsslich die frische Luft ein. Wie bei ihrer Ankunft kitzelte ihn der Duft von Ananas in der Nase, nur plötzlich viel deutlicher.

»Und schon geht es los.«

»Komm, erklärs mir. Bitte. Warum ist der Wind hier schwächer? Und wieso schwitze ich kein bisschen, obwohl das eine Wüste ist?«

»Der Torbogen mit den ...«

»Totems, ähnlich dem Schamanismus«, vermutete Thriller.

»So könnte man es grob vergleichen. Das sind Schutzgeister. Sagt man zumindest. Sie halten den Sturmwind in Zaum. Das mit der Temperatur ist etwas anders.« Kitey hielt inne und sah besorgt die breite Sandstraße entlang. »Es müsste wärmer sein. Selbst mit dem Schutz der Geister. Es ist zu kühl.«

»Also ist das nicht normal?«

»Absolut nicht. Ich werde mich später erkundigen. Jetzt setz dich endlich in Bewegung.«

Vor dem Zelt warteten Lian, Werwik und Kajaska, alle ohne Maske und Umhang.

»Von dem Bulloghi hättest du dich nicht einschüchtern lassen sollen. Diese Trollverschnitte sind eine Plage«, murrte Kajaska.

Lian zog fragend die Augenbrauen hoch. »Trollverschnitte? Ist das kein richtiger Troll?«

An einen Pfeiler mit pfeilförmigen Holzschildern gelehnt, beobachtete Werwik den Trubel vor ihnen. »Sie gehören zur selben Art. Sind aber unterschiedliche Rassen. Bulloghi sind verwandt mit Steintrollen. Interessanterweise vertragen sie sich nicht untereinander. Alle Trollarten und Rassen sind sehr territorial.«

»Hast du das in Trollkunde gelernt?«, murmelte Kitey, die Thriller mit den kniffligen Verschlussriemen half.

»Nein, auf meinen Reisen«, erwiderte er zwinkernd.

»Wie viele gibt es denn?«, fragte Lian schüchtern und strich mit der Hand den Mantelstoff über ihrem Arm glatt.

»Zu viele«, zischte Kajaska auf Lians Frage hin.

Werwik fuhr sich durchs Haar. »Sumpf-, Berg- oder Steintrolle, Fluss-, Baum-, Gnom-, Eis- und Nachttrolle. Das sind die Ursprungsarten.«

»Das sind echt viele Trolle. Und die sind alle so fiestrollig wie der da?«

Werwik lachte. »Nein. Es gibt auch nette. Also zumindest Gerüchte über sie.«

»Von mir aus können sie sich alle gegenseitig die Trollhirne einschlagen.«

»Genug gequatscht. Rein mit euch«, scheuchte Kitey sie durch den Zelteingang.

Im Zeltinneren wimmelte es von Wesen, die einen gewöhnungsbedürftigen Anblick boten und sich alle ähnelten. »Was sind das?«, fragte Thriller und stellte sich näher zu Werwik.

Werwik sah ihn von der Seite an. »Die mit den Rüsseln? Das sind die Niam.«

Ihre kahlen, wurmschlanken Gestalten schoben sich in Wellenbewegungen über den sandigen Boden. Dabei waren sie nicht größer als ein dreijähriges Kind und leicht zu übersehen, weil sich ihre Körperfarbe kaum vom Sand abhob. Vor ihnen erstreckte sich rings um die Zeltwände herum eine hölzerne Garderobe voller Mäntel und Masken, die die wuseligen Niam über Leitern erreichten.

»Ihr wartet hier an der Seite.« Zielstrebig schritt Kitey auf eines der Wesen zu, das auf einer der Leitern stand, und murmelte etwas. Aufmerksam lauschte Thriller, doch die Worte gingen im Getümmel unter und Kitey übergab dem Niam Umhänge und Masken.

»Wir werden am Registrierungszelt erwartet«, meinte Kitey zähneknirschend und mit verfinsterter Miene, als sie zurückkam.

Ohne etwas zu sagen, drehte sich Kajaska um und huschte zuerst hinaus.

Lian tappte zwischen Werwik und Thriller hinter Kitey aus dem Zelt. »Ist das was Schlechtes?«

»Es könnte alles verkomplizieren«, antwortete sie harsch und führte sie die breite Sandstraße entlang durch das Getümmel.

Ein plötzliches Hupen ließ Thriller aufschrecken. Direkt neben ihm tröteten zwei Niam heftig mit ihren tapirähnlichen, gespaltenen Rüsseln, die mitten in ihrem Gesicht wuchsen. Obwohl er keinen Ton verstand, begriff er, was passiert war. Tollpatschig war er zwischen eine Gruppe Tratschtanten getreten und bekam ihre geballte, trompetende Empörung ab.

Genervt, aber höflich, schlichtete Kitey die Situation und führte sie rasch weiter.

Thriller erwiderte ihren Seitenblick zu ihm, zuckte verlegen mit den Schultern und blieb dicht bei ihr.

»Sag mal, diese Trötenwürmchen ...«

»Nenn sie nicht Trötenwürmchen. Sie heißen Niam.«

»Okay. Also, es gibt verschiedene Welten. Soweit kapiert. Aber wie kann das sein, dass wir problemlos kommunizieren können und ich die Niam null verstehe?«

»Berechtigte Frage.« Kitey holte Luft. »Die Rassen und Artenvielfalt in Galmadur ist enorm. Kommunikation ist unerlässlich für Verständigung und Frieden. Deswegen hat zwar jeder individuell noch seine Sprache, aber ein allumfassender Zauber gleicht das etwas aus.«

»Ein Dolmatschzauber quasi. Trotzdem habe ich gerade nur Tröten gehört.«

Hinter sich hörte er Werwik lachen. »Sagen wir, der Zauber ist nicht so allumfassend, wie er sein sollte. Er orientiert sich an gesprochenen Wörtern, nicht Lauten.«

»Die ach so weisen Magier haben einen unperfekten Zauber gewirkt.« Der Zynismus in Kajaskas Stimme war unüberhörbar.

Kitey blickte über die Schulter zu der Elfe. »Zum Glück sind die meisten Sprachen abgedeckt und die Völker dennoch integriert.«

»Was sie weder einem Magier oder Hexer verdanken. Neben der Lautsprache gibt es eigentlich immer eine wortbasierte«, konterte Kajaska spitz.

Kitey rollte mit den Augen. »Auf jeden Fall ist die Muttersprache bei den Völkern von hoher Bedeutung. Das darf man nicht unterschätzen.«

»Und du kannst diese Sprachen. Alle?«, fragte Thriller und wuschelte sich durchs Haar.

»Ja. Na ja, die eine oder andere ist mir zu vertrackt. Da verknotet sich einem die Zunge. Die beherrscht dafür Loreo.«

Lian beschleunigte ihre Schritte, um zu ihm aufzuschließen. »Dann spricht gerade jeder von uns eine andere Sprache und trotzdem verstehen wir uns.«

»Das könnte sein. Freut euch aber nicht zu früh. Diese Welt strotzt teilweise vor Verrücktheiten. Es gibt genug, das sich nicht mit einem Zauber erklärt.«

»Was, wenn es kein imperfekter Zauber war?«, meinte Thriller nachdenklich. »Würde er alle Geräusch- und Lautsprachen einbeziehen, müsste man auch mit Tieren sprechen können, oder?«

Kitey sah ihn mit hochgezogenen Augenbrauen an. »Das klingt erschreckend logisch. Du könntest recht haben.«

»Warum wundert dich das?«, konterte er gespielt empört. »Meine Perspektive auf eure Welt ist neu und unvoreingenommen.«

»Und naiv«, schob Kajaska spitz ein.

»Neue Perspektiven können die Sicht auf Dinge verändern«, ergänzte Werwik und schob die Hände beim Gehen in die Manteltaschen.

»Vielleicht bin ich etwas naiv.« Thriller zuckte mit den Schultern. »Du wärst mit einem Auto oder Handy auch überfordert. Gott, mein Handy ... Ich wünschte, ich könnte Fotos von allem schießen.«

Kitey lachte auf. »Selbst wenn du es hättest, könntest du es kaum wo aufladen. Nur drei Städte in ganz Galmadur nutzen eine Art Alchemie-Strom-Gemisch.«

»Ernsthaft? Nicht alles funktioniert rein mit Magie. Ähm, du möchtest mir darüber nicht zufällig mehr erzählen?«

»Lässt es sich vermeiden?«, gab Kitey sarkastisch zurück.

»Hm, kann ich irgendwo recherchieren? So was wie Google habt ihr wohl nicht?«

»Es gibt Zauber, die man damit vergleichen könnte. In der Tempelbibliothek solltest du einiges finden.«

»Dort gibt es eine Bibliothek?«, fragte Lian hinter Thriller und in ihrer Stimme lag hörbare Neugier.

Kitey nickte knapp. »Ja.«

»Du denkst, der Zauber funktioniert bei mir?« Thriller grinste breit bei der Vorstellung, selbst zu zaubern.

»Universelle Alltagszauber funktionieren bei jedem. Weil in

jedem ein Funke Magie wohnt«, erklärte Werwik.

»Da hast du deine Antwort. Ich denke es nicht. Ich weiß es. Ihr in Nefeach habt es nur vergessen, seid unwissend oder verleugnet es.«

»Das ist ja der Hammer. Wann sind wir da?«

Kitey rollte mit den Augen und Thrillers Herz hüpfte vor Aufregung.

Je näher sie dem Zentrum der Siedlung kamen, desto dichter standen die Zelte. Die Niam und ihre Gäste, die fast alle ebenfalls Reisende waren, wie Kitey erzählte, boten einen abenteuerlichen Anblick. Thriller strich sich mit der Hand über den Bauch und lugte über die Schulter nach hinten.

Verflixt, mein Magen ist die reinste Achterbahn. Ob Kajaska noch was von diesem Kraut hat? Junge, schaut die finster. Vielleicht frag ich später. Ihre Zornesfalte ist so tief wie der Marianengraben.

Ringförmig angeordnet zogen sich die verschiedensten Unterkünfte um den Berg, der hinter ihnen wie eine graue Wand in den Himmel ragte. Errichtet wie Tipis und Wigwams, standen sie mehrreihig und versetzt, während breite Wege zwischen ihnen verliefen.

Mit der Hand deutete Kitey im Vorbeigehen auf Händler-, Übernachtungs-, Registrier- und Schankzelte. Den Großteil umspannte eine Verkleidung aus beigen Stofflagen, darunter stachen die öffentlichen Zelte mit ihrer farbigen Tönung heraus. Doch auf jedem entdeckte Thriller abstrakte Malereien oder Abbildungen der Totemtiere. Alles, was er sah, sog er wissbegierig und staunend auf. Lächelnd dachte er an seine Eltern, deren Steckenpferd fremde Kulturen waren. Beim Anblick dieser Wesen und ihrer Stadt klopfte sein Herz aufgeregt. Mit den Stimmen seiner Eltern rief etwas in ihm danach, diese Welt kennenzulernen.

Vor dem einen oder anderen Zelt waren Stände aufgebaut wie auf einem Markt. Thrillers Blick huschte neugierig über die bunten Früchte, verschiedenen Töpferwaren, Stoffballen und alle möglichen anderen Waren. An einer von ihnen hielt Kajaska inne und begutachtete die Auswahl von Messern und anderen Waffen. Über ihren Kopf hinweg lugte Lian mit großen Augen auf die Auslage. Der Verkäufer, ein auffällig klein geratener Niam, beäugte sie abschätzig, als sie eine der Klingen in die Hand nahm.

»Du weißt, wie man damit umgeht, richtig?«, fragte Thriller, dem überhaupt nicht gefiel, wie rüsselrümpfend der Niam sie ansah, und trat zu Lian. Sie zuckte erschrocken zusammen.

»Tschuldigung. Ich wollte dich nicht erschrecken.«

Lian lächelte scheu, aber der bekümmerte Ausdruck in ihren Augen blieb. »Schon gut. Das ist einfach alles zu aufregend und verrückt.«

»Wem sagst du das?«

»Und ich glaube, die Leute mögen mich nicht sonderlich«, fügte Lian hinzu.

Thriller kratzte sich am Hinterkopf. Die Blicke der Wesen, an denen sie vorbeikamen, verfolgten Lian. Und die wenigsten waren freundlich.

»Mach dir nichts draus. Lass sie glotzen.«

Hinter Lian schnaubte Kajaska, was Thriller überging. »Wenn dir einer doof kommt, hast du ja deine Dolche.« Er griff nach einem in der Auslage, dessen Griff ihn an einen altmodischen Schlüssel erinnerte. »Von Waffen habe ich genauso wenig Ahnung wie von Magie oder sonst irgendwas, das es hier gibt.«

»Dann solltest du es lernen, wenn du hier überleben willst.« Kajaskas schroffe Worte ließen Thrillers Magen sofort wieder einen Purzelbaum schlagen.

»Danke. Wie beruhigend«, raunte er zurück.

»Für mich ist es das Einzige, was mir hier vertraut erscheint«, erwiderte Lian und wirbelte den Dolch in ihrer Hand herum.

Der Niam beobachtete sie und trompetete begeistert. Jegliche Abneigung war aus seinem Gesicht gewichen, als Lian die

Waffe zurücklegte.

»Echt cool. Wenn ich das versuche, fehlt mir am Ende sicher ein Finger.«

Auf Lians Lippen zeichnete sich ein Lächeln ab und Thriller freute sich, dass ihre blauen Augen dabei strahlten. »Ich kanns dir zei-«

Hinter ihr tauchten Werwik und Kitey auf.

»Was macht ihr denn da? Nicht trödeln«, trieb Kitey sie mit ausgebreiteten Armen weiter.

»Und keine Sorge«, meinte Werwik im Weitergehen über seine Schulter zu Thriller. »Man überlebt hier auch ohne Waffenkampf.«

»Die Frage ist nur, wie lange«, brummte Kitey.

Thriller wich einem Niam aus, der hastig ihren Weg kreuzte und sich nach rechts zwischen die Händlertipis schlängelte. Irgendetwas war an ihm anders. Seine Haut spannte sich rissig über seinen schlanken Wurmkörper. Der Niam verschwand in einem Zelt in der zweiten Reihe, das die umliegenden überragte. Über das Dach spannten sich auffällig rote Stoffbahnen.

»Was ist das für ein Zelt?«, fragte Thriller, blieb stehen und deutete mit der Hand zwischen die Zelte.

»Das ist das Krankenzelt.« Kitey runzelte die Stirn und ging darauf zu.

»Stimmt was nicht??«, fragte Werwik.

»Hmm, ich befürchte es«, murmelte Kitey und winkte die Gruppe hinter sich her.

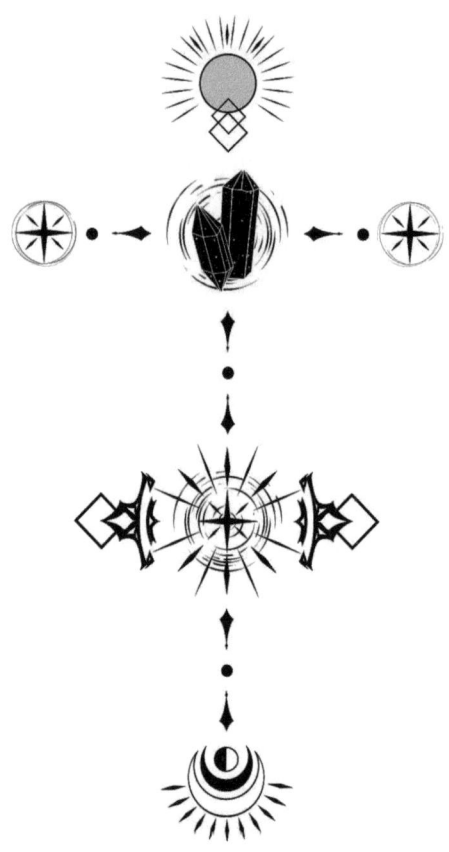

GLEICHGEWICHT

THRILLER

Je näher sie dem Zelt kamen, desto mehr Niam, deren Körper Rötungen, Risse oder Schwellungen aufwiesen, begegneten ihnen. Gänsehaut glitt über Thrillers Arme, als er in die erschöpften, glasigen Augen der Niam blickte. »Ist hier eine Art Grippewelle ausgebrochen?«

Kitey schüttelte den Kopf. »Nein. Da stimmt etwas anderes nicht.« Sie betrat vor ihm das Zelt. Gedämpftes Wimmern und Keuchen erfüllte das Innere. Erschrocken sog Thriller scharf die Luft ein. Der schwere Geruch von Kräutern und dem Hauch Ananas kratzte in seinem Rachen und ließ ihn kurz husten.

Niam lagen auf Dutzenden Lagern aus aufgeschichtetem Sand. Ihre Körper überzogen nässende Blasen und aufgeplatzte Haut. Sie zitterten, zuckten und in ihren Gesichtern las Thriller den Schmerz, den sie durchlitten. Manche hatten ihre Körper schlangenhaft eingerollt, andere teilweise im Sand vergraben. Die Statur vieler Erkrankter erschien Thriller deutlich kleiner, feingliedriger. »Sind das Kinder?«

»Die meisten. Kinder und Alte«, antwortete Kitey mit belegter Stimme. Ihr Blick glitt betroffen durch das Zelt. Trotz der Wärme im Zelt fühlten sich Thrillers Hände eiskalt an.

Zwischen den Lagerstätten wuselten weitere Niam und kümmerten sich um die Kraken. Kajaska wich einem von ihnen aus, als sie Kitey weiter ins Zelt folgten.

Die Zeltwände waren mit verschiedensten Mustern bemalt, die sich sacht bewegten und pulsierten.

Werwik beugte sich zu ihm. »Das sind Heilrunen.«

»Was haben die Niam?« Thriller sah Kitey von der Seite an.

»Ich bin nicht sicher ... Die Wüste – ihre Elementarmagie hat sich verändert. Das Gleichgewicht scheint beschädigt«, antwortete Kitey und legte die Hand auf die Brust.

»Alles okay?«, fragte Werwik mit wachsamem Blick auf Kitey.

»Ja. Ich möchte mit dem Heiler der Siedlung sprechen.«, erwiderte Kitey und ging zielstrebig auf einen Niam zu, der an einem Regal mit Flaschen und Tiegeln hantierte. Er glitt gedrungen über den Sand, sein Gesicht durchzogen tiefe Falten und auf seinem Rüssel saß eine Brille. »Lan'Bah«, sagte Kitey in gedämpftem Ton.

Der Niam drehte sich zu ihnen herum. Mit einem müden Lächeln begrüßte er sie. »Es ist lange her, dass du in der Siedlung warst. Schön, dich zu sehen. Ist Loreo bei dir?«

Thriller lauschte konzentriert, denn der Heiler sprach mit starkem Akzent, der an die Töne eines Didgeridoo erinnerte.

»Nein. Ich komme in anderer Begleitung.« Sie deutete hinter sich. »Aber ... Lan'Bah, was ist hier los?«

Der Heiler ließ den Blick betrübt durch das Zelt schweifen. »Es wird von Tag zu Tag schlimmer. Spürst du nicht die Veränderung?«

»Doch, tue ich. Nur diese Auswirkungen ...«

»Die Feuermagie ist Teil des Wüstenreichs. Doch sie schwindet. Alles gerät aus dem Gleichgewicht. Unsere Körper brauchen die verbundene Magie der Elemente im Sand. Besonders Alte und Kinder ertragen die Veränderung kaum mehr.«

Lian trat von einem auf das andere Bein. »Gibt es keine Möglichkeit, auf die Magie einzuwirken?«

»Wir führen Rituale durch, um die Balance zu beeinflussen. Aber unsere Erdmagie genügt nicht. Wir sind zu schwach«, antwortete Lan'Bah und senkte den Blick.

Die Mischung aus Trauer und Hilflosigkeit, die das Zelt tränkte, war überwältigend. Thriller schluckte trocken.

»Was ist mit deinen Elfenkräften?«, fragte Werwik an Kajaska gerichtet.

»Hörst du nicht zu? Ihr Problem ist fehlende Feuermagie. Damit habe ich nichts zu tun. Was ist mit dir, Hexer?«

Ehe Werwik etwas erwiderte, schüttelte Lan'Bah den Kopf und sein Rüssel schwang hin und her. »Und selbst wenn ... Ein Zauber, der von jemandem gewirkt wird, löst nicht den Ursprung unseres Problems. Die natürliche Balance ist zerstört.« Der Heiler zeichnete eine Art Waage mit seinem Körperende in den Sandboden.

»Was meinst du mit Ursprung?«, fragte Kitey.

Ein Niam kam zu Lan'Bah geeilt. »Wir brauchen dich dort drüben!«

Der Heiler umschloss mit seinem Körperende zwei Fläschchen im Regal und zog sie heraus. »Frag Mahri, sie kennt die Erzählung von ihrer Familie«, sagte er rasch und schlängelte dem Niam hinterher.

Mit einem beklemmenden Gefühl in der Brust trat Thriller näher an eines der Sandlager heran. Das von Schmerz gezeichnete Niamkind atmete schwer. Die Haut spannte sich spröde an seinem geröteten, von Blasen übersäten Körper und seine Augenlieder flatterten.

»Das ist schrecklich«, flüsterte Lian hinter ihm mit erstickter Stimme.

Thrillers Hände zitterten. »Und jetzt? Wir können doch

nicht einfach gehen ohne ... irgendwie zu helfen? Fällt euch keine magische Heilung ein? Kitey, deine Engelskräfte?« Er sah zu Kitey und die ohnmächtige Wut schlug ihre Krallen in sein Herz. Sie stand mit geballten Händen neben Werwik, der den Blick senkte.

»Ich kann niemanden heilen«, sagte sie gepresst. Dann blitzte ein Funke Entschlossenheit in ihren Augen und sie lief rasch zu Lan'Bah. Sie tauschten ein paar Worte und der Heile deutete auf das Regal hinter Thriller und den anderen.

Kitey kam zurück und baute sich davor auf. »Viel kann ich nicht tun. Aber ...« Sie hob die Hände und ihre Silhouette glomm auf. Das Licht sammelte sich auf ihren Armen, glitt an ihnen entlang. »Meine Kraft kann die Wirkung der Elixiere und Heilrunen stärken«. Aus Kiteys Fingerspitzen lösten sich pulsierende Kugeln, die wie Seifenblasen schimmerten. Sie flogen auf die Tiegel, Flaschen und Runen an den Zeltwänden zu. Einen Augenblick flackerte Kiteys Magie im ganzen Zelt, dann erlosch das Glimmen.

Kitey seufzte schwer und drehte sich zu ihnen um. »Den Schattenmagier aufzuhalten, das hilft ihnen. Allen, die unter den Folgen seiner Schattenherrschaft leiden.«

Die Tragik und das Leid dieser Welt spürte Thriller in diesem Moment schwer auf seinem Herzen lasten.

Bin ich wirklich fähig, hier irgendetwas zu bewirken? Zu helfen?

»Es muss einen Weg geben, ihn zu stoppen und das zu beenden!« Werwiks Stimme klang fest.

Kajaska zuckte mit den Augenbrauen. »Darin sind wir uns einig.«

»Lasst uns gehen, wir werden von Mahri im Registrierungszelt erwartet und dann geht es weiter in den Wald der Weisen«, sagte Kitey schließlich und drängte sie zum Ausgang.

Im Zentrum der Siedlung, das zum Teil im Bergschatten lag, führte Kitey sie zum größten aller Zelte. Auf dem Spitzdach wehte eine blaue Fahne, auf der zwei Ringe abgebildet waren.

»Ah, da wartet Mahri auf uns. Sei nett, sie ist eine Freundin.« Kitey winkte einem Niam vor dem Zelteingang.

Euphorisch erwiderte das Wesen die Geste mit dem Ende seines langen Körpers, ähnlich dem Wedeln eines Hundeschwanzes.

»Ich bin immer nett«, antwortete Thriller.

Das Lächeln in Kiteys Gesicht verschwand. »Dich habe ich auch nicht gemeint.« Mit zusammengekniffenen Augen blitzte sie Kajaska an, die schräg rechts von ihr schlenderte, als ginge sie das alles nichts an.

Die Elfe quittierte den Kommentar mit einem Augenrollen.

»Das ist das Registrationszelt. Es ist Dreh- und Angelpunkt der Siedlung für alle Reisenden. Und hoffentlich bleibt uns der Registraturvorgang erspart«, raunte Kitey auf halbem Weg zum Zelt.

»Warum?«

»Um sich zu registrieren, füllt man acht Fragebögen mit insgesamt dreiundvierzig Seiten aus. Die gibst du in der richtigen Reihenfolge den richtigen Bearbeitern. Das dauert ewig. Wir wären in drei Tagen noch hier, wenn wir das für euch alle ausfüllen müssten.«

»Wow. Nicht mal eine magische Welt bleibt von Bürokratie verschont«, murmelte Thriller.

»Ja. Was aber wichtiger ist: Wir dürfen keine Spuren hinterlassen.«

Werwik beugte sich nach vorn zwischen sie. »Denkst du, wir werden verfolgt?«

»Andorian ist wie ein bluthungriges Witsop, das sich in deiner Wade verbissen hat. Du wirst es nicht los. Außer, du tötest es oder hackst dir das Bein ab. Beides ist gleich schwierig«, antwortete Kitey mit ernstem Ton.

Links neben ihm zitterten Lians Schultern und sie schlang die Arme um sich. Thriller bemühte sich, ihr aufmunternd zuzulächeln. Das war nicht leicht, denn auch ihm jagte ein eisiger Schauer über den Rücken, der ihm bis in die Haar- und Zehenspitzen kroch. Galmadur kennenzulernen, lenkte zwar von seiner Angst ab, schaffte es jedoch nicht, sie zu vertreiben.

Sie erreichten das Registrierzelt, dessen auffällig blau gefärbte, ledrige Stofflagen herausstachen. Zur Begrüßung blies ihnen die Niam Töne, ähnlich einem Saxophon und einer Oboe, entgegen. Sie klangen melodisch und hell, das Gegenteil von dem fiesen Tubasound der schimpfenden Niam von vorhin.

Geübt erwiderte Kitey die Töne, was aus ihrem Mund befremdlich und ulkig klang. Um sich ein Lachen zu verkneifen, biss sich Thriller in die Backe.

Nach ein paar Sätzen wechselte Mahri fließend zu verständlichen Worten, wobei sie einen trompetenden Akzent beibehielt. »Ich verstehe. Für einige Reisende sind wir ...«, die Niam unterbrach sich und sah mit ihren tennisballgroßen Glubschaugen auf Lian und Thriller, »exotisch. Unsere Art lebt, anders als viele Rassen, ausschließlich in der Wüste von Desias.« Bei jedem Wort flatterte ihr dreigeteilter Rüssel, der ihren Mund überlappte.

Die aufgeweckte Niam führte sie ins Innere des Registrierungszeltes, wo sich Kiteys Stimmung verfinsterte. Im Zentrum befand sich eine hölzerne Theke in Kreisform. Ähnlich einer Bartheke huschten in ihrer Mitte Niam umher und sprachen mit den Wesen, die sich davor sammelten. An der einen Seite reihten sich unterschiedlich hohe Stehtische entlang der Zeltwand aneinander. Auf der anderen Seite standen niedrige Tische, um die verschiedenste Wesen auf Sitzkissen saßen.

Grimmig schweifte Kiteys Blick umher. »Mahri, wir registrieren uns nicht.«

Die Niam blieb stehen, streckte sich vor Kitey lang und holte Luft, bis sich ihr Rüssel aufblähte. »Jeder, der in die Siedlung kommt, ist verpflichtet, sich registrieren zu lassen. Egal, ob er Handel treibt oder eine Rast einlegt.«

»Verschon mich mit dem offiziellen Vortrag! Hilf uns lieber, drumherum zu kommen.« Kiteys Stimme wurde weicher.

Kopfschüttelnd posaunte Mahri ein deutliches Nein. »Die Dünen haben sich verändert, seit ihr zuletzt hier wart. Ich kann das nicht verantworten!«

»Das musst du nicht. Ich verantworte das Risiko!« Kitey verschränkte die Arme vor der Brust. »Wenn wir verfolgt werden, ist euer Registrierungsquatsch wie ein gigantisches Schild, das schreit: *Hier lang! Kommt und holt sie euch!* Eine Registrierung kommt nicht infrage und wir verlassen die Siedlung nach einer Rast«, zischte sie zynisch.

»Tu das nicht. Du ahnst ja nicht, wie es da draußen ist, sobald die Sonne untergeht.« In der Stimme der Niam schwang blanke Angst mit. »Bitte, hör auf mich. Bleibt heute hier! Geht erst morgen bei Sonnenaufgang. Du weißt, dass der Wüstenweg bis zum nächsten Portal unberechenbar ist.«

»Ich bin kein ahnungsloser Reisender.«

»Das weiß ich, aber die Pock–«

»Was redest du? Die tummeln sich hier in den Wintermonaten. Wir haben Frühjahr. Und selbst wenn, mit Pocklingen komme ich zurecht.«

»Pocklinge?«, grübelte Thriller.

Lian fing seinen Blick auf und zuckte die Schultern.

»Nachtaktive Tiere, die im Erdreich leben«, erklärte Werwik im Flüsterton hinter ihnen. »Allesfressende Biester, so gut wie blind. Ihr Gehör ist dafür umso besser und sie haben Fühler an den Nasen, die Wärme registrieren. Nachts kriechen sie an die Oberfläche und jagen einfach alles. Eigentlich halten sie Schlaf bis zum Winter. Da kühlt auch die Wüste ab. Sofern man hier von kühl reden kann.«

Thriller biss sich auf die Lippe, er hatte einen Teil der Unterhaltung verpasst.

»... jede Nacht Unzählige und nicht nur sie.« Die Niam sank

zusammen. Ein Beben glitt durch ihren schlanken Wurmkörper und sie kringelte sich ein wie eine Schlange, bis nur noch ihr Kopf herauslugte.

Um mit Mahri auf Augenhöhe zu sein, ging Kitey in die Hocke. »Bei den Göttern, Mahri. Was jagt dir solche Angst ein?«

»Die Sandtitanen sind zurück.«

Scheiße, Titanen klingt gar nicht gut.

Bei Mahris Worten jagte ihm ein Schauer über den Rücken und wanderte als Gänsehaut seinen ganzen Körper entlang.

»Die sind seit Jahrzehnten im Tiefschlaf«, erwiderte Kitey. »Das ist unmöglich. Hast du sie gesehen?«

»N-Nein. Reisende und ...«

»Die spinnen ständig Schauergeschichten über ihre Reisen. Das weißt du doch am besten.«

»Diesmal ist es anders. Auch Niam erzählen von ihnen.«

Kitey seufzte. »Nicht jeder heftige Sturm ist ein Koloss.«

»Oh, Kitey. Was mach ich nur mit dir?« Bei einem tiefen Seufzen schlängelte Mahri sich wieder aus ihrer eingerollten Position und richtete sich auf. »Ich werde den Vorgang vereinfachen. Jeder erhält einen Vulpdacani zur Begleitung. Du weißt, niemand kennt die Wüste und ihre Eigenheiten besser als sie. Und ihr bleibt bis Sonnenaufgang. Bitte.«

»Na gut. Wenn es dir so am Herzen liegt«, erwiderte Kitey und sah die Niam sanft an.

Thriller pustete erleichtert den Atem aus und die Anspannung wich aus seinen Schultern.

Untergebracht in einem der Tipis für Durchreisende, zeigte Mahri ihnen die Badezelte für weibliche und männliche Wesen, die dahinter lagen. Die in den Boden gebetteten Steinbecken füllte Wasser aus unterirdischen Quellen, die durch ein Rohrsystem die ganze Stadt versorgten.

Bei Anbruch der Nacht verließ Thriller mit Werwik das

grün-beige Badezelt und sie liefen zwischen den Tipis zurück zu ihrem Schlafwigwam.

»Warum hast du nicht gebadet? Es hat so gutgetan. Reicht dir nach gestern echt der Schnellwaschgang?«, fragte Thriller und sog die kühler gewordene Luft ein. Er fühlte sich leichter und beinah angekommen, als hätte das heiße Quellwasser die Wirren seiner Ankunft in dieser Welt abgewaschen. Sein Blick glitt zum sternenklaren Himmel und dem Vollmond, dessen Licht dem Sand einen bläulichen Glanz verlieh.

Neben ihm fuhr sich Werwik durchs feuchte Haar. »Solche Bäder sind nichts für mich. Ich bevorzuge mehr Privatsphäre.«

»Verstehe.« Thriller sah ihn von der Seite an und nickte. »Um ehrlich zu sein, bin ich froh, dass nur du da warst. Hab schon befürchtet, da tummeln sich massenhaft Viecher.«

Werwik lachte auf.

»Sorry. *Viecher* war wohl politisch unkorrekt.«

»Ein wenig. Aber es trifft auf viele zu, die mehr Tier als alles andere sind. Du sagst, was du denkst. Das ist gut. Hör nicht auf damit, auch wenn es nicht jedem passt. Ehrlichkeit ist etwas Seltenes in Galmadur.« Werwik senkte den Kopf und strich sich mit dem linken Daumen über die Handfläche. Eine Geste, die Thriller nicht zum ersten Mal bei ihm sah.

»Danke.« Verlegen rieb er sich den Hinterkopf. »Meine Mama sagt, das habe ich von Tante Liz.«

»Vermisst du sie?«

»Ja und das, obwohl meine Eltern Forscher sind. Eigentlich bin ich es gewohnt, sie länger nicht zu sehen. Als Kind haben sie mich überall hin mitgenommen. Das ständige Reisen, neue Schulen und Freunde ... Mein Leben bestand aus einem Abschied nach dem anderen. Ich liebe meine verrückten Eltern.« Thriller lachte kurz, dann sah er zu Boden, wo seine Stiefel bei jedem Schritt den Sand auseinanderdrückten. »Irgendetwas habe ich manchmal vermisst. Ich bin froh, dass ich auch Tante Liz habe.

Bei ihr zu leben, um den Abschluss zu machen, war die beste Entscheidung, die ich treffen konnte. Und bisher habe ich nie darüber nachgedacht, Anthropologie oder Ethnologie zu studieren. Hier spüre ich aber so deutlich, wie mich das Unbekannte fasziniert ...« Thriller kratzte sich an der Schläfe. »Sorry. Ich weiß gar nicht, warum ich dir das alles erzähle. Was ist mir dir? Wo ist deine Familie?«

Abrupt blieb Werwik stehen. »Sie ist tot.«

»Das ... das tut mir leid. Ich wollte nicht ...«, sagte Thriller mit gesenkter Stimme und legte Werwik die Hand auf die Schulter.

»Du wusstest es ja nicht.«

»Möchtest du darüber reden?« Thriller lächelte zögerlich. »Ich kann auch gut zuhören.«

»Danke. Irgendwann. Vielleicht.«

»Das Angebot steht.«

Werwik erwiderte sein Lächeln. »Lass uns zu den anderen gehen. Wir haben noch nichts gegessen.«

»Hmmm, komisch. Ich hab den ganzen Tag nichts gegessen und bekomme erst jetzt langsam Hunger. Liegt wohl an der Aufregung und weil mir ständig übel ist.«

Im Inneren des Gästezeltes erwarteten die zwei nicht nur Lian und Kajaska, sondern auch ein behaglich flackerndes Feuer, dessen Wärme sich von der Mitte aus im ganzen Zelt ausbreitete. An der Feuerstelle gab es eine Dreibeinvorrichtung, an der ein bauchiger Topf hing, und darunter einen Grillrost, der an den Standbeinen befestigt war. Beim Duft von gebratenem Schinken und süßem Mais knurrte Thrillers Magen. Vergessen waren die Bauchkrämpfe und die Dauerkotzattacke nach seiner Ankunft.

Lian kniete auf einem der Sitzkissen, die rundherum um die Kochstelle verteilt lagen, und grüßte die beiden. Ihre blauen Augen sahen gerötet aus. Hatte sie geweint?

Thriller tauschte einen Blick mit Werwik, der ihn wortlos

dasselbe fragte und neben Lian Platz nahm. Auf der rechten Seite saß Kajaska auf einer der sechs Hängematten, die an Pfählen entlang der Zeltwände befestigt waren, und flocht sich ihr Haar.

»Wo ist Kitey?«, fragte Thriller Lian und schielte auf das Essen.

Mit einer Zange wendete Lian rote Schoten auf dem Rost. »Sie ist noch mal zu Mahri. Wir sollen im Zelt bleiben.«

»Etwas anderes habe ich nicht erwartet«, sagte Werwik, der im Topf rührte und eine der Tonschalen nahm, die neben ihm auf einem Teetisch standen.

Im Schneidersitz hockte sich Thriller an die Feuerstelle, drehte sich aber zu Kajaska. »Und du bleibst, oder?«

»In der Wüste komme ich nicht weit. Außerdem wäre ich dumm wie ein Moosgnom, wenn ich es täte. Hast du nicht gehört, was die Niam gesagt hat? Da draußen ist etwas.«

»Überall lauert etwas«, erwiderte Werwik und schöpfte Eintopf in Schalen.

»Pah. Ihr Hexer habt genauso wenig Gespür für die Natur wie die meisten. Die Niam sind eine halb tierische Rasse. Ihnen nicht zu glauben, ist schlichtweg idiotisch.«

Thriller streckte sich, um Kajaska ihren Eintopf und einen der Spieße mit den Schoten zu reichen. »Dann glaubst du wirklich, dass diese Titanen da draußen in der Wüste lauern?«

»Was lange schläft, wird irgendwann erwachen. Die Natur leidet, ebenso wie die Wesen, und manche ihrer Wächter toben vor Wut.«

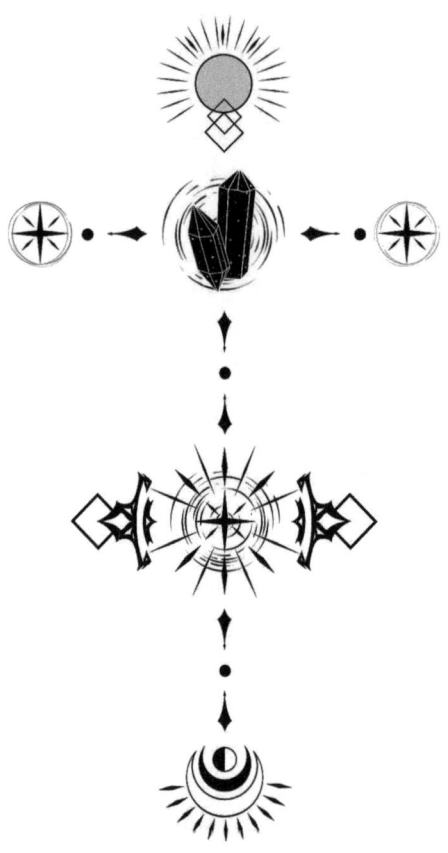

DIE
STERBENDE
WÜSTE

LIAN

Murmeln drang durch den Zeltstoff und weckte Lian. Schlaftrunken reckte sie die Glieder und gähnte, wobei ihre Hängematte ins Wanken geriet. Das fast erloschene Feuer knisterte, eine letzte Flamme leckte über die beiden verrußten Steine. Trotz der weichen Decke fröstelte Lian und rieb sich über die Arme.

Ungeübt räkelte sie sich aus ihrem wackeligen Lager. Sie schielte auf ihre kniehohen Schnürstiefel, die am Pfahl lehnten, und entschied, barfuß zu bleiben. Der warme Sand unter ihren Krallenzehen war samtig sanft und kitzelte zwischen ihren Zehen, wenn sie mit ihnen wackelte.

Neben einem niedrigen Schrank, zwischen den Hängematten, lehnte eine feuerfester Zange.

Wie Werwik es ihr am Abend gezeigt hatte, reinigte sie die Feuersteine. Aus den verschlungenen Symbolen flackerten Funken, nach denen die winzige, ausgehungerte Flamme griff. Das wachsende Feuer fesselte ihren Blick.

Gedankenversunken strich sich Lian eine Strähne hinter ein Horn.

Was mach ich falsch? Kitey und Kajaska meiden mich. Ich bin wie ein stumpfer Dolch, der nicht mal zur Zierde taugt. Drei Welten und ich weiß nicht, aus welcher ich stamme. Den Namen Galmadur oder die anderen beiden habe ich noch nie gehört. Wie ein verwirrter Geist bewege ich mich in einer mir fremden Welt. Noch nie habe ich irgendwo reingepasst, weder zu Hause noch hier. Passe ich überhaupt zu irgendwem?

Lian knetete ihre Unterlippe mit den Zähnen und wand sich wieder den Schlafplätzen zu.

»Du solltest schlafen!« Gedämpft drang Kiteys Stimme durch die Zeltwand.

Zaghaft tappte Lian zum Zelteingang und schlug raschelnd die Stofflagen zur Seite. Ein eisiger Windhauch peitschte ihr entgegen. Sofort riss sie den Kopf zurück ins Tipi und griff nach der Decke auf ihrer Hängematte. Darin eingewickelt schlüpfte sie zu Kitey hinaus und setzte sich zu ihr in den Sand. »Es ist eiskalt!«

»Hmm, ja. Das ist ungewöhnlich für Desias. Ich hatte keine Ahnung, wie sehr sich die Gegend verändert hat.« Mit den Fingern malte Kitey im Sand, der hier noch kühler war als im Zelt.

»Warum kannst du mich nicht leiden?«, platzte es aus Lian heraus und sie schlug sich die Hand vor den Mund. Sie hatte sich selbst überrumpelt.

Kitey fuhr mit dem Kopf zu ihr herum, die Augen überrascht geweitet. Sie blinzelte, ihr Blick wurde weicher und sie stieß ein Seufzen aus. »Es liegt nicht an dir.«

»Das versteh ich nicht.« Lian hob den Kopf und legte die Arme um ihre aufgestellten Knie.

»Na ja, es liegt schon an dir. Aber nicht an deiner Persönlichkeit, sondern an dem, *was* du bist«, erklärte Kitey und grub neben ihrem Bein die Finger in den Sand.

Aufgewühlt rutschte Lian hin und her, ihr war immer noch

nicht klar, was sie meinte.

»Deine Nervosität ist echt ... intensiv.« Als Kitey den Atem ausstieß, kräuselten sich Kältewölkchen vor ihrem Gesicht. »Du bist eben, was du bist. Und ich, na ja ... ich kann einfach nicht gut mit Dämonen-Rassen.«

Lian fuhr hoch. »Was!? Ich, dämonisch?! Nein, nein, nein. Jeder Tropfen, der in mir fließt, ist ondrayonisch!« Ihr Herz hämmerte und ihre Knie zitterten.

»Setz dich wieder. Und bitte beruhige dich. Den ganzen Tag die mentale Barriere zu verstärken, ist anstrengend.«

»I-Ich bin kein Dämon«, wiederholte Lian, als sie sich in den Sand plumpsen ließ.

Kitey zog die Augenbrauen hoch. »Ondrayonisch, sagst du? Das ist unmöglich. Das würde bedeuten, du gehörst einer uralten Drachen-Rasse an. Und Drachen hat keiner mehr gesehen, seit ...« Kitey stoppte, ihr ungläubiger Blick wanderte über Lians Gesicht. »Seit der Weltenteilung.« Kopfschüttelnd fuhr sie sich durchs auberginefarbene Haar. »Es gibt Geschichten, dass Gebiete abgesplittert sind und verloren gingen. Ich dachte, das wären Mythen.«

»Das würde erklären, warum ich von keiner der drei Welten je etwas gehört habe.« Lian tippte sich nachdenklich an die Lippe. »Warte ... Gebiete? Also mehrere?«, fragte sie blinzelnd.

»Ja. Es gibt verschollene Wesen. Die legendären Fünf. Einhörner, Kisomy, Phönixwesen, Gusige und Drachen.«

Lian zeichnete aufgewühlt mit den Fingerspitzen Kreise auf ihre Knie. »Und du glaubst, bei diesem Zauber könnte meine Heimat verloren gegangen sein?«

»Möglich ist erst mal alles. Vielleicht hat sich eine Zwischenwelt gebildet? Das war laaange vor meiner Zeit. Loreo könnte mehr wissen. Und in der Tempelbibliothek gibt es Geschichtsbücher. Wenn nicht dort, dann in der unsichtbaren Bibliothek. Das umfassendste Sammelsurium allen Wissens. Sie ist nur schwer zu finden, aber wir wollen es versuchen.«

In diesem Moment schlängelte sich Mahri auf sie zu, die ihren Körper, bis auf den Kopf und ein Stück des Endes, im Sand verbarg. Hinter sich zog die Niam eine Art Schlitten, auf dem drei Becher dampften. »Ich habe euch gesehen und dachte, ihr könntet heiße Scholoshi vertragen.«

Kitey hauchte und ließ wieder Atemwölkchen in der Nachtluft tanzen. Nachdenklich betrachtete sie Mahri. »Diese Veränderungen in Desias ... Die Kälte, die schwindende Hitze, die Titanen ... Ich möchte mehr darüber wissen. Erlaubst du mir einen Blick in deinen Geist?«

»Sicher. Ich vertraue dir«, erwiderte die Niam mit sanftem Ton.

Plötzlich dröhnte ein animalisches Knurren mit dem eisigen Wind zu ihnen und Lian erschrak.

»Das sind die Pocklinge«, meinte Kitey und winkte ab.

»Keine Angst, hier bist du sicher. Sie bewegen sich tiefer in der Wüste«, erklärte Mahrie und glitt nahe an Kitey heran.

Lian schürzte die Lippen, ihr Blick huschte noch einmal zwischen die Zelte, aus deren Richtung das Knurren kam, und sie nickte.

»Wenn du es durch meine Augen siehst, verstehst du die Veränderungen von Desias besser.« Die Niam legte den Rüssel auf Kiteys Schoß.

Beide schlossen die Augen und Lian erstaunte die Ruhe, die die beiden mit einem Mal ausstrahlten.

Die Knie an die Brust gezogen, nippte Lian an dem honigsüßen Getränk, das schaumig über ihre Zunge floss.

Was sieht sie wohl? Ich glaube, ich hätte es ihr auch erlaubt. Wenn sie gefragt hätte.

Unsicher biss sie sich auf die Unterlippe.

Ob sie meine Familie gesehen hat?

Es war schneller vorbei, als Lian erwartet hatte. Der Wind löste Strähnen aus ihrem Haarknoten. Gemeinsam mit der Neugier kitzelten ihre Haarspitzen über die Schuppenhaut ihrer

Arme. »Was hast du gesehen?«

»Es ist deine Geschichte, aber wenn du es ihr erzählst, fang am Anfang an.« Kitey tauschte einen Blick mit Mahri. Die Niam seufzte bekümmert und grub sich tiefer in den Sand.

So erfuhr Lian, dass die bitterkalten Nächte, die kreischenden Pocklinge und die Sturmtitanen nicht plötzlich, sondern schleichend gekommen waren.

»Noch vor wenigen Jahren herrschte in den Wüstennächten ebenso eine Hitze wie tagsüber. Und vor Jahrzehnten war es noch so heiß, dass Reisende sich nur zu bestimmten Zeiten oder mit magischem Schutz durch Desias wagten.«

»Und diese Titanen?«, fragte Lian und merkte, wie ihre Stimme zitterte.

»Sie sind Erdgeister, die sich mit dem Wind verbinden. Es gibt Geschichten über sie. Sie zogen durch die Wüste, sollten weder gut noch böse sein. In ihren Augen ist Desias ihr Reich. Warum sie zurück sind und uns als Feinde betrachten ... das weiß ich nicht.«

Lian schwenkte nachdenklich den Becher in ihrer Hand. »Wie kommst du darauf, dass sie in euch Feinde sehen?«

»Es ist ein Gefühl. Die Wüste, ihre Magie hat sich verändert. Sie fühlt sich an wie eine fremde Heimat.«

Mit verträumtem Blick sah Mahri zum Berggipfel hinauf. »Meine Großmutter wuchs in den heißesten Zeiten des Wüstenlands auf. In Momis Kindheit waren die Siedlungen der vielen Niam-Stämme in ganz Desias verteilt. Nicht wie heute, wo sich alle um Voonyna, den großen Vulkan, drängen.«

»Das ist ein Vulkan, kein Berg?«, fragte Lian nach.

»Ja. Voonyna ist ...«, Mahri stockte, »war die Quelle der Hitze und ein lebendiger Teil unseres Wüstenreiches. Bis zu einem Tag, der alles verändert hat.«

Mahri erzählte von den Feuerwesen, die im Vulkaninneren und in Symbiose mit den Niam lebten. Diese Kinder des Magmas hielten

Voonyna am Leben, ebenso wie er ihnen das Leben schenkte.

»Als Momi ungefähr in meinem Alter war, verfinsterten urplötzlich pechschwarze Sturmwolken den Himmel. Ein bitterkalter Regen prasselte nieder, dessen Tropfen verdampften, sobald sie den Sand berührten, und legte geisterhaften Dunst wie eine Decke auf das Land. Meine Momi, alle Niam, suchten Schutz in ihren Wigwams.«

Das Kinn auf ihre Knie gelegt, stellte Lian ihren geleerten Becher in den Sand. »Und gibt es hier keine Unwetter?«

»In Desias hat der Regen noch nie die Dünen berührt. Nicht bis zu diesem Tag. Voonyna strömte eine heiße Atmosphäre aus, die wie eine Glocke über der Wüste hängt.«

Lian kräuselte ihre Lippen und sah in den klaren Nachthimmel.

»Gib dir keine Mühe, man sieht sie nicht«, erklärte Kitey.

»Die trockene Wärme der Wüste und die der Atmosphäre beeinflussen die Wolken. Deswegen gab es in Desias über Jahrhunderte keinen Regen.«

»Wie konnte es dann an jenem Tag regnen? Wie lange ist das her?«, fragte Lian und sah zu Mahri.

»Es ist jetzt ungefähr 150 Jahre her.« Mahri quollen Tränen aus den Augen, sie rollten über ihren Rüssel und tropften von der Spitze in den Sand. »Voonyna wurde seiner Lebensquelle beraubt. Seiner Hitze.« Ihre Stimme war ein ersticktes Tröten.

»Seiner Quelle? Sind Vulkane nicht gefüllt mit heißer Flüssigkeit? Wie ...«

»Doch, doch. Die Lava füllt ihn aus. Voonyna hatte aber verschiedene Ebenen im Innern und Höhlen in den Wänden. Als der Himmel nach dem schaurigen Regen aufklarte, ächzte und grollte der Voonyna. Momi sagte, es klang wie Schmerzensschreie.« Die Niam kringelte sich zitternd in den Sand, bis nur noch ihr Kopf herauslugte.

Mahri berichtete, dass sich eine Gruppe mutiger Niam auf den Weg zu Voonyna begab, darunter auch ihr Mompi. Bis zum heutigen Tag hatte er kaum darüber gesprochen, was genau sie dort gefunden hatten. Nur, dass die Feuerwesen fort wären und die Quelle vom oberen Kranz des Gipfels aus nicht mehr zu sehen war.

»Wir glauben, ein letzter Rest der Lava ist tief im Vulkan zurückgeblieben und hat die Wärme erhalten. Aber sie wird schwächer und Desias immer kälter. Ich weiß nicht, was wir tun sollen.« Tränen der Hoffnungslosigkeit rollten Mahris zitterndem Rüssel entlang.

Beklommen schlang Lian die Decke fester um sich. »Könntet ihr nicht in ein anderes Land? Diese Welt ist doch groß, oder?«

Mit wackeligen Bewegungen schüttelte sich Mahri aus dem Boden und zeigte Lian die Unterseite ihres Körpers. Dort reihten sich vier Löcher in eine Linie, aus denen Wüstensand rieselte. »Der Sand gleitet durch unsere Körper. Er reguliert unsere Körperwärme und entzieht überschüssige Flüssigkeit. Kein anderes Land hat genug Wärme und Trockenheit für uns. Und lange werden wir hier nicht mehr überleben können. Nicht ohne die Pyjaremo, die mit uns und Voonyna in friedlicher Symbiose leben.«

»Die Pyros«, schnaubte Kitey verächtlich, nahm einen Schluck vom Schaumgetränk und fuhr fort: »Mahri redet von den Feuerdämonen, die uns verfolgt haben. Bei eurer Ankunft. Du erinnerst dich?«

Lian nickte. »Wie könnte ich die vergessen?« Sofort hörte sie wieder das gruselige Zischen und Röcheln in ihren Ohren.

»Diese Wesen sollen friedlich gelebt haben?« Lian erschauerte beim Gedanken an deren schwarze, leere Augen.

»Pyjaremo sind keine Dämonen. Halbdämonische Elementarwesen, und sie haben uns sicher nicht freiwillig verlassen«, verteidigte Mahri die Feuerwesen und ihr trötender Akzent schwoll an.

Theatralisch machte Kitey eine weitläufige Handbewegung. »Ja, das ändert natürlich alles.« Energisch stand sie auf, leerte ihren Becher und knallte ihn auf den Tablettschlitten neben Mahri, die sie entgeistert ansah.

»Und als Nächstes erklärst du uns, dass die Pyros die eigentlichen *Opfer* sind. Nicht die Zigtausend, die ihr Heim verloren haben. Oder die toten, verkohlten Wesen, die über ganz Galmadur verstreut sind.«

Mahris zarter Niamkörper schlotterte heftig. »N-Nein. Was sie getan haben, ist schrecklich.«

»Was sie *tun*! Und wenn ihr ...«, Kitey schluckte das Wort, das ihr auf der Zunge lag, unausgesprochen hinunter, »dann tragen sie für eure Ausrottung ebenso die Schuld. Schau in euer Krankenzelt, da fängt es an.« Fluchend trat sie den Sandhaufen vor sich, sodass der Sand aufstob.

»Es fällt mir schwer, dieses grausame, kaltblütige Bild mit dem zu verbinden, das ich durch unsere Vorfahren von den Pyjaremo habe. Und sie haben Voonyna gewiss nicht freiwillig verlassen. Warum hätten sie das plötzlich tun sollen?«

Für Lian klang das nach Mahris Geschichte einleuchtend. »Vielleicht ...«

Kiteys finsterer Blick ließ sie innehalten. »Vielleicht was? Wurden sie entführt und zu all dem gezwungen!?«, konterte sie harsch und ihr Atem ging stoßweise.

Thriller lugte verschlafen aus dem Zelt. »Wasn hier los?« Gähnend rieb er sich mit dem Handrücken die Augen. Hinter ihm erkannte Lian die Schatten von Kajaska und Werwik.

»Nichts! Geht wieder schlafen! Wir brechen in aller Früh auf«, fauchte Kitey, dann machte sie auf dem Absatz kehrt und marschierte vor sich hinmurrend davon.

Mit traurig hängendem Rüssel entschuldigte sich Mahri dafür, alle geweckt zu haben, und folgte Kitey.

Lian blieb noch einen Moment sitzen.

Ich kann mir kaum vorstellen, was sie für fürchterliche Dinge gesehen hat. Ob ich das aushalten könnte?

Beunruhigt vergrub sie die Hand im Sand, ließ ihn langsam durch ihre Finger rieseln, bevor sie aufstand. Sie blickte noch einmal in die Richtung, in die Kitey verschwunden war.

War es richtig, mich ihnen anzuschließen?

Leise schob sie die Stoffbahn zur Seite, betrat das Zelt und versuchte, noch etwas Schlaf zu bekommen.

Wackelig und mit steifen Gliedern wälzte sich Lian nach Kiteys grobem Weckruf aus der Hängematte. Im Traum hatten sie die Bilder der Pyros aus Unoa und Fantasien von Sandtitanen verfolgt.

»Haben euch auch immer wieder diese grollenden Pocklinge geweckt?« Thriller presste die Hände so fest aufs Gesicht, dass sein Mund in einer Kussschnute dazwischenklemmte.

»Mhm«, bestätigte Lian, klemmte sich das Haarband zwischen die Lippen und versuchte, ihre langen Strähnen zu entknoten.

Während sie und die anderen geröstete Brote, Früchte und faustgroße blaue Eier frühstückten, packte Kitey Proviant in ihre Hüfttasche.

»Da drüben sind die Wüstenmäntel und Masken.« Sie zeigte auf eine der Hängematten. »Mahri hat sie mit dem Frühstück vorbeigebracht, als ihr Traumnasen noch geschnarcht habt.«

Lian starrte auf Kiteys Arm, der mit einer Flasche in der Hand bis zum Ellbogen in der Tasche verschwand.

»Wow. Das ist eine richtige Mary-Poppins-Tasche. Was ist da alles drin?«, platzte Thriller heraus und spähte in die Tasche.

»Wer soll das sein – Mary Poppins?«, hakte Werwik hinter ihm nach.

»Unwichtig.« Kitey winkte den Einwurf ab. »Sie enthält alles, was wir für eine Reise brauchen.«

Thriller tastete mit dem Finger über den ledernen Stoff. »Kann ich mal reingucken?«

»Verflixt, nein! Und jetzt zieh das Zeug an, wir müssen los. Werwik, kannst du ihm helfen?«

»Sicher.« Den Wüstenmantel bereits angezogen und mit den Riemen verschlossen, griff er nach den Stofflagen neben sich. »Oh, Kajaska, das ist deiner.« Er hielt den puppengroßen Umhang vor sich.

»Offensichtlich.« Kajaska grapschte danach und warf ihn sich über.

»Wir durchqueren den inneren Teil der Wüste. Die weiten Dünen sind tückisch. Wir müssen aufeinander achten und zusammenbleiben.«

Lian stöhnte, die Umhangverschlüsse waren knifflige Gurte, die man durch verschiedene Schlaufen zog und die sich immer wieder überlappten. Sie sah auf und fing Kiteys scharfen Blick auf, der an ihr vorbei zu Kajaska blitzte.

»Hast du mich gehört, Kajaska? Egal, ob du es aussprichst oder nicht – solange du hier bist, betrachte ich dich als Teil dieser Gruppe. Also: keine Alleingänge.«

»Ich bin ja nicht lebensmüde.«

Kitey zuckte mit der Augenbraue. »Na, wenn du das sagst.«

»Wird das arg gefährlich?«, fragte Lian und hatte es endlich geschafft, den letzten Riemen an ihrem Umhang zu schließen. Der hochgeschlossene Mantel schmiegte sich in zwei engen und doch luftigen Lagen um ihren Körper.

»Gefährlich ist es überall«, raunte Werwik und werkelte geschickt an Thrillers Verschlüssen.

»Den Grad der Gefahr zu beurteilen, ist schwer«, sagte Kitey und verschloss den letzten Riemen an ihrem Umhang. »Die Erzählungen von den Sturmriesen ... Ich bin zwar skeptisch, aber wenn sie wahr sind, dann ist es nicht ungefährlich. Hoffen wir, dass die Glücksgöttin gut gelaunt ist und wir problemlos durchkommen. Lasst mich prüfen, ob die Ausrüstung sitzt.«

Bei der akribischen Kontrolle wollte Thriller mehr von den Gefahren hören und mit jeder, die Kitey nannte, zogen sich ihre Augenbrauen weiter zusammen.

Lians Gedanken schweiften ab. Die Wüste erschien ihr durch Kiteys Worte unpassierbar.

Wenn sie ernsthaft besorgt ist, wie sollen wir dann bloß den Weg schaffen? Verlaufen, verdursten, Treibsand, unterirdische Sandlöcher, in die man abrutschen kann und diese Sturmriesen ...

In dem Moment, als Lians Hände zu zittern begannen, kam Mahri mit aufgewirbelten Sandwolken um den Körper in ihr Zelt. »Kitey, wie haben zwei Händler mit ihren Lastentransportern in der Siedlung. Sie reisen in der nächsten Stunde ab. Ich habe mit ihnen gesprochen und sie würden euch auf den Transporten mit nach Asuma nehmen.«

»Das ist großartig. Wo sind sie?«, antwortete Kitey eilig.

Lian blinzelte erstaunt, als sie die beiden Zentauren, ihre beladenen Transportgefährte und die langbeinigen, katzenhaften Zugtiere erblickte. Am Rand der Zeltsiedlung standen die hölzernen, schlittenähnlichen Gefährte auf ihren breiten Kufen. Sie bestanden aus einem metallenen Skelett mit Gelenken, Gewinden und Zahnrädern, die sich wendig und flexibel steuern ließen. Ihre Länge schätzte Lian auf das Dreifache ihrer Körpergröße.

Mit prüfendem Blick schritt Kitey an den Transportern entlang. Sie glitt mit den Händen über das Holz, begutachtete dabei die fünf Räder auf dem grau glänzenden Gerüst. Zwei größere im vorderen Bereich und drei kleinere im hinteren, wo sie später zwischen den Waren sitzen sollten. Unter den Abschnitten fanden sich die zwei Paar Kufen des Transportgefährtes, ebenso unterteilt wie die Räder.

Während Kitey mit den Händlern sprach, die bereits drei der acht Zugtiere angespannt hatten, beobachtete Lian, wie sich die restlichen um Kajaska scharrten. Die Elfe war wie verwandelt. Liebevoll strich sie den Tieren zwischen den beiden Rosen des Geweihs über das seidige Fell. An Rücken,

Kopf und dem wackelnden Puschelschwanz war es schneeweiß, färbte sich aber an Bauch, Beinen und den breiten Pfoten bei jedem Zugtier unterschiedlich.

Den beiden größten Tieren reichte Kajaska bis ans Kinn und ihre Schattierung verlief von zartem Flieder bis zu dunklem Lila an den bekrallten Tatzen. Voller Neugier näherte sich Lian der kleinsten, blau schattierten Samtpfote.

Aus dem Augenwinkel schielte Kajaska zu ihr. »Das sind Maudea. Streich mit der Wuchsrichtung über das Fell, sonst kommst du an die Stacheln.«

»J-Ja, mache ich.« Mehr brachte sie nicht hervor.

Zum ersten Mal war die Elfe nett zu ihr. Freudig lächelte sie das quakende Wesen vor sich an, ging in die Knie und sah ihm direkt in die violetten Augen. Mit schräg gelegtem Kopf kam das Tier einen Schritt näher und Lian legte ihm die Hand auf den muskulösen Rücken. Das Rauhaar glänzte und fühlte sich fest und borstig, doch nicht unangenehm unter ihren Fingern an.

»Das sind also Zentauren?« Lian riskierte einen neugierigen Blick zu den Zentauren, die sich als Fuma und Boren vorgestellt hatten.

»Der Überbegriff ist Don'Gmen, Tierwesen. Davon gibt es im Süden einen ganzen Haufen. Sind ständig in meinen Wäldern unterwegs, diese Trampeltiere. Jedes Frühjahr zerquetschen ihre Hufe Sprösslinge«, schimpfte Kajaska.

»Sie sehen aber recht freundlich aus. Der bullige mit dem geflochtenen Zopf und dem Leopardenfell, Boren, erinnert mich an einen unserer Torwächter. Liegt wohl am buschigen Bart und weil er die Augenbrauen genauso grimmig zusammenzieht. Der andere sieht freundlicher aus.«

Der schlankere Zentaur rieb sich mit dem Handrücken über die Stirn. Sein sonnengebräunter Oberkörper war bis auf eine locker sitzende Weste nackt, genau wie der seines Freundes.

Lian schätzte Fuma deutlich jünger als Boren, durch dessen Haar sich bereits graue Strähnen zogen.

Geschäftig verrückten die Don'Gmen Holzkisten und diskutierten gleichzeitig mit Kitey und Mahri, während Werwik unauffällig hinter ihnen stand und offensichtlich lauschte.

Kajaska schnalzte mit der Zunge. »Lass dich nie von einem Lächeln täuschen.«

»Du lächelst nie«, rutschte es Lian heraus und sie biss sich auf die Lippe. »Außer gerade mit den Tieren.«

»Sie sind ehrlich.«

»Das bin ich auch.«

Kajaskas Augen huschten an ihr entlang. »Das behaupten viele von sich. Du hättest gleich sagen sollen, dass du von den Ondrayo abstamm–«

»Ganz schön verrückt. Hab so was bisher nur in Filmen gesehen«, bemerkte Thriller unerwartet neben ihr.

Lian zuckte so heftig zusammen, dass das Tier vor ihr ebenfalls erschrak, fauchte und den Rücken aufbäumte, bis Stacheln zwischen dem Fell aufblitzten.

Verlegen kratzte sich Thriller am Hinterkopf. Als Lian rasch zu Kajaska zurückblickte, schlenderte sie bereits mit zwei Maudea an der Seite zu dem Transportschlitten.

»Tschuldigung. Wollte dich nicht schon wieder erschrecken«, schob er hinterher und scharrte dabei mit der Schuhspitze im Sand.

»Normal bin ich nicht so schreckhaft. Aber hier ...«

»Japp. Alles ganz schön viel. Uns geht es ähnlich. Zumindest siehst du manchmal genauso verloren aus, wie ich mich fühle. Gemeinsam halten wir den Verrücktheiten schon irgendwie stand, oder?«, meinte Thriller grinsend.

Ihr Herz flatterte erleichtert und Thrillers drollig schiefes Grinsen schenkte ihr Zuversicht.

Automatisch erwiderte sie sein Lächeln und nickte. »Ja.«

Ich glaube, heute könnte ein Neustart für uns alle sein. Vielleicht war es doch gut und es gibt einen Grund, warum der Zauber mich hierhergebracht hat.

Nachdem die Gefährte mit Holzkisten beladen waren, gab es dazwischen genug Platz, um je zwei Personen unterzubringen.

Mit zittrigen Fingern betastete Lian wieder und wieder die Bänder der Schutzmaske. In ihrem Schoß lag der Vulpdacani, auch Läufer genannt, eingerollt wie eine Schnecke, den Mahri ihr brachte.

Mit ihrem Körperende strich die Niam über das schlafende Tierchen. »Abgesehen von der Ausrüstung sind die Läufer das Wichtigste, das ihr bei euch tragt. Niemand findet sich in der Wüste besser zurecht als sie.«

»Was tun sie?«

»In der Not holen sie Hilfe.« Mahri deutete auf die zwei ledernen Ringe um den langen Hals, der Lian sofort aufgefallen war. Beide waren mit demselben fremdartigen Symbol versehen. Laut Mahris Erklärung dienten sie dazu, um jedes Tier einem Wüstenreisenden zuzuordnen. Aufgrund dessen war es unerlässlich, registriert zu sein.

»Aber wir sind doch nicht registriert?«, flüsterte Lian.

»Ich habe euch eingetragen, mit falschen Namen.«

»Oh. Und wie funktioniert das?«

»Das Notrufsystem ist simpel. Bist du in Schwierigkeiten, dann entfernst du den braunen Lederring und schickst den Läufer mit dem auffällig roten los. Er flitzt zurück zur Siedlung. Durch eine magische Verbindung zwischen den Ringen funktionieren sie wie Wegweiser für die Rettungstrupps. Wenn ihr die Landesgrenze ohne Zwischenfälle erreicht, schickt die Vulpdacani mit beiden Lederringen zurück. Das wars.«

Aufmerksam musterte Lian ihren schlafenden Retter in der Not. Von der Nase bis zur fächerförmigen Schwanzspitze wuchs ein flaumiger, gewitterwolkengrauer Fellkamm. Der Rest des langen Körpers, der eingekringelt dalag, war von winzigen Schuppen überzogen.

Wie süß! Die sechs, sieben, acht ... zwölf Beine zucken bei jedem Atemzug. Und erst die ulkige Schnauze. Sieht aus wie eine Miniblumenknospe.

Hinter sich hörte sie, wie die Schlittenführer ihre Plätze einnahmen. Aufgeregt sah sie sich nach den anderen um. Die beiden Zentauren ließen ihre Läufer in die ledernen Doppeltaschen krabbeln, die über ihren Rücken geschnallt waren. Auch Kiteys Exemplar schlüpfte in ihre Hüfttasche und schien damit zufrieden. »Richte mir da drin bloß kein Chaos an«, sagte sie und kam auf sie zu.

Werwiks Tierchen schlang sich um seinen Nacken und schüttelte den Kopf durch dessen Haarspitzen, während Thriller seinen mit gerunzelter Stirn dabei beobachtete, wie er über seinen Arm wuselte. Zuletzt sah sie zu Kajaska, die getrennt durch eine lange Kiste neben ihr auf der anderen Seite des Schlittens saß und ihrem Vulpdacani etwas zuflüsterte.

»Ich hoffe, ihr werdet sie alle mit beiden Ringen zurückschicken«, sagte Mahri. Ihre Stimme zitterte.

Mit hochgezogener Augenbraue fragte Kitey: »Warum hast du mir einen gebracht? Ich fliege, das weißt du?«

»Und wenn du abstürzt?«

»Bei einer Bruchlandung würde das Kerlchen selbst einen Läufer brauchen«, meinte Kitey lachend.

»Wir haben abgemacht–«

»Ja, ja. Er sitzt ja schon in meiner Tasche.« Sie hob beschwichtigend die Hände. »Hör mal, wegen gestern«, fing Kitey an, »das mit den Pyros ... Ich berichte Loreo von der Klimaveränderung und den Sichtungen der Titanen. Ich weiß noch nicht, ob und wie alles zusammenhängt. Wenn da etwas ist, bekomme ich es raus. Es gib zu viele Ungereimtheiten.

Überall.« Kitey malmte mit dem Kiefer und ballte die Hände. »Wir finden einen Weg, um euch zu helfen. Ich verspreche, ihr seid nicht allein.«

Mahri blinzelte die Tränen in ihren Augen weg. »Ich ... Wir vertrauen darauf. Danke. Passt bitte gut auf euch auf. Mögen sich Dünen für euch teilen und die Winde gewogen sein.« Mit ihrem Körperende umschlang Mahri Kiteys rechten Unterarm.

»Danke«, erwiderte Kitey, machte eine kurze Pause und löste sich von der Niam. In einem Stoß atmete sie aus und straffte die Schultern. »Also, Masken auf. Es geht los.« Ihr Klopfen auf den Schlittenrand war das Signal, auf das der Schlitten mit einem Ruck anfuhr.

LIAN

Mit der Hand schirmte Lian die blendende Sonne ab und sah auf. Ihr Blick wanderte die Dünen entlang zu den Zentauren und hinauf zu Kitey. Über ihnen segelte Kitey auf dem Luftstrom, behielt alles aus der Vogelperspektive im Blick. Zu gerne hätte Lian gewusst, wie es sich anfühlte, mit Flügeln durch die Wolken zu gleiten. Vor ihr donnerte Boren Kommandos, deren Bedeutung sie nur erahnte. Er saß im vorderen Teil, die Zügel locker in der Hand. Mahri hatte versichert, die beiden Zentauren waren erfahrene Händler und kannten ihre Strecke. Das linderte aber kaum die Nervosität, die in Lians Magen flatterte.

Nach nur wenigen Pfotenschritten der Maudea glitten die Schlitten rasant durch die Weite von Desias. Hinter ihnen stob der Sand in Wolken auf.

»Hoffentlich sind wir bald in diesem Wald«, sagte Lian und streichelte über den Fellkamm des schlafenden Läufers auf ihrem Schoß.

»Bei dem Tempo auf jeden Fall schneller als zu Fuß«, antwortete Kajaska, die auf der anderen Seite einer länglichen Kiste neben ihr saß.

»Hm. Sag mal ... Woher wusstest du vorhin, dass ich zum Volk der Ondrayo gehöre? Hast du uns belauscht?«

Kajaska schnaubte. »Dieses Mal nicht. Ich war vor euch allen wach. Kitey hat es mir gesagt.«

»Warum ist das so wichtig, ob ich Dämonin bin oder nicht?«

»Das fragt nur jemand, der nicht aus Galmadur stammt. Es ist sehr lange her, dass Dämonen nicht verhasst waren. Die Magier – auch wenn sie ein eitles und hochnäsiges Volk waren – haben unsere Welt im Gleichgewicht gehalten. Seit sie weg sind, ist es, als wären die Dämonen von ihren niedersten Instinkten beherrscht. Sie sind unkontrolliert, zügellos, und es gibt niemanden, der ihnen Einhalt gebietet. Dass viele mit und für den Schattenmagier kämpfen, macht es nur noch schlimmer.«

»Deswegen habt ihr mich abgelehnt. Ihr habt angenommen, ich bin genauso wie diese Pyros und Trolle in Unoa. Aber es können doch nicht alle boshaft und gefährlich sein?«

»Die meisten beweisen tagtäglich, dass sie es sind.« Kajaskas abschätziger Blick brachte Lian dazu, das Thema fallen zu lassen. Sie konnte nur ahnen, welche Erlebnisse die Meinung der Elfe so gefestigt hatten.

Als der Schlitten über eine steile Düne fuhr, wurde Lian so durchgeschüttelt, dass sie erschrocken aufschrie. Mit der linken Hand umklammerte sie einen Gurt, mit der rechten krallte sie sich an den Schlittenrand. Zwei weitere Schanzensprünge folgten, das Rütteln ließ den Läufer aber ebenso kalt wie Kajaska, die zwischen den Haltegurten saß wie in einem Sicherheitsnetz. Eine Schlittenlänge entfernt fuhr der Wüstentransporter mit Thriller und Werwik. Thriller klammerte sich mit aufgerissenen Augen an einen der festgezurrten Gurte, der sich um die Kisten schlang. Neben ihm stemmte sich Werwik verkrampft mit den Händen gegen eine Holzkiste und die Schlittenwand und presste sich so dazwischen fest.

Ein heiseres Krächzen ertönte. Lian zuckte zusammen. Drei große Vögel mit schlauchartigen Hälsen, platten Füßen und einem lockigen, fellähnlichen Gefieder glitten über sie hinweg. Dahinter sauste ein Schwarm von zehn weiteren heran. Sie flogen so tief, dass ein paar mit ihren klappernden Schnäbeln nach ihnen pickten.

»An der Reling klemmen Paddel. Vertreibt sie damit«, rief Boren ihnen zu.

Lian und Kajaska lösten gleichzeitig die hölzernen Paddel aus den Haken in der Schlittenwand und wehrten die Vögel ab. Ebenso vertrieben auch Thriller und Werwik die krächzenden Tiere. Die Maudea fauchten und schnappten nach den Tieren. Boren und Fuma hielten die Vögel mit Holzfächern an langen Stöcken von den Maudea fern, bis sie aufgaben und davonzogen.

»Diese nervtötenden Lipmin sind jedes Mal eine Plage«, schimpfte Boren.

Immer wieder wichen sie Tieren aus. Thrillers aufgeregte Rufe drangen zu ihnen hinüber. »Hey, seht euch das an!«

Wollige Wesen, die Thriller mit Mammuts oder Lamas verglich, kreuzten ihren Weg über die Dünen.

Plötzlich richtete sich der Vulpdacani in Lians Schoß auf, streckte die Nase in den Wind und wuselte mit seinen zwölf Beinchen flink an ihr hoch. Der flaumige Fellkamm kitzelte Lian, als es um ihren Nacken kribbelte, und richtete sich alarmiert auf.

Dass seine feinen Instinkte reagierten, machte Lian wachsam. Mit einem Ruck richtete der Läufer seinen Blick starr geradeaus und klickte mit der Zunge. Zeitgleich zupfte der kräftiger werdende Wind an ihrem Haar. Sie flocht es sich hastig zu einem Zopf.

Im Sturzflug schoss Kitey zu ihnen herunter. »Hinter der Düne. Achtung!«, brüllte sie.

Wie vereinbart reagierten die Zentauren auf ihr warnendes

Flugmanöver. Das Rauschen des Windes verschluckte die Rufe von Boren und Fuma, während Kitey wieder emporflog.

Auf dem höchsten Punkt des Sandhügels erkannte Lian vor ihnen am Horizont, was dort lauerte. Lian riss die Augen auf. Sturmriesen. Ihre flexible Tornadoform wog hin und her und wechselte beliebig von einem Trichter zu einer Säule, zu bauchigen Schläuchen.

Furchtgetrieben raste Lians Puls. Monströse Gesichter, die Totenschädeln glichen, formten sich aus den Sturmtrichtern. Mit hohlen Augenhöhlen starrten die Wesen sie direkt an; heulten, pfiffen und grollten durch die aufgerissenen Münder.

Das aufgeregte Klick-klack des Wüstenläufers begleitete Kiteys rasanten Sturzflug zu den Schlitten.

»Die Zentauren müssen die Tiere antreiben. Vielleicht entkommen wir über die Seiten!«, brüllte Kajaska gegen den Wind an.

Aus den Titanen wuchsen um sich schlagende Arme wie Tentakel. Zu viele, um sie zu zählen. Der Wind trug mehr und mehr Sand mit sich. Die Sandpartikel ritzten scharf über Lians Mantelstoff. Erste Risse durchzogen die oberste Schicht. Die Sicht trübte sich, Kitey war am Himmel kaum noch zu sehen. Der Vulpdacani sprang von ihrer Schulter aus dem Transporter. Lians Herz machte einen panischen Satz.

»Nein!«, rief sie und warf sich zur Seite, um ihn zu fangen. Vergebens. Ihr Schlitten schlingerte. Der Schlittenrand presste sich schmerzhaft in ihren Magen.

»Vorsicht!«, brüllte Boren.

Panisch ruderte sie mit den Armen und japste erstickt. Rechts von sich erspähte sie einen Lichtfleck, der über den Sand huschte. Ihr Vulpdacani.

Etwas packte sie am Mantelkragen, sodass er gegen ihre Kehle drückte und sie würgen musste. Sie wurde grob zurück in den Schlitten gezerrt. Ihr Ellbogen donnerte an eine Kiste, ihr Po und Rücken kamen hart auf und sie keuchte.

»Wie kann man nur so bescheuert sein und ein Wüstenwesen vor der Wüste beschützen wollen?!«, zischte Kajaska und ließ kopfschüttelnd ihren Kragen los.

»Entschuldige. Ich habe gedacht …«

»Nichts gedacht hast du!«

Einen Augenaufschlag später hetzten sechs Lichtpunkte vor den Schlittentieren her und gaben die Richtung vor. Boren folgte dem Kurs der Wüstenläufer mit scharfen Kurven.

Bald erkannte Lian, dass die Tiere direkt auf die Stürme zusteuerten, und ihre Hände zitterten. Sie atmete stoßweise, die Maske saß plötzlich viel zu eng auf ihrem Gesicht. War ausweichen wirklich keine Option?

Durch den aufgewirbelten Sand schoss Kitey hervor und flog tiefer, parallel zu den Schlitten. Der scharfe, sandige Wind schnitt in ihre Flügel. Mit verbissener Miene beschleunigte sie ihr Tempo und zog einen Bogen um die Sturmriesen. Die Sandkolosse lösten ihre Formation auf, einer steuerte geradewegs auf Kitey zu, als wollte er sie einfangen. Sand spritzte auf, als die Tentakel nach ihr schlugen, sie verfehlten und auf die Dünen droschen.

»Vorsicht!«, brüllte Lian.

Kitey fuhr hastig herum und entkam im letzten Moment einer der Sandkrallen. Sie durchriss Kiteys flatternden Umhang.

Lian atmete abgehackt, Schweiß rann ihre Schläfe entlang und sie krallte sich verbissen an die Gurte. Sie konnten ihnen nicht entkommen. Der einzige Weg führte durch die Mitte.

Kitey wand sich in einer Drehung, wich den Ungetümen aus und steuerte wieder auf die Schlitten zu. Der Sand peitschte vom Wind getrieben gegen Lians Maske. Sie schnappte nach Luft. Wie lange schützten sie Mantel und Maske noch? Auf ihren Fingern brannten die feinen Schnittwunden. Das Blut rann über ihre Schuppenhaut.

Als Kitey die Schlitten erreichte, glitten sie geradewegs auf eine Lücke zwischen zwei der Sandriesen zu. Orkanböen fegten ihnen entgegen und kamen aus allen Richtungen gleichzeitig. Ihre Läufer zischten unbeirrt über den Sand wie ein einziger weißer Lichtblitz, der im Sturmwirrwarr aufleuchtete.

An Lians ganzem Körper zerrte der Sturmsog. »Argh. Nein!« Sie presste die Zähne aufeinander, hielt sich mit aller Kraft fest. Um sie herum wurde es dunkler. Ihre Hände schmerzten. Zwischen das Sturmrauschen mischten sich die Laute der Zugtiere, die sich mit aller Kraft weiter vorwärtskämpften.

Urplötzlich rammte der andere Schlitten ihre Seite. Kajaska schrie auf. Der Aufprall schleuderte Lian und Kajaska gegen Schlittenrand und Kisten. Der Zusammenstoß trieb sie zu dem Sandriesen zu ihrer Rechten. Mit panikgeweiteten Augen starrte Lian in das Totenschädelgesicht. In ihren Ohren dröhnte das hohe Windpfeifen wie ein Kreischen aus dem aufgerissenen Mund des Titanen. Die tentakelartigen Krallen des Titanen grapschten nach ihnen, während der Sog unaufhaltsam an ihnen zerrte und in die Richtung des Sandriesen zog.

»Festhalten!«, rief Boren. Die Zügel klatschten scharf. »Suf, Suf, Suf!«, trieb er die Tiere an.

Das Blut in Lians Ohren rauschte wie ein reißender Fluss. Sie umfasste die Transportgurte fester, ihre Finger verkrampften sich. Alles dröhnte in ihrem Kopf. Das Brüllen der Zentauren genauso wie Thrillers Schreie. Die Maudea jaulten und fauchten. Gleichzeitig pfiff der Wind und verwandelte sich in das Heulen der Sandtitanen. In ihren Augen sammelten sich Tränen. Sie blinzelte aufgeregt, riss den Kopf herum, sah den anderen Schlitten aber nicht.

Die sandigen Titanen drängten sie in die Enge und nahmen feste Formen an. Der Arm eines Kolosses schoss nach vorn, direkt auf sie zu. Krallen schnitten durch Kajaskas Gurte. Die monströse Pranke des Sandriesen packte sie. Die Elfe kreischte und suchte hastig etwas unter ihrem Mantel, doch der Titan riss sie hoch. Fauchend rutschte ihr das Stilett aus den Fingern und landete neben Lian.

Etwas in Lian flammte auf, verdrängte die Furcht. Mit einem Aufschrei packte Lian die Waffe, durchtrennte zwei weitere Gurte und trat die Kisten mit aller Kraft vom Schlitten. Der Sog schleuderte sie gegen den Titanen. Lian stieß die nächste Kiste über den Rand. Diese traf den Arm, der Kajaska umkrallte. Der Koloss jaulte, doch sein Griff blieb eisern. Einer seiner Tentakel hieb nach Lian. Sie wich zur Seite aus, duckte den Kopf weg und riss dabei den Arm hoch. Mit einem kräftigen Stoß trieb sie Kajaskas Stilett in den Tentakel. Spitz heulte das Sandungetüm erneut auf. Die Klinge glitt bis zum Steg hinein wie in weiche Butter. Braune Flüssigkeit, glänzend wie Öl, rann aus der Wunde und Lian ließ hastig los.

Getrieben vom Willen, sie zu befreien, griff Lian unter den Mantel an ihre Hüfte und zückte einen ihrer größten Dolche. Ihr Blick huschte hektisch umher. Wie konnte sie Kajaska erreichen?

Einer der Sicherungsgurte flatterte wild umher. Lian kam auf die Knie und kämpfte damit, das Gleichgewicht zu halten. Mit der freien Hand griff sie nach dem Gurt. Wieder und wieder flutschte er durch ihre blutige Hand.

»Verdammt!« Hastig wischte sie sich die Handfläche am Mantel ab und rutschte auf den Knien vorsichtig ein Stück vorwärts. Der Schlitten schlingerte. Es warf Lian zur Seite und sie prallte mit der Schulter gegen den Schlittenrand. Sie stieß einen Fluch aus und richtete sich wieder auf. Endlich bekam sie das Gurtende zu fassen. Die Finger darum geklammert, umwickelte sie ihr Handgelenk viermal mit dem Ende des langen Gurtes. Ihr Blick fuhr zu Kajaska herum und Lian sprang. Sie stieß einen Angriffsschrei aus und sauste auf die Klaue zu, die Kajaska umfing.

Lian nutzte die Wucht des Sprungs, um ihre Waffe in die

Klaue des Feindes zu rammen und hing gefährlich zwischen Feind und Schlitten. Der Wind rupfte erbarmungslos an ihren Haaren und dem Mantelstoff. Beide zogen an ihren Armen. Kajaska schrie, schlug mit den Fäusten auf die Pranke ein. Die Hand fest um den Dolchgriff geschlossen, trieb Lian ihn bis zur Parierstange hinein. Heulend wie ein Sturmwind öffnete er die Krallen und ließ grollend von ihnen ab. Sofort löste Lian ihren Griff um den Dolch.

»Lian!«, stieß Kajaska hervor und streckte ihr die Hand entgegen. Der Sturmfind toste um sie, trieb Kajaska außer Reichweite.

Mit einer flinken Bewegung wickelte Lian ein Stück des Gurtes an ihrem Handgelenk ab. Ruckartig verringerte sich der Abstand zu Kajaska und Lian bekam ihren Unterarm zu fassen. Gemeinsam schlingerten sie im Sog, durch den Gurt mit dem Schlitten verbunden. Der Riemen schnitt scharf in Lians Handgelenk. »Halt dich an mir fest!«, brüllte Lian und hievte Kajaska am Arm näher zu sich heran. Der Kampf gegen den Gegenwind kostete Lian Kraft und die zierliche Elfe hing schwer an ihrem Arm.

»Noch ein kleines Stück«, rief Kajaska und griff nach Lians Mantel. Sie krallte sich mit der freien Hand in den Stoff, zog sich daran enger zu ihr und umfasste mit dem freien Arm eilig Lians Taille. Wieder und wieder prallten sie auf die Sandhügel. Lians ganzer Körper schmerzte vor Anspannung. Der Sand stob ihnen entgegen, während der Schlitten ungebremst weiter raste. Die Tentakelarme des Wüstentitanen schlugen um sich, droschen um den Schlitten auf die Sandhügel.

Verbissen krallte sich Lian mit der blutigen Hand an dem Gurt fest. Vorsichtig hob sie den Kopf. Boren stand auf dem Gepäckwagen zwischen der übrigen Ware. Die Maudea zogen führerlos das Gefährt. Von der Hüfte des Zentauren lief ein Rinnsal Blut sein Bein hinab und der schützende Mantel um seinen Oberkörper war zerrissen. Er stemmte sich gegen den Wind.

Boren verlagerte sein Gewicht und machte einen Schritt auf

den Rand zu. Lians Blick traf den des Leopardenzentauren, als er nach dem Riemen griff, an dem sie hingen. Er umfasste ihn mit beiden behandschuhten Händen und begann zu ziehen. »Festhalten!«, brüllte er ihr entgegen. Den Oberkörper leicht nach hinten gelehnt, fasste er nach. Stück für Stück zog er sie auf den Wagen zu.

Lians Handgelenk brannte. Sie stieß ein Keuchen aus. Das Leder des Gurtes schnitt weiter in ihre Haut. Sie presste die Kiefer aufeinander und hielt mit dem anderen Arm Kajaska fest.

»Halt durch. Wir schaffen das. Die Wüste verschlingt uns nicht«, rief die Elfe und versuchte, den Gurt zu erreichen; wollte Lian helfen, doch ihr Arm war zu kurz und wäre dabei fast abgerutscht.

Ihre Muskeln zitterten und sie stöhnte gequält. Mit jedem Ruck näher zum Schlitten peitschten Schmerzen durch Lians Arm. Als der hölzerne Rand in greifbarer Nähe war, fehlte ihr die Kraft, sich daran zu klammern. Ihre Finger waren taub. Boren verlagerte sein Gewicht, erreichte Lians Arm und zog sie auf den Schlitten. Sie krachte mit dem Rücken auf den Schlittenboden und ihr Körper bebte.

»Achtung!«, schrie Fuma und seine Stimme klang nah, zu nah.

Der andere Transporter trieb auf sie zu. Der Koloss zu ihrer Linken drängelte mit aufgerissenen Augen und Mund näher an Thriller und Werwik heran.

Panik griff nach Lian. In ihren Ohren rauschte das Blut und sie hielt sich den schmerzenden Arm.

»Nein! Nicht!«, dröhnte Kiteys Stimme von irgendwo über ihr.

Tränen ließen Lians Sicht verschwimmen. Neben Kajaska durchbrach eine weiße Wand den düsteren Sandschleier. Eisige Kälte schlug Lian entgegen, sodass sie nach Luft schnappte. Auf ihrem Maskenvisier krochen Eiskristalle am Rand entlang und es beschlug, als sie den Atem ausstieß. Hastig rieb sie mit dem Ärmel darüber, um nicht blind zu sein. Eine Druckwelle riss ihren Wüstenschlitten aus der Bahn. Direkt hinein in den Sograum des Sandsturmriesen. Lian schrie. Wo kam plötzlich diese Druckwelle her?

Aus einer Sandwolke sauste Kitey heran. Sie warf sich zwischen Koloss und Schlitten. Rammte ihren Körper gegen die Schlittenseite. Einen Moment sah Lian in Kiteys entschlossen funkelnde Augen. Dann schloss sich eine Sandkralle um Kitey und riss sie fort. Lian brüllte in ihre Maske, bis es ihr in den Ohren klingelte.

Doch ein Ruck ließ sie wieder herumfahren. Ihr Holzschlitten schlingerte. Der Zentaur trieb die Maudea rau an. Am Horizont erhaschte sie den Blick auf ein Blätterdach. Eine grüne Pflanzenwand, die das abrupte Ende der Wüste versprach. Wie aus weiter Ferne drang Kajaskas Stimme zu ihr durch, die Elfe riss an ihrem Arm. »Setz dich auf. Festhalten!«

Lian folgte Kajaskas Worten. Mit tränenverschwommenem Blick erkannte sie den anderen Schlitten mit Thriller und Werwik schräg vor sich.

Um sie herum lichtete sich der Sandschleier. Der Wind verlor an Stärke, gelöste Haarsträhnen fielen ihr vors Gesicht und der Mantel fühlte sich schwer an. Durch den Boden bohrten sich vereinzelt Gräser, Farne und Büsche, die, der Sonne trotzend, saftig grün leuchteten. Vor ihnen ragten riesenhafte Bäume auf, dicht wachsendes Waldreich, das die Wüste in seine Schranken verwies. Je näher sie dem tropischen Gegenstück zu Desias kamen, desto mehr Pflanzen durchbrachen die Sandoberfläche, bis der Sand verschwand.

Die Schlitten stoppten am Waldrand, direkt hinter der ersten Baumreihe, deren Blätter im Wüstenwind tanzten.

Lian leckte sich über die trockenen Lippen und kletterte wackelig aus dem Transportschlitten. Sie landete auf allen Vieren auf moosbewachsener Erde. Ihre Hände zitterten und ihre Beine gehorchten ihr nicht. Hechelnd atmete sie in die

Maske, während ihre Tränen auf das Visier tropften. Jede Bewegung war mühsam, alles fühlte sich schwer an, wie nach stundenlangem Training. Schleppend hob sie den Kopf.

Thriller stolperte über den Schlittenrand. Wankend entfernte er sich ein paar Schritte und ging heftig atmend in die Hocke.

Mit einem Sprung verließ auch Werwik den Schlitten, riss sich die Schutzmaske vom Gesicht und rannte auf sie zu. Seine Lippen bewegten sich aufgeregt, doch seine Worte erreichten sie nicht, sie konnte nicht reagieren, blinzelte immer wieder nur gegen die Tränen an. Seine Hände umfassten ihre Oberarme und zogen sie sanft auf die zitternden Beine, bis sie am Schlitten lehnte.

Kajaska tauchte neben ihm auf, schob sich mit wutverzerrtem Gesicht zwischen die zwei, drängte Werwik zurück und stieß ihm gegen die Brust. Nur Fetzen vom Gezeter der Elfe drangen zu Lian durch. »... Druckwelle ... gefährlicher Zauber ...«

Im Augenwinkel sah sie, wie einer der Zentauren sich um Thriller kümmerte, der vornübergebeugt mit dem Gesicht zwischen den Büschen hing. Der andere stand hinter Werwik bei den Tieren, untersuchte ihre Pfoten und tastete ihre Körper ab.

Werwik presste die Lippen aufeinander, öffnete langsam Lians Maske und nahm sie ihr sanft ab. Beruhigend strich er ihr über den Rücken. »Ganz ruhig. Atme. Wir sind in Asuma.«

Zitternd holte sie Luft und endlich löste sich der Schockzustand.

»Kitey«, stieß sie hervor, wandte sich um und richtete den Blick auf Desias. Die Kolosse drehten unaufhörlich Pirouetten.

»Kitey ... Sie hat uns gerettet.« Mit dem Handrücken rieb sie sich über die Augen. Als ein plötzlicher Schmerz wie ein Blitz durch ihren Arm schoss, sog sie scharf die Luft ein. Von der Schulter bis in die Finger brannte jede Faser. Sie starrte auf ihr blutverschmiertes Handgelenk. »Was machen wir? Wir müssen doch ...« Sie sah auf, suchte eine Antwort in Kajaskas und Werwiks Augen. »Wo sollen wir hin? Kann uns Loreo irgendwie finden? Vielleicht kann er ...«

»Lian? Es ... tut mir leid.« Werwiks Selbstsicherheit war wie weggewischt. Mit gesenktem Blick stand er vor ihr.

Lian begriff nicht, warum er sich entschuldigte. »Du kannst doch nichts dafür.«

»Sein Zauber hat die Druckwelle ausgelöst, die uns zum Sandtitanen getrieben hat.« Kajaskas scharfe Worte brachten Klarheit in Lians Erinnerungen.

»Ich hatte keine Ahnung, dass es eine Druckwelle auslösen würde. Es tut mir leid! Der Sandtitan war so verdammt nah ... Ich wusste nicht, was ich sonst hätte tun können.«

»Was für ein moosgnomdummer Hexer bist du nur? Du hattest den Elfenkristall bei dir. Ich habe dir gesagt, er verstärkt deine Zauber«, fauchte Kajaska und stampfte mit dem Fuß auf.

»Krieg dich wieder ein, Mini-Hulk. Er hat versucht, uns vor dem Ding zu schützen. Es war nicht seine Absicht, uns in Gefahr zu bringen«, mischte sich Thriller ein und wischte sich mit dem Ärmel über den Mund.

»Ich erinnere dich daran, wenn dich der nächste Zauber aus Versehen tötet.«

Als Werwik Lians Hand in seine nahm, zuckte er zusammen.

Sie entdeckte rote Striemen. Die Innenfläche seiner Handschuhe war aufgerissen und Blut quoll heraus. »Du bist auch verletzt.«

»Nicht schlimm.«

»Der Sand hat scharf in deine Haut geschnitten.« Lians Stimme bebte. »Die Situation war beängstigend für uns alle. Ich wünschte, ich hätte etwas getan; wäre mutiger gewesen.«

»Was redest du da?«, konterte Kajaska. »Du hast Mut bewiesen. Ohne dich wäre ich jetzt Pocklingfutter.«

»Aber Kitey ist ...«

»Hey ... was ist das?«, rief Thriller und zeigte aufgeregt zu den Sturmriesen, um deren Füße unermüdlich die Vulpdacani wuselten.

Vor ihren Augen geriet der linke Koloss außer Form und taumelte wie ein Kreisel, der an Schwung verlor.

»Im Innern kämpft etwas gegen ihn. Kitey.« Kajaska machte einen Schritt nach vorn in Richtung Waldrand.

»Ob sie das schafft?«, sagte Fuma und sprach aus, was alle dachten.

»Hat uns gerettet. Sie ist ein zähes Mädel. Gut möglich«, erwiderte Boren direkt hinter Lian.

Ein Maudea nach dem anderen gab ein hohes Fauchen von sich und bei jedem Einzelnen zuckte Lian zusammen.

Ein ohrenbetäubendes Pfeifen wie das Schreien des Sturmwinds tönte aus der Richtung der Wüstentitanen.

»Da!«, stieß Lian hervor, als Kitey aus dem tobenden Sturmkoloss herausschoss. Über ihrem Gesicht fehlte die Maske, der Umhang hing in Fetzen und ihr linker Flügel machte einen unnatürlichen Knick. Taumelnd flog sie auf und ab. Unter ihr rannten die Vulpdacani, begleiteten sie, bis Kitey ein paar Schritte vor Thriller landete und von heftigem Husten geschüttelt auf die Knie sackte. Dann legten sich die Läufer hechelnd zu den Maudea.

Eilig reichte Kajaska Kitey einen Trinkschlauch, den sie gierig an die Lippen führte.

»Kitey, du bist nicht ...«, murmelte Lian und ihre Beine zitterten, als sie neben sie trat.

Kiteys Gesicht war von feinen Schnitten und Striemen übersät. Aus dem längsten, der sich über ihre rechte Augenbraue bis zum Haaransatz zog, rann Blut bis zu ihrem Kinn.

Thriller klopfte Werwik auf den Oberarm und stieß hörbar den Atem aus. »Himmel, bin ich froh. Wie hast du das geschafft?« Er ging neben Kitey in die Hocke.

In ihren Augen standen Tränen vom Hustenreiz, der sich allmählich beruhigte.

»Deine Verletzungen ... ?«, fragte Werwik mit gesenktem Blick.

»Wie schlimm ist es?«, ergänze Lian und musterte Kiteys Flügel. Ihr Blut färbte einige der Federn rot und Kitey spannte die Kiefermuskeln an.

»War schon schlimmer. Argh«, antwortete sie heiser. Ihre Schulterfedern zitterten, als sie ihren Flügel sacht bewegte. Stöhnend richtete sich Kitey auf, streckte ihren Flügel und fluchte. »Verdammt. Er ist ausgerenkt.« Ihre Stimme war schmerzverzerrt.

Mit Tränen in den Augen schlang Lian die Arme um Kitey und schniefte. »Oh, allmächtige Drachen! Du wurdest nicht verschlungen. Ich bin so froh.«

»Ist ja gut. Als ob so ein Sturmmonster mich kleinkriegen könnte. Jetzt lass los. Bitte.« Unbeholfen patschte Kitey ihr auf den Arm.

Lian zuckte zurück und sog scharf die Luft zwischen den Zähnen ein. Stechender Schmerz fuhr von ihrer Schulter bis in die Fingerspitzen. Sofort fuhr Werwiks Kopf zu ihr herum. Er sah sie schuldbewusst an.

»Entschuldige. Wie schlimm ist es? Dieses verdammte Ungetüm hat mich von euch ferngehalten.« Prüfend musterte sie Lian und Kajaska.

»Ein paar Schrammen, sonst nichts. Lian hat es mehr erwischt als mich.«

Kitey wankte einen Schritt auf Lian zu. »Das war riskant ... und mutig.« Stöhnend fuhr sie mit der Hand in ihre Beintasche. »Thriller?«

»Ja?«

»Nimm das. Für Lian und Kajaska. Keine Diskussion!«, erstickte Kitey jeden Protest der Elfe, der hätte kommen können. Ein blauer Tiegel und eine Tinktur lagen in Kiteys Hand. »Die Mischung kommt auf die Schrammen. Die Creme aus dem Tiegel lindert die Schmerzen von Muskeln und Gelenken, zumindest für eine Weile.«

Werwik hob die Hand. »Das kann auch ich ...«

»Thriller. Kriegst du das hin?« Kitey verengte die Augen und überging Werwiks Angebot.

»Sicher. Kein Problem«, sagte Thriller nervös, nahm die Gefäße und stützte Lian gemeinsam mit Kajaska, bis sie auf einer oberschenkeldicken Baumwurzel saß.

»Und du!« Kiteys Blick fixierte Werwik und sie marschierte mit kräftigen Schritten auf ihn zu. Ihr Humpeln war kaum wahrnehmbar. »Das war ...« Sie unterbrach sich, als ihr Blick seine Hände streifte, die er abwehrend hob. Dann packte sie seine Handgelenke und musterte die Verletzung. Unverständlich murrend griff sie erneut in ihre Tasche und drückte ihm ein Fläschchen in die Hand. »Das war gefährlich. Zu gefährlich! Denk nächstes Mal gefälligst an die Folgen deiner Zauber. Jetzt schmier das auf die Wunden. Lass aber was für mein Gesicht übrig.«

»Ich habe die Kraft des Elfenkristalls unterschätzt. Das passiert gewiss nicht noch mal.«

»Diese Kraft kann uns von Nutzen sein. Aber nur, wenn du sie beherrschst. Arbeite daran im Tempel.«

Werwik nickte und lehnte sich mit einem Seufzen gegen den Transportschlitten hinter sich.

Während Thriller vorsichtig Salbe auf Lians Arm gab, sah diese Kitey erstaunt nach, wie aufrecht sie auf Boren und Fuma zuging.

Thrillers Berührung verstärkte den Schmerz. Lian biss die Zähne zusammen.

»Tut es weh?«, fragte Thriller und hielt inne.

Lian nickte. »Ja ... Bei jeder Bewegung.«

»Entschuldigung. Ich bin vorsichtiger. Wird bestimmt gleich besser.« Er führte die Finger kreisend über ihre Schuppenhaut bis zum Ellbogen und arbeitete sich behutsam weiter.

Die Heilsalbe fühlte sich kühl an und Lian spürte, wie sie zwischen ihre Schuppen kroch. An den Stellen, wo Thriller die

Creme verteilte, breitete sich ein Prickeln aus. Nach und nach nahm sie Thrillers Berührungen blasser wahr. Lian runzelte die Stirn »Das fühlt sich komisch an.«

»Ich weiß.« Thriller blickte auf und lächelte sie an.

»Geht es euch und den Tieren gut? Wir wollten eure Reise nicht gefährden.« Lian sah zu Kitey und den Zentauren, folgte mit nervösem Herzschlag ihrem Gespräch.

»Das wissen wir«, sagte Fuma milde lächelnd.

»Wir haben die Wächter von Desias nicht zum ersten Mal gesehen«, fuhr Boren fort, »aber bisher haben sie sich uns nie genähert.«

»Denkst du, es lag an uns?«, murmelte Thriller, der dem Gespräch offenbar auch lauschte.

Lian leckte sich über die trockenen Lippen. »Ich weiß nicht. Aber irgendwie seltsam scheint es schon.«

»Wie dem auch sei ... Bei einem Wagen habe ich die Kufen schon versenkt und die Räder ausgeklappt. Bis auf den Schreck ist alles in Ordnung«, sagte Fuma und klopfte auf den Wagenrand.

»Ihr wolltet zu den Chronisten, richtig?«, erkundigte sich Boren.

»Ja.«

»Wir bringen euch zu den Zwergen, May und Väterchen Wilbor. In eurem Zustand kommt ihr nicht allein durch den Wald, und das müsst ihr auch nicht.« Boren sah an Kitey vorbei zu den anderen. Sein Mundwinkel hob sich, als er Lians Blick auffing. »Die beiden heißen Reisende immer willkommen und ihr könnt dort übernachten.«

»Das kostet uns zu ...«

»Ob ihr übernachtet, kannst du später entscheiden«, unterbrach Fuma sie und zog die Augenbrauen zusammen. »Ihr müsst eure Wunden versorgen. Richtig versorgen. Nicht nur behelfsmäßig. May ist Heilerin. Lasst euch helfen.«

»Fuma hat recht«, brummte Boren in seinen Bart. »Außerdem stehen eure Chancen besser, mit den Chronisten zu sprechen, wenn Wilbor bei euch ist. Er ist ihr Bewahrer.«

»Also gut. Darf ich euch um noch etwas bitten?«

Boren zog fragend die Augenbrauen hoch.

»Ich brauche kräftige Arme. Mein Flügel muss eingerenkt werden.«

»Fuma hilft dir mit dem Flügel. Ich kümmere mich um den Wagen. Und wenn ihr uns helft, die Ladung wieder zu sichern, können wir in Kürze aufbrechen.«

»Natürlich. Es liegt auch in unserem Interesse, bald weiterzukommen.«

Beim Festzurren der Gurte zitterten Lians Finger. Neben ihr saß Werwik an einem Baumstamm abseits, ihnen den Rücken zugewandt, und versorgte seine Hände. Zu ihrer Verwunderung stellte Lian fest, dass er jede Hilfe abgelehnt hatte. Kajaska half indes Boren, die Maudea anzuspannen, und Kitey bewegte knurrend ihren Flügel, nachdem Fuma ihn eingerenkt hatte. Als Lian blinzelte, waren ihre Schwingen verschwunden. Dass sie einen Schritt nach vorn wankte, beunruhigte Lian ebenso, wie sie von Kitey beeindruckt war.

»Sie wirkt so beherrscht. Unglaublich, wie unbeirrt sie weitermacht«, murmelte sie und zog die Knie an ihre Brust.

»Ich weiß genau, was du meinst. Wenn das alles so krass ist, wie ich jetzt annehme ... bin ich verdammt froh, dass Kitey bei uns ist«, meinte Thriller ihr gegenüber auf der anderen Seite des Transportwagens.

Sie ist absolut fokussiert darauf, schnellstmöglich weiterzufahren. Sie kontrolliert alles. Mehrmals. Das hat sie bei der Abfahrt nicht. Vielleicht ist sie doch nicht so gefasst?

Als Letztes bestieg Kitey den Wagen. »Dann auf zu den Zwergen«, sagte sie, nach vorn an die beiden Zentauren gerichtet, und mit ihrem Kommando fuhren sie an.

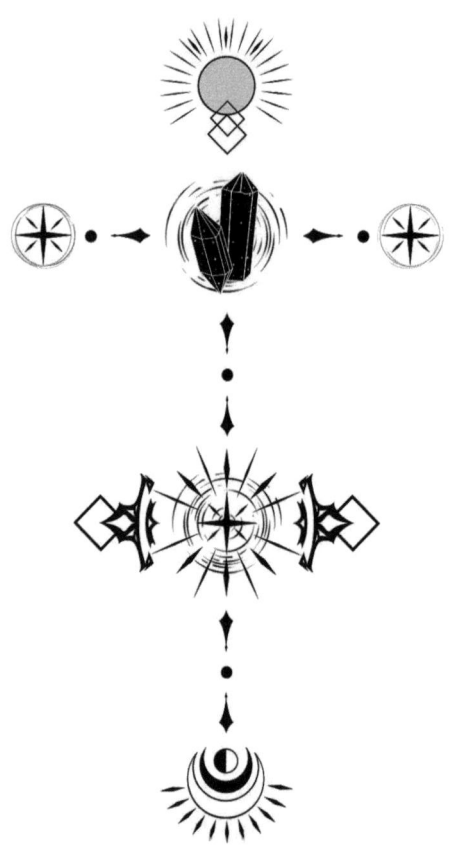

WERWIK

Mit gesenktem Kopf saß Werwik im Wagen. Er schloss erschöpft die Augen und sog den Duft der Wälder von Asuma in sich auf. Die Magie flirrte geradezu wahrnehmbar in der Luft, deren erdiges Aroma eine dezent honigsüße Note begleitete. Den Arm auf den Schlittenrand gelehnt, schweifte Werwiks Blick umher. Bei all seinen Reisen durch Galmadur war er noch nie im Wald der Weisen gewesen.

Himmel und Sonne verbargen sich über dem Dach aus herzförmigen Blättern, trotzdem fanden Sonnenstrahlen Schleichwege hindurch und tauchten alles in zauberhaftes Licht. Die meisten Pflanzen und Gewächse kannte er von seinen Studien der Alchemie. Um die Wirkung von unzähligen Zaubern zu verstärken oder Tränke zu brauen, war es unerlässlich, sich mit ihnen auszukennen.

Der Wagen rollte an Hulmen, langen jadegrünen Farnsträuchern, und Lopius vorbei, deren faustgroße, runde Buschblätter an der Wagenwand raschelten. Werwik sah auf. Sie fuhren unter zwei Ästen hindurch, wäre er aufgestanden, hätte er die Knospen der herabhängenden Shlis pflücken können.

Hinter den ersten Strauchreihen erhaschte er die roten Blüten der Folol, die im Wind wogen. An langen Stängeln wuchsen die vollen Knospen, die ein Vermögen kosteten und Schutzsiegel fast undurchdringlich verstärkten. Am liebsten wäre er ausgestiegen und hätte sie gepflückt, einen Streifzug durch das Unterholz gemacht und alles eingesammelt, was nützlich und wertvoll war.

Die Räder der umgerüsteten Transporter holperten über Wurzelwerk, Moosebenen und Gras. Um die Tiere zu schonen, reisten sie mit gedrosseltem Tempo.

Er seufzte schwer. Ihm wurde wieder schmerzlich bewusst, dass er trotz all diesem Wissen einen gefährlichen Fehler in Desias Wüste begangen hatte. Seine Hände pochten dumpf vor Schmerzen und zitterten wegen der Schuldgefühle, die in ihm tobten.

Es wäre nur gerecht, wenn ich den Schmerz zur Strafe ungedämpft ertragen müsste. Ich habe genug über Elfenkristalle gelesen, um es besser zu wissen. Mein Zauber sollte helfen und nicht alle in noch größere Gefahr bringen.

Frustriert biss er sich auf die Lippe und musterte Lian und Kitey, die bei ihm im Wagen saßen. Kitey hockte vor ihm auf einer Kiste und rieb ihre Wunden mit einer Paste ein. Zur Hilfe hob ihr Lian einen winzigen Spiegel vors Gesicht, der in ihre Handfläche passte.

»Ich kann mich nur entschuldigen und ...«

»Lass es gut sein. Du hast einen Fehler gemacht«, unterbrach ihn Kitey. Sie hielt in der Bewegung inne und sah am Spiegel vorbei. »Einen dummen und gefährlichen. Das haben wir geklärt. Die Vergangenheit lässt sich nicht ändern. Mach es in Zukunft besser.«

Ihr messerscharfer Blick ließ Werwik trocken schlucken. Etwas blitzte in ihren grünen Augen und ihm kroch ein Schauer die Wirbelsäule entlang. Verflixt. Hatte er sich verraten?

Obwohl jede Bewegung seiner Hände vom Ballen bis in die Fingerspitzen pochte, strich Werwik über seinen Mantel und tastete durch den Stoff nach seiner Westentasche, in der er seinen kostbarsten Besitz verbarg.

Warum halte ich Idiot mich nicht an meine eigenen Regeln? Ich war zu leichtfertig.

Er brauchte die Gewissheit, dass es da war. Die letzte Verbindung zu seinem früheren Leben, zu seiner Familie, beruhigte ihn. Normalerweise. Seit er Kitey und Loreo kennengelernt hatte, kämpfte er um jeden Funken Beherrschung. Ursprünglich war es sein Plan gewesen, sich abseits zu halten. Komme, was wolle. Schweigen, so viel in Erfahrung bringen wie möglich. Nun hatte er vielleicht alles zunichte gemacht.

»Hey, Kitey«, erklang Thrillers Stimme, der mit Kajaska im Wagen direkt vor ihnen fuhr. »Eine Sache frage ich mich ...«

»Nur eine? Das ist was Neues«, schnaubte Kajaska trocken.

»Okay. Da ist schon mehr. Nur bei den Sandmonstern ... Du hast nicht mit ihnen gekämpft. Nicht wie gegen das Zottelvieh, mit einer Waffe.« Seine Worte begleitete hörbar nervöses Zittern.

»Das war nicht nötig.« Kitey packte den Tiegel mit der Salbe und den Spiegel ein.

»Warum?« Lian sah sie mit großen Augen an.

»Ihr Wesen ... Ich habe es gesehen. Da war nichts Bösartiges.«

»Fuma, mich und unsere Maudea haben sie nicht attackiert«, warf Boren grübelnd ein.

»Ich glaube, sie wussten, was ich bin«, erwiderte Kitey, »Es war ihre Wut, die sie hat toben lassen. Desias erkaltet, sie fürchten sich vor dem Ende.«

Lian zog die Knie an die Brust. »Das war ein Hilferuf. Gibt es keinen Feuerzauber oder so etwas?«

»Ob es einen gibt, der stark genug ist, weiß ich nicht. Aber wir finden es heraus«, antwortete Kitey und fuhr sich durchs sturmzerzauste Haar.

»Das hätten dir die Magier sagen können«, raunte Werwik. Trauer ergoss sich über sein Herz, bitterkalt wie seine Eiszauber. Sie schnürte ihm die Kehle zu. Wieder suchten seine pochenden Finger nach dem Kontakt zu dem Schatz in seiner Westentasche. Dem Einzigen, was ihm half.

Er ignorierte Kiteys Stirnrunzeln, die stumme Frage in ihren Augen, bevor sie sich umdrehte. »Boren, ihr habt die Wüstentitanen vorhin Wächter genannt?«, fragte sie.

»Unsere Ältesten tun das«, rief Fuma von vorn. »Vorsicht, eine riesen Baumwurzel, das wird holprig.«

»Sie sagen, sie sind wie die Baumgeistriesen im Süden. Wachen über ihr Gebiet. Sie erwachen, wenn es Schutz braucht«, ergänzte Boren und lenkte den Wagen geübt über das Wurzelwerk. »Bald kommen wir auf einen Weg, der sich besser befahren lässt. Eine Händlerroute.«

»Hmm. Das klingt einleuchtend. Aber trotzdem ... Warum haben sie uns attackiert? Wir sind keine Gefahr für Desias, das macht keinen Sinn«, überlegte Kajaska laut. »Außer, sie wollten unsere Aufmerksamkeit. Die haben sie so bekommen.«

Werwik starrte gedankenversunken zwischen die Bäume. Die Äste bewegten sich mit dem Wind und das Wurzelwerk schien dem Wagen auszuweichen. Kaum merklich, nur ein paar Zentimeter. Ob die anderen das bemerkten?

Zwischen all dem huschten die verschiedensten Tiere über den Boden, in der Luft oder auf den Ästen umher. Doch sie machten einen Bogen um die Fahrzeuge und Werwik erhaschte immer nur kurze Blicke.

»Da vorn ist es.« Fumas Ruf riss ihn aus seinen Gedanken. Vor ihnen wich das dschungelhafte Dickicht und sie fuhren auf eine weite Lichtung. Sofort fiel Werwik der riesige Baum ins Auge, in dessen Stamm eine Haustür und Fenster eingebettet waren. Sie waren am Ziel.

»Bleibt ihr auch?«, fragte Lian, als Boren ihr aus dem Wagen half.

»Nein. Wir reisen nach Polb am Rande von Asaum. Bis Anbruch der Nacht schaffen wir das und morgen setzen wir über nach Silpea. Sie warten auf das Niamleder.« Der Zentaur klopfte auf eine der Holzkisten.

»Gibt es da auch eine Wüste?«, fragte Thriller neugierig.

Fuma lachte. »Nein. Die Zwerge schneidern daraus robuste Arbeitskleidung.«

»Was machen wir mit den Umhängen und Masken?« Lian hob beides fragend in den Händen hoch.

Kitey stieß den Atem aus. »Normalerweise gibt es am Waldrand einen Schrank. Wir sind aber wegen der Tit- Wächter nicht der üblichen Route gefolgt.«

»In zwei Wochen sind wir wieder in der Siedlung. Lasst alles bei uns«, bot Fuma an.

Kajaska nickte. »Danke.«

»Dann kommt, ich stelle euch May vor.« Boren lief voraus und klopfte an die Tür im Baum, die ihm bis zu den Schultern reichte.

Lian spielte neben Werwik nervös mit einer Haarsträhne.

»Keine Sorge. Zwerge sind im allgemeinen für ihre Freundlichkeit bekannt«, sagte er zu ihr.

»Das ist gut zu wissen«, meinte Thriller hinter ihm.

»Trotzdem. Wie reagieren sie wohl? Ich sehe doch aus ... wie eine Dämonin.«

»Aber du bist keine«, warf Kajaska ein. »Lass dich durch das, was andere in dir sehen, nicht zu etwas machen, das du nicht bist!«

Werwik lächelte. »Sei einfach du selbst.«

Vor ihnen wurde die Tür aufgerissen. »Oh, wie schön, Boren und Fuma! Ihr wart lange nicht da.« Die pausbäckige Zwergendame fiel dem Zentauren mit begeistertem Lächeln um die Taille und war ein Musterbeispiel für zwergenhafte Freundlichkeit.

Neben ihr stand ein dürres Wesen, das der Zwergendame bis zur Hüfte reichte und mit den breiten, spitz zulaufenden Ohren zuckte. Es sah aus wie ein unförmiger Ast auf zwei Beinen und blinzelte scheu zu ihnen auf.

Wurzwichte. Wo einer ist, sind immer mehr, dachte Werwik.

Ihr willkommen heißendes Lächeln fiel in sich zusammen, ihre Murmelaugen weiteten sich und sie schlug sich die Hände vor den Mund, als sie ihre Gäste in Augenschein nahm. »Du meine Güte, was ist denn mit euch passiert? Boren, wen bringst du uns da? Habt ihr euch mit Druaden um Quishma geprügelt?« Aufgeregt wuselte die stämmige Zwergin um sie herum und der Wurzwicht hinter ihr her.

»May, das sind Kitey, Thriller, Werwik, Lian und Kajaska. May und ihr Vater gehören zu den Wäldern wie die Bäume selbst.«

»Unsere Familie lebt seit acht Generationen hier. Und wir haben immer ein Plätzchen für Reisende und ein offenes Ohr für ihre Geschichten. Wenn ich euch so ansehe, muss eure sehr aufregend sein.«

Thriller grinste die stämmige Zwergin an. »Aufregend beschreibt es nicht mal ansatzweise. Völlig wahnwitzig, irre, gefährlich ...«

»Das kannst du später loswerden«, unterbrach ihn Kitey.

Kichernd zupfte May die Spitzenschürze über ihrem knallroten, weißgepunkteten Kleid zurecht. »Kommt, kommt ins Haus. Ich kümmere mich um euch.« Energisch drängelte sie alle zur Haustür. »Ach, Gäste. Schön. So schön. Willkommen in unserem Heim. Boren, die Wurzwichte können euch helfen, du weißt, wo ...«

»May, warte. Fuma und ich bleiben nicht. Wir haben nur Kitey und die anderen zu euch geführt. Sie brauchen Rast und ...« Er tauschte einen Blick mit Kitey. Sie trat vor. »Wir möchten mit den Chronisten sprechen«, ergänzte sie.

Der Wurzwicht zupfte aufgeregt am Rock der quirligen

Zwergin und gab ein knackendes Geräusch von sich.

»Ja. Ich weiß«, meinte sie mit hängenden Schultern zu dem Wesen. »Das wird schwierig, es ...«

»Es ist wichtig!«, sagte Kitey bestimmt und sah May eindringlich an.

»May, sprich mit Väterchen«, bat Fuma.

»Kommt erst mal rein. Dann sehen wir weiter«, seufzte May und strich Boren über den Arm. »Schade, dass ihr nicht bleibt. Nächstes Mal erwarte ich eine Übernachtung und mindestens drei gute Geschichten, ihr beiden.«

»Darauf kannst du dich verlassen«, sagte Fuma lächelnd. »Ich hoffe, ihr erfahrt von den Chronisten, was ihr wissen möchtet.« Fuma reichte jedem die Hand, verabschiedete sich und stieg auf seinen Wagen.

»Danke noch mal für die Rettung.« Lian umarmte den Zentauren und gab ihm einen schüchternen Kuss auf die Wange, was ihn sichtlich überrumpelte.

Kajaska blickte zu Boren auf. »Umarmen werde ich dich nicht. Aber ich bin dir auch dankbar. Solltet ihr je im Artemros-Wald sein ...«, die Elfe holte einen Samen aus der Tasche ihres Umhangs und legte ihn in seine Hand, »drückt ihn in die Erde. Es wird euch helfen, euch zurechtzufinden.«

Boren dankte ihr, dann klopfte er Thriller auf den Rücken und lachte donnernd, als der nach vorn taumelte. »Bist ein aufgewecktes Kerlchen. Pass auf dich auf. Und du«, er wandte sich an Werwik, »wenn ich dich anschaue, zwickt mein Ischias.« Er beugte sich vor und flüsterte Werwik ins Ohr: »Gib acht, wenn du deine Magie einsetzt.«

Ein Panikblitz zuckte durch Werwik, der Atem blieb ihm im Hals stecken und er rang nach Fassung, um sich nichts anmerken zu lassen. Borens Zwinkern ließ ihn jedoch aufatmen.

Ehe Werwik etwas erwiderte, wandte sich Boren an Kitey. »Ruht euch aus, bevor ihr aufbrecht. Hör auf den Rat eines alten fahrenden Händlers.«

Kitey reichte ihm die Hand. »Ich denke darüber nach.«

»Das ist ein Anfang.«

»Ich wünsche euch eine sichere Reise«, verabschiedete sich Kitey.

Boren stieg auf seinen Wagen und fuhr an. Gefolgt von Fuma, der ihnen noch einmal winkte, verschwanden beide auf dem Weg zwischen den Bäumen.

»So, da wären wir. Herzlich willkommen.« Mit wackelnden Hüften führte May alle in eine geräumige Wohnstube. Der Raum war geräumiger, als es von außen den Anschein machte, was nur an einem der weit verbreiteten Raumdehnungszauber liegen konnte. In den krummen und schiefen Wänden waren die mächtigen Äste ausgehöhlt zu Nischen ausgearbeitet. Um ein paar von ihnen zu erreichen, brauchte man kurze Leitern.

Aus dem Nebenzimmer, das durch einen offenen Bogen angrenzte, kam ein Knarren, gefolgt von einem Brummen und tiefem Stöhnen. Eine Handvoll Wurzwichte kam angerannt und verteilte sich im Raum. Sie wuselten in den Ecken, räumten in Regalen herum, und einer begann, Staub zu wischen.

Hinter ihnen folgte ein Zwerg, der Werwik bis zur Brust reichte und damit einen Kopf größer als Kajaska war. Gebückt betrat er den Raum. »Was ist denn das für eine Unruhe hier? Ach herrje, so viele auf einmal.«

»Oh, Popa. Wir haben endlich wieder Gäste. Boren und Fuma haben sie zu uns gebracht.« Die Zwergendame deutete auf den Alten. »Das ist mein Vater. Alle nennen ihn Väterchen Wilbor.«

Der Zwerg zog die buschigen Augenbrauen zusammen und musterte einen nach dem anderen.

Lian zog unter seinem prüfenden Blick den Kopf ein und machte einen kleinen Schritt zurück.

Väterchen Wilbors grauer Bart verbarg seinen Mund, hing

über dem blauen Morgenrock und reichte wie dieser bis auf den Boden. »Ihr seht aus, als hätte euch ein Opuk verschluckt und wieder ausgewürgt, weil ihr zu zäh wart. May ist eine ausgezeichnete Heilerin. Lasst euch versorgen«, brummelte er durch seinen Bart.

»Ich kümmere mich um alles und zeige ihnen die Badezimmer. Danach können wir gemeinsam essen.«

Wilbor nickte. »Gut, gut. Ich sehe nach dem gebratenen Spanferkel. Die Wurzwichte können helfen.«

»Spanferkel? So was habt ihr hier?« Thriller grinste breit.

»Warum denn nicht, Jungchen? Die Jupenferkel züchtet mein Bruder in Silpea.«

»Dann sind das keine normalen Schweine?«

Der Zwerg runzelte die Stirn. »Sie sind so normal, wie jedes Jupenschwein sein muss.«

»Spanferkel klingt spitze.« Kitey knuffte Thriller unauffällig in die Seite.

»Ja sicher. Freu mich drauf.«

»Oh, das kannst du auch«, bemerkte May und strahlte ihn stolz an.

Kopfschüttelnd verschwand Väterchen Wilbor wieder in den Nebenraum und murmelte unverständlich vor sich hin. Weitere Wurzwichte wuselten aus allen Ecken des Hauses auf ihn zu und begleiteten ihn mit aufgeregten Knick-knack-Lauten.

»Verzeiht, er ist ein bisschen brummig. Seitdem immer weniger Reisende vorbeikommen, ist es ... Vieles hat sich verändert.« Die Zwergin wirkte mit einem Mal nervös auf Werwik, sie zupfte an der Schleife herum, die um ihren Dutt gebunden war, und strich ihre Schürze glatt. Als hätte sie es selbst gemerkt, setzte sie wieder ein Lächeln auf und plapperte weiter: »Ich bin schon so gespannt auf eure Geschichte. Ihr erzählt sie uns doch beim Abendessen, oder?«

»Na klar!«, platzte Thriller heraus. »Die letzten beiden Tage waren total verrückt und irre faszinierend.«

»Oh, wie wundervoll. Ich verlasse den Wald selten, eigentlich nie. Da freue ich mich immer so über Besuch.«

»Ich weiß nicht, ob wundervoll das richtige Wort ist. Mir schwirren andere im Kopf herum«, murmelte Kajaska neben Werwik.

»Also kommt. Hier werden wir später essen.« May machte eine einladende Bewegung mit der Hand und lenkte ihre Blicke auf den langen Tisch. Drumherum ragten Baumstümpfe aus dem Boden und dienten als Stühle. Kräftige, ineinander verwobene Zweige bildeten die Rücken- und Armlehnen, die ihnen mit dem karierten Sitzkissen urige Gemütlichkeit verliehen.

»Wenn hier ein Feuer ausbricht, habt ihr ein Problem«, kommentierte Thriller.

»Gewöhnliches Feuer ist nicht gefährlich, dafür haben wir Schutzsiegel. Nur dämonisches und elementarmagisches Feuer ... das ist etwas anderes«, erklärte May.

»Oh, ist das eure Familie?« Auf der linken Seite blieb Lian vor einem großen Bild stehen, auf dem eine Gruppe von Zwergen abgebildet war.

»Ja, sechs Generationen von Tumpum-Zwergen.« May lächelte das Bild verträumt an.

Thriller stutzte. »Ist das eine Fotografie?«

»Fotografie?«, wiederholte May fragend.

Kitey seufzte. »Diese Technik gibt es nur im Reich Nip und Dompas. Sieh genau hin, das Bild bewegt sich. Das ist eine magische Momentaufnahme. Eine Pictumagy.«

Lian und Thriller standen fasziniert vor der Pictumagy und beobachteten, wie sich die Zwerge umarmten und wieder nebeneinander aufstellten.

»Das ist so schön. Meine Familie ist auch groß. Solch ein Bild von uns gibt es aber leider nicht«, sagte Lian und berührte den mit Blumengravur versehenen Rahmen.

Ein bitterer Stich durchzuckte Werwiks Herz, er wandte sich

zur Seite und grub die Finger in den Stoff seines Mantels.

»Es wäre noch schöner, wenn wir uns öfter sehen würden«, erwiderte May. »Aber wir leben recht verstreut in Galmadur und die Reise mit den Portalen ist schwierig. Manche funktionieren seit einer Weile nicht mehr oder sind verschlossen.«

Werwik tauschte einen Blick mit Kitey.

Wie kann die Magie der Schleusen schwinden?

Er zog die Augenbrauen zusammen. Ihre Augen zuckten kaum merklich und sie wich ihm aus.

»Wann fragst du deinen Vater wegen der Chronisten?«, wollte Kitey wissen.

»Wenn ihr im Bad seid. Es ist besser, wenn ich ihn erst allein darauf anspreche.«

»Warum? Gibt es etwas, das ich wissen müsste?«

Ein nervöser Ausdruck huschte über Mays Gesicht, den sie mit einem gezwungenen Lächeln überspielte. »Popa ist nur etwas eigen, wenn es um die Chronisten geht. Aber seht mal hier, in diesem Regal findet ihr Geschichten, die Reisende erzählt haben. Ich habe sie gesammelt und aufgeschrieben. Das sind Abenteuer aus ganz Galmadur ...«

Werwiks Gedanken schweiften ab und er blendete Mays Erzählungen aus.

Es sind also noch mehr Schleusen geschlossen. Dann waren die Reste des Siegelzaubers, den ich in Unoa gespürt habe, nicht gezielt wegen Kitey und Loreo dort. Kein Wunder, dass Kitey mit uns abgelegene Ziele wählt. Ich wette, viel genutzte Portale sind mehr betroffen. Und dort könnten sie uns auch leichter aufspüren. Verflixt. Ich wüsste zu gerne, zu welchem Tempel sie uns bringt.

»Meine Güte, ist die aufgedreht. Das ist ja kaum auszuhalten«, murmelte Kajaska augenrollend und riss ihn damit aus seinen Gedanken. »Aber ich muss zugeben, ihr Haus gefällt mir. Es verdrängt den Baum nicht, sondern passt sich ihm an.«

»Das Badezimmer findet ihr oben. Folgt mir«, erklärte May

und führte sie mit schwingenden Hüften in den hinteren Teil des Zimmers zu einer hölzernen Spindeltreppe, die bis nach oben in die Baumkrone reichte. »Wenn ihr versorgt seid und etwas gegessen habt, schlaft ihr sicher wie frisch geschlüpfte Bojujiwelpen.«

»Ich bin schon froh, wenn ich erst mal den Sand loswerde.« Thriller verzog das Gesicht. »Ich habe Sand an Stellen ... unmöglichen Stellen, und das trotz Wüstenmantel!« Den Kopf langgestreckt, sah er über den Rand der Verbindungsbrücke nach unten.

In unregelmäßigen Abständen verbanden hängebrückenartige Stege die an der Treppe angebrachten Ebenen mit den seitlichen Emporen, wo sich die Zimmertüren befanden.

»Gibt es im Wald auch so was wie diese wild gewordenen Sandtitanen?«, fragte Lian und hob sich zu beiden Seiten am Kordelgeländer.

»Es gibt Naturgeister, die ... na ja ... eigen sind«, antwortete May.

»Überall gibt es Gefahren. Man muss sie nur kennen.« Kitey kam als Letzte über den Steg zu der Etage mit fünf Räumen.

»Nun, wie dem auch sei. Die Äste des Wohnbaumes sind ausgehöhlt und dienen als Zimmer. Sie sind größer wie sie aussehen«, meinte May kichernd und bestätigte damit Werwiks Spekulation, was Raumdehnungszauber betraf.

»Das sind zwei Badezimmer.« Sie wies auf die Türen hinter sich. »Ihr findet alles, was ihr braucht, in den Kommoden. Wenn ihr fertig seid, ruft mich. Dann sehe ich mir eure Wunden an. Habe ich etwas vergessen?« Sie tippte sich an die volle Unterlippe.

»Ich denke ...«, begann Kitey, doch May fuhr direkt fort: »Kleidung.« Mays Blick glitt rasch an Lian und Kitey entlang. »Ich muss sehen, ob ich etwas Passendes für euch finde. Unsere Sachen werden nicht recht passen. Falls ihr etwas zu waschen habt, könnt ihr es mir oder einem der Wurzwichte einfach geben, und zieht solang die Morgenröcke an.«

»Danke!«, fuhr Kitey dazwischen, ehe sie weiterredete. »Ich habe Kleidung in meiner Tasche und die Niammäntel haben uns geschützt. Wir kommen, sobald wir fertig sind. Die Wunden habe ich schon provisorisch behandelt.«

»Das sehe ich.« May berührte behutsam Kiteys Wange. »Die Paste sieht fachmännisch angemischt aus. Trotzdem muss es richtig gereinigt und frisch aufgetragen werden. Es soll sich doch nicht entzünden. Lasst euch so viel Zeit, wie ihr braucht.« May begab sich wieder auf die Treppe und stieg hinab.

Kitey atmete lang aus und sah zu Thriller. »Kaum zu glauben, dass jemand mehr quasselt als du.«

»Ich finde sie nett«, meinte er und drückte neugierig die Badezimmertür auf.

»Das wundert mich nicht«, murmelte Kitey sarkastisch.

»Klasse, seht euch das Bad an. Bis später«, freute sich Thriller.

Auch Lian, Kajaska und Kitey verschwanden hinter der Tür. Doch bevor er Thriller in das Bad folgte, legte Werwik den Kopf in den Nacken und betrachtete den Verlauf der Lampen, die an Seilen von weit oben herunterhingen. Er warf einen Blick auf die bunten Bilder, getrockneten Blumen und Pflanzenblätter, welche die Wände säumten. Werwik ließ sich Zeit und hoffte, Thriller wäre rasch fertig, so wie in Desias. Er mochte seine offene Art, doch ihm war es unmöglich, ebenso zu sein. Schon bei dem Gedanken daran spannten sich seine Muskeln verkrampft an.

Für einen Moment atmete Werwik durch. Genoss es, in diesem urigen Flur mitten in einem Baum mit sich und seinen Gedanken allein zu sein.

Hinter ihm knarrte die Tür und Kajaska kam heraus. Nicht, wie May vorgeschlagen hatte, im Morgenrock. Das Gesicht elfenblass und ihr mahagonifarbenes Haar war gewaschen und ordentlich zum Zopf geflochten, der ihr über die Schulter hing. »Was schaust du so wie ein verwirrter Dusigum?«

Werwik lehnte mit dem Kreuz am Holzgeländer, das an der

Empore entlanglief. »Du warst schnell.«

»Ich spiele auch nicht Nixe und plansche.« Unbehagen schwang in ihren Worten mit und sie zupfte ihren Umhang auf den Schultern zurecht. »Dir würde ein Bad auch nicht schaden. Noch drei Sandkörner mehr und die Pocklinge adoptieren dich vielleicht.«

»Na, ich glaube, da bräuchte es mehr als drei.« Werwik zwinkerte und legte den Kopf schief. »Du hast immer noch nicht gesagt, ob du bleibst. Warum bist du hier? Kämpfst du oder versteckst du dich?«

»Warum ich hier bin, geht dich nichts an«, erwiderte Kajaska schroff.

»Das denke ich schon. Wir sind nicht viele. Jeder zählt und es gibt einen Grund, warum wir hier sind. Dass die zwei einen so alten Malgadus gefunden und angewandt haben, ist ... beeindruckend.«

»Es war leichtsinnig. Aber du kennst dich mit leichtsinnigen Zaubern ja aus.«

Werwik griff in die Tasche und holte den Elfenkristall heraus. »Wenn du meinen Fähigkeiten nicht vertraust, nimm ihn zurück. Die Lebensschuld ist beglichen. Ich habe dich einmal gerettet und einmal in Gefahr gebracht.«

»Behalt ihn. In dir steckt viel, das steht außer Frage. Aber du bist zu jung und unerfahren, um deine Macht zu verstehen. Um wirklich zu begreifen, was sie anrichten kann.«

»Ich weiß verdammt gut, was sie anrichten kann. Glaub mir.«

Neben Kajaska öffnete sich die Tür und Kitey kam heraus, hinter ihr folgte Lian.

Vereinzelte Tröpfchen auf Lians blauer Schuppenhaut brachten sie zum Schimmern wie einen See in der Morgensonne. Feuchte Haarsträhnen lösten sich aus dem hochgebundenen Haar und fielen bis zu den Schultern herab.

»In meiner Hose ist ein Riss«, erklärte sie schüchtern und zupfte an dem Morgenmantel, der ihr nur knapp über die Knie reichte und an den Armen bis zur Mitte der Oberarme. Sie zog das verknotete Band unter ihrer Brust zurecht, das ihn geschlossen hielt. Dennoch verrutschte der Stoff und Werwiks Blick fiel auf ihr Dekolleté. Rasch sah er zur Seite. Mit einem Schmunzeln wurde ihm bewusst, dass seine Wangen warm wurden und ihn der ungewollte Einblick nervös machte.

»Warum steht ihr hier rum? Werwik, bist du ... Nein, bist du nicht, so, wie du aussiehst und riechst.« Kitey rümpfte die Nase. »Na los, rein da. Wir sind hier zu Gast. Ich will Wilbor nicht unangenehm auffallen. Wir brauchen noch seine Hilfe, um mit den Chronisten zu reden.« Sie scheuchte ihn in das frei gewordene Bad und knallte die Tür zu. »Und beeil dich!«

Werwik sank gegen die Tür und stieß den Atem aus.

O Gott, Barrax ... Warum hat mich die Gesteinsstimme zu ihnen gebracht?

Seine Finger pochten stärker, als er den schwergängigen Schubriegel schloss. Das Bad war geräumig, was, wie er vermutete, nur an einem Raumdehnungszauber liegen konnte. Neben der Tür gab es zwei Waschbecken, die wie Fässer aussahen, eine Kommode und einen Schrank, beides aus ausgehöhlten Baumstümpfen gezimmert. In der Mitte des Raumes stand ein Paravent, dessen Stoff mit aufwendigen Blumenmustern bemalt war. Er zog seinen Mantel aus und hängte ihn an einen Ast, der aus der Wand ragte. Auf jeder Seite des Sichtschutzes befand sich ein Badefass mit Armaturen, um Wasser einzulassen.

Das Fass füllte sich rasch.

Bevor er seine Weste ablegte, zog er die Kette mit dem Siegelring aus seiner Tasche und betrachtete den breiten Ring in seiner Handfläche. Das Wappen darauf bildete einen Ulwen, das weiseste Wesen in den Meeren Galmadurs, ab.

Habe ich mich all die Jahre auf das hier vorbereitet? Kann das wirklich sein?

Für einen Moment gingen ihm all die Fragen durch den Kopf, auf die ihm die Antworten fehlten. Warum waren die Magier fort? Wer war der Schattenmagier? Woher nahm er seine Macht?

Sein Herz bebte wie die Erde unter den trampelnden Hufen einer Gopmun-Herde.

Warum sind alle fort, die ich liebe, und ich bin noch hier?

Ehe sich das Gefühl ausbreiten und ihn beherrschen konnte, legte er den Siegelring zurück in die Westentasche. Er sah über die Schulter zur Tür und beschloss, auf Nummer Sicher zu gehen und das Türschloss zu prüfen. Auf dem Weg zur Tür fiel sein Blick auf den Spiegel an der linken Wand. Die roten Brandnarben zeichneten sich deutlich auf seiner hellen Haut ab. Werwik spannte unwillkürlich die Muskeln an. Von seiner linken Brust zog sich die größte über die Schulter bis auf den Rücken und zum Rippenbogen. Eine andere hob sich auf dem rechten Oberarm ab und an beiden Unterarmen schlängelten sie sich von den Ellbogen in seine Handschuhe. Auch am linken Fuß, den Waden und dem rechten Oberschenkel prangten weitere Narben, die ihn seit seiner Kindheit schmerzlich an seinen Verlust erinnerten. An jene Nacht, in der ihm alles genommen wurde, was er liebte.

»Ich werde herausfinden, wie ich sie aufhalten kann und sie vernichten!« Seine Stimme war ein zitterndes Flüstern, die das Versprechen wiederholte, das er seiner Familie und sich selbst gegeben hatte.

Entschlossen wandte er den Blick vom Spiegel ab, ging zur Tür und legte die Hand über die Klinke.

Ich bleibe bei Kitey und den anderen! Es ist meine beste Chance. Ich kämpfe mit ihnen.

Mit geschlossenen Augen konzentrierte er sich auf das geschwungene Holz, bis er die Energie wahrnahm. Der ganze Baum und alles Hölzerne, was sich darin befand, waren miteinander verbunden; bildeten eine Einheit, die Naturmagie erfüllte. Einer so natürlichen und ursprünglichen alten Magie, wie Werwik sie nur selten gespürt hatte. Bei seinem nächsten Atemzug verband er sich damit, ließ seine Magie in seine Hand fließen und nach der anderen tasten. Das Pochen in seinen Fingern verstärkte sich. Sein Herz schlug schneller, ein wohliges Gefühl breitete sich in ihm aus. Unter seiner Handfläche glomm ein blauer Schein. Langsam hob er die Hand und zeichnete auf Türklinke und Glimmen ein geschwungenes Symbol, das die Tür zusätzlich versiegelte.

Als Werwik das Bad verließ, hörte er am Fußende der Treppe Mays aufgeregtes Plappern, Väterchen Wilbors halblautes Motzen und dazwischen Kiteys scharfe Worte: »Wir müssen zu den Chronisten!«

»Wie ich höre, ist Kitey zur Sache gekommen«, meinte Werwik und schmunzelte.

Thriller winkte ihn zu sich, Lian und Kajaska ans Bücherregal, von wo aus er neugierig ins Nebenzimmer spähte. »Da bist du ja. Das hättest du erleben sollen. Als Kitey die Bäume–«

»Chronisten, sie sind keine normalen Bäume«, korrigierte Kajaska, die auf der Fensterbank saß und die Beine übereinanderschlug.

»Gut, tschuldigung.« Thriller hob entschuldigend die Hand. »Als sie die Chronisten erwähnt hat, sind dem alten Zwerg die Gesichtszüge entgleist. Seitdem diskutiert sie mit ihm.«

»Wo liegt denn das Problem? Soweit ich weiß, ist es Teil ihres Naturells - die Bestimmung der Chronisten –, Gespräche zu führen und so Geschichte und Wissen über Ereignisse zu sammeln.«

»Genau das hat Kitey auch gesagt«, meinte Lian.

Jedes Mal, wenn Wilbor die Stimme hob oder zu ihnen schielte, zuckte sie in dem Ohrensessel zusammen. »Ob er uns wegen mir nicht zu ihnen führen will?«

Kajaska schnalzte mit der Zunge. »Die Chronisten sind keine urteilenden Wesen.«

»Woher weißt du das? Ich dachte, du kennst nur deinen Wald?« Thriller blickte über die Schulter zu ihr.

»Das heißt aber nicht, dass ich nicht informiert bin. Die Tiere erzählen so einiges. Und reisende Torfhirne könnten selbst Wifwaf belauschen.«

»Wifwaf? Was ist das schon wieder?«

»Eine Art Vogel. Seine Flügel pfeifen beim Flug ständig. Nervige Biester«, erwiderte Werwik automatisch. Er lächelte in sich hinein. Ihm wurde bewusst, dass er sich bereits daran gewöhnt hatte, Thrillers Fragen zu beantworten.

Kitey kam mit finsterer Miene aus dem Nebenzimmer. »Sturer alter Zausel«, schimpfte sie. »Warum macht er aus dem Besuch bei den Chronisten so ein Problem? Habt ihr eine Ahnung?« Sie sah abwechselnd zu Kajaska und Werwik.

Beide schüttelten den Kopf.

»Lass ihm Zeit. Boren meinte, er sei ihr Bewahrer. Ich vermute, er will sie beschützen«, sagte Werwik und zuckte die Schultern.

Unruhig klapperte Kitey mit dem Stiefelabsatz. »Na ja, zumindest denkt er darüber nach. »Aber wenn er sich weigert ... Ich werde mit den Chronisten sprechen, mit ihm oder ohne ihn!«

»Das Essen ist fertig.« May trug einen Stapel Teller in den Händen, der bei jedem Schritt leise schepperte, und stellte ihn auf den Tisch. Ihr Gesicht verriet, dass ihr unbehaglich war. »Es tut mir leid, er ist sehr stur«, flüsterte sie und wischte sich die Handflächen an der Schürze ab. Sie mied Kiteys Blick und huschte rasch wieder hinaus, um Besteck und Beilagen hereinzutragen.

Der Tisch war reich beladen mit blauem Welchbrot, in das Kräuter eingebacken waren, zweierlei Salaten und dem Spanferkel, das Thriller mit aufgerissenen Augen anstarrte.

»Das sieht aus wie eine fette Sau mit Kaninchenohren und sechs Beinen. Und was ist das im Salat? Sind das Mandarinen oder Paprika?«, er lehnte sich zu Kitey, die zwischen ihm und Väterchen Wilbor saß.

»Das, was aussieht wie Mandarinen, ist scharf, und die Schoten schmecken wie ...«, sie überlegte, »... Mais. Iss einfach.«

Kajaska verzichtete auf das Ferkel und begnügte sich mit Salaten, während Kitey hauptsächlich Fleisch aß und Väterchen in ein Gespräch verwickelte. Der kauzige Zwerg ließ sich aber nicht vom Essen ablenken und antwortete einsilbig. Was sie sichtlich zur Weißglut trieb. Sie schnaufte genervt, malmte mit dem Kiefer und malträtierte ihr Spanferkel frustriert mit Messer und Gabel.

Werwik stocherte in seinem Salat die Schoten heraus und wartete auf eine Gelegenheit, Kitey auf den Tempel anzusprechen. Als er den Kopf zu ihr drehte, blieb sein Blick an Kajaska hängen. Die Elfe redete noch weniger als sonst, tippte mit den Fingern auf der Tischplatte und sah immer wieder zur Eingangstür.

Was hat sie vor? Will sie etwa abhauen? Warum ist sie ausgerechnet bis hier-. Ach, sie will auch zu den Chronisten.

»Kindchen, was willst du von den Chronisten? Tauchst hier auf mit diesen ...« Der Blick des alten Zwergs wanderte an ihnen entlang, »... und deinem Schwert. Das ist ein friedlicher Wald. War es bis jetzt immer.«

»Wenn es euch lieber ist, nehme ich das Schwert nicht mit und die anderen warten hier. Aber ich muss mit den Chronisten reden.«

»Warum?«, bohrte der Zwerg mit tiefer Stimme nach.

»Weil ich Fragen habe!«, gab Kitey zurück.

»Du weichst der Antwort aus.«

»Ihr sagt mir auch nicht, warum ihr uns nicht einfach zu ihnen bringt? Der Wald war früher voll von Reisenden. Einige mit Schwertern, Äxten und anderen Waffen. Die Chronisten haben jeden begrüßt und mit ihnen gesprochen. Was hat sich geändert, dass Ihr euch benehmt wie ein-«

»Ein Türsteher«, warf Thriller ein und sah auf, in der Hand

eine angebissene Keule. »Sorry. Weitermachen.«

Kitey schüttelte resignierend den Kopf und fuhr fort: »Ich weiß, Ihr seid besorgt.«

»Was weißt du von meinen Sorgen?« Väterchen Wilbor lachte trocken.

»Mehr, als Ihr ahnt. Bringt mich zu ihnen. Bitte.« Kitey knüllte ihre Stoffserviette in der Hand zusammen.

»Du bist stur.«

»Da ist sie dir sehr ähnlich, Popa.« May lächelte sanft und legte ihre Hand über die ihres Vaters.

Der alte Zwerg lachte donnernd, »Das stimmt. Nun gut, ich befrage meine Würfel.«

Kitey runzelte die Stirn, »Gut, aber was-«

»Das ist mein letztes Wort. Bohr weiter und ich sage sofort Nein. Und glaube bloß nicht, du könntest ohne mich mit ihnen reden. Dazu müsstest du sie erst mal unter all den Bäumen erkennen.« Wilbor wischte sich den Mund ab, stand auf und verließ den Raum.

Ungläubig sah Kitey Väterchen Wilbor nach. »Argh«, stieß sie frustriert aus und knallte ihr Besteck auf den Tisch.

Für einen Augenblick herrschte betretene Stille.

Thriller räusperte sich leise. »Ähm. Reichst du mir bitte die Keule rüber und die Knödeldinger?« Er stupste Werwik mit dem Ellbogen.

»Sicher.« Werwik schmunzelte und reichte ihm zuerst die Platte, auf der die letzte Ferkelkeule lag.

»Wer sind die Weisen eigentlich?«, fragte Lian und lehnte sich zu May.

»Selbst in einer Welt voller Magie gibt es Lebewesen, die außergewöhnlich herausstechen, und die Chronisten gehören dazu.« Kajaska betastete nachdenklich eine der blattförmigen Broschen, die ihren Umhang befestigten. Werwik hätte zu gerne gewusst, was die Elfe dachte.

»Die Baumriesen sind anders wie ihre Artgenossen. In ihnen ist mehr Leben, sie bewegen sich und kommunizieren. Ihre Verbindung zur Elementarmagie ist tief verwurzelt«, erklärte May ruhig und ihre Bewunderung für die Chronisten hörte Werwik deutlich heraus.

Thriller pustete auf den heißen Fasgentee, den drei Wurzwichte auf einem Tablett für sie hereingetragen hatten, und runzelte die Stirn. »Und warum nennt man sie Chronisten oder Weise?«

»Nun, die ewig wachsenden Bäume sehen ihre Aufgabe darin, alles über ihre Welt zu erfahren und das Wissen zu sammeln«, antwortete Werwik und sog den süßen Beerenduft des Tees in die Nase.

»Richtig. Wissen, das uns helfen könnte«, meinte Kitey, nahm die letzte Tasse vom Tablett und dankte den Wurzwichten mit einem Kopfnicken.

»Früher, als noch viele Reisende die Wälder durchstreiften, haben sie sich mit ihnen über ihre Heimat und Abenteuer unterhalten«, ergänze May und blickte zum Bücherregal hinüber. Das begeisterte Leuchten in Mays Blick und ihre Worte zauberten lebendige Bilder, bis Werwik die Tränen in ihren Augen glitzern sah.

Abrupt stand Kajaska auf und marschierte wortlos zur Treppe.

»Okay. Das war komisch.« Thriller sah ihr mit verwirrtem Blick hinterher. »Was hat sie?«

Kitey zuckte die Schultern und stieß hörbar den Atem aus. »Wie lange kann es bitte dauern, diese Würfel zu deuten?«

Lian leerte ihre Tasse und gähnte. »Vielleicht ist das Ergebnis nicht eindeutig?«

»Das ist sehr unterschie–«, May hielt inne.

Väterchen Wilbor kam aus dem Nebenzimmer zurück. Er seufzte schwer. »Also gut, Kindchen.« Wilbor fuhr sich grübelnd über den Bart. »Morgen Früh bringe ich euch zu den Weisen. Die Würfel sind zu euren Gunsten gefallen – zweimal.«

Die Anspannung in Kiteys Schultern ließ sichtlich nach. »Danke.«
Der alte Zwerg winkte ab. »Geht schlafen. Wir brechen früh auf.«

Als er das Zimmer wieder verließ, wünschte May ihnen eine gute Nacht und sie stiegen wieder die Spindeltreppe hinauf zu ihren Schlafzimmern.

Werwik setzte sich seitlich in die gepolsterte Fensternische und lehnte den Rücken an das Kissen. Zu seiner Linken schlief Thriller selig in einem der zwei Betten, obwohl er vor kaum einer Stunde noch gejammert hatte, er sei überhaupt nicht müde. Die Japs- und Schnarchgeräusche, die er immer wieder von sich gab, bewiesen das Gegenteil.

Die hohe Fensterscheibe gab den Blick in den Wald frei, über den sich die Nacht gelegt hatte und das satte Grün des Tages in schwarze Schatten verwandelte. Hin und wieder hörte er Tierlaute, vor allem die nachtaktiven Kibusvögel. Ihre melodischen Rufe hallten wie Schlaflieder durch das Geäst. Werwik kniff die Augen zusammen.

Was ist das für ein Schatten?

Suchend beugte er sich vor und sah hinab auf die Lichtung unter dem Fenster.

Eine schwarze Gestalt huschte über die schwarzgrüne Grasfläche. »Kajaska?«, hauchte Werwik gegen die Scheibe.

Will sie uns verlassen oder nur zu den Chronisten?

Kajaska stoppte am ersten Baum und sah noch einmal zurück. So leise wie möglich öffnete Werwik das Fenster. Er rief nicht, machte keinen Laut, und doch trafen sich ihre Blicke.

In den Augen der Elfe lag ein Flehen, das er im Mondlicht selbst aus dieser Entfernung erkannte. Die stumme Bitte, sie ziehen zu lassen. Werwiks Kiefermuskeln verspannten sich. Er krallte die Hand um den Fenstergriff, wobei seine Handfläche und Finger schmerzlich pochten. Ihm wurde klar, dass sie die Gefahren kannte und sich als Teil des Waldes, als Waldelfe, dennoch sicher fühlte. Während er ihren Blick festhielt, nickte Werwik; versprach damit, sie nicht zu verraten.

Es ist ihre Entscheidung. Loreo und Kitey haben uns die Wahl gelassen. Verdammt. Ich hoffe, du kommst zurück. Mögen die Waldgeister über dich wachen, du sture Elfe.

Lautlos schloss Werwik das Fenster, sank wieder gegen das Kissen und stellte die Beine auf. Als er noch einmal zu der äußersten Baumreihe zurücksah, war Kajaska verschwunden.

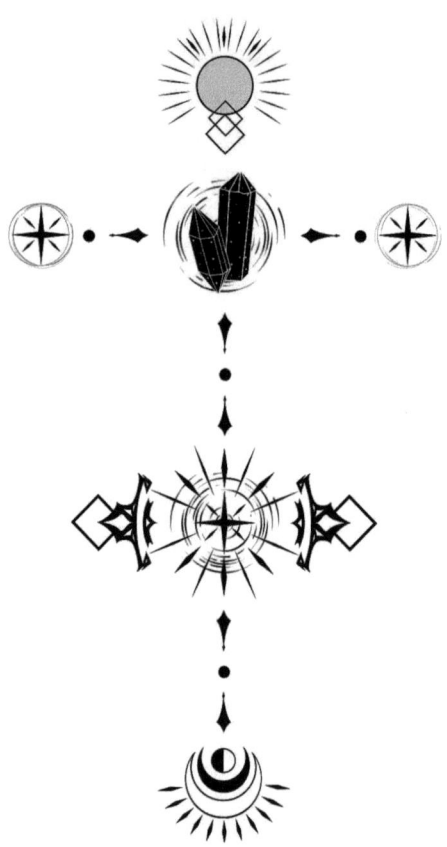

DER WEISE THOSA

KITEY

Kitey wachte davon auf, dass ihr Ohr kitzelte.

»...tey?« Flüsternd rüttelte jemand an ihrem Arm. »Wach auf ...« Sie kannte die Stimme.

Schlaftrunken kräuselte sie die Stirn, was unangenehm an den Kratzern auf ihrem Gesicht zog. »Was?«, knurrte sie ins flauschige Kopfkissen. Die Müdigkeit gab ihre Sinne nur widerwillig frei, schwerfällig wälzte sie sich auf den Rücken und blinzelte.

Lian stand über sie gebeugt an ihrem Bett, die Hand noch an Kiteys Arm. »Sie ist weg.« Ihre blauen Augen waren vor Nervosität geweitet. »Kajaska ist weg«, wiederholte sie mit zittriger Stimme.

Kitey fuhr hoch. »Dieses bockige Elfenweib.« Ihr Blick zuckte zum Fenster. Der Mond stand noch hoch am sternenklaren Himmel. »Sie kennt den Wald nicht und es ist noch Nacht. Viel Vorsprung kann sie nicht haben.«

Lian wich einen Schritt zurück und zupfte am Saum des zu kurzen Zwergennachtgewands. »Wir folgen ihr? Sie ...«

Der Ärger über Kajaskas Verschwinden weckte Kiteys Sinne in Rekordzeit. »Tzzz. Ich hoffe, sie verfängt sich im Wald an Lianen und baumelt irgendwo kopfüber.«

»Das meinst du nicht ernst. Oder?«

»O doch! Hast du eine Vorstellung, wie lange es her ist, dass ich in einem richtigen Bett geschlafen habe? Und die Sorge wegen ... argh.« Kitey holte tief Luft und stieß sie hörbar aus. »Wir müssen sie finden.«

»Wie? Der Wald ist sicher riesig.«

»Oh, das ist er. Aber May und Väterchen Wilbor helfen uns. Er wird ebenso wenig begeistert sein wie ich. Ich versuche, sie zu orten. Wenn ich meine mentale Barriere löse und mich auf sie konzentriere, finde ich sie.« Beim Gedanken daran, die Mauer um ihren Geist zu senken, kroch ein mulmiges Kribbeln ihren Rücken hinauf. Alles würde ungefiltert auf sie einprasseln.

Kann ich das wirklich? Verdammt! Vielleicht weiß Wilbor einen anderen Weg, ihre Fährte aufzuspüren.

Lian runzelte die Stirn. »Ich frage mich, warum sie einfach weggelaufen ist?«

»Das kannst du sie fragen, wenn wir sie gefunden haben. Jetzt steh nicht da und fummel an deinen Haaren rum. Das macht mich kirre.« Brummend steckte Kitey ihre Füße in die Stiefel, stopfte die Hose in den Schaft und die Bluse in den Hosenbund. »Los, zieh dich an. Ein Glück, dass deine Sachen schon fertig sind.« Kitey schielte auf das sorgsam zusammengelegte Stoffpaket auf dem Stuhl neben dem Schrank. »Aber da May die Hilfe von Wurzwichten hat, war das zu erwarten.« Eine Idee zucke durch ihre Gedanken. »Die Wurzwichte ... Vielleicht haben sie Kajaska gesehen? Und ihr Geruchsinn ist ...«

»Ihr habt doch gesagt, es sei unsere Entscheidung, ob wir bleiben«, sagte Lian, während sie zu ihrem Bett in der Mitte des Raums huschte und sich anzog.

Kitey seufzte. »Ist es auch. Das heißt aber nicht, dass ich wegsehe, wenn sich diese durchgeknallte Elfe in Gefahr bringt.« Routiniert befestigte Kitey ihre Beintasche am Gürtel und zurrte den Oberschenkelgurt fest.

Lian stutzte. »Aber Kajaska ist eine Waldelfe. Findet sie sich dann nicht in Wäldern zurecht?«

Verblüfft darüber, wie flott Lian war, hob Kitey die Augenbrauen. »Sicher tut sie das besser als die meisten anderen. Trotzdem. In den Wäldern leben Naturgeister wie die Iraa, einige sind sehr territorial, und die Illims ... das sind Raubtiere. Wenn ihr etwas zustößt ...« Mit flinken Fingern schloss Kitey die vorne liegende Schnürung der Korsage. »Ich hätte vorausahnen müssen, dass sie abhaut. Aber warum jetzt? Hat sie etwas gesagt?«

»Nein. Nicht zu mir. Du kannst nicht alles vorhersehen. Dafür müsstest du Gedanken lesen.«

»Ja ja, ich weiß. Fertig?«, fragte Kitey, die Hand an der Türklinke.

Lian nickte, fasste ihr Haar zusammen und kam zu ihr.

»Du weckst May und Wilbor.«

Bei der Erwähnung des brummbärigen Zwergs zuckten Lians Schultern.

»Zuerst May. Ich hole Werwik und Thriller.«

Das Pochen von Lians Stiefelabsätzen entfernte sich im Laufschritt, die Treppen eine Etage hinauf und hallte über Kiteys Kopf wider.

Kitey marschierte den Hängebrückensteg entlang auf die andere Seite der Empore und hämmerte mit malmendem Kiefer an die Schlafzimmertür. »Wacht auf!«, donnerte sie. »Verflixt, werdet wach.«

Hinter der Tür murmelte Thriller etwas.

Mit einem Ruck öffnete sich die Tür und sie stand vor Thriller, der in einem Zwergennachthemd steckte. »Das sieht lächerlich aus«, schnaubte sie auflachend.

»Nicht sexy?«, gähnte Thriller. »Was ist denn los?«

Mit einem Schlag wieder ernst, sagte sie: »Kajaska ist weg!«

Werwik fuhr hoch. »Was?« Er saß bekleidet auf dem Bett, die Decke wirr um die Beine geschlungen und rieb sich die Augen.

»Unsere Lieblingselfe ist getürmt.«

»Lian ist aufgewacht und sie war weg.« Kitey zog die Augenbrauen hoch. »Hattest du auch vor, abzuhauen, oder warum schläfst du angezogen?«

»Nein, ich verschwinde nicht«, erwiderte Werwik in lockerem Ton, richtete sich auf und griff nach seinem Mantel. »Wir suchen sie, vermute ich?«

»Richtig.« Irgendetwas zupfte an Kiteys Wahrnehmung. Eine verwachsene Empfindung irgendwo zwischen Lüge und Wahrheit.

Was verbirgt Werwik? Es ist ganz deutlich. Deutlicher als bisher.

Ihre Gesichtshaut spannte beim Stirnrunzeln.

»Dass sie abhaut, war irgendwie zu erwarten«, meinte Thriller, tauschte Nachtgewand gegen Hemd und strampelte sich in die Hose.

»Was soll das heißen?«, zischte Kitey.

»Na ja, seit wir im Wald sind«, Thriller kratzte sich am Kopf, »war sie noch komischer als sonst. Habt ihr wohl nicht mitbekommen bei der Fahrt. Ich saß ja mit ihr in Fumas Wagen. Er hat ein bisschen was erzählt und ...«

»Komm zum Punkt.«

»Sie hat ihn ständig nach den Chronisten gefragt. Ob er sie kennt, ob welche hier sind, was er über sie weiß und so weiter.«

»Warum hast du nichts gesagt?«

»Na hör mal! Woher soll ich wissen, dass sie das echt durchzieht? Es war nur so ein komisches Bauchgefühl.«

»Wenn du nächstes Mal komische Bauchgefühle hast, die nichts mit Kotzen zu tun haben, sag es mir, klar?«

Sich die Stiefel schnürend, hielt Thriller inne und sah auf. Er biss sich nervös auf die Unterlippe.

»Was? Noch so ein Gefühl, von dem ich wissen muss?«

Werwik grinste schief und stand wartend neben die Tür gelehnt.

»Gehört es auch dazu, dass ich immer wieder so Stechen im Kopf hab?«

»Du meinst Kopfweh?«

»Nee, das ist anders und erst so penetrant, seit ich hier bin.«

Kitey stieß den Atem aus und fuhr sich übers Gesicht. »Ein Problem nach dem anderen. Wenn es wiederkommt, sag Bescheid. Und jetzt werd fertig!«

Eine Viertelstunde später waren sie im Wald. In der Dunkelheit, die nur die Laternen der Zwerge und das Mondlicht brachen, zeigte der Wald der Weisen ein düsteres Gesicht. Ein unheimlicher Nachtschleier lag über der Pflanzenpracht. Voller Wut im Bauch streifte Kitey durch die Büsche, drängte sich durch dicht gewachsene Sträucher und wetterte in sich hinein.

Dieses hinterlistige Biest! Warum war ich nicht aufmerksamer? Ihr war klar, dass sie hier leicht abhauen kann. Wälder sind ihr Terrain. Was hat sich dieser vermaledeite Zauber bloß gedacht?

Väterchen Wilbor, der den Morgenrock gegen eine prächtige Ledertracht getauscht hatte, führte sie an. »Wie kann eine Waldelfe nur so von sich überzeugt sein und nachts fremde Wälder betreten?«, schimpfte er. »Sie müsste es besser wissen.«

»Ich vermute, sie sucht die Chronisten.« Kitey ballte die Fäuste und fluchte in sich hinein. Das Ziel der Elfe war ihr klar geworden, als Thriller von ihren Fragen an Fuma erzählt hatte.

Gemeinsam mit May und Lian bildete Thriller das Schlusslicht der Gruppe. Um sie herum wuselte ein Dutzend Wurzwichte in gedrungener Haltung und mit zitternden Nasen.

»Was wollt ihr nur alle von den Chronisten?«, schimpfte der alte Zwerg. »Findet die Antworten auf eure Fragen doch in der unsichtbaren Bibliothek.«

»Das werde ich, wenn uns die Chronisten nicht weiterhelfen«, sagte Kitey. »Wem, wenn nicht euch, ist der bedeutsame Unterschied dieser beiden bewusst?«

Während die Bibliothek geschriebenes Wissen und alle je verfassten Worte in sich bewahrte, war das Wissen der Chronisten lebendig. Sie sammelten nicht nur, sondern deuteten und sahen, ahnten voraus. Vor allem ihr Ältester, der knorrige Thosa, wusste nicht nur von Vergangenheit und Gegenwart. Die Naturmagie erlaubte es ihm, zu sehen, was sein könnte.

»Ist ja richtig, Kindchen. Nur ...« Der alte Zwerg hielt inne.

Bei Väterchen Wilbors besorgtem Gesichtsausdruck spannte Kitey unwillkürlich die Schultern an. »Was habt ihr uns nicht erzählt?«

»Sie sprechen nicht mehr«, antwortete May hinter Kitey anstelle ihres Vaters.

»Was?«, fragten Kitey und Werwik gleichzeitig und fuhren zu ihr herum.

»Deswegen wolltet ihr uns erst nicht zu ihnen bringen?«, schlussfolgerte Kitey.

»Das darf doch nicht wahr sein. Seid ihr sicher?« Kitey umfasste Wilbors Arm.

»Ja. Wobei May manchmal glaubt, sie trotzdem noch flüstern zu hören.«

»Also sind sie nicht verstummt? Wir können mit ihnen reden?«, hakte Kitey nach.

»Ich weiß es nicht. Es ist so selten und der Moment so schnell wieder vorbei. Popa ist sehr besorgt, weil sie stumm sind«, murmelte May und knetete ihre Unterlippe.

Bei Mays Worten raste Kiteys Herz. Das wäre ein erschütternder Verlust für Galmadur. Wenn es stimmte ...

Ob das womöglich Auswirkungen auf die Naturmagie hat?

Wilbor zog die buschigen Augenbrauen zusammen. »Lasst uns erst mal eure Elfe finden. Dann sehen wir weiter.« Er tippte neben Kitey mit dem Laternenstab auf eine Wurzel, die sich augenblicklich in die Erde zurückzog.

»Wittern die Wichtel sie?«, raunte Kitey ihm zu.

»Es sieht so aus. Aber wie gesagt, sie sind ängstlicher als Wommimäuse.« Der Zwerg zuckte die Achseln. »Wir müssen uns langsam und bedächtig bewegen. Manche Waldbewohner sind schreckhaft oder greifen an, wenn sie sich bedroht fühlen.«

»Was denn für Wesen?« Lians Stimme bebte, doch ihre Hand lag auf der Waffe an ihrer Hüfte. Der Widerspruch brachte Kitey zum Schmunzeln.

Sie ist sich ihres Mutes nicht bewusst. Wenn sie ihn findet ... wer weiß, wozu sie fähig ist.

»In den Wäldern gibt es Hufler und Kwarzwu«, erklärte May anstelle ihres Vaters, der konzentriert zwischen die Bäume spähte und auf die Wurzwichte achtete, die durch die Büsche huschten.

»Das hilft mir nicht weiter«, jammerte Thriller, »ich kenne Hefferlump und Quapuzi. Das wird kaum das Gleiche sein?«

»Hufler sind Gnome. Borkengnome, fiese kleine-«

»May! Wir achten jedes Wesen des Waldes«, mahnte Väterchen Wilbor.

»Sie haben mir früher oft garstige Streiche gespielt«, fuhr sie kleinlaut fort. »Und Kwarzwu leben in den Baumkronen. Tagsüber schlafen sie in Baumlöchern. Wenn ihr es über euch rascheln hört, zieht den Kopf ein. Sie werfen gerne alles Mögliche.«

»Schluss mit dem Geschnatter. Langsam und leise jetzt. Wir kommen an der Brutstätte der Illims vorbei. Sie ist trächtig und reizbar.« Den Kopf lauschend gesenkt, ging Wilbor voraus, setzte seinen Laternenstab bedächtig auf.

Kitey spannte die Schultern an, horchte auf das Quieken, Scharren und schwere Atmen, das aus der Krautschicht kam. Sechs weiße Augen blitzten auf, durchbrachen das Schwarz zwischen den Gräsern. Illims waren tigergroße Bewohner von Wäldern mit bärenähnlicher Gestalt und seitlichen Stacheln wie Igel. Friedlich und sanftmütig, außer zur Brut- und Wurfzeit.

Die Wurzwichte drängten sich näher um die Gruppe, legten die Fledermausohren an und tapsten mit winzigen Schritten an der raschelnden Farnebene entlang.

»Sie hat uns bemerkt. Zum Glück ist sie ruhig geblieben.«

Aufatmend sah Kitey über die Schulter zu Thriller und den anderen. »Alles klar?«

Direkt hinter ihr schlenderte Werwik und nickte locker. Auf den ersten Blick war er entspannt. Doch sie spürte, dass es unter der Oberfläche brodelte. Gefährlich tiefe Gefühle, dem Leuchten seiner Vomani nach.

Im Tempel kriege ich es schon raus. Ich knack dich wie eine Puuwenuss, wenn es sein muss.

»Der Wald erinnert mich an meine Heimat«, meinte Lian aufgeregt.

»Mir ist ein bisschen schlecht.« Blinzelnd rieb sich Thriller über den Bauch.

Kitey rollte mit den Augen. »Wenn wir Kajaska gefunden haben, kannst du kotzen, so viel du willst.«

Nachtblühende Knospen, die lumineszierend leuchteten und Lichtflecken im Dickicht waren, zogen ihre Blicke auf sich. Um die Blüten schwirrten faustgroße, vogelähnliche Tiere, Homomen, die ihre dünnen Rüssel in die Stempel tauchten.

Hinter ihr flüsterte May wieder Verschiedenes über die Lebewesen oder Pflanzen. Für Lian und Thriller war das eine Ablenkung vom schaurigen Wald. Kitey war sich sicher, das wusste die Zwergin. Während sich der Ärger über Kajaska in sie hineinfraß wie eine Säge in hartes Holz, wurden die beiden ruhiger. Ihre Vomani surrten nicht mehr flackernd am Rand ihrer Barriere, glommen ausgeglichener.

Sie konzentrierte sich auf die gespenstischen Geräusche. Das Knarren, Rascheln und Seufzen, von dem sie glaubte, es würde ihr etwas sagen wollen. Die Magie des Waldes war bei Nacht noch präsenter als am Tag. Sie kitzelte ihr im Nacken, Gänsehaut kroch über ihre Arme, und die Gefühle der Naturgeister lauerten vor ihrer mentalen Barriere.

Plötzlich hallte ein qualvolles Aufseufzen durch das Dickicht. Ruckartig fuhr Kitey herum.

»Wa- was zum Teufel war das?«, raunte Thriller mit zitternder Stimme.

»Pssst, still«, zischten Kitey und Wilbor gleichzeitig.

Sie lauschte und spähte zwischen die Bäume. Die Wurzwichte erstarrten in der Bewegung. Und wieder huschte ein schauriges Heulen durch die Büsche zu ihnen.

May, Lian und Thriller kamen näher an sie heran. »Das ist die Iraa«, sagte May. »Ein See- und Flussgeist. Sie weint, weil sie einsam ist. Nachts kommt sie an Land und streift durch den Wald.«

»Ja, und sie sucht Männer. Junge Männer«, brummte Väterchen Wilbor und heftete seinen Blick über die Schulter auf Werwik und Thriller.

Zittrig stolperte Thriller in die Mitte der Gruppe. »Was macht sie denn mit ihnen?«

»Das Übliche. Sie reißt sie mit in ihr nasses Geisterreich und saugt ihm die Seele aus dem Leib. So lange, bis ihr Einsamkeitsgefühl gestillt ist. Zumindest für diese Nacht.«

Bei Kiteys Worten wich jegliche Farbe aus Thrillers Gesicht und seine Augen weiteten sich vor Schreck.

Da lachte sie auf. »Entspann dich. Das war ein Scherz.«

Was war das nur mit Thriller? Sie verstand es nicht, doch er beeinflusste sie unwissentlich auf eine Art, die ihr neu war. Schaffte es, die Wut in ihr für einen Moment zu verdrängen.

Gelassen zuckte der tattrige Zwerg mit den Schultern. »Wer weiß!? Verlier nicht den Anschluss. May und mich kennt die Iraa.«

Für den Rest des Weges wich Thriller nicht von Kiteys Seite.

Je länger die Suche dauerte und je tiefer sie in die Wälder vordrangen, desto verkrampfter spannten sich Kiteys Schultern und Nacken an. Die Wurzwichte rannten umher, huschten in alle Richtungen davon, kamen zurück. Dutzende Male wiederholte sich das Prozedere. Bis Werwik zuckte und aufzischte.

»Was ist passiert?« Wilbor fuhr herum und sah zu ihm auf.

»Mich hat ...« Werwik zuckte erneut. »Au!« Er rieb sich die Schulter, bückte sich und hob einen Stein auf. »Der hat mich ge–«

»Leute, da raschelt was im Baum.« Thriller legte den Kopf in den Nacken.

»Schnell!«, drängte der alte Zwerg und beschleunigte seine Schritte.

»Popa? Sind das ...?«

»Kwarzwu!«, murrte Wilbor, als Kitey ein Stock am Arm traf.

Ein Ast nach dem anderen sauste auf sie zu. Dazwischen Steine, Früchte und Dreckklumpen. Brüllen schwoll in den Baumkronen an.

»Wah, die Dinger sehen aus wie die Affen aus Oz«, rief Thriller.

Das Blätterdach rauschte über ihnen wie ein Wasserfall.

»Verdammt!«, fauchte Kitey, hielt die Arme schützend über den Kopf und rannte.

Sie eilten Wilbor hinterher, der verblüffend flink zwischen den Büschen, Sträuchern und Bäumen im Zickzack hetzte. Über sie ergoss sich ein Regen aus allem, was die Kwarzwu in die Pfoten bekamen.

Die Wurzwichte stoben auseinander. Kitey fluchte. Da verschwand ihre Chance, Kajaska zu finden. Mit zitternden Ohren und verängstigten knick-knack-Lauten flohen sie ins Unterholz. Es würde Tage dauern, bis sie zu den Zwergen zurückkehrten.

Die Hände geballt, bis sich ihre Finger verkrampften, sah Kitey über die Schulter. Sie waren noch vollzählig. Werwik fing ihren Blick auf, mit wehendem Mantel eilte er schräg hinter ihr, gefolgt von Thriller und Lian. Die beiden rannten, stolperten Hand in Hand, stützten sich auf dem unebenen Untergrund. Dahinter wackelte May, die Laterne an ihrem Stab schwang hin und her. Sie schnaufte schwer, hielt aber Schritt. Knurrend ließ sich Kitey zurückfallen, um niemanden zu verlieren, und ...

»Argh!« Ein Matschbollen traf sie im Nacken. Kalter

Schmodder rutschte ihr in den Kragen, floss ihren Rücken hinunter. »Das reicht.« Fauchend packte sie den weichen Klumpen, fuhr herum und schleuderte ihn blindlings in den nächsten Baum. Dann blieb sie stehen und ertrug den Schauer aus Geschossen einen Augenaufschlag, bis ihre Schwingen erschienen.

»Was tust du?«, rief Wilbor voller Verblüffung in der Stimme.

Sie antwortete nicht, sondern holte mit den Flügeln aus. Jagte ihre Energie in jede ihrer Federn. Packte all die aufgestaute Wut hinein. Ein Schlag mit den Schwingen, der so kräftig wie ein Sturmwind war, rauschte durch die Baumkronen. Kwarzwu purzelten von den Ästen wie Äpfel bei der Ernte. Unter Kreischen flohen die Viecher in alle Richtungen.

»Was war denn das?«, platzte es aus Thriller heraus. Er hatte einen Matschfleck auf der rechten Gesichtshälfte und rieb sich den Ellbogen.

»Ich hatte das Wegrennen satt.« Erleichtert atmete Kitey auf. Die Wut, die wie ein übergewichtiger Bergtroll auf ihrer Brust gehockt hatte, war verschwunden. Dafür pulsierte ihr lädierter Flügel schmerzhaft. Der Sturmwind hatte ihn gefordert, fast überfordert. Das war es aber wert gewesen.

»Die sind wir los«, schnaufte Werwik. Er kreiste mit dem linken Arm und verzog schmerzlich das Gesicht. »Eins der Viecher hat mich mit einem Ast an der Schulter getroffen.«

»Mich am Po und ...« Lian pflückte sich eine orangefarbene Zoptufrucht vom Horn. »Ich bin doch kein Fruchtspieß.« Energisch warf sie die Zoptu zwischen die Bäume.

»Ist gut, Popa, mich hat nur ein Schlammklumpen erwischt«, versicherte May ihrem Vater, der sie von Kopf bis Fuß besorgt musterte.

»Nun gut. Wer meckert, ist wohlauf«, meinte Väterchen Wilbor. »Wir sind bald in dem Gebiet, in das sich die Weisen zurückgezogen haben. Kommt weiter. Hoffentlich finden wir da eure Elfe.«

Ihr Weg führte bis ins Herz des Asuma-Waldes. Die Sträucher wuchsen dichter, die Wurzeln drangen verwachsen aus der Erde. Der Mond war mit ihnen gewandert und die Morgendämmerung durchbrach mit lebhaften Rot- und Violetttönen das Blätterdach. Eine wilde Schönheit umgab sie. Mit jedem Schritt fragte sich Kitey, ob sie ihre Barriere doch senken sollte.

Kann ich Kajaska so finden? Habe ich die Kraft, all die fremden Gefühle zu ertragen? Verdammt, die Wut im Bauch war mir lieber als diese Unsicherheit.

Ihre Finger zitterten. Die Gespräche von Werwik, Thriller und Lian mit May nahm sie kaum wahr. Zu viel kreiste in ihren Gedanken umher. Sie tastete behutsam nach allem, was am Rand ihrer Barriere lauerte. Allein Thrillers Vomani pulsierte wie ein funkensprühendes Feuerwerk. Ihr Herz flatterte in einem Käfig aus Angst vor den glühenden, fremden Gefühlen.

Um sich zu beruhigen, lehnte sie einen Augenblick an einem Baum. Die Rinde unter ihrer Hand war rau. Langsam kroch ein sanftes Kitzeln in ihre Fingerspitzen. Es war einer der weisen Chronisten. Sacht wanderte das Kribbeln ihren ganzen Arm entlang. Mit jedem Atemzug sickerte es weiter in sie hinein, verdrängte allmählich die Unsicherheit. Brachte Ruhe und kratzte an etwas tief in ihrem Inneren.

Ruckartig zog Kitey die Hand zurück. Egal, wonach der Weise getastet hatte, es jagte ihr Angst ein und blieb besser unberührt. Ihr Blick wanderte an ihm empor. Mit jedem Blinzeln erkannte sie das Gesicht in seiner Rinde deutlicher. Müde Augen, um die tiefe Falten lagen, zeichneten sich zusammen mit einer langen Nase und einem gütigen Lächeln in der Borke des knorrigen, von Moosschicht überzogenen Stammes ab.

»Hilf mir lieber, Kajaska zu finden, als in mir herumzustöbern und Dinge zu wecken, von denen du nichts verstehst!«, flüsterte Kitey.

Wie zur Antwort lösten sich drei Blätter von einem Ast,

umrundeten Kiteys Kopf und flatterten nach links davon.

Ihr entfuhr ein ungläubiges Schnauben. Sofort nahm sie die Verfolgung auf und rannte durchs Gehölz. »Wir müssen den Blättern folgen. Der Chronist – Lasst die Blätter nicht aus den Augen!«, rief sie den anderen zu und zeigte auf die tanzenden Chronistenblätter.

Sie eilten hinterher. Kitey sprang über ausladende Wurzeln und moosbewachsene Felsen. Hinter sich hörte sie Wilbor hecheln und Wortfetzen von Thriller: »Wo ... schnell ... da ... links ... vors ...«

Als sie die Waldelfe fanden, stand sie inmitten von einer Baumgruppe am Stamm eines der Weisen-Riesen.

Väterchen Wilbor näherte sich ganz langsam. »Das ist Thosa, der älteste der Weisen.« Ehrfürchtig flüsterte er den Namen und der Laternenstab in seiner Hand zitterte.

Beim Anblick der Elfe flammte die verdrängte Wut wieder in ihr auf. Kajaska lehnte mit Händen und Stirn kraftlos an der Baumrinde. Die Augen geschlossen, hob und senkte sich ihre Brust mit einem Zittern.

Energisch stapfte Kitey an dem alten Zwerg vorbei, direkt auf Kajaska zu. Den Mund bereits geöffnet, um sie anzufahren, blieb Kitey abrupt stehen. Ein Gefühlsschwall tiefer Trauer durchbrach ihre Barriere. Ergoss sich über sie wie ein Eimer eisiges Wasser. Die Worte steckten plötzlich wie ein Kloß in ihrem Hals fest. Sie schluckte trocken und es stach in ihrem Herzen.

Sanft strichen Kajaskas Finger über die moosbewachsenen Falten, während sich ein langer, dünner Ast zweimal um ihre rechte Hand und den Arm schlangen.

Es war, als beobachtete Kitey einen vertrauten Moment. Eine sanfte Umarmung.

Langsam hob die zierliche Elfe den Blick und sah Kitey mit tränennassem Gesicht direkt an. »Ich fühle es. Er leidet!«, war das Einzige, was sie mit gedämpfter Stimme zustande brachte.

Unsicher, was geschehen würde, schloss Kitey die Augen und legte behutsam eine Hand auf den Stamm.

Kräftiges Beben unter der Rindenschicht, aus Thosas Innerstem, trieb seine Gefühle zu ihr. Fassungslos fühlte Kitey, wie kompromisslos er nach ihr griff. Ein blendender Lichtblitz zuckte vor ihrem inneren Auge auf. Im nächsten Augenblick flogen die Bilder in ihrem Kopf umher, als säße sie in einem Karussell. Szenen von Städten, Dörfern und Wesen von überall aus Galmadur wechselten in hektischer Eile. Friedliche Schönheit tauschte den Platz mit verstörender Trauer.

Ein Marktplatz. Braune Stiefel klatschten in Pfützen aus Blut aufs Kopfsteinpflaster. Ein Brunnen mit rotgefärbtem Wasser. Kitey erkannte den Platz.

Was? Nein! Esmir? Loreo ist dort!

Brennende Galle stieg ihr bis in den Hals. Plötzlich hallte schauderhaftes Lachen in ihren Ohren.

Andorian.

Vor ihr tauchte eine Hand in weißen Handschuhen auf. Die schlanken Finger spielten mit drei verschiedenfarbigen Federn.

Das darf nicht wahr sein!

Ihr Herz tobte gegen ihren Brustkorb. Sie brüllte. Loreo stand auf dem Marktplatz, hielt zwei Schwerter kampfbereit vor seinen Körper. Blut rann über seinen rechten Arm, tropfte auf den Boden. Über seine linke Gesichtshälfte zog sich eine verschmierte Blutspur vom Haaransatz bis zum Kinn. Mehr und mehr gierige Nocmatagi züngelte um Andorian und schoss auf Loreo zu.

Wann war das? Ich muss es wissen!

Doch der ehrwürdige Chronist blieb stumm. Überließ sie ihrem hämmernden Herzen voll grausamer Ungewissheit. Allein seine Emotionen, die jedes Bild begleiteten, sprachen zu ihr, und Kitey begriff, warum er sich in sein Innerstes zurückzog. Seine Welt war zu etwas geworden, das ihn erschreckte. Kummer, Wut und Furcht raubten ihm die Kraft; wüteten in ihm. Er fühlte sich machtlos. Letztlich verstummte er. Zog sich mit seinen Brüdern zurück, weil es sich anfühlte, als gäbe es nichts Schönes mehr, worüber es sich zu sprechen lohnte.

Unerwartet raunte eine raue, zittrige Stimme in ihren Gedanken.

Sieh, was kommen wird!

Da begriff Kitey, dass Thosa ihr zeigte, was sein könnte. Galmadur brannte. Eine in grün gewandte Schattengestalt lachte höhnend inmitten des Flammenmeers. Um sie waberte Nocmatagi, vermengte sich mit den Flammen und schwoll an. Zu Füßen der schauderhaften Gestalt lagen die Körper verschiedenster Wesen und griffen flehend nach seinem Gewand. Hinter ihm, zwischen dem am Boden kauernden Geschöpfen, standen vier Silhouetten. Aufrecht und triumphierend stimmten sie in das Lachen mit ein.

Ein stummer Schrei ihrer eigenen Furcht vor diesem Ende wischte das Szenario fort.

Die Gefühle tobten in Thosa und neue Bilder strömten in Kiteys Gedanken. Es dauerte einen Augenblick, bis sie erkannte, dass er ihr wieder und wieder ein und dasselbe Schloss zeigte. Ein imposanter Rundbau mit drei Turmerkern ragte der Wolkendecke entgegen. Mehrere Türme von unterschiedlichster Höhe und Breite, die miteinander verbunden schienen, verteilten sich um das hellgraue Gebäude. Zuerst sah Kitey es eingebettet in die Seite eines Berges, dann inmitten verschiedener Wälder, einer Steilwüste und sogar auf einem Plateau mitten im Meer.

Wie kann es an so vielen unterschiedlichen Standorten existieren? Und was genau will er mir zeigen? Warum? Was bedeutet das alles? Rede endlich Klartext, du knorriger Holzklotz … Bitte!

Der Weise blieb jedoch stumm und zog sich aus ihren Gedanken zurück.

Kitey öffnete die Augen, ihre Hände zitterten und sie zuckte zusammen. Um sie tobte Chaos. Sie stand inmitten von um sich schlagenden Bäumen. Die Äste droschen auf die Erde ein. Erdbrocken spritzten auf, der Boden glich einer Kraterlandschaft.

»Achtung!« Werwik packte Lian und Thriller, die schockstarr die Bewegungen der schwingenden Astarme verfolgten, und zog sie außer Reichweite der um sich schlagenden Ungetüme. Keuchend pressten sich die drei an einen Baumstamm.

Selbst die Wurzeln befreiten sich aus dem Erdreich und wüteten wie lebendig gewordene Peitschenschwänze.

Zwischen dem Wurzelwerk ploppten Pilzgnome aus dem Boden und ergriffen die Flucht. Väterchen Wilbor drückte sich neben May an einen Baumstamm und Kajaska lehnte immer noch an Thosa. Sie blickte abwesend an ihm auf, schien nichts von dem wahrzunehmen, was um sie herum geschah.

Das Gehölz schwang umher und donnerte wieder und wieder auf die Erde.

Mit schreckgeweiteten Augen fixierte Lian Thosa. »Warum?«, rief sie und Tränen rannen über ihre Wangen.

Auch Kitey sah an Thosa empor und erschrak. Die Furchen der Rinde sahen aus wie ein stumm schreiendes Gesicht.

»Er leidet«, sagte Werwik und legte die Hand auf den Baumstamm des Weisen neben sich. »Seine Magie ist ... kalt.«

Thriller presste die Lippen aufeinander und sah fassungslos zu den Bäumen empor. Allen waren die Gefühle des Chronisten schmerzlich bewusst.

»Es ist genug!« Kiteys Stimme hallte bestimmend durch das tobende Geäst, als sie sich einem peitschenden Ast in den Weg stellte. Neben ihrem Fuß schlug eine Astspitze eine Furche in den Boden. Kitey kanalisierte ihr Celistma, spürte es in ihrer Brust aufflammen. Gleichzeitig sank sie auf ein Knie und schlug die Handflächen auf den Waldboden. Ihr Celistma floss in ihre Arme, verließ ihren Körper durch die Finger. Hellpurpur leuchtend wallte ihre Kraft über die Erde und glitt die Bäume entlang bis hinauf in ihre Kronen.

Nur Zentimeter vor ihrer Stirn stoppte der Baum seine Wurzel jäh in der Bewegung. Dann zogen sich sämtliche Äste und Wurzeln zurück an ihre ursprünglichen Plätze. Augenblicklich taten es ihm alle anderen Bäume gleich.

Das Schweigen lag geisterhaft in der Luft.

»Ich muss mit euch kämpfen«, brach Kajaska die Stille mit leiser Stimme und trat vor Kitey. »Nicht für die Wesen von Galmadur.« Sie wischte mit den Fingern über ihre Wangen und schnaubte. »Die Götter wissen, die wenigsten haben es verdient, gerettet zu werden! Aber die Tiere und Wälder ... für ihren Frieden bin ich bereit, mich einzusetzen.«

»Ich bin froh über deine Entscheidung«, erwiderte Kitey ruhig. Die beiden tauschten einen tiefen Blick. Etwas hatte sich verändert und ihnen war bewusst, dass sie es Thosa zu verdanken hatten. Aus irgendeinem Grund wollte er, dass sie einander verstanden, und legte damit den Grundstein für eine Brücke zwischen ihnen.

Kitey fragte sich, was Kajaska dazu brachte, die Wesen ihrer Welt derart abzulehnen.

Welchen Schmerz verbirgt sie hinter dieser ablehnenden, zornigen Maske? Sie ahnt ja nicht, wie gut ich sie verstehe. Ohne Loreo wäre ich vielleicht genau wie sie.

»Geht es euch gut?« Mit bedachten Schritten und einem wachsamen Auge auf die Äste näherte sich Lian.

»Ja«, antwortete Kitey knapp. Die Bilder, die Thosa ihr gezeigt hatte, spukten in ihrem Kopf umher.

Aufgeregt atmend schloss Lian sie und Kajaska in die Arme. »Sind alle Ondrayo so emotional wie du?«

»Kitey, was hat er dir gezeigt?« Werwik trat an sie heran und runzelte die Stirn.

»Mehr, als ich für möglich gehalten habe. Und vieles verstehe ich nicht. Noch nicht! Aber ...« Sie stockte und atmete tief ein, um das Zittern in ihrer Stimme zu kontrollieren,

»Loreo. Ich habe Loreo gesehen. Er ... Da war Andorian. Ich mache mir Sorgen.«

Götter, bitte lasst Loreo nichts passiert sein. Ich weiß nicht, was ich ohne ihn ... Nein! Er findet zu mir zurück. Das hat er immer.

Kitey suchte den Blick des bärtigen Zwerges, der wie ein vertrauter Freund auf einer Wurzel des Chronisten saß und sie tätschelte. »Wir sollten uns beeilen! Wo ist die nächste Solarisschleuse?«

Der Wald der Weisen hatte sein schauriges Gesicht für sie abgelegt.

Man vergisst leicht, wie nah Zorn, Angst und Trauer beieinanderliegen und wie sie sich ähneln. Manchmal zeigt man sein verletztes Inneres nur bei Nacht. In der Hoffnung, es verborgen halten zu können.

Immer wieder wiesen ihnen die Äste der Weisen den Weg. Zwischen den Bäumen lichtete sich bereitwillig das Dickicht für sie. Der Wald half ihnen, ihr Ziel zu erreichen, ehe die Sonne im Zenit stand.

Das Licht der Sonnenschleuse strahlte zwischen zwei Bäumen hervor, die miteinander verschlungen waren. Ihre Wurzeln wanden sich umeinander und sahen aus wie Stufen, die zu der Schleuse führten.

Kitey dankte Wilbor und May, dann stellte sie sich vor die Schleuse. »Ihr müsst lernen, wie ihr die Schleusen nutzt. Allein.« Sie sah zu Lian und Thriller und winkte sie zu sich.

»Was? Warum?« Mit nervösem Blick wich Thriller einen Schritt zurück.

»Nach allem, was passiert ist ... und noch kommt, solltet ihr vorbereitet sein.«

Lian stellte sich neben Kitey. »Was genau muss ich tun?« Sie bemühte sich, entschlossen zu klingen, doch sie spielte wieder an einer losen Haarsträhne.

»Na gut, wie funktioniert das?«, fragte Thriller und musterte skeptisch die Schleuse.

»Im Grunde ist es simpel.« Werwik klopfte Thriller auf die Schulter.

»Richtig. Denk an deinen Zielort und betritt die Schleuse. Behalte ihn in Gedanken und konzentrier dich darauf!«, erklärte Kitey. »Wir reisen nach Ammar.«

Thriller stieß erleichtert den Atem aus. »Zum Glück kein Zungenbrecher. Ammar!«

Ehe Kitey nach Kajaska als Letzte die Solarisschleuse betrat, blickte sie noch einmal über die Schulter zu May und Väterchen Wilbor, die ihr zum Abschied winkten.

Zumindest bei den Zwergen hatten sie etwas Positives bewirkt und der Abschied pflanzte einen hoffnungsvollen Keimling.

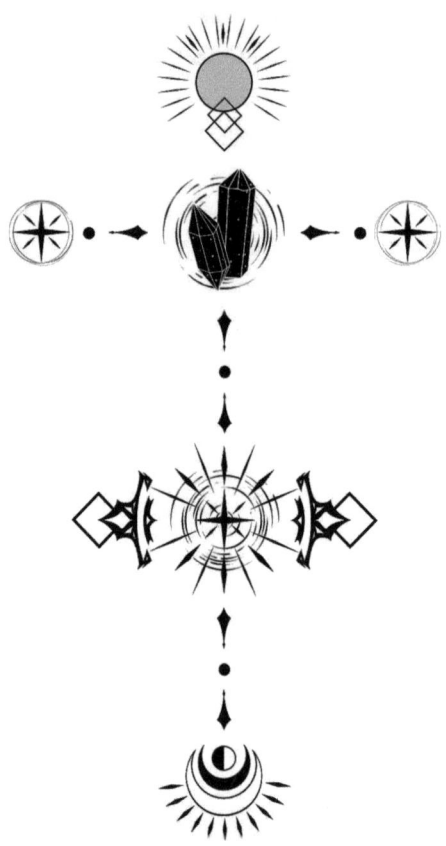

WERWIK

D as wellenartige Spiel der bunten Pastellfarben in der Solarisschleuse umfing Werwik. Die Strömung des Lichts zog ihn mit sich zu dem Ort, an den er dachte. Ammar. Sein Haar wog wie unter Wasser um seinen Kopf, als der Sog sich verstärkte. Die Magie surrte sanft in seinen Ohren und ihre Präsenz ließ ihn einen Augenblick völlig entspannen. Werwik blinzelte gegen das grelle Licht an. Neben ihm ruderte Lian mit den Armen und verzog unsicher das Gesicht. Das schwerelose Gefühl schien ihr offensichtlich befremdlich zu sein. Er drehte den Kopf weiter nach links. Im Augenwinkel sah er Kajaska und Kitey hinter ihr, während Thriller schräg links zwischen ihm und den anderen trudelte.

Mit einem Ruck zog ihn die Strömung energischer nach rechts. Rasch richtete er den Blick nach vorn, um sich darauf vorzubereiten, dass es ihn gleich aus der Schleuse katapultierte.

Er landete leicht in den Knien auf einer Graslandschaft und machte einen Schritt nach vorn, um das Gleichgewicht zu behalten. Vor ihm erstreckten sich Sträucher, dichtgewachsene

Büsche und Kirinbäume. Ehe er sich ganz aufrichtete, rammte ihm jemand in den Rücken.

»Argh!« Er flog nach vorn, kämpfte stolpernd um Halt. Ohne Erfolg. Werwik riss die Arme gerade noch rechtzeitig hoch, schützte sein Gesicht und fiel in einen Busch.

»Sorry. Auf diesen Rauswurf war ich nicht gefasst.« Thriller rollte sich seitlich von ihm runter.

Ungeschickt drückte er Werwik dabei weiter zwischen die Blätter und Äste. »Vorsicht. Au. Pass ... auf.«

Dann hing Thriller im angrenzenden Busch rechts von ihm, strampelte mit Armen und Beinen durch die dichten Äste, beim kläglichen Versuch herauszukommen.

Hinter ihnen stieß Lian einen erschrockenen Schrei aus.

Werwik wand sich in den Zweigen. Er drehte sich um und sah in Richtung Schleuse.

»Wird man immer so rausgeschleudert?« Lian stand ein paar Meter von ihm entfernt und rieb sich übers verbundene Handgelenk.

»Ja, aber man gewöhnt sich daran«, grummelte Werwik und befreite seinen Ärmel aus den Zweigen.

Das Schleusenlicht flackerte kurz und Kajaska kam herausgeschossen. Die Elfe rollte sich geschickt über den Rasen ab und kam geschmeidig auf die Beine, während ihm, beim Versuch aufzustehen, ein Zweig ins Gesicht schlug.

»Wie kannst du nur so landen? Ich bin auf den Rasen gepoltert und konnte mich kaum abfangen«, fragte Lian an Kajaska gewandt, die sich um die eigene Achse drehte und umsah.

Auf einer Anhöhe mit einer Baumgruppe hinter ihr graste eine Herde von Jupun, deren weißes, fast durchsichtiges Fell sich wie Wolken um ihren zierlichen Körper bauschte.

Kajaska zuckte mit den Schultern. »Elfengeschick.«

Die Solarisschleuse flirrte erneut.

Mit einem Salto landete Kitey elegant vor ihnen. »Gut, wir sind vollzählig, keiner ist unterwegs verloren gegangen. Wäre vermutlich schwierig geworden, euch wiederzufinden«, sagte sie und richtete sich auf.

Aus seiner unbequemen Situation heraus sah Werwik zu Kitey auf und drückte die Äste des Busches beiseite.

Tja. An ihren Sarkasmus werde ich mich wohl gewöhnen müssen. Oder sie überspielt damit ihre Sorge.

Er stieß den Atem aus, stemmte die Füße auf den Boden und schwang sich auf die Beine.

»Verloren gehen? Soll das heißen, wir hätten weiß Gott wo landen können?« Umständlich kämpfte sich Thriller neben ihm aus dem Gebüsch und stolperte zu den anderen.

»Natürlich! Das ist Sinn und Zweck einer Solarisschleuse.« Kitey stützte die Hände an ihre Hüften. »Hör zu und merk es dir! Mit jeder Schleuse kann man verschiedene Reiseziele ansteuern. Dafür liegt immer irgendwo ein Verzeichnis rum, in dem die möglichen Zielorte aufgelistet sind. So, wie das da hinter mir, an der Bergwand!« Ein dezent genervter Unterton begleitete Kiteys Stimme, während sie über ihre Schulter auf ein in Leder gebundenes Buch zeigte, das auf einem Felsvorsprung lag.

Werwik zupfte sich Blätter aus den Haaren und folgte ihrem Blick.

»Wie viele von den Portalen gibt es eigentlich?«, fragte Thriller und sah zur Solarisschleuse, die am Fuß des Berges in sein Gestein eingebettet war. Anders als die meisten war diese hier völlig ursprünglich und nicht durch eine Art Tor oder Rahmen gedehnt worden. Damit sah sie aus wie ein schlichter Lichtriss in der Bergwand.

»Gelistet sind 7965. Man vermutet, dass noch Hunderte unentdeckte, ursprüngliche Schleusen wie diese existieren.«

»Warum unentdeckt?«, stutzte Lian.

Kajaska verschränkte die Arme. »Weil vieles unvollendet geblieben ist.«

Mit einem Nicken stimmte Kitey der Elfe zu. »Es liegt am

Verschwinden der Magier. Immerhin sind diejenigen, die sich früher um das Finden, Kartographieren und in Tore Einbetten gekümmert haben, nicht mehr da.«

»Und ihr wisst wirklich nicht, was mit ihnen passiert ist?« Lians fragender Blick glitt von der Schleuse zu Kitey.

»Nicht genau. Aber Thosa hat mir ein Schloss gezeigt.«

»Ein Schloss?« Werwik fuhr zu Kitey herum. »Was für ein Schloss?«

»Keine Ahnung. Ich kenne es nicht. Seine Bilder waren verworren und mit seinen Gefühlen verwoben. Und ... um ehrlich zu sein ... Das, was ich von Loreo gesehen habe, hat mich abgelenkt.«

»Wenn du es mir genauer beschreibst, kann ich dir vielleicht helfen. Durch meine Reisen sind mir einige bekannt. Anhand von Bauart und Zustand lässt es sich ...«

»Darum kümmern wir uns auch im Tempel«, stoppte Kitey ihn. »Falls wir dort nicht weiterkommen, gibt es noch die unsichtbare Bibliothek.«

Sein Herz schlug schneller und er ballte die Hand zur Faust, dass seine Fingerknöchel knackten.

Du hast ja keine Ahnung, wie sehr ich da hin will. Vielleicht finde ich sie endlich mit ihrer Hilfe.

»Erst muss ich wissen, was mit Loreo ist.« Kitey senkte den Blick.

Thriller ging an ihr vorbei und begutachtete das Ortsverzeichnis, das kaum mehr als fünfzig Seiten besaß. »Können wir nicht einfach dahin, wo Loreo ist, und nachsehen?«

»Nein. Andorian könnte ihn als Köder benutzen.« Kiteys Kiefermuskeln spannten sich an und sie fuhr entschieden fort: »Wir folgen dem Plan und reisen zum Tempel. Ich hoffe, Loreo erwartet uns dort. So, wie vorgesehen.«

»Und was, wenn nicht?«, murmelte Kajaska zynisch.

Aus dem Augenwinkel sah Kitey sie scharf an. »Dann sehen wir weiter.«

Thriller blätterte mit wissbegierigem Blick durch die Seiten.

»Und kommen wir damit zu dem Tempel?«, fragte Thriller und sah kurz über die Schulter zu Kitey.

»Nein, das war vorerst die letzte Schleusenreise. Wir sind fast da«, erklärte Kitey und ihr Mundwinkel zuckte, als sie sich zu Thriller stellte, der aufgeregt die Seiten betrachtete.

Der Tempel muss also in der Nähe sein. Verflixt.

Werwik fuhr sich frustriert durchs Haar.

Gäbe es nicht so viele Götter und zig Tempel für sie, könnte ich es leichter erraten.

»Wow, was für eine aufwendige Zeichnung.« Thrillers Bewunderung lenkte seine Aufmerksamkeit zurück zur Schleuse. Auch ohne selbst hineinzusehen, wusste er genau, was ihn so in Staunen versetzte.

»Ist das eine Karte dieser Welt?« Seine Augen weiteten sich voller Neugier, während er die gefaltete erste Seite viermal auseinanderklappte, bis eine Skizze von ganz Galmadur vor ihnen lag.

»Wie sieht sie aus?« Eilig lief Lian zu Thriller, um ihm über die Schulter zu lugen.

Unterdessen lehnte Kajaska mit verschränkten Armen an der Steinwand und stöhnte ungeduldig.

»Die Karte ist wunderschön.« Behutsam fuhr Lian mit den Fingern über die Pergamentseite.

Werwik konnte sich gut vorstellen, wie sie die Linien der Ländergrenzen nachmalte, wie er damals, bei seiner ersten Schleusenreise allein. Er wusste, was sie auf den nächsten Seiten finden würde, weil alle Verzeichnisse identisch aufgebaut waren. Instinktiv rieb er mit dem Daumen über seine Fingerspitzen und fühlte phantomhaft wieder das abgegriffene, weiche Papier der vergilbten Seiten auf der Haut.

Die nächsten Buchseiten befassten sich mit Details zu den jeweiligen Zielorten. Darunter eine Miniaturskizze von Galmadur mit der Markierung, wo sich jener Ort befand. Zusätzlich dazu gab es Hinweise und relevante Informationen zu speziellen

Eigenarten der Bevölkerung, Flora und Fauna, die Beschaffenheit des Landes selbst und mögliche Gefahren.

Unbewusst tastete er nach der Narbe auf seinem Nasenrücken, die ihm seine Landung damals eingebracht hatte.

Werwik schluckte schwer und ein trauriges Lächeln legte sich auf sein Gesicht. Ihm wurde bewusst, dass es eine der letzten schönen Erinnerungen seiner Kindheit war. Jede Einzelne wollte er wie einen Schatz bewahren, denn sie waren sein Anker zur Wahrheit, zu seinem Wahren selbst.

»Und hier sind wir?« Den Blick auf die Seite vor sich gerichtet, deutete Thriller auf einen Punkt im Buch.

Obwohl Werwik die Seite nicht sah, wusste er, wo sie sich befanden, denn diese Umgebung war ihm nicht fremd.

»Ja. Ein schmales Gebiet namens Ammar. Der unheimliche Bergkoloss heißt genauso. Es gilt als einer der am wenigsten besiedelten Landstriche zwischen Amlur und Naress, die es gemeinsam verwalten. Zumindest, wenn es nicht gerade Streit um die Vorherrschaft gibt«, antwortete Werwik abwesend, wie automatisch, und bemerkte seinen Fehler erst, als Kitey ihn anstarrte.

»Du weißt wieder mal hervorragend Bescheid.« Der durchdringende Ausdruck in ihren Augen jagte ihm einen Schauer über den Rücken.

»Wer viel umherreist, sammelt Wissen.« Er setzte ein lockeres Lächeln auf und hielt ihrem Blick stand. »Ich versuche, Galmadur kennenzulernen. Sollten das nicht mehr Hexer tun?« Seiner Tarnung Nachdruck verleihend, rieb sich Werwik über das Hexenmal an seinem Ohr, das verräterisch juckte, als ihm die Lüge über die Lippen kam.

»Recht hat er«, schnaubte Kajaska. »Vielleicht wachen die Hexen auf und helfen Galmadur.«

»Hmm«, murrte Kitey mit hörbarer Skepsis und stellte sich der nächsten von Thrillers und Lians Fragen, was ihm Zeit zum

Aufatmen gab.

Grübelnd zog er die Augenbrauen zusammen und sah sich aufmerksam um.

Was will sie ausgerechnet in diesem einsamen Gebiet? Wo soll hier ein Tempel sein? Der nächst gelegene ist doch erst auf Nawook.

Sein Blick blieb an den Kirinbäumen hängen. Sie waren der Grund, warum Werwik vor Jahren hierhergereist war. An den hohen Ästen der grauweißen Baumstämme wuchsen anstatt üppiger Blätter Kristalle in den verschiedensten Formen und Farben. Gedankenversunken musterte er die Baumkronen. Das Sonnenlicht brach sich in ihrem Kristallbewuchs, so dass bei jeder Windböe Regenbogenlichter von der Bergwand über die Graslandschaft bis hinauf zu den Wolken in den Himmel tanzten. Werwik wurde das Geheimnis anvertraut, dass die Kristallbäume von Ammar die rätselhafte Wirkung besaßen, magische Fähigkeiten und Talente zu verstärken.

Werwiks Herz hämmerte wie ein Specht am Baum.

Was habe ich nicht alles versucht, um es hinzubekommen. Ich habe bei den Experimenten fast unser Haus in die Luft gejagt und nichts hat funktioniert.

»Kitey?«, begann er seinen direkteren Vorstoß. »Wir sind hier im geographischen Zentrum von Galmadur. Die Konvergenz der Kräfte, der naturgegebenen Magie und Elementarkräfte, ist verstärkt. Und das Gleichgewicht der Elemente ist hier aus-geglichen und harmonisch.« Er fixierte Kitey, die sich ihm zuwandte und die Augenbrauen hochzog.

»Und kommt da noch eine Frage oder möchtest du wieder mit Wissen glänzen?«

»Hast du uns deswegen hierhergebracht?«, fragte er schließlich.

Ein Lächeln umspielte ihre Lippen. »Ja. Das unterstützt unser geplantes Training.«

Als er Kajaska laut aufstöhnen hörte, drehte er sich um. Die zierliche Elfe stieß sich mit dem angewinkelten Fuß von der

Bergwand ab und stellte sich mit in die Hüften gestemmten Fäusten vor die anderen.

»Ja, alles wahnsinnig interessant für Fremdlinge!« Sie rollte theatralisch mit den Augen. »Aber haben wir wirklich die Zeit, hier die Reiseführer zu spielen? Ich glaube nicht. Wo ist denn jetzt dieser Tempel?«

»Bis vor ein paar Stunden konntest du es nicht erwarten, uns loszuwerden, und jetzt hast du es eilig, für unsere Sache zu kämpfen. Ein faszinierend schneller Sinneswandel.« Kiteys linke Augenbraue zuckte amüsiert, dann nahm sie Lian das Buch aus der Hand und legte es an seinen Platz zurück.

»Aber sie hat recht, wir müssen los. Vor uns liegt ein *steiniger* Weg.« Bei der besonders auffälligen Betonung des Wortes *steinig* klopfte sie mit dem Fingerknöchel an die Felswand und sah am Berg Ammar empor.

Thriller legte den Kopf weit in den Nacken, um nach dem Gipfel Ausschau zu halten. »Echt jetzt?! Du willst *da* rauf? Gibt es keinen anderen Weg? Kann man uns da nicht irgendwie raufbeamen, teleportieren oder fliegen?«

»Na ja, Kajaska und ich könnten fliegen.« Aufs Stichwort erschienen Kiteys Schwingen, die sie mit gestrafften Schultern imposant auffächerte.

Kajaska hingegen zuckte kaum merklich und wandte ihren Blick einem Jupun zu, das schnatterig blökte.

Werwik stutzte. Kajaska war bisher nie schreckhaft gewesen. Lag das am Berg?

»Aber ich würde euch ungern allein wandern lassen und ...«, Kiteys Flügel verschwanden wieder, »dass ich noch mal jemanden trage, kannst du dir abschminken. Das war eine einmalige Sache. Der Aufstieg ist Teil von Phase eins des Trainings: Ausdauer und Gleichgewicht!«

»Und du glaubst, wir schaffen es alle da rauf?«, fragte Lian nervös und drehte an einer dicken Haarsträhne.

»Das werden wir sehen.«

»Super. Wie optimistisch.« Thriller stöhnte resigniert. »An deinem Motivationstraining arbeitest du noch, oder?«

Während sie Kitey ein Stück entlang des Bergriesen folgten, schob Werwik, frustriert von der Unwissenheit, die Hände in die Manteltaschen. »Ammar muss etwas Besonderes haben, wenn wir uns die Mühe machen, ihn zu besteigen. Hier geht es wohl kaum um reines Training, oder?«

»Du hast es vorhin selbst gesagt. Er liegt im Zentrum von Galmadur. Hier bündelt sich die ursprüngliche Kraft. Denk doch mal nach.« Kitey sah über die Schulter herausfordernd zu Werwik. »Wo sonst könnte man eine sichere Zuflucht finden?«

Das Licht der Sonnenstrahlen brach sich in den Kronen der Kristallbäume und reflektierte Lichtpunkte an die Felswand.

»Du willst sagen ...«

»Der Tempel ist da oben. Wow. Wie so eine verborgene Ninja- oder Samuraizuflucht«, platzte Thriller heraus.

»Deine Fantasie geht wieder mit dir durch.« Unvorhergesehen blieb Kitey an einer Böschung stehen und betrachtete den Pflanzenteppich, der sich dahinter an den Berghang schmiegte. Das Blattwerk bestand aus glitzernden Kristallen und kleeartigen Blättern.

Ihr undurchsichtiges Verhalten verwirrte Werwik. Erst nickte sie zufrieden und ging dann wortlos mit raschen Schritten zu einem nahe gelegenen Kristallbaum. Dort begutachtete sie den üppigen Kristallbewuchs.

Werwik ballte die Hand in seiner Manteltasche. »Was suchst du?«

»Den richtigen Ast«, antwortete Kitey, während sie die rechte Handfläche auf den Baumstamm legte. Einen Atemzug später löste sich ein Zweig von seinem Ast und fiel direkt in Kiteys fangbereite Hände.

Werwik blinzelte und öffnete erstaunt den Mund. Er selbst hatte ewig gebraucht, um eine Handvoll Kristalle zu ernten. »Wie ...?«

»Wir Engel haben auch unsere Magie, das Celistma, und unsere Tricks. Ich habe ihn darum gebeten.«

»Du hast Elementarmagie benutzt«, bemerkte Kajaska anerkennend. »Er hat dir den Ast geschenkt.«

»So, dahinter ist es. Helft mir mal«, forderte Kitey und winkte sie alle zu der Böschung. »Hier liegt der Eingang. Wir müssen nur dieses störrische Gestrüpp auseinanderbekommen. Berührt nur nicht die Celyris-Kletterkristalle, die sind zickig. Um die kümmere ich mich. Und seid vorsichtig, der Tunnel soll wieder verborgen werden. Sonst macht sie mich einen Kopf kürzer.«

»Wer ist *sie*?«, fragte Werwik sofort.

»Die Hüterin des Tempels. Sie ist eine Freundin«, erwiderte Kitey und drückte sich als Erste durch die Sträucher. Direkt vor dem Kletterpflanzenvorhang streichelte sie mit der freien Hand über ein paar Kristallblätter. Zuckend glitt ein Aufflackern den Blättervorhang entlang, gleichzeitig glommen Kiteys Fingerspitzen bis zu den Knöcheln in einem hellen Grünton.

Voller Neugier trat Kajaska neben Kitey und berührte die Blätter, die sich raschelnd zur Seite schoben. Beide machten einen Schritt nach vorn und der geheime Tunneleingang verschluckte sie. »Worauf wartet ihr? Bewegt euch. Bevor sie zumachen!«, hallte Kiteys Stimme aus dem Inneren wider.

»Au! Mist, mein Knie«, stöhnte Thriller. »Scheiße, ist das dunkel hier. Habt ihr keinen Lichtzauber oder so was?«

Werwik blinzelte, versuchte, seine Augen an die Schwärze zu gewöhnen, und spielte mit dem Gedanken, einen Feuerzauber zu beschwören. Da erfüllte ein eigenartiges Klimpern die Höhle. Im nächsten Augenblick leuchteten die Kristalle des Zweiges, den Kitey sanft schüttelte. Ihr Glimmen durchbrach die Dunkelheit der Höhle. Vor ihm rieb sich Thriller neben einem abgebrochenen Stalagmit das Knie. Der Boden war uneben, durchzogen von weiteren Tropfsteinen, von denen die meisten kaum hüfthoch aufragten.

»Oh, das sieht wunderschön aus.« Lian tippte mit dem Zeigefinger an einen der Kristalle. Mit hellem Klimpern wackelte er gegen den danebenliegenden und ihr Leuchten pulsierte.

Kajaska strich sich eine Haarsträhne hinters Ohr. »Du solltest die Phionyblumen in meinen Wäldern sehen. Ihre Blüten sind eigentlich weiß, aber wie Prismen. Ein unglaubliches Farbenspiel, zu jeder Tageszeit anders.«

Die Nase gekräuselt, schnüffelte Thriller und kam näher. »Das riecht nach … Zitrone. Sind das die Lichtkristalle?«

»Ja, die Kirin, der Duft ist sehr ähnlich. Es gibt viel Schönes in Galmadur. Dafür kämpfen wir. Die zerfressene Nocmatagi des Schattenmagiers darf nicht all das zerstören«, sagte Kitey bitter und stieß hörbar den Atem aus. »Kommt weiter.«

Die Luft in der Höhle wurde kühler, je tiefer sie hineinliefen. Ihre Schatten zogen sich lang über das kantige Gestein, während sie Slalom um die Stalagmiten liefen. Ein stetiger Luftstrom wehte Werwik sanft durchs Haar, begleitet von dem zitronigen Duft der Kirinkristalle.

»Ist das eine Treppe? Oh, bitte nicht!« Thriller verzog das Gesicht und ließ die Schultern hängen.

Ein grob in den Stein gehauener Treppenaufgang mit schmalen Stufen lag direkt vor ihnen und war der einzig mögliche Weg.

»Wie gesagt, Phase eins. Ausdauertraining. Die Treppe ist super für einen Sprint.« Kitey teilte den Zweig und reichte eine Hälfte Kajaska. Ohne abzuwarten, betrat die Elfe die ersten Stufen.

»Endlich etwas, in dem ich richtig gut bin«, freute sich Lian mit einem kleinen Hüpfer, ehe sie der Elfe folgte. Wohingegen Thriller grummelte: »Sagt dir *Sport ist Mord* was?«, an Kitey vorbeitrottete und hinter Kajaska und Lian loslief.

»Ich bin schon gespannt auf Phase zwei«, sagte Werwik und tastete flink in die schmale Gürteltasche, die seitlich fast über seinem Po eingearbeitet war.

»Du nutzt einen Droopkristall?«, bemerkte Kitey mit gerunzelter Stirn und betrachtete den kleinen, säulenförmigen Kristall, den Werwik aus seiner Gürteltasche zog.

Werwik nickte mit einem verschmitzten Lächeln und führte den Kristall über seinen linken Ärmel, wobei ein sanfter Glanz über den Mantelstoff glitt. Zentimeter für Zentimeter verblasste das Kleidungsstück um seinen Körper, als ob es aus Rauch bestünde. Mit einem leisen, schlürfenden Geräusch sog der Kristall den Mantel ein, anschließend steckte Werwik ihn sorgfältig zurück in seine Gürteltasche. »Der Droop ist so praktisch wie deine modifizierte Beintasche. Mir bleibt nur das, weil meine Reisetasche vermutlich immer noch unter dem Tisch in der Bibliothek von Fleet liegt. Wo ich war, als mich euer Zauber verschleppt hat.«

Kitey sah zu ihm auf. »Ich hoffe, du musstest nichts Wichtiges zurücklassen.« Ihr zerknirschter Ausdruck verriet ihm, dass sie es ehrlich meinte.

»Keine Sorge. Das Wichtigste trage ich immer am Körper.« Er zwinkerte Kitey zu und sprintete los, um möglichen Fragen zu entgehen.

»Das glaube ich sofort«, erwiderte Kitey drei Stufen hinter ihm.

Das rhythmische Pochen ihrer Schritte hallte durch den schmalen Aufgang. Auf den trockenen Stufen trat Werwik immer wieder auf Kiesel, bis ihn eine der Unebenheiten ins Stolpern brachte und er im verlangsamten Lauf kurz an der Wand Halt suchte. Unter seinem Handschuh spürte Werwik einen fingerdicken Riss, der sich unregelmäßig die Felswand entlang der Treppen hinaufzog.

»So ein Mist! Wer bin ich? Rocky?«, schnaufte Thriller und wischte sich mit dem Arm Schweiß von der Stirn.

»Komm schon. Weiter. Oder ich schieß dir einen Blitz in den

Hintern«, trieb ihn Kitey energisch an.

»Ist ja gut, Zeus.« Mit einem resignierten Seufzer beschleunigte Thriller seine Schritte wieder.

Werwik grinste über die Schulter. »Blitz, ja?« Sie drohte Thriller mit einer der am schwierigsten zu erzeugenden elementaren Form. Er hatte keinen Zweifel, dass sie es konnte.

»Halt die Klappe«, zischte sie augenrollend.

Werwik lachte auf und schüttelte sich ein paar Haarsträhnen aus dem Gesicht. Seine Kondition war trainiert, anders hätte er nicht so lange überlebt, doch mit jeder weiteren Stufe schwand sein Zeitgefühl mehr.

Sie keuchten und stöhnten, der Weg nahm kein Ende. Schweiß perlte Werwik den Rücken hinunter. Die Hitze der Anstrengung floss durch seinen Körper, wodurch sich die Luft auf seiner feuchten Haut kühler anfühlte.

Vor Thriller pustete Lian hörbar den Atem aus. »Weiter. Einfach weiter. Ich schaff das«, murmelte sie vor sich hin. Ein paar Haarsträhnen klebten an ihrer schweißnassen Schläfe und ihr dunkler Blauton wirkte im fahlen Licht fast schwarz.

»Kitey? Wie lange ...« Werwik holte Luft. »Geht das bis zum Gipfel so?«

»Wäre das ein Problem?«, fragte sie neckisch ohne ein Anzeichen von Anstrengung.

»Natürlich nicht«, log er, obwohl die Muskeln in seinen Beinen brannten. »Nicht für mich ... nur ...« Es dauerte zwei Atemzüge, bis er weitersprach: »Thriller hechelt wie ein dompasischer GurGum zur Paarungszeit auf der Jagd nach einem Weibchen.«

»Wah. Au«, japste Lian und stützte die Hand Halt suchend an die Wand.

»Alles okay?«, erkundigte sich Kajaska vor ihr, wobei ihre Stimme keinerlei Spur von Erschöpfung verriet.

»Mhm, bin gestolpert«, erwiderte Lian. Sie holte hörbar tief

Luft und schon klackten ihre Stiefelabsätze wieder die Stein-stufen hinauf.

Durch die Bewegungen von Kajaska und Kitey flackerte das Licht der sanft klirrenden Kristalle, dabei warf es ihre Schatten langgezogen über die Wände.

Allmählich zuckte die Muskulatur in Werwiks Ober-schenkeln und seine Beine fühlten sich so schwer an, wie die Streitaxt eines Zwerges.

»Scheiße. Stopp. Ich ka- ni- mehr! Kann nicht me-!« Thrillers Atem ging stoßweise, er lehnte sich gegen die grobe Steinwand und sank erschöpft auf die Treppenstufe.

»Den heiligen Drachen sei Dank. Ich dachte ... ich wäre besser«, stöhnte Lian und setzte sich ebenfalls auf die Stufen.

Kajaska ignorierte die beiden, rannte zielstrebig weiter. »Reißt euch zusammen! Ein kurzes Stück. Ich glaube, da vorne ist Tageslicht. Wir sind bald draußen.« Gemeinsam mit dem Klacken ihrer Stiefelabsätze hallte ihre forsche Stimme durch den Treppentunnel.

Kitey kramte zwei Flaschen aus ihrer Gürteltasche hervor, von denen eine bereits zur Hälfte leer war, und reichte sie Thriller und Lian.

»Ist das wieder dieser Saft aus der Hütte?«, hakte Lian unsicher nach.

Thriller stutzte. »Was für ein Saft?«

»Ja«, antwortete Kitey an Lian gewandt. »Nur, dass ich ihn in Desias mit Wasser verdünnt habe, um den Vorrat zu strecken. Da ist wirklich nichts Schädliches drin. Es lässt euch durchhalten.«

»Eine Art Energydrink?«

»Könnte man so sagen«, erwiderte Kitey schlicht, woraufhin Thriller die Schultern zuckte und einen gierigen Schluck nahm. Nachdem Lian zögernd an dem Getränk gerochen hatte, trank auch sie.

Unterdessen lehnte Werwik sich schmunzelnd an die Wand

und rutschte daran erschöpft auf die Stufe. »Wie ausgiebig habt ihr Phase eins eigentlich geplant?«

»Intensiv. Sie ist die Basis für alles, was kommt. Aber ihr habt länger durchgehalten, als ich erwartet habe. Auf der Leistung können wir aufbauen. Eines sollte euch klar sein«, Kiteys Mimik wurde ernst und ihr Blick wanderte dorthin, wo Kajaska den Tunnel gerade verließ, »im Vergleich zu dem, was kommt, war das eine armselige Übung. Es wird hart. Ihr müsst eins verinnerlichen: Feinde kennen kein Mitleid! Andorian, die Pyjaremo, Trolle – egal, wer, sie nutzen jede eurer Schwächen zu ihrem Vorteil«. Angespannt stieß sie den Atem aus. »Es ist unmöglich, euch zu versprechen, dass niemand verletzt wird. Aber was ich euch versichere, ist, dass wir euch bestmöglich vorbereiten.«

So wie Werwik die Lage einschätzte, war auch Kitey bewusst, dass Thriller und Lian die am wenigsten Vorbereiteten in ihrer Gruppe waren. Lian beherrschte den Umgang mit Klingen, aber ihre Furcht und Unsicherheit standen ihr im Weg, und Thriller war eine Gesamtbaustelle.

»Die Gesteinsstimme hat uns geholt. Wir müssen unsere Stärken finden. Gewissheit gibt es nie«, sagte er und zweifelte an seinen eigenen Worten. Ein gewobenes Zaubersiegel war nur so stark wie sein schwächster Knoten.

Thriller ist so jung, vielleicht wäre es wirklich das Beste für ihn, zurück nach Nefeach zu kommen ...

»Was soll der Mist! Hier oben ist absolut nichts.« Die ungeduldige Stimme der zierlichen Elfe jagte die Treppen zu ihnen hinunter. »Wir haben noch über die Hälfte des Berges vor uns.«

Kitey packte die beiden Flaschen zurück in ihre Tasche, dann streckte sie Thriller die Hand entgegen, um ihn auf die Beine zu ziehen. »Na kommt. Weiter gehts.«

»Ist es wirklich erst die Hälfte?«, rief Lian in Kajaskas Richtung, ehe sie im Laufschritt loslief.

»So many times it happens too fast ...« Thriller schnaufte angestrengt. »Verdammt, ist das wahr ... Ich pack das. Ich habe das Auge des Tigers!«

Während sie die letzten Stufen in normalem Tempo hinter sich brachten, lauschte Werwik stirnrunzelnd der ungewöhnlichen Melodie, die Thriller vor sich hin raunte.

Als sie zu Kajaska hinaustraten, blinzelte Werwik und schirmte mit der Handfläche seine Augen vor dem Sonnenlicht ab. Sie standen auf einem Felsvorsprung, der in einen Bergpfad überging und sich unregelmäßig um den Berg herumwandte. Die Sonne hatte ihren Zenit bereits überschritten und thronte südwestlich am Frühlingshimmel. Sie legte sich warm auf sein Gesicht, doch der Wind wehte ihm kühl entgegen.

»Wenn ihr nicht schneller werdet, seid ihr beim nächsten Pyroangriff Aschehaufen.« Eine kräftige Windböe wedelte Kajaskas Umhang auf, als sie sich schwungvoll zu ihnen umdrehte.

»Ich wusste nicht, dass Elfen so gut zu Fuß sind«, meinte Werwik und musterte Kajaskas Gesichtszüge, die ungestüm, fast wild, wirkten.

»Du weißt weniger, als du denkst, wie mir scheint.« Sie warf sich den geflochtenen Zopf über die Schulter und lehnte sich seitlich an die Bergwand.

Werwik schmunzelte über ihre spitze Antwort und tastete nach dem Droopkristall in seiner Gürteltasche, um mit einer Kombination aus vier Fingertippern seinen Mantel wieder herauszuzaubern. Innerhalb eines Wimpernschlags sammelte sich der Rauch vor ihm, materialisierte sich zu seinem Mantel, in den er mit einer fließenden Bewegung hineinschlüpfte.

»Wow, hat hier eigentlich jeder außer mir so cooles Equipment?«, fragte Thriller mit hochgezogenen Augenbrauen.

»Das bekommst du auch noch ... wenn du lernst, damit umzugehen.« Kitey zupfte geschwind die Kristalle vom Kirinzweig und verstaute sie in ihrer Beintasche. Dann lotste sie die

Gruppe zielstrebig entlang der Bergwand.

Bei jedem ihrer Schritte über den abstehenden Pfad knirschten Kiesel unter ihren Sohlen. Einige Abschnitte der Strecke, deren allgemeine Steigung Werwik auf mindestens 35% schätzte, waren kaum breiter als Werwiks Fuß von der Ferse bis zum großen Zeh. Doch sie kämpften sich weiter dem über den Wolken verborgenen Berggipfel entgegen.

An den schmalsten Stellen des Wegs presste er den Rücken gegen die Felswand. Die Hände hielt er flach an die rauen Felsen und spannte die Beinmuskeln an, bis es wehtat.

Vor ihm zitterte Lian. »Das ist so tief ... I- ich ...« Ihre Brust hob und senkte sich hektisch unter ihren Atemstößen.

Kiesel bröckelten in die Tiefe, als er nah an sie heranschlich. »Konzentrier dich auf deine Atmung. Du musst ruhig bleiben. Einatmen, den linken Fuß zur Seite bewegen. Ausatmen, den rechten Fuß nachrücken.« Besonnen tastete er nach ihrer Hand an der Felswand.

»Kajaska spaziert hier lang wie auf einem Feldweg und Kitey ist geübt genug, um Thriller zu helfen.« Ihre Finger zitterten unter seiner Handfläche.

Es stimmte. Die zierliche Elfengestalt von Kajaska kam ihr zugute, zwischen ihr und Lian hatte sich ein deutlicher Abstand gebildet. Hinter ihm ermahnte Kitey Thriller gerade, nicht nach unten zu sehen, und hielt ihn am Arm.

»Du kannst das auch.« Werwik atmete tief ein und aus, half Lian, zu einem ruhigen Rhythmus zurückzufinden.

Es fiel ihr schwer. Ohne ihren Blick loszulassen, kreiste sein Daumen über ihren Handrücken. Sie war zu aufgewühlt, um zu bemerken, wie er rasch ein Symbol zeichnete. Einen Wimpernschlag lang glomm es grün auf ihrer blauen Schuppenhaut, dann erlosch das Glimmen wieder, als wäre das Symbol nie da gewesen. Sofort zeigte es Wirkung, Lians Atmung ging gleichmäßiger und ihre Schultern entspannten sich.

»Besser?«, fragte Werwik lächelnd.

»Mhm. Danke.«

»Dann vorsichtig weiter.«

So viel zu meinem Vorhaben, mich zurückzuhalten ...

Von einem umherflirrenden Lichtfleck geblendet, sah er blinzelnd auf. Geprägt vom unvergleichlichen Regenbogenspiel zwischen Sonne und Kristallbäumen, lag vor ihm ein elysisches Landschaftsbild. Angesichts dessen stellte die erschreckende Vorstellung davon, was passieren würde, wenn die Steine unter seinen Füßen bröckelten, einen krassen Kontrast dar.

Friedvoll und prächtig erstreckte sich die Ebene mit den grasenden Jupun, die von hier oben wie weiße Flecken aussahen, bis zum Horizont. Mit jedem Atemzug nahm er die Ruhe des Ortes in sich auf.

Nicht nur er war stehen geblieben, neben ihm lächelte Lian ins Sonnenlicht. Der Ausblick berührte sie offenbar so, dass Tränen in ihren Augen flimmerten und ihre Furcht verblasste.

»Bitte, Leute, geht weiter!«, jammerte Thriller, als er den Fuß verrutschte und ein Kiesel über die Kante in die Tiefe fiel. »Ich habe keinen Boden unter den Fußspitzen und mit den Steinen im Rücken fühle ich mich wie auf ´ner Planke. Hinter mir der einäugige Pirat, der mich mit dem Säbel piesackt, damit ich springe«, schob er angespannt hinterher, wobei er doppelt so schnell sprach wie sonst. Auf seiner schweißnassen Stirn klebten Haarsträhnen und er sah getrieben in Werwiks Richtung.

Schritt für Schritt näherten sie sich dem Plateau mit der Steingruppe.

Endlich angekommen, plumpste Thriller ins Gras. Er rieb mit seinen zitternden Händen über die aufgestellten Knie. »Alter. Mein Nervenkostüm ist ... braucht kurz Pause.« Mit der Handfläche schirmte er seine Augen vor der Sonne ab und sah zu Kitey auf. »Hast du noch was zu trinken?«.

»Zwei Flaschen. Das reicht, bis wir da sind. Es dauert nicht mehr lang.«

Gierig leerte er eine der Wasserflaschen zur Hälfte und bot sie Lian an, die mit zitternden Knien neben ihm stand.

»Danke.« Sie nahm einen großen Schluck und reichte sie wieder Thriller.

»Höhe ist nichts für mich ... gar nichts«, bemerkte Lian, während sie ihr Haar zu einem Pferdeschwanz zusammenband, der ihr bis zum Po reichte.

Thriller rappelte sich auf und betrachtete die grauen Felsen vor ihnen. »Ist das eure Version von Stonehenge? Oder vielleicht eine Art Portal zu mir nach Hause?«

Auf seine Frage konnte sich Werwik keinen Reim machen. Kitey offenbar schon, denn sie verneinte Augen rollend. Dann ging sie einen Schritt auf die Felsformation zu. »An einem der Steine befindet sich ein schmales Loch. Das müssen wir finden, um weiterzukommen«, erklärte Kitey mit einem Kopfzucken in Richtung der Felsen.

Daraufhin nahm sich jeder einen der Brocken vor, um dessen Oberfläche zu inspizieren.

»Ich glaub, ich habe es«, rief Lian bereits nach wenigen Minuten.

»Lass mal sehen.« Kitey marschierte zu ihr, bückte sich und betrachtete es stirnrunzelnd. »Japp. Das ist es.«

»Das sieht fast aus wie ein Schlüsselloch«, bemerkte Thriller. »Ist das noch ein geheimer Eingang?«

»So etwas in der Art«, antwortete Kitey, schob den Arm fast bis zum Ellbogen in die Tasche und kramte darin.

»Verflixt, wo ...? Ha, da habe ich dich.« Mit einem Ruck zog sie einen steinernen Schlüssel heraus, in dessen sternförmigen Schlüsselring ein Citrin gefasst war. Sein Halm war gewunden und der Bart bestand aus fünf unterschiedlich langen und breiten Pfeilen.

Der Steinschlüssel versank bis zum Kopf im Loch. Eilig ließ Kitey los, als der Schlüssel sich von selbst dreimal um die eigene Achse drehte und der Felsen erzitterte. »Tretet ein paar Schritte zurück.«

Ein glockenhelles Pfeifen ertönte. Kajaska und Lian sahen sich suchend um.

»Schon gut, das gehört dazu«, erklärte Kitey.

»Alter, kommt da eine Steinplatte aus dem Boden? Das Ding schwebt.« Verblüfft starrte Thriller auf acht unregelmäßig geformte Platten. Vor jedem Brocken der Gesteinsformation bewegte sich handbreit über der Erde eine von ihnen träge auf und ab.

»Los, verteilt euch. Rauf auf die Dinger. Wir haben nur Zeit bis zum dritten Pfeifen«, erklärte Kitey rasch und steuerte auf eine der Platten zu.

»Zeit für was? Was passiert nach dem dritten Pfiff?«, Thriller tippte mit dem Fuß eine der Platten an, die sofort wackelte.

»Die Gesteinsplatten heben ab. Du wolltest doch die Wunder von Galmadur sehen. Los jetzt.« Mit einem vorsichtigen Schritt stellte sich Kitey auf die schwebende Felsplatte und balancierte sie ins Gleichgewicht.

»Thriller, du kommst mit mir!« Auffordernd hielt sie ihm die Hand hin, die er zögernd annahm, und zog ihn zu sich.

»Das ist total verrückt.« Thriller verschob behutsam seine Füße auf der Steinplatte, bis er sicherer stand.

»Warum wieder Höhe?« Wackelig kniete sich Lian auf die Felsplatte rechts von ihnen und stützte sich zusätzlich mit den Händen ab.

»Weil wir nur so zum Tempel kommen«, erwiderte Kitey. »Besondere Sicherheit erfordert besondere Maßnahmen.«

Der zweite Pfiff ertönte.

Bedacht setzte Werwik den Fuß auf die Felsplatte. »Sie sehen wackeliger aus, als sie sind. Die Platte fühlt sich recht stabil an.« Während er sein Gewicht austarierte, sah er forschend zu Kajaska hinüber, die entspannt auf ihrer Felseninsel stand.

Just in diesem Moment ertönte der dritte und letzte Ton. Wie auf Kommando setzten sich die Felsenplatten in Bewegung.

»Oje, oje.« Lian kniff die Augen zusammen.

In gleichmäßigem Flug beförderten sie die fünf durch die dichte, weiße Wolkendecke zu einem Ort, den Werwik dort niemals erwartet hatte.

Ein ihm fremder Zauber kribbelte in seinem Nacken und ließ eine Gänsehaut über seine Arme krabbeln. Wachsam richtete er den Blick in den Himmel.

Sie näherten sich dem Gipfel, über den sich eine orangegrüne, moosartige Decke schmiegte. Gleich einer üppigen Blumenwiese sprossen dort unzählige Kristalle. In der windstillen Luft lag ein frühlingsfrischer Hauch.

Doch nirgendwo, weder am Horizont noch direkt vor sich, entdeckte Werwik einen Tempel. Markant war nur die Erscheinung der Bergspitze von Ammars Gipfel. Fünfmal spaltete sich der First, erschien wie eine steinerne Krone. Werwik stutzte. In keiner der Aufzeichnungen gab es einen Hinweis auf dieses Merkmal.

»Lian, mach die Augen auf, das musst du sehen!«, rief Thriller begeistert. »Wahh!« Seine Stimme überschlug sich.

»Steh still, du Trottel.« Hastig packte Kitey ihn am Arm und balancierte das Gleichgewicht der schwankenden Platte aus.

»Er hat recht. Das musst du sehen. Es ist … wunderschön«, rief Kajaska mit bewundernden Funkeln in den Augen, während sie den Kopf von einer Seite zur anderen drehte.

Lian öffnete blinzelnd die Lider. »Unglaublich«, hauchte sie beim Anblick der skurrilen Gesteinsform.

Auf Augenhöhe mit der gezackten Bergspitze kniff Werwik die Augen zusammen und nahm einen gelblichen Schimmer wahr. Sein Blick glitt ruhelos am Himmel entlang. In einem sanften Bogen schwebten sie höher. Forschend streckte er die Hand aus und plötzlich verschwanden seine Fingerspitzen. »Ein

Schutzzauber ...« Die Kraft des Zaubers prickelte intensiver auf Werwiks Haut und kroch seine Glieder entlang. Er war fremdartig, anders als seine Magie, was zugleich verwirrend und beeindruckend war.

Nach und nach verschwand sein Unterarm hinter der Schutzbarriere. Neben ihm schnappte Lian erschrocken nach Luft, gerade, als sie ihre Köpfe gleichzeitig durch den Schleier tauchten.

»Wo sind die anderen?«, stieß Thriller hervor, der mit Kitey schräg unter Werwik schwebte und den Bann noch nicht durchflogen hatte.

»Beruhig dich. Sie sind da. Das ist ein Schutzbann.«

»Was wäre passiert, wenn wir ohne diese Steinplatten hier hochgeflogen wären?«, rief Werwik zu Kitey.

»Alles Mögliche, um Eindringlinge fernzuhalten.« Ihre Augen blitzten verschwörerisch.

Werwik richtete seine Aufmerksamkeit wieder nach vorn. Erstaunt riss er die Augen auf und musterte die Unterseite der schwebenden Insel, der sie sich näherten. »Das liegt also hier verborgen und dort befindet sich der Tempel«, murmelte Werwik.

Über ihnen reckten sich ihnen Stalaktiten aus Erde und Gestein der Berggipfelkrone entgegen. Die erdigen Teile durchzogen Wurzeln, die sich wie Adern um die spitzen Kegel legten. Langsam schwebten sie an dieser Naturgewalt empor, wobei Werwik das aufgeregte Flüstern der anderen vernahm.

Plötzlich lag ein feuchter Hauch in der Luft und Werwik entdeckte einen schmalen Wasserfall, der von der Oberfläche der Insel herabfloss. Das smaragdblaue Gewässer ergoss sich geschmeidig über die Inselkante und im Vorbeiflug spritzten ein paar kühle Tropfen auf Werwiks Wange. Ähnlich einer Aquarellmalerei, die verblasste, je mehr Wasser man hinzufügte, wurde der Wasserfluss immer durchsichtiger, je weiter er nach unten floss.

»Das ist so unfassbar«, hauchte Lian, die nur knapp vor ihm

schwebte. Unfähig, der Versuchung zu widerstehen, streckte sie den linken Arm vorsichtig aus und tauchte gerade so die Fingerspitzen ins Wasser. »Es ist eiskalt … und ungewöhnlich dickflüssig.« Sie zog die Hand zurück, rieb dabei nachdenklich die Fingerspitzen aneinander. »Fast wie Sirup.«

In einem Bogen bewegten sich die Steinplatten unter ihren Füßen zur Seite und umflogen die Inselkante. Im Vergleich zu ihrer trostlos erdig-steinernen Unterseite beherrschte reiche Natur die Oberfläche.

»Unsere Welten haben sich in vielen Bereichen gegenseitig beeinflusst. Sie sind sich oft ähnlicher, als man meint«, sagte Kitey, deren Worte Werwik nur gedämpft durch das Rauschen des Wassers erreichten.

Sie steuerten nicht direkt auf die Insel zu, sondern umrundeten sie ein Stück.

Kajaska hatte ihr Haar geöffnet und flocht den Zopf erneut. »Das ist eine Oase über den Wolken.«

Beeindruckt verfolgte Werwik den sich schlängelnden Verlauf des Wassers, bis er in einem Wald verschwand. Zwischen dem dichten Blätterdach lagen Lichtungen, die sich unregelmäßig verteilten. Dann fiel sein Blick auf eine breit gebaute Pagode mit auffälliger Fensterfront. Wie ein Wächter reckte sich der Turm und die geschwungenen, schwarzen Dächer zeichneten sich in klaren Linien vom hellen Himmel ab.

Diese Bauart ist selten. Aber sie kommt mir bekannt vor. Irgendwo habe ich Gebäude dieser Art gesehen. Wo? In welchem Zusammenhang?

Werwik schirmte seine Augen mit der Handfläche ab, die Sonne blendete ihn, raubte ihm die klare Sicht auf die Gebäude. Zu allem Überfluss sah er aus diesem Winkel lediglich Bruchstücke von vier angrenzenden Gebäudeteilen.

Entlang der Pagodenfassade sprossen Wistglyzien, deren üppige Blütenpracht mit den violetten Kelchen wie Kaskaden darüber floss.

»Ist das der Tempel?«

»Krass. Das erinnert mich an japanische Tempel und gleichzeitig ist es so anders«, sagte Thriller, der mit Kitey schräg neben Werwik aufschwebte.

Den imposanten Pagodenturm umringten dicht gewachsene Bäume, die sich um den gesamten Rand der Insel zogen. Einer von ihnen stand so dicht am Turm, dass er in ihn hineinzuragen schien. Werwik erkannte im Blätterdach die immergelben Baumkronen der Yewollu und das Wasserseegrün von rundblättrigen Gumpbäumen. Abgesehen vom Wald erstreckte sich um das Tempelgebäude ein parkähnliches Gartengelände.

»Ein Roubintis?«, murmelte Werwik und sein Blick heftete sich auf den prächtigen Weidenbaum mit seinen blutroten Blättern.

Die Steinplatte unter seinen Füßen flog höher. Als sie sich in einem Bogen rechts um die Insel bewegten, wehte ihm der Gegenwind durchs Haar.

Dank der neuen Position konnte er die übrigen Gebäude mustern, zu denen eine weitere breit gebaute und niedrigere Pagode gehörte.

Das mittlere und größte Gebäude lag direkt hinter der breiteren der Pagoden. Vor ihm ragte ein von Säulen flankiertes Tor bis unter das bordeauxrote Fußwalmdach empor. Drei niedrigere Hausteile mit Pyramidendächern, die alles miteinander verbanden, umschlossen die breite Pagode wie ein U, während die andere nur mit dem rechten Gebäudeflügel zusammenhing.

»Wir sind von hinten herangeflogen. Dort ist der Haupteingang, oder?«, vermutete Werwik und drehte vorsichtig den Oberkörper nach links zu Kitey und Thriller.

»Ja, das sind die Hauptgebäude«, bestätigte Kitey ihm und in ihren Augen lauerte deutlich eine Frage, die sie aber nicht stellte.

Eilig wandte er den Kopf um, weil ihn die Steinplatte mit dem Rücken zur Insel drehte. Er bewegte sich mit Vorsicht, um nicht das Gleichgewicht zu verlieren. Aber er wollte unbedingt weiter das Gebäude und den Rest sehen.

Wie weitläufig ist diese verborgene Himmelsinsel?

Die Gesteinsplatten schlossen zueinander auf, bis sie alle nah beieinander flogen.

»Seht euch das an!« Thrillers Ausruf lenkte Werwiks Aufmerksamkeit auf das, worauf sie zusteuerten: eine zweite, wesentlich kleinere Insel, die durch eine lange, hölzerne Hängebrücke mit der Hauptinsel verbunden war und auf der ein einsamer Baum mit zartgelben Blüten stand.

Sie verteilten sich rundherum, näherten sich sacht, bis sich die Steinplatten nacheinander wie Puzzlestücke an die Inselkante schoben.

Mit einem Schubs stieß Kitey Thriller auf die Insel.

»Whaaa! Musste das sein?« Wackelig und kreideweiß um die Nase tappte er mit dem Fuß auf den Boden, als wolle er seine Stabilität prüfen.

»Dir schlottern doch immer noch die Knie. Ich habe befürchtet, du würdest dich ewig nicht trauen, über die Kante zu laufen.« Mit einem lockeren Schritt verließ auch Kitey die Platte, die kurz darauf heftig wackelte und dann rasant nach unten fiel.

Thriller trat alarmiert ein paar Schritte vom Abgrund zurück. »Höhenangst ist in dieser Welt echt suboptimal, oder?« Er wuschelte sich durchs Haar und sah sich um.

Mit einem Schritt verließ Werwik seine Steinplatte, begab sich zu dem Baum und sah an ihm hinauf. An den weitgefächerten Ästen drängten sich die Blüten wie pralle Bälle um die langen Zweige.

»Ein Jababaum. Die sind selten. Ihre Knospen sollen bei Wunden wahre Wunder wirken. Was macht der hier oben?«, meinte Kajaska den Baum musternd.

»Genau wegen dieser Wirkung hat man ihn hier gepflanzt. Heilung ist nicht mein Fachgebiet, aber Saruh kennt sich damit aus.«

»Saruh?« Thriller stutzte. »Der Name gefällt mir.«

»Die Tempelhüterin, die uns erwartet.«

Lian sah zur Hängebrücke. »Sie lebt auf dieser Insel? Allein?«

»Oh, nein. Nicht allein.« Kitey lachte. »Das werdet ihr gleich sehen. Kommt.«

Wind kam auf, rauschte durch die Jabablütenbälle und trug einige Blütenblätter mit sich. Mit ihnen tänzelten drei Vogelwesen auf dem Windstrom. Einer der Flatukan setzte sich auf einen der Äste, wo er gemächlich begann, sein Gefieder zu putzen. Die anderen beiden umkreisten die Baumkrone. Ihre dürren langen Beine schwangen unter dem fluffigen, lachsfarben gefiederten Körper hin und her. Aus ihren im Verhältnis zum Körper winzigen, sichelförmigen Schnäbeln blitze eine dünne Zunge heraus und das einzige Auge saß wie eine Beule mittig auf ihren Köpfen.

»Diese Insel ist unglaublich!« Lächelnd drehte sich Lian um die eigene Achse und sah sich mit aufgerissenen Augen nach den beiden Vögeln um.

Die Blätter raschelten, als der dritte Flatukan von Ast zu Ast hopste und aufgeregt mit dem Schnabel klapperte.

»Hallooooo!«, rief plötzlich eine fröhliche Frauenstimme.

Ruckartig drehten alle die Köpfe in Richtung der heftig wackelnden Holzbrücke, über die eine Frau in einem knalligen, rot-orangen Overall auf sie zurannte und enthusiastisch winkte. In der anderen Hand trug sie einen langen, knorrigen Stab.

»Da ist sie schon. Saruh«, erklärte Kitey und erwiderte den Gruß.

Ein Hut, der wie eine Kapuze an ihrem Oberteil hing, rutschte ihr beim Rennen vom Kopf. Ungebändigt wippten die Wellen ihres braunen Haars auf und ab. Der ungewöhnliche Overall mit kurzen Puffärmeln endete mit voluminösen Hosenbeinen mittig der Oberschenkel. Darüber trug sie eine feuerrote, enge Weste, die rechts einen Ärmel besaß und den des Overalls ersetzte. Eine orange-grün geringelte Strumpfhose rundete das Farbenspiel ab. Ihre braunen Stiefeletten wirkten im Vergleich zum Rest unauffällig schlicht. Unter ihren freudestrahlenden Augen entdeckte Werwik ein sternförmiges Mal auf Höhe des rechten Wangenknochens.

O verdammt! Eine Hexe!

Die Erkenntnis zuckte beängstigend durch Werwiks Körper. Er wich benommen zurück, bis ihn der Baumstamm im Rücken stoppte, und schluckte schwer.

»So schön, dass ihr da seid!« Saruhs Begrüßungsruf hallte in Werwiks Ohren.

Die Hand an die raue Borke gelegt, schlug er frustriert dagegen. Plötzlich stieß ihn ein Energieimpuls vom Stamm fort. Er landete auf allen Vieren vor Thrillers Füßen.

»Was war das?«

»Schutzbann«, stieß Werwik perplex hervor und sah zum Baum zurück.

Der Impuls schreckte den Flatukan auf. Er krächzte lauthals. Sein Flug war unkoordiniert und seine dünnen, aber kräftigen Beine stießen Kajaska. Sie stolperte drei Schritte nach hinten. Ihr Absatz rutschte über die Inselkante. Sie riss Gleichgewicht suchend die Augen auf und mit einem erschreckten Aufschrei stürzte sie rückwärts in die Tiefe.

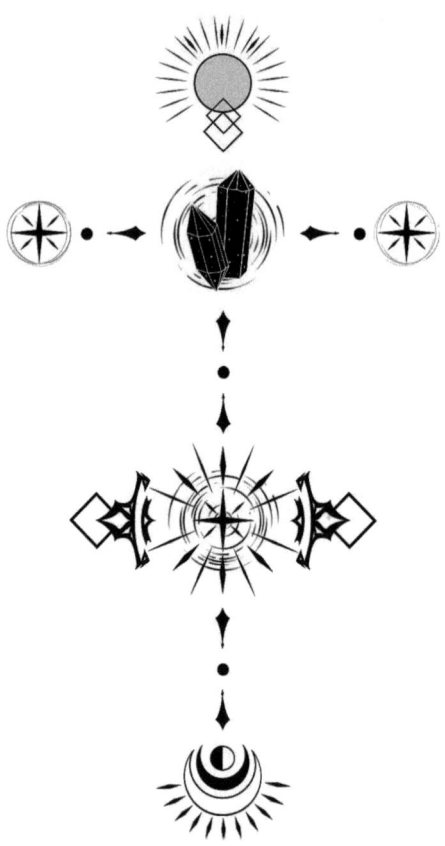

KITEY

Lian schlug sich erschrocken die Hände vor den Mund, indes rannten Werwik und Thriller zur Kante und starrten hinunter. Gelassen stellte sich Kitey hinter Thriller und zog ihn ein Stück vom Abgrund zurück. »Bleibt locker! Kajaska ist eine Elfe. Sie kann fliegen, aber DU nicht.«

»Warum tut sie es dann nicht?«, erwiderte Thriller, weiter in die Tiefe starrend.

Kitey folgte seinem Blick. Die Elfe schlingerte im Wind. Sie stieß einen langgezogenen Schrei aus und ihr Umhang flatterte wild um ihren Körper.

»Benutz deine Flügel!«, rief Kitey und fluchte zähneknirschend. »Das darf nicht wahr sein. Was ist bloß los mit ihr?« Fahrig sah sie zu Saruh, die über die Hängebrücke gerannt kam. »Schaff die anderen in den Tempel!«, brüllte sie ihr entgegen, dann sprang sie mit einem Satz über die Inselkante.

Wie auf Kommando erschienen ihre Flügel und sie sauste in die Tiefe. Während des Sturzflugs hielt sie die Schwingen angespannt, eng am Körper. Sie kniff die Augen zusammen und entdeckte Kajaska ameisengroß, mit Armen und Beinen rudernd.

Konzentriert griff Kitey im Inneren nach ihrem Celistma. Um sie herum flirrte die Luft, knisterte energiegeladen, als Kitey ihre Kräfte mit der Elementarmagie der Luft verband. Ihre Flügel glommen auf, sie beschleunigte ihr Tempo, bis sie pfeilschnell nach unten schoss. Der Wind pfiff in ihren Ohren und riss an ihren Kleidern. Pochender Schmerz kroch ihre linke Schwinge entlang. Sie stöhnte, drehte die rechte Schulter nach vorn, um den Druck auf die andere Seite zu verlagern.

Kajaska fiel durch die flauschige Wolkendecke und verschwand dahinter. Für eine Sekunde verlor sie die Elfe aus den Augen. Sie rauschte durch die Wolken hinterher, holte auf. Doch die Elfe war noch nicht in greifbarer Nähe. Auf Höhe des Bergplateaus mit der Steinformation sah sie die Angst in Kajaskas Gesicht. Am Rand ihrer Barriere loderte die Panik der Elfe wie grellgrünes Feuer.

»Verdammt. Flieg endlich!«, brüllte Kitey.

Ein Luftstrom stieß sie vorwärts. Bei der Kraft der Sturmböe weiteten sich ihre Augen, ihr stockte der Atem. Der Schub presste sie Kajaska entgegen.

Das war sicher kein normaler Windstoß. Danke für den magischen Schubs, Saruh.

Gegen den Luftdruck ankämpfend, zog Kitey die Arme nach vorn.

Die Lippen der Elfe bewegten sich, aber der Wind verschluckte ihre Worte. Umhang und Haare peitschten um Kajaskas Körper, während die Böen mit ihr spielten, als wäre sie ein Blatt im Luftstrom. Kitey griff nach ihr. Beinahe hätte sie ihren Umhang zu packen bekommen. Kajaska schlingerte im Wind, veränderte ihre Position.

Wieder und wieder grapschte Kitey nach allem, was greifbar erschien. In ihrer Kehle vibrierte ein Knurren und sie spannte ihre Armmuskeln an, bis sie verkrampft zitterten. Ein Stück

Umhangstoff flatterte direkt vor ihren Fingern. Sie packte ihn. Griff mit der anderen Hand nach und zog sich an die Elfe heran.

Baumwipfel, Wiese und Böschung waren erschreckend nah in Sichtweite. Angespannt breitete Kitey die Schwingen aus. Stoppte damit den Sturzflug. Der Wind riss sie für einen Moment nach oben, als hingen sie an einem Bungee-Seil.

Zittrig klammerte sich Kajaska an sie, während ihre Augen sie aus dem aschfahlen Gesicht leer anstarrten.

Am Fuß des Berges landete Kitey sacht.

Kajaska atmete stoßweise und am Rand von Kiteys mentaler Barriere tobte weiter ihre Panik. Ihre Vomani zuckte grell, wie Blitze über den Nachthimmel, und glich einem schrillen Schrei, der in ihr widerhallte. Die Emotion wummerte in Kiteys Wahrnehmung. Ihre Muskulatur verkrampfte sich unwillkürlich, doch sie ließ Kajaska die Zeit, sich zu beruhigen.

Ihr hektischer Atem und der hämmernde Herzschlag ließen als Erstes nach. Schnell blinzelnd löste sie sich von Kitey, trat einen Schritt zurück und wandte den Blick ab.

Doch Kitey packte sie an den Schultern. »Sag mal, bist du von allen guten Geistern verlassen? Warum bist du nicht geflogen? Treibt dich irgendein hirnverbrannter Todeswunsch? Das wüsste ich gerne, bevor wir in den Kampf ziehen.«

»Warum ich nicht geflogen bin? *Warum* ich nicht geflogen bin?«, schrie Kajaska sie hysterisch an.

Kitey zuckte bei der heftigen Reaktion mit dem Kopf zurück.

Energisch stieß Kajaska ihre Arme weg und drehte ihr den Rücken zu. »Ich kann es nicht«, flüsterte sie.

»Was soll das heißen, du kannst nicht?!«

Der Stoff des moosgrünen Umhangs raschelte. Fiel sich bauschend zu Boden. »Ich habe keine Flügel. Nicht mehr.« Zwei langgezogene Narbenlinien prangten auf Kajaskas Rücken.

Kitey schlug sich vor Schreck die Hand vor den Mund.

Oh, bei den Schicksalsschwestern! Was haben sie dir aufgebürdet?

Sie schluckte trocken. »Wie?«, war alles, was Kitey hervorbrachte.

»Trolle. Vor langer Zeit standen wir noch unter dem Schutz der Magier. Übergriffe von Trollen waren selten.«

Befangen knetete Kitey ihre Hände und starrte auf Kajaskas Rücken. Die rosa Narben verliefen zweifingerdick zu beiden Seiten an der Wirbelsäule entlang bis zur Mitte des Rückens. Im freilegenden Bereich des rückenfreien Lederoberteil waren sie deutlich erkennbar. Obwohl die Narbenkonturen unter dem dünnen Blusenstoff leicht verschwammen und weniger scharf erschienen.

»Aber wie kann es sein, dass du am Leben bist? Verlieren Elfen ihre Flügel, ist das ein sicheres Todesurteil. Das ist ein Naturgesetz.«

»Leben? Ich weiß nicht, ob ich es so nennen würde.«

»Was ist passiert?«

»Ich ... Ich kann nicht darüber reden. Sieh es dir einfach an, wenn du willst.« Ihre zitternde Stimme verriet, dass sie weinte.

Mit drei Schritten überwand Kitey die Distanz zwischen ihnen. Die Narben mussten sich über den ganzen Rücken ziehen. Sie nahm einen tiefen Atemzug und legte Kajaska sanft die Hand auf den Rücken, genau zwischen die Schulterblätter.

Unfassbar viele Bilder waren der Beweis für ihr langes Leben, was für eine Waldelfe nicht ungewöhnlich war. Erinnerungen, in denen sie ausgelassen durch die üppigen Baumkronen flog, zogen in Sekundenschnelle vor Kiteys innerem Auge entlang. Das Licht fiel durch ihre zarten Flügel, in deren transparenter Membran sich das Sonnenlicht brach. Neuere Szenen von Kämpfen mischten sich darunter. Mit überkochendem Zorn schien Kajaska in eine Art Kampfrausch zu verfallen.

Man könnte meinen, das sind zwei völlig verschiedene Personen. Ich muss die Jahre dazwischen finden!

Schnell offenbarten sich ihr die Szenen, die sie suchte. Ein Schauer flirrte Kitey über den Rücken. Der Anblick der klobigen Trolle, die Kajaska jagten, ließen Kiteys Puls rasen.

Sie hatte keine Chance zu entkommen. Diese ekelerregenden Fleischklopse!

Einer der Trolle griff mit der abnorm großen, fleischigen Hand um Kajaskas Körper. Es fühlte sich für Kitey an, als quetschte eben diese Pranke ihren Magen. Die Elfe wehrte sich mit aller Kraft. Und dann geschah es. Sie rissen Kajaska lauthals lachend die Elfenflügel aus. Das reißende Geräusch hallte scharf in Kiteys Ohren. Blut rann an ihrem Körper und den Trollfingern entlang. Kajaska schrie gequält, bis ihr der Atem ausging. Die beiden Trolle teilten sich die blutigen Flügel, deren zartes Glimmen trüb erlosch. Während sich jeder einen der Flügel in den Mund schob und sich das Elfenblut von den Lippen leckte, peitschte Kitey der blanke Ekel.

Apathisch schloss Kajaska die Lieder, ihr Kopf kippte nach hinten und ihre Glieder hingen schlaff aus der Trollfaust. Es schien als sei jegliches Leben aus ihrem alabasterblassen Körper gewichen. Anschließend ließen sie ihr Opfer zu Boden fallen und stapften achtlos davon. Als Kajaska das Bewusstsein wiedererlangte, kämpfte sie sich wankend auf die Beine wie ein Rehkitz, das zum ersten Mal stand. Benommen suchte sie nach ihrem Dorf und schleppte sich blutüberströmt und kraftlos durch den Wald. Wieder und wieder fiel sie, kroch ein Stück weiter und zog sich an Bäumen oder Wurzeln erneut auf ihre geschundenen Füße. Sie schluchzte, die Tränen rannen unaufhörlich aus ihren glasigen Augen.

Wo nahm sie diese Kraft her?

Als sie ihr Dorf, errichtet um die Äste eines Elfenbaums, endlich fand, bot sich ihr ein traumatisierendes Bild. Es herrschte ausgestorbene Stille. Niemand war mehr da. Einzig die Lichtkugeln ihrer Seelen schwebten umher. Die Trolle hatten ihr mehr als bloß die Flügel genommen.

Kiteys Herz hämmerte erfüllt von Mitgefühl und Wut gegen ihren Brustkorb. Auch sie kannte das Leben mit seelischen und körperlichen Narben aus der Vergangenheit nur zu gut. Kein Wunder, dass sie sich nicht öffnen wollte und seit Jahrzehnten zurückgezogen lebte. Kitey begriff nun, weshalb sie Kajaskas Magie in Purin nur gedämpft wahrgenommen hatte. Eines aber blieb merkwürdig: Warum war sie nicht tot wie die Elfen ihres Dorfes?

Kitey beschlich der Gedanke, dass Kajaska überlebt hatte, weil es noch nicht an der Zeit war. Was wieder einmal ein Zeichen für das mysteriöse, mächtige Spiel der Götter und der Schicksalsengel war.

Langsam öffnete sie wieder die Augen. »Ich werde niemandem davon erzählen, wenn du es nicht möchtest.«

Kajaska nickte stumm.

Die schwermütige Stimmung lag wie drückende Schwüle in der Luft. Ruckartig bückte Kitey sich, hob den Umhang auf und legte ihn Kajaska um die Schultern. »Dann lass uns zu den anderen zurückgehen. Oder brauchst du noch einen Moment?«

»Nein! Ich will nicht länger daran denken.« Die Elfe straffte die Schultern, nahm wieder ihre aufrechte Haltung an.

Kitey seufzte. »Falls du je diesen Panzer ablegen und reden willst ...«

»Ich habe mich an ihn gewöhnt. Aber danke. Vielleicht irgendwann.«

»Wir alle haben unsere Rüstung, um uns zu schützen. Jeder auf seine Art.«

»Lass uns gehen.« Kajaska stieß den Atem aus und sah am Berg auf.

»In Ordnung. Aber dieses Mal den direkten Weg. Halt dich an mir fest. Ich fliege uns. Erzähl das bloß nicht weiter.« Kitey bemühte sich um einen gelassenen Ton und ein Lächeln. Wobei sie selbst merkte, dass es ihr nur mäßig gelang.

Wieder auf der kleinen Insel angekommen, entdeckten sie den vor sich hin zirpenden Flatukan auf dem Baum.

Kajaska stapfte schnaubend zu ihm und fauchte ihn an, bis der Flatukan sich aufplusterte und krächzend davonflog.

In diesem Ausbruch erkannte Kitey so viel von sich selbst, dass sie lachen musste. »Fühlst du dich jetzt besser?«

»Ja«, erwiderte Kajaska knapp, während sie den ersten Schritt auf die Hängebrücke setzte.

Sie liefen geradewegs auf das Hauptgebäude des Hexentempels zu. Erbaut zu Ehren der Patin der Hexenmagie, Kamadragi, der Göttin Flowin. Der ideale Ort zum Trainieren, und mit allen möglichen Schutzmaßnahmen versehen. So, wie Kitey Saruh kannte, hatte sie bereits jegliche nur denkbaren Vorbereitungen getroffen.

Ihr Weg führte sie nach der Brücke durch den schmalsten Teil des Waldes, der rings um die Insel verlief und sich auf der anderen Seite verbreiterte.

»Da seid ihr ja. Geht es euch gut?« Saruh eilte auf sie zu, als Kitey und Kajaska aus dem Schatten der Bäume traten.

»Alles bestens. Danke für den Hexenwind.«

Die Hexe lächelte. »Immer wieder gerne. Aber Kitey, dein Gesicht? Und die Schrammen von Lian und Thriller ... Sie haben mir von Desias erzählt.«

Lian und Thriller tigerten vor dem wuchtigen Holztor auf und ab, während Werwik stirnrunzelnd an einer Säule lehnte.

»Lass uns erst mal ...« Kitey hielt inne. An ihrer Barriere scharrten aufgewühlte Gefühle und sie war froh, bereits auf dem Rückflug zur Insel eine dicke Mauer um ihren Geist, ihre Gabe des Masensuqin, errichtet zu haben.

»Wirklich alles okay?«, hakte Saruh nach und strich sich eine Strähne hinters Ohr.

»Mhm. Der Weg war weit und ereignisreicher als erwartet.«

Um Kajaska die Fragen zu ersparen, ging sie vor ihr auf die

anderen zu.

Aufgeregt lief Thriller ihnen mit drei großen Schritten entgegen. »Meine Güte, war das ein Sturz.«

»Warum bist du denn nicht geflogen, Kajakska?«, fragte Werwik, die Arme vor der Brust verschränkt.

»Beruhigt euch.« Kitey winkte ab, überging damit Werwiks Frage bewusst. »Lasst uns diesen Vorfall bitte einfach der langen Liste an unglücklichen Ereignissen seit eurer Ankunft hinzufügen und mit dem geplanten Programm weitermachen.« Sie warf Saruh einen vielsagenden Blick zu.

Die Hexe nickte kaum merklich und es war genau diese Eigenschaft, die Kitey so an ihr schätzte. Saruh verstand es, wenn man einfach schweigen wollte.

»Also herzlich willkommen in meinem Tempel.« Schwungvoll drehte sich Saruh mit ausgestreckten Armen einmal um die eigene Achse. »Na gut, natürlich ist es nicht *mein* Tempel – ich bin die Hüterin dieses Ortes. Ich freu mich, dass ihr da seid. Die Umstände sind zwar nicht so erfreulich, aber seitdem ich weiß, was Kitey und Loreo planen, hab ich alles vorbereitet.« Die Hexe klatschte enthusiastisch in die Hände.

Neben ihr sah Thriller staunend an einer von zwei Vogelstatuen auf. Sie standen zu beiden Seiten zwischen den Säulen, die das gläserne Pagodenvordach trugen. »Sind das Phönixe?«

»Genau wie auf der Tür«, bemerkte Werwik und deutete auf die hohe Flügeltür, deren aufwendige Reliefmuster im Gesamten das Bild des Vogels mit seinen ausladenden Flügeln und flammenden Schwanzfedern zeichneten.

»Das hab ich noch gar nicht erkannt.«

Saruh trat an die Statue. »Ja, der Phönix ist das Begleitwesen von Göttin Flownin. Er steht nicht nur für wilde Magie, Feuer und Wiederauferstehung, sondern auch für Wahrheit.«

»Kitey, hast du mir nicht erzählt, dass Phönixwesen zu den verlorenen fünf gehören, ebenso wie die Drachen?« Lian strich sich eine Haarsträhne hinter ein Horn und betrachtete die Statue, die auf die Gruppe herabblickte.

»Die legendären fünf«, korrigierte Kitey.

Saruh zog fragend die Augenbrauen hoch und sah Kitey an, »Davon hast du erzählt? Seit wann redest du gerne über Legenden?«

Kitey rollte mit den Augen. »Lian möchte mehr über die Drachen erfahren. Es ist etwas kompliziert.«

»Alles ist kompliziert, seit wir in Unoa angekommen sind. Ganz Galmadur ist kompliziert.« Werwik fuhr sich mit der Hand durchs Haar.

Kajaska lachte matt. »Das ist wohl wahr. Und ich glaube nicht, dass es bald einfacher wird.«

Saruh räusperte sich. »Gut, eins nach dem anderen. Ihr habt eine lange und aufregende Reise hinter euch. Kommt erst mal zur Ruhe und in der Zwischenzeit bereite ich etwas zu essen vor.«

»Hab ich essen gehört? Essen klingt fantastisch! Ich habe Mordshunger«, platzte Thriller heraus.

Kitey richtete den Blick an Thriller vorbei auf das Eingangstor. »Wo wartet Loreo? Ich muss gleich mit ihm reden.«

»Loreo?« Die Hexe schloss zu Kitey auf.

»Er sollte vor uns hier sein. Er ist doch hier, oder?«

Saruh schüttelte den Kopf. »Nein, ist er nicht.«

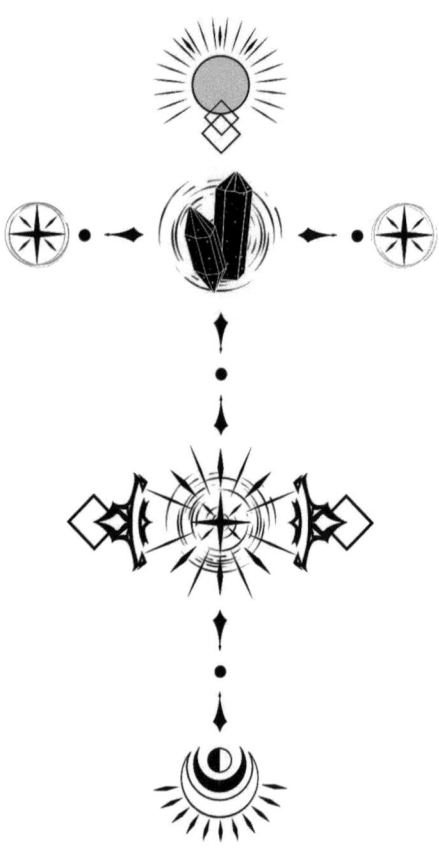

VON HEXEN UND MAGIERN

WERWIK

V erdammt«, zischte Kitey und ballte die Hände.

Die Hexe runzelte die Stirn und legte die Hand auf Kiteys Oberarm. »Was ist denn?«

»Später. Ich bin noch nicht sicher.« Kitey biss sich auf die Unterlippe und winkte ab. Fahrig sah sie sich um, wobei ihre Augen einen abwesenden Ausdruck bekamen. »Zeig du ihnen die Zimmer. Ich versuche erst, etwas herauszufinden.« Sie fluchte vor sich hin und marschierte zum massiven Eingangstor. Dort legte sie die Hände auf die aufwendigen Reliefs, stieß die Flügeltüren auf und verschwand im Inneren nach rechts.

Die Hände in die Taschen geschoben, lief Werwik ihr nach, hielt jedoch auf der Schwelle inne und sah ihr nach. Er legte den Kopf schief. »Das, was Thosa ihr gezeigt hat, könnte sich bewahrheiten.«

»Was tun wir dann?« Lian knetete ihre Hände.

Verwirrt sah Saruh von einem zum anderen. »Wer hat ihr was gezeigt?«

»Der alte Baum bei ...«

»Der älteste Chronist im Asuma-Wald«, unterbrach Kajaska

Thriller mit finsterem Blick aus dem Augenwinkel. »Er hat sie etwas sehen lassen.«

»Und was?« Saruh lief an Werwik vorbei und führte die Gruppe in die majestätische Eingangshalle. Ihre Absätze klackten auf dem polierten Steinboden, als einer nach dem anderen der Hexe hinein folgte.

»Soweit wir wissen, diesen Andorian, wie er Loreo angreift. Und er hatte drei Federn in der Hand«, antwortete Werwik und bemühte sich, ruhig zu klingen. Als er den Tempel betrat, hatte er das Gefühl, die wahrheitssuchenden Augen des Phönixreliefs verfolgten ihn vorwurfsvoll. Er schluckte trocken.

Thriller runzelte die Stirn. »Das Detail mit den Federn hab ich nicht verstanden. Dazu hat sie kaum etwas gesagt.«

Der Raum erstreckte sich weitläufig. Durch das Pagodendach drangen Sonnenstrahlen ins Innere und tauchten alles in ein mystisch anmutendes Leuchten.

Seufzend lehnte sich Kajaska gegen das Geländer eines Treppenaufgangs, das kunstvoll mit Symbolen verziert war. »Ich vermute, es hat etwas mit den vorherigen Angriffen zu tun.«

»Hat Loreo uns nicht erzählt, dass drei ihrer Gefährten verschwunden sind?«, überlegte Lian, an einer Haarsträhne zwirbelnd.

»O nein!« Saruh schlug die Hand vor den Mund.

»Was?«, sagten Lian, Kajaska und Thriller gleichzeitig.

Saruh bestätigte die Vermutung, die Werwik hatte. Die Gefährten waren mit ziemlicher Sicherheit Andorian zum Opfer gefallen.

Kajaska stieß sich vom Geländer ab. »Und was jetzt? Wo ist Kitey hin?«

Saruh sah nach rechts zu einem Durchgang. »Ich vermute, sie probiert, Kontakt zu anderen Engeln aufzunehmen, oder tastet nach Loreos Vomani.«

»Wenn sie Engel kontaktieren kann, wieso haben sie und Loreo dann nicht eher welche gerufen, als es brenzlig wurde?«, wollte Thriller wissen und betastete neugierig die Schnitzereien am Treppengeländer.

»Loreo hat doch gesagt, dass nur die wenigsten Engel kämpfen«, erwiderte Lian.

Thriller trat von einem aufs andere Bein. »Ja, ja, das schon. Aber ...«

»Loreo ist ein hervorragender Kämpfer. Macht euch erst mal keine zu großen Sorgen. Er ist Andorian gewachsen.« Saruhs Worte sollten beruhigen, doch ihre Stimme bebte und ihr Lächeln wirkte verkrampft.

»Also immer, wenn jemand sagt, ich solle mir keine Sorgen machen, mache ich mir erst recht welche«, meinte Lian.

»Japp. Geht mir auch so.« Thriller nickte und rieb sich den Nacken.

Saruh sah zu Thriller und Lian. »Lieb, dass ihr euch sorgt.« Ihr Blick wanderte weiter zu Kajaska und Werwik. »Aber Loreo würde nicht wollen, dass wir hier rumstehen und über Sorgen lamentieren. Ich sage euch, was wir machen. Ihr erholt euch erst mal von der Reise.« Saruh zeigte auf die beiden Treppenaufgänge, die in einem Bogen zur ersten von vier Emporen und einer Galerie führten. Die weitläufige Galerie, an der die Treppen aufeinandertrafen, reichte zu einem Drittel über die Eingangs-halle. Auf jeder Seite gab es vier Türen, mittig eine Spindeltreppe, welche in die zweite Ebene und zu weiteren Zimmern führte.

»Ich führe euch gleich zu den Bädern. In euren Schlafzimmern habe ich alles vorbereitet. In den Schränken gibt es Kleidung und alles, was ihr sonst für eure Zeit hier braucht.«

Mit zusammengezogenen Augenbrauen lief Thriller zwischen den Treppenbögen unter die Galerie auf eine runde Flügeltür zu, die es identisch in jedem Stockwerk darüber noch einmal gab.

»Das sind die Eingänge zur Bibliothek. Sie erstreckt sich über alle Stockwerke.«

»Ich habe massenhaft Fragen.« Thriller wuschelte sich

durchs Haar. »Finden wir da nicht einen Weg, um Loreo zu kontaktieren oder ihm zu helfen, falls ... « Thrillers Augen wurden groß und betretenes Schweigen erfüllte die Halle.

Die Tempelhexe seufzte. »Ich wünschte, es wäre so einfach. Aber ich bin sicher, wir finden eine Lösung. Und dass du Fragen hast, verstehe ich. Du hast gesagt, du kommst aus Nefeach.« Sie lächelte mild. »Kein Wunder, dass dich alles ziemlich erschlägt.«

»Mir geht es genauso. Vor allem seit, sich Kitey so darüber gewundert hat, dass ich von den Drachen abstamme.«

»Oh. Warte, was? Bei der Göttin, das ist unglaublich«, sagte Saruh und musterte Lian von Kopf bis Fuß.

»Ist das wirklich so was Besonderes?« Das Blau ihrer Wangen nahm einen dunkleren Ton an, als errötete sie.

»O ja. Aber das erkläre ich dir gerne später. Tut euch keinen Zwang an. Nutzt die Bibliothek, so viel ihr wollt. Ich werde euch einige interessante Schriften zeigen.«

»Wie ich Loreo verstanden habe, sieht der Plan vor, mehr über das Verschwinden der Magier herauszufinden«, sagte Werwik und ging auf die Bibliothekstür zu. Seine Hände kribbelten, wobei die Schnittwunden dumpf brannten und ihn schmerzlich an seinen Fehler in Desias erinnerten. Die Frage, welche Bücher sich in dieser riesigen Bibliothek verbergen mochten, ließ sein Herz schneller schlagen. Er stand neben Thriller und legte wie er den Kopf in den Nacken.

Über ihnen war eine imposante Uhr in die Decke eingelassen. Verspielt mit Bronze, Silber und Gold waren die einzelnen Uhrzeiten mit den Silhouetten von uralten, mächtigen Wesen versehen. Darunter das Einhorn, der Phönix und die Zwölf beherrschte der Drachen.

»Ja, das ist ein Teil des Plans. Da Loreo nicht ... *noch* nicht hier ist, müssen wir den Trainingsplan ein wenig umstellen.«

Kajaskas Augenbraue zuckte. »Und wie sieht dieser Plan aus?«

»Das erzähle ich euch beim Abendessen.« Saruhs Blick wanderte von einem zum anderen. Sie lächelte, dennoch las Werwik in ihren Augen Sorge.

Unfassbar, dass ich in einem Hexentempel bin.

Werwik wandte den Kopf nach links, wo Thriller grinsend seine Zimmertür öffnete.

An den Wänden der Empore schwebten runde Laternen aus Papier und Seide entlang, deren warmes Licht sanft leuchtete und mit dem Tageslicht zu einer einladenden Atmosphäre verschmolz.

Unsicher lag Werwiks Hand auf der geschwungenen Türklinke, bevor er sie herunterdrückte. Während er zögernd den Raum betrat und die Tür hinter sich schloss, hörte er noch Thrillers Ausruf: »Wow, ist das cool, oder was?«

Werwik schüttelte den Kopf und musste lächeln.

Er hat diese beneidenswerte Begeisterungsfähigkeit.

Insgeheim berührte ihn Thrillers Ehrlichkeit. Derart frei auszudrücken, was man dachte und fühlte, bedeutete für Werwik Gefahr.

Das Schlafzimmer, das die junge Hexe ihm zugedacht hatte, war geräumig und behaglich. Ein Bett mit Baldachin und zahlreichen Kissen dominierte den Raum, in dem ein süßer Hauch von Vanille in der Luft schwebte. Seufzend schob er das beklommene Gefühl in seiner Brust beiseite und knöpfte seinen Mantel auf. Er sah zum deckenhohen Fenster, durch das die letzten orangeroten Sonnenstrahlen vor das Bettende auf den Boden und eine gepolsterte Bank fielen. Werwik dehnte seine Arme über dem Kopf und die Erschöpfung kroch an ihm herauf.

An einem der bearbeiteten Aststümpfe, die aus der Wandvertäfelung ragten, hängte er seinen Mantel auf. Das Bett war breit genug für zwei Personen und die Holzbalken zierten Schnitzereien von Schriftzeichen.

Ich glaube, dieses Symbol hab ich schon mal gesehen?

Werwik zuckte mit den Augen und ärgerte sich, dass er die Schrift der Hexen nie gelernt hatte.

Als er seine behandschuhten Fingerspitzen auf das Symbol

legte, um es nachzufahren, spürte er schlagartig einen brennenden Schmerz von den Fingerkuppen bis in sein Handgelenk. Er zog die Finger zurück und sog scharf die Luft ein. Die Wirkung der Salbe ließ nach. Er musste die Wunden nochmals behandeln.

Der Handschuhstoff war vor ein paar Stunden noch wie zerfetzt gewesen. Mittlerweile hatte der Reparaturzauber sie wieder besser geflickt, als es ein Schneidermeister je hätte tun können. Auf dem Stoff verborgen, vermochten magische Symbole zwar die Schmerzen seiner Wunden zu dämpfen, doch keines von ihnen bewirkte eine rasche Heilung. Nicht mehr. Nicht bei seinen vernarbten Händen. Ein schmerzliches Ziehen brannte bei jedem Fingerzucken. Kraftlos ließ er sich auf das weiche Bett fallen.

Ich möchte nur für einen Moment die Augen schließen und Ruhe finden. Ruhe. Das ist so lange her.

Werwik blinzelte müde und seufzte, dann wurden seine Augenlider immer schwerer.

Donnerndes Gepolter und Thrillers Rufe durch die Tür rissen Werwik aus dem unruhigen Schlaf.

»Komm schon. Es gibt was zu futtern!«

Stöhnend fuhr er sich übers Gesicht und sofort pochten die Schnittwunden auf seiner Hand.

»Ich komme«, brummte er mit schmerzverzogenem Mund und richtete sich auf.

Im selben Augenblick flog die Tür auf und Thriller stand mitten im Raum.

»Was'n los? Hab ich dich geweckt? Wie kann man jetzt nur schlafen? Hier gibt es so viel zu sehen. Hast du mal aus dem Fenster geguckt? Kajaska stromert irgendwo durch den Garten. Der ist riesig. Ach, was sag ich Garten. Das ist ein Park.«

Werwik fühlte sich zu erschöpft, um zu antworten. Aber auch er sah jetzt hinaus auf die Gartenlandschaft, auf deren

248

Grasfläche sich ein Weg aus steinernen Platten schlängelte, bis er zwischen den Bäumen verschwand.

»Der Pavillon ist eine Gebetsstätte, hat Saruh gesagt.«

Das Mondlicht brachte den weißen Gebetspavillon zum Leuchten. Blumenranken von Clemarancula umschlangen die Säulen bis hinauf zum runden Dach. Ihre großblättrigen Trichterblüten schimmerten blau im Licht der herumschwirrenden Laternen.

»Was? Wie lange habe ich geschlafen?«

Thriller zuckte mit den Schultern. »Zwei Stündchen?«

Um nicht wieder das brennende Ziehen in seinen Händen zu wecken, strich sich Werwik mit vorsichtigen Bewegungen die Kleider glatt und das Haar zurecht.

Eigenartig, dass mich kein Traum heimgesucht hat.

Sein Blick fiel auf Thriller und erst jetzt stutzte er über die Kleidung, die er trug. »Was hast du denn da an?«

Der fließende, königsblaue Stoff einer Art Kampfdress umspielte Thrillers Arme und endete mit einem eng anliegenden Bund um sein Handgelenk. Am V-Ausschnitt verlief eine Stickerei zu beiden Seiten bis zu den Schultern, überlud die schlichte Kleidung jedoch nicht. Um seine Körpermitte trug er einen breiten gelben Stoffgürtel und die lockere Hose steckte in wadenhohen Stiefeln.

»Schick, oder? Bei dir hängt sicher auch was im Schrank. Erst sah es aus wie unförmiges Keine-Ahnung-Was. Aber kaum hatte ich es in der Hand, hat sich die Form, Farbe und Größe geändert. Jetzt sehe ich aus wie ein Kampfsportprofi. Nur, dass ich noch nix kann.« Thriller zupfte grinsend an seinem Ärmel.

»Ein Passformzauber, der auch die Optik je nach Träger im Detail variiert. Der gehört zu den meist angewandten Alltagszaubern.« Werwik strich mit den Fingern behutsam über seine Westentasche mit dem Siegelring.

Wenn ich meine Tarnung aufrechterhalten will, sollte ich mich

auch umziehen, dachte Werwik.

»Sieht aus wie optimale Kleidung für ein Training«, sagte er und ging zum Kleiderschrank auf der gegenüberliegenden Seite.

»Absolut. Es ist saubequem und der Schrank ist voll davon.« In die Hocke gehend, demonstrierte Thriller die Elastizität der bequemen Hose.

»Jetzt komm schon, zieh dich um und schwing die Hufe.«

»Was soll ich?«, stutzte Werwik.

»Ach, das sagt man so. Heißt – beeil dich endlich. Ich hab Hunger!«, trieb ihn Thriller an. »Die Badezimmer sind übrigens riesig und wie Onsen. Das Dach lässt sich öffnen. Total klasse. Lian lag die letzten zwei Stunden drin«, plapperte er weiter, während Werwik Hose und Oberbekleidung aus dem Schrankregal nahm.

»Und was sind Onsen?«

Thriller lachte. »Schön, wenn ihr auch mal etwas nicht wisst. Das ist ein Begriff für eine Art heiße Bäder.«

»Sollte ich je in Nefeach sein, kannst du mir deine Welt erklären.«

»Klaro, gerne. Ich warte draußen und ...«

»Ja, ich weiß, du hast Hunger. Es dauert nicht lange.«

Mit hochgerecktem Daumen verließ Thriller das Zimmer.

Sich umzuziehen, war eine Herausforderung, die Werwik unterschätzt hatte. Das gedämpfte Ziehen der Wunden war in ein permanentes Pochen übergegangen. Er seufzte tief und trat auf den Flur hinaus.

Die neue Kleidung fühlte sich befremdlich an. Sie war bequem, der handbreite Stoffgürtel sogar mit unauffälligen Taschen ausgestattet, sodass er in einer von ihnen seinen Ring bei sich tragen konnte, doch ihm fehlten seine Symbole. Jahrelang hatte er alle möglichen Zeichen, die er je nach Bedarf mit seiner Magie aktivierte, erweitert und eigene Kombinationen hinzugefügt. Er hatte kurz überlegt, sie auch auf diese Robe zu übertragen, doch sich erst mal dagegen entschieden, weil er sich hier in Hexengefilden bewegte. Es war unmöglich abzuschätzen, ob sie der Stoff annehmen würde und sich dort ebenso verbergen ließen.

Thriller wartete zu seiner Rechten, an die Balustrade gelehnt. »Hey, bei dir seht das tatsächlich anders aus. Hellblau hat auch was.«

»Ich sagte ja, der Zauber variiert.« Werwik schob den Gürtel zurecht, der ein wenig dünner als Thrillers war. Abgesehen davon waren die Ärmel schmaler geschnitten und der Ausschnitt hochgeschlossener.

Während sie die Spindeltreppe hinabstiegen, bewegte Werwik behutsam seine verkrampften Finger.

Auf dem Weg entlang an den Zimmertüren des ersten Stockes sah er beiläufig über die Balustrade nach unten. Thriller drehte sich zu ihm um und lief rückwärts vor ihm. »Ich bin schon echt viel rumgekommen, aber diese Architektur kombiniert antike griechische und japanische Stile auf eigene Art miteinander. Hab ich noch nie gesehen. Ist das besonders, weil das ein Tempel ist? Oder gibt es das hier öfter?«

Werwik überlegte. »Griechisch und japanisch sind mir keine Begriffe, prachtvolle Gebäude gibt es hier allerdings viele. Aber das ist auch der erste Hexentempel, den ich von innen sehe.«

»Echt? Kitey hat doch gesagt, du bist ein Hexer. Habe ich das falsch verstanden?« Thriller stutzte und hielt kurz inne, ehe er weiterlief.

Mist! Werwiks Herz stolperte. *Ich muss besser aufpassen.*

Rasch zuckte er die Schultern und überspielte seine Anspannung mit einem Lächeln. »Nur weil man selber Magie anwendet, heißt das noch nicht, dass man regelmäßig irgendwelche Tempel besucht.«

»Klar, macht Sinn.« Thriller grinste. »Ich geh auch nicht in die Kirche und glaube trotzdem daran, dass es irgendwas Mächtigeres gibt. Und aktuell wird mir sehr deutlich klargemacht, dass da wesentlich mehr ist, als ich mir hätte vorstellen können.«

Wie er hibbelig mit den Fingern über den Handlauf trommelte, bestärkte Werwiks Eindruck, dass sich hinter seinem Grinsen Angst und Nervosität versteckten.

Gerade, als sie die linke Treppe nach unten betraten, ertönten die klaren Glockenschläge der Uhr. Am Fuß der Treppe angelangt, warf Werwik einen Blick auf das Zifferblatt. »Die Stunde der Wassergeister hat geschlagen.«

»Das heißt was?« Thriller hob die Augenbrauen.

»Es ist neun Uhr.«

Wie oft habe ich meinen Großvater angebettelt, mir all die Märchen der Wassergeister zu erzählen, dachte Werwik wehmütig, während er Thriller in die Küche folgte.

Er blieb abrupt stehen und musterte den Raum, der das Tempelinnere mit einem Teil des Gartens verband.

Das bestätigt alles Chaotische, was ich je über Hexen gehört habe.

Nichts passte zusammen. Die vier Stühle, die um den runden Tisch standen, waren unterschiedlich geformt und in bunten Pastelltönen bemalt. Ein Schrank war kurz, der andere lang, der nächste wieder kurz, hing aber tiefer und leicht schräg, alles war kunterbunt zusammengewürfelt. Die Dielen knarrten unter ihren Schritten, verrieten auch, durchzogen von Rissen und Dellen, ihr abgenutztes Alter.

Zielstrebig steuerte Thriller auf die zweigeteilte Gartentür zu und stieß sie auf.

»Wah! Nicht du schon wieder.« Sofort kam er wieder rückwärtslaufend zurück und stieß mit dem Hintern an den runden Tisch links von der Tür. Das aufgestapelte Geschirr schepperte und zwei Tassen kippten von ihren Untertellern.

»Was ist los?«, fragte Werwik alarmiert.

Mit dem rechten Fuß gab Thriller dem unteren Teil der Tür einen kräftigen Tritt, sodass sie wieder zuschwang. Abrupt flog die Tür wieder auf und Thriller stand einer türkisfarbenen, gehörnten Ziege gegenüber.

»Das Vieh hat es auf mich abgesehen!«, brummte er über die Schulter zu Werwik und sah aus, als wollte er gleich auf den Tisch klettern.

Lauernd scharrte die Ziege mit dem rechten Vorderlauf und schnaubte ihnen ein bedrohliches Blöken entgegen.

Werwik prustete los. »Ein Ziegenbock ist dein Problem?« Er erinnerte sich nicht, wann er zuletzt so gelacht hatte. Das Gefühl der Leichtigkeit war ihm mit den Jahren völlig fremd geworden. Doch Thriller, wie er kurz davor war, auf den Tisch zu klettern, und dieser Ort hatten etwas Heilsames. »Du hast doch nicht allen Ernstes Angst vor diesem Ziegenbock? Verglichen mit den magischen, die ich bisher gesehen habe, sind seine Hörner winzig. Das ist ein völlig norm–«

Wie aufs Stichwort fixierten die blauen Augen des Bocks Werwik und er stürzte sich auf seine Beine. Die unterarmlangen, gebogenen Hörner schimmerten im Licht wie Perlen.

Gerade noch so wich Werwik zur Seite, umrundete hektisch den Tisch und sprang darauf. Das Geschirr schob er dabei gefährlich nah an die Tischkante.

»Pass auf«, rief Thriller und grapschte rechtzeitig nach einer geblümten Tasse.

»Pfeif auf das Geschirr. Das ist doch eine magische Ziege! Warum sieht sie so unmagisch aus?« Er saß in der Hocke, während er das Tier musterte.

»Woran siehst du das, zum Teufel? Wo ist der Unterschied?«

»Die Hörner haben geschimmert. Aber sie sind eigentlich zu klein. Das Fell ist auch nicht lang genug, ein Ziegenbart sollte auf dem Boden schleifen, und die Hufe müssten Klauen ähneln. Der Bart hängt gerade mal bis zu den Knien.«

»Jetzt lachst du nicht mehr, was? Was ist denn los? Du wirst doch nicht vor dieser Ziege Angst haben?«, plapperte Thriller ihn amüsiert nach und gesellte sich sicherheitshalber zu Werwik auf den Tisch.

Dieser wedelte aufgeregt mit der Hand. »Wenn der Ziegenbock magisch und allen Ernstes sauer auf uns ist – wegen was auch immer –, dann sollten wir Angst haben. Du hast ja keine Ahnung! Das können Biester sein.«

Die Ziege umrundete den Tisch bedrohlich, scharrte immer weiter mit den Hufen, als wartete sie nur auf den richtigen Moment für eine Attacke.

Unfassbar. Jetzt sitze ich in einem Hexentempel, auf einem Tisch, mit einer Teetasse unter dem Hintern, wegen eines rasenden Ziegenbocks.

»Wir müssen ihn beruhigen.«

Gemeinsam redeten sie beschwichtigend auf die Ziege ein.

»Tuktuk? Was zum blubbernden Hexenbottich ist denn hier los?« Saruh stand plötzlich auf der Türschwelle zum Garten, in der Hand einen Korb mit Früchten.

Hinter ihr lugte Kajaska hämisch in die Küche. Die Elfe drängte sich an Saruh vorbei, betrat völlig entspannt den Raum, stellte ihren Früchtekorb auf einen Stuhl und tätschelte der Ziege den Kopf zwischen den Hörnern. »Was für eine brave Ziege. Du passt wunderbar auf dein Zuhause auf, nicht wahr, Tuktuk?« Bei den sanften Worten von Kajaska umschmeichelte der Ziegenbock sie wie eine Katze. »Kommt schon runter von dem Tisch, ihr ängstlichen Wullimäuse!«

Liebevoll, aber bestimmt, schickte Saruh die meckernde Ziege hinaus in den Garten. »Er ist wirklich lieb. Nur sein Beschützerinstinkt ist ein wenig ausgeprägt. Er hat sich bald an euch gewöhnt. Hoffe ich.«

»Ja, sicher. Herzallerliebst, dein Teufelsbock«, murmelte Thriller.

Saruh stellte ihren Früchtekorb auf der Arbeitsplatte neben dem Herd ab, über dessen Feuerstelle ein Kessel hing, aus dem Dampf aufstieg, und begann, ihn auszuräumen. »Thriller, hättest du Lust, den Eintopf für das Abendessen zu probieren?«

Das ließ er sich nicht zweimal sagen, stand mit drei großen Schritten neben ihr und kostete genüsslich.

Unterdessen ging es Werwik durch den Kopf, dass er noch nie einer Hexe begegnet war. Sie wirkte nicht heimtückisch oder boshaft, wie in den Büchern beschrieben, die von Magiern verfasst wurden. Ihr Wesen schien genauso lebensfroh, wie ihre Kleidung bunt war.

Saruh strich sich eine Strähne des welligen schokobraunen Haars hinters Ohr. »Kajaska, könntest du die Teller in den anderen Raum bringen?«, bat sie mit einem auffordernden Lächeln.

Mit einem Nicken nahm sich Kajaska den Stapel von unterschiedlich großen Tellern und trug ihn wortlos hinaus.

»Mmmmm. Das schmeckt wie süß-saures Gulasch, nur die Minznote ist … eigen. Aber interessant.« Thriller leckte sich genüsslich über die Lippen und löffelte ein zweites Mal Eintopf aus dem Kessel, der über der ausladenden Kochstelle baumelte.

»Das freut mich. Ein paar Minuten lassen wir es aber noch köcheln.« Saruh sah von Thriller zu Werwik. »Hast du dich gut erholt?«, wollte sie wissen und öffnete einen der schief hängenden Schränke.

Werwik nickte und rieb sich sacht den Nacken. »Dank der Symbole«, antwortete er ausweichend. Erholt war das falsche Wort, die schmerzlindernde Salbe auf seinen Händen verlor weiter an Wirkung und sein Herzschlag beschleunigte sich schon wieder.

Ich muss wachsam bleiben. Wenn sie meine Lüge erkennt …

»Schön. Hilfst du mir bitte mit den Schalen? Die stehen so weit oben.« Saruh zeigte ins obere Regal des Hängeschrankes.

»Sicher.« Werwik biss sich auf die Innenseite seiner Wange und sah besorgt auf seine Hände.

Die Tür schwang wieder auf und Kajaska kam zurück. »Thriller, wenn du weiterlöffelst, ist der Topf bald leer.« Sie nahm ihm den Löffel aus der Hand und zog die Augenbraue hoch.

»Ich hab einfach so Hunger und es ist verdammt lecker. Auch wenn ich nicht genau weiß, was da drin schwimmt.«

»Pilzgnomhüte, Truertuswurz, Basim, Humpfen, eine Zwiebel und Paripa«, zählte Saruh an den Fingern auf.

»Ähm, da kenne ich nur Zwiebeln – sofern wir darunter das Gleiche verstehen.«

Saruh tippte sich nachdenklich ans Kinn. »Das weiß ich nicht. Ich war noch nie in Nefeach.«

»Reisen zwischen den Welten sind selten geworden«, ergänzte Werwik und reichte Saruh die Schüsseln. Angespannt überspielte er das Zittern seiner Finger.

»Ich freue mich übrigens, dass ihr die Trainingsdresses gleich angezogen habt. Ich möchte, dass ihr euch wohlfühlt.«

»Hey, ich bin hier in Unterhosen angekommen. Alles ist besser als das.« Thriller grinste breit. »Nein, ernsthaft. So ein bequemes Sportoutfit hatte ich noch nie. Und ein bisschen fühle ich mich damit fast wie ein Kämpfer.« Spielerisch ballte Thriller die Fäuste und boxte ins Leere. »Warum hast du dich nicht umgezogen?«, fragte er an Kajaska gerichtet.

Sie schnaubte. »Damit ich genauso aussehe wie ihr beiden? Nein, danke. Ich fühle mich wohl in meinen Sachen.« An ihrem Umhang zupfend wich sie Thrillers Blick aus.

Werwik beschlich das Gefühl, dass es dafür noch einen Grund gab.

»Das ist völlig in Ordnung.« Saruh legte Kajaska die Hand auf die Schulter und zwischen den beiden lag etwas Unausgesprochenes in der Luft.

»Kajaska, du könntest mir noch Blätter vom Truertuswurz pflücken und vielleicht nach Tuktuk sehen.«

Die Elfe nickte und öffnete die Gartentür. »Und du pass auf, dass Thriller nicht weiterlöffelt.«

»Ich? Wie kommst du darauf?«, meinte Thriller übertrieben empört und sah der Elfe nach. »Ach, Saruh, ich hätte da mal eine Frage.«

»Vorsicht. Thriller hat nie nur eine Frage«, warnte Werwik amüsiert und lehnte sich an die Küchenzeile.

»Ja ja. Was soll ich machen? Ich habe die Forschergene meiner Eltern.«

Saruh schmunzelte. »Was möchtest du wissen?«

Seine neugierigen Fragen könnten mir auch weiterhelfen. Je mehr ich über die Hexe weiß, umso besser kann ich meine Tarnung aufrechterhalten.

»Also, warum gibt es eigentlich so viele Zimmer? Wohnt hier außer uns noch jemand?«

»Früher ja. Als die Hexen Galmadur noch oft besucht haben, vor dem Streit mit den Magiern. Da war der Tempel ständig voll. Erlebt habe ich diese Zeit leider nicht. Ich bin erst nach dem Zerwürfnis die Hüterin des Tempels geworden.«

»Dann ist das nicht nur ein Tempel, sondern auch ein Hexenhotel?«

Saruh lachte auf und auch Werwik musste über den Vergleich grinsen.

»Das könnte man so sagen«, begann Saruh. »Es ist der einzige Hexentempel in Galmadur. Das ist auch einer der Gründe, warum er sich so gut als Zuflucht eignet. Er ist hier ziemlich in Vergessenheit geraten.« In ihrer Stimme hörte Werwik deutlich Bedauern.

»Okay, und was hat es mit diesem Streit auf sich? Sind Hexen und Magier nicht das Gleiche?«, fragte Thriller und in seinen Augen blitzte Wissbegierde.

»Auf gar keinen Fall!«, antworteten Saruh und Werwik gleichzeitig.

Thriller hob beschwichtigend die Hände. »Okay, ich seh schon. Dünnes Eis. Ganz dünn.«

»Im Grunde sind wir uns nicht unähnlich«, erwiderte Saruh und wickelte das Besteck in Stoffservietten.

»Ein gewisses magisches Potenzial schlummert in jedem Wesen«, begann Saruh, und Werwik war gespannt auf ihre Ausführungen. »Aber wer sie besitzt und wie sie weitergegeben wird, das unterscheidet sich.«

»Widerspricht sich das nicht? Und wenn es in jedem Magie gibt, auch in mir?«

»Sicher auch in dir«, fuhr Saruh fort und unterbrach das Hantieren mit dem Besteck. Sie setzte sich auf den Stuhl neben Thriller.

»Die Stärke und Intensität variieren«, ergriff Werwik das Wort. »Die Quelle der Kräfte von Hexen und Magiern sind im Grunde gleich. Aber Hexenkräfte, das Kamadragi, kann jeder haben.«

Saruh stimmte ihm mit einem Nicken zu. »Und jede Hexe und jeder Hexer hat ein Hexenmal am Körper.« Sie deutete auf den Stern auf ihrem Wangenknochen. »Von Geburt an vom Hexenmal gezeichnet. Was aber wichtig ist, zumindest für die Magier, ist, wer magische Kräfte besitzt und wie sie weitergegeben werden.« In Saruhs Tonfall schwang etwas Vorwurfsvolles mit. Werwiks Hexenmal begann zu jucken, erinnerte ihn an seine Lebenslüge.

»Die Geschichte von Hexen in meiner Welt ist sehr unschön«, sagte Thriller nachdenklich. »Viele wurden wegen Aberglaube und ...«

»Ich weiß. Das war kein Aberglaube. Hat Kitey dir von der Weltentrennung erzählt? Die Hexenverfolgung in deiner Welt war mit ein Grund dafür.«

Thriller lehnte sich mit dem Rücken ans Fenster. »Das heißt, bis zu dieser Zeit waren die Welten noch eins? Ich dachte, das liegt viel länger zurück.«

»Die Geschichte lehrt, dass der Trennungszauber einige Gedächtnisse von Menschen beeinflusst und verändert hat«, erklärte Werwik und verschränkte die Arme vor der Brust. »Nicht von allen, aber auf jeden Fall von denen, die uns feindlich gesonnen sind.«

»Und zu dem Zeitpunkt waren Hexen und Magier noch befreundet?«

Saruh und Werwik nickten.

»Der große Streit kam erst viel später«, fuhr Saruh fort. »Die Magier haben irgendwann angefangen, sich für etwas Besseres zu halten. Ihre Malgadus ist ein Erbe. Unsere Kamadragi eine Gabe, die jedem, unabhängig von Stammbaum, Art oder Rasse gegeben sein kann. Wobei sich natürlich jede Form von Magie in einer gewissen Art und Weise vererbt.«

Werwik stieß sich von der Küchenzeile ab und sah aus dem quadratischen Fenster in der Gartentür. »Dass jemand Malgadus-Kräfte in sich trug, ohne dass ein Familienmitglied des ebenfalls tat, war sehr unwahrscheinlich. Äußerst selten.«

»Bei Hexen ist das anders. Deswegen hat sich eine elitäre Magiergesellschaft gebildet, die mächtig stolz auf Blutlinien waren.« Saruh rollte mit den Augen.

»Das galt aber nicht für alle, oder?«

»Natürlich nicht«, sagte Werwik sofort.

»Aber es waren genug. Die Magier waren der Meinung, dass ihr Malgadus erlesener sei als unser Kamadragi. Dass jeder sie in sich tragen kann.«

»Verstehe«, sagte Thriller. »Und das hat dazu geführt, dass Hexen und Magier auseinandergedriftet sind.«

»Im Großen und Ganzen, ja. Das war der Kern des Zwistes.« Saruh stand wieder auf und rührte eifrig im köchelnden Topf. »Die Hexen hatten einfach genug davon, dass ständig auf sie herabgeblickt wurde. Oh, ich könnte aus der Haut fahren. Alle haben von der Gemeinschaft profitiert. Sie haben gemeinsam mächtige Zauber geschaffen, Hand in Hand gearbeitet. Dieser unsägliche Streit hat alles zerstört.«

»Und nicht mal jetzt, wo die Magier verschwunden sind, wollen die Hexen dieser Welt helfen?«, fragte Thriller und lehnte sich nach vorn.

Saruh seufzte. »Manche Hexen glauben nicht daran, dass sie tatsächlich verschwunden sind. Es gibt welche, die sogar sagen, dass sie sich verstecken. Weil sie Angst vor dem Schattenmagier haben.«

»Das ist doch Blödsinn. Die Magier würden ihre Welt niemals einfach so im Stich lassen!« Werwik hielt inne, als ihm Thriller und Saruhs aufgeschreckte Blicke bewusst wurden. »Ich meine, man kann über sie denken, was man will, aber das? Nein, das stimmt sicher nicht«, ergänzte er mit bemüht beherrschtem Tonfall.

»Ich habe auch schon hitzige Diskussionen deswegen geführt. Ich sehe das wie du! Das tun viele. Aber die Entscheidung, ob wir helfen, trifft der Hexenrat. Jede Reise nach Galmadur muss begründet und vom Rat genehmigt werden.«

»Das heißt, du musst erst eine Reiseerlaubnis einholen, um herzukommen?«

»Ein Portal zu schaffen und zwischen den Welten zu reisen, ist keine leichte Sache.« Werwik dachte daran, wie aufwendig schon ein durchschnittliches Portal sein konnte.

»Dafür muss jeder eine Genehmigung einholen«, ergänzte Saruh. »Das ist seit dem Streit so. Nur seit sich hier die Nocmatagi ausbreitet, ist es strenger geworden. Ganz davon abgesehen, dass sich viele ohnehin nicht nach Galmadur trauen.«

»Das betrifft aber nur Portale zwischen hier und der Hexenwelt, oder? Also, ich meine ... Wenn ich in meine Welt zurückwollen würde, ist das kein Problem?«

Werwik hatte geahnt, dass Thriller diese Frage stellen würde. Ein Teil von ihm wollte Thriller drängen, zu seiner eigenen Sicherheit so schnell wie möglich zu verschwinden. Gleichzeitig bedrückte ihn der Gedanke, dass er sie verließ.

»Na ja, ganz so einfach ist es nicht. Portalzauber sind sehr komplex. Deswegen wird es auch dauern. Ich muss ihn abwandeln und dafür sorgen, dass er unauffällig ist«, erklärte

Saruh und wandte sich an Werwik. »Vielleicht kannst du mir dabei helfen?«

»Portale sind nicht mein Fachgebiet, aber wenn ich kann«, antwortete er ausweichend, während eine Hitzewelle sein Inneres durchflutete. Er konnte nicht mit ihr zaubern. Elementarmagie und kleine Tricks vielleicht. Zauber, die er zu hundert Prozent unter Kontrolle hatte und die er verschleiern konnte. Doch nicht so etwas Kraftvolles wie ein Weltenportal. Und schon gar nicht in Kombination mit ihrer Kamadragi. Auf keinen Fall. Sie wüsste sofort, was er war. Im schlimmsten Fall brachte es nicht nur ihn in Lebensgefahr, sondern auch sie. Alle, die sich in seiner Nähe aufhielten.

»Was ist denn dein Fachgebiet?«, unterbrach Saruh seine rasenden Gedanken.

»Eiszauber«, meinte Thriller.

»Elementarmagie. Von deinem Einsatz habe ich schon gehört. Ich bin gespannt, es zu sehen. Nach dem Essen werdet ihr gut schlafen und morgen ausgeruht mit dem Training anfangen können.« Sie wandte sich mit einem offenen Lächeln wieder dem Topf zu.

Als Kajaska durch die Gartentür den Raum betrat, folgte ihr Lian.

»Ich habe Kitey im Garten nirgendwo gefunden«, erklärte Lian an Saruh gerichtet.

»Das wundert mich nicht«, erwiderte sie kopfschüttelnd. »Ich kann mir schon denken, wo sie steckt. Wenn du erst eine Weile hier bist, kennst du auch alle Ecken.«

Werwik entging nicht, dass Saruh seufzend aus dem Fenster sah und in ihrem Blick Sorge lag.

»Stimmt etwas nicht?«

»Ja. Nein. Ach, es ist wegen Kitey. Diese Bilder von Loreo und Andorian. Loreos Vomani lässt sich nicht aufspüren.«

»So viel dazu, dass wir uns keine Sorgen machen sollen«,

murmelte Kajaska beim Hinausschlüpfen ins Nebenzimmer.

Lian schlang sich die Arme um den Oberkörper. »Was bedeutet das, wenn sie ihn nicht aufspüren kann?«

»Das kann viele Ursachen haben. Sie könnte einfach zu erschöpft sein, der Schutzbann des Tempels beeinflusst es womöglich auch«, erklärte Saruh überlegend.

»Oder mit Loreos Vomani stimmt etwas nicht«, sprach Werwik das aus, was jeder dachte.

»Sie wird es weiter versuchen. Loreo ist ein ausgezeichneter Kämpfer, ich bin sicher, es geht ihm gut. Das muss es.« Saruh drehte sich zu ihm und drückte Werwik wie selbstverständlich das Besteck in die Hände, wobei er zusammenzuckte und vor Schmerz das Gesicht verzog.

Sofort legte sie alles auf der Arbeitsplatte neben der Kochstelle ab. »Oje. Entschuldige. Kitey hat erzählt, dass du verletzt seist. Thrillers und Lians Wunden habe ich vorhin versorgt und neu verbunden. Warum hast du denn nichts gesagt? Komm mit.« Bestimmt nahm sie ihn am Ellbogen und zog ihn hinter sich her. »Thriller, rühr bitte den Eintopf weiter. In fünf Minuten kannst du ihn nach nebenan tragen. Aber gib acht wegen Tuktuk.« Ein kleines Kichern stahl sich aus ihr, »und Lian, könntest du das Besteck und die Schalen verteilen? Danke, ihr beiden.«

Werwik blieb stehen, »Nein, das ist schon okay. Gib mir einfach …«

»Nichts da. Komm mit ins Behandlungszimmer.«

Ihr unbeirrbarer Ton überrumpelte ihn und er ließ sich mitziehen.

Ja, warum habe ich nichts gesagt? Vermutlich, weil ich es gewöhnt bin, mich allein um mich zu kümmern und meinen Schmerz für mich zu behalten, dachte Werwik bitter.

Die Hexe führte ihn durch einen schmalen Gang in einen verwinkelten Raum hinein. Deckenhohe Regale säumten die

Wände, vollgestopft mit Tiegeln, Keramiktöpfen, Phiolen und allerlei Gläsern. Werwik musterte die Etiketten. Die Schrift konnte er nicht entziffern, aber er erkannte Pflanzen- und Tierembleme, während Saruh ihn zu einer schmalen Liege dirigierte.

»Setz dich bitte und zieh die Handschuhe aus. Ich sehe mir das erst genauer an.« Geschäftig durchsuchte sie die beiden Regalwände und murmelte vor sich hin.

Mist. Wie komm ich nur aus dieser Situation raus?

Saruh sah über die Schulter zu ihm. »Soll ich dir helfen, sie auszuziehen?«

»Nein, nein. Geht schon.« Werwik winkte ab. »Gib mir einfach die passende Salbe. Ich versorge meine Wunden nicht zum ersten Mal.« Zeit schindend nestelte er an den Handschuhen.

»Also, wenn du schon länger in Galmadur unterwegs bist ...«, begann Saruh und nahm verschiedene Tiegel aus einem der Regale. »Warum hast du dich nie bei mir gemeldet? Du hättest jederzeit hier wohnen können. Die Tore stehen jedem Hexer und jeder Hexe jederzeit offen.«

Werwik setzte ein selbstbewusstes Lächeln auf. »Um mir ein genaues Bild von dieser Welt zu machen. Ich wollte sie hautnah erleben«, antwortete er locker und baute die Lüge vage auf, um später nicht über ein Detail zu stolpern.

Von der Tür dröhnten Gepolter und Thrillers zeternde Stimme zu ihnen.

»Oh, nicht schon wieder. Was hat Tuktuk nur an Thriller gefressen?« Saruh zuckte ratlos die Schultern.

Werwik ergriff die Chance. »Du solltest nachsehen gehen. Ich kann mir das auch selber einreiben und verbinden.«

»Ganz sicher?« Unschlüssig huschte Saruhs Blick zwischen Werwik und der Tür hin und her.

Irgendetwas zersprang klirrend. »Bleib weg, du tollwütiger Bock«, donnerte Thriller.

»Nicht! Vorsicht, der Stuhl«, rief Lian mit Schreck in

der Stimme.

»Ja, absolut. Rette deine Küche und Thriller.« Werwik lächelte sie verschmitzt an.

»Also gut. Diese blaue Mixtur ist für die Reinigung. Die Paste im Keramiktöpfchen ist am besten für tiefe Schnittwunden, riecht aber streng.« Saruh zog nachdrücklich die Nase kraus. »Und die grüne Creme trägst du großzügig auf alle anderen Schrammen auf. Ich bin zurück so schnell ich kann.«

»Ich komme zurecht. Geh, geh und kümmere dich um das Ziegen-Thriller-Chaos.«

Es polterte dumpf in der Küche, als wäre ein Stuhl umgekippt, und sie verließ fluchtartig den Raum.

Allein im Kräuterzimmer, stieß Werwik erleichtert den Atem aus. Das war noch mal gut gegangen. Ihre Fragen waren gefährlich.

Mit Bedacht schälte er den weichen Stoff von den Händen. Zentimeter für Zentimeter wurde der pulsierende Schmerz intensiver. Als die Luft auf seine Haut traf, atmete er scharf ein und schloss kurz die Augen. Seine Handflächen, die Finger, einfach alles pochte im Einklang mit seinem rasenden Puls. Rotbraune Brandnarben zogen sich über seine Hände und Finger. Sein Eiszauber hatte die Sandpartikel in richtige Splitter verwandelt. Seine Sicht verschwamm für einen Moment. Die Erinnerung an jene Nacht, die sein Leben zerstört hatte, wollte sich in ihm aufbäumen. Tief atmend zwang er sie zurück in eine dunkle Ecke seines Gedächtnisses und konzentrierte sich auf die Schnittwunden, die über seinen Brandverletzungen lagen.

Er folgte Saruh Anweisungen und versorgte die Haut erst mit der blauen Mixtur, dann mit den anderen beiden Gemischen. Beim Auftragen der Salbe auf die Handfläche der rechten Hand verharrte sein Blick. Gebannt starrte er auf das Wappen, das sich wie ein Brandmal hineingefressen hatte. Eine Haarsträhne fiel Werwik vor das rechte Auge, holte ihn aus seinen Gedanken. Draußen wurde es ruhiger, was bedeutete, dass Saruh jeden

Moment wiederkommen könnte. Von Unruhe getrieben, beendete er die Prozedur, biss sich dabei vor Schmerzen in die Innenseite der Wange und zog seine Handschuhe wieder an.

Beim Zurechtzupfen des zweiten hörte er das Klackern von Absätzen vor der Tür. Die Klinke quietschte, die Tür schwang auf und er sah müde lächelnd auf.

»So, die Rauferei habe ich beendet.« Saruh kam auf ihn zu. »Aber wenn Tuktuk so weitermacht, ist Thrillers Po bald grün und blau.« Ihr Kichern war so herzlich, dass Werwik warm ums Herz wurde. Ein Gefühl, das ihm ganz fremd war und sich fast falsch anfühlte.

»Du bist schon fertig?«

»Es ist nicht so schlimm, wie Lian gesagt hat. Dank der Mixturen ist das Pochen schnell abgeklungen.«

»Sehr gut. Wenn deine Schrammen denen von Kitey ähneln, sollten sie in zwei Tagen verheilt sein. Lass mich dir mit den Knöpfen helfen. Bist du viel ... allein auf Reisen? Wenn du dich so fix verarztest, musst du geübt sein.« Saruh beugte sich zu ihm herunter. Eine ihrer eigensinnigen Haarwellen streifte seine Wange. Die zarte Lavendelnote erinnerte ihn an seine Kindheit. An jemanden, den er so sehr geliebt hatte, und sein Herz stand für einen Wimpernschlag wie eingefroren still.

»Ja, quer durch Galmadur. Das Leben kann ein guter oder grausamer Lehrmeister sein. Ich habe mehr gelernt, als ich wollte.«

»Du machst mich neugierig. Als Tempelhüterin komme ich nicht viel herum. Erzähl mir doch von deinen Erlebnissen.« Behutsam schloss Saruh den letzten Handschuhknopf, richtete sich auf und lächelte sanft. »Die anderen warten. Drüben können wir uns gleich darüber unterhalten.«

»Wenn du mir zuerst erzählst, was hier auf mich zukommt«, erwiderte Werwik zwinkernd.

Bereits auf dem Weg in den Nebenraum ärgerte sich Werwik über sich selbst. Er konnte ihre Fragen nicht beantworten, selbst, wenn er wollte. Es ging schließlich nicht nur um ihn.

Beim Betreten des rundgeschnittenen Raumes stutzte er. »Das ist doch ein Ratszimmer?«

Unter der Decke schwebten Lampions und an den pastellgrünen Wänden hingen Bilder von Hexen und Hexern, die ihre Blicke auf den runden Tisch mit den zwölf Lehnstühlen richteten. Das dunkle Holz dominierte, gab aber eine warme Atmosphäre. Auf den halbhohen Wandvertäfelungen prangten verschiedenste Abbildungen der legendären fünf. Ein Phönix in Flammen und Drachen, die schliefen oder aus weit geöffneten Schnauzen Feuer, Wasser und Sternschauer spien.

»Es steht seit Jahren leer. Niemand stört sich daran, wenn wir es als Esszimmer oder sonst etwas nutzen.«

»Hey. Was machen deine Hände?«, fragte Thriller. »Stell dir vor, meine Beine sehen fast aus wie neu. Nur der Arm fühlt sich noch an wie nach einer Gelbfieberimpfung.«

»Alles bestens. Was ist eine Gelbfieberimpfung?« Werwik setzte sich neben Thriller und gegenüber von Kitey, die grüblerisch die Augenbrauen zusammenzog und das Kinn auf die übereinandergelegten Hände stützte.

»Ähm ... Ach, nicht so wichtig. Das hier ist der Raum, den ich vorhin gemeint hab. Hammer, oder? Hast du die Wände gesehen?«

»Geschichten über Einhörner gibt es bei uns auch.«, meinte Lian und zeigte auf die Schnitzereien. Die abgebildeten Einhörner rannten durch Wälder oder flogen in ihrer Pegasusart zwischen Wolken.

Thriller kratzte sich am Kopf und drehte sich auf dem Stuhl um. »Die anderen kenne ich nicht. Der Fuchs da sieht fast aus wie ein Gumiho. Und was ist das daneben? Die Mischung aus Greif und Pfau?«

»Die Fuchswesen sind Kisomy. Das zweite Vogelwesen ist ein Gusige. Eine Art Gegenstück zu den Flammen des Phönix, ein Luft- und Wasserwesen«, erklärte Saruh.

»Mmmmh. Dieses süßsaure Gulasch ist fantastisch.« Thriller kaute genüsslich und füllte seine Schale ein zweites Mal. »Du musst mir unbedingt helfen, Bücher zu allem zu finden. Kultur, Mythen, Hexen und Magier, alles.«

»Damit wärst du Jahrzehnte, vielleicht Jahrhunderte beschäftigt«, warf Kajaska trocken ein und griff an ihm vorbei in den Korb mit den Poombrötchen, deren süßsalzigen Geschmack Werwik liebte.

»Zeig ihm doch die Telredenzauber«, schlug Werwik Saruh vor.

»Die Erzählzauber sind für Kinder.«

»Ich weiß.« Er grinste breit.

»Erzählzauber?« Lian tunkte ihr Brötchen in den Eintopf, bevor sie hineinbiss.

»Die geschriebenen Worte eines Buches nehmen Gestalt an. Wie ein magisches Schattenspiel und Erzählung in einem.«

»Das klingt wunderschön. Geht das mit jedem Buch?«, fragte Lian weiter.

Saruh legte Kitey ein Brötchen auf ihren Tellerrand, stupste sie sanft und antwortete Lian: »Natürlich. Ich zeige euch später, wie es geht.«

»Morgen«, mischte sich Kitey ein, rupfte das Poombrötchen auseinander und schob ein kleines Stück in den Mund. »Heute sammelt ihr eure Kräfte. Wir müssen mit dem Training beginnen. Ihr müsst vorbereitet sein.«

Kajaska legte das Besteck neben ihre geleerte Schale. »Hast du etwas von Loreo erfahren?«

»Noch nicht. Ich finde es aber heraus. Selbst wenn ich dafür nach Eslim fliegen muss.«

»Du willst bewusst in eine potenzielle Falle tappen?« Werwik sah sie direkt an und erkannte die Entschlossenheit in ihren Augen. Gleichzeitig las er aber Sorge darin und bemerkte, dass sie kaum etwas gegessen hatte.

Saruh legte Kitey die Hand auf den Arm. »Das ist zu gefährlich. Die Wahrscheinlichkeit, dass es ein Hinterhalt ist, ist ziemlich hoch. Denkst du, er hätte das gewollt?«

»Nein. Er würde erwarten, dass ich hier bleibe und das Training durchziehe.«

»Mhm«, brummelte Thriller und schluckte den Happen hinunter. »Das Wohl von vielen, es wiegt schwerer als das Wohl von wenigen oder eines Einzelnen.«

Kajaska zog die Augenbrauen hoch. »Wo kommt denn die Weisheit her?«

»Mr. Spock.«

»Dann richte Spock aus, dass der Wert eines Individuums nicht aufgewogen werden kann.« In Saruhs Stimme hörte Werwik zum ersten Mal Wut.

»Sehe ich ähnlich!« Thriller hielt beschwichtigend die Hände hoch. »Trotzdem ist ein bisschen Wahrheit schon dabei.«

Lian schüttelte den Kopf. »Mir gefällt das nicht. Man muss doch alles tun, um jeden Einzelnen zu retten. Wenn du dorthin fliegst ... Ich würde dich begleiten.«

»Man sollte ... Das große Ganze darf man dennoch nicht ignorieren. Sonst fände unser Kampf ein Ende, noch bevor er begonnen hat.« Werwik tupfte sich den Mund mit der Stoffserviette ab. Ihm war der Hunger vergangen und er war damit nicht allein. Wohingegen Thriller offensichtlich der Typ war, der bei Nervosität aß. Er schaufelte den letzten Löffel in sich hinein und ließ sich gegen die gepolsterte Stuhllehne sinken.

Kajaska lehnte sich zurück und verschränkte die Arme vor der Brust. »Wir wissen nicht, ob uns Thosa gezeigt hat, was passiert ist, passieren wird oder passieren könnte.«

»Dass die Ratschläge und Visionen von Chronisten schwierig zu deuten sind, ist allgemein bekannt«, gab ihr Werwik recht.

»Ich weiß von Hexen, die sich jahrelang die Köpfe darüber zerbrochen haben, was genau die Chronisten sagen wollten«, fügte Saruh hinzu. »Kitey, überstürz bitte nichts.«

»Loreo hat auf mich keinen schwachen Eindruck gemacht. Im Gegenteil. Wie er durch diese Flammenstadt geflogen ist ...«, Thriller kratzte sich am Nacken, seine Hand zitterte kaum merklich, »und wie er sich auf diesen Andorian gestürzt hat. Das war stark. Er konnte sich sicher behaupten.«

»In Ilin hat er zu mir gesagt, ich solle Vertrauen haben. Vertrauen in den Zauber. Vertrauen in euch.« Kitey sah in die Runde. »Diese Ungewissheit ...«

»Vielleicht ist es jetzt an der Zeit, einfach vertrauen in Loreo zu haben«, sagte Saruh.

Kitey lehnte beide Arme auf den Tisch. Sie strahlte mit einem Mal eine Distanz aus, die fast greifbar war. Ruckartig hob sie den Kopf und schob geräuschvoll den Stuhl zurück. Als sich alle Aufmerksamkeit auf sie richtete, schnalzte sie verächtlich mit der Zunge. »Klar, überlassen wir ihn Andorian. Weil Loreo ihm und der Nocmatagi unter *allen* Umständen gewachsen ist.« Die Härte in ihrer Stimme verfehlte ihre Wirkung nicht. Alle, bis auf Saruh, wichen ihrem Blick aus.

»Stellt mein Vertrauen zu ihm nicht infrage! Weder in ihn noch in seine Stärke wird es jemals wanken, er hat mich gelehrt zu kämpfen.« Damit wandte sie sich ab. Auf ihrem Weg nach draußen wedelte sie mit der Hand. »Vergiss nicht den Trank!«, rief sie Saruh zu. Dann verschwand sie in Richtung Küche und das Knarren der Gartentür drang zu ihnen.

Eine beklommene Stimmung erfüllte den Raum.

Saruh seufzte und faltete die Hände auf dem Tisch.

»Loreo muss ihr viel bedeuten«, meinte Lian und sah Kitey immer noch hinterher.

Saruh nickte nachdenklich. »Loreo lebt schon sehr lange. Ich bin sicher, er wird mit jeder Situation fertig. Ganz sicher!«

Das sicher hat sie einmal zu oft betont, um beruhigend zu wirken, dachte Werwik und war sich des zweifelnden Tons in ihrer

Stimme bewusst.

Wieder zwirbelte Lian eine ihrer langen Haarsträhnen um die Finger.

»Wir können nichts daran ändern, dass Loreo jetzt nicht hier ist. Man kann nur das Beste aus der Situation machen und hoffen, dass er noch auftaucht. Schluss mit dem Gejammer wie nächtliche Wassergeister.« Die Worte der kleinen Elfe waren kühl, aber nicht gefühllos.

»Wir kennen uns erst ein paar Stunden, aber ich möchte keinen von euch verlieren.« Die Junghexe sprach gedämpft, als wolle sie kein Unheil durch laute Worte beschwören, und hielt den Blick gesenkt. »Es sind schon zu viele gestorben. Deswegen ... wartet hier!« Eilig huschte sie aus dem Zimmer und kehrte mit vier Phiolen zurück.

Sie räumte die Teller und Schalen zur Seite und stellte die Glasgefäße in die Tischmitte. »Das ist ein spezielles Elixier, ein Prilumsenz-Trank, den ich zusammengebraut habe.« Mit zwei Fingern nahm sie eines der schlanken Gläschen und schwenkte die silberne Flüssigkeit ein wenig. »Ich hoffe, es schmeckt nicht allzu bitter.«

»Der Geschmack ist mir egal. Sag mir lieber, wofür das Zeug sein soll«, grummelte Kajaska.

Vorsichtig nahm Werwik die Phiole von Saruh entgegen und zog den gläsernen Pfropfen heraus. Neugierig führte er es unter seine Nase. Ein zitronig-bitterer Geruch, den er kannte, kroch ihm entgegen. »Wie hast du die Kirinkristalle in einem Trank verarbeitet?«

»Dank meiner alten Lehrmeisterin habe ich ein Rezept gefunden. Bei Nacht verändern die Kristalle ihre Struktur. Man merkt es kaum, aber sie lassen sich mit genug Druck, Zugabe verschiedener Essenzen und Feuerkraft brechen. Dann folgt aufwendiges Mörsern und Schmelzen, Destillieren, vermengen mit anderen Zutaten. Erneut Destillation und eine Beschwörung, um eine Essenz zu extrahieren. Und und und ...«

»Klingt nach kniffliger Chemie, da bin ich raus«, warf Thriller verwirrt ein und griff gleichzeitig mit Lian nach einer Phiole.

»Und das sollen wir trinken?«, fragte Lian zögernd.

»Ja. Es ist eine Mixtur, die eure Talente zum Vorschein bringen und fördern soll.«

Thrillers Augenbrauen schossen hoch. »Das heißt, das Zeug könnte aus mir He-Man machen? Ich weiß nicht, ob ich das will.«

»Also, ich weiß nicht, wer dieser He-Man ist.« Saruh bändigte eine Haarsträhne, indem sie sie hinter ihr Ohr klemmte. »Aber es macht aus dir nichts, was nicht schon vorhanden ist. Durch einen Impuls verstärkt es das, was bei euch an Fähigkeiten schlummert.«

»Ist das ungefährlich? Ich meine ... gibt es Nebenwirkungen? Könnte auch was Schlimmes passieren?« Lian fixierte die Phiole vor der Nase, bis sie schielte.

Die Hexe tippte sich nachdenklich ans Kinn. »Um ehrlich zu sein, ist es Jahrzehnte her, dass jemand diesen Prilumsenz-Trank gebraut, geschweige denn eingenommen hat.«

In ihrem Blick lag etwas, das Werwik einen Schauer über den Rücken laufen ließ.

»Im Grunde sollte nichts passieren. Auch nicht bei dir, Werwik. Bei Hexenkräften wirkt er stärkend und soweit die Aufzeichnungen besagen, ohne Nebenwirkungen.«

Dass sie ihn direkt ansprach, machte Werwik unruhig und das Hexenmal an seinem Ohr juckte kurz. »Dann sollte es kein Problem sein«, erwiderte er achselzuckend und hoffte, sie sah nicht, wie er trocken schluckte. Die Narbe in seiner Handfläche begann unangenehm zu ziehen, fast, als wollte sie ihn für die Lüge rügen. Dafür, dass er wieder verleugnete, wer und was er war.

»Es stärkt also meine Naturmagie?«, fragte Kajaska mit fester Stimme und ihre Finger glitten kaum merklich zitternd über die Brosche an ihrem Umhang.

»Das sollte er.« Saruh nickte, und wieder lag zwischen den beiden diese geheimnisvolle Spannung.

Ohne ein weiteres Wort schnappte die Elfe das letzte Fläschchen, öffnete es und trank es in einem Zug leer. »Entweder ich sterbe im Kampf oder durch einen vermurksten Hexentrank. Tot ist tot!«

Lian sah bekümmert zu der kleinen Elfe hinüber. »Warum musst du so viel vom Tod sprechen?«

»Weil er allgegenwärtig ist. Dessen sollten wir uns bewusst sein.«

»Deswegen müssen wir uns das aber nicht ständig gegenseitig aufs Butterbrot schmieren«, erwiderte Thriller mit hochgezogenen Augenbrauen.

Werwik verfolgte das Gespräch mit verkrampftem Magen.

Soll ich das echt trinken? Wenn nicht, muss es unauffällig verschwinden.

»Nun, der Tag war lang und wir haben viel hinter uns. Wir sollten uns alle besser ausruhen. Ich nehme den Prilumsenz-Trank mit auf mein Zimmer.«

»Ja, natürlich. Tut mir leid. Die Wirkung des Saftes muss sicherlich nachlassen und ihr müsst auf einen Schlag todmüde werden.«

Thriller horchte auf. »Moment, welcher Saft?«

»Sie spricht von den Trinkflaschen«, antwortete Kajaska.

»Der Eistee-Energydrink?«

Saruh machte große Augen. »Was hat Kitey euch dazu gesagt?«

»Nur, dass es uns nicht schadet und durchhalten lässt.« Werwik war sich sicher, dass es Kitey nicht zufällig vage gehalten hatte. Ein Weg, lästige Diskussion zu vermeiden.

»Es ist ein normaler Saft. Ich habe ihn nur mit Kräutern und Jigulfat-G'na-Früchten angereichert«, erklärte Saruh offen.

»Und welche Wirkung sollte das die letzten Tage genau auf uns gehabt haben?«, fragte Lian hastig.

»Ihr müsst euch keine Sorgen machen. Es unterdrückt nur

gewisse, unpraktische Körpereigenschaften und wirkt Müdigkeit entgegen. Ist euch nicht aufgefallen, dass ihr verhältnismäßig wenig Hunger hattet, auf die Toilette musstet oder müde wurdet?«

»Da ich nichts davon getrunken habe – nein. Und Werwik, ich weiß, dass du die letzten Tage nur ab und zu daran genippt hast. Du hast in der Hütte genau gemerkt, was es mit dem Saft auf sich hat.« Kajaska fixierte ihn mit ihrem wissenden Blick.

»Stimmt, ich habe es gerochen. Wie du. Wir haben weder Kitey noch Loreo blind vertraut.« Insgeheim fragte er sich, ob sich das geändert hatte.

Thriller biss in ein Brötchen. »Hab ich deswegen jetzt so riesen Kohldampf?«

»Kann gut sein. Wenn man es übertreibt, kann es hinterher zu Nebenwirkungen kommen. Das sollte bei euch nicht der Fall sein, aber ich empfehle euch trotzdem Ruhe. Im Schlaf erholt sich der Körper am besten.«

»Ruhe? Einfacher gesagt als getan. Abgesehen vom Kohldampf bin ich total aufgekratzt. Kiteys Vision von Loreo und dass er vermisst wird, machen die verrückte Situation echt nicht besser.«

Lians sorgenvoller Blick wanderte von dem Fläschchen erneut zur offen stehenden Tür. »Mir geht es genauso. Ich frage mich, was wir tun könnten.«

»Heute Nacht auf jeden Fall nichts mehr.« Kajaska atmete hörbar aus, als sie ihren Stuhl zurückschob.

»Aber was, wenn Loreo gefoltert wird, während wir hier reden? Sie könnten ihn doch auch zwingen zu verraten, wo wir sind.« Aufgewühlt sah Thriller von einem zum anderen. »Was, wenn er wirklich stirbt oder vielleicht bereits tot ist?«

»Hör auf! Sich verrück zu machen, hilft keinem, weder Loreo noch Kitey. Falls Kitey einen Plan in diese Richtung schmiedet, denke ich, werden wir es erfahren«, sagte die Elfe gefasst und stand auf. »Bis dahin ... Wir sehen uns morgen früh.«

»Sie hat nicht unrecht«, meinte Werwik, als Kajaska zur Tür

hinausging. »Im Augenblick bleibt uns nur abzuwarten und zu hoffen, dass Kitey doch noch Kontakt zu Loreo findet.«

Alle zogen sich allein mit ihren Gedanken auf ihre Zimmer zurück. Werwik trank das Prilumsenz-Elixier nicht, sondern versteckte die Phiole in einer seiner innenliegenden Manteltaschen. Dort, wo er auch den Elfenkristall aufbewahrte.

THRILLER

Den oberen Rücken an das Kopfende seines Himmelbettes gelehnt stieß Thriller ein resigniertes Seufzen aus. An seiner Wade kitzelte ihn der flatternde Baldachinstoff, mit dem der Windhauch spielte. Beide Flügel des deckenhohen Fensters standen weit geöffnet, damit die angenehme Kühle ihm um die Nase wehte. In Gedanken versunken atmete er die nächtliche Luft ein, ihr Duft war voll von frischem Tau und Frühling. Er hielt sich das Fläschchen mit dem Elixier vors Gesicht. Bis jetzt hatte er es nicht getrunken. Seit Saruh es ihnen gegeben hatte, klopfte sein Herz aufgeregt. Er wollte es trinken. Wollte wissen, was es in ihm für Talente fördern konnte.

Im Mondlicht sah die umherschwappende Flüssigkeit in dem bläulichen Fläschchen aus wie geschmolzenes Silber.

Was zum Teufel sind denn überhaupt meine Stärken? Was soll ausgerechnet ich hier?

Ratlos zog er die Augenbrauen hoch. Würde aus ihm eine Art Merlin werden? Oder wirkte es wie bei Obelix, der in den Zaubertrank gefallen war? Die Neugier kribbelte in seinen Fingern und sein Magen setzte zu einem Purzelbaum an. Es wäre so einfach, den Stopfen zu öffnen und es zu trinken. Ex und Hop, wie ein Partyshot. Gleichzeitig ließ ihn etwas zögern. Würde es einer Entscheidung gleichkommen, wenn er es täte? Konnte er dann noch gehen? Zurück in sein normales Leben? Er stellte das Fläschchen auf den Nachttisch und wuschelte sich frustriert durchs Haar.

»Ach, verdammt. Seit wann bin ich so ... unsicher?« Ratlos stieß er den Atem aus. An Schlaf war einfach nicht zu denken. Er schlug die flauschige Decke zurück, stand auf und ging barfuß zum Fenster. Vor dem Bett lag ein wollweicher Vorleger, der die Kühle des Parkettbodens milderte.

Den Unterarm an den Fensterrahmen gelehnt betrachtete er den mondbeschienenen Pavillon. Auf der Wiese ringsherum lagen ein paar Jupun, die mit ihrem weißen Fell aussahen wie Wölkchen. Aus dem angrenzenden Waldstück vernahm er grillenhaftes Zirpen und Vögel zwitscherten ein leises Nachtlied. Alle schienen Ruhe in dieser Nacht zu finden, nur er nicht.

»Anstatt hier zu grübeln, könnte ich auch in die Bibliothek gehen. Vielleicht finde ich da Antworten auf die zig Fragen.«

Lautlos öffnete er die Tür und trat im Schlafanzug, der aus einer schlichten Hose und einem blauen Hemd mit Ornamenten auf den weiten Ärmeln bestand, auf den Flur. Die Laternen leuchteten fahl, aber hell genug, um sich zurechtzufinden. Vor der Flügeltür zur Bibliothek atmete er nochmals tief ein, dann steckte er den Kopf durch den Türspalt.

Über allem lag nächtlicher Schatten. Er ließ den Blick schweifen, da entdeckte er gedämpftes Licht zwischen den Regalwänden. Die Lichtquelle schien weit hinten zu liegen und gab ihm eine vage Vorstellung von der Tiefe der Bibliothek. Thriller kniff die Augen zusammen und lauschte. Ganz leise vernahm er das Rascheln von Papier. Er war also nicht der einzige Nachtwandler.

Kaum setzte er den Fuß über die Schwelle, kam ein tropfenförmiger Lampion zu ihm geschwebt. Durch den hauchdünnen, grünen Stoff leuchtete sein Licht heller, je näher er kam, und folgte jedem seiner Schritte. Beim Gang über den abgenutzten Parkettboden stellte sich Thriller all die Hexen vor, die hier ein- und ausgegangen waren. Es war, als könne er ihre Geister neben und an sich vorbei wandeln sehen.

Zu seiner Rechten befand sich eine Gruppe von unterschiedlich gepolsterten Ohrensesseln, die mit den Kissen und der Decke, welche über einer der Rückenlehnen hing, Gemütlichkeit verströmten. Schmale Holztische standen zwischen ihnen, auf denen sich schiefe Bücherstapel türmten. In seiner Fantasie sah er Hexen und Hexer dort sitzen, schwatzen und lesen.

Mit einem Lächeln im Gesicht folgte er dem weichen Teppichläufer bis zur ersten von Dutzenden Regalreihen. Auf der linken Raumseite stand ein riesiger Tisch vor einer dreigeteilten Fensterfront. Den Kopf schief gelegt, betrachtete Thriller bewundernd das mittlere Fenster. Unzählige Buntglassplitter setzten sich wie ein Mosaik zu einem Phönix zusammen. Das Mondlicht fiel durch das rotgläserne Phönixbild und verlieh dem Raum einen anmutigen Zauber. Auf dem Tisch davor lagen Papiere, Schriftrollen und Bücher wild verteilt. Er ließ den Schreibtisch links liegen, trat vom Teppich auf das Parkett, das sich fast samten an seinen Fußsohlen anfühlte, und betrat einen der Gänge zwischen den Bücherregalen. In regelmäßigen Abständen lehnten silberne Rollleitern an den Regalen. Thriller fuhr im Vorbeigehen mit der Hand über einen der breiten Holme und fühlte das kühle Metall. Die Trittplatten sahen aus wie ein Gitter aus Blättern und Ranken. Immer dem Licht zwischen den Büchern folgend, erkundete er die Tiefen der Tempelbibliothek. Die Regalreihen waren viel länger und höher, als er vermutet hatte. Sie waren auch nicht schnurgerade, sondern wanden sich, machten Biegungen wie ein Labyrinth.

Er spähte zu der Lichtquelle und las, was auf den Buchrücken stand. Die meisten waren mit aneinandergereihten Symbolen beschriftet, die ihn an Hieroglyphen erinnerten. Sobald er mit den Fingerspitzen darüberglitt oder sie länger musterte, verwandelten sie sich flackernd in Buchstaben. *Chroniken der Quallengeister* war das erste Buch, dessen Titel er lesen konnte. Sein Herz machte einen aufgeregten Hüpfer und er lächelte unwillkürlich vor sich hin. Ein paar Bücher weiter entdeckte er *Wirren des zweiten Trollkrieges, Wurzwichte und ihre Gifte, Baumgnome* Band eins und zwei sowie *Lichtmagie* Band sechs.

In Thriller tobte ein Feuerwerk der Aufregung. Ihm taten die Backen weh vom breiten Grinsen, weswegen er das Gesicht verzog, um die Muskeln zu lockern. Zwischen den Büchern – deren erdigen, fast rauchigen Geruch von Pergament er deutlich roch –, lagen Schriftrollen mit Bändern und Schnüren verschlossen, oder dicke Folianten, eingebunden in rissiges Leder. Er liebte diesen Duft nach alter Weisheit. Alles hier musste schon in Tausenden Händen gelegen haben. Alles mussten bereits Tausende Augen gelesen haben. Hektisch wie Kolibriflügel flatterte sein Herz bei der Vorstellung, wie viel Mystisches und Geheimnisvolles ihn hier umgab. Schmunzelnd dachte er daran, dass seine Eltern hier nur schwer wieder rauszubekommen wären. Doch beim Gedanken an sie zupfte auch Wehmut in seiner Brust. Wie gerne würde er ihnen von all dem erzählen, was er hier entdeckte.

Er linste durch die Buchreihen zum glimmenden Licht und kam ihm mit jeder Biegung näher. Papierrascheln und ein tiefes Seufzen drangen leise zu ihm. Der Lampion schwebte gemächlich schräg vor ihm, bewegte sich auf und ab, während er ihn erst zweimal in einem Bogen nach links führte, dann einmal eine Kurve rechtsherum, bevor es ein Stück geradeaus weiterging. Das Ende des Raumes ließ sich immer noch nicht ausmachen. Doch er hatte die zweite Lichtquelle, einen Lampion wie seinen, erreicht. Er schwebte über jemandem, der mit dem

Rücken zu ihm in einer Nische saß, an der die Regalreihen zu beiden Seiten weiterliefen. Als der Lampion sich bewegte, lugte kurz ein brauner Haarschopf über der Lehne des thronähnlichen Ohrensessels auf. Auf dem Boden direkt neben den tatzenförmigen Sesselfüßen schlief Tuktuk und brummschnarchte vor sich hin.

Um Saruh oder ihren beschützerischen Bock nicht zu erschrecken, näherte sich Thriller mit einem leisen Räuspern. »Du kannst wohl auch nicht schlafen?« Er stellte sich seitlich zu ihr, sodass der Sessel und Saruh zwischen ihm und Tuktuk waren.

Die junge Hexe lehnte sich auf die Armlehne vor Thriller und sah lächelnd zu ihm auf. »Also, wenn ich jemanden erwartet habe, dann Kitey. Geduld gehört nicht zu ihren Stärken.« Sie streckte die Arme über den Kopf und dehnte mit einem kleinen Aufstöhnen ihre Glieder. »Was hält dich wach?«

Thriller wackelte mit den Zehen und lehnte sich mit dem Po an die Tischkante. »Irgendwie alles und nichts ... und dein Talent suchender Schlummertrunk«, gestand er.

»Stimmt irgendetwas nicht? Geht es dir nicht gut?« Sie drückte den Stuhl zurück, wobei die Stuhlbeine über den Boden scharrten, und musterte ihn aufmerksam. Wie sie dabei die Stupsnase kräuselte, brachte Thriller zum Schmunzeln.

»Nein, nein, alles okay. Bis auf die Kopfschmerzen und natürlich den ständigen Mambotanz, den meine Neugier und Angst aufs Parkett legen.« Unsicher kratzte er sich am Hinterkopf. »Um ehrlich zu sein ...« Er hielt inne und senkte seufzend den Blick. »Ich habe es noch nicht getrunken.«

»Hm, verstehe. Du bist verunsichert und fragst dich, ob du dann noch in dein altes Leben zurück kannst.« Ihre Worte waren direkt, doch der verständnisvolle Ton beruhigte Thriller.

»Ist das so offensichtlich oder liest du Gefühle wie Kitey?«

»Nein, so was kann ich nicht. Es ist nur logisch.«

Ein Geräusch, das sich anhörte wie eine Mischung aus

Entengeschnatter und dem Meckern von Ziegen, drang gedämpft zu ihnen.

Thriller fuhr unsicher mit dem Kopf herum. »Was ist das?«

»Die Jupun. Normalerweise ruhen sie nachts auf einer Grasfläche im südlichen Waldabschnitt. Aber dort habe ich vorhin Kitey gesehen«, sagte Saruh und sah bekümmert in den Gang hinter Thriller. »Sie hat dem Himmel entgegengeflucht, weil sie keinen Kontakt zu Loreo oder den Engeln bekommt. Damit hat sie wohl die Jupun vertrieben. Ich schau am besten später mal nach ihr.«

»Willst du lieber gleich ...«

»Nein. Manchmal braucht sie die Zeit, um sich erst so richtig aufzuregen, bevor sie sich beruhigt.« Ein wissendes Schmunzeln vertrieb den melancholischen Ausdruck auf ihrem Gesicht, ehe sie abrupt mit den Fingern schnippte. »Komm, setz dich zu mir.« Der Stern auf ihrem Wangenknochen begann zu leuchten und winzige Funken schossen heraus.

Staunend starrte er auf das Miniaturfeuerwerk, dann hörte er ein Scharren. Im dunklen Teil des Ganges zu seiner Rechten klopfte es. Das Tocktock kam näher. Thriller runzelte die Stirn und spähte in die Schwärze. Ein Sessel kam herangewackelt, blieb direkt vor ihm stehen, und unsichtbare Hände tätschelten das Kissen darauf zurecht.

»Das nenne ich mal praktisch. Ist der lebendig?« Ein Bein untergeschlagen, setzte er sich.

Saruh kicherte. »Nein. Es ist einfach ein Stuhl, dem kurz Leben eingehaucht wurde.«

»Gut zu wissen.« Gemütlich sank Thriller in das weiche Polster und warf einen neugierigen Blick auf die Pergamente und Buchseiten auf dem Tisch. Auf einer eng beschriebenen Pergamentrolle, deren Hieroglyphen und Schriftzeichen sich zuckend in Buchstaben wandelten, war eine Gestalt abgebildet, die einem Pyro ähnelte. »Ist das einer dieser Feuerdämonen? In der ganzen Wer-seid-ihr-Verwirrung und Hilfe-ich-fliege-Aufregung habe ich sie nur schemenhaft gesehen.«

»Ein Pyjaremo, ja. Kitey hat mich gebeten zu recherchieren. Sie vermutet seit eurem Aufenthalt in Desias, dass sie unter einer Art Bann stehen.«

Thriller nickte grüblerisch. »Lian hat uns von Marihs Geschichte erzählt. Könnten sie wirklich gezwungen werden den Befehlen des Schattenmagiers zu folgen?« Mit den Fingern glitt er über den sich wölbenden Rand des vergilbten Pergaments.

»Es gibt Zauber, die den Willen beeinflussen. Dunkle Schattenmagie, Chaoszauber. Verbotene Nocmatagi.« Mit finsterem Ausdruck fixierte sie die Zeichnung des Feuerwesens.

»Typisch für böse Magier, oder? Verbotene Zauber. Nennt man ihn deswegen Schattenmagier?«

Die Hexe hob den Kopf. »Zum Teil. Ein Grund ist auch, dass ihn noch niemand gesehen hat. Er agiert aus dem Schatten heraus.«

»Lässt seine Dämonen und diesen Andorian die Drecksarbeit machen.«

»Das könnte man so sagen. Aber seine Zauber sind präsent. Er verflucht Städte aus der Distanz, beschwört zerstörerische Stürme, Fluten oder Erdbeben. Nicht zu vergessen die Angriffe seines Gefolges. Die betroffenen Orte haben Kitey und Loreo auf einer anderen Karte verzeichnet.«

Thriller betrachtete die Landkarte unter der Zeichnung. »Und da glaubt ihr wirklich, die Leute wissen noch nichts von ihm?«

»Obwohl es einige direkte Angriffe gab, liegen sie recht weit auseinander.« Saruh hob drei Blätter und ein Buch an. Darunter zog sie vorsichtig eine zweite Karte heraus. »Das ist der andere Teil der Weltkarte. Galmadur ist nicht so vernetzt wie deine Welt. Nicht mehr. Dafür hat der Schattenmagier gesorgt, indem zum Beispiel die Schleusen angegriffen werden. Stell dir vor, wie es ohne diese Verbindung wäre. Würde ein Land vom Angriff einer Hauptstadt auf der anderen Seite eurer Welt erfahren? Es könnte reisenden Händlern auffallen. Aber selbst dann sieht es meistens nach einer Naturkatastrophe oder einem Angriff von Dämonen oder Trollen aus. Wer kein Gespür für die Magie hat, nimmt sie nur selten wahr.« Sie stieß ein Seufzen aus. »Loreo hat herausgefunden, dass Andorian in verschiedenen einflussreichen und militärisch starken Königreichen unterwegs war. Wir vermuten, um sie zur Unterwerfung zu bewegen. Vier Könige sind tot, ihre Armeen vernichtet und Städte zerstört. Zwei Regenten sind verschwunden. Unklar ist, wie viele sich aus Angst gefügt haben – oder weil Andorian sie beeinflusst hat.«

»Beeinflusst?«, fragte Thriller, die Augenbrauen zusammenziehend.

»Seine Gabe. Er kann den Willen beeinflussen. Früher hat er das zum Guten getan. Wesen an ihren Mut glauben lassen oder an sich selbst. Was er jetzt tut, ist verabscheuungswürdig. Er macht Willensschwache zu Marionetten und mithilfe der Nocmatagi haucht er auch Toten für kurze Zeit Leben ein.«

»Deswegen hat Kitey ihn einen Puppenspieler genannt«, schlussfolgerte Thriller.

»Ganz genau. Seit er zum Schattenmagier gehört, kann er auch gefallene ...« Sie unterbrach sich, schluckte schwer und Thriller erkannte, wie nah ihr das ging. Saruh brauchte aber auch nichts weiter zu sagen, seine Fantasie und sein Filmwissen reichten zu Genüge, um sich diese Zombiewesen vorzustellen.

»Das einzig Gute ist, dass dieser Nekromantenwahnsinn nur kurz andauert, dann finden die Armen endlich ihre Ruhe. Sich zur Wehr zu setzen, haben manche versucht und einen hohen Preis bezahlt.« Sie hielt inne und knetete ihre Hände. »Darum haben wir entschieden, nicht in der Bevölkerung nach Hilfe zu suchen. Wir wissen nicht, wo Feinde lauern und Spione warten.«

»Verstehe.« Angespannt biss sich Thriller auf die Unterlippe. Er wusste nicht so recht, was er sagen sollte. Das Ganze war ein grausames Dilemma, wie es in der Weltgeschichte ohne Magie oder in so einigen Fantasyromanen geschrieben stand. Er griff nach der Ecke des größeren Weltkartenstücks. »Darf ich?«

Saruh nickte.

Zwischen seinen Fingern fühlte sich das dicke Pergament der Karte weich und abgegriffen an. An der Ecke zog er sie ein Stück zu sich, sodass er die Teile nebeneinanderlegen konnte. Er tat das behutsam und vorsichtig, zu Tuktuk schielend, denn quer darüber lag eine zweite Schriftrolle, ausgebreitet über die Länge des Tisches, und hing neben dem Bock bis auf den Boden. Als er das Blatt anhob, kullerte der elegant geschwungene Füllfederhalter davon und gefährlich nah an die Tischkante, doch Saruh stoppte ihn, ehe er dem Ziegenbock auf den Kopf purzelte.

»Ich habe hier markiert, aus welchen Gebieten Wesen verschwunden sind, die jetzt gegen uns kämpfen.« Die Hexe zeigte auf die schwarzen X und legte den Füller zur Seite.

»Sieht nicht nach einem kartografischen Muster aus«, murmelte Thriller konzentriert. Die fünf Gebiete verstreuten sich über die ganze Karte. Nur zwei befanden sich auf demselben Kontinent. »Glaubst du, sie wurden alle verzaubert oder von Andorian beeinflusst?« Diese Vorstellung war erschreckend, sein Blick glitt nachdenklich weiter.

»Kann ich nicht sagen.« Bekümmert zuckte Saruh mit den Schultern. »Und ich weiß nicht, was schlimmer wäre. Dem Schattenmagier diese Macht zuzusprechen oder Wesen, die sich aus freien Stücken bewusst für seine Seite entscheiden.« Saruh strich mit den Fingern über die Seiten eines der drei aufgeschlagenen Bücher vor sich. Halb darunter verdeckt entdeckte Thriller bekritzelte Pergamente voller Notizen und der Zeichnung einer animalisch anmutenden Frau mit Klauen, schwarz schraffiertem Körper und aufgefächerten Fledermausflügeln.

Er zog die Pergamente unter dem Buch hervor. »Was ist das?«

»Eine Deanidar oder Schwarze Witwe. Ich bin froh, dass euch diese Furien noch nicht begegnet sind. Die Trolle, Pyros und Andorian sind grauenhaft genug für den Anfang.« In ihrer Stimme lag plötzlich eine Härte, die nicht zu ihr passte.

Die Fledermausfrau wirkte schön, auf eine gruselige, fast morbide Art.

»Für den Anfang?! Na herzlichen Dank. Das heißt, diese Fledermauslady hat es auch auf uns abgesehen.« Es war mehr eine Feststellung als eine Frage.

»Ich fürchte, ja. Und es ist nicht eine. Die Witwen sind viele, wie die Pyros.«

»Andorian ist wohl nur der Anfang. Der erste Endgegner von Level eins.« Das flaue Gefühl in seinem Magen war zurück. »Es gibt immer mehr als einen fiesen Fiesling.«

»Für Loreo ist er das Härteste an diesem Kampf.«

»Davon hat er erzählt. Er muss ihm sehr wichtig gewesen sein. Die, die uns am meisten bedeuten, können uns auch am meisten verletzen.«

Saruh schwieg einen Moment bedrückt. »Keks?« Abrupt hielt sie Thriller einen Teller mit Keksen vor die Nase, die aussahen wie typische Chocolate Chip Cookies. Zusammen mit einem Kännchen mit Gänseblümchenverzierung und einer gelben Tasse hatte er auf einem Tablett rechts von ihr gestanden. »Das beruhigt die Nerven. Zumindest meine immer.« Sie nahm den runden, bereits angebissenen vom Teller und schob ihn sich in den Mund.

»Klar, gerne. Danke.« Tatsächlich schmeckte Thriller auf der Zunge vertraute Vollmilchschokolade und Butterkeks. Es war ein gutes Gefühl und zog ihn wie ein Rettungsseil aus dem einschüchternden Sumpf des bisherigen Gespräches.

»Schokolade?«, fragte er und genoss den Moment Heimat im Mund.

»Wundert dich das? Wir haben auch Dinge aus Nefeach hier. Die sehen nur manchmal etwas anders aus.« Saruh zwinkerte. »Was wäre eine Welt ohne Schokolade?«

»Einer Rettung nicht würdig«, scherzte Thriller.

Die Junghexe stieß einen Seufzer aus. »Thriller, deine Angst wegen des Elixiers ist unbegründet.« Ihre Miene wurde ernster, doch ihre Worte waren weich und verständnisvoll. »Es zwingt dich genauso wenig, hier zu bleiben, wie diese Kekse.«

»Das meine ich nicht. Nicht so zumindest.« Er knabberte an seinem zweiten Keks und Krümel fielen auf seinen Schoß. »Ich frage mich, ob ich nach allem, was ich jetzt weiß, weiterleben kann wie bisher. Immerhin habe ich von einer, nein, zwei fremden Welten erfahren. Von der Bedrohung mal ganz abgesehen.« Den Blick auf die Zeichnung der Fledermausflügelfrau geheftet, sprach er weiter. »Was, wenn ich gehe und der Depp bin, wegen dem alles schiefgeht? Wegen dem der irre Magiespinner nicht besiegt wird und er sich auch meine Welt und die von Lian oder deine Hexenwelt vornimmt?«

»Willst du denn ahnungslos weiterleben wie früher? Lieber von all dem nichts wissen? Ich habe den Eindruck, da ist mehr als Angst. Dein Herz schlägt auch für die Faszination und das Schöne in Galmadur. Frag dich bitte, ob es ausreicht, um hier zu bleiben.«

»Vielleicht zögere ich das alles nur hinaus, wenn der Schattenmagier ohnehin auch meine Welt im Visier hat.«

»Es gibt keine Garantie, egal, ob du bleibst oder gehst. Wir wissen nicht, was passiert. Oder wozu welche Entscheidung führt.« Wieder leuchtete der Stern auf ihrem Wangenknochen auf und eine Schar Funken zuckte. Saruh tippte mit dem Zeigefinger auf das Gänseblümchen, das als Knauf auf dem Deckel der Kanne saß. Im selben Moment zog sich aus der bauchigen Seite der Kanne eine zweite Tasse wie Kaugummi heraus.

»Gibt es hier keine Zauber für so was, Zukunftsorakel, Runendeuten oder sonst was? Die Chronisten haben Kitey doch etwas gezeigt.« Thriller blinzelte, sein Gedankenkarussell nahm wieder Fahrt auf. Die Zahnräder in seinem Kopf ratterten so laut, dass er glaubte, es in seinen Ohren zu hören.

Währenddessen füllte Saruh beide Tassen mit der weißen, cremigen Flüssigkeit aus der Kanne und schob ihm eine hin.

»Das war eine Möglichkeit. Die Zukunft ist nie endgültig geschrieben, bis sie Vergangenheit wird.«

Thriller umschloss die warme Tasse mit beiden Händen. »Was ist das?«

»Heiße Milch.«

»Und was für welche?«, fragte er zu Tuktuk schielend.

»Auch magische männliche Ziegen geben keine Milch. Sie ist von den Jupun«, erklärte Saruh amüsiert und fuhr fort, während Thriller nippte. »Wir können nur unser Bestes geben, damit das, was der Chronist Kitey gezeigt hat, nicht eintritt.«

»Ich weiß echt nicht, ob ich das packe. Ob ich dem gewachsen bin. Wenn das Elixier aus mir so was wie Thor macht, wäre das der Hammer. Das glaube ich aber kaum. Also, was kann ich schon tun?«

»Thor?«

»Ein Gott aus ...«

Saruh lachte. »Es wird sicher keinen Gott aus dir machen.« Ihr Lachen ebbte ab. »Wir finden heraus, was deine Stärke ist. Ich habe auch nur eine vage Ahnung, was er bei mir bewirkt.«

»Und was? Du bist zumindest schon mal eine Hexe.« Thriller lehnte sich neugierig zu ihr.

»Es gibt zwei Dinge, die ich gut kann, Heilen und Elementarmagie. Aber ob es das ist, was der Zauber sieht und verstärkt, das weiß ich nicht.« Sie zuckte mit den Schultern. »Hexenkräfte verraten mir auch nicht, ob ich dem allem gewachsen bin. Es gibt zwar Tränke, die Angst beseitigen und unterdrücken, davon lasse ich aber die Finger.« Saruh legte ihm die Hand aufs Knie und drückte es mit einem zuversichtlichen Blick. »Ob wir dem gewachsen sind, erfahren wir nur, indem wir den Weg gehen.«

»Also rätst du mir, das Elixier zu nehmen, hier zu bleiben

und auf die Zauber, das Schicksal, euch oder was auch immer zu vertrauen?«

Als Saruh den Kopf sacht schüttelte, wippten die Wellen ihrer Haare. »Das musst du entscheiden. Aber wenn da ein Funke ist, der dich glauben lässt, du hättest den Mut, dann solltest du es tun. Finde heraus, was in dir steckt.«

»Finde heraus, was in dir steckt …«, wiederholte Thriller und ein Lächeln legte sich auf seine Lippen. »Genau das Gleiche hat meine Tante an dem Abend gesagt, bevor ich hier gelandet bin.«

Allerdings ging es nicht um die Rettung einer Welt, sondern um die banale Wahl meines Studienhauptfachs, fügte er in Gedanken hinzu und nahm einen Schluck von der süßlichen Milch.

»Was, wenn ich den Trank nehme und dennoch zurückgehe? Bleibt das, was er bewirkt, dauerhaft?«

»Ja«, antwortete sie knapp.

»Dann kann ich mich also bald bei Doctor Strange melden, wenn das mit euch nicht klappt. Was mache ich mit solchen Fähigkeiten in meiner Welt?«

»Wenn dieser Arzt sich mit Magie auskennt, warum nicht? Aber bitte denk nicht so negativ. Wie gesagt, das Elixier fördert nur das, was da ist. Auch in Nefeach gibt es Magie und andersartige, magische Wesen. Kitey oder Loreo können dir sicher eine Anlaufstelle nennen. Und solange du hier bist, helfe ich dir mit …«, nachdenklich hielt sie inne, »mit allem, was es eventuell bei dir bewirkt.«

»Okay. Jetzt kommen wir zu dem Teil, der mich beruhigt. Ein bisschen zumindest.«

»Eine Frage, Thriller.« Saruh drehte sich auf dem Sessel so, dass sie ihm direkt gegenübersaß, und richtete sich etwas auf. »Was verlierst du, wenn du das Elixier trinkst?«

Thriller ließ die Frage einen Moment auf sich wirken. Sein Kopf fühlte sich zum Platzen überfüllt und leer zugleich an. In Saruhs Augen, die seinen Blick geduldig erwiderten, las er

Zuversicht. Wie sie so vor ihm saß, den Kopf leicht zur Seite geneigt, mit einem sanften Ausdruck in den Augen, verriet nur die Haltung ihrer Schultern einen Hauch von Anspannung. Sie strahlte trotz der unleugbaren Gefahren und Ungewissheit mit jeder Faser Lebensmut aus.

Es war ein Funke, der in Thriller etwas entzündete. Etwas, das darauf gewartet hatte, endlich entflammt zu werden.

»Nichts«, kam es ihm ganz automatisch über die Lippen.

LIAN

Nur schwerfällig kam Lian zur Ruhe und wälzte sich im Bett hin und her. Sie sah gedankenverloren zu der leeren Phiole auf dem Nachttisch.

Was, wenn ich dieser Magie nicht gewachsen bin?

Plötzlich ertönte ein eigenartiges Grollen. Lian richtete sich vor Schreck im Bett auf. Erst dachte sie, es dränge von draußen zu ihr. Sie sah aus dem offenen Fenster und lauschte auf die Geräusche der Nacht. Doch da war nichts außer dem sanften Rauschen des Windes und leisem Zirpen. Nachdenklich knetete Lian die Ecke ihrer Bettdecke in den Händen. Wieder hallte der animalische, tiefe Ton in ihren Ohren. Sie zuckte zusammen, sah sich verwirrt um. Während das Geräusch verklang und ihre Hände zitterten, begriff sie, dass es in ihr war. Wie eine innere Stimme, doch befremdlicher. Was wollte sie ihr sagen? Hatte es etwas mit dem Elixier zu tun?

Lian fasste sich an die Stirn und blickte in den klaren Sternenhimmel. Ihre Haut prickelte. Jede ihrer Schuppen kitzelte zart. An Schlaf war nicht zu denken.

Darum schlug sie ihre Decke zurück, stand auf und verließ ihr Zimmer in der Hoffnung, dass die Bewegung ihre innere Unruhe lindern würde. Auf dem Weg über den Flur dachte Lian an ihre Heimat. Zu Hause hatte sie Stunden und ganze Tage in der Schlossbibliothek verbracht. Dort konnte sie alles um sich herum vergessen.

Sie blieb vor dem Eingang zur Tempelbibliothek stehen und sah zu der Laterne neben sich auf, als könnte ihr das Licht verraten, ob sie hier die ersehnte Ruhe finden würde.

Leise trat sie ein. Der Geruch erinnerte sie sofort an Zuhause, an Sumo und die vielen Stunden, die sie ihm in der Bibliothek beim Vorlesen zugehört hatte. Bei dem Gedanken an den langbärtigen Bibliothekar lächelte sie wehmütig. Mit aufgeregt flatterndem Herz lief sie zwischen die Regalreihen und ließ die Fingerspitzen über die Buchrücken gleiten. Während die Schrift glomm und sich die Symbole veränderten, bis sie sie lesen konnte, fiel Lians Blick auf das Wachssiegel einer der Schriftrollen. Ihre Finger zuckten vor Erstaunen zurück. Sie kannte es. Die Silhouette eines Drachenkopfes mit zwei sich kreuzenden Schreibfedern, beides umringt von einer Krone. Das Emblem der königlichen Bibliothek ihrer Heimat Caloripa.

»Sumo, wie kommt eine deiner Schriftrollen hierher?«, flüsterte sie. Kaum hatte sie die Worte ausgesprochen, spürte sie erneut das eigenartige Kitzeln auf ihrer Schuppenhaut. Was hatte das zu bedeuten? Sie atmete aufgeregt, lehnte sich mit dem Rücken an das Regal und rutschte auf den Boden. Das alles wühlte sie auf. Tränen der Verwirrung brannten in ihren Augen.

Eine der leuchtenden Laternen kam auf sie zugeschwebt. »Lian? Weinst du?«

»Thriller?«

Im Schein der Laternen tauchte Thriller auf. Er hielt zwei Kekse in der Hand, von denen der angebissene auf den Boden krümelte, und sah sie besorgt an.

»I– ich ... bin ...« Ihre Stimme brach ab und ihr Herzschlag polterte gegen ihre Rippen.

»Bitte nicht. Nicht weinen.« Thriller ging neben ihr in die Hocke und streichelte behutsam über ihre zitternde Hand, die auf ihrem angewinkelten Knie lag.

»Keks? Die sind von Saruh. Sie saß vorhin weiter hinten, ich kann mehr holen. Schokolade hilft bei fast allem«, meinte er unbeholfen und lächelte sie schief an. »Und reden, wenn du magst. Was ist denn los?«

Mit einem Schniefen nahm Lian einen der Kekse. »Ich bin aufgewacht und ...« Sie suchte die richtigen Worte für ihre Gefühle; für all das, was sie umtrieb.

Thriller nickte wissend. »Dir ging zu viel im Kopf herum? So war es bei mir auch.«

»Warst du schon hier? Beim Reinkommen habe ich dich gar nicht gesehen.« Sie biss in den Keks.

Thrillers warme Hand, die auf ihrer lag, beruhigte Lian allmählich und der süße Geschmack hatte etwas Tröstliches.

»Ich war zwischen den Regalen hinter den Sesseln. Saruh hat mir da was Unglaubliches gezeigt.« Thriller rieb sich verlegen den Hinterkopf, wobei er sie mit fragendem Blick ansah. »Möchtest du über das reden, was dich wachhält?«

»Ja und nein. Immer, wenn ich an Zuhause denke, fängt es an zu kitzeln, und hier ist so viel, das ich nicht verstehe.« Lian rieb sich unruhig über den dünnen Pyjamastoff an ihren Oberarmen.

Thriller reichte ihr die Hand, um ihr aufzuhelfen. »Also, Kitzeln fände ich gar nicht schlecht. Besser als ständige Übelkeit und Kopfweh.«

Seine Worte brachten sie zum Schmunzeln und als sie nickte, lösten sich zwei Strähnen aus Lians unordentlichem Dutt, die ihr über die Schulter fielen. »Da hast du wohl recht.«

Ein aufmunterndes Lächeln breitete sich in seinem Gesicht

aus. »Komm, ich zeig dir was. Und weißt du ... zweimal hast du schon bewiesen, was in dir steckt. Ich denke, du wirst mit allem fertig, was uns hier Verrücktes erwartet.« Thriller drückte ihre Hand und sie gingen durch die Regalreihe zurück zum Eingangsbereich. »Wie hast du eigentlich gelernt zu kämpfen?«

Als Lian zögerlich begann zu erzählen, glitzerte die Neugier in Thrillers Augen. Wie er ihr mit ehrlichem Interesse lauschte und sie einfach reden ließ, tat gut. Es war, als löste sich ein verkrampfter Griff um ihr Herz. Gleichzeitig rief es all das, was ihr fehlte, wieder in Erinnerung.

Stolz erzählte sie davon, dass ihre Familie seit Generationen die Ausbildung von Palastwachen, dem Kriegsheer und Tempelwachen in Caloripa übernahm. Ebenso, dass sie seit über hundert Jahren das erste weiblich geborene Familienmitglied war. »Es ist schwierig, sich in einer Horde von älteren Brüdern zu behaupten. Mein Lichtblick ist Harne.« Der Gedanke an ihren Bruder zauberte ihr ein Lächeln ins Gesicht. »Weißt du ... eigentlich kämpfen Frauen bei uns kaum. Frauen tun das nicht. Ausgenommen die Wachen der weiblichen Königsfamilienmitglieder.«

Lian sah ihren Vater vor sich. Oft war er ruppig gewesen, doch im Grunde nur, um sie vom Trainieren abzuhalten. »Mein Vater wollte nie, dass ich kämpfe.«

Stirnrunzelnd sah Thriller sie von der Seite an. »Warum? Was soll ein Mädchen nicht können, was ein Junge kann?«

»Na ja ... Also eigentlich weiß ich das nicht. Anders kenne ich es nicht. Mein Vater war im Krieg. Durch ihn hat er einen Teil seiner Familie verloren. Ich glaube, deswegen wollte er es nicht.«

Sie verriet, dass sie früh angefangen hatte, heimlich allein zu trainieren. Sie hatte Harnes silberne Streitaxt bewundert und ihm nacheifern wollen. Hatte davon geträumt, wie er das Familienwappen auf der Waffe zu tragen. Was aber nur möglich war, wenn die Familie ihre Kampferfahrung anerkannte.

Ach, Harne, wenn du jetzt nur bei mir wärst ...

»Mein Bruder Harne war es, der mich entdeckt hat. Der mein Potenzial sah und mir half. Aus Respekt vor Papa und der Familie hat er lange gezögert. Schließlich hat er mich aber doch heimlich ausgebildet.«

»Das war eine gute Entscheidung«, sagte Thriller lächelnd. »Kajaska sieht das sicher genauso, nach dem, was in der Wüste war.«

Je mehr sie von sich preisgab, umso freier konnte Lian atmen. Gleichzeitig erfasste sie ein dumpfes Gefühl der Sehnsucht, weil sie ihre Familie vermisste.

»Ich verstehe, warum der Zauber dich gewählt hat. Bei mir tue ich es nicht.« Die Worte von Thriller ließen sie stutzen.

Er zuckte gedankenversunken die Schultern. »Du ... na ja, du kannst echt was. Von klein auf war dir das Militär und das, was es heißt, für etwas zu kämpfen, vertraut. Sei es nun für einen König, ein Land oder eine ganze Welt. Mehr als eine Schulhofprügelei kenne ich nicht.«

»Hmm. Wenn du das so sagst ...« Sie erkannte die Wahrheit in seinen Worten. Gleichzeitig erinnerte sie sich daran, was Harne einmal gesagt hatte: *Es wäre eine Schande, dein Talent zu vergeuden, kleine Linjin.*

In ihrer Brust breitete sich ein wohliges Gefühl aus und sie schmunzelte.

Schon seltsam, wie dir das Schicksal nun recht gibt, großer Bruder.

»Ich glaube, es war wichtig, dass Harne mich erwischt und trainiert hat. Rückblickend erscheint es mir fast schicksalhaft. Die unwissentliche Vorbereitung auf diesen Kampf. Klingt albern, oder?«

»Nee. Es ist verrückt, wie sich alles zusammenfügt und einen Sinn bekommt. Ich frage mich, ob es das bei mir auch irgendwann tut.«

»Bestimmt. Vielleicht weckt der Prilumsenz-Trank etwas ganz Besonderes in dir oder du bist dir etwas einfach noch nicht bewusst.« Lian wusste nicht genau, was sie sagen sollte, aber sie wollte ihm Mut machen. So, wie er es für sie getan hatte.

»Wer weiß.« Seufzend zuckte Thriller die Schultern. »Aber ich freue mich für dich.« Sein Lächeln wirkte nachdenklich, während sein Blick über die Buchrücken glitt. »Wenn du zurückkehrst, kannst du deinem Bruder davon erzählen und ihm sagen, dass er richtig gehandelt hat. Und du trägst dann bestimmt stolz euer Wappen.«

»Das werde ich«, flüsterte Lian erstickt und blinzelte die Tränen fort.

»So, da sind wir.« Thriller deutete in die äußerste Regalreihe und lotste Lian ein paar Meter hinein, bis die Regale in einem Bogen auseinanderliefen und das Licht ihrer Laternen eine runde Fläche offenbarte. Dort standen weitere Sesselgruppen mit Tischchen und ein riesiges Holzgebilde, das zauberhaftes Licht umgab.

»Was ist das?«, fragte Lian, näher herantretend.

»Das sind die Karten der drei Welten!«, verkündete Thriller mit feierlichem Ton und ausgebreiteten Armen.

Das Holzkonstrukt bestand aus dreizehn Säulen, in die kunstvoll das Halbrelief von Personen und Wesen geschnitzt war. Sie trugen eine unterarmdicke Ebene, von der ein nie endender Regen aus Licht hinabfloss und auf seinem Weg zu Boden verblasste.

Die Darstellung der Welten fesselte Lians Aufmerksamkeit. »Es ist wunderschön.«

»Als Saruh es mir gezeigt hat, hat es mir fast die Sprache verschlagen. Kaum vorstellbar, oder?« Thriller ging vor den Säulen in die Knie. »In die Säulen sind die Götter eingearbeitet. Das da ist die Patin der Hexen und ihrer Kamadragi, Flownin, und daneben der Pate der Magier und ihrer Malgadus, Barrax.« Sein Finger wanderte von der Gestalt der zierlichen Frau mit dem hochgesteckten Haar und dem bärtigen Mann zur nächsten

Säule. »Das ist der Gott des Todes. Sieht auch ein bisschen finster aus, oder? Oh, und das da ist der Gott der Gewässer, und die drei sind die Schicksalsschwestern, Urd, Ulksyd und ... den dritten Namen hab ich vergessen.«

»Trotzdem, wie kannst du dir das alles merken?«, fragte Lian und betrachtete die drei Frauen, die sich deutlich durch ihr Alter unterschieden. Eine besaß kindlich-mädchenhafte Gesichtszüge, die andere die einer Erwachsenen, und die dritte jene einer alten Frau.

Thriller wuschelte sich durchs Haar und stand auf. »So was ist mir irgendwie schon immer leichtgefallen. Es ist so spannend. Ich entdecke ständig Ähnlichkeiten zu meiner Welt.« Er kam ruckartig hoch. »Und pass auf, das ist noch nicht mal das Beste.« Er winkte Lian aufgeregt zu sich heran.

Umgeben von einem Lichtmeer schienen sieben Kontinentalplatten vor ihnen zu schweben. Mit leuchtenden Augen erzählte Thriller ihr, dass sie sich auf dem Kontinent Sinelthra befanden, und deutete mit dem Finger darauf. Auf dem hölzernen Kontinent waren ein Emblem und sein Name geprägt. »Was sind das für Symbole?«, fragte Lian stirnrunzelnd und strich sich eine Haarsträhne hinters Horn.

Ländergrenzen und -namen, sowie Städte und Dörfer fanden sich nicht darauf. Doch diese Zeichen kamen ihr eigenartig bekannt vor. Fast identische existierten in ihrer Heimat.

Wie kann das sein?, fragte sich Lian und ihr Herz schlug wieder schneller.

»Habe ich Saruh auch sofort gefragt. Die stehen für die sieben Elemente. Jeder Kontinent wird einem von ihnen zugeordnet. Metall, Wasser, Luft, Geist, Feu-«

»Feuer, Erde und Holz«, beendete Lian Thrillers Aufzählung, während er von links nach rechts auf die jeweiligen Kontinente deutete.

»Du ... Du kennst die sieben? Bei uns gibt es nur vier. Außer in einer Kultur, da sind es fünf.«

Lian nickte grübelnd und musterte die Elementarembleme. »Bei uns sind es dieselben sieben Elemente. Die Symbole ähneln sich auch sehr«, antwortete Lian staunend über diese Gemeinsamkeiten mit ihrer Heimat.

»Verrückt. Pass mal auf.« Dann tippte er mit dem Zeigefinger in das Lichtermeer und sagte: »Worgodus.«

Die Farbe des Lichtes veränderte sich, wechselte von Gelb zu einem Indigoblau und die Kontinentalplatten verschoben und verformten sich vor ihren Augen.

»Das ist meine Welt. Die Weltkarte kann alle drei zeigen. Galmadur, meine, Nefeach, und die Hexenwelt Kamadrin. Unglaublich, oder? Jede Welt besteht im Grunde aus denselben sieben Kontinenten. Sie haben sich durch die Trennung und über die Jahre nur verschoben und verformt. Plattentektonik eben.«

Lian stellte sich neben Thriller. Beeindruckt von den Kontinenten und dem, was er ihr erzählte, ließ sie die Hand durch den fließenden Lichterregen am Rand gleiten. »Ich würde zu gerne wissen, wo meine Welt ist. Verschollen. Irgendwo dazwischen.«

»Jetzt weißt du von den anderen Welten und dass deine ein Teil davon war. Vielleicht bleibt deine Heimat nicht verloren.« Thriller hielt inne und rieb sich nachdenklich über den Nacken.

»Was denkst du?«

»Na ja. Im Moment ist deine Welt in Sicherheit. Da sie verschollen ist, weiß der Schattenmagier nichts von ihr.«

»Das könnte sich aber durch meine Anwesenheit hier ändern.« Ein Gedanke, bei dem Lian ein angsterfüllter Schauer über den Rücken jagte.

»Stimmt. Trotzdem müsste er sie erst mal finden«, hielt er dagegen und nahm ein in rotes Leder gebundenes Buch von einem der Tische. »Komm du ihm zuvor. Nutz das Wissen in den Büchern und Karten. Da muss etwas drinstehen.«

Lian erwiderte sein Lächeln und bewunderte, dass er trotz

der verworrenen Situation zu so einem Enthusiasmus fähig war. »Du hast recht. Ich finde meine Heimat und gehe dem auf den Grund, was es mit den Drachen auf sich hat. Das ist meine Vergangenheit und ich möchte sie kennenlernen.« Aufgeregtes Flattern erfüllte Lians Brust, sie blickte in die Regalreihen und schöpfte Hoffnung.

»Dann hilft dir vielleicht das. Saruh hat ...«

»Wo ist sie eigentlich?«

»Ähm. Sie wollte noch Kitey suchen. Womöglich habe ich ihr irgendwann doch zu viele Fragen gestellt und es war eine Flucht.« Er lachte auf. »Schau mal, das ist der Erzählzauber oder Telredenzauber, von dem Werwik beim Essen geredet hat. Das Buch hier habe ich entdeckt.« Thrillers Augen weiteten sich begeistert. »Das haben tatsächlich die Gebrüder Grimm aus meiner Welt geschrieben.«

Sofort dachte Lian an die Schriftrolle aus dem anderen Gang mit dem Wappen der königlichen Bibliothek.

Thriller deutete kurz auf den im Buchdeckel geprägten Namen, schlug es auf und flüsterte: »Verlitelium.«

Kaum hatte er die letzte Silbe gesprochen, begannen Zeilen und Buchstaben zu leuchten. Während sich die Seiten des Buches in Thrillers Händen von selbst umblätterten, lösten sich die himmelblauen Leuchtbuchstaben von ihren Plätzen. Sie schwirrten in großen Kreisen um die Weltkarte und eine wohlig tiefe Männerstimme erklang. Die Leuchtbuchstaben verschwammen, formten Bilder, die genau das widerspiegelten, was die Stimme sagte. Es war die Geschichte einer verstoßenen und verfolgten Prinzessin. Vor ihnen erschienen Wälder, ein prächtiges Schloss mit Zinnen, und die Silhouette eines Mädchens, das sich durch die Bilder bewegte. Sie fand Zuflucht bei einer Gruppe von Zwergen, doch fiel einer hinterlistigen Vergiftung zum Opfer. Lian lauschte gebannt und verfolgte das wechselnde Spiel der strahlenden Bilder.

Die Geschichte endete schließlich mit der Rettung der Prinzessin, die Stimme verstummte und die Leuchtbuchstaben schwirrten zurück auf ihre Buchseiten. Lian faltete die Hände vor dem Körper, um das Zittern ihrer Finger zu beruhigen. Begleitet von der unfassbar schönen Magie, hatte die mitreißende Erzählung sie berührt.

Der Zauber war vorüber und nachdem alle Buchstaben aufgehört hatten zu leuchten, schloss Thriller das Buch. »Das war eines von vielen Märchen aus meiner Welt. Und, was noch viel unglaublicher ist als dieser Zauber – Saruh meinte, es basiere auf einer wahren Begebenheit hier aus Galmadur.« In seiner Stimme hörte Lian, wie nah ihm das ging. Wie sehr es ihn begeisterte und zugleich erschreckte. »Das macht alles so real. Es gibt mir das Gefühl –« Er brach ab und fuhr sich aufgeregt durchs Haar. »Ich rede von *meiner* Welt. Und, wenn ich das sehe, ist es, als wäre jede Welt meine Welt, weil sie früher auch alle eins waren.« Thriller seufzte schwer. »Ach, das klingt total komisch.«

»Das ist verrückt, wunderbar verrückt, und einschüchternd. Und es klingt nicht komisch. Ich weiß genau, was du meinst. Vorhin habe ich auch etwas aus meiner Welt entdeckt. Es hat mich schrecklich aufgewühlt und ich frage mich, wie es hierherkommt.« Aufgeregt erzählte Lian ihm von der Schriftrolle, der Bibliothek in ihrer Heimat, den Gelehrten, und zwirbelte an einer ihrer Haarsträhnen.

Sie hatten auf zwei der Lehnsessel Platz genommen und von Thriller erfuhr Lian, dass es wohl auch nach der Trennung Verbindungen zu seiner Welt gab. Die junge Hexe hatte ihm von Persönlichkeiten wie Autoren, Wissenschaftlern, Architekten und Künstlern erzählt, die den Kontakt gesucht hatten und sich mit den Bewohnern in Galmadur nach wie vor austauschten. Sogar hin und her gereist waren. Manche hatten auch einen Teil ihrer Familien hier.

Gemeinsam stellten sie Vermutungen an und kamen zu dem Schluss, dass es nur zwei logische Erklärungen gab: Entweder stammte die Schriftrolle aus der Zeit vor der Trennung oder Lians Welt war nicht verschollen und jemand hielt im verborgenen Kontakt. Wenn das der Fall wäre, würde sie es herausfinden und nichts unversucht lassen, damit Caloripa wieder ein Teil der Welten wurde.

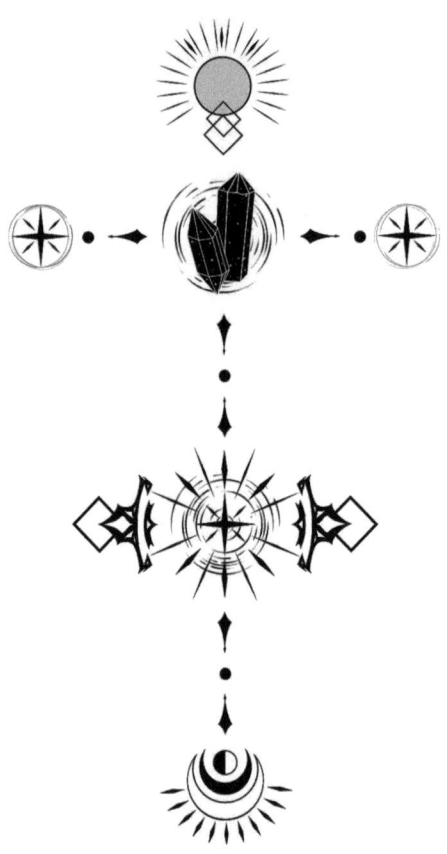

THRILLER

Unter Thriller bebte das Bett. Er japste erschrocken, sah sich hektisch um und starrte in die fies funkelnden Augen von Tuktuk direkt neben sich. Den Kopf gesenkt, rammte der Bock wieder gegen den Bettrahmen. Aufgeschreckt warf Thriller ein Kissen nach dem Tier und krabbelte in die Mitte des Bettes. »Verdammt, wie kommst du hier rein?«

»Ich habe ihn reingelassen. Guten Morgen.« Kitey stand am Fußende des Bettes und pochte angespannt mit dem Absatz.

»Himmel, warum tust du denn so was? Das nennst du einen guten Morgen?«

Sie rollte mit den Augen, schnappte sich Thrillers Kleider vom Stuhl und warf sie ihm zu. »Zieh dich an. Du hast das Frühstück verpasst. Das Training beginnt, die anderen warten schon im Garten.«

»Was soll das heißen, Frühstück verpasst? Warum habt ihr mich nicht geweckt?«

»Das haben wir. Zuerst Lian, dann Saruh und jetzt dachte

ich, ich probiere es mal mit der Ziege.«

»Aber du kannst mich doch nicht ohne Frühstück trainieren lassen?« Wie auf Kommando knurrte sein Magen.

Kitey zuckte mit der Augenbraue. »Ich würde. Aber Saruh hat gemeint, es wäre eine Folter für dich.« Sie nahm das hohe Glas vom Sekretär neben dem Fenster und hielt ihm den grünen Cocktail vors Gesicht. »Hier, trink das.«

Dickflüssig schwappte das grüne Getränk am Glasrand hoch und eine rote sellerieähnliche Stange ragte heraus.

»Was ist das?« Thriller kletterte aus dem Bett und nahm das Glas entgegen.

Über die Bettkante fixierte Tuktuk Thriller, blökte ihn an und scharrte mit dem Vorderhuf.

»Dein Frühstück.« Mit den Fingerspitzen kraulte Kitey den Ziegenbock, der sich neben ihr aufgebaut hatte, zwischen den Hörnern. Was ihn sichtlich besänftigte. Er hörte auf zu meckern und rieb den Hals an ihrem Bein.

Thriller schnüffelte skeptisch und rührte mit der Stange in seinem sogenannten Frühstück herum. »Ist das so eine Art Smoothie?«

»Kommt hin. Die Humpfen Früchte hast du gestern gegessen. Saruh hat noch Vuxkraut untergemischt, damit du etwas schneller wach wirst.« Kitey wandte sich dem Schreibtisch zu. »Hast du das Elixier getrunken?«

»Ja, hab ich«, antwortete er und sein Blick glitt zu dem leeren Fläschchen auf seinem Nachttisch.

»Übrigens ... Saruh hat noch keinen Portalzauber gefunden, der sich eignet.«

»Weiß ich. Letzte Nacht war ich bei ihr in der Bibliothek.« Er dachte daran, wie er durch die Gespräche mit Saruh und Lian erkannt hatte, dass er sich im Grunde nicht vor dem Trank oder dessen Auswirkungen gefürchtet hatte, sondern Ungewissheit die Quelle seiner Angst gewesen war – und die würde er von nun an bekämpfen, indem er alles Wissen aufsaugen würde, das er in die Finger bekäme.

Er nahm einen Schluck von seinem sogenannten Frühstück. Cremig floss der vanillige Smoothie über seine Zunge, den Gaumen entlang und seine Kehle hinunter. »Lecker, zumindest besser als das Elixier. Kaffee würde es aber auch tun. Mir fehlt der Kaffee echt. Hilft das Zeug zufällig gegen Kopfweh? Mir brummt schon wieder der Schädel.« Er knabberte dreimal an der Stange, dann stellte er sein Frühstück auf den Nachttisch.

»Seit wann hast du wieder Kopfweh?« Sie runzelte die Stirn und kam näher.

Thriller lief an ihr vorbei zum Waschbecken und drehte den Wasserhahn auf, der wie ein springender Fisch aussah.

»Na ja ...« Er klatschte sich Wasser ins Gesicht und prustete. »Es hat wieder angefangen, nachdem ich das Talentsuchelixier getrunken habe. Saruh meinte, es liegt an der Magie, die hier überall umherschwirrt, auf mich wirkt, und die ich nicht gewöhnt bin. Aber könnte es nicht doch auch eine Nebenwirkung sein?«

»Möglich wäre es. Vor allem zusammen mit der Stress-situation. Am besten redest du noch mal mit ihr darüber.«

Thriller knöpfte das Schlafanzugsoberteil auf. »Bisher war ich aber eigentlich recht stressresistent.«

»Wie gesagt, frag Saruh, sie ist die mit dem Händchen für Heilmagie. Jetzt schwing die Hufe.«

Tuktuk stupste Kitey ans Bein. »Nicht du, Tuktuk.«

Thriller lachte auf.

Kitey öffnete dem Ziegenbock die Zimmertür. »Wir warten draußen, komm durch die Küche in den Garten. Wenn es zu lange dauert, schicke ich wieder Tuktuk«, sagte Kitey im Gehen und lächelte süffisant.

Das Tier blökte Thriller noch einmal inbrünstig an, ehe es davontappte.

»Ist ja gut. Ich beeile mich.«

Als Thriller den paradiesischen Gartenpark des Hexentempels betrat, strahlte ihm die Morgensonne entgegen und der blumige Duft von Frühling lag in der Luft. Er schloss einen Augenblick die Augen, atmete tief ein und streckte die Arme über den Kopf. Das Pochen in seinen Schläfen verlor allmählich an Intensität. Beschwingt lief er über die Steinplatten auf der Wiesenfläche in Richtung der ersten Baumreihen.

Vielleicht lag es einfach am Hunger und doch nicht an der Magie. Zumindest nicht nur, dachte er schulterzuckend und sah zu einem der grasenden Jupun.

Der Wald begrenzte die ausladende Rasenfläche und verlief in einem Bogen um die ganze Insel. Geradeaus zwischen den Baumstämmen am Waldrand erspähte er das Himmelblau und knalliges Orange von Werwiks und Saruhs Kleidung.

Entlang an lilienähnlichen Blumen und verschiedensten Büschen voll von Früchten und gelben Blüten, zierlich wie Vergissmeinnicht, kam Thriller auf halbem Weg an einem imposanten Baum vorbei. Der Stamm schimmerte silberweiß in der Sonne und die hängenden Äste erinnerten ihn an eine Trauerweide, nur, dass die Blätter stechend rot glänzten. »Ist eigentlich kein Wunder, dass mein Kopf schier platzt bei all den neuen Eindrücken. Seht ihr doch auch so, oder?«, sagte er zu zwei der Jupun, die träge den Kopf zu ihm drehten und kauend das Maul verzogen wie Kamele. Das Größere der beiden grunzte. »Okay. Das werte ich als Ja.«

Er löste seinen Blick von dem majestätischen Baum und sah zu den anderen. Das erste Training wartete und spornte seine Fantasie an. Er sah sich bereits zaubern oder ein Schwert schwingen. Sein Herz schlug aufgeregt und doch war da der Funke nervöser Angst, der ihn triezte. Was, wenn er es total verhunzte? Wenn dieser Trank ein völlig unbrauchbares Talent für diese Mission förderte?

Thriller schüttelte den Kopf, doch dann raschelte im

Gebüsch zu seiner Linken etwas und er fuhr herum. Neugierig spähte er zwischen die Blätter. »Ein Wurzwicht«, murmelte er und dachte lächelnd an jene, die er bei den Zwergen gesehen hatte. Auf allen Vieren saß das Wesen neben dem Stamm, wirkte beinah wie ein Teil der Pflanze.

»Hey, Thriller. Trödel nicht. Tuktuk scharrt schon mit den Hufen«, donnerte Kiteys Stimme zu ihm.

»Ja, ja, schon gut.« Die letzten Meter rannte er und verließ den Weg der Steinplatten. Außer Puste erreichte er die anderen und stellte sich zwischen Lian und Werwik. »So, bin da. Was habe ich verpasst?«

»Nichts. Wir haben auf dich lahmen Sumbpfiz gewartet«, murrte Kajaska, die auf einer dicken Baumwurzel hockte.

Thriller hob entschuldigend die Hände. »Sorry. War eine lange Nacht.« Er schmunzelte zu Lian, die sein Lächeln erwiderte.

»Also, das Training wird heute wie folgt aussehen ...« Kitey trat einen Schritt auf sie zu. »Wir haben vier Kristalle im Wald versteckt. Euer Ziel ist es, sie zu finden. Kajaska den weißen, Werwik den gelben, Lian den türkisfarbenen und Thriller den roten. Die Wurzwichte verraten euch Hinweise, aber auch die müsst ihr erst aufspüren.«

»Eine Schnitzeljagd als Training?«, fragte Thriller überrascht. Das klang zu gut und simpel, um wahr zu sein. Er liebte solche Suchspiele, aber ihn beschlich das mulmige Gefühl, dass es einen Haken gab.

Kitey verschränkte die Arme vor der Brust. »Das alles natürlich unter erschwerten Bedingungen.«

Und da ist er schon, der Haken, dachte Thriller und sah zu Saruh, die hinter Kitey stand.

Sie legte die Hand um einen knorrigen Stab, der sie überragte und an dessen oberem Ende eine Kugel eingefasst war, dann zwinkerte sie Thriller zu. »Zu wissen, wie man kämpft, ist eine Sache, aber ihr müsst auch für eine Flucht gewappnet sein.

Lernen, eure Umgebung für euch zu nutzen. Vorteile für die Verteidigung oder Verstecke erkennen. Darum geht es bei diesem Training«, fuhr Kitey fort und ihr Blick ruhte kurz auf Thriller. Den Wink kapierte er glasklar. Trotzdem kratzte es ein wenig an seinem Ego, dass sie ihm das Wegrennen nahelegte.

»Manchmal ist eine Flucht die beste Wahl«, warf Werwik gelassen ein, der an einem Baum hinter sich lehnte.

»Wenn ihr euch einem Kampf nicht gewachsen fühlt, ist das das einzig Richtige. Hört auf euren Instinkt«, meinte Saruh und schenkte ihnen ein aufmunterndes Lächeln.

Kajaska trommelte mit den Fingern auf die Baumwurzel unter sich. »Wir sollen also durch den Wald hier rennen und unsere Kristalle suchen?«

Dass um Kiteys Lippen plötzlich ein Lächeln zuckte, machte Thriller nervös. »Nein. Sicher rennt ihr nicht einfach durch den Wald.«

»Der Wald und einige der Bewohner werden uns helfen. Ich habe meine Elementarmagie wirken lassen.« Saruh festigte den Griff um den Stab in ihrer Hand. »Ihr trefft auf unerwartete Fallstricke.«

Unruhig trat Thriller von einem auf das andere Bein. Lian sah ihn von der Seite an und leckte sich nervös über die Lippen. Ihr schien es nicht anders zu gehen als ihm.

»Ähm ... und auf welche?«, hakte er nach.

»Wenn ich dir sage, was dich erwartet, ist es kein effektives Training, aber ...« Kitey schlug die flache Hand auf den Baumstamm neben sich. Mit einem Ruck hob sich eine seiner Wurzeln aus dem Boden und Kitey sprang darüber, um nicht von den Beinen gerissen zu werden. Dann versenkte sich die Baumwurzel wieder in der Erde, als hätte sie sich nie bewegt. »Reagiere auf die Situation. Aufgabe eins: Findet eure Kristalle und lasst euch nicht aufhalten oder von Pilzgnomen fangen!«

»Pilzgnome?« Thrillers Finger zitterten. »So eine Schnitzeljagd klingt toll, aber ... wenn ich darüber nachdenke ... Also, falls ich doch durch ein Portal heimreise, warum muss ich durch den Wald re–«

»Solange du hier bist, machst du mit«, unterbrach ihn Kitey. »Gerade du, der weder eine Waffe noch Magie beherrscht, solltest wissen, wie du fliehst.« In ihrem Blick lag die unausgesprochene Aufforderung, sich für das Bleiben zu entscheiden.

Thriller schluckte trocken. Ja, er war sich unschlüssig und deswegen fuhr sein Magen schon wieder Karussell.

Zwischen den Bäumen und aus dem Unterholz kamen kleine Wesen, von denen die größeren Thriller bis zu den Waden und die kleinsten gerade an den Knöchel reichten. Es waren dieselben wuseligen Wesen, die ihn in der Zeltstadt fast umgerannt hatten. »Pilzgnome«, schlussfolgerte Thriller murmelnd. Lebendig gewordene Pilze mit knubbeligen Körpern, zwei Händen, Augen und Hüten in den unterschiedlichsten Formen. Ihre zarten Stimmchen murmelten aufgeregt: »Mashoi ... Mash ... Mash« und »Pignowei ... noei ... noei«.

Unsicher runzelte Thriller die Stirn und musterte die zunehmende Anzahl Pilzgnome, unter die sich auch einige Wurzwichte mischten. »Und die Winzlingpilze versuchen, uns aufzuhalten?«

Kitey lächelte süffisant. »Unter anderem.«

Über ihnen raschelte es in den Baumkronen und Thriller erkannte die Gestalten der Kwarzwu, der geflügelten Affenwesen wieder. In der Nacht im Wald bei den Zwergen hatte er ihre Gesichter nicht gesehen. Jetzt lugten die Tiere mit zuckenden Hasenstupsnasen und Augen, so groß wie die von Lemuren, zu ihnen herunter, wobei frecher Schalk darin blitzte. »Ernsthaft? Die lasst ihr auch auf uns los?«

»Das könnte sehr interessant werden«, sagte Werwik und stieß sich vom Baumstamm ab.

Thriller starrte ihn mit geweiteten Augen an. »Interessant? So nennst du das?«

»In diese Richtung geht es los, einmal um den Tempel. Euer Ziel ist die Blutweide. Dorthin bringt ihr den Kristall. Wenn ihr es schafft.«

»Viel Erfolg, ich erwarte euch am Ziel.« Saruh stieß ihren Stab auf den Waldboden. Eine goldfarbene Welle breitete sich von dort über dem Boden aus und verschwand zwischen den Sträuchern. Es war wie ein Startsignal, denn gleichzeitig huschten alle Wesen davon, als machten sie sich bereit. Verteilten sich im Wald und lauerten dort, bis sie auftauchten. Thrillers Herz schlug aufgeregt. Eine Mischung aus Ungewissheit und Abenteuerlust tobte in seiner Brust.

»Der weiße Kristall also. Dann wollen wir mal«, sagte Kajaska und verschmolz mit ihrem grünen Umhang mit dem Unterholz. Thriller hatte keinen Zweifel, dass ihre Gelassenheit gerechtfertigt war.

»Viel Glück. Wir sehen uns an der Blutweide.« Werwik verschwand als Nächstes und Thriller sah direkt, wie ihm drei Pilzgnome hinterherwetzten. Aus ihren Hüten stoben Sporen, und Werwik fluchte.

»Ihr seid dran«, forderte Kitey Lian und ihn auf.

Lian drehte sich zu ihm und straffte die Schultern. »Wir werden mit allem fertig, was uns hier Verrücktes erwartet«, wiederholte sie seine Worte, die er in der letzten Nacht zu ihr gesagt hatte, und trat mit wachsamem Blick zwischen die hochgewachsenen Sträucher.

»Na gut. Wird sicher lustig.« Thriller ballte die Fäuste und verbannte die Unsicherheit aus seinen Gedanken.

»Ganz sicher«, raunte Kitey mit stichelndem Sarkasmus.

Das spornte Thriller nur an, ihr zu zeigen, dass er es schaffte. Er rannte los.

»Ach, und die grünen Sporen der Pilzlinge fühlen sich an wie eine Mischung aus Brennnessel und Juckpulver. Ich empfehle dir, sie zu meiden«, rief Kitey hinterher.

»Bitte was?«, platzte Thriller heraus, drehte sich jedoch nicht mehr um. Direkt vor ihm stellten sich ihm fünf Pilzgnome mit aufgeblähten Backen und Hüten in den Weg.

»Fuck!« Im Laufschritt sprang er über sie hinweg und rannte im Zickzack weiter.

Die Gnome verfolgten ihn. Mitten im Lauf wirbelte Thriller abrupt zu den Pilzlingen herum und brüllte sie wie wildgeworden mit ausgebreiteten Armen an. Was bei Wölfen helfen soll, funktionierte hoffentlich auch bei diesen Gnomen.

Die Winzlinge erstarrten und schrien auf: »Oi ... oi ... Mash!« Sie zitterten und zogen die Pilzhüte ein. Thriller nutzte ihre Irritation und eilte davon.

Der Ast eines Baumes sauste ihm plötzlich entgegen. Hastig duckte er sich darunter weg und verschwand dahinter, geradewegs durch einen Farnstrauch. Ein paar Schritte weiter erreichte er eine Senke, die er über den halbfesten Erdboden hinunterrutschte.

Zwischen den Bäumen erklang Lians erschreckter Aufschrei. Thriller fuhr herum. Oberhalb der Senke rannte sie an ihm vorbei, verfolgt von den fliegenden Äffchen und Pilzgnomen. Sporenwolken hetzten wirbelnd hinter ihr her.

Ehe Thriller einfiel, wie er ihr helfen konnte, war sie bereits außer Sicht. Alarmiert lief er weiter, orientierte sich nach rechts. In diese Richtung hatte Kitey sie auf den Weg geschickt. War das vielleicht eine Finte?

Er zuckte zurück, als ein Wesen vor ihm aus dem Gebüsch hüpfte. »Verdammt, hast du mich erschreckt! Da kriegt man ja einen Herzkasper.« Er legte sich die Hand auf die Brust und spürte deutlich sein hämmerndes Herz.

Das Tierchen erinnerte an ein Kaninchen mit geflügelten Ohren und einem Leopardenfell. Es zuckte mit dem Kopf, lugte zu ihm auf und verschwand wieder im Unterholz. Die Waldkulisse erstreckte sich vor ihm in unendlicher Weite. Bäume in den unterschiedlichsten Brauntönen, manche sogar fast bläulich, ragten in den Himmel auf und ihre Äste woben über ihm ein knorriges Geflecht. Die tieferen formten Hürden, hoben und senkten sich. Einer fegte ihm die Beine zur Seite und Thriller landete auf dem Bauch. Er keuchte, stieß einen Fluch aus und hievte sich hoch. Dem nächsten Astgeflecht wich er knapp aus, indem er darunter weg über den Boden schlitterte.

Immer wieder brachen Sonnenstrahlen durch das Blätterdach und blendeten ihn. Die Wurzwichte ähnelten Ästen und waren scheu. Also würden sie sich vielleicht verstecken und tarnen. Thriller musterte die Bäume, spähte in Sträucher und Büsche, um hoffentlich einen Wurzwicht zu entdecken. Vergeblich. Unter seinen Füßen wechselte sich erdiger, von Wurzeln und Steinen durchzogener Waldboden mit einem Teppich aus Moos ab. Unaufhörlich bewegten sich die Äste der Bäume. Warteten nur darauf, dass er einen falschen Schritt tat; einen Schritt zu nah in ihre Reichweite kam. Thriller rieb sich über die Gänsehaut auf seinen Armen. Zögerlich schlich er um einen Baum, dessen Äste zuckten, ihn aber nicht angriffen. Er verließ den Baumschatten.

»Au!« Thriller fuhr herum und rieb sich den Hinterkopf. »Verdammt. Von hinten ist echt unfair«, blaffte er den noch schwingenden Ast an.

Bei jedem Rascheln hielt er inne, sah sich im Unterholz und den Baumkronen um. Er zuckte zusammen, als ein paar Jupun aus der Böschung tappten. Ein Flügelohrhäschen und ulkige, tukanähnliche Vögel hopsten über die Äste, erschreckten ihn mit ihren plötzlichen Bewegungen. Doch er begegnete keinen Pilzgnomen, Kwarzwu oder den Wurzwichten, die er suchte.

Thriller pustete den Atem aus und verlangsamte seine Schritte. Er wischte sich mit dem Ärmel den Schweiß von der Stirn. Wachsam schlich er am Rand einer Lichtung entlang, über deren Ebene sich ein gesprenkelter Blumenteppich erstreckte. Der Zauber des Waldes lag flirrend in der Luft und je länger

Thriller hier war, umso deutlicher glaubte er ihn wahrzunehmen. Aber das alles war zu idyllisch, wenn er an Kiteys süffisantes Lächeln, die Pilzgnome, Kwarzwu und andere möglichen Fallstricke für ihre Aufgabe dachte. Wo lauerte die Gefahr und wo fand er wohl die Wurzwichte, die ihm weiterhalfen? »Ich brauche einen Plan. Wie soll ich diesen Kristall je finden?«

Plötzlich fauchte etwas katzenhaft über ihm. Thriller legte den Kopf in den Nacken. Da waren sie, die Kwarzwu. Aufgeregt hüpften sie auf den Ästen umher, flatterten mit ihren Flügeln und pflückten apfelgroße Früchte aus dem Blattwerk. Der Erste beschoss Thriller mit ihnen. Er wich aus und rannte fluchend los. Hastig spähte er hinter sich. Fünf der Flugäffchen verfolgten ihn. Ihr Fauchen klang wie gehässiges Kichern, wie schwarze Fellblitze huschten sie auf ihn zu. Die Wurzeln der Bäume hoben und senkten sich vor seinen Füßen. Thriller sprang über die Hürden.

»Scheiße, das ist ja schlimmer als die Bundesjugendspiele!«

Sein Herz polterte getrieben in seiner Brust. Ein Ast sauste auf ihn zu. Er duckte sich und eine Frucht klatschte dagegen. Mit geballten Fäusten kämpfte sich Thriller durch das Dickicht. Entschlossenheit loderte in ihm auf. Früchte klatschten um ihn herum auf den Boden und zerplatzten an Baumstämmen.

Eine verfehlte seinen Kopf haarscharf. Die nächste donnerte matschig gegen seine Schulter. Er stolperte drei Schritte vorwärts, ruderte mit den Armen, um das Gleichgewicht zu halten.

Verdammt, wie hänge ich sie ab?

Thriller hetzte weiter, während die fliegenden Äffchen ihn unaufhörlich bewarfen und Laute ausstießen.

Plötzlich sprang eine Schar Pilzgnome aus den Büschen. »Mashomai ... moai ... maoi«, riefen sie vergnügt im Kanon, reckten die Ärmchen nach ihm und warfen dünne Stöcke gegen seine Beine. Zwei pusteten Sporen aus ihren Hüten, drei andere eigenartige Fäden. Sie trafen ihn am Arm und klebten wie Kaugummi.

Hastig wedelte Thriller mit dem Arm. »Fuck! Warum alle auf einmal?«, japste er und bog scharf nach rechts ab. Der rote Kristall in seinen Gedanken trieb Thriller an. Er rannte, sprang und duckte sich durch das Unterholz, während ihn die aufgeregt rufenden Wesen verfolgten. Vorbei an üppigen Blumen und lebendigen Pflanzen, die ihre Ranken und tentakelartigen Stempel nach ihm reckten und seine Beine zu fassen versuchten.

Zwei Pilzgnome tauchten rechts von ihm auf. Bereit zum Sporenschuss blähten sie ihre Backen und Hüte auf. Ohne nachzudenken, bückte sich Thriller; packte die beiden und warf sie den Kwarzwu entgegen.

Alle schrien erschrocken durcheinander. Die Gnome stießen ihre Sporen aus und hüllten die Flugäffchen in den gelben Nebel. Thriller grinste zufrieden und rannte weiter. Hinter sich das Getöse der Kwarzwu und Pilzgnome, von denen ihn immer noch eine Handvoll fuchsteufelswild verfolgte.

Inmitten des Trubels lenkte etwas Leuchtendes Thrillers Blick zwischen den Bäumen nach rechts auf eine aufragende Bergwand. Er bog scharf hinter einem miteinander verwachsenen Baumpaar ab. Sein Bauchgefühl lenkte ihn weiter zu den Lichtpunkten, die dort umherschwirrten. Das flirrende Glimmen vor dem Schiefergrau zog ihn an. Intuitiv steuerte er darauf zu. Auf dem Felsen saßen winzige glühwürmchenähnliche Tiere, die ihm harmlos zu sein schienen.

Eilig suchte er Deckung hinter einem Baumstamm. Er stand heftig atmend zwischen Baum und Felswand, lauschte auf das Rascheln und Schimpfen der Pilzgnome in den Büschen. Sie huschten vorbei. Erleichtert blies er den Atem aus und lehnte sich mit dem Rücken an die kühle Bergwand. Ein paar der Tierchen flogen um ihn herum, dann setzten sie sich auf die Rinde des gegenüberliegenden Baumes. Je mehr Tiere sich dort sammelten, umso mehr erkannte Thriller ein gewundenes Symbol aus drei Kreisen und zwei Wellenlinien im Stamm, in das sie sich setzten. Ehe er es genau betrachten konnte, gab die Bergwand hinter ihm plötzlich nach und Thriller plumpste in eine verborgene Höhle.

Er kam hart auf, stieß sich den Ellbogen und sog scharf die Luft ein. Durch seinen Arm rauschte kribbelndes Surren bis in die Finger. Perplex starrte er auf den Türrahmenauschnitt, durch den er gefallen war, und der beim nächsten Wimpernschlag verschwand. Wo zum Teufel war er gelandet? Verunsichert rutschte Thriller an die Seite und hockte sich hin, um sich zu sammeln.

»Sind die Gnome und Kwarzwu weg?« Kajaska trat aus dem Schatten, sofort umringt von einem Schwarm Glühwürmchen, und kam auf ihn zu.

»Ja, ich bin sie losgeworden. Was machst du hier? Und was sind das für Leuchttierchen?«

Die Elfe setzte sich auf einen Steinbrocken und rieb sich mit dem Mantelsaum die Wange ab, auf der die Reste einer rötlichen Frucht klebten. »Na rate mal. Die Kwarzwu waren hinter mir her. Und das sind Gluhs. Sie gehören zu den friedlichsten Wesen in ganz Galmadur.«

Die fingernagelgroßen Tierchen mit den Glupschaugen erhellten die enge Höhle mit ihren flauschigen Leuchtpelzen.

Langsam beruhigte sich sein Atem wieder. »Hast du die anderen gesehen?«

Kajaska nickte. »Werwik ist mir südöstlich von hier über den Weg gelaufen. Ihn haben wohl die Pilzlinge erwischt, so wie er sich überall gekratzt hat.« Ein amüsierter Ausdruck legte sich auf ihre sonst ernsten Gesichtszüge. »Aber er hatte auch einen Wurzwicht bei sich.«

»Auch?« Thriller hob fragend die Augenbrauen und rieb sich über den Arm, der noch immer kribbelte. Hinter ihrem Rücken lugte ein Wurzwicht schüchtern über ihre Schulter.

»Du weißt, wo dein Kristall ist?«

»Ja.«

»Dann kann ich ihn auch nach meinem fragen.« Aufgeregt rutschte Thriller näher.

»Nein. Das hat Lian schon versucht. Jeder Wurzwicht darf nur einem von uns helfen.« Kajaska zuckte die Schultern. »Saruh hat ihnen wohl Kekse versprochen.«

»Ach, so ein Mist. Ich hoffe, Lian hat auch einen Wurzwicht gefunden.«

Kajaska zuckte mit den Schultern. »Als ich sie gesehen habe, ist sie vor Gnomen weggerannt.«

»Okay ... ähm, sag mal ... Wenn er mir nicht verrät, wo der Kristall ist, dann vielleicht, wo seine Freunde sind?«, fragte Thriller und krempelte sich die Ärmel auf.

Kajaska schielte auf ihre Schulter zu dem Wurzwicht. »Versuchen kannst du es.«

»Na, Kleiner? Gibst du mir bitte einen Tipp, wo ich einen deiner Freunde finde?«

Blinzelnd sah der Wicht zu ihm hinüber, seine Ohren zuckten und er nickte scheu. »Steintreppe«, flüsterte er mit hellem Stimmchen.

»Bei der Steintreppe? Gut, jetzt müsste ich nur noch wissen, wo die ist.« Thriller fuhr sich frustriert durchs Haar.

»Da kann ich dir nicht weiterhelfen. Hab keine gesehen. Und ich verschwinde jetzt auch, mein Kristall wartet.« Kajaska sprang auf und lief zu der Stelle, an der Thriller reingepoltert war.

»Und ich weiß jetzt zwar, dass ich zu einer steinernen Treppe muss ... bin aber trotzdem ahnungslos.« Der Frust nagte an ihm. Auf keinen Fall wollte er sich geschlagen geben. Er musste den Kristall finden und beweisen, dass er das schaffte. Nicht allein Kitey oder den anderen, sondern vor allem sich selbst.

Kajaska schob den Kopf wachsam aus dem verborgenen Eingang und sah sich um. »Keine Kwarzwu und Gnome in Sicht. Lass dir nicht zu lange Zeit, die kommen bestimmt bald wieder hier vorbei. Ach, und frag doch mal die Gluhs.« Mit diesen

Worten verschwand die Elfe mit ihrem Wurzwicht.

Umschwirrt von den Gluhs saß Thriller da und beobachtete ihr Auf und Ab. »Also, könnt ihr mir diese steinerne Treppe zeigen? Vielleicht für ein paar Kekse?«, bot er an.

Ein paar Gluhs setzten sich auf Thrillers Arme, flatterten weiter mit den winzigen Flügeln und kitzelten seine Haut. Thriller spürte instinktiv, dass sie ihm helfen würden. Während sie leise summten und vor ihm herschwirrten, stand er auf. Am Höhleneingang lugte er erst wachsam nach den Kwarzwu, ehe er sich hinauswagte, um den Gluhs zu folgen. Sie führten ihn geschickt an den Bäumen vorbei. Unentdeckt von den Kwarzwu und Pilzgnomen eilte Thriller durch das dichte Unterholz.

Zu seiner Rechten zuckte ein oberschenkeldicker Ast verdächtig. Thriller bewegte sich ein paar Schritte seitwärts, huschte dann geduckt an ihm vorbei.

Kurz darauf hob sich plötzlich eine Wurzel. Er sprang, doch blieb mit der Stiefelspitze hängen und stolperte mit der linken Schulter gegen den nächsten Baumstamm. Allmählich lernte er, die Bewegungen des Waldes anhand des kurzen Zuckens oder Raschelns der Blätter zu erahnen. Dennoch traf ihn bei der Biegung um einen Baum einer der Äste am Oberarm. Ein zweiter setzte direkt nach, stieß ihn am Hintern und beförderte Thriller mit Schwung ins Gebüsch.

Er kletterte heraus und rieb sich die Hände an der mittlerweile völlig verdreckten Hose ab. Auf seinem Handrücken verteilten sich Schrammen, sein Po schmerzte von dem Hieb und sein rechter Ellbogen surrte, weil er darauf gelandet war. Thriller holte tief Atem und sah zu den flatternden Gluhs. Seine Entschlossenheit, diesen Kristall zu finden und Saruh und Kitey an der Blutweide zu übergeben, blieb ungebrochen. Und danach würde er sich den Bauch vollschlagen.

Die hochstehende Sonne gab ihm eine Ahnung, dass er seit dem Beginn der Kristalljagd Stunden unterwegs gewesen sein musste.

Die Gluhs führten ihn zu einem riesigen, liegenden Baum und schwirrten an ihm entlang. Thriller trat vorsichtig auf die Borke, um ihnen zu folgen. Die Arme zur Seite gestreckt, balancierte er über den Baumstamm. Unter ihm floss ein rauschender Bach entlang, in dem Fische schwammen, die ihn an aufgeblähte Kugelfische erinnerten. Als er am Flussbett eine Handvoll Pilzgnome entdeckte, hielt er inne. Sie tranken und benetzten ihre Hüte. Unentdeckt gelangte er zu einem verborgenen Pfad, den die Gluhs ihm ausleuchteten und er allein nie gefunden hätte.

Dort ragte ein alter Baum auf, doppelt so breit wie alle, die er bisher gesehen hatte. Die Wurzeln bedeckten den Boden wie ein Spinnennetz. In der Ferne hörte er das kicherähnliche Fauchen der Kwarzwu. Ein Schauer lief ihm über den schweißnassen Rücken. Der aufkommende Wind strich angenehm kühl durch sein Haar und Thriller holte tief Luft, um sein aufgeregt schlagendes Herz zu beruhigen. Er umrundete den Baumstamm, und dort, zwischen den Wurzeln, begann eine steinerne Treppe, die hinab zu einer Lichtung führte. Zusammen mit drei der Flügelohrhäschen tollte ein gutes Dutzend Wurzwichte durch die Blumen und einen bewachsenen Pavillon.

Yes! Da sind sie!

Vor Freude hätte er am liebsten Jabadabadu gerufen. Aber er näherte sich leise, um sie nicht aufzuschrecken und zu verscheuchen. Das hätte ihm gerade noch gefehlt.

Thriller grinste breit. Gleich erfuhr er, wo der rote Kristall versteckt lag. Über die Stufen bahnte er sich den Weg nach unten auf die Lichtung. Als das Gras unter seinen Schritten raschelte, entdeckten ihn die Wurzwichte und Häschenwesen.

»Ihr könnt sofort weiterspielen. Verratet mir bitte nur, wo ich den roten Kristall finde!«, bat Thriller und ging von den Gluhs umkreist in die Hocke.

Die Flügelohrhäschen verzogen sich in den Pavillon, doch einer der Wurzwichte tappte auf ihn zu, stellte sich vor ihn und streckte seine dreifingrige Hand nach ihm aus. Der Wicht blinzelte aufgeregt und wirkte so scheu, dass Thriller ruckartige Bewegungen vermied. Ruhig hob er seine Hand. Der Wurzwicht gestikulierte mit seinen Ärmchen. Gab ihm zu verstehen, dass er ihn hochheben sollte, und Thriller folgte der Aufforderung.

»Und jetzt?«, flüsterte er.

Mit seinem dünnen Ärmchen deutete der Wicht nach rechts zwischen die Bäume, woraufhin die Gluhs losflogen.

Sofort rannte Thriller mit dem Wurzwicht im Arm hinterher. Plötzlich vernahm Thriller ein Flüstern und Rascheln hinter sich. Ruckartig fuhr er herum, konnte aber nichts entdecken. Kein Pilzhut stach aus dem Grün heraus, kein Schatten von Flugäffchen huschte über den Boden.

Sein Puls raste und sein Atem ging stoßweise. Obwohl er wusste, dass er keine Angst vor den Wesen haben musste, zerrte die Anspannung an seinen Nerven. Er hetzte kaum fünf Schritte weiter, da verstummte es. Das Rauschen der Flügelschläge der Kwarzwu und ihr vorwitziges Fauchen waren verschwunden. Thriller zog die Augenbrauen zusammen, lauschte irritiert, und sah sich mit flinken Kopfbewegungen um.

Da schoss schon die erste Frucht in seine Richtung und klatschte spritzend an den Ast, unter dem er sich gerade wegduckte. Sie hatten ihn entdeckt.

Thrillers Beinmuskeln brannten vor Anstrengung, während er durchs Dickicht rannte. Der Wurzwicht deutete nach links, dann nach rechts und wieder nach rechts.

»Himmel, wie weit ist es denn noch?«, japste er und bündelte seine letzten Energiereserven.

Eine Frucht traf ihn am Hinterkopf. Nicht hart, aber sie platzte und das schnodderige Fruchtfleisch triefte ihm in den Nacken. Thriller verzog angeekelt das Gesicht. Mit zitternden

317

Muskeln stolperte er über die Wurzeln. Eine hüfthohe Mauer tauchte auf. Er rannte an ihr entlang, folgte ihren Biegungen. Gehetzt sah er über die Schulter. Mit dem Knöchel blieb er an einer Wurzel hängen und stolperte. Der Wurzwicht quiekte erschrocken. Thriller fiel auf die Knie, fing sich gerade noch mit der freien Hand ab und rappelte sich wackelig auf. Er sprintete weiter und erreichte letztendlich drei breite Stufen. Sie führten zu einem beschaulichen See, umringt von Sträuchern und Farngewächsen.

»Da. Da. Da«, fiepte der Wurzwicht und Thriller eilte die Stufen auf die Grasfläche vor dem Seeufer hinunter.

»Wo? Im Wasser?«, fragte Thriller gehetzt.

Der Wurzwicht nickte aufgeregt. Bevor er die glatten Steine am Ufer betrat, ließ Thriller den Wurzwicht vom Arm und bedankte sich bei ihm. Eilig tummelte sich das Wesen zu den Bäumen und kletterte an einem hinauf. Thriller trat auf einen von vier Steinen, der aus dem See ragte, und ging leicht in die Knie.

Im klaren Wasser schwammen Koi-ähnliche Fische umher. Ihre Schuppen glitzerten im einfallenden Sonnenlicht, als sie zwischen kleineren Steinen mit den Flossen schlugen. Thriller suchte mit den Augen den Grund ab, und da, neben einem der Steine war er: Wie eine übergroße Perle blitzte Thriller etwas Rotes entgegen. »Der Kristall!«, stieß er freudig aus und tauchte den Arm ins Wasser. Die Fische huschten aufgescheucht auseinander.

Trotz des kühlen Seewassers fühlte sich der Kristall in seiner Hand warm an. Tennisballgroß lag der feuerrote Kristall mit drei aufragenden Teilen und abgerundeten Kanten in Thrillers Handfläche.

Als die Laute der Kwarzwu anschwollen, steckte er den Schatz eilig in eine der Taschen seines Gürtels, sprang zum Ufer und rannte zwischen den Bäumen davon.

»So, jetzt auf zur Blutweide.« Hilfesuchend sah er zu den Gluhs auf, die immer noch um ihn herumschwirrten. »Kommt bitte, lasst mich nicht hängen. Wo lang?«

Ihrem Licht hinterher hetzte Thriller durch den Wald. Er spürte, dass er an seinen letzten Kraftreserven kratzte. Seine Knie zitterten, aber er grinste breit. »Ich habe den Kristall!« Sein Herz raste nicht mehr nur vor Anstrengung, sondern auch vor Freude.

Abrupt stoppten die Fruchtgeschosse. Thriller stutzte. Doch ehe er begriff, was los war, tauchten Pilzgnome vor ihm auf. Eine ganze Horde Dutzender Pilzlinge mit unterschiedlichsten Hüten in allen erdenklichen Farben. Sie umzingelten ihn. Wohin er sich auch drehte, jeder Ausweg war versperrt. »Kommt schon. Ich hab doch den Kristall gefunden.«

»Mashmooi, Neimash! Nei ... Nei ... Neipiz!«, riefen die Pilzlinge wild durcheinander.

»Ich verstehe euer Pilzisch nicht.« Thriller wich zurück und stolperte über eine sich hebende Wurzel. Er fiel zwischen die Bäume, kam mit dem Rücken auf einer Moosfläche auf, doch stieß sich den Arm an einer Wurzel. »Argh! Verdammt.«

Die Pilzgnomschar rückte näher. Plötzlich kamen aus den Pilzhüten spinnwebenartige Geflechte, die ihn umspannen. Die Pilzgnome hoben ihn auf.

»Hey. Nein! Kommt schon.« Thriller wand sich hin und her, doch die dünnen Fäden umfingen ihn unnachgiebig und fester als gedacht. »Ich bin ein Netter. Dass ich euch geworfen habe, war nicht böse gemeint. Tut mir leid.«

Die Gnome ignorierten sein Flehen und trugen ihn zurück zum See. Mit einem Schubs landete er im kühlen Wasser. Thriller schnappte nach Luft. Er strampelte und wandte sich gegen die Fesseln, die sich zu seiner Erleichterung im Wasser sofort auflösten. Prustend kam er hoch, schüttelte sein klatschnasses Haar und rieb sich übers Gesicht. Er tastete eilig nach dem Kristall, der nach wie vor in seiner Gürteltasche steckte, und sah zu den jubelnden und hüpfenden Pilzgnomen. Auf den Ästen stimmten die Kwarzwu ein und tollten kichernd über die Äste, wobei es in Thrillers Ohren immer noch fies klang.

»Okay. Verstanden. Jetzt sind wir quitt. Ich gelobe, nie wieder einen von euch zu werfen!« Thriller legte bei dem Versprechen seine Hand auf die Brust, dann kletterte er aus dem See.

Die Pilzgnome schienen zufrieden und scharrten sich um seine Beine. Es war eine wilde Jagd durch den Wald gewesen, aber irgendwie hatte es Thriller auch Spaß gemacht. Das erkannte er in diesem Moment und lachte laut.

Mithilfe der Pilzlinge fand er rasch zur Blutweide. Saruh saß in ihrem Schatten, lehnte mit dem Rücken am Stamm und erwartete ihn bereits. Sie sagte etwas zu Tuktuk, der in Richtung Tempel davontrabte. Neben ihr saß Lian auf einer der Baumwurzeln und Kajaska ließ über ihnen die Beine von einem Ast baumeln. Die Spannung fiel von Thriller ab. Wohlige Erleichterung und pure Freude brachten sein Herz zum Hüpfen, ließen ihn den sich anbahnenden Muskelkater ausblenden.

Und in diesem Moment erkannte er, wie sehr ihm die Welt Galmadur ans Herz gewachsen war. Wie unendlich die Welt um ihn herum war. Welche Möglichkeiten und Gefahren sie barg. Könnte er wirklich wieder zurück in sein altes Leben und all das hier hinter sich lassen?

Nein. Ich kann nicht zurück. Selbst wenn ich wollte. Ich kann das alles nicht vergessen und schon gar nicht wissentlich im Stich lassen.

»Siehst du. Geschafft!«, rief Lian, deren Haar unzählige weiße Klebefäden der Pilzgnome durchzogen.

Thriller hielt den Kristall triumphierend in der Hand, als er die anderen erreichte.

»Du warst wohl schwimmen?«, stichelte Kajaska.

Thriller winkte ab. »Die Gnome haben es mir übel genommen, dass ich sie den Kwarzwu entgegengeworfen habe.«

»Du hast sie geworfen?«, hakte Saruh mit großen Augen nach und stand auf.

Aufgeregt übergab er ihr den Kristall. »Ja. Aber wir haben

das geklärt und sind quitt. Hier der Kristall.«

»Gut. Ihr werdet das jetzt nämlich öfter machen.« Ein strahlendes Lächeln breitete sich auf ihrem Gesicht aus und sie nahm ihn entgegen. »Du hast es geschafft, Thriller. Ich wusste, du kannst das«, sagte sie voller Anerkennung in der Stimme.

»Danke, Saruh.« Er hielt kurz inne, sammelte seinen Mut. »Du brauchst nicht länger nach einem Portal zu suchen. Ich bleibe bei euch. Auch ...«

Unmittelbar riss ihn Saruh in eine Umarmung. »Du ahnst nicht, wie ich mich freue!«

»Mit dem Kristall hat wohl jemand seinen Mut gefunden.« Kajaska hüpfte vom Ast und knuffte Thriller an den Oberarm.

»Könnte man so sagen.« Verlegen wuschelte er sich durchs feuchte Haar.

In Lians Augen glitzerten Tränen. »Schön, dass du bleibst. Wir stellen uns den Verrücktheiten zusammen.«

Thrillers Wangen glühten. Das alles machte ihn ganz verlegen und er räusperte sich. »So ... also ... Wer war denn der Erste mit dem Kristall und wo sind Werwik und Kitey?«

»Das war ich«, sagte Lian schüchtern lächelnd und zupfte Fäden aus ihrem wirren Haar. »Ich bin regelrecht über den Wurzwicht gestolpert. Nur der Weg zum Kristall ... Diese Kwarzwu sind ganz schön fies und das Zeug hier bekomme ich kaum aus den Haaren.« Sie verzog frustriert das Gesicht und zupfte an einem der Fadengeflechte.

»Kajaska kam nach ihr, und auf Werwik warten wir noch«, erklärte Saruh und half Lian.

»Sie lösen sich im Wasser auf«, sagte Thriller mit einem breiten Grinsen. »Die Gnome haben mich damit gefesselt. Aber als ich im See gelandet bin – schwupps, weg.«

»Da kommt Werwik.« Kajaska nickte in Richtung Waldrand. Mit dem Kristall in der Hand und blauen Strähnen im Haar schlenderte er auf sie zu. Thriller kicherte. Werwik sah aus wie nach einem Holi-Fest. Er war über und über mit bunten Flecken von Früchten übersät.

»Wow, die Kwarzwu haben sich bei dir ausgetobt«, rief Thriller ihm entgegen.

Werwik nickte und reichte Saruh seinen Kristall. »Mit irgendetwas habe ich sie wohl verärgert.«

»Damit sind wir vollzählig. Sehr schön.« Saruh blickte in die Runde und legte den Kristall zu den anderen. Dann nahm sie ihren Hexenstab, der am Baumstamm lehnte, und tippte jeden von ihnen an. Sie verschmolzen zu einem bezaubernden Regenbogenkristall, den sie aufhob.

In diesem Moment kam Kitey mit Tuktuk aus dem Tempel. »Ihr habt die erste Runde also alle hinter euch«, sagte sie und stellte sich neben Saruh.

»Erste Runde?« Thriller ahnte, was das bedeutete.

Plötzlich zuckte Saruh und richtete ihre Aufmerksamkeit stirnrunzelnd zum Tempel.

»Saruh, was hast du?«, wollte Kitey wissen und folgte ihrem Blick.

»Da ist etwas durch den Bannzauber geschlüpft.« Die Hexe eilte in Richtung Tempel los.

Thriller und die anderen folgten ihr sofort.

»Was heißt das?«, fragte Lian nervös.

Werwik rannte neben Thriller. »Werden wir angegriffen?«

»Nein. Es hat den Bann nicht beschädigt, sondern kannte den Weg hindurch«, erwiderte Saruh vorauseilend.

»So wie wir mit diesen Schwebeplatten?«, keuchte Thriller.

»Genau.«

»Loreo?«, fragte Kitey angespannt neben Saruh und betrat als Erste die Eingangshalle.

Vor ihnen stand eine Truhe mit gebogenem Deckel, die Thriller so groß schätzte, dass er sich locker hineinlegen könnte. Silber glänzende Beschläge zierten den Holzdeckel, auf dem ein

Wappen prangte. Darauf abgebildet waren ein Amboss, über dem sich ein Hammer und ein Schwert kreuzten.

»Das ist Elfenholz«, bemerkte Kajaska und schob sich zwischen Thriller und Lian nach vorn. Die Augen der Elfe blitzten scharf unter ihren zusammengezogenen Augenbrauen.

»Ist das besonders?«, fragte Thriller vorsichtig.

»Die Truhe ist aus Holz gefertigt, in dem früher Elfen gewohnt haben. In ihm steckt Magie«, flüsterte Werwik hinter ihm.

»Das Holz ist egal«, presste Kitey zwischen den Zähnen hervor und betastete das Wappen. »Das ist Schlirffs Familienwappen«

»Loreo wollte zu ihm, um Waffen zu besorgen.« Saruh tauschte einen Blick mit Kitey. »Hier ist nur die Truhe.«

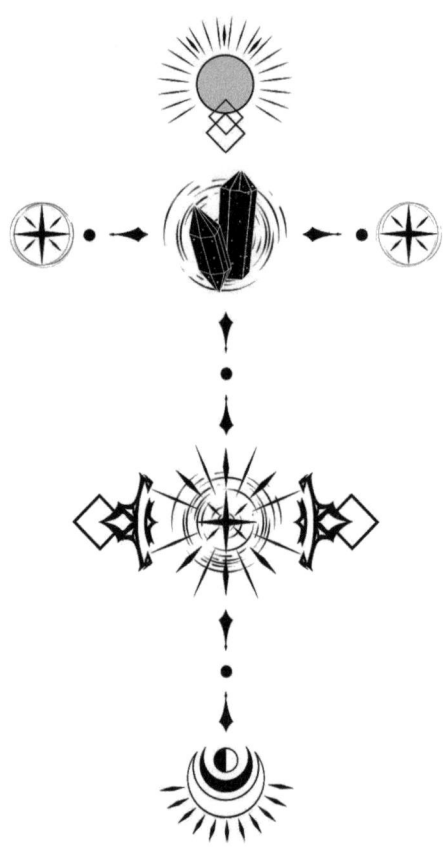

KITEY

Nur hier in der Tempelanlage fand Kitey Ruhe. Eine Steinbank auf der Lichtung nahe der Blutweide, in Sichtweite des Tempels, war ihr Zufluchtsort. Der Sonnenuntergang lag kaum eine halbe Stunde zurück und der Wind umspielte sie angenehm kühl, während er durch das Blattwerk raschelte und einen erdig-süßen Geruch mit sich trug.

»Kitey? Bist du hier?«

Saruhs Anwesenheit nahm Kitey bereits wahr, seit ihre Freundin den Tempel verlassen hatte.

Ihre Gefühle sind so offen und deutlich wie die eines Kindes.

Mit einem tiefen Atemzug zog Kitey die innere Barriere hoch und fühlte nur noch sich.

»Ja, genau wie die letzten beiden Nächte.« In Gedanken fügte sie hinzu: *zwei unsäglich lange Tage und keine Spur von ihm.*

»Wie lange soll das so weitergehen? Ich verstehe, dass du dir Sorgen machst. Geht mir genauso! Du kannst die vier aber nicht tagsüber durch den Wald hetzen und nachts allein hier rumsitzen, um Trübsal zu blasen. Auch du brauchst Schlaf. Außerdem haben wir dich vorhin wieder fluchen gehört. Was hast du dir davon versprochen?«

»Bist du fertig mit der Standpauke?« Erschöpft griff sich Kitey mit Daumen und Zeigefinger an die Nasenwurzel.

Im Augenwinkel sah sie, wie Saruh mit der Schuhspitze im Gras scharrte. »Vorerst, ja.«

»Ganz ehrlich ... Ich habe nichts erreicht und mir einfach Luft gemacht. Der Scheiß frisst mich fast auf! Ich habe dir versprochen, drei Tage abzuwarten und nach Plan zu verfahren. Deswegen ändern wir nichts am Programm. Sie zu schonen, schadet ihnen mehr, als dass es nützt.«

»Aber ...«

»Nichts, aber!«, unterbrach Kitey. »Glaubst du, Andorian, Firja oder die anderen schonen sie? Sie werden jede Schwäche ausnutzen. Bitte Saruh, auch du musst härter werden. Du kannst das.« Sie sah Saruh eindringlich an. Die unerschütterliche Güte ihrer Freundin glich für Kitey in den letzten Monaten einem Licht in diesen finsteren Zeiten. Doch im Kampf stand sie Saruh womöglich im Weg, bedeutete eine Schwäche.

»Das weiß ich. Es ist nur nicht so leicht.«

»Das habe ich auch nie behauptet.«

»Warum willst du ihnen noch nichts von Firja und den Schwestern sagen?«

»Ich bin nicht sicher, wann der richtige Zeitpunkt ist. Ist es besser, sie gleich mit allem zu konfrontieren, oder macht es ihnen nur mehr Angst? Angst hilft ihnen nicht weiter.«

»Unwissenheit auch nicht«, konterte Saruh.

Kitey seufzte. »Egal wie, da ist irgendwo ein dickes, fettes Aber. Wenn sie weiter sind, erzählen wir ihnen von dem blonden Aas und den zwei Durchgeknallten.« Insgeheim wusste Kitey auch einfach nicht, wie sie ihnen von dem Grauen erzählen sollte, das Thosa ihr gezeigt hatte. Das von Nocma geschwärzte

Feuer und die flehenden Wesen, die es qualvoll verzehrte.

Saruh nickte und berührte Kitey am Arm. »Bitte vergrab dich hier nicht allein jede Nacht.«

»Es ist nicht meine Absicht, mich vor dir zu verschließen. Ich habe versucht, Kontakt aufzubauen, etwas herauszufinden. Und allein bin ich hier gar nicht.« Die Luft um Kiteys Knöchel flirrte und ein katzenartiges Wesen, das um ihre Beine streifte, wurde sichtbar. Geschmeidig bewegte sich der weiße Körper auf acht grazilen Pfoten. Dabei kitzelte einer der ebenso vielen weichen Schwänze ihren Arm.

»Goshy! Da bist du ja, du Rumtreiberin.« Saruh ging in die Hocke und streckte die Hand aus. »Ein schöner Schutzgeist bist du mir.«

»Eigentlich sollte es dich nervös machen, wenn sie auftaucht. Tut sie das nicht nur, wenn sie mögliche Gefahr wittert?«

Schnaubend kratzte sich Goshy an der Schweinchennase, dann sprang sie neben Kitey auf die Bank, brummte und legte sich hin.

»Du bist wie Kajaska. Ihr seid richtige Schwarzmaler.«

»Wie könnte ich nicht? Die letzten Monate, nein, Jahre waren schattendüster! Es gibt nur noch wenige Lichtfunken in Galmadur.«

Goshy quiekte wie ein Meerschweinchen, während Saruh sie am Bauch kraulte. »Hast du deswegen vorhin und gestern so getobt und den Nachthimmel beschimpft?«

Kitey blies hörbar den Atem aus und fuhr sich durchs Haar. »Keine Ahnung. ... Ja!« Sie starrte frustriert in den Himmel. »Diese herrischen Eierköpfe antworten mir seit Monaten nicht!« Sie senkte die Stimme. »Die Ratsmitglieder und ich hatten immer unsere Probleme. Aber jetzt sind Loreo und ich völlig auf uns allein gestellt. Manchmal glaube ich, es ist die Strafe dafür, dass wir uns von unserer Aufgabe gelöst haben, um das hier zu tun. Obwohl es doch das einzig Richtige ist, oder?«

Saruh legte ihr die Hand auf die Schulter. »Ich weiß, dass dein Verhältnis zu ihnen nie das beste war. Aber ich glaube nicht, dass sie euch bestrafen wollen.«

Energisch stieß sich Kitey von der Bank ab und tigerte hin und her. »Du kennst diese Ratsmitglieder nicht. Nicht so, wie ich sie kenne.« Frustriert rollte Kitey mit den Augen. »Als wir damals gesagt haben, wir wollen unsere Aufgabe niederlegen, um einzugreifen, tzzz. Das hättest du erleben sollen.« Die Hände zu Fäusten geballt, redete sie sich weiter in Rage bei der Erinnerung daran. »Die Empörung hat sie fast blau anlaufen lassen, diese aufgeplusterten Galionsfiguren. Sie haben verlangt, dass wir jemanden finden, der unsere Aufgabe übernimmt. Das ist nahezu unmöglich.« Kitey gestikulierte aufgebracht mit den Armen. »Wäre nicht dieser Junge zu uns gekommen ...«, sie überlegte, »Halio hieß er. Ein Engel, der noch nicht vom Rat verdorben war. Keine Ahnung, ob wir überhaupt hier wären.«

»Verdorben? Bist du nicht etwas zu hart?«

»Mag sein. Aber das Leben unter den Engeln ist, als wärst du ein Zahnrad im Getriebe. Alles greift ineinander. Jeder hat seine Aufgabe und funktioniert. Bloß nichts hinterfragen und schon gar nicht an Änderungen denken.« Scharf schnaubend fuhr sie sich wieder durchs zerzauste Haar. »Manchmal frag ich mich, warum ich überhaupt ein Engel bin.«

Es ist, als wäre ich die Einzige, die nicht in das Getriebe passt, fügte sie in Gedanken hinzu.

Saruh strich sich eine Strähne hinters Ohr und sah sie verständnisvoll an. Bei ihrer beruhigenden Art entspannten sich Kiteys Schultern und sie atmete durch. »Die Frage können dir nicht mal die Engel beantworten. Allein die Götter wissen, warum du reinkarniert wurdest. Ich glaube, es macht ihnen Angst. Deine Einzigartigkeit verunsichert sie.«

»Was das Thema angeht, redet niemand. Aus Loreo habe ich nicht viel herausgequetscht. Es ist verdammte Jahrhunderte her, dass es den letzten reinkarnierten Engel gab. Und ich weiß nichts von ihm. Was bedeutet: Ich weiß nichts über mich und meine Kräfte. Es fühlt sich eigenartig an, dass nur ich diese Wahrnehmung von Gefühlen und Erinnerungen habe.« Kitey senkte den Blick. Vor ihrer Stiefelspitze reckte sich ihr ein einzelnes Bellpy entgegen, dessen gänseblümchenartiger Kopf im Windhauch wog. Sie rieb sich den Nacken. »Ach, Saruh, ich habe so viele Fragen an Loreo. Keine Ahnung, wie ich das hier schaffen soll, falls ihm was passiert ist. Was mache ich, was machen wir nur ohne ihn?«

Mit gestrafften Schultern stand Saruh auf. »Du bist nicht allein!«

»... sagte sie und platzte fast vor Sorgen.«

»Du und dein Sarkasmus. Natürlich tue ich das.«

»Manchmal vergesse ich, dass du Loreo länger kennst als ich. Na ja, wenigstens steuern wir gemeinsam dem Sturm entgegen. Ich bin froh, dass sich noch jemand um ihn sorgt.« Mit düsterer Miene sah Kitey kurz zum Sternenhimmel auf.

Wenn es schon nicht diese Geier mit Heiligenschein tun.

Saruh runzelte die Stirn und tippte Kitey an die Schulter. »Du denkst wieder schlecht über den Rat, stimmt's?«

»Wie kommst du darauf?«

»Du bekommst diesen bestimmten Gesichtsausdruck. Ich verstehe dich ja, aber vielleicht haben sie ihre Gründe. Und ich bin sicher, Loreo ist auf dem Weg zu uns. Irgendjemand muss die Kiste ja hierhergeschickt haben.«

»Ja, superclever, uns das Ding ohne Schlüssel zu schicken«, murmelte Kitey augenrollend.

Saruh stieß den Atem aus. »Eine Vorsichtsmaßnahme. Das habe ich auch schon gemacht.«

»Das ist keine Keksdose für deine Neffen, die sie nicht sofort aufreißen und vernaschen sollen.« Kitey klopfte Saruh leicht auf die Schulter. »Deine Zuversicht ist bewundernswert. Bleib bitte so. Und trotzdem ...« Kitey hielt inne und fuhr sich nachdenklich durchs Haar.

»Denk positiver, bitte. Loreo hätte dir die anderen nicht anvertraut, wenn er kein Vertrauen in dich hätte. Er weiß, dass du das kannst. Was würde er jetzt zu dir sagen?«

»Meine Güte, ihr zwei seid euch so ähnlich, das ist fast gruselig. Wahrscheinlich würde er wieder eine seiner Flügel- metaphern zum Besten geben.« Der Gedanke an Loreos spon- tane Weisheiten ließ Kitey schmunzeln. »Vielleicht so was wie: *In jeder noch so kleinen Feder des Flügels steckt Kraft und nur gemeinsam können sie uns tragen.*«

»Ja, das hört sich ganz nach Loreo an.«

»Übrigens, wann sollte die Wirkung des Tranks einsetzen? Ich merke bisher nichts.«

»Das lässt sich schwer sagen. Es kann ein paar Tage dauern, bis er im Organismus seine Wirkung entfaltet. Was ich aber eigentlich sagen will: Zieh dich nicht von den anderen zurück. Sie wollen so viel wissen, vor allem Thriller und Lian. Sie durchstöbern abends die Bibliothek. Die letzten Tage habe ich versucht, ihnen unsere Welt zu erklären. Ich tu das gern, aber sie wollen es eigentlich von dir hören. Loreo und du, ihr habt sie hergeholt. Ihr werdet sie in den Kampf führen. Sie brauchen dich. Du musst Vertrauen aufbau-«

Aus Richtung des Tempels grollte ein animalischer Laut, begleitet von Krachen. Gleichzeitig fuhren Kitey und Saruh herum. Ein Blick genügte und beide rannten los, dicht gefolgt von Goshy.

»Was um alles in der Welt war das?«, fragte Kitey, als sie rasch aufsah. »Der Schutzbann?«

»Nein, das hätte ich bemerkt.« Schlitternd kam Saruh vor dem Tempel zum Stehen. »Heiliger Hexenkessel, das sieht ja aus wie ein –«

»Drache!« Mit wedelnden Armen stolperte Thriller durch das offen stehende Eingangstor auf sie zu.

Hinter ihm durchbrach ein Drache mit seinem langgestreckten, schlanken Körper das Mauerwerk. Trampelte mit muskulösen Beinen über das berstende Tempeltor hinweg. Beim Anblick seiner faszinierenden Ästhetik pochte Kiteys Herz ehrfürchtig. Ein Schuppenkleid bedeckte seinen Körper, schimmerte in Blaunuancen, die sich je nach Blickwinkel veränderten. Von tiefem Königsblau bis zu einem sanften Himmelton glänzte es wie Meereswellen, die im Mondlicht tanzten. Auf der schlanken Drachenschnauze zitterten die Nüstern. Das Tier streckte den langen Hals, riss seine Schnauze weit auf und brüllte aus tiefster Kehle. Dabei wallte die wellenförmige Mähne, die sich vom üppigen Nackenkranz in einer dünner werdenden Linie über den Rücken bis zur gefächerten Schwanzspitze erstreckte.

Kitey spannte sich an, schwankte zwischen Bewunderung und dem Abschätzen der Gefahr. Sie beobachtete jeden Schritt. Das Tier bewegte sich ungestüm. Riss mit dem schwingenden Schwanz Bäume entzwei. Wieder und wieder brüllte es so stark auf, dass der Boden unter ihren Stiefeln vibrierte.

In ihrem Augenwinkel plusterte Goshy das Fell auf und flirrte wie ein Stroboskop. Aus den Nüstern des Drachen stob weißer Nebel. Der Schutzgeist näherte sich ihm mit geschmeidigen Bewegungen. Goshys Verhalten irritierte Kitey. *Warum bleibt sie so ruhig?*

»Das ist kein Rauch!«, rief Saruh über das Grollen des Drachen hinweg und etwas Feuchtes landete auf Kiteys Haut. »Das ist Gischt. Wasser. Ein Wasserdrache.«

Thriller stand geduckt hinter Kitey. »Ist das besser als Feuer?«

»Ja!«, erwiderten Saruh und Kitey gleichzeitig.

Plötzlich fächerte der Drache seine Schwingen zu voller Spannweite. In der Seitwärtsbewegung fegte er auf sie zu. Thriller warf sich erschrocken zu Boden. Ein von transparenter Membran durchzogener Flügel sauste auf Kitey zu, sie konnte gerade noch in die Knie gehen, ehe er über ihren Kopf hinweg zog. Die gebogene Klaue rasierte drei Baumkronen ab.

»Das ist völlig unmöglich. Es gibt hier keine Drachen!« Kitey sah zu Saruh, die knapp eine Körperlänge von ihr entfernt kniete. »Wie, verdammt, sollen wir gegen einen Drachen kämpfen? Ich kann ihn nicht einfach töten!«

»Wir müssen ihn irgendwie unter Kontrolle bringen!«, erwiderte Saruh.

»Thriller, wo sind die anderen?«, rief Kitey hinter sich.

Beim nächsten Brüllen des Drachen stimmte Goshy fauchend mit ein.

»Auf der Treppe haben wir uns getrennt. Kajaska und Werwik sind in Richtung Garten«, antwortete Thriller hastig und rappelte sich auf.

»Verdammt, wo sind die hingelaufen?« Suchend wandte Kitey den Kopf. Das Gartenstück lag hinter Thriller. Von ihnen war nichts zu sehen.

»Sie kennen den Garten.« Saruh bewegte sich mit Überkreuzschritten seitlich weg von Kitey. Die beiden kommunizierten mit ihren Blicken und raschen Gesten. Um den Drachen unter Kontrolle zu bringen, wollten sie ihn zwischen sich positionieren. Dann würde Kitey ihn ablenken und Saruh einen Ligatuzauber einsetzen, um ihn zu fesseln.

Gischt stob aus seinem geöffneten Maul auf sie zu. Kitey machte einen Schritt zurück. Achtete darauf, zwischen dem Drachen und Thriller zu stehen.

»Ich habe sie aus den Augen verloren. Keine Ahnung, wo Lian ist.« Er stand steif da, seine Stimme zitterte.

Wie ein Pflug gruben sich die Drachenpranken bei jedem Schritt in die Erde.

Gemeinsam mit der Elfe kam Werwik zwischen den Bäumen hervor. »Halt!«, rief er außer Atem. »Nicht!«

Hinter ihnen folgte ein meckernder Tuktuk, der sie überholte und sich neben Saruh aufbaute. Seine Hörner glühten pulsierend vor Magie.

»Kitey, wo ist dein Schwert?«, fragte Saruh, den Blick abwechselnd auf sie und den Drachen gerichtet.

»Es ist im Tempel«, erwiderte Kitey. »Und halt ihn bloß in Schach.« Mit einer raschen Handbewegung deutete sie auf den Ziegenbock.

»Ja doch. Lass mich machen.« Saruh streckte die Hand in Richtung des Gebäudes. Der Stern auf ihrem Wangenknochen begann zu flimmern. Während er in allen möglichen Gelb- und Orangetönen strahlte, zischte sie ein paar Wörter. Einen Wimpernschlag später pfiff es in Kiteys Ohren. Ihr Schwert und Saruhs Stab schossen pfeilschnell heran.

Kitey umfasste den Schwertgriff, sah fragend zu Werwik und rief: »Und wo ist Lian?«

Er kam schlitternd vor ihr zum Stehen. »Nicht angreifen!« Werwik packte Kitey am Arm. Sah hektisch zwischen ihr und Saruh hin und her. »*Das* ist Lian! Ich war bei ihr, als ... Keine Ahnung ... Ihre Haut hat gejuckt und plötzlich war da der Schwanz. Und ... ihre Haut hat ihre Kleidung ... irgendwie absorbiert. Dann wurde sie immer größer und unförmiger.« Er redete so schnell, dass Kitey kaum alle Informationen gleichzeitig erfassen konnte.

In seinen aufgerissenen Augen erkannte sie den anhaltenden Schreck. »Was soll das heißen? Bei den Heiligen ... Das Elixier! Sie stammt vom Drachenvolk ab. Könnte der Prilumsenz-Trank *das* bewirken?«

»Möglich wär's. Er weckt schlummernde Talente und ist ein mächtiger Trank.«

Kitey umfasste das Heft ihres Schwertes fester. »Ich kann sie nicht angreifen. Saruh, siehst du einen Weg, Lian zurückzuverwandeln? Oder ihr zu helfen, es selbst zu tun? Das muss doch gehen.«

»Vielleicht. Schaff die drei hier weg. Ich versuche etwas!«

Saruh wirbelte ihren Hexenstab umher. In der Glaskugel tobte ein glitzerndes Feuerwerk, das explodierend anschwoll. Unterdessen flossen Zaubersprüche in einem Singsang über die Lippen der Hexe. Die anderen gaben ihr den Raum, den sie brauchte. Nur Tuktuk blieb stur in Saruhs Nähe, aber weit genug entfernt, um ihr nicht im Weg zu sein.

Lian trat von einer auf die andere Pranke, wankte zurück. Bog mit ihren Flanken die erste Baumreihe auseinander, bis die Baumstämme knackten und barsten. Sie zuckte zusammen. Brüllte erneut. Diesmal klang es nicht mehr aggressiv, Kitey erkannte nun das Heulen und die Furcht darin.

In ihrem Geist erstrahlte indes Saruhs Vomani, erfüllte sie mit kraftvoller Wärme.

Sie ist völlig in ihrem Element. Eins mit ihrer Kamadragi.

»Ihre Bewegungen sehen aus wie ein Tanz mit der Magie«, raunte Werwik bewundernd neben ihr.

»Das ist echt irre«, stieß Thriller aus.

Mit bedächtigen Schritten ging Saruh auf die taumelnde Drachen-Lian zu und redete auf sie ein. »Du hast Angst. Aber du musst dich beruhigen. Nur so kann ich dir helfen.«

Gleichzeitig nutzte Goshy ihre Fähigkeit zu fliegen und legte sich, von Lian unbemerkt, auf ihren Kopf.

»Was macht das Geistwesen?«, fragte Kajaska und beobachtete das Szenario mit geweiteten Augen.

Lian schielte nach oben und nieste einen Schwall Gischt.

»Ich weiß es nicht«, gestand Kitey und umfasste das Heft ihres Schwertes fester. Es schien, als wand Goshy die Schwänze um die Drachenhörner. Doch im Gegensatz zu ihr schien Saruh das Verhalten in keiner Weise zu verwundern.

Lian bewegte sich langsamer, machte einen Schritt auf sie zu und senkte den Kopf. Kitey sah gebannt in das elegant geschnittene Drachengesicht. Die Schuppen schimmerten im Mondlicht aquamarin und immergrün. Trotz der Angst in ihren mandelförmigen Augen strahlte ihre irisierende Farbe von sanftem Veilchenblau bis zu tiefstem Türkis. In ihnen tobte es wie ein Sturm auf hoher See. Lians Furcht pochte in Kiteys Venen, so heftig, dass ihre Hände ebenso zitterten wie die Flügel des Drachen.

Ungelenk klappte Lian die Beine unter sich ein und legte sich vor Saruh. Endlich. Saruhs Worte beruhigten sie. Wie machte sie das nur? Deutlich nahm Kitey wahr, wie ein Gefühl von Vertrauen in Wellen über Lian schwappte und ihre Angst langsam nachließ. Als Saruh die Chance bekam, tippte sie mit ihrem Hexenstab auf Lians Drachenstirn, genau zwischen die imposanten Hörner. Aus der Glaskugel löste sich leuchtender Magienebel, das Mybuloos, und flirrte um den Drachenkörper. Lian schüttelte heftig den Kopf, fuhr erschrocken auf, wobei ihr Schwanz einige Bäume streifte und laut berstend Äste abriss.

»Das Chaos in ihr lässt nach«, erklärte Kitey über die Schulter. Die anderen starrten den Drachen ungläubig an.

»Dann könnt ihr sie zurückverwandeln?«, wollte Kajaska wissen und machte einen Schritt nach vorn.

»Saruh schafft das.« Konzentriert tastete Kitey in Lians Geist. Ihr Nacken und die Schultern versteiften sich. Eine unbändige Kraft schlug ihr entgegen. Sie bündelte ihr Celistma. Hielt stand, gelangte tiefer hinein, doch es zehrte an ihrer Energie. »Ich fühle wieder stärker Lians Bewusstsein in der Drachengestalt.«

Werwik trat neben Kitey und blickte besorgt zu Lian. »Das heißt, sie war nicht sie selbst?«

»Wie Jekyll und Hyde?«, fragte Thriller mit zitternder Stimme.

»Nein. Es war immer Lian. Aber da ist noch etwas ... noch jemand. Es ist schwer zu erklären und verflucht anstrengend, an ihren Geist ranzukommen«, antwortete Kitey, während der Drache schrumpfte. »Sie hat sich davon überrumpeln und beherrschen lassen.«

»Wenn sie lernt, es zu kontrollieren, das wäre unglaublich.

Saruh muss mit ihr trainieren!«, sagte Werwik in auffällig ernstem Ton.

Kitey stutzte.

»Und es würde bedeuten, die Drachen sind nicht verschwunden«, ergänzte Kajaska, die Hände an die Hüften gestützt.

Kitey nickte. »So, wie es aussieht, leben sie. Nur an einem uns fremden Ort.«

Lians Körperform machte eine geschmeidige Veränderung, durch, bis sie nackt und zitternd auf dem Boden lag.

Wortlos rannte Thriller los und verschwand im Tempel.

»Macht langsam«, mahnte Kitey, als sie sich Saruh und Lian näherte.

»Sie ist benommen.« Die Junghexe kniete am Boden und tastete Lians Körper nach Verletzungen ab. »Die Verwandlung hat ihr nicht geschadet.«

»Zumindest nicht körperlich«, bemerkte Kajaska, nahm ihren Umhang ab, legte ihn über Lian und positionierte sich unauffällig so, dass man ihren Rücken nicht sah.

Der Stoff reichte gerade aus, um das Nötigste zu bedecken.

»Sie hat recht, die überraschende Wandlung könnte bei ihr einen Schock ausgelöst haben.« Kitey sah über die Schulter zu Werwik, der einen höflichen Abstand zu Lian wahrte, sie jedoch unauffällig musterte und die Neugier in seinen Augen unübersehbar glänzte.

Unterdessen nahm sie im Augenwinkel wahr, wie sich Tuktuk neben Lians Füßen wie ein Wachhund auf die Hinterbeine setzte und sie skeptisch beäugte. Direkt vor ihr ließ Goshy ihre Schwanzspitzen über Lians Körper gleiten, wobei ihr Fell einen Farbverlauf von weiß zu rot annahm. »Saruh, was tut sie da?«

»Sie lässt ihre Schutzgeist-Magie wirken. So hat sie mir auch geholfen, den Drachen zu beruhigen.«

»Das hat sie also vorhin auf dem Kopf des Drachen gemacht.« Kitey kniete sich neben Lians Kopf und legte ihr die

Fingerspitzen an die Stirn. »Sie ist sehr erschöpft, sonst scheint es ihr gut zu gehen. Aber ich spüre, dass da etwas anders ... verändert ist. Der Prilumsenz-Trank hat tatsächlich etwas in ihr geweckt, das vorher nicht so präsent war. Ich glaube fast, es war vorher überhaupt nicht wahrnehmbar.«

Zumindest kann ich mich nicht daran erinnern, es in ihrem Geist gespürt zu haben. Es schlummert im Hintergrund, aber es ist kräftig.

Sie hielt inne, als Lians Augenlider flatterten. »Sie kommt zu sich!«

Hinter sich erklangen Schritte und Kitey spürte Thrillers Präsenz. Rasch zog sie wieder ihren Schutzwall hoch, um sich vor den ganzen aufschäumenden Gefühlen um sich herum zu schützen.

»Ich hab die hier.« Er hielt Saruh ein Bündel Kleidung entgegen. »Und das. Ich wusste nicht genau, was sie brauchen könnte.« Über seinem Arm lag eine dünne Decke. Schüchtern und mit roten Wangen lugte er auf Lian.

»Danke.« Kitey nickte.

Lian stöhnte, fasste sich an den Kopf und öffnete blinzelnd die Augen. Beim Versuch, sich aufzurichten, kippte sie schwindelig zurück ins Gras. Saruh und Kitey griffen gleichzeitig zu je einer Seite nach ihrem Arm und halfen ihr auf die Beine.

Kajaska zog Thriller die Decke vom Arm und tauschte sie gegen ihren Umhang aus, wobei die ihn sich in einer fließenden Bewegung sofort umlegte und die Decke flink um Lian wickelte, dass sie aussah wie in eine Tunika gehüllt. Das Haar hing ihr feucht bis zu den Waden, kürzere Strähnen fielen ihr über die Schultern und ins Gesicht.

Saruh strich Lian beruhigend über den Rücken. »Wir bringen dich erst mal rein, dann kannst du dich ausruhen und anziehen.«

Untergehakt lief Lian zwischen Kitey und Saruh. Ihre Glieder zitterten bei jeder Bewegung. Ein kühler Schweißfilm lag auf ihrer Schuppenhaut und sie klammerte die Finger um Kiteys Unterarm. Sie drehte den Kopf zu Saruh. »Wirst du mir wieder einen Trank geben?«

Kitey las in den Augen der Hexe, dass sie herzlich gerne einen für Lian gebraut hätte. »Es gibt welche, die dir helfen könnten.«

»Du musst nichts tun, was du nicht möchtest«, ergänzte Kitey und Saruh stimmte ihr sofort zu.

»Danke«, sagte Lian leise. »Nicht, dass ich euch misstraue ... aber wenn diese Verwandlung der Trank verursacht hat, dann ...« Ein Beben durchfuhr Lian, sie hielt einen Atemzug inne. In ihren Augen glitzerten Tränen und Kitey spürte, wie die Angst langsam in Lian hochkroch.

»Schon gut. So eine starke Reaktion haben wir ehrlich gesagt nicht erwartet«, gestand Saruh und senkte verlegen den Blick.

Tuktuks Hufe klackerten über den glatten Steinboden der Eingangshalle. Er boxte mit den Hörnern an die zerstörte Fassade und blökte hufscharrend.

»D– Das tut mir leid. Ich weiß, ich war das. Irgendwie aber auch nicht.«

Mit einer wegwerfenden Handbewegung pfiff Kitey. »Damit hast du ordentlich Eindruck gemacht. Mit ein bisschen Kamadragi und Hilfe von Goshy bekommt Saruh das wieder hin.« Sie fixierte Tuktuk. »Und du hör auf, so zu meckern. Mach dich nützlich und schieb mit den Hörnern das Geröll aus dem Weg, damit wir zur Treppe kommen.«

»Welche Treppe?«, fragte Thriller.

»Ihre Verwandlung begann in der Bibliothek«, erklärte Werwik. »Wir sind vor ihr noch die Treppe runter gehetzt, aber als ihre Drachengestalt immer größer wurde, na ja, das seht ihr ja.«

Die glatten Stufen des rechten Treppenaufgangs waren zerbrochen und so verformt, dass sie nicht mehr zu erkennen waren. Kitey trat ein Stück des Handlaufs aus dem Weg. Das gesprungene Uhrenglas sah aus wie ein Spinnennetz. Krallenspuren zogen sich über die Wand und den Boden. Pfützen standen in den Kratern, während Tropfen von den Lampions perlten.

»Zum Glück saß ich da oben und nicht in der Bibliothek.« Thriller zeigte auf drei Sessel, die samt Beistelltische umgestoßen auf der Uhr lagen. Ein Türflügel begrub einen der Sessel, der andere hing aus den Angeln. »Du bist da rausgedonnert. Wahnsinn. Du warst irre schnell hinter mir her.«

Die linke Schwesterntreppe war zwar größtenteils unbeschädigt, aber voller Trümmer, die von den Wänden oder der anderen Treppe stammten.

»Ich war nicht hinter dir her. *Raus hier* war das Einzige, was ich gedacht habe.« Lian atmete stoßweise und als sie den Kopf schüttelte, tanzte ihr blaues Haar um ihr Gesicht. »Ich konnte keinen klaren Gedanken fassen. Ich war nicht ich und gleichzeitig mehr ich als jemals zuvor. Das hat mich so schwindelig gemacht.«

Langsam führten sie Lian durch die Küche in Saruhs angrenzendes Kräuterzimmer. Sie nahm auf dem schmalen Bett Platz und ihre Augen huschten nervös über die Sammlung von Tiegel, Töpfen und Tränken in den Regalen. Da der Raum weder für so viele Leute gedacht war noch genug Platz bot, gesellte sich Thriller zu Kajaska, die bei Tuktuk die Schäden in der Halle begutachtete.

Saruh musterte Lian aufmerksam. »Um das Chaos kümmere ich mich später. Es wäre aber gut, wenn ihr euch die Schäden schon mal anseht. Ich bleibe hier.« Saruh lehnte sich nachdenklich an ihren Hexenstab. »Goshy wird mir hier helfen. Wir müssen auch überlegen, was die Verwandlung ausgelöst hat.«

Der deutliche Wink war unmissverständlich, deswegen drängte Kitey Werwik unauffällig zur Tür. Seine Augen blitzten neugierig. »Komm. Wenn es um die gesundheitliche Versorgung geht, ist sie sehr bestimmend.«

Werwik zuckte mit der Augenbraue. »Das habe ich schon gemerkt.«

Die Tür schloss sich mit einem sanften Knarren.

»Sie ist gut in so was. Besser als ich. Und vielleicht findet sie tatsächlich heraus, was genau der Auslöser war. Es ist wirklich zu verrückt.«

Kitey hörte förmlich das Rattern in Werwiks Gedanken.

Auf dem Weg von der Küche bis zur Eingangshalle vertieften sich die Falten in seiner Stirn. »Normalerweise passieren solche körperlichen Veränderung nicht spontan«, sagte Werwik und sein Blick schweifte hinauf zur Bibliothek. »Über die linke Treppe müsste ich nach oben kommen. Da finden sich sicher Bücher zu Drachenmythen und Verwandlungen.«

»Wenn du meinst, tu das. Aber sei vorsichtig. Noch einen Patienten brauchen wir nicht.« Kaum hatte sie den Satz beendet, schlängelte er sich schon mit bedachten Schritten durch die Trümmer. Während sie darüber nachdachte, wie sich der Prilumsenz-Trank wohl auf die anderen auswirken könnte, drängte sich immer wieder die Angst um Loreo in den Vordergrund.

Verdammt, ich ... Wir brauchen dich hier jetzt mehr als je zuvor.

Ein besorgtes Seufzen schlich sich aus ihrer Kehle.

Er wird kommen. So, wie er es immer tut.

In der nächsten Stunde sah Kitey weder etwas von Werwik noch von Saruh. Dafür ging das Wegräumen der Trümmer mithilfe von Tuktuks magischen Hörnern, Kajaskas beeindruckendem Draht zu dem Bock und Thriller gut voran. Da die Elfe nicht besonders gesprächig war, widmete sich Thriller voll und ganz Kitey als Gesprächspartnerin.

»Kann er mit den Hörnern alles schweben lassen?«, fragte er und verfolgte, wie vor Tuktuk ein Steinbrocken von der Größe eines Autoreifens schwebte.

Kitey hievte einen ähnlich großen hoch. »Japp. Er könnte dich problemlos aufs Dach setzen.«

»Und du?«

»Wenn ich dich hochfliege.«

Thriller trug ein Stück des Handlaufs an die Wand und legte es auf einige Brocken. »Nein, ich meine, bist du auch besonders stark?«

Sie nickte im Vorbeigehen und hob den Steinbrocken etwas höher. »Gehört zur Grundausstattung von Engeln. Dafür zapfe ich meine Kräfte an. Aber unerschöpflich ist mein Celistma auch nicht. Ich muss mich irgendwann regenerieren.«

»Quasi den Mana-Akku aufladen.«

Kitey lachte auf. »Interessanter Vergleich, ja.« Sie ließ das Stück Treppe neben ihn fallen.

»Wird es hier wieder so aussehen wie vorher?«

»Mit ihrem Zauberstab wird Saruh die ausgebrochenen Stücke wie ein Puzzle wieder zusammensetzen.«

Thriller klopfte sich die Hände an der Hose ab. »Gehts Lian besser?« Er sah fragend zu Kajaska, die vorhin ins Kräuterzimmer verschwunden war.

»Mhm«, gab sie knapp zurück. »Sie beruhigt sich langsam und Saruh hat ihr einen Trainingsdress geholt.«

»Da bin ich froh. Also, nach ihrem Drachenausbruch bin ich ehrlich gesagt noch nervöser, was der Trank bei mir bewirken wird. Bisher merke ich ja nix. Deuten die Kopfschmerzen vielleicht an, dass ich telepathische Fähigkeiten entwickle?« Grübelnd fuhr sich Thriller durchs Haar. »Na ja. Hauptsache, ich mutiere nicht zum grünen Hulk. Lian, also das war schon –«

»Sie stammt vom Drachenvolk ab«, brummte Kajaska ihm über die Schulter zu.

»Du wirst sicher nicht zum Drachen«, fuhr Kitey fort. »Ich versteh, dass dich das nervös macht.«

»Nervös ist dezent untertrieben. Was, wenn …«

»Warst du wegen der Kopfschmerzen noch mal bei Saruh?«, unterbrach sie ihn.

»Hä? Was? Ja. Gestern hat sie mir einen Tee gegeben. Gegen die Übelkeit. Na ja, du weißt ja, wie es geholfen hat …

oder auch nicht.«

»Das ist mir tatsächlich schon aufgefallen.«

Eigentlich habe ich erwartet, es würde besser. Irgendwann, wenn der erste Schock überwunden ist.

Thriller räumte den nächsten Stein zur Seite. »Saruh hat noch einen komischen Test gemacht.«

»Und?«, hakte Kitey nach und nahm ihm den Stein ab.

»Das war erst heute Morgen, aber der war unauffällig.«

»Ich könnte noch mal meine Fähigkeiten nutzen. Wenn ich sehe, was dich so stresst, kann ich es vielleicht beeinflussen«, überlegte sie laut.

Thrillers Hände schlossen sich gerade um einen Brocken, als er kurz mit dem Oberkörper zurückwich und sie unsicher anstarrte. Das Geröll wäre fast auf seinem Fuß gelandet. »Nein, das ... ist nicht nötig. Danke. Erst mal nicht.«

Es überraschte sie, dass nicht nur Thriller, sondern auch Kajaska bei ihren Worten zusammenzuckte.

»Na gut. Wie du willst.« Kitey zuckte mit den Schultern.

Die Halle war endlich größtenteils freigeräumt und Werwik kam mit einem Stapel Bücher zurück. »Ich habe alle Stellen zu Verwandlungen markiert und die Schriftrolle gefunden, die Lian vor der Verwandlung gelesen hat. Ein Reisebericht, ich weiß nicht, ob es etwas zu bedeuten hat. Aber in einem Punkt sind sich alle Schriften einig: Die Verwandlung ist an Emotionen gebunden.«

»Das hätte ich dir auch sagen können«, erwiderte Kajaska, die auf einem heil gebliebenen Stuhl saß und Tuktuk nach getaner Arbeit am Rücken kraulte. »So gut wie jede starke, und ich meine wahrhaft starke Magie, steht in Verbindung zu unseren Gefühlen. Die Weisheit ist so alt wie die Welt. Dazu braucht man keine schlauen Bücher.« Mit ihrem letzten Satz lachte sie kurz auf und aus ihren Augen blitzte die Erfahrung ihres langen Lebens.

Kajaskas Aussehen und ihr Verhalten verstecken es, aber eine ursprüngliche Magie und Weisheit ist den Elfen gegeben. Ihre Vomani ist spürbar stärker geworden.

Kiteys Mundwinkel zuckte zu einem Lächeln.

Mal sehen, was der Prilumsenz-Trank bei ihr zum Vorschein bringt ...

Tuktuks plötzliches, aufgeregtes Blöken riss sie aus ihren Gedanken. Kajaska sprang auf. Ihr Stuhl kippte klappernd um. »Bei den heiligen Bäumen. Loreo!« Die Elfe starrte mit aufgerissenen Augen an Kitey und den anderen vorbei.

Kitey fuhr steif herum. Als hätte sie einen Schlag abbekommen, stockte ihr Atem und ihr Herz hämmerte. Da stand er. Loreo.

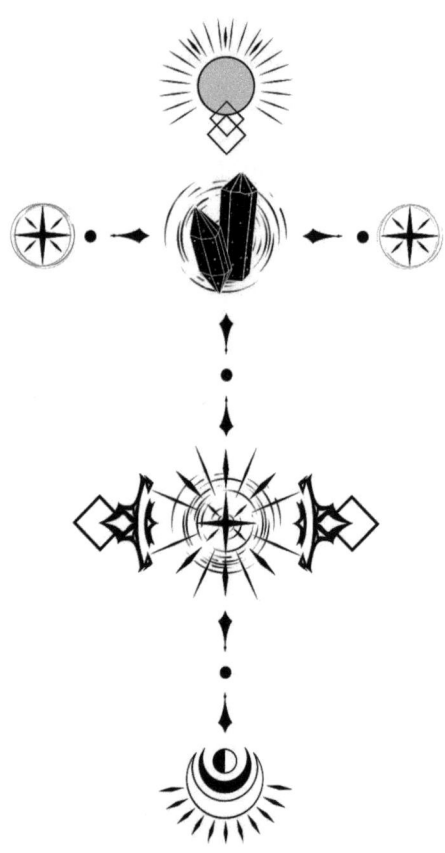

KITEY

Schlirffs Arm lag stützend um Loreos Mitte. Während Loreos Beine zitterten und jeden Moment nachzugeben drohten, hielt Schlirff ihn weiter auf den Füßen. Hinter ihnen stand ein bulliger Zentaur, der über ihre Köpfe hinweg in die Halle spähte.

»I- ich hab alles versucht«, stotterte der Slimm Schmied und sein schilfgrüner Körperschleim triefte von seinen Armen auf den Boden.

Kitey hastete zu Loreo. Den Kopf gesenkt, krümmte er den Oberkörper und hielt sich an der Wand und seinem Freund fest. Sein Harnisch hing lädiert an seiner Brust, die sich angestrengt hob und senkte.

»Was, verdammt, ist passiert?«, fragte Kitey gepresst und starrte auf die blutgetränkten Verbände. Die Bilder des weisen Thosa schossen durch ihre Gedanken. Eine Mischung aus bitterem Chinin, muffigem Schweiß und metallischem Blutgeruch erreichte Kiteys Nase. »Wir hätten uns nie trennen dürfen!«

Kajaskas Absätze donnerten eilig hinter ihr, im Augenwinkel

sah sie, wie sie zur Küche rannte. Thriller und Werwik tauchten an ihrer Seite auf.

»Er … war in Esmir.« Schlirffs Stimme zitterte ebenso wie die gebogenen Fühler auf seinem Kahlkopf. Von seinem beinlosen Körper, dessen Form einem üppigen Bowling-Pin ähnelte, tropfte unaufhörlich Schleim.

Kiteys Blick glitt prüfend über den opaki-gestreiften Zentauren, dessen Erdmagie deutlich wahrnehmbar in seiner Vomani strahlte. Seine weiße Mähne verlief vom Hinterkopf bis zum Rücken und vereinte sich mit dem langen Schweif. Er erwiderte ihren Blick mit seinen dunklen Augen und zuckte mit seinem rechten Rehohr. »Mein Name ist Belon«, sagte er rau und kam mit zusammengezogenen Augenbrauen auf sie zu. »Unsere Stadt wurde angegriffen.« Er spannte die Kiefermuskeln an, was seine kantigen Gesichtszüge betonte, und seine schmalen Lippen bildeten eine harte Linie. Am Körper trug er nichts außer einem breiten Gürtel, in den mittig ein grau glänzender Stein eingefasst war, und an dem seitlich eine Streitaxt hing.

»Wann?«, fragte Werwik.

Indes kam Saruh aus der Küche gerannt. Sie riss die Augen auf. »Oh, heilige Flownin!« Mit einem leisen Fluch machte sie auf dem Absatz kehrt und eilte zurück.

»Vor zwei Tagen. Kurz, nachdem er ankam.« Bei jedem Wort bebten Schlirffs wabbelige Backen.

Kitey fuhr zu Werwik und Thriller herum. »Helft mir. Er muss ins Behandlungszimmer!«

Für eine Sekunde hob Loreo den Kopf gerade weit genug, um ihr in die Augen sehen zu können. Dann gaben seine Beine nach und er kippte keuchend in Kiteys Arme. Sofort griffen Thriller und Werwik seine Oberarme und stützten seinen schlaffen Körper mit ihr. Unter ihren Fingern verrutschten die blutverfärbten Bandagen.

»Er ist bandagiert wie eine Mumie«, murmelte Thriller

schwer schluckend, während Werwiks Miene fest war.

Der Slimm zog die Nase hoch. »Ich wollte ... Er hat mich mit einem Zauber abgehalten ...« Eine dicke hellgrüne Träne quoll aus seinen Murmelaugen und rollte über seine Wange. »Wir haben ihn gepflegt, so gut wir konnten. Kaum war er wieder bei Bewusstsein, wollte er zu euch. Ich ... Ich konnte es ihm einfach nicht ausreden.« Schlirffs Körper zitterte wie Wackelpudding.

»Du hast dich um ihn gekümmert. Das zählt«, sagte Kitey mit erzwungener Ruhe. »Sag, was ist passiert? Wer war das?« Sie ahnte die Antwort. Gleichzeitig spürte sie Loreos verlangsamten Herzschlag an ihrer Brust. Ein dumpfer Stich durchzuckte ihr Innerstes.

Vorsichtig richteten Werwik und Thriller Loreo auf, legten sich je einen seiner Arme um den Nacken und umfassten seine Taille.

»Den Angriff habe ich nicht erlebt«, erwiderte Belon. »Diejenigen, die wie ich auf anderen Märkten waren, hatten Glück«, sagte er bitter und folgte ihnen Richtung Küche. »Wohin damit?«

Erst jetzt fiel Kitey die Truhe auf, die hinter dem Zentauren schwebte. Er bewegte sie offensichtlich mithilfe des Apstipal-Steins in seinem Gürtel, der Belons Erdmagie verstärkte.

»Noch eine?« Sie deutete mit dem Kinn in irgendeine Ecke.

»Da sind die Schwerter drin, die Loreo ausgesucht hat. D– Die Schlüssel sind hier.« Schlirff tätschelte mit seiner dreifingrigen, froschfußähnlichen Hand die Umhängetasche, an der Slimmschleim hing.

»Wir haben die erste gepackt und dann ... dann fing es an – das Grollen und die Schreie.« Der Schreck saß noch deutlich in seiner Stimme, gleichzeitig flackerte seine Vomani aufgewühlt am Rande ihrer Barriere. »Wir waren im Gewölbe. Die Decke hat gebröckelt und die Schreie ... Loreo hat die eine Truhe einfach losgeschickt, gesagt, ich müsse die zu euch bringen, und ist rausgerannt.«

»Hör zu, ich muss genau wissen, was passiert ist«, sagte Kitey und ballte die Faust.

»Ich ... Also ich sta– stand an der Tür. Aber ich konnte nicht raus.«

»Hör auf, dich zu quälen. Lass es mich sehen. Bitte.«

Thrillers Kopf fuhr hoch und er stieß mit dem Knie gegen einen Küchenstuhl. Er stolperte einen Schritt, zog Loreo und Werwik mit sich zur Seite.

»Pass auf.« Kitey machte eine pfeilschnelle Bewegung und stützte Loreo zusätzlich. Ihr Herz hämmerte.

»Au. Sorry.« Thriller knetete verlegen seine Unterlippe. Seine Nervosität flackerte in ihrer Wahrnehmung wie ein Stroboskop.

»Langsamer«, mahnte Kitey ruhig und wandte sich wieder an Schlirff. »Du weißt, dass ich ...«

»Du in meine Vergangenheit sehen kannst, ja. Nur zu.«

Mit angespannten Schultern ließ Kitey den mentalen Schutz vollends sinken. Das Gefühlschaos um sie herum war erdrückend. Am liebsten hätte sie die Barriere sofort wieder aus dieser Emotionsschraubzwinge befreit. Doch stattdessen glitt sie in Schlirffs Geist. Eine Flut blutiger Bilder erreichte sie. Wut brannte in ihren Adern. Als gefühlskalte, blaue Augen aufblitzten, drängte sich ein Knurren tief aus ihrer Brust. »Dieser elende ...« Es war Andorian.

Um Loreo herum traten aus den langen Schatten der Häuser immer mehr Kreaturen. Zwischen den Pyros wankten die veränderten Gestalten der Marktleute und Stadtbewohner. Scharrend schlurften sie über den Boden, während ihre Arme lahm herabhingen. Das Leben aus den Körpern gerissen, kamen die Marionetten auf ihn zu. Die Bilder brachen ab. Schlirff musste die Augen geschlossen haben, sie hörte Ächzen, Schreien, Stöhnen.

»Alles okay?«, drang Werwiks Stimme wie von weit entfernt

zu ihr.

Sie nickte knapp. »Ich sehe sie kämpfen.«

Loreo umklammerte zwei Schwerter, eines in jeder Hand. Verbissen kämpfte er sich durch die Dämonenschar. Eine Übermacht, aber er hielt stand. Tritte und Hiebe trafen ihn am Rücken. Blut, immer mehr Blut klebte an seinem Körper. Er war zu beschäftigt damit, zu parieren und anzugreifen.

Eine Flut von Schlirffs Gefühlen schwappte eiskalt über sie hinweg. Panik. Galle kroch höher, bis sie sie bitter auf der Zunge schmeckte. Immer wieder hallte Andorians Gelächter in ihren Ohren. Nocmatagi züngelte schwarz um seinen Körper und lechzte nach Loreo.

Er macht sich nicht einmal die Mühe, selbst gegen ihn zu kämpfen. Feiges Verräterschwein.

»Seine Schutzzauber lassen nach«, wisperte Kitey mit vor Anspannung belegter Stimme.

Pyro-Dämonen bekamen seine Arme zu fassen. Gequält verzog sich sein Mund. Schonungslos trafen ihn Faustschläge in den Magen und ins Gesicht. Panzerketten peitschten auf seinen Rücken und die Rüstung barst. Er ließ seine Schwerter fallen. Kiteys Herz hämmerte. Es war, als fühlte sie seinen Schmerz.

Brutal riss sich Loreo von einem Peiniger los. Gerade wollte er wieder zur Waffe greifen, da hob ein Dämon eines der Schwerter auf und rammte es ihm geradewegs zwischen die Rippen. Die Nocmatagi loderte auf und reckte sich von Andorian nach Loreo.

»Du zitterst. Hör auf«, erklang Thrillers Stimme. Wieder sah sie nur Schwärze, hörte Andorians höhnisches Lachen und sein Flüstern.

»Nein! Ich bin zu weit weg.« Kiteys Hände zitterten. Sie kniff die Augen zusammen, konzentrierte ihre Kräfte auf ihr Gehör. »Ich höre nicht, was er zu Loreo sagt.«

Andorian sah auf Loreo herab, der vor ihm kniete. Grob zog

er ihn am Kragen zu sich heran. Seine Schattenmagie wog um Loreos Körper, schien ihn zu verschlingen.

Irgendjemand packte Kitey an den Oberarmen.

»Schluss jetzt«, fuhr sie Werwik an.

»Kitey.« Loreo stöhnte ihren Namen, was sie augenblicklich aus Schlirffs Geist riss.

Sie atmete stoßweise. Belon hielt sie an den Armen fest. Ihre Beine zitterten und sie schmeckte nicht nur saure Galle, sondern auch Blut. Sie hatte sich auf die Innenseite der Wange gebissen.

Um den Slimm hatte sich eine kleine Pfütze gebildet, sein grüner Körper war erblasst.

Loreo war der Ohnmacht nah, unfähig zu reden. Jedes Wort erstickte ein Husten.

Aus dem Kräuterzimmer drang Saruhs feste Stimme, Kajaska und Lian halfen ihr, die richtigen Salben und Elixiere zusammenzusuchen.

Belon wartete mit Schlirff wie gebannt im Türrahmen, während sie Loreo ins Kräuterzimmer brachten und ihn behutsam aufs Bett setzten. Die mentale Anstrengung brachte Kiteys Hände zum Zittern.

Ich muss mich abschotten. Sie alle, vor allem Thriller ... er ist so intensiv. Das ist zu viel für ihn. Und für mich.

Er stand so dicht neben ihr, dass sie seinen Arm streifte, während er gemeinsam mit Werwik Loreo stützte. Wie eine schlaffe Marionette hielten die beiden ihn aufrecht, sodass Kitey ihm den Harnisch und das, was von seiner Kleidung übrig war, ausziehen konnte. Darunter umwickelte eine doppelte Lage Bandagen seinen Torso und die Arme.

»Verdammt, das sieht ...«, flüsterte Thriller und seine Stimme brach ab.

»Sollen wir ihn hinlegen?«, fragte Werwik.

»Nein. Die Verbände müssen ab.« Saruh schob Kitey ein wenig zur Seite und löste die ersten rötlich verfärbten Stoffbahnen. Schnittwunden, Prellungen – alles war rot, blau und lila. Vereinzelt klebte eine Bandage an der Wunde, wo das Blut getrocknet war. »Wer hat das behandelt?« Kritisch beäugte Saruh die frei gelegten Stellen und Kitey folgte jedem ihrer Handgriffe.

Lian wich Schlirff aus, der einen Schritt weiter ins Zimmer hopste. »Meine Nachbarin, Miss Neffy. Sie ist die Heilerin unserer Stadt.«

Saruh nickte anerkennend. »Sie versteht ihr Handwerk. Die Kräutermischung ...«

»Ich rieche Wuppkraut und Klampwurz«, sagte Kajaska konzentriert. Sie stand mit dem Rücken zu ihnen auf den Zehenspitzen und kramte in einer Schublade. »Willst du die gleiche Mischung? Wenn wir noch Grannüsse dazugeben, verstärkt das die Wirkung vom Wuppkraut.«

»Guter Gedanke. Aber wir nehmen das Nussöl. Das ist konzentrierter. Sie sind ...«

»Oben rechts, mittleres Schubfach. Hab sie vorhin gesehen«, warf Lian ein und ging hinter Schlirff an den antiken Apothekerschrank aus dunklem Holz. »Wie viele?«

»Alle«, antwortete Saruh und entfernte den letzten Verband am Arm. »Zur Seite, bitte.«

Thriller wich der Hexe mit einem großen Schritt aus.

»Lass mich den Rücken sehen. Die Blutung setzt wieder ein, wir müssen uns beeilen und neu verbinden.«

»Ich habe schon viel gesehen, aber das ist ... Sein Rücken.« Werwiks Gesichtszüge glichen einer Maske. Blass und starr. Doch sie bekam mehr und mehr Risse. Seine blauen Augen weiteten sich, als der letzte Verband vom Rücken fiel.

In Kiteys Kopf tauchten wieder Bilder aus Schlirffs Erinnerung auf. Dutzende Gewandelte stürzten sich gleichzeitig auf ihn. Zähne, Messer, Schwerter, Ketten, alles wurde zur Waffe. Und über allem schwebte Andorians zufriedenes Gesicht.

Sie schluckte und es war, als kratzten Eissplitter in ihrer Kehle.

»Scheiße, das ist echt übel. Er muss höllische Schmerzen haben.« Thriller starrte fassungslos auf die Wunden.

»Dir ist schon wieder schlecht, oder?« Kitey sah prüfend in sein Gesicht.

»Woher weißt du das?«

»Du bist fast so grün wie Schlirff. Am besten gehst du raus und nimmst unsere Gäste mit. Hier ist ohnehin nicht genug Platz.«

»Aber ich ...«

»Du kannst hier überhaupt nichts tun.«

»Okay«, murmelte Thriller, ließ den Kopf hängen und tauschte mit Kitey den Platz.

Kajaska reichte Saruh eine Tinktur, mit der sie sorgsam einige Schnitte auf Loreos Rücken benetzte.

»Aber ihr ruft, wenn ich doch helfen kann?«, fragte Thriller kleinlaut, während er den Raum in Richtung Küche verließ.

»Natürlich«, erwiderte Saruh und sah geschwind auf. »Lian, ich brauche die Kompressen. Unterstes Fach, die große Schublade in der Mitte.«

Mit einem Scharren öffnete und schloss sie das Fach. Indes hantierte Kajaska weiter mit den Nüssen und entzündete die Flamme unter dem Destillator.

Saruh und Lian bedeckten seinen Rücken mit Kompressen. Behutsam legte sie ihm die erste auf den oberen Rücken und verteilte drei weitere auf der Fläche bis zu seinem Steißbein.

Mit ernstem Blick sah Saruh Kitey an. »Kannst du mir seinen Schmerz beschreiben?«

»Schmerz ist Schmerz. Gib ihm etwas, damit er nicht so leidet!«, zischte Kitey,

»So einfach ist das nicht.« Saruh holte eine Flasche mit blauer Flüssigkeit vom Regal. »Ich tränke die Kompressen, das betäubt es äußerlich. Aber du kennst Andorian. Du musst mir sagen, was Loreo fühlt.« Sie legte Kitey die Hand auf die Schulter. »Wenn Gift oder Nocmatagi im Spiel ist, muss ich das anders behandeln. Du kennst den Unterschied. Du wirst es fühlen.«

»Gibt es keinen anderen Test?«, wollte Werwik wissen.

»Doch. Aber es gibt noch einen Grund, warum Kitey es tun sollte.« Ihre Freundin sah sie eindringlich an und strich sich eine Strähne hinters Ohr.

»Du glaubst, er könnte ...«

»Ja. Ich befürchte es.«

Werwik sah zwischen ihnen hin und her. »Könnte was?«

»Ihr glaubt doch nicht, dass er stirbt?« Mit geweiteten Augen fuhr Lian herum.

»Sieh ihn dir an. Möglich ist es«, raunte Kajaska und gab eine weitere Nuss in die Presse, aus der bereits das Öl in ein Gefäß tropfte.

»Saruh meint das Glühen«, antwortete Kitey und starrte auf die blaue Flüssigkeit, mit der sich die Kompresse vollsog.

Saruh schloss die Flasche wieder. »Wir können ihn hinlegen.«

Werwik runzelte die Stirn. »Was ist das Glühen?«

»Wenn wir Engel schwer verletzt sind, dem Tode nahe, gibt es diesen Zustand. Es ist eine Art Schutz. Ein Fieber, eine Art komatöser Blackout. Die Wunden sind so schlimm, dass wir uns nicht mehr verteidigen könnten, also übernehmen unsere Kräfte und umhüllen uns mit einem heißen Kokon.«

Loreo stöhnte, als sie ihn nach hinten legten. Seine Lider flatterten und seine Augen verdrehten sich dahinter.

»Wie soll man euch dann behandeln?«, fragte Lian und drehte den Mörserstößel nervös in der Hand.

»Das ist der Haken an der Sache«, antwortete Kitey. »Es wird fast unmöglich. Dann kommt die nächste Phase.«

»Selbstheilungskräfte?«, mutmaßte Kajaska, während sie das Öl in den Destillator gab, damit es erhitzt in die restliche vorbereitete Mischung tropfte.

Kitey schnaubte. »Schön wär's. Nein. Wir kehren ins Reich der Engel zurück für einen Schlaf, in dem wir heilen.

Einen verflucht langen!« Sie half Saruh, ihm die Stiefel und die Hose auszuziehen.

»Sie hat sein Bein geschient.« Saruh tastete sein rechtes Schienbein ab. »Schlirff und seine Freunde haben ihn gut versorgt. Der Bruch ist gerichtet. Seine inneren Verletzungen ... ich kann nicht sagen, wie sie aussehen.« Sie rieb sich mit dem Unterarm Schweißperlen von der Stirn. »Kitey, ich tue, was ich kann. Aber auch meine Fähigkeiten kommen an ihre Grenzen. Wir müssen uns etwas einfallen lassen, für den Fall, dass!«

Sie wagt nicht, es auszusprechen ... dass sich seine Lage verschlimmert und das Glühen tatsächlich einsetzt, weil er dem Tod näherkommt.

Krampfhaft versuchte Kitey, die Fassung zu wahren. »Gib mir einen Moment. Dann taste ich nach seinem Schmerz.« Ihr Blick lag auf Loreo. Erbarmungslos fraß sich das verhasste Gefühl der Hilflosigkeit und mehr, immer mehr Wut, in sie hinein.

Von uns bist doch du der, der auf alles eine Antwort hat. Du darfst mich nicht alleinlassen. Das kannst du nicht machen, hörst du? Nicht jetzt, nein, niemals.

THRILLER

S tarr stand Thriller vor dem Topf und rührte, die Hand verkrampft um den Löffel geballt, im Eintopf herum. Beim Gedanken an Loreos Wunden fuhr ein eisiger Schauer über seine Arme bis in seinen Nacken. »Scheiße. Ich bin völlig nutzlos.«

»Jungchen, das ist niemand«, sagte Belon ernst, der auf seinen Flanken am Tisch saß. Neben ihm nickte Schlirff zustimmend. Sein Körper, der Thriller an lebendig gewordenen Waldmeisterwackelpudding erinnerte, überzog den Stuhl mit Schleim.

»Ich kam mir auch so hilflos vor. Das kannst du glauben. Alles geschah direkt vor mir. Einer meiner ältesten Freunde wird vor meinen Augen ...« Schlirffs Schleim wurde flüssiger, tröpfelte um ihn herum auf den Boden. »Entschuldigung. Wenn ich mich aufrege, verflüssige ich mich.«

Verkrampft lächelte Thriller. »Kein Ding, ich muss es ja nicht sauber machen. Saruh macht das bestimmt mit einem Zauber.« Seufzend schöpfte er den Gemüseeintopf in zwei Schalen. »Was soll ich machen? Kann ich überhaupt was tun?«

»Danke«, sagten Schlirff und Belon gleichzeitig, als er ihnen das Essen reichte. Der Zentaur dippte eine der graubraunen Kimkibrotscheiben in den Eintopf und biss ab.

Thriller lehnte das Kinn auf seine aufgestellten Arme und grübelte. »Es gibt hier so viel Magie. Kann man nicht alles irgendwie heilen?«

»Hier? Du bist nicht aus Galmadur?«, fragte Belon zwischen zwei Happen.

»Ähm, nein. Ich bin aus Nefeach.«

»Und zum ersten Mal hier?«

Thriller nickte. »Japp.«

»Für einen ersten Besuch ist das heftig.«

»Da sagst du was. Es ist irre, wahnsinnig, gruselig, unwirklich, fantastisch, und das alles auf einmal.«

»Du hättest unsere Stadt sehen sollen. Sie war so schön. Ein Fleckchen, wo das Chaos sich noch weit weg anfühlte«, sagte Schlirff mit bekümmerter Miene.

Belon klopfte mit dem Huf auf den Boden. »Zumindest, wenn man wie du die Stadt nie verlässt. Ich wusste, dass es irgendwann zu uns kommen würde.«

»Dass wir verschont bleiben, war ein Traum. Ein schöner Traum.« Die Stimme des Slimm zitterte.

»Ein unrealistischer Traum«, meinte Belon nüchtern und sein Schweif zuckte von rechts nach links.

»Mit unrealistischen Träumen kenne ich mich aus. Die habe ich ständig. Jede Nacht, seitdem ich hier bin.« Thriller rieb sich durchs Haar. »Wenn wenigstens der von dem Magierarzt wahr wäre, dann ...«

»Wie kommst du darauf, dass es den nicht gibt?« Belon schmatzte.

Thriller blinzelte irritiert. »Was?«

»Natürlich ist er kein Magier.« Der Zentaur zuckte mit der Augenbraue. »Die gibt es ja nicht mehr. Doch es gibt da einen Heiler. Er soll der letzte der Medvis'Ealen sein.«

Von hinten legte Werwik Thriller die Hand auf die Schulter. »Alles okay?«

»Hast du das gehört?« Ungläubig sah Thriller zu ihm auf und fuhr sich mit den Fingern durchs Haar. »Wenn das echt wahr ist ... Was, wenn ...«

Verwirrt sah Werwik ihn an. »Wenn was wahr ist?«

»Der Traum von dem Medvis'Ealen«, erklärte Schlirff und ließ den Löffel in der leeren Schale stehen.

»Nicht wenn. Es gibt ihn, bei Tulp.«

Werwik tauschte einen kurzen Blick mit Thriller und sah fragend zu Belon. »Bist du sicher? Die Medvis'Ealen sind mit den Magiern verschwunden. Sie standen ihnen zu nah, haben von und mit ihnen gelernt. Und ausgerechnet in Tulp?«

»Ist ... ist das nicht die verfluchte Stadt?«, fragte Schlirff an Belon gewandt, der zur Antwort nickte.

»Verfluchte Stadt klingt gruselig.«

»Viele halten es für ein Gerücht«, fuhr Belon fort. »Der Händler, von dem ich die Info habe, ist aber zuverlässig. Mehr weiß ich nicht.«

»Na, ich vielleicht schon. Was ich gesehen habe, das war so ...«, Thriller hielt inne und kratzte sich am Hinterkopf. »Was, wenn es kein Traum war? Ist das verrückt? Was ...«

»Wenn es eine Erinnerung oder Vision war?« Über Werwiks Gesicht huschte ein besorgter Schatten, seine blonden Augenbrauen zogen sich zusammen.

Thriller schluckte trocken, ignorierte die Gänsehaut auf seinen Armen und stand auf. »I- Ich rede mit Kitey.« Als er zur Tür des Kräuterzimmers sah, straffte er die Schultern. »Kommst du mit, oder ...?«

»Ich muss in der Bibliothek weitersuchen. Das Drachenproblem ist noch nicht vom Tisch. So bin ich nützlicher.« Etwas in Werwiks Gesichtszügen veränderte sich, bestärkte Thriller in seinem Entschluss.

Jeder tut, was er kann. Zu irgendetwas muss ich auch nütze sein.

Er machte einen Schritt nach hinten, stieß gegen seinen Stuhl, stolperte zur Seite, fand aber gerade noch so sein Gleichgewicht wieder, bevor er Belon in die ruckartig hochgezogenen Arme fiel. »Mach langsam, Jungchen.«

Mit einem verlegenen Lächeln rückte Thriller den Stuhl zurecht.

»Und was meintest du mit Drachenproblem?« Schlirff rutschte auf seinem Stuhl nach vorn, dabei wippten seine Fühler, als horche er gespannt auf.

Belon sah die beiden fragend an. »Noch so ein realer Traum?«

»So ungefähr«, meinte Werwik kryptisch und ging um ihn

herum zur gepolsterten Fensterbank. Auf ihr stapelten sich die Bücher, die Thriller vorhin vom Tisch geräumt hatte. »Es muss mehr Informationen geben.« Seine blonden Strähnen fielen nach vorn wie ein abschottender Vorhang.

Ob ihm bewusst ist, wie erschöpft er wirkt?

»Wenn du Hilfe brauchst, egal, was, sag es.«

Schlirff stand auf. »Ja, ja, uns auch. Stimmt's, Belon? Wir sind hier, also helfen wir.«

»Sicher. Ich könnte mit der ramponierten Treppe da draußen anfangen. Würde mich ja interessieren, wie ihr das geschafft habt.« Seine Augenbrauen hoben sich und er tippte an den Stein auf seinem Gürtel. »Mit Erdmagie puzzle ich das wieder zusammen. Dauert nur eine Weile.«

»Und ich frage, wo die Waffen hinsollen, und bereite sie für euer Training vor«, sagte Schlirff.

Nervös blies Thriller die Luft aus. »Dann lasst uns loslegen.«

Als Thriller ins Kräuterzimmer lugte, war von Lian und Kajaska keine Spur. Zögerlich stand er im Türrahmen. »Kann ich rein? Oder macht sie noch ihr Jedi-Ding?« Obwohl das Zimmer nicht besonders groß war, kam es Thriller plötzlich riesig vor.

»Komm rein«, antwortete Kitey, ohne den Blick von Loreo abzuwenden.

Auf Loreos Oberkörper lagen verschieden große Kompressen, aus denen ein bläulicher Dunstschleier aufstieg. Thriller trat näher und mit jedem Schritt intensivierte sich ein salziger Minzduft. »Ich ... also, ich muss mit dir reden ...« In der Mitte des Raumes blieb er stehen und knetete seine Hände.

Behutsam zog Kitey die Wolldecke über Loreos Brust, stand vom Hocker auf und drehte sich zu Thriller. Sie rieb sich den Nacken. »Lass mich zuerst. Das vorhin ... Ich meinte nicht, dass du nutzlos bist. Es sollte nicht ...«

»... kratzbürstig klingen?«

»Ja. Wenn ich irgendwie ...«

»Schon gut. Kannst froh sein, dass ich kein Sensibelchen bin.« Thriller lächelte verkrampft.

Ich kenne Loreo kaum und es fühlt sich unwirklich und furchtbar an. An ihrer Stelle würde ich wohl durchdrehen.

»Aber genau darum geht's. Ich hatte diese Träume.«

»Thriller, können wir darüber nicht wann anders reden?« Sie sah über ihre Schulter zu Saruh.

Wuselig huschte diese um sie herum von Schrank zu Schrank und plünderte ihre Schubladen. Sie murmelte vor sich hin, beachtete sie nicht und blätterte zwischendurch in einem dicken, ledergebundenen Buch.

»Nein. Das muss jetzt sein. Ich hab Saruh von meinen Träumen erzählt. Also ein bisschen.«

»Ja, stimmt«, antwortete sie abwesend. »Städte, Seen und lauter lustige Wesen. Dein Unterbewusstsein verarbeitet die Erlebnisse.«

»Nichts Neues. Du hast eine blühende Fantasie, das wissen wir.« Kitey machte eine wegwerfende Handbewegung.

»Ja, ja. Aber es gab da noch etwas.« Auf einmal war Thrillers Mund trocken wie Knäckebrot und er schluckte mehrmals.

Eindringlich sah Kitey ihn an. »Okay, worum gehts? Und fass dich bitte kurz.«

»Da gab es diesen einen Traum ...« Thriller leckte sich über die Lippen. »Ich war in einer Stadt, die war so strange. Überall ...«

»Was war an *fass dich kurz* unklar?« Kitey verschränkte die Arme.

»Du machst es schon wieder, Stahldrahtbürste.«

Sichtlich bemüht um Geduld, schloss sie bei einem tiefen Atemzug kurz die Augen. »Setz dich da rüber.« Sie zeigte auf den Hocker vor einem der Regale, die parallel zum Bett standen. »Erzähl weiter, aber konzentrier dich auf die Kernfakten«, schob sie ruhig hinterher, nahm dann am Fußende des Bettes Platz und legte die Hand auf Loreos Schienbein. Unter ihrer Handfläche glomm ein Perlmuttschimmer auf, intensivierte sich mit jedem ihrer Atemzüge.

»Was machst du da?«

»Ich teile meine Kräfte mit ihm. Normalerweise könnte er sie aufsaugen wie ein Schwamm und es würde ihn stärken. Aber selbst dafür ist er zu geschwächt. Sein Körper nimmt kaum von meiner Energie auf.«

Kalte Angst lief Thriller den Rücken entlang wie ein Eiswürfel. »Dass der Kampf ihn so ...«

»Es war nicht allein das. Er hat viel von seiner Kraft in den Schutzzauber gesteckt, um Schlirff vor Andorian zu verbergen. Der Celeswark ist eine starke Schutz- und Tarnwand oder ein Schleier. Ich habe ihn auch bei euerer Ankunft benutzt.«

»Das hat ihm dann im Kampf gefehlt.«

»Ja«, antwortete Kitey und senkte wieder den Blick auf ihre Hand. »Und was hat es jetzt mit diesem ominösen Traum auf sich?«

»Also. Ähm, der Traum. Da war ein Arzt, einer mit Magie.«

Mit gerunzelter Stirn hob Kitey den Kopf, der durchdringende Ausdruck in ihren Augen ließ ihn immer wieder nervös schlucken.

»Ich habe ein Gespräch belauscht. Unabsichtlich. Da ging es um einen Medicus. Ich fand die Bezeichnung auffällig altmodisch.« Sein Herz raste im Takt mit Saruhs energischem Absatzklappern vom Regal zum Schrank und wieder zurück. »Was ich meine, ist ... Ach fuck. Es war so mega real und je länger ich hier bin ...« Er zögerte. Denn wenn er es laut aussprach, gab es kein Zurück mehr. Kein Einreden mehr, dass es ein Traum gewesen war. »Ich glaube, ich war schon mal hier!«

Der Stößel plumpste Saruh aus der Hand und schepperte in den Mörser. »Wie bitte?«

Sein Blick huschte zwischen den beiden hin und her. Saruhs Gesichtsausdruck war zwar verwirrt, aber freundlich und geduldig. Kiteys grüne Augen hingegen funkelten stechend.

»Was meinst du mit *Du warst vielleicht schon mal hier*?« Mit den Fingern setzte sie einen Teil des Satzes in Gänsefüßchen.

»Na ja. Ich hielt es eigentlich immer für einen Traum.« Thrillers Wangen glühten. »Aber jetzt glaube ich, der Traum war real. Es war nur die logischste Erklärung. Zumindest damals.« Seufzend sah er auf Loreo hinab. »Auf jeden Fall war da dieses Gespräch von einem Arzt.«

Ähnlich wie in einer Trance hob und senkte sich Loreos Brust ruhig, aber seine Augenlider flatterten. Dann stieß er ein Stöhnen aus, dass Thriller zusammenzuckte.

»Das, was ich im Traum gehört habe, war irrwitzig. Ein Magie-Medicus, völlig absurd. Jetzt sehe ich das etwas anders«, flüsterte Thriller betroffen.

Ratlos fuhr sich Kitey durchs Haar und sah zu Saruh.

Plötzlich keuchte Loreo gequält und sein Körper verkrampfte sich. Seine Arme zuckten. Er warf den Kopf hin und her.

»Halt seinen Kopf ruhig.« Saruh kam auf sie zu. Gleichzeitig tanzten Funken aus dem Stern an ihrem Wangenknochen, sie streckte die Hand in Richtung Destillator und ein Fläschchen schoss von dort direkt in ihre Handfläche.

Vorsichtig hielt Kitey Loreo an den Unterarmen und drückte ihn auf die Matratze. »Mach schon. Halt seinen Kopf«, sagte Kitey gepresst zu Thriller.

Thriller war flau zumute. Aber er legte ihm zögernd die Hände an die Wangen und kämpfte gegen sein Rucken und Zucken an. Plötzlich riss Loreo die Augen auf. Starrte ihn mit rubinrot glühenden Augen an. Thriller zuckte zurück. »Scheiße, was ...«

Neben ihm schraubte Saruh fix einen anderen Aufsatz auf das Fläschchen. »Ich kann ihm nicht helfen, wenn du ihn nicht ruhig hältst.«

»Ja. Ja, klar. Sorry«, stammelte er, festigte den Griff und drehte Loreos Gesicht zu Saruh. In seiner Brust stach es. Ein ekliges Gefühl, als hätte er einen Kaktus verschluckt.

Saruh verabreichte Loreo einen Saft, der nicht nur schlammig aussah, sondern auch so roch. Sie schob ihm die schmale Öffnung des Glases, ähnlich einer Schnabeltasse, zwischen die Lippen und kippte es. Jeder Schluck klang wie ein gequältes Würgen. Am liebsten hätte Thriller gebrüllt, geweint oder beides. Er stand einfach da. Hielt Loreos Kopf. Spürte unter den Fingern, wie sich Loreos Hals- und Kiefermuskeln Schluck für Schluck anspannten. Bis Loreo endlich zu krampfen aufhörte und wie ein Schlafender dalag, schien die Zeit stillzustehen.

Saruh stieß hörbar den Atem aus. »Das beruhigt ihn erst mal. Ich weiß nur nicht, wie lange. Man kann mit Kräutern viel bewirken, aber selbst angereichert mit meiner Kamadragi keine Wunder vollbringen.«

Thriller sank mit hämmerndem Herzen wieder auf den Hocker. »Scheiße. Was war das plötzlich?«

»Himmlischer Hohn! Warum kann ich nicht heilen?«, fluchte Kitey mit geballten Fäusten. »Wir sind Engel, warum können wir solche Wunder nicht vollbringen? Heißt es nicht, in uns ruht die göttliche Macht? Wir sind doch Teil ihrer Macht?«

Betreten sah Thriller zu Boden und krallte die Finger in den weichen Hosenstoff über seinen Oberschenkeln. Das hatte er sich auch schon gefragt.

»Thrillers Geschichte ist eigenartig, aber das ist doch im Grunde egal. Selbst wenn nur eine kleine Chance besteht, dass es kein Traum war ... Noch lebt Loreo und wenn das so bleiben soll, dann geh der Sache nach!« Saruh legte Kitey die Hand auf die Schulter.

Sie rieb sich übers Gesicht, als sie mit sich rang. Loreos Blut, mit dem sich die Kompresse an seinem Arm vollgesogen hatte, klebte an ihren Händen und blieb auf ihrer Wange zurück. Sie rang mit sich. Ihr Blick war unruhig und sie malmte mit dem Kiefer. »Hast du eine Ahnung, wo dieser Medikus ist? Eine Idee?«

»Ja. Also, Belon hat auch davon gehört. Aber er nannte ihn ...

ähm ... einen Medvis'Ealen. So bin ich vorhin darauf gekommen. Er sagte Tulp.«

»Er hat das bestätigt?«, fragte Saruh.

»Ja. Das mit dem Arzt. Nicht, ob es Traum, Vision, Wirklichkeit oder was sonst Verrücktes war.«

»Tulp? Die verfluchte Stadt. Na klasse.«

»Das hat Werwik auch erwähnt. Was bedeutet das?«

Saruh beugte sich über Loreo, begutachtete kritisch die Verbände. »Die Stadt hat etwas Grässliches erlebt. Sie wurde nicht nur angegriffen, sondern mit einem Schleierschattenfluch belegt.«

»Für Geschichtsunterricht ist später Zeit. Lass mich nachdenken. Wir haben eine Reise zu planen. Und wir sollten uns beeilen, Tulp liegt auf Pragja. Dorthin dauert es über eine Woche und noch mal genauso lang, den Medvis'Ealen hierherzuholen.« Kitey dehnte ihren Nacken.

»Warum keine Reise mit Schleusen?«, fragte Thriller und sein Blick schweifte besorgt zu Loreo.

»Bis Lines, auf diesem Kontinent, könnten wir es noch. Allerdings hinterlässt man bei jeder Reise Spuren. Geringfügig, doch sie sind da.« Kitey malmte mit dem Kiefer. »Und auf Pragja hat der Schattenmagier besonders gewütet. Teilweise stehen die Schleusen dort unter Bewachung seines Dämonenpacks. Wir müssen den längeren Weg nutzen.«

»Die Zeit für hin und zurück habt ihr aber nicht. Ihr müsst Loreo mitnehmen«, widersprach Saruh und sah zu Thriller.

»Wie denn ... Warte, was? *Wir*?« Thriller deutete mit dem Finger erst auf sich, dann auf Kitey. Ihm rutschte augenblicklich das Herz nicht nur in die Hose, sondern gleich in die Socken.

»Ja, wir! Während der Reise erzählst du mir alles noch mal ganz langsam. Damit wir uns verstehen, ich meine jedes Detail. Egal, ob Vision oder ob du schon mal hier warst. Beides ist einfach zu merkwürdig für jemanden aus Nefeach.«

»Und für den Transport habe ich bereits eine Idee ...«, ergänzte Saruh und wandte sich nachdenklich zu einem der Bücherregale an der Wand.

Mit hängenden Schultern sah Thriller ihr nach, als sie den Raum verließ. »Das heißt wohl, ich habe kein Vetorecht und muss mit.«

KITEY

I n jener Nacht hetzten die Minuten an Kitey vorbei wie wild gewordene Trumas auf der Jagd. Nachdem sie die Beintaschen für Thriller und sich mit allem Notwendigen bestückt hatte, plante sie nun in der Bibliothek die Reiserouten durch die verschiedenen Gebiete.

Sie stand am großen Arbeitstisch vor dem Phönixbuntglasfenster und stützte sich mit den Händen auf. Nachdenklich betrachtete sie die ausgebreitete Landkarte der Südöstlichen Kontinente Sinelthra und Pragja. »Wir müssen einen Weg finden, die Reisezeit zu verkürzen«, murmelte sie und strich mit den Fingern über die erhabenen Linien der Quathyst Bergkette, die sie überwinden mussten.

Neben ihr saß Werwik auf einem der gepolsterten Stühle, wackelte angespannt mit dem Knie und hielt sich die Karte des Sumpfgebietes Swap'Mooren vors Gesicht. »Bist du sicher, was die Route durch den Sumpf angeht?« Das Pergament raschelte, als er die Landkarte senkte und auf den Tisch legte.

Kitey stutzte. »Ja. Größtenteils ist es die Strecke, die ich zuletzt auch mit Loreo nahm. Warum?«

»Ich bin nicht sicher, aber ... sieh her.« Er stand auf und fuhr mit dem Finger über die eingezeichneten Routen. Unter seiner Berührung intensivierte sich die blasse Farbe, und die Routenlinien ließen sich verschieben und ziehen.

»Was machst du? Warum änderst du die Streck-« Sie stockte, als das Torsymbol einer der verzeichneten Schleusen flackerte. »Verflixt, was ist das?«

»Das ist die Solarisschleuse, die euch nach Sol'Mon zum Bergkamm befördert. Aber siehst du das da?« Er tippte auf ein identisches Zeichen, drei Finger breit von dem anderen entfernt.

»Es kann sie doch nicht zweimal geben.« Kitey trat dicht neben Werwik, um selbst noch einmal an der gestrichelten Linie zu ziehen und sie umzulenken. Das Ergebnis blieb dasselbe.

»Richtig. Trotzdem ist sie da und wenn man die Linie verzieht, dann flackert beides – Route und Schleusensymbol. So was habe ich noch nie gesehen.« Werwik rieb sich nachdenklich das Kinn. »Wenn ich es nicht besser wüsste, würde ich sagen, der Energiefluss der Schleuse wird beeinträchtigt. Irgendetwas stört die Vernetzung.«

Er hatte recht, das dürfte nicht passieren, weil sie ihre Energie aus einem Spektrum von Sonnenenergie speisten. Dafür sorgte einer der Urzauber Galmadurs.

Angespannt fuhr sich Kitey über den steifen Nacken. »Ich frage mich ...«

»Was?«, hakte Werwik eindringlich nach, als sie weiter innehielt.

»In Unoa habe ich bemerkt, dass die Kraft der Schutzbanne und Siegel auf dem Steg verblasst war. Außerdem befand sich an der Schleuse ein Kettenschloss. Es war mit einem Versiegelungsbann belegt. Ich hab gespürt, dass es die Magiesignatur der Zauber aus dem Steg war. Nicht ganz identisch, da war noch etwas anderes. Spuren von Nocmatagi. Ich denke, der Schattenmagier hat sie irgendwie um- oder sogar abgeleitet.« Ein paar

Haarsträhnen fielen Kitey ins Gesicht und sie strich sie zurück.

»Also vermutest du, er zapft alte Zauber an und nutzt sie für seine Zwecke«, schlussfolgerte Werwik und sank sichtlich fassungslos auf den Stuhl hinter sich. »Er macht vor nichts Halt und lässt Galmadur ausbluten.«

Kitey hob die Karte an und antwortete: »So sieht es zumindest aus. Uns bleiben im Sumpf erst mal nur die Wegweiser an den Bäumen. Wenn diese Solarisschleuse nicht mehr funktioniert, sollte ihr Symbol auf dem Schild verschwinden oder verblassen. Dann müssten wir auf eine der übrigen ausweichen.«

»Mit Gewissheit wisst ihr es erst vor Ort. Euch bleibt keine andere Möglichkeit.«

»Mhm. Sieht so aus.« Mit einem tiefen Seufzen legte sie die Karte des Sumpfgebiets beiseite. »Und wenn wir es nach Sol'Mon geschafft haben, wartet die Bergkette auf uns.«

»Anders erreicht ihr Lines nicht, um von dort eine Passage auf einem Luftschiff zum Kontinentalwechsel zu bekommen. Seid ihr erst mal in Silpea, liegt Tulp mit guten Reittieren drei oder vier Tage entfernt.« Während er die Reiseroute beschrieb, fuhr Werwik sie mit dem Zeigefinger auf der Landkarte nach.

Kitey wippte unruhig mit dem Fuß und das rhythmische Pochen ihres Absatzes hallte wie ein leises Echo ihrer inneren Unruhe. »Am längsten dauert die Überquerung der Bergkette.«

»Es gibt Schleichwege, allerdings könnten die für Thriller schwierig werden. Den Bergpass zu nehmen, halte ich für zu riskant«, sagte Werwik, rutschte bis auf die Stuhlkante nach vorn und musterte die große Landkarte.

»Ich weiß. Er bietet kaum Schutz und da lauern überall Trolle, Gargoyles und Erdkobolde.«

Werwik zog die Augenbrauen zusammen. »Wenn es doch nur einen direkten Weg ...«

»Was, wenn es den gibt? Nur niemand davon weiß?«,

unterbrach ihn Kitey und lief mit einem nervösen Kribbeln in der Brust um den Tisch.

»Wovon redest du?« Fragend sah Werwik zu ihr hinüber.

»Nun, wir reisen ohnehin nach Sol'Mon, und Loreo hat mir bei einer unserer Reisen von den Panas erzählt.« Auf der anderen Seite des Tisches trommelte Kitey mit den Fingern auf dem Holz. »Sie haben wohl ein Tunnelsystem geschaffen, das sich weitläufig unter und durch die Quathyst Bergkette erstreckt.«

»Die Panas? Moment ...« Er runzelte grüblerisch die Stirn und drehte den Kopf rasch zu den Bibliotheksregalen. »Inverita Panas Quachja.« Während er die Worte des Suchzaubers sprach, schnippte Werwik mit den Fingern.

Durch die Regalreihen fegte ein Rascheln und dumpfes Rumpeln, bis zwei ledergebundene Folianten aus den Tiefen der Bibliothek auf ihn zuschwebten. Sie landeten auf dem Tisch, klappten ihre Deckel auf und blätterten selbständig durch ihre Seiten. Als sie stoppten, zog Werwik die Bücher zu sich heran. »Die Panas – ein im Erd- und Gesteinsreich lebendes Volk, das mithilfe ihrer Erdmagie ...«

»Jajaja«, unterbrach ihn Kitey erneut. »So haben sie die Tunnel gegraben.«

»Schön und gut, das wäre eine perfekte Lösung – zu perfekt! Hier steht nämlich, dass sie seit Jahrzehnten keiner mehr gesehen hat. Sie sind ... laut dem Text hier in derselben Zeitspanne verschwunden wie die Magier.« Er tippte auf die Seiten des zweiten Buches, dessen Einband deutlich neuer, weniger abgegriffen schien. »Wann hat Loreo sie gesehen? Ich meine, wir wissen nicht, ob sie noch dort leben. Oder überhaupt noch leben«, gab Werwik zu bedenken.

»Da bin ich mir nicht mehr sicher. Er hat es nur nebenbei erwähnt und auch nicht viel darüber gesprochen«, gestand Kitey und blies hörbar den Atem aus. »Ach, verdammt. Und selbst, wenn wir ihr Tunnelsystem aufspüren, wüssten wir noch nicht, wie wir durchkommen. Ohne Karte oder Führung gleicht es sicher einem Labyrinth.« Kitey fluchte leise und schlug mit der Hand auf den Tisch.

»Mit mehr Zeit würde ich es wagen.«

»Ich auch. Und deswegen ...« Kitey erwiderte seinen ernsten Blick. »Wenn wir in Sol'Mon ankommen, werde ich zumindest den Versuch wagen, sie mit meinen Fähigkeiten aufzuspüren. Wenn es die Panas noch gibt, finde ich sie womöglich. Vorerst bleiben wir jedoch beim ursprünglichen Plan und überlegen uns eine Route über die Bergkette.«

Werwik nickte. »Gut. Dann lass uns damit anfangen, mögliche Nebenpfade für euch zu verzeichnen.«

Vorbei an den zerbarsten Holzstücken der Bibliothekstür trat Kitey auf den Rest der gebrochenen Galerie und atmete tief durch. Während Werwik einen zweiten Satz Karten mit den Pfaden versah, wollte sie mit Schlirff über die Waffen sprechen.

Unter der Galerie schepperte und polterte es in der Halle, wo Belon die Treppe zusammensetzte. Bei ihm stand Tuktuk, der ähnlich unruhig wie Kitey immer wieder durch den Tempel streifte. Vor allem, um Schlirff und Belon im Auge zu behalten.

Kitey sprang von der Galerie, landete geschmeidig auf den Füßen und lief in Richtung Küche. »Du kommst gut voran«, sagte sie mit einem prüfenden Blick auf den wieder zusammengesetzten Teil der rechten Treppe.

»Es ist gutes Gesteinsmaterial, das macht es leichter. Was bei einem Tempel zu erwarten war«, erwiderte der Zentaur und fügte einen Brocken mittig in die Stufen ein. Der Stein an seinem Gürtel glomm ebenso wie Belons Augen bernsteinfarben, als er mit der Hand auf das nächste Bruchstück deutete und dieses von ihm gelenkt aufschwebte.

Tuktuk tappte zu Kitey und rieb den Kopf an ihrem Bein. »Danke für die Hilfe.« Es ging ihr nicht um diese Reparaturen, vielmehr empfand sie Dankbarkeit dafür, dass er und Schlirff Loreo zu ihr gebracht hatten.

Kurz sah Belon zu ihr und las in seinem Gesicht, dass er es verstand. »Nichts zu danken. Zusammenhalt ist das, was uns die Hoffnung nicht aufgeben lässt.«

»Und doch ist es nicht selbstverständlich«, erwiderte sie ruhig. »Wo ist denn Schlirff?«

»In der Küche«, antwortete Belon knapp und konzentrierte sich auf einen Stein, der in der Schwebebewegung bröckelte.

Während der Zentaur einen derben Fluch ausstieß, betrat Kitey die Küche.

Mit dem Rücken zu ihr saß der Schmied am Tisch und rieb mit einem Tuch über die Schwertklinge eines Hammerbreitschwerts.

Als sie nähertrat, sah er mit einem warmherzigen Lächeln auf, unterbrach das Polieren und schob einladend den Stuhl neben sich zurück. »Du hast nicht lange geschlafen«, stellte er fest und Kitey fühlte, wie eine kühle Woge Sorge ihren Geist streifte.

»Du hast gar nicht geschlafen und mir reichen zwei Stunden. Es hat auch Vorteile, wenn man übermenschlich ist.« Ihr Mundwinkel hob sich zu einem halbherzigen Lächeln.

»Wenn das hier fertig ist und ich wieder in Esmir bin, kann ich schlafen. Viel kann ich nicht tun.« Traurig sah er zu der Tür, hinter der Saruh sich um Loreo kümmerte. »Aber ich sorge dafür, dass ihr die besten Waffen in ganz Galmadur habt, um dieses Schattenpack zu erledigen«, sagte er mit bebender Stimme.

»Gut. Dann zeig mal, was du hast.« Sie stellte sich mit verschränkten Armen zu Schlirff und sah in die geöffnete Truhe neben ihm.

»Loreo hat mir gesagt, ich solle dir das geben.« Er hielt Kitey ein Doppelklingenschwert entgegen. Während die eine Klinge einen glatten Schliff besaß, war die andere gezackt wie Reißzähne. Das Leder um den mittig liegenden Griff fühlte sich geschmeidig in Kiteys Hand an. »Damit kann ich mich gegen Angreifer von zwei Seiten verteidigen. Das gefällt mir.« Sie hob die Waffe an und schwang sie in runden Bewegungen vor ihrem Körper.

»Ein Prachtstück, nicht wahr? Mein Großvater hat sie seinerzeit entworfen. Ich hoffe, du bist zufrieden?«, fragte der Schmied, während er die anderen Waffen von den Schutztüchern befreite.

Anerkennend betrachtete Kitey die Klingen und legte das Schwert auf dem Tisch ab. »Die Waffe ist großartig.« Da fiel ihr das ihr unbekannte Schwert ein, das Loreo bei sich getragen hatte. »Du hast Loreo auch eine neue Waffe gegeben.«

»Ja, leider hat sie ihn gegen so eine Übermacht auch nicht retten können.« Der Slim senkte den Blick auf seine Hände und ließ die Fühler hängen.

»Das hätte keine Waffe gekonnt. Ich hätte da sein müssen.« Ihre letzten Worte begleitete ein tiefes Seufzen und in ihrer Brust breitete sich ein unangenehmer Druck aus.

»Als er endlich den Schutzzauber gelöst hat, bin ich sofort zu ihm gerannt.«

Kitey wusste das bereits. Sie hatte es in seinen Erinnerungen gesehen.

Er muss es sich von der Seele reden. Außer ihm zuzuhören, kann ich nichts tun.

»Wie er da lag ... Er hat noch geredet.« Der Slim schluchzte bebend auf. »Hat gesagt, er habe mich nicht helfen lassen, damit ihn jetzt jemand zusammenflicken kann. Und ich zu dir gehe, falls ... falls ... falls ...« Dem Slim kullerte eine Träne die wippende Wange hinunter.

Kiteys Fähigkeit sog seine Gefühle auf wie ein Schwamm und sie kämpfte darum, ihre Barriere aufrechtzuerhalten. Dennoch legte sie ihm ihre Hand auf die schleimige Schulter, wohl wissend, dass der Körperkontakt es ihr schwerer machte.

Verdammt. Kann mir bitte eine der Schicksalsschwestern mal erklären, warum ausgerechnet ich diese Fähigkeit haben muss?

Kitey atmete tief durch. Was würden Loreo oder Saruh jetzt sagen? Da fiel ihr eine von Loreos Weisheiten ein, die sie zitieren konnte: »Wir müssen lernen, im Sturm zu fliegen, und auf den wilden Winden ebenso vorwärtsgleiten wie auf den ruhigen.« Sie gab sich Mühe, ihre Stimme fest und zuversichtlich klingen zu lassen, wie es Loreo immer tat.

»Stimmt wohl. Die Zeiten sind gerade schrecklich stürmisch. Wir können nur standhalten oder aufgeben. Und diesen Monstern unsere Welt überlassen, kommt nicht infrage.«

Kitey nickte. »Das sehe ich genauso.« Zögernd nahm sie die Hand von seiner Schulter. Dass kaum Slimschleim daran klebte, war eine Bestätigung dessen, was sie gedämpft wahrnahm – er beruhigte sich allmählich.

»Ihr wollt bald aufbrechen. Wenn ihr die Waffen mitnehmen möchtet, sollte ich dir das zeigen. Loreo hat mir eure Gefährten beschrieben. Dieses ist für den Jüngsten«, begann Schlirff mit glänzenden Augen.

»Was? Thriller soll diesen Riesen führen?« Sie lachte ungläubig auf.

»Thriller scheint jung, unerfahren und ungestüm. Darum ist ein Schwert, das sich mit ihm entwickelt, das Beste.« Er hob die Waffe hoch. »Ein Breitschwert wirkt zu Beginn grob. Erst mit wachsender Erfahrung des Trägers gewinnt es an Feinheit. Außerdem hat es eine sprechende Klinge. Wenn eine Verbindung besteht, reicht schon ein wenig Potenzial, damit sie hilfreich ist.«

Fachkundig betrachtete Kitey den sauber geschwungenen Schliff des breiten Blattes. »Von solchen Schwertblättern habe ich gehört.«

Anders als bei ihrem, dessen schlanke Klingen direkt in den Griff führten, war der silberne Griff durch einen Steg von seiner Klinge abgegrenzt. Lediglich die Mitte des Griffes war mit weichem, geriffeltem Leder überzogen.

»Wenn ihr meint, dass es das richtige für ihn ist ... Okay.

Erkläre den Rest Saruh, sie wird das Training übernehmen, solange wir Loreo zu dem Medvis'Ealen bringen.« Kitey schnappte sich ihr neues Doppelklingenschwert, dessen Klingen sich dank eines Zaubers im Griff versenkten. Anschließend begab sie sich wieder rastlos zu Saruh.

Kitey streckte den Kopf ins Kräuterzimmer. »Wie kommst du voran? Kann ich hel-«

»Was?«

»Helfen? Kann ich helfen?«, fragte Kitey, öffnete die Tür ein Stück weiter und schlüpfte hinein. Saruh hantierte mit verschiedenen Heilkristallen. Sie wog sie in den Händen, betrachtete sie kritisch und hielt sie sich so nah vors Gesicht, dass sie schielte.

»Saruh?«

»Nein.« Ihre Freundin machte einen Zischlaut mit der Zunge. »Ich bereite einen Agisdelit für den Inkarves Morphna Zauber vor. So ein Bannzauber ist komplex. Du hilfst mir, indem du mich in Ruhe arbeiten lässt.«

»Na gut«, murmelte Kitey und zog sich in die verlassene Küche zurück. Die Ungewissheit und Sorge machte sie zu einer nervtötenden Nymphe, die sang, obwohl sie keinen Ton traf. Das wusste Kitey, aber das beängstigende Pulsieren in ihrer Brust erdrückte sie.

Unter der Küchendecke schwebten die beiden Laternen gemächlich hin und her. Die Ruhe im Raum hüllte sie ein wie ein schwerer Mantel. Ihr blieb nichts, außer, auf Saruh zu warten. Gleichzeitig gelang es Kitey nicht, ihre wirbelnden Gedanken zu bändigen. Sie massierte sich mit Daumen und Zeigefinger die Nasenwurzel, während sie sich Wummtersaft auf dem Herd erhitzte.

Der Saft in der Tasse, die vor ihr auf dem Küchentisch stand, hörte langsam auf zu dampfen. Daneben trommelte Kitey mit den Fingern auf der Tischplatte. Vor ihr lag die ausgebreitete Karte, auf der sie mit Werwik eine Reiseroute geplant hatte.

Nicht leicht zu verfolgen und dennoch ohne viele Umwege. In der Ausarbeitung ihres Weges war er geschickt und hatte dadurch verraten, wie gut er sich auskannte. Vor allem bei unentdeckten Reisen.

Kitey spielte mit dem Gedanken, mit Werwik und den anderen über ihre Abwesenheit und das Training in dieser Zeit zu sprechen. Sie drehte sich auf der Fensternische nach links und sah durch das Fenster in den Tempelgarten. Die Morgensonne stand hinter den Baumkronen und die Wurzwichte huschten umher. Mit einem Kopfschütteln verwarf Kitey den Gedanken, alle zu wecken. Lians Verwandlung und Loreos Rückkehr hatten ihnen eine lange Nacht beschert. Sie vertraute darauf, dass Saruh das Training weitestgehend nach Plan fortführte.

Aus dem Kräuterzimmer vernahm Kitey ein Klappern. Sie starrte an die geschlossene Tür, lauschte auf jedes winzige Geräusch. Die Tür öffnete sich mit einem Knarren und Kitey fuhr hoch.

»Willst du dabei sein, wenn ich ihn in den Agisdelit banne?«, fragte Saruh und rieb sich die Augen.

»Natürlich.«

»Die Vorbereitungen, wie das Kanalisieren, den Kristall mit Heilzaubern zu belegen und ihn mit Loreo zu verbinden, das ist zeitaufwendig. Der eigentliche Zauber nicht«, erklärte Saruh, während Kitey zu ihr ins Kräuterzimmer trat.

Kitey sah auf den bewusstlosen Loreo hinab und strich ihm eine Haarsträhne aus der Stirn. »Seine Temperatur ist gestiegen.«

»Ich weiß.« Saruh schlug die Decke zurück und legte ihm einen sechskantigen gläsernen Kristall auf die Brust. »Das Glühen fängt langsam an. Deswegen ist es umso wichtiger, dass ihr ihn mitnehmt.« Mit einem tiefen Atemzug nahm sie ihren Hexenstab, der an der Wand lehnte, und schloss die Augen.

Instinktiv trat Kitey zwei Schritte zurück. Sie schluckte trocken, ihre Zunge lag rau wie Sandpapier in ihrem Mund.

Saruh hatte noch nie einen Engel gebannt.

Bitte lass es funktionieren.

Sie öffnete die Augen. »Ich fange an. Keine Unterbrechungen, sonst muss ich den Agisdelit erneut präparieren.«

»Hab verstanden«, sagte Kitey und rieb ihre Handflächen über ihre Oberschenkel.

Mit der Kugel an der Spitze ihres Hexenstabs tippte Saruh auf den Agisdelit-Kristall, dann auf Loreos Stirn. In der Hexenkugel entstand ein Wirbel aus roten, gelben und orangen Partikeln, der sich immer schneller drehte. Mit fließenden Bewegungen führte Saruh ihren Stab dreimal über Loreos ganzen Körper.

Verdammt. Nur diesmal, Götter, lasst uns nicht im Stich.

Kitey legte die Handfläche über ihr Herz und spürte jeden donnernden Schlag so deutlich, als hielte sie es in der Hand.

Saruh wisperte den Zauberspruch, melodisch verließ er ihre Lippen.

Im Kristall geborgen,

verblasst Leid und was krankt.

Verwundet, doch von Kraft umrankt.

Beschütze und umfange,

entfalte heilende Kraft im magischen Banne.

Im Zauber verborgen, vor Gefahren bewahrt,

bis die Worte des Freundes dich rufen zart.

Jedes Wort entlockte dem Stern auf ihrem Wangenknochen und der Kugel des Hexenstabs eine Schar Leuchtfunken. Der Agisdelit auf Loreos Brust pulsierte und sog nacheinander die tobenden Funken auf. Loreo warf den Kopf zur Seite und Kitey zuckte nach vorn. Saruh fuhr unbeirrt mit dem Bannzauber fort, nichts an ihrer Ausstrahlung zeugte von Unruhe. Ihr Griff um den Stab war fest, die Schultern gestrafft und ihr Blick klar und fokussiert. In ihrem Geist nahm Kitey wahr, wie kraftvoll die Kamadragi in ihrer Freundin anschwoll und unbeirrt floss. Die Hände an die Hüften gestützt, starrte Kitey auf das Funkenmeer, das Loreo mehr und mehr einhüllte wie ein Kokon.

In kreisenden Bewegungen schwang Saruh den Stab, ihre Schultern und Hüften wogen im Takt ihrer Worte, die sie wiederholend sprach. Nuancen in der Betonung änderten sich. Wurden kräftiger oder sanfter, jedes Mal eine andere Silbe.

Kitey verfolgte das Geschehen konzentriert, um jedes Detail zu erfassen. Unter dem Kokon des Bannzaubers verblasste Loreos Gestalt. Er löste sich auf und wurde eins mit den wirbelnden Funken. Der Kristall schwebte über der Matratze und wurde zum Zentrum, zum Auge des magischen Wirbels.

Saruhs Stimme wurde kräftiger, bestimmender. Beim letzten Wort des Zaubers glomm der Agisdelit leuchtend weiß und innerhalb eines Wimpernschlags rauschte jeder Funke in ihn hinein.

In Kiteys Ohren surrte es wie ein Schwarm Gluhs, die mit ihren winzigen Flügeln kolibrischnell um ihren Kopf kreisten. Schlagartig verstummte das Geräusch, Loreo war nicht mehr zu sehen, nur der Agisdelit lag auf der Matratze. In ihm pulsierte ein sanftes orangerotes Licht wie im Takt eines Herzschlags.

Saruh atmete hörbar aus, lehnte ihren Stab an das Regal zu ihrer Rechten und hob den Kristall auf. Sprachlos blinzelte Kitey und spürte, wie die Aufregung in ihrer Brust noch vibrierte.

Von einem der Regalbretter nahm Saruh eine silberne Kette und übergab sie Kitey. »Du wirst ihn sicher nicht in der Tasche spazierentragen wollen.« An der zarten Kordelkette hing ein Anhänger, der aussah wie ein kantiger Vogelkäfig. Mit dem Fingernagel löste Saruh den Hakenverschluss, öffnete den Käfig und legte den Agisdelit passgenau hinein.

»Das ist verrückt, Saruh. Selbst für unsere Verhältnisse. Loreo in diesem Kristall. Was ...«

»Wenn sich etwas verändert oder das Glühen stärker wird, verändert sich der Agisdelit. Die Farbe wechselt von orange zu rot und er wird warm, vielleicht heiß. Das Glühen ist für mich zu unberechenbar, ich kann es nicht genau sagen.«

Wie hypnotisiert starrte Kitey auf den Kristall, der an der Kette leicht hin und her baumelte. »Wie hole ich ihn raus? Er kann doch nicht Tage da drinbleiben? Wer weiß, wann und wo wir diesen Medvis'Ealen finden?«

»Beides ist möglich. Loreo herausholen, um seine Wunden zu begutachten, und ihn wieder hineinzubannen.« Saruh hielt inne, als suche sie die richtigen Worte. »Mach dir bewusst ... Im Agisdelit sind seine Körperfunktionen im Stillstand. Bei den Verletzungen, die von der Nocmatagi beeinflusst sind, und dem Glühen ist das anders. Im Verhältnis ist die Kraft des Kristalls schwächer. Weil es aber ein Heilkristall ist, wird beides zumindest verlangsamt, der Verlauf jedoch nicht angehalten. Das erste Hineinbannen ist am kompliziertesten, weil man ...«

»Bitte keine Hexenkunstdetails. Sag mir nur, was ich dafür tun muss.«

Ein Lächeln zuckte in Saruhs Mundwinkel. Sie griff nach dem kleinen Notizbuch, das auf dem Regal lag, und riss eine halbe Seite heraus. »Okay. Um ihn zu lösen, sagst du ... « Sie schrieb *Malinfive* auf das Papier und zeichnete ein horizontales Wellensymbol aus drei Linien daneben. »Die Zeichen sind nur zur Orientierung, damit du es nicht verwechselst. Und zum Bannen sagst du dann das ...« In geschwungen Buchstaben setzte sie *Inkorphma,* begleitet von einem vertikalen Wellensybol, darunter und reichte Kitey den Zettel.

Malinfive und Inkorphma, wiederholte Kitey in Gedanken, um es sich einzuprägen. »Schön, dass du keine Zungenbrecher gewählt hast.« Sie schloss die Hand um das Papier. »Was muss ich noch beachten?«

»Du solltest ihn nicht zu oft rein und raus morphixen. Der Agisdelit soll die Verletzungen lindern und das Glühen verlangsamen. Ich habe ihn mit Heilkraft vollgepumpt. Das ist unüblich, aber das ist unsere Situation auch. Vielleicht unterstützt es Loreos Selbstheilung. Aber ich weiß es einfach nicht sicher. Es ist so ...«

Kitey berührte Saruh am Arm. »Das alles stinkt wie Troll-kadaver und du fühlst dich so hilflos wie ich.« Sie fuhr sich frustriert durchs Haar. »Loreo würde jetzt so was sagen wie ...«

»Jede Feder der Schwinge gibt Hoffnung. Auch die kleinste lässt dich dem Sturm trotzen.«

»Ja. Genau so was.« Kitey nahm die Kette entgegen und der Agisdelit lag warm in ihrer Handfläche. »Thriller und ich finden diesen Medvis'Ealen. Er heilt Loreo und wir kehren zurück zu Plan A.«

Tränen glänzten in Saruhs Augen, sie umarmte Kitey. »Ihr findet ihn. Ganz sicher«, sagte sie dicht an ihrem Ohr und drückte sie noch ein bisschen fester, ehe sie sich löste und die glänzenden Tränenspuren auf ihren Wangen wegwischte.

»Und wenn sich die Gelegenheit bietet, treten wir unterwegs noch ein paar Dämonen in den Arsch. Nur als Training für Thriller, versteht sich.«

THRILLER

ls Kitey und Thriller aus der Schleuse sprangen, standen sie wadentief in Sumpfschlamm.

»Argh! Verfluchter Zyklopendreck.«

»Wo sind wir?« Thriller drehte den Kopf hin und her, immer wieder blieb sein Blick dabei an Kiteys schwarzer Ledercorsage hängen.

»Willkommen im Swap'Mooren, den Sümpfen von Fernhem«, antwortete sie trocken. Bei ihrer Seitwärtsbewegung wippte der Agisdelit an ihrer Bluse. Thriller verzog skeptisch die Lippen.

Echt strange, dass er da drinsteckt.

Mit einem Brummen hob Kitey die Beine, gab die Richtung an und verließ die Anhöhe, auf der die Schleuse stand. Gleich einem Spiegel mit schlichtem Holzrahmen, der ein Stück im Schlamm steckte, warf sie Licht in das triste Graubraun vor ihnen.

Umhüllt von morastigem Mief rümpfte Thriller die Nase. Die Bäume regten krumm gewachsen ihre Äste, schienen nach der Sonne hinter den grauen Wolken zu lechzen. Dazwischen schoben sich Sträucher wie Schilfrohre aus dem lehmigen Boden und braunem Matsch, der sich allgegenwärtig verteilte.

»Jetzt macht es Sinn, warum ich die Hose unbedingt in die Stiefel stecken sollte.« Schwerfällig stapfte er hinter ihr durch den sumpfigen Untergrund.

Ihre Schritte verdrängten den Dunst, der aus dem Schlammboden aufstieg und um die kargen Bäume waberte, während sich kaum erkennbare Wege zwischen ihnen dahinschlängelten. Anstelle von Blättern sammelten sich an den Ästen Blasen, die Thriller an Seifenblasen erinnerten. In unterschiedlichsten Größen und in den verschiedensten Braun- und Grüntönen wackelten sie beim zartesten Windhauch. Anthrazitgraue Wolken scharrten sich dicht über ihnen am Himmel und sperrten jeden Sonnenstrahl aus. An einem Baum rechts von Thriller hing ein verwittertes Schild mit Symbolen, befestigt mit rostigen, münzgroßen Nägeln.

Er blinzelte, konzentrierte sich auf die Zeichen. Vergeblich. Keines erkannte er deutlich genug. Thriller wackelte neben Kitey unsicher auf den Beinen. Sein Blick huschte zu ihr und blieb wie magnetisch zwischen ihren Brüsten, an dem Kristall hängen.

Obs ihm da drin gut ge–?

Beinahe verlor er das Gleichgewicht und wäre vornüber im ekelbraunen Schmodder gelandet. »Boah, igitt. Das riecht nach Eau de Müllwagen im Hochsommer mit einer Note Kloake.«

»Ich weiß. Aber der Gestank ist der Grund, warum wir hier sind. Konzentrier dich. Was spürst du?«

Stirnrunzelnd schloss Thriller die Augen. »Was soll ich bitte spüren? Wie mir der Mief die Nasenhaare wegätzt?« Er atmete flach, senkte den Kopf und beim nächsten Atemzug prickelte es auf seiner Haut. »Was ist das?«

Er rieb die Finger aneinander, um dieses taube Gefühl zu vertreiben.

»Der Sumpf, genauer gesagt, seine Ausdünstungen sind voll magischer Partikel. Das Gefühl ist gewöhnungsbedürftig. In meinem Kopf ist es wie ein Nebelschl–«

»Aber dir geht's gut, oder? Ich ... Ich pack das nicht allein.«

»Alles bestens. Ich bin nicht benebelt.« Kiteys Mundwinkel zuckte amüsiert. »Es beeinflusst meine Wahrnehmung von Vomani, dämpft sie ab. Hat was von einem nächtlichen Friedhof. Anderen geht es genauso und das ist von Vorteil für uns.«

»Du meinst, sie finden uns nicht so leicht?«

»Korrekt. Solange die Partikel an uns haften ... Herrje, Thriller. Könntest du endlich aufhören, mir ständig auf die Brüste zu starren?« Sie zupfte an ihrer Bluse, deren Saum am Rand der Corsage herauslugte, wobei der Corsagenstoff bei jeder von Kiteys Bewegungen dunkellila schimmerte.

»Was? Nein, das mache ich nicht.« Thrillers Wangen glühten. »Es ist der Kristall. Dass Loreo jetzt da drin steckt, ist so eigenartig.«

»Wem sagst du das? Er baumelt ja nicht zwischen deinen Brüsten.« Sie ließ den Agisdelit in ihrem Ausschnitt verschwinden.

Thriller zog die Augenbrauen hoch. »Bekommt er mit, was hier draußen passiert? Hört er uns?«

Kitey machte einen Schritt nach vorn. »Nein, und jetzt ...« Schmatzend versank ihr Bein bis unters Knie im Matsch und sie stieß einen derben Fluch aus. »Dämonenschwefel und Goblinrotz ... Nicht schon wieder!«

»Brauchst du Hilfe?«

»Geht schon. Komm nicht rüber.« Mehr Flüche ausstoßend, die Thriller noch nie gehört hatte, wetterte sie vor sich hin und befreite ihr Bein aus dem Dreck. »Bleib rechts. Vielleicht ist der Weg da befestigter«, wies sie an und trat vor ihn. Dieses Mal versumpfte sie nur knöcheltief. »Okay, das ist besser. Du folgst meinen Schritten.«

»Irgendwie schaurig hier. Wie groß ist das Sumpfgebiet?« Thriller spielte mit den Fingern an seinem Gürtel, den er an der dunkelbraunen Lederhose trug. Er war kein Lederfan, aber diese war überraschend bequem und hatte, wie Hemd und Umhang, eingewobene Schutzfunktionen, die ihn beruhigten.

»Zu groß, um ohne Karte rauszufinden.« Kitey blieb stehen und zog eine gefaltete Landkarte aus ihrer Beintasche.

Soweit er sah, gab es nichts außer Schlamm und dicke, eichenähnliche Bäume. In ihren Stämmen wimmelte es von Baumaugen, die ihn anzustarren schienen, und selbst von den Ästen triefte Matsch, Fäden ziehend wie weicher Käse.

Bei jedem Geräusch zuckte er mit dem Kopf herum. Es knackte und scharrte zwischen den Bäumen. Die Farnsträucher am Fuß der Baumstämme raschelten. Platschendes Ploppen drang an seine Ohren, wenn sich Schlamm auf ihrem Weg aufblähte und platzte. Jedes Mal kitzelte es in Thrillers Nacken und ihm stellten sich die Armhärchen auf. Er rieb sich die schwitzigen Handflächen am knielangen, goldgrünen Umhang ab. »Muss ich auf irgendwas achten? Gibt es hier Zombiespinnen, Vampirschmetterlinge, Zyklopengoblins?«

»Was? Nein.« Augenrollend drehte sich Kitey zu ihm um. Ihre Aufmerksamkeit glitt an ihm vorbei zu den Bäumen, die den Weg säumten. »In den Sumpfbäumen hausen Wollminge.«

Wie aufs Stichwort lugte ein affenähnliches Tier mit gelber Schnauze, faltig wie die eines Mopses, und Kulleraugen zu ihnen herunter. Die Fledermausohren neugierig aufgestellt, legte es den Kopf schief.

»Die sind harmlos und scheu. Ganz anders als die ...« Sie stoppte und senkte die Karte in ihren Händen.

»Die? Spucks aus, sonst fantasiere ich mir was Gruseliges zusammen. Das könnte viel schlimmer sein.«

»Swap'Mooren ist die Heimat der Deanidar.«

»Schwarze Witwen, richtig? In der Bibliothek habe ich ein Bild von ihnen gesehen.« Nachdenklich blinzelte Thriller, erinnerte sich an die Zeichnung der Frauengestalt mit den Fledermausflügeln und dem schwarzen Fell. »Saruh hat ein bisschen von ihnen erzählt. Die Gargoyleoptik schien schon gezeichnet echt finster.«

»Es ist ganz ähnlich wie mit den Pyros. Die Sümpfe sind ohne sie anders. Still und tiefer. Irgendwie ausgestorben«, ergänzte sie mit gedämpftem Ton, während ihr Blick langsam über die Landschaft schweifte, als ob sie nach Deanidar Ausschau hielte.

»Tiefer? Inwiefern?«

Schwer zu sagen, wer neugieriger starrte, er oder der Wollming. Sie betrachteten einander aufmerksam wie eine Katze, die ein Spielzeug verfolgte.

Kiteys Stiefel schmatzte im Schlamm, als sie einen Schritt näherkam. »Es ist so ein Gefühl. Swap'Mooren war schon immer morastig und verstunken, aber nicht dermaßen grau und labyrinthartig. Wenn ich meine Barriere senke, ist da Leere. Die Seele fehlt.«

»Und könnten die Witwen wie die Pyros mit einem Fluch oder Bann gezwungen worden sein, wie ihr vermutet?« Thriller löste seinen Blick von dem Wollming und schaute zu der Karte, die Kitey sichtlich verkrampft hielt.

»Keine Ahnung. Das müssen wir noch herausfinden. Aber wenn, nutzen wir es zu unserem Vorteil. Gelingt es uns, den Bann und damit verbundenen Zwang zu lösen ...«

»... verringert sich die Zahl der Feinde. Kapiert. Und Saruh findet das im Tempel raus?«

»Das hoffe ich. Sie meinte, Werwik unterstützt sie beim Recherchieren.«

»Wie gefährlich sind die Witwen?«

Kitey schnaubte. »Das sind Furien. Aggressiv, rabiat und nicht zu unterschätzen. Ihre Flügelklauen sind giftig. Das Deanidargift ist eines der tödlichsten.«

Der Wollming fiepte, hängte sich mit seinem Schwanz wie ein Opossum an den Ast und pendelte hin und her.

Noch mal musterte Thriller das Tierchen, dessen Fell sich farblich kaum vom Schlamm abhob.

»Jetzt lass den Wollming Wollming sein und schau her. Dann bist du im Fall der Fälle vorbereitet.« Kitey hob die Landkarte vom Sumpf höher.

»Was zum Teufel heißt bitte *für den Fall der Fälle*? Du hast doch gesagt, mit dem Partikelgestank könne man uns nicht aufspüren?«, fragte Thriller aufgeregt blinzelnd, als er mit schmatzenden Schritten nähertrat und über Kiteys Schulter in die Landkarte sah. Auf dem ledrigen Pergament schlängelten sich gestrichelte Linien durch die Abbildung der Sümpfe.

Kitey kicherte zynisch. »Süß, dass du glaubst, es wäre eine Garantie. Vergiss es. Es ist eine Chance. Theoretisch sieht es gut aus. Mehr nicht. In der Beintasche, die ich dir vor der Abreise gegeben habe, findest du eine identische Karte und eine größere mit dem gesamten Weg bis Tulp.« Mit dem Finger fuhr Kitey über die eingezeichneten Routen.

»Irre, du veränderst einfach so die Weglinien. Das ist wie verhextes Photoshop«, murmelte Thriller staunend.

»Es ist praktisch, ja. Verflixt, immer noch ... « Linien und Schleusensymbol verhielten sich unverändert und flackerten.

»Flackern ist nicht gut, oder?«

»Richtig. Das da ist die Schleuse, mit der wir weiter nach Sol'Mon reisen. Merk dir den Namen!« Sie deutete auf das unstete Symbol.

»Okay, aber was bedeutet das Flackern? Ist die Schleuse irgendwie defekt?«

»Da sind wir uns nicht sicher. Aber wir verlassen uns jetzt zusätzlich auf die Wegweiser vor Ort. Mit Werwik habe ich den Weg markiert.«

Thriller berührte mit dem Zeigefinger das Symbol. Unter seiner Fingerkuppe ertastete er die Linien wie eingeprägte Erhebungen.

»Aha ...« Seine Stimme klang dünn und verriet seine Unsicherheit.

Damit er ihre Lage besser verstand, erzählte sie Thriller von ihrer Beobachtung und Vermutung über die Beeinflussung der Solarisschleusen.

»Verstehe, und wenn die Schleuse nicht mehr funktioniert, verschwindet ihr Symbol auf dem Schild oder verblasst.« Thriller kratzte sich am Hinterkopf. »Das sagt uns, wir müssen die Route ändern. Ganz schön verzwickt.« Neben ihm platzte eine Matschblase und spritzte bis auf seine Wange. Mit dem Handrücken wischte er sich den Dreck ab.

»Wir finden einen Weg und den Medvis'Ealen!«, sagte Kitey entschlossen, während sie die Hände ballte, und knüllte die Karte an den Rändern.

»Wie sagt man?« Thriller hob den Zeigefinger und lächelte. »Wenn Plan A nicht funktioniert, keine Panik, das Alphabet hat noch fünfundzwanzig andere Buchstaben.«

»Götter verschont mich«, brummte Kitey und lief los. »Wir sind schon bei Plan K und das war genauso schlecht wie eine von Loreos Flügelmetaphern.«

Sie wateten eine Weile geradeaus, folgten Wegbiegungen nach rechts, dann linksherum, und anschließend orientierten sie sich Richtung Osten. Obwohl der Swap'Mooren-Schlamm bei jedem Schritt an ihren Beinen zog wie Toffee-Bonbons an den Zähnen, legte Kitey ein flottes Tempo vor und Thriller hatte Mühe, mitzuhalten.

Das ist bestimmt wieder ihre Art des Ausdauertrainings. Positiv denken. Bessere Kondition hilft später beim Wegrennen. Scheiße. Ich hoffe, hier wimmelt nichts Gruseliges im Matsch.

Die Karte führte sie entlang der triefenden Baumalleen. Mal zwickten Thrillers Oberschenkel, dann spannten seine Muskeln bis in die Waden oder brannten vor Anstrengung. Zwischen den Ästen und aus den Baumaugen entdeckte Thriller immer öfter Wollminge.

»Langsam gewöhne ich mich an dieses Camouflage-Farbkonzept des Sumpfes.«

»Gut, gewöhn dich weiter dran. Je tiefer wir in Swap'Mooren vordringen, desto verwirrender ist es, wenn alles gleich aussieht.«

»Es wird also schlimmer?«

»Also noch mal, wegen dem Fall der Fälle«, begann Kitey und sah ihn aus dem Augenwinkel an. »In deiner Beintasche ist alles drin, um den Weg nach Tulp zu finden. Ich weise dich zwar auch immer wieder ein ... aber wir haben dir eine Inventarliste mit Hinweisen dazugepackt. Sieh sie dir immer wieder an, lerne, was du bei dir trägst. Außerdem findest du eine Anleitung, wie du Loreo aus dem Kristall holen kannst, und von den Karten, Kleidung, ein paar Wasserfaschen, Proviant, bis hin zu Lampen und dem Basissortiment an Medizin ...«

»Nein, nein, nein.« Ein Ruck fegte durch Thriller. Er jagte wie ein eiskalter Blitz seine Wirbelsäule entlang, als er begriff, worauf sie hinauswollte. »Meinst du etwa allein? Du denkst doch nicht ... Scheiße, mir ... ist übel.« Das Karussell in seinem Magen nahm wieder Fahrt auf.

Kitey griff in die innen liegende Tasche ihres Umhangs und hielt ihm drei kiwigrüne Bonbons mit purpurnen Streifen entgegen. »Saruh hat aus einigen Kräutern die hier gemacht. Mir war klar, dass dir früher oder später wieder übel wird.«

»Danke.« Ihr Augenrollen entging ihm nicht, als er sich eines in den Mund schob und die anderen in die Hosentasche steckte. »Guck nicht so süffisant. Mein Magen reagiert eben auf Panik mit Stresskotzen.«

»In deiner Tasche sind übrigens noch mehr«, erklärte Kitey und zeigte auf seine Beintasche.

»Wenn ich hier allein durch die Welt stapfen müsste, hoffe ich das.« Thrillers Herz raste, er atmete wie nach dem Trainingslauf. »Sonst sterbe ich nicht durch ein Schwert oder einen Feuerdämon, sondern ein geplatztes Magengeschwür.«

Mit zwei schlammspritzenden Schritten stand Kitey vor ihm. »Durchatmen. Heb dir die Panik für Momente auf, in denen sie angebracht ist. Ich sag dir, wenn es so weit ist.« Ihre Hand lag warm auf seiner Schulter und ihr fester Blick beruhigte Thriller. »Ich habe dir alles in die Tasche gepackt, was du brauchst, und dein Schwert hast du auch.«

»Das ich nicht benutzen kann!«

»Das scharfe Ende kommt in den Feind. Das ist dir doch klar. Ansonsten renn. Aber das gilt nur für den Notfall. Ich habe nicht vor, dich allein auf Galmadur loszulassen.«

Dass Kitey ihm erklärte, was sie in seine Beintasche gepackt hatte und wie er rankam, lenkte ihn vom Nachdenken ab.

Um die Dinge in der Tasche zu finden, reichte es, die Hand hineinzustecken und an das zu denken, was er brauchte.

»Dieser Nimmspelzauber war Saruhs Idee«, erklärte Kitey.

»Hat sie nicht zufällig einen, mit dem ich das Teil hier ruckzuck beherrschen kann?« Thriller tippte mit dem Zeigefinger auf den Schwertknauf, der aus einem Citrin bestand, über den sich eine filigrane Triskele schlängelte, und blies hörbar die Luft aus. »Warum bekomme ausgerechnet ich so ein Final-Fantasy-Panzerschwert?«

»Das ist ein Hammerbreitschwert nach Art der Nip. Schlirff–«

»Natürlich, Hammerbreitschwert. Wie konnte mir das nicht klar sein?« Thriller stolperte beim letzten Wort gegen ihre Seite. »'tschuldige. Das Zeug klebt wie Kaugummi.«

Vor ihm ploppte eine Matschblase mit ulkigem Pupsgeräusch und bespritzte seinen Umhang. Thriller kicherte.

Kitey fuhr betont lauter fort: »Schlirff hat gesagt, es sei die beste Wahl für dich.« Sie senkte die Stimme wieder. »Sei froh, dass du eine edle Waffe bekommst und nicht auf Küchenmesser oder Heugabel angewiesen bist.« Der scharfe Ausdruck in ihren Augen ließ Thriller trocken schlucken.

»Ich würde vor Freude im Viereck hüpfen, wenn es fürs Cosplay wäre. Die Gefahr ist dadurch so verdammt real.«

»Sei Saruh dankbar, dass sie deinen Schwertgürtel mit

einem Zauber belegt hat, der das Gewicht verringert. Versuch es mal zu ziehen.« Ihre Augenbrauen zuckten amüsiert.

Er umschloss mit den Fingern den ummantelten Griff. Das Rauleder fühlte sich weich an und gab rutschfesten Halt. Er atmete tief ein und zog gleichzeitig das Schwert aus der Scheide. Bis zur Hälfte glitt es geschmeidig heraus, dann lag es abrupt bleischwer in seiner Hand. »Ach du Scheiße.«

»Greif mit links nach. Führ es erst beidhändig, steh breiter und geh leicht in die Knie. Mit der Zeit lernst du, einhändig zu kämpfen. Das bringe ich dir schon bei.«

»Wieder so ein Versprechen, das aus deinem Mund wie eine Drohung klingt.« Mit beiden Händen hob er das Schwert an und pikte mit der Spitze in drei Schlammblasen. »Ich schwinge das Ding so cool wie einen Sack Kartoffeln und genauso schwer zieht es an meinen Armen. Seid ihr sicher, dass es das richtige für mich ist?«

»Ich stelle Schlirffs Erfahrung und Loreos Entscheidung nicht infrage.« Sie nahm ihm das Schwert ab und schwang es zweimal in Achterbewegungen vor ihrem Körper. »Nicht in diesem Fall. Schlirff hat mir gesagt, ein Breitschwert wirkt zu Beginn grob. Erst mit den wachsenden Fertigkeiten des Trägers gewinnt es an Feinheit.«

Thriller konnte nur staunen, wie leichtfertig sie die Klinge führte.

Ob ich das auch irgendwann so kann? Will ich das überhaupt? Wenn es ums Überleben geht, sicher. Aber sonst?

»Schlirff ist nett«, meinte Thriller nachdenklich, »ich glaube ihm. Nur die Vorstellung, ein Schwert zu benutzen und ...«

»... zu kämpfen, ist eigenartig«, beendete sie seinen Satz.

»Aber so was von!«

Mit einer geschickten Bewegung versenkte Kitey die Waffe in der Scheide. Dabei gab die Klinge ein surrendes Geräusch von sich und Thriller zuckte kurz zusammen.

»Was war das?«

»Manche Klingen nennt man *Sprechende Blätter*. Sie haben eine Art Eigenleben. Die Magie des Schmiedens ist beim Bearbeiten so tief in sie eingedrungen, dass es sie belebt hat.« Kitey hielt inne. Vor ihnen teilten sich die Baumreihen, schienen ein kurzes Stück fast wie eine Allee. Als sich der Weg gabelte, versteiften sich Kiteys Gesichtszüge.

»Also, jetzt nach links oder rechts?« Thriller legte die Stirn in Falten. Beide Wege sahen völlig identisch aus. Moorige Landschaft mit Bäumen, an deren Stämmen sich farnartige Wedelblätter und gräuliche Efeuranken schmiegten. Über dem Matschboden sammelten sich hier und da Wölkchen, die gemächlich umherwanderten.

In die Karte vertieft, stand Kitey grübelnd neben ihm. Links von Thriller schwoll eine Modderblase an, wie Kaugummi, den man aufblies. Beim Platzen spritzte ihm der kühle Schmodder quer übers Gesicht.

»Wäh.« Er verzog angeekelt den Mund und wischte sich mit dem Handrücken die Wange ab. Von der Seite sah er auf die Landkarte, wobei sofort die auffällig bläulichen Linien herausstachen und er skeptisch den eingezeichneten Weg verfolgte. »Das sieht ziemlich weit aus.«

Unter Kiteys Finger, der über das Pergament strich, flackerten die Linien erneut ungleichmäßig. »Ja. Wir müssen einen Wegweiser finden. Sieh dich um. Irgendwo unter dem ganzen Dreck sind welche«, meinte Kitey, in alle Richtungen schauend.

Beim Mustern der Umgebung fiel Thrillers Blick auf eine eigenartige Stelle an einem Baumstamm. »Da ist einer, glaube ich.«

»Wo? Hey, pass auf.«

Der braune Schmodder spritzte umher, als Thriller die Füße Schritt für Schritt schmatzend aus dem Schlamm hob und darauf zustapfte. Er versuchte, sein Gleichgewicht zu halten, indem er mit den Armen ruderte. Eine der stinkigen Wolken glitt ihm direkt in den Weg. Naserümpfend hielt er die Luft an, bis er sie hinter sich ließ. An dem Baum angekommen, stemmte er die Hände gegen den rissigen Stamm. Auf halber Höhe zu den Ästen hing der Wegweiser, der ungefähr so lang war wie sein Unterarm und doppelt so breit. Thriller streckte den Hals und runzelte die Stirn. »Das ist unlesbar.«

Kitey seufzte hörbar. »Die Pampe ist festgetrocknet.«

Wackelig streckte er sich und rieb mit der Außenkante der Faust über den getrockneten Schlamm, als wäre es ein Rubbellos. »Hast du ein Messer?«

»In deiner Beintasche«, erwiderte Kitey, hinter ihm näherkommend.

»Oh, okay. Es reicht, wenn ich Messer sage?«

»Ja, auch mit grobem Gedanken bekommst du etwas. Besser ist es, wenn du es definieren kannst. Du hast Verschiedene in der Tasche. Brotmesser, Boo'Nie, Daggir, Kukro und Sas. Von jedem hast du sechs Stück. Außer vom Brotmesser.«

»Hast du mehr Info zu den vier, die ich nicht kenne?«

»Learning by doing ist meine Devise beim Training on Tour.«

»Na super«, murmelte Thriller augenrollend, rieb den Dreck mit dem Saum seines Umhangs grob von der Handkante und klappte den Überschlag der Tasche auf. Von den Fingerspitzen bis zum Handballen kribbelte seine Haut, als er sie in die Beintasche führte. Er ertastete nichts außer dem samtigen, aber festen Lederrand. »Ich greife ins Leere.« Er wackelte mit den Fingern.

»Am Anfang ist das normal«, erklärte Kitey. »Stell dir jetzt vor, sie ist voll, und denk an das Messer.«

Wieder bewegte Thriller die Finger und schloss die Augen. Konzentriert sprach er seine Gedanken aus. »Ich wühle in einem Rucksack. Alles ist vollgestopft mit nützlichem Zeug. So wars auch bei meinen Eltern immer.« Bei der Erinnerung an die prall gefüllten Ranzen und ihre Forschungswanderungen zupfte Wehmut in seiner Brust.

»Stell dir vor, du findest das, was du suchst, und holst es raus.« Kiteys Stimme klang ruhig, aber bestimmt. Sie stand so nah, dass ihr warmer Atem seine Wange streifte. Der Geruch von Honig mischte sich für einen Moment unter den allgegenwärtigen Sumpfgestank.

»Boo'Nie, das Messer.« Er hielt inne, als an seiner Handfläche ein kühler Hauch entlangzog. Eine flüchtige und doch so deutliche Berührung. Thriller blinzelte. »Wow, ich ... Da ist etwas.«

»Schließ die Hand darum und hol es raus.«

Thrillers Herz sprang wie verrückt in seiner Brust. Finger für Finger umschloss er, was sich anfühlte wie sein Schwertgriff zuvor. Es war breiter und rauer auf der Haut. Den Blick auf die Tasche gerichtet, zog er das Messer heraus. »Krasses Teil. Das ist ein richtiges Crocodile Dundee Jagdmesser.«

»Du hast dir eines der größeren ausgesucht. Das Sas ist am feinsten und wie eine Art Dreizack. Daggir kommen einem normalen Dolch am nächsten und das Kukro-Set, das ich eingepackt habe, ist im Vergleich zu den Boo'Nie etwas größer.«

Thriller nickte und fixierte weiter die Waffe.

»Was hast du erwartet? Ein Taschenmesser?«

»Keine Ahnung. Eigentlich hatte ich nur vor, den Dreck abzukratzen.«

»Ahh. Dann los.«

In einem flachen Winkel schabte er über das Schild. Teigig schoben sich die ersten Schichten Matsch zur Seite. Der Dreck von Jahren war härter, je mehr er abtrug. Die Muskeln in seinen Fingern versteiften sich und seine Handfläche spannte bei jeder Bewegung.

Wie störrisch kann Matsch bitte sein?

Schlamm spritzte an seine Hose, als Kitey sich neben ihn stellte. »Je verkrampfter du es hältst, umso schwieriger ist es, die Waffe zu führen.« Sie legte ihre Hand über seine und verschob sacht seine Finger, positionierte sie mittiger, den Daumen auf den Rücken des Waffengriffes. »So hast du mehr Kontrolle. Kräftiger Griff, ohne zu viel Spannung. Schüttel die Hand aus. Der Dreck ist kein Feind, den du verletzt.«

»Ist es so offensichtlich?«

»Die Schweißperlen auf deiner Stirn singen im Kanon regelrecht, dass du dich mit der Waffe unsicher fühlst.« Kitey entfernte sich zwei Schritte und verschränkte die Arme vor der Brust. »Weiter. Und denk dran: nicht verkrampfen.«

Aus dem fußballgroßen Loch im untersten Ast rechts von ihm quietschte es. Thriller stockte mitten in der Bewegung. »Hast du das gehört?«

»Meinst du das Kratzen, Knacken, Ploppen, Surren oder Quietschen?«, antwortete Kitey und zählte mit den Fingern mit.

Er deutete mit der Messerspitze auf den Ast. »Quietschen.«

Zwei Wollminge tauchten auf und lugten aus dem Astloch. Das größere Tier, mit einem hellbraunen Kreis um das rechte Auge, lehnte sich halb heraus. Es reckte ihnen forsch den Kopf entgegen, wobei die Falten um seine Schnauze zuckte und erneut quietschte. Hinter ihm kratzte sich das andere mit seinem Fuß am Ohr, wedelte mit dem langen Schwanz und blinzelte vorwitzig. Drei Reihen von Minihaifischzähnen zeigten sich, als das größere gähnte.

Thrillers Augen weiteten sich. »Du bist sicher, dass die friedlich sind?«

»Ja. Mach einfach weiter.«

Kurz zögerte Thriller, ehe er die Schultern zuckte und fortfuhr. Indes entfaltete Kitey wieder die Karte. »Es muss doch irgendeinen verflixten Hinweis geben.«

Sie wird unruhiger, dachte er nervös.

Als Thriller eiliger mit der Klinge über die hölzerne Matschschicht schabte, die sich wie mit einem Hobel abtrug, steckte Kitey die Karte zurück in ihre Tasche. Dabei stieß sie frustriert den Atem aus und holte anschließend den Kristall aus ihrem Ausschnitt. Er pendelte an der Kette vor ihrem Gesicht und sie betrachtete nachdenklich die glänzende Oberfläche.

»Gehts ihm gut?«, fragte Thriller und ein ganzer Dreckbrocken löste sich vom Schild. »Na endlich!«

»Er scheint mir etwas wärmer. Ich will ihn aber nicht ...« Abrupt fuhr Kitey herum.

Die Wollminge quietschten und fauchten aufgeregt, sprangen heraus und huschten von Ast zu Ast. Aus ihren Pfoten sprossen gebogene Krallen, die über die Baumrinde wetzten.

Thriller zuckte. Ein scharfes Geräusch wie Nägel auf der Schultafel ließ ihn erschauern. »Was ...«

»Halt die Klappe!«, mahnte Kitey.

»Aber ...«

Ein Pfeifen schwoll an. Kitey zückte ihr Doppelklingenschwert und fuhr herum. Ehe Thriller begriff, was geschah, sauste etwas auf ihn zu. Ein scharfer Schmerz durchzuckte seine Wange. Er fuhr herum und riss die Augen auf. Ein silber glänzender Dolch steckte in der Rinde. Graubraune Kugeln rieselten durch die Erschütterung vom Baum auf ihn herab.

»Überraschung«, flötete eine rauchige Frauenstimme.

»Verschluck dich an deinen Nachtdolchen, du Miststück«, blaffte Kitey.

Thriller tastete in sein Gesicht. Etwas Feuchtes kitzelte von seiner Wange bis zum Kinn. Metallischer Geruch drang Thriller in die Nase. An seinen Fingern klebte Blut und seine Wange brannte. Wie hypnotisiert starrte er auf seine blutigen Fingerspitzen.

Die fremde Stimme kicherte künstlich. »Na, na, wer ist denn da gleich beleidigend?«

Kitey blickte wachsam zwischen die Bäume, das Schwert kampfbereit in der Hand. Wieder zischte ein scharfes Pfeifen durch die Luft, begleitet von schrillem Kreischen, das in den Ohren schmerzte. Thriller riss die Augen auf. Kitey bewegte sich so flink, dass er ihren Bewegungen kaum folgen konnte. Zwei Dolche landeten vor seinen Stiefeln im Matsch, abgeprallt an Kiteys Klingen. Etwas platschte hinter ihm und er fuhr herum. Am Boden lag ein Wollming. Aus seinem Körper ragte der geschwungene Griff eines Dolches. Dunkelrot quoll Blut an der Klinge heraus und färbte das Fell. Fauchen und Quietschen tobte in den Baumwipfeln. Dutzende Wollminge gerieten in Raserei. Nur ein kleiner hopste herunter und kauerte neben dem toten.

»Der Wollming ...« Thrillers stockte, als er sich zu dem Tierchen beugte.

Kitey packte Thriller am Kragen und zerrte ihn hinter einen Baumstamm. »Hey. Komm klar!« Sie drängte ihn gegen den Stamm, rüttelte an seinen Schultern. »Es blutet wie beim Trollausweiden, ist aber nur eine Schnittwunde. Ich brauche dich jetzt.«

Erneut zischten Dolche durch die Luft.

Etwas streifte Thrillers Hand, mit der er nach wie vor das Boo'Nie umklammerte, und er fuhr zusammen. Mitleiderregend knüllte sich der kleine Wollming zwischen die Baumwurzeln neben ihm, sein umherzuckender Schwanz berührte wieder und wieder Thrillers Handgelenk. Ihre Blicke trafen sich kurz.

»Sie haben uns gefunden.« Thrillers Stimme zitterte, sein Kiefer zitterte, alles zitterte. »W- W- Wie? Wer? Andorian?« Er lugte hinter dem Baum hervor.

»Nein. Firja.« Sie spuckte den Namen verächtlich aus.

»Wer?« Da war nichts. Niemand, außer aufgeregte Wollminge und vereinzelte Pilzgnome, die panisch aus dem Matsch poppten. »Wo, verdammt ...?«

»Später!«

Eine Art efeugrüner, schwarz schimmernder Schatten schoss zwischen den Bäumen heraus. Thriller zog den Kopf ein, fuhr zusammen. Das Schattengeflecht rasierte eine Reihe Äste ab, die spritzend in den Matsch flogen.

»Später? Wann später? Die will uns töten!« Thriller würgte und seine Gedanken rasten im selben Tempo wie sein aufgeregter Herzschlag.

»Kommt raus«, erklang wieder die Frauenstimme mit gruselig freundlichem Ton. »Ich weiß ohnehin, wo ihr euch verkrochen habt.«

Wieder krachten und knackten Bäume. Klingen und schwarze Schatten flogen umher. Trieben sie hinter dem Baum in die Enge. Das Tiergeschrei schwoll an und Thriller hätte sich am liebsten die Ohren zugehalten.

»Lutsch einen Kotzdrops und hör zu.« Sie griff blitzschnell in die Tasche, schob ihm ein Bonbon in den Mund und zog ihn auf die Beine. »Das ist ein Trick. Sie ist weiter weg, als es scheint.«

»Aber die Dolche ...«

»Das Biest hat raffinierte Kniffe drauf. Und die Deanidar.«

Thrillers Herz trommelte gegen seinen Brustkorb wie Drumsticks auf ein Schlagzeug. Sein Blick traf den des zitternden Wollming.

»Du tust jetzt, was ich sage! Keine Widerworte.« Kiteys bohrender Blick war todernst. »Renn. Dreh dich nicht um. Nimm nicht den geraden Weg. Lauf zickzack durch die Bäume. Bleib aber in der Nähe des Weges, zur Orientierung. Merk dir Sol'Mon. Da musst du hin. Daran musst du denken, wenn du durch die Schleuse gehst.«

»Und du?«, fragte Thriller im Flüsterton und griff nach ihrer Hand.

»Ich bin hinter dir.« Sie erwiderte kurz den Druck seiner Hand, dann löste sie sich von ihm. »Beeilung jetzt!« Kitey scheuchte ihn los.

Als sie den Schutz des Baumstamms verließen, sprang ihm der Wollming auf die Schulter und schlang seinen Schwanz um Thrillers Oberarm. Leise wimmernd quiekte es an seinem Ohr. Er brachte es nicht übers Herz, ihn wegzuscheuchen. Wachsam huschte Kiteys Blick in alle Richtungen. Ihre Augen zuckten und sie ließ den Umhang über ihre Schultern rutschen, sodass er hinter ihr flatterte.

Fuck! Sie macht sich kampfbereit.

»Schneller!«, trieb ihn ihr Befehlston an.

Thriller zuckte zusammen. Kreischen fegte wie Gewitterdonnern aus den düsteren Wolken am Himmel. Spitze Schreie dröhnten in seinen Ohren. Die Abstände dazwischen verringerten sich mit jeder Minute, die sie rannten. Keuchend und stöhnend mobilisierte Thriller jede sportliche Zelle in seinem Körper. Auf seiner Schulter zitterte der Wollming ebenso aufgeregt wie Thriller. Bei der nächsten Kreischattacke packte Kitey seinen Arm und zog ihn zwischen die Bäume. »Da lang.«

Im Zickzack um die Bäume herum hetzten sie durch Swap'Mooren. Sie eilten durch den zähen Matsch. Ignorierten den beginnenden kühlen Regen, der ihre Umhänge tränkte und sie innerhalb von Minuten durchnässte. Je kräftiger der Gewitterregen auf sie niederprasselte, umso mehr Dunst stieg aus dem Sumpf empor. Der Gestank hüllte sie ein.

Sie kämpften sich vorwärts durch das Gelände. Zahllose Wollminge wuselten auf den knorrigen Bäumen, quietschten, fauchten und brachten die Äste mit ihren Sprüngen zum Ächzen. Knackend stürzte ein Ast vor Kitey in den Schlamm. Wie beim Hürdenlauf sprang sie darüber und hetzte weiter.

Der Wollming auf Thrillers Schulter erwiderte die Laute seiner Artgenossen, wobei seine Schnauze und Ohren panisch zitterten. Thriller sprang über eine Wurzel, umklammerte mit steifen Fingern sein Messer. Der matschige Boden sog an seinen Stiefeln, als wollte er ihn festhalten. Thrillers Lungen brannten vor Anstrengung. Sein Atem ging flacher und schneller. Wieder schwoll das spitze Kreischen in der grauen Wolkendecke an. Es schrillte deutlich näherkommend in seinen Ohren. Erschrocken zuckte Thriller, stolperte vorwärts, verlor jedoch nicht das

Gleichgewicht. Auf dem Boden tauchten plötzlich flatternde Schatten auf und tanzten um seine Füße. Seine Beine bebten vor Aufregung. »Jetzt ist Panik angesagt, oder?«, keuchte er und übersprang eine ölige Pfütze.

Kitey fluchte. »Ja, verdammt.« Schlitternd kam sie zum Stehen. Eine dunkle Gestalt schoss auf sie zu.

Über das schwarze Körperfell der Deanidar zog sich eine dunkelrote Brust- und Bauchzeichnung. Ihre muskulösen Beine endeten in Klauen mit vier Zehen und gebogenen Krallen. Die Augen aufgerissen, schrillte ihr Keifen durch die Luft; vermischte sich mit dem Rascheln der Flügelschläge, die Thriller und Kitey umkreisten.

Die giftigen Flügelkrallen der Deanidar schossen auf ihr Gesicht zu. Kitey riss das Schwert hoch und parierte die Attacke mit einer Klinge. In einer fließenden Bewegung drehte sie die Waffe und stieß ihr die andere Schneide in den Bauch.

Eine zweite Gestalt stürzte sich auf Thriller.

Erschrocken wich er zurück, wobei er die Arme schützend vor den Körper hob. Der Wollming hüpfte von seinem Rücken. Jaulte ein Geräusch, das eigenartig zwischen Pfeifen und Fauchen lag. Er schleuderte der Deanidar Dreck entgegen.

Mit einem Satz sprang Kitey vor Thriller und ließ ihre Klinge durch die schwarzrote Flügelmembran sausen. Die Witwe winselte, taumelte in der Luft und wand sich. Tobsüchtig schoss sie mit ihren Krallen auf Kitey zu. Die linke Flügelkralle prallte an ihrem Schwert ab, während die rechte gefährlich nah an ihrem Hals vorbeijagte. Kitey bog ihren Oberkörper nach hinten. Beugte die Knie und trieb der Deanidar die Klinge von unten in die Brust. Blut und Schlamm spritzten, als sie das Schwert wieder herausriss und die Witwe vor ihnen im Matsch landete.

»Benutz dein Messer, Idiot! Konzentrier dich darauf, am Leben zu bleiben«, fauchte Kitey und bereitete sich auf die nächste Attacke vor.

Drei Kreaturen sausten durch die Äste auf sie zu. Thrillers Unterarmmuskeln zuckten vor Anspannung, als er das Messer vor seine Brust hob. Geschockt und bewundernd sah er Kitey hinterher. Sie bewegte sich mit kraftvoller Eleganz auf die Feinde zu. Das Mittelstück zwischen den Klingen mit beiden Händen umfasst, zog sie es erst zu sich heran und zuckte die Waffe dann in Richtung der Deanidar. Eine weißgelb leuchtende Energiewelle stieß die schwarzen Furien zurück. »Heute stirbt hier niemand außer euch!«

Zwei prallten gegen Baumstämme. Die dritte hechtete zur Seite.

In diesem Moment tauchte direkt hinter Thriller eine Weitere auf. Ihre Krallen schnappten auf ihn zu. Thriller riss das Boo'Nie hoch. Ihre Klaue prallte mit einem metallischen Laut dagegen. Die Wucht stieß Thriller zurück. Ihre Augen glühten vor Zorn, während sie den üppigen Kussmund aufriss und ihm einen Schrei entgegenspie. Der schrille Ton klingelte in Thrillers Ohren. Sie stürzte sich auf ihn. Die tödlichen Giftkrallen schimmerten silbergrau. Hektisch wirbelte er zur Seite, um den Klauen zu entkommen. Sie rissen durch seinen wedelnden Umhang. Hilflos hieb er mit dem Messer zur Seite. Gleichzeitig hüpfte der Wollming von seiner Schulter und grub seine Haifischzähne in den Arm der Deanidar. Blut quoll um sein Maul über das Fell, während sein Knurren in ein Gurgeln überging. Thriller stieß das Messer nach vorn und ein Panikschrei brach aus seiner Kehle. Er strauchelte vorwärts. Die Deanidar wich seiner plumpen Attacke mit Leichtigkeit aus und schüttelte den Wollming ab. Ein schmerzhafter Tritt traf Thriller zwischen die Schulterblätter. Er keuchte auf. Klatschte in den Matsch und rang nach Atem. Direkt über ihm flatterte die Witwe mit ihren ledrigen Flügeln. Vor Furcht verkrampften sich seine Muskeln.

Kitey erschien in seinem Blickfeld, ihr Schwert blitzte auf. Ein Ruck, und sie schnitt der Deanidar eine blutige Wunde in die Seite.

Ungeschickt kam Thriller auf die Knie und umklammerte das Boo'Nie so fest, dass seine Fingerknöchel knackten.

»Wir müssen schleunigst deine Trainingsstunden aufstocken«, bemerkte Kitey scharf, während sie den Blick in den Himmel richtete. Aus der dicken Wolkendecke kamen weitere Deanidar auf sie zu.

»Wenn ich dafür lange genug überlebe«, murmelte Thriller und zog sich an dem morschen Baumstamm neben ihm hoch. Der Wollming hinkte mit hängenden Ohren zu ihm, sein hinteres linkes Beinchen von Blut bedeckt, das auch über seine Flanke lief. Schreie durchdrangen die feuchte Luft und verkündeten die Ankunft von noch mehr Deanidar.

Mit tödlicher Eleganz führte Kitey das Doppelklingenschwert, richtete ihre Aufmerksamkeit auf die näherkommenden Feinde.

Das Blut rauschte in Thrillers Ohren und er verlor den Überblick darüber, wie viele Flügelpaare über den Baumreihen flatterten. Breitbeinig stellte er sich auf, so, wie es Kitey tat, und wappnete sich. Das Boo'Nie hielt er vor seinen Oberkörper. Jede einzelne der giftigen Klauen jagte ihm eine Scheißangst ein.

Mehr und mehr Pilzgnome und andere Kreaturen tauchten zwischen den Bäumen und dem Schilf auf, eine wirre Szene spielte sich um Thriller ab.

Ein gequältes Quieken erklang in seiner Nähe und Thriller lugte vorsichtig hinter den Baumstamm neben ihm. Auf der anderen Seite hielt eine Deanidar ein otterähnliches Tier fest im Griff, während sie ihre spitzen Fingernägel durch das Fell des panischen Tieres grub. Blut floss über ihre Pranke, und Thrillers Hände fühlten sich eiskalt an. Das Tier jaulte so mitleiderregend auf, dass Thriller Tränen in die Augen schossen.

Ich ... Was kann ich tun?

Plötzlich wirbelten gelbe Pilzgnomsporen auf, die Witwe

hustete und taumelte. Die Pilzlinge hüpften um sie herum, spien Fäden aus den Hüten und umfingen damit ihre Beine.

Thriller schloss die Finger verkrampft um das Boo'Nie und umrundete den Baum. In diesem Moment entdeckte ihn die Witwe. Sofort sauste ihre Fußkralle auf ihn zu. Mit einem unsicheren Ruck stieß Thriller seine Klinge in ihren Schenkel. Er spürte den Widerstand ihres festen Muskels und schauderte. Sie jaulte auf und schlug kraftvoll mit den Flügeln.

Überraschend wässrig floss ihr Blut über die Schneide auf seine Finger zu.

Eilig riss er die Waffe heraus. Die Deanidar hieb mit den Krallen des anderen Fußes nach ihm. Thriller duckte sich hinter dem Baumstamm weg.

Von den Ästen über ihm sprangen mit einem Mal drei Gnomgestalten, attackierten die Deanidar mit einer Mischung aus Fäden und Sporen.

Der Wollming fauchte neben seinem Bein, erschrocken fuhr Thriller herum. Eine zweite Witwe sauste auf ihn zu. Zittrig hieb er nach ihr, verfehlte sie jedoch. Sie war zu flink. Höhnisch verzog sie ihre Lippen zu einem teuflischen Grinsen und näherte sich ihm bedrohlich. Sie schlug mit den Krallen nach ihm. Thriller duckte sich gerade noch rechtzeitig zur Seite. Der Baum neben ihm erzitterte unter der Wucht, mit der die Deanidar ihre Klauen durch die Borke schlitzte. Erschrocken riss Thriller die Augen auf. Er wollte gerade losrennen, da sah er, wie sie zu einem Tritt ausholte, und ihre gebogene Zehenkralle schoss auf seinen Kopf zu. In letzter Sekunde fuhr eine gezackte Klinge vor sein Gesicht und trennte den Zeh der Deanidar von ihrem Fuß ab. Blut spritzte, zog eine rote Spur über Thrillers rechte Seite, gleichzeitig wich die Furie grell aufheulend zurück.

»Ich frage mich eines ...«

Thriller wirbelte herum. Da war sie wieder, die fremde Frauenstimme, rauchig, weich und mit einem spöttischen Unterton.

»Warum hat Andorian euch nicht längst beseitigt? Seht euch an. Ein erbärmlicher Anblick.«

Die Deanidar hielten inne, die Sumpfbewohner flohen in alle Richtungen.

»Firja«, zischte Kitey und sah in die kahle Baumkrone vor ihnen.

Breitbeinig stand Firja auf einem Ast, die Hände nonchalant in die Hüften gestemmt, während sie mit überheblichem Ausdruck auf Kitey hinabsah. Die schwarze Bluse mit dem tiefen Ausschnitt betonte ihr hellblondes, zu einem Pferdeschwanz gebundenes Haar, und das lederne Mieder ihre Wespentaille. Um ihre Arme und Beine wanden sich mehrere armdicke Nebelgeflechte wie Schlangen, die lauerten.

»Warum zögert ihr euren sicheren Tod hinaus?« Ihre kalte Stimme klang durchdringend.

Gänsehaut kribbelte über Thrillers Arme. Neben ihm schnalzte Kitey verächtlich mit der Zunge und schwang langsam die Klingen vor ihrem Körper. »Gewiss ist, dass wir niemals aufgeben werden. Und du nicht das Zeug dazu hast, mich aufzuhalten!«, entgegnete Kitey und hob herausfordernd das Kinn.

»Ich gebe euch eine letzte Chance.« Als Firja einen Schritt zur Seite machte, blitzten die hochhackigen Absätze ihrer Overknees wie Klingen im spärlichen Sonnenlicht, das sich durch die Wolkendecke kämpfte. »Bedenkt doch die unsäglichen Schmerzen, die ihr durch diesen hoffnungslosen Widerstand erleiden werdet. Ist es euch keine Lehre, was mit euren geflügelten Gefährten und Loreo geschehen ist?« Firjas Lachen schallte unheimlich wie das einer Hyäne durch den tristen Sumpf. Ihre Worte ließen keinen Zweifel daran, dass sie es genießen würde, ihnen Schmerzen zuzufügen. Thriller schluckte trocken, als sein Blick zu dem Degen wanderte, der an ihrem Gürtel prangte.

»Amüsant … gerade wollte ich dir eine letzte Chance

anbieten zu fliehen.« Kitey ging leicht in die Knie und deutete mit ihrer gezackten Klinge auf Firjas Kehle. »Aber wenn du dem Schattenmagier deine Unfähigkeit beweisen willst ... nur zu.«

Mit einem arroganten Ausdruck im Gesicht begegnete Firja Kiteys Blick. Pfeilschnell sauste Firjas Arm nach vorn und mit ihm der efeugrüne Nebel. Durchzogen von schwarzen und leuchtenden Partikeln, preschte er auf Kitey und Thriller zu. Sie stieß Thriller zur Seite und wehrte die dunkle Magie mit ihrem Schwert ab.

»Jämmerlich. Kein Wunder, dass es ein Leichtes war, eure geflügelten Freunde zu rupfen wie Gubguhühner«, stichelte Firja spitzzüngig. Mit gezücktem Degen sprang sie vom Baum.

Kitey stieß feindselig den Atem aus. »Die gehen auf Andorians Konto. Du wärst dazu nicht fähig. Deine Angriffe sind genauso lachhaft wie deine Metaphern.«

Sofort wirbelten die beiden Kämpferinnen durch den Schlamm. Es glich einem Tanz aus klirrendem Stahl und Magie. Firja rammte Kitey in der Drehung den Ellbogen in die Rippen und fegte sie mit einem Energiestoß von den Beinen.

Die Witwen geiferten von den Ästen, näherten sich bedrohlich. Zu Thrillers Füßen fauchte der Wollming und sträubte sein Nackenfell. Nervös starrte Thriller zwischen den Witwen hin und her. Welche würde ihn attackieren?

Stattdessen hechtete plötzlich Firja auf ihn zu, und Thriller wankte mit steifen Schritten zurück. Ihre Augen funkelten eisern. Mordlüstern. Die Panik trieb ihn weiter rückwärts. Mit der Wade stieß er gegen eine Wurzel und verlor das Gleichgewicht. Er fiel rückwärts, der Schlamm spritzte um ihn auf. Sein linker Ellbogen schlug gegen einen Stein. »Argh.« Vor Schmerz kniff er kurz die Augen zusammen.

Als er wieder aufsah, zeigte Firjas ausgestreckte Degenklinge auf seine Kehle. »Andorian hat uns erzählt, ihr hättet euch Hilfe gesucht.« Sie setzte den spitzen Stiefelabsatz auf Thrillers

Schienbein und verlagerte das Gewicht darauf.

»Ich ... Wir ... « Stechender Schmerz raubte ihm den Atem. Ihr Absatz grub sich wie eine glühende Nadel durch seine Hose in die Haut. Ein Aufschrei drängte sich aus seiner Kehle. Hilflos schlug er mit dem Boo'Nie gegen die Degenklinge. Sie bewegte sich keinen Millimeter und Firja lachte höhnisch. »Wie verzweifelt müsst ihr sein, wenn ihr so was ...«

Mit einem beeindruckenden Sprung landete Kitey in der Hocke neben Thriller und fuhr mit dem Schwert dazwischen. Sie drückte Firjas Degen nach oben, drängte sie zurück und baute sich vor ihr auf. »Frag Andorian, wie sich Verzweiflung anfühlt.«

»Andorian ist ein Versager, verblendet vom Rachefeldzug.« Firja fauchte und parierte Kiteys flinken Angriff auf ihre Seite. »Er ist ein Mittel zum Zweck.«

Thrillers Puls jagte durch seine Adern, während er sich auf den Bauch drehte und zur Seite robbte.

Spöttisch lachte Kitey auf. »Und du natürlich nicht.« Sie stieß Firja eine Energiewelle entgegen, deren Ausläufer Thriller in den Morast presste. Schlamm drängte sich in seine Nase und den Mund. Er hustete erstickt, als er sich angestrengt aus dem zähen Dreck stemmte. Hastig schnaubte er den Matsch aus seinen Nasenlöchern. Wieder und wieder spuckte er aus. Der Schlamm schmeckte ebenso widerwärtig faulig, wie er roch. Thriller würgte, übergab sich zwischen die Baumwurzeln.

Kiteys kriegerischer Aufschrei durchzuckte Thrillers Körper. Er fuhr mit dem Kopf herum, sah verschwommen, wie Kitey gegen Firjas Magie ankämpfte. Alles geschah so schnell. Thrillers Hände zitterten vor Wut und Hilflosigkeit, als er auf die Beine kam. Um ihn herum schwirrten die Deanidar, in wirre Kämpfe mit den Sumpfwesen verwickelt. Animalisches Fauchen, Krächzen und Zischen wirbelte um Thriller wie ein Tornado. Es schien sich von allen Seiten zu nähern. Verzweifelt drückte er den Rücken gegen den Baumstamm. Schmerz rauschte von seinen Schulterblättern in seine Arme. Er keuchte mit Tränen in den Augen.

Just in diesem Moment stob eine Witwe auf Kiteys Rücken zu.

»Kitey, pass auf!«, brüllte Thriller durch das Chaos. Das Kampfgetümmel verschluckte seinen Ruf. Intuitiv holte er aus und schleuderte sein Boo'Nie auf die Deanidar. Der Knauf traf das Fledermausweib am Hinterkopf.

Grell kreischend fuhr sie herum und fixierte Thriller. Der Hass in ihren blitzenden, granitgrauen Augen ließ ihn erschaudern. Zischend fächerte die Deanidar ihre Flügel auf und stieg höher. Bevor sie jedoch auf Thriller zuschießen konnte, sprang Kitey hoch und bohrte mit einem Kampfschrei ihr Schwert in den Rücken der Witwe, bis die Klinge aus ihrer Brust herausragte. Das Blut spritzte auf Thrillers Oberkörper bis hinauf zu seinem Hals und sprenkelte die Baumrinde zu seinen Seiten. Mit einem Ruck riss Kitey ihre Waffe heraus und konterte sofort einen Tritt von Firja.

Bei jedem Atemzug zuckte der Schmerz durch Thrillers Rücken und wanderte stechend bis zum Zwerchfell. Er krümmte sich, stützte sich auf die Knie. Vergeblich suchte er mit den Augen den Boden nach dem Boo'Nie ab. Der Schlamm musste es verschluckt haben.

Fuck! Ich brauche eine Waffe.

Zwischen den Schilfrohren tappte der verwundete Wollming auf ihn zu und klammerte sich mit einem mitleiderregenden Wimmern an sein Bein.

Sein Unterarm streifte den Schwertknauf, als er das Tierchen hochhob. Doch er traute sich nicht, es zu ziehen.

Die Luft flirrte um Kitey und Firja vor magischer Energie. Ein Gemisch aus reinem Licht und finsterem Grün pulsierte bei jedem Schlagabtausch.

Er hatte Mühe, ihren Bewegungen zu folgen.

Kitey focht raubkatzengleich und durchbrach Firjas Abwehr.

In einem kraftvollen Hieb führte sie ihr Schwert nach vorn, während ein Lichtblitz von ihren Händen über die Klinge glitt. Firja stöhnte auf, als die Schneide ihren Oberarm traf und sie zurückgeschleudert wurde. Sie rammte die Degenklinge wie einen Anker in den Schlamm, um zu bremsen.

»Ich vernichte euch und der Schattenmagier wird mich an seiner Seite haben, wenn die Welt aus Finsternis aufersteht«, brüllte Firja. Ihr Degen glühte nachtgrün von der Glocke bis in die Spitze. Sie täuschte einen Degenhieb vor, sprang hinter Kitey und trat ihr in die Kniekehle. Gleichzeitig ritzte ihre Schneide über Kiteys Schlüsselbein. Ihr Schmerzschrei fegte durch den Sumpf, doch sie riss unbeirrt das Schwert herum. Dabei streifte die Degenklinge die Silberkette um Kiteys Hals. Sie riss erschrocken die Augen auf und tastete nach dem Kristall.

»Na, was haben wir denn da?«, zischte Firja begierig.

Kitey wich zurück. »Den Beweis dafür, dass ihr uns nie besiegen werdet.«

»Ein paar von euch haben wir doch längst vernichtet.« Firjas bissiges Lachen hallte mit dem Klirren der aufeinander-treffenden Klingen in Thrillers Ohren. Sie bewegten sich auf ihn zu. Gehetzt sah er sich um. Überall kämpften Sumpfbewohner mit den Deanidar. Andere lauerten auf den Ästen, schienen nur darauf zu warten, dass er sich rührte. Warum griffen sie nicht an? Wollte diese irre Blondine Kitey und ihn selbst erledigen?

Als Kitey nur noch eine Armlänge entfernt war, schleuderte sie Firja mit einem Tritt Matsch ins Gesicht. In der Sekunde der Ablenkung flirrte erneut die Luft, erfüllt von Magie. Sie prickelte auf Thrillers Haut. Dann schoss zwischen Kitey und Firja schlagartig eine Wand aus Licht empor.

»Ich kann es nicht lange halten!« Kitey wirbelte zu Thriller herum. Sie riss sich die Kette vom Hals und drückte ihm den Kristall in die Hand. »Lauf, Thriller!«

Sein Atem stockte vor Panik. Wie gelähmt starrte er auf

den Agisdelit in seiner matschverdreckten Handfläche. »Sie werden mich ...«

Firja brüllte, als sie dunkle Schattenblitze gegen die Barriere schleuderte. Vereinzelt rammten Deanidar dagegen. Jaulend prallten sie ab, während ihre Flügel qualmten wie verbrannt.

Kitey packte Thriller an der Schulter. »Das hilft dir.« Erst glomm ihre Hand, dann breitete sich das Glimmen auf seiner Schulter aus. Wie der Lichtkegel einer Taschenlampe wanderte das kribbelnde Leuchten weiter, zog rasch seine Glieder entlang und verschwand schließlich auf seiner Brust.

»Jetzt renn!«

»Was? Aber ...«

»Verschwinde! Los!«

Er zuckte zusammen. Die Barriere hinter ihr flackerte. Kitey wandte sich ab und baute sich kampfbereit auf. Krampfhaft suchte Thriller seinen Mut, der unter der Panik vergraben lag.

Sie zählt auf mich!

Den Wollming im Arm und die Faust um den Kristall geschlossen, rannte er los. In seinen zittrigen Beinen strotzten die Muskeln plötzlich vor frischer Kraft. Nie zuvor war er so schnell gerannt. Schreie, Fauchen und das Klirren von Stahl verfolgten ihn bei jedem Schritt. Irgendwo über ihm kreischten Deanidar. Ein eisiger Schauer durchfuhr ihn. Panik schlug ihre Krallen in seine Brust und der Wollming atmete schwer in seinem Arm. Schließlich lichtete sich der knorrige Sumpfwald.

Hinter der letzten Baumreihe fand er sich am Ufer eines Moorsees. Eine blubbernde braune Suppe, über der sich stinkende Wolken sammelten. Während er weiterhetzte, suchte er die Landschaft ab und entdeckte mitten auf dem See eine Insel, auf der eine schmale Ellipse taghell strahlte.

»Die Schleuse! Ich habs geschafft«, schnaufte Thriller. Er umklammerte die Kette so fest, dass sie ihm in die Handfläche schnitt. Tränen verschleierten ihm die Sicht. Über ihm hallte ein schriller Schrei. Er riss den Kopf hoch. Eine Witwe sauste mit ausgestreckten Krallen auf ihn zu. Er eilte am Ufer entlang, die einzige Brücke zur Insel lag auf der anderen Seite. Die Deanidar jagte hinter ihm her. Thriller dankte in Gedanken den Göttern für den magischen Schub, der ihn schneller rennen ließ.

Wie aus dem Nichts schnappten Krallen nach ihm und rissen ihn grob zurück. Thriller klatschte mit dem Rücken in dem Schlamm und schrie auf. Die Furie hatte ihre Krallen in seinen Umhang geschlagen und schleifte ihn herum. Zog ihn zu sich. Panisch wandte er sich. Seine Finger verkrampften sich um den Agisdelit. Gleichzeitig fummelte er mit Daumen und Zeigefinger am Verschluss des Umhangs. Abrupt öffneten sich die Augen des Wollmings. Er fuhr die Krallen aus und durchschnitt keuchend die verknotete Kordel.

Die Schlitterpartie war gestoppt. Schmerz brannte scharf an Thrillers Hals, doch er ignorierte ihn, kam auf die Beine und sprintete weiter. Die Deanidar zerfetzte wutkreischend seinen Umhang in der Luft und hetzte hinterher. Wieder und wieder schlugen ihre Klauen nach ihm. Verfehlten ihn nur um Haaresbreite.

Endlich setzte er den ersten Schritt auf die Planken. Die Brücke wackelte unter seinen Füßen, die Oberfläche war glitschig.

»Fuck! Kann hier auch mal was einfach sein?«, stieß er aus.

Das Holz knarzte unter seinen eiligen Schritten. Der Moorsee blubberte, drohte ihn zu verschlingen, sollte er fallen. Die Deanidar stieß einen erstickten Schrei aus. Thriller wirbelte herum. Die schwarze Gestalt stürzte taumelnd in den See. Er sah gerade noch den Dolchgriff in ihrer Brust blitzen, bevor der See sie gierig verschluckte.

»Kitey!« Auf der anderen Seite des Ufers stand sie, ein Hosenbein aufgerissen, und eilte auf ihn zu. »Lauf weiter!«

Ein Geflecht schwarzer Nocmatagi quoll aus dem Sumpf-wald hinter ihr her. Schaurig grün legte er sich wie Fesseln um die Bäume. Firja trat mit wutverzerrter Miene heraus. »Es gibt kein Entkommen!«

Ihre Deanidar stoben aus den Nocmatagiwolken, kreisten wie ein wildgewordener Schwarm über ihnen.

Mit einem stolpernden Schritt erreichte Thriller die Schleuse.

»Vorsicht!«, brüllte Kitey.

Eine Deanidar stürmte von der Seite auf ihn zu. Er duckte sich in letzter Sekunde. Doch sie schlug wild mit ihrer Krallenhand nach ihm. Thriller kniff die Augen zusammen, rief sich den Zielort ins Gedächtnis und hechtete in das Portal.

Sol'Mon Sol'Mon Sol'Mon.

THRILLER

Auf der anderen Seite landete Thriller auf den Knien im Gras und kippte erschöpft zur Seite. Regungslos lag er auf dem Rücken, während seine Muskeln schmerzhaft krampften und in seinem Kopf *Bob der Baumeister* hämmerte. Der Wollming lag auf seiner Brust und Thriller spürte sein kleines Herz poltern, als er selbst jeden Knochen in seinem Körper wahrnahm und wartete, bis sich sein Puls wieder beruhigte. Seine Lungen brannten vor Anstrengung, doch er atmete tief und sog begierig die Luft ein. In ihr lag die Frische eines Frühlingsmorgens und vertrieb für einen Moment die Gedanken an das stinkende Grauen, aus dem er entkommen war.

Er hielt den Wollming vorsichtig im Arm und blies den Atem aus, als er langsam den Oberkörper aufrichtete.

Vor ihm lag eine Graslandschaft, die in einen üppigen Blätterwald überging. Dahinter ragten sieben Berge auf, deren Oberfläche die hochstehende Sonne reflektierten wie ein Prisma. Zerklüftet und majestätisch reichten sie in den Himmel, den die Reflexion in ein Meer aus Regenbogenfarben verwandelte, während ihre Gipfel Wolken umspielten.

Alles entsprach dem genauen Gegenteil von Swap'Mooren. »Und was mache ich jetzt?« Sein Blick fiel auf den Kristall in seiner Hand und den hechelnden Wollming.

Die Schleuse stand abgeschieden auf der Graslandschaft. Ein schlichter Torbogen aus runden Steinen, überzogen von einem Moosteppich. Daneben fand sich ein verwittertes Steinpult mit einem Fach, in dem das Schleusenverzeichnis lag.

Mit müden Gliedern stand er auf, schob den Kristall in seine Hosentasche und betastete die Kratzer in der empfindlichen Haut an seinem Hals. Das Blut war feucht, aber trocknete bereits. Doch die Schnittwunde an seiner Wange pochte doppelt so heftig. Die Erleichterung, mit der er endlich wieder tiefer atmete, begleitete dumpfe Leere.

»Kitey.« Tränen füllten Thrillers Augen. »Nein. Sie kommt. Sie kommt bestimmt!« Er wischte sie mit dem Handrücken fort und klammerte sich an diesen Gedanken. Ihm blieb keine Zeit zum Aufatmen oder Nachdenken. Thriller schritt stockend rückwärts, als das Licht der Solarisschleuse flackerte. Ihr schriller Schrei durchschnitt die Luft, ehe er sie sah. Eine Deanidar schoss heraus. Das Sonnenlicht fiel ihr gleißend in die aufgerissenen Augen und blendete sie für einen Moment.

»Lauf, Idiot!«, hallten Kiteys Worte in seinem Kopf.

Thriller mobilisierte alles, was er an Kraft noch aufbrachte, und wetzte los. Mehr stolpernd als rennend erreichte Thriller die ersten Bäume. Braune Riesen, so dick wie drei Mann. Zwischen ihnen huschten Wurzwichte, Gnome und andere Tiere in die Büsche und Sträucher. Vögel stoben flügelraschelnd aus den Baumkronen in alle Richtungen davon.

Scheiße. Bitte, Kitey! Wo bist du?

Sein Atem ging stoßweise. Die Taubheit in den Beinen erschwerte ihm das Rennen, der Wollming in seinem Arm wog von Sekunde zu Sekunde schwerer. Das Kreischen der Deanidar kam näher. Wie ein Blitz zuckte jeder ihn verfolgende Schrei durch seinen Körper.

Ein grässliches Quieken ertönte hinter ihm. Thriller sah hastig über die Schulter. Durchbohrt von einer Flügelkralle hing ein Wurzwicht in ihrer linken Klaue. Die Witwe rupfte ihn ab. Das grünliche Blut floss ihren Unterarm entlang und sie warf den Wurzwicht achtlos in die Büsche.

Tränen verschleierten Thriller die Sicht. Mit ihren Pranken fuhr sie durch Sträucher und schlug Risse in die Borke, begleitet von den gequälten Lauten der Waldbewohner. Sie hinterließ eine blutige Spur ihrer Opfer, als sie Slalom durch den dichtgewachsenen Wald flog. Die Bäume bremsten sie aus.

Hier kann sie nicht richtig fliegen. Ich muss zwischen die Bäume!

Fauchend verzogen sich ihre Lefzen und sie trieb ihre Klaue in ein eichhörnchenähnliches Wesen, das über einen Ast huschte. Das schmerzverzerrte Fiepsen drehte Thriller den Magen um. Er würgte, als er den Pfad verließ. Weiter, immer weiter durch das Unterholz, bis ihm der Atem ausging.

Hinter einem Baumstamm kauerte er sich an die raue Borke. Hockte sich mit zittrigen Beinen auf die weiche Erde. Ein Schauer schüttelte Thriller und Schweißperlen rannen ihm den Rücken hinab. Er legte den Wollming auf seinen Schoß und wischte sich mit dem Ärmel den Schweiß und Dreck von der Stirn. Das kleine Wesen ruhte träge und flach atmend auf seinen Schenkeln. Durch sein nasses, anliegendes Fell zogen sich schwarze Verästelungen. Sie breiteten sich aus wie ein grobes Geflecht, wuchsen über seine Flanken und Rippen bis zur Brust.

»Was ist das?«, flüsterte Thriller und betastete behutsam die wulstigen Wucherungen. Die Lider des Wollming flatterten, während er erstickt nach Atem rang. Thriller legte ihm zart die Hand auf die Brust. Mit jedem kraftlosen Atemzug verlangsamte sich sein Herzschlag. Eine von Thrillers Tränen tropfte dem Tierchen auf die zitternde Schnauze. Der lange Schwanz, der um

Thrillers Arm gewickelt war, zuckte und unter den blinzelnden Augenlidern verdrehten sich seine Augen.

Schlaff lag der Wollming in seinem Arm, der Schwanz löste sich von ihm und glitt auf den Boden. Er drückte die Handflächen fest auf die Augen, um die Tränen zurückzuhalten, als er wieder und wieder zittrig schluchzte. In Thriller breitete sich Trauer aus wie eisiger Raureif über ein Blatt.

Wieder fegte das Kreischen der Deanidar durch die Äste. Er zuckte heftig zusammen. Schmeckte saure Galle auf der Zunge, blinzelte die Tränen weg und legte den Wollming behutsam ab.

Ließ ihn gehen.

Danke. Du hast mich gerettet, zweimal.

Er schlang hilflos die Arme um seinen Oberkörper und wagte es kaum zu atmen.

Was mach ich bloß?

Dann tauchte er benommen die Hand in die Hosentasche. Zusammen mit einem Bonbon, das er sich sofort in den Mund schob und hastig gegen die Übelkeit lutschte, holte er den Kristall heraus. Die Oberfläche glänzte und Thriller fühlte die Wärme, die davon ausging, deutlich auf seiner Handfläche.

Er musste Loreo retten. Aber wie? Und Kitey? Verzweiflung zerrte an seinen Gedanken und spannte ein Netz um sein Herz. Um ihn herum raschelte das Unterholz. Eilig schob er den Agisdelit zurück in die Tasche. Zwischen den üppigen grünen Büschen, Sträuchern und den Bäumen tauchten kleine Gestalten auf. Drollige Fellbüschel, die aussahen wie zu groß geratene Meerschweinchen, die sich mit Bibern gepaart hatten, patschten mit ihren Entenfüßen über den Waldboden.

Bitte lass sie so harmlos sein, wie sie aussehen.

Thriller schob die Hand in seine Beintasche und zog ein neues Boo'Nie heraus.

Eines der Wesen huschte aus dem Busch direkt auf ihn zu. Das orange Fell war von roten Streifen durchzogen. Es riss die

Knopfaugen auf und setzte zum Sprung an. Die Bibernase gekräuselt und mit ausgestreckten Waschbärpfoten landete es auf
Thrillers Bein.

»Scheiße, was ...«, schrie Thriller und wollte es abschütteln.
Doch das Tier klammerte sich knurrend an seinen Stiefel.

Wieder näherte sich der schrille Ruf der Deanidar.

»Verdammt. Lass los!«, zischte Thriller und wedelte aufgeregt mit dem rechten Bein.

Um ihn herum kamen immer mehr der merkwürdigen Kreaturen aus allen Richtungen. Bewaffnet mit Stöcken und Steinen,
schleuderten sie, was sie fanden, auf die schwarze Furie. Mit
beeindruckendem Mut – oder Leichtsinn, da war sich Thriller
nicht sicher – stellten sie sich der Deanidar. Sie flog geschickt,
huschte um die Bäume, wich den Geschossen aus. Jedem Tier,
das ihr zu nah kam, grub sie ihre Klauen ins Fell. Sie schmetterte
zwei gegen einen Baumstamm. Das brutale Knacken von
brechenden Knochen fuhr Thriller direkt in den Magen.

Endlich löste sich das Tierchen von seinem Bein. Es sprang
auf eine Baumwurzel und starrte ihn mit glänzenden Knopfaugen an.

Ein gellender Schrei fegte durch den Wald. Mit zittrigen
Knien sprang Thriller auf, um sich umzusehen. Blut rann der
Deanidar übers Gesicht und in ihrer Flügelmembran steckte
ein Stock.

»Argh.« Thriller fasste sich an den Kopf und fixierte das
Bibertierchen. »Warum bewirfst du mich, verdammt?«

Es schwellte die Brust, zuckte mit der Schnauze und stellte
sich mit seinem breiten Schwanz auf. Auf Brusthöhe wetterte es
Thriller eine wirre Tirade entgegen, als würde es ihm eine
Standpauke halten. Das orangefarbene Fell um seine Nase
zitterte aufgeregt bei jedem Fiepton und sein Blick durchbohrte
Thriller förmlich.

Erwartet das Vieh, dass ich das Gefiepse verstehe?

»Ich ... Hä? Keine Ahnung, was du willst.« Thrillers klamme Hände bebten, er rieb sie sich an den Schenkeln ab.

Ein Stein sauste knapp an seiner Stirn vorbei. »Scheiße, ich muss hier weg.«

Das orange Tier stieß ein Knurren aus und grapschte mit seinen Pfoten nach ihm. Perplex zuckte Thriller zurück. Das Vieh sprang vor, biss ihm in die Hand und zog an seinem Ärmel.

»Au, verdammt! Nein!« Seine Gedanken wirbelten durcheinander.

In diesem Moment sah er im Augenwinkel, wie ein grünes Fellknäuel die Deanidar mit einer Art Sonnenblumenkerne bewarf. Fauchend trieb sie ihre blutgetränkten Klauen in den Rücken eines weiteren Tieres. Das erstickte Fiepen hallte gequält in Thrillers Ohren. Indes regneten die Kerne auf sie herab, und kaum berührten sie ihren Körper, sprossen Ranken heraus. Mit offenem Mund sah Thriller zu, wie sich blitzschnell tannengrüne Fesseln um die tobende Deanidar schlängelten. Mit aufge-fächerten Flügeln hielt sie sich in der Luft. Wand sich, kämpfte dagegen an.

Mitten in dem lärmenden Wirrwarr hörte Thriller jemanden seinen Namen rufen.

Kitey.

Sein Herz stolperte.

Sie ist hier.

Seine Beine waren taub, doch er trat aus dem Baum-schatten. »Kitey!«, brüllte er gegen das Zetern der Bierviecher und das Krakeelen der Deanidar an.

Mit erhobenem Schwert tauchte Kitey zwischen den Bäu-men auf und steuerte direkt auf die Deanidar zu. Entschlossen-heit blitzte in ihren grünen Augen und unbeugsamer Wille spiegelte sich in ihren Zügen.

An Thrillers Ohr fegte ein Pfiff vorbei. Er erschrak und duckte instinktiv den Kopf weg. Ein Pfeil bohrte sich durch die Rankenfesseln in die Brust der Deanidar. Ihr Aufschrei drang erstickt aus ihrer Kehle. Sie taumelte. Kitey kam schlitternd zum Stehen.

Kaum eine Armlänge von Thriller entfernt stand ein Tier mit grünem Fell und blauen Streifen. Es hielt einen Bogen in der Pfote und legte den nächsten Pfeil bereits an. Die Knopfaugen glänzten vor Entschlossenheit, als es die Sehne spannte. Ein zweiter, dritter und vierter Pfeil bohrten sich in den Oberkörper der Witwe. Sie sank zu Boden. Landete mit einem dumpfen Schlag auf einem Felsen. Unter den Tieren erhob sich aufgeregtes Heulen und Fiepen.

Thriller suchte Kiteys Blick.

»Bleib in Deckung!«, brüllte sie ihm entgegen, bemühte sich, durch die Tiere zu ihm zu gelangen.

»Himmel, bin ich froh dich zu sehen!«

Neben ihm übertönte das orangefarbene Tier alle anderen. Die ganze Schar horchte auf und richtete ihre Aufmerksamkeit auf Thriller, der argwöhnisch den Kopf einzog. Äußerlich unterschieden sich die Pelzlinge kaum. Im Chaos fielen Thriller nur die Fellfarbe, die Größe der Ohren oder der Nase auf. Innerlich focht seine Neugier mit wachsender Unsicherheit, die sich beklemmend wie ein Schaubstock um seine Brust legte.

»Was, verdammt, ist hier los?« Er sah zwischen Kitey und den Tieren hin und her.

Kitey wich mit einer Drehung einem Pfeil aus. »Sie verteidigen ihren Wald!«

»Sind dir mehr Witwen gefolgt?« Er sah sich hektisch um, lauschte. Keine Schatten. Kein Gekreische. Nur das Geräuschchaos der Tiere um sie herum. Ein Funke Erleichterung vertrieb das erdrückende Gefühl in Thrillers Brustkorb.

Auf einmal trippelten die Tiere synchron auf allen Vieren mit den Pfoten. Dann rannten sie ruckartig los.

»Kitey. Was ...«

Plötzlich riss es Thriller von den Beinen. Er verschluckte

sich hustend am Rest des Kotzdrops.

Eine Welle aus Fell schob sich unter seinen Körper. Die Viecher wuselten auf allen Vieren unter ihm. Trugen ihn wie beim Crowdsurfing auf ihren Fellrücken davon. »Hilf mir. Kitey. Was ... verdammt?«

»Wartet! Wir sind nicht ...« Kiteys Worte brachen ab.

Der geschlossene Fellteppich trippelte eilig voran. Zog ihn mit sich tiefer in den Wald hinein.

Irgendetwas Hartes schlug ihm gegen die Hand, in der er das Messer hielt.

»Argh!« Ein zweiter Schlag traf seine Fingerknöchel. Ein schmerzhafter Ruck fuhr durch seine Finger und die Waffe fiel hinunter. »Au. Was soll der Scheiß?« Thriller sträubte sich gegen die Bewegungen der Tiere. »Was zum Teufel wollt ihr mutierten Meerschweinchen?« Er boxte mit den Ellbogen und trat mit den Fersen in die Felldecke unter sich.

Sie zuckten und ruckten. Zweige und Äste trafen Thriller peitschend. Mit den Armen versuchte er, sein Gesicht zu schützen. Sein Ruf nach Kitey verstummte zwischen Blätterrascheln und dem Rauschen des Windes. Er schlingerte herum, bekam keine Chance, in seine Beintasche zu greifen.

Scheiße, ich hätte vorher ein Messer holen sollen. Ich Depp.

Fluchend rannte Kitey hinterher. Ihre Rufe hallten durch das Dickicht. Zum Rauschen des Waldes fiepten die Tiere aufgeregt und Thriller hatte Mühe, Kiteys Worte zu hören.

»Bleibt stehen ... ihr missratenen ... Stopp!«

Durch Thrillers Muskeln schoss ein Brennen, als er versuchte, sich zur Seite zu robben.

Irgendwie muss ich doch hier runterkommen. Verdammte Scheiße.

Abrupt streckte sich eine Pfote aus dem Pelzteppich und warf Körner in die Luft.

»Oh, Kacke!«, zischte Thriller, als er die Sonnenblumenkerndinger erkannte. Sie purzelten auf ihn hinab. Alles Winden und Drehen half nichts. Wie bei der Deanidar wickelten sich einen Augenaufschlag später Rankenfesseln um seinen Körper. Sie pulsierten und rochen wie frisch geplatztes Popcorn. Zeternd und schimpfend stemmte sich Thriller mit Armen und Beinen gegen die Ranken.

Ein kurzer Impuls rauschte durch seinen Körper. »Argh. Was? Stromstoß, verdammt!«

Die Pflanze schlängelte sich straffer um ihn. Jedem Versuch, gegen sie anzukämpfen, folgte ein schmerzhafter Impuls.

»Wir sind nicht der Feind!«, brüllte Kitey.

Erschöpft sah Thriller auf. Über ihm rauschte das Blätterdach entlang. Sonnenstrahlen brachen durch, fielen ihm blendend in die Augen. Er war nahezu bewegungsunfähig. Ihm blieb nur noch, den Kopf zu drehen, um Kitey hinter ihnen herjagen zu sehen.

Wann hat sie das Schwert weggesteckt? Und warum, verdammt?

Von der Seite flitzte ein blaues Fellbündel auf Kitey zu.

»Pass auf! Rechts!«, rief Thriller.

Zu spät. Eine Ladung Körner traf Kitey und ruckzuck lag sie wie ein geschnürtes Paket am moosüberzogenen Waldboden, das Gesicht vor Zorn verzerrt.

Vier Tiere lösten sich aus der Gruppe und eilten zu ihr. Thrilles Augen weiteten sich. »Kitey! Nein. Lasst sie. Sie versucht doch nur, dieser irren Welt zu helfen.«

Die Wesen hoben sie auf wie einen Kartoffelsack. Kitey spie ihnen Flüche um die rundlichen Ohren. »Nimm deine Pfoten von meinem ... Hey! Lass los. Wo ist Eoin?«, brüllte sie. Bei Erwähnung des letzten Wortes zuckte ein wirres Raunen durch den Fellteppich.

Thriller stieß ein Kopf in den Rücken. Dabei verstärkte sich wieder der Schmerz zwischen seinen Schulterblättern, der gerade dabei war zu verblassen. Er keuchte gegen das Stechen an.

Das orangefarbene Bibertier baute sich an der Spitze der Gruppe auf und fiepte. Der Ton war bestimmend wie bei einem

Befehl. Die Tiere, die Kitey aufgesammelt hatten, schlossen sich wieder der Gruppe an. Sie lag zum Greifen nah, wären sie nicht beide gefesselt gewesen.

Thriller traute sich nicht, sich zu bewegen.

Noch so ein Stromstoß und ich kotz denen übers Fell.

Fragend starrte er zu Kitey. »Was wollen diese tollwütigen Meerschweinchenbiber von uns? Gehören die zum Schattenmagier?« Ein Stich wie von einer Nadel fuhr Thriller in den Hintern. »Au! Scheiße, was ...«

»Nein. Nicht, dass ich wüsste«, erwiderte Kitey mit angespannter Miene. Ihre Kiefermuskeln traten beim Malmen hervor und an ihrer gerunzelten Stirn klebten nasse Haarsträhnen.

»Was soll der Mist dann?«

»Sag du es mir. Du warst schon umzingelt, als ich dich gefunden habe. Ich lass dich ein paar Minuten aus den Augen und ...«

»Aus den Augen? Du hast gesagt, ich solle abhauen.« Thrillers Herz hämmerte gegen seinen Brustkorb, während Bäume und Sträucher an ihnen vorbeizogen.

Kitey seufzte. »Ja, Ja. Schon gut. Das führt zu nichts.« Ihr genervter Unterton war da wie eh und je.

Ruckelig trugen die Bibertiere sie tiefer und tiefer in den dichter werdenden Wald hinein.

»Was sind das für Viecher?«

»Panas.«

»Au!« Ein Stoß zuckte durch Thrillers Körper, er hatte sich zu abrupt gedreht, um Kitey besser zu sehen. »Das sind doch die, die du vielleicht suchen wolltest?«

»Ja. Ich versteh nur nicht, warum sie so in Rage sind.«

»Die Deanidar und Pyros sind doch auch angriffslustig.«

»Das ist anders. Da zieht der Schattenmagier die Fäden«, erwiderte Kitey und sah ihn mit gerunzelter Stirn an. »Was treibst du da für Gesichtsgymnastik?«

»Meine Nasenspitze juckt so.« Thriller wackelte mit der

Nase und verzog das Gesicht.

Sie verdrehte genervt die Augen, während unter ihnen der Fellteppich ruckelte wie ein alter VW Käfer über Kopfsteinpflaster.

»Und was jetzt? Stillhalten und abwarten?«, fragte Thriller beim Versuch, die Nase an der Schulter zu reiben.

»Hast du eine bessere Idee? Ich muss zu ihrem Ältesten. Wenn wir Glück haben, schleppen sie uns zu ihm.«

»Und wenn wir Pech haben?« Seine Befürchtung stand in krassem Kontrast zu dem, was ihn im Wald umgab. Gluhs flirrten umher. Schlichte Blumen, geformt wie tellergroße Orchideen, weiß, gelb und orange, wuchsen an buschigen Sträuchern, wohin er sah. Auf ihrem eiförmigen Blattwerk sammelten sich die glühenden Tierchen. In Thriller rangen Faszination und Angst. Zwei Lager und er hatte keine Ahnung, welches stärker war. Es glich einem Tauziehen.

»Verdammt, Kitey. Rede mit ihnen. Ich will nicht in einem Märchenwald hopsgehen. Sie sehen schlau und organisiert aus. Was mich irgendwie auch echt nervös macht.«

Sie blies frustriert den Atem aus. »Ich versteh ihr Gefiepe nicht. Loreo ist der Sprachbegabte von uns. Sie sind aufgebracht und ähnlich aufgewühlt wie du. Da ist ein verfluchtes Feuerwerk vor meiner Barriere, Furcht, Wut, Neugier ...«

»Na spitze. Im Grunde sind wir da, wo wir sein wollen. Nur in tierisch suboptimaler Situation.«

Kiteys Augenbraue zuckte. »Mal wieder«, brummte sie.

Der dichte Wald lichtete sich und sie gelangten zu einer Flur. Sonnenstrahlen drangen hell und wärmend auf die Grasfläche, die sie überquerten. Jeden Lichtschein reflektierte die kristallene Prismaoberfläche der Berge und verteilte Lichtpunkte. Sie schwirrten umher wie funkelnde Leuchtkäfer.

»Die haben uns quer durch den Wald geschleift«, stellte Thriller staunend fest. Umgeben von dem faszinierenden Lichtspiel, das er mit den Augen verfolgte, vergaß er seine Furcht.

»Was ist das?« Ihm fiel eine geisterhafte Gestalt in der Mitte der Lichtung auf, die sich nahezu unsichtbar um und mit den Lichtpunkten bewegte. Voll Anmut hob sie Arme und Beine, neigte den Kopf und tanzte leichtfüßig wie eine Ballerina zur Melodie des Windes und der singenden Vögel.

»Eine Sylphe.«

Das Wesen störte sich nicht an den Panas, die an ihr vorbeizogen. Unbeirrt glitt sie über die Flur. Ein schlichtes weißes Gewand, ähnlich einer Tunika, flatterte um ihren zierlichen Körper. Das Sonnenlicht fiel in einem Winkel auf ihre beinah durchsichtige Gestalt und Thriller erkannte ihr zartes Mädchengesicht. In der Drehung einer Pirouette trafen sich ihre Blicke. Die Freundlichkeit in ihren weiß glitzernden Augen wärmte ihn innerlich wie die Sonne seine Haut an einem Sommertag. Sie schenkte ihm ein Lächeln, das plötzlich alle Unsicherheit fortfegte.

»Genieß es nicht zu sehr«, raunte Kitey. »Aus den Augen, aus dem Sinn.«

Und kaum war die Sylphe außer Sicht, verpuffte das wohlige Gefühl. »Ach, komm schon!«, jammerte Thriller und richtete seine Aufmerksamkeit wieder auf die sich nähernden Berge, an deren Hängen vereinzelt grüne Teppiche mit chrysanthemenähnlichen Blumen sprossen. Ihr Blau glich dem Ozean und der Wind trug erdbeersüßen Duft durch die Baumwipfel zu ihnen.

»Verflixt, ist das surreal.« Thriller runzelte die Stirn, während er krampfhaft seine Gefühle und Gedanken sortierte. »Dieses Hin und Her zwischen *Wow* und *Hilfe, ich sterbe* macht mich fertig.«

»Das spüre ich, glaub mir«, erwiderte Kitey trocken, aber ihr Ton und offener Blick zeigten keine Spur von Strenge.

Die Panas trugen sie bis zum Fuß des Berges. Erst direkt davor stoppten sie, trippelten jedoch weiter mit den Pfoten auf der Stelle.

In Thrillers Brust schwoll wieder aufgeregtes Kribbeln an.

»Was haben die vor?«

»Keine Ahnung. Ich war noch nie hier.«

Unter ihnen geriet der Boden in Wallung, bis es sich zu einem Vibrieren steigerte. Blätter und Blumen zitterten um sie herum. Mit funkelnden Augen trat das orangefarbene Panas vor. Es fixierte sie mit einem Blick, der Thriller durchdrang, als wollte das Panas in sein Innerstes sehen.

Abrupt brach es den Blickkontakt ab, wandte ihnen den Rücken zu und legte eine Pfote an die Bergwand. Die Streifen in seinem Fell glommen und obwohl kein Lüftchen wehte, wedelte sein ganzes Haar wie vom Wind erfasst.

In der Felswand zeichnete sich ein runder Umriss mit einer gelben Lichtlinie ab. Es war, als malte ein unsichtbarer Stift auf den Berg. Eine Pforte erschien in der Wand, so selbstverständlich hineingebettet wie die Tür eines Hauses. Auf ihrer Oberfläche schlängelten sich gemeißelte Ornamente, in deren Mitte ein Gebilde prangte, das aussah wie ein Wappen. Es zeigte eine Art Spitzhacke, ein Symbol aus Kreisen und Punkten, das Thriller fremd war, und einen achteckigen Kristall.

Mit einer geschmeidigen Bewegung seiner Tatze öffnete sich das Tor scharrend, Erdbrocken und Kiesel rieselten herab und der Weg in den Berg offenbarte sich. Trippelnden Schrittes marschierten die Panas hinein. Die Wände kantig geformt wie ungeschliffene Edelsteine, fanden sie sich in einem Tunnel mit gebogener Decke.

»Echt jetzt? Wie weit geht's hier noch?« Thriller war mulmig, als sich hinter ihnen das Tor mit einem dumpfen Grollen schloss und die Geräusche des Waldes verstummten.

»Die Panas leben verborgen in Tunnelsystemen und unterirdischen Behausungen.« Kitey sprach mit gesenkter Stimme, deutlich angespannt. Gleichzeitig glitt ihr Blick an den schroffen Bergwänden entlang, die einen Teil der Prismastrahlen ins Berginnere reflektierten und in den unterschiedlichsten Nuancen schimmerten.

Ein Tunnel führte sie abwärts, tiefer in die abgeschiedene Welt unter dem Berg und Stück für Stück weiter in den Untergrund. Die glimmenden Wände durchzogen bald die Erde und die kristallene Oberfläche verformte sich gröber und steiniger. Obwohl sie tiefer vordrangen, umhüllte sie weiterhin fahles Licht, das die beherrschende Kristallstruktur ausstrahlte. Im Gänsemarsch führte der Weg der Panas durch verschiedene Gänge, links herum, dann rechts herum. Sie folgten Biegungen und geraden Abschnitten. In Thrillers Brust wuchs der beklemmende Druck, je tiefer sie hinabstiegen. Die Gänge verengten sich und der Fellteppich unter ihm schmälerte sich im selben Maß. Einer der Tunnel war so schmal wie die Röhrenwasserrutsche im Spaßbad. Dort verlor er Kitey aus den Augen, doch hörte weiter die patschenden Schritte der Entenfüße.

Hoffentlich trennen uns die Viecher nicht.

Bei dem Gedanken raste Thrillers Puls, rauschte in seinen Ohren und pochte in seinen Schläfen mit dem Kopfweh hinter seiner Stirn um die Wette.

»Hey. Wo ist deine Faszination hin? Atme ruhig. Ein, aus, ein, aus«, flüsterte Kitey irgendwo hinter ihm und gab den Rhythmus vor. Ihre Stimme zu hören, erleichterte ihm das Luftholen augenblicklich.

»Die ist draußen bei der Sylphe geblieben und tanzt im Märchenwald. Wann endet diese wahnwitzige Entführung?«

Allmählich kühlte die Luft um sie ab und roch nach feuchter Erde, Moos und Minze. Nach drei weiteren Abzweigungen landeten sie in einem Tunnel, der so breit war, dass sie Kitey wieder näher bei ihm trugen. Thriller blinzelte, als er einige Meter voraus ein Licht erspähte, das in den Tunnel hineinflutete und die Dunkelheit jäh durchbrach.

Ehe sie die Lichtquelle erreichten, bogen die Panas scharf nach rechts ab und sie gelangten in ein Gewölbe. Steinerne Wände, behangen mit lichtspendenden Leuchtkugeln, umschlossen im

Halbkreis angeordnete Kerker. Acht mit gezackten Kristallgittern verschlossene Zellen, alle leer und doch einschüchternd. Die Gewölbemauern warfen schwarze Schatten, die mit dem Licht um jeden Zentimeter feilschten, sobald die Lichtkugeln flackerten.

»Was soll das werden?«, rief Thriller und in einer Wellenbewegung stießen die Panas ihn und Kitey von ihren Rücken. Sie landeten unsanft auf dem Zellenboden. Thriller keuchte, als seine Schulter auf den rauen Stein traf. Hinter ihm fauchte Kitey und machte ihrem Ärger mit Flüchen Luft.

Mit einem Scheppern schloss sich das Gitter ihres Kerkers und die ersten Panas verschwanden zurück in den Tunnel.

»Ernsthaft? Jetzt sind wir nicht nur gepflanzfesselt, sondern sitzen auch noch in einem unterirdischen Kerker?«, schimpfte Thriller und wälzte sich über den kalten Obsidianboden, den Risse durchzogen.

Die Reihen der Tiere lichteten sich, bis nur das orange Panas vor der Zelle zurückblieb und sie kritisch musterte.

Neben sich vernahm Thriller ein reißendes Geräusch. Er fuhr mit dem Kopf zu Kitey herum. Sie stand von den Fesseln befreit mit einem Dolch in der Hand da und blitzte das Panas forsch an. Die grünen Ranken lagen zerschnitten um sie verteilt am Boden und färbten sich gelblich, wie verwelkt.

»Dein Ernst? Warum, verdammt, hast du dich nicht eher befreit?«, platzte es perplex aus Thriller heraus.

Weder Kitey noch das orangefarbene Panas beachteten ihn. Die beiden starrten einander unbeirrt an. Es war wie das Spiel *Wer zuerst blinzelt, hat verloren.* Die Anspannung war greifbar und die kühle Luft erschien ihm immer kälter.

»Ich will mit Eoin sprechen«, forderte Kitey energisch, warf den Dolch in die Luft und fing ihn geschickt wieder auf, ohne den Blick von dem Panas zu lösen.

Das Panas verengte misstrauisch die Augen. »Warum?«, fiepte es, wobei das Wort verzerrt und doch verständlich klang.

Durch die Kristallgitter starrte Thriller es an. »Du ... Du beherrschst unsere Sprache?«

»So so«, quiekte es mit der Pfote wackelnd.

»Dachte ich mir«, meinte Kitey selbstsicher und stemmte die Hände an die Hüften. »Eoin ist meinem Freund eine Lebensschuld schuldig.«

Mit der Pfote zeigte das Panas auf Thriller und legte den Kopf schief.

»Nein, nicht er. Loreo«, ging Kitey auf die Zeichensprache des Panas ein.

Bei ihrer Antwort weiteten sich die Knopfaugen des Tiers und seine Barthaare zitterten aufgeregt.

»Hey. Wenn es dir nicht zu viele Umstände macht, schneid mich endlich los!«, zischte Thriller an Kitey gewandt.

Kaum hatte er den Mund geschlossen, stand sie mit gezücktem Dolch neben ihm. Er kniff die Augen zusammen, als die Klinge an ihm entlangglitt. Bevor sich die Fesseln lösten, jagten sie ein letztes, kraftloses Prickeln durch Thrillers Arme. Mit schwerem Atem kam er auf die Knie, seine Beinmuskeln krampften und schlagartig erfasste Thriller wieder Erschöpfung.

»Loreo«, wiederholte das Panas und sprach den Namen zu Thrillers Überraschung völlig ohne fiependen Laut aus. »Wo?«

In Kiteys Augen blitzte ein berechnendes Lächeln. »Das werde ich Eoin sagen.«

Das Panas quiekte empört und schlug den Schwanz klatschend auf den Boden. »Antwort.«

»Loreo erbittet Eoins Hilfe«, erwiderte Kitey und ihre Körperhaltung versteifte sich.

Das Panas wandte sich abrupt ab und stieß einen kehligen Ton aus, der sich schwer einordnen ließ. Unsicher erwartete Thriller, dass etwas geschah; die anderen Tiere zurückkehrten oder die Wände auf magische Art bedrohlich näherrückten, um sie unter Druck zu setzen.

Doch das Panas verschwand wie die anderen einfach durch den Tunnel.

»War das jetzt eine Zustimmung oder vergammeln wir hier im Kerker?«, fragte Thriller, während er den Oberkörper aufrichtete.

»Das zeigt sich noch. Irgendetwas wühlt die Panas auf. Es sitzt zu tief. Das liegt unmöglich nur an uns.«

Umständlich und wacklig wie ein Fohlen, das zum ersten Mal stand, kam Thriller auf die Beine. Dabei rauschte durch seine Muskeln ein eigenartiges Kribbeln. In Intervallen glitt es vom Kreuz bis in jeden einzelnen Zeh.

Ohne ein Wort zu sagen, stand Kitey da und beobachtete ihn. Ihre Hand zuckte, aber sie half ihm nicht.

Verdammt, warum sagt sie nichts?

Anstatt der Angst, die sich eisig in sein Innerstes bohrte, entflammte nun Wut.

Sie fuhr sich durchs zerzauste Haar und schüttelte den Kopf. »Jetzt setz dich, bevor deine Beine wegkippen.« An der felsigen Wand ragte eine steinerne schwarze Bank heraus, auf die Kitey zeigte. »In dem Agisdelit ist nur Platz für einen, um ihn spazieren zu tragen. Wo hast du ihn eigentlich?«

Toll, sie ist genervt. Dabei bin ich derjenige, der ahnungslos hier gelandet ist und jetzt auf der Abschussliste von irgendeinem irren Zauberer und seinen Umpa-Lumpas steht.

In Thriller brodelte es. »Ach, denkst du, ich habe Loreo verloren, oder was?« Grummelnd zog er den Kristall aus der Hosentasche, drückte ihn ihr in die Hand und ließ sich auf die marmorglatte Bank plumpsen.

»Das habe ich weder gesagt noch gedacht. Was ist los?« Sie erwiderte seinen Blick mit gerunzelter Stirn und legte sich die Kette um den Hals.

»Was los ist? Ernsthaft? Na, vielleicht reden wir jetzt mal darüber, wer diese Möchtegern-Captain-Hook-Lady ist. Bisher weiß ich nur vom Big Boss Schattenmagier, den Pyros, Andorian und Witwen. Schlimm genug, fürs Erste. Ist dir mal der Gedanke gekommen, dass ich mich gerne darauf vorbereiten würde?«

»Und wie hättest du reagiert, wenn ich gleich von allen möglichen Gefahren erzählt hätte, Mister Kotzdrops?«, konterte Kitey.

Thriller ignorierte ihren Kommentar. Er fühlte sich wie ein Ballon kurz vor dem Platzen. »Und warum zum Teufel hast du die Fesseln nicht vorher zerschnitten? Du hättest uns – du hättest mich befreien können. Warum bist du nicht geflogen? Du hättest sie locker eingeholt. Aber nö, du steckst das Schwert weg und lässt dich einfangen. War das Absicht? Wir hätten die Panas doch auch so verfolgen können, ohne diese scheiß Strompflanzenfesselaktion.« Thriller atmete hektisch und sein ganzer Körper stand unter Spannung vor Aufregung. Es war ihm egal, dass es die Schmerzen in den Muskeln verstärkte. Raus. Alles, was sich angestaut hatte, musste raus.

Kitey kam angespannt auf ihn zu und schloss die Finger um den Kristall an ihrem Hals. »Atmen, vergiss nicht zu atmen. Eine Frage nach der anderen. Ich ...«

»Komm mir nicht mit dem Wousaaa-Mist. In den letzten, was?, zwei Stunden?, hatte ich mehr Angst als in meinem ganzen bisherigen Leben zusammen. Ich fühle mich wie im falschen Körper. Alles tut weh. Ich riech wie ein Gulli und sehe aus wie ein Ferkel, das sich gesuhlt hat. Mein Kopf dröhnt und ...«

»Nicht du! Ich muss ruhig atmen, sonst ...« Kitey unterbrach sich.

»Sonst was?«, blaffte Thriller.

»Gut, bitte, dann schreien wir uns eben ne Runde an«, platzte sie, ihn übertönend, heraus und warf die Arme in die Luft. »Glaubst du, mir macht das Spaß? Ich spüre deine Angst und erzähle dir, so viel wie nötig und so wenig wie möglich. Das ist ein verschissener Drahtseilakt. Ich bin froh, dass du dich zum Bleiben entschieden hast und von diesem Medvis'Ealen weißt. Warum auch immer.« Kitey schloss den Abstand zwischen ihnen und pikte ihm mit dem Zeigefinger auf die Brust. »Aber was, wenn du dich umentscheidest und panisch wegrennst?«

Sie hielt inne, doch ihr durchdringender Blick sagte Thriller, dass sie nicht fertig war.

Kurz schloss sie die Augen, dann fuhr sie fort: »Das frage ich mich unentwegt. Weißt du, warum? Weil ich es verstehen könnte. Manchmal würde ich am liebsten die ganze Scheiße ignorieren. Ich kann es aber einfach nicht! Das ist meine Welt. Egal, wie verkorkst und verrückt, zauberhaft oder grässlich. Es ist meine Heimat.«

Die beiden starrten sich einen Moment schweigend an.

»Ach, verdammt.« Thriller wusste, es war nicht fair, Kitey anzuschreien und ihr das angestaute Panik-Wut-Gemisch, das ihm die Brust quetschte, um die Ohren zu schnauzen. »'tschuldigung", sagte er schließlich und rieb sich mit der Hand übers Gesicht.

Kitey winkte ab. »Vor dir steht die Königin der Ausraster. Um ehrlich zu sein, habe ich eher damit gerechnet.«

»Fällt mir nicht schwer zu glauben.« Thriller grinste. »Und, nur dass du es weißt: Ich habe nicht vor, es mir anders zu überlegen.«

»Danke.« Ein zaghaftes Lächeln legte sich auf Kiteys Lippen, ehe sie ihre Schultern straffte. »Also, setz dich und komm zu Kräften. Wir haben nicht mal die Hälfte des Weges geschafft.« Aus ihrer Tasche holte Kitey eine Wasserflasche, zwei Umwaz-Früchte ihres Proviants, einen Tiegel und zwei Phiolen, die sie neben ihn auf die Bank legte. »Iss. Lass mich deine Wunden anschauen und … ich versuche, dir alle Fragen zu beantworten.«

»Keine Halbwahrheiten und Schonung. Ich lutsch mir lieber mit Kotzdrops die Zunge wund, als noch mal so eine Überraschung zu erleben.«

Kitey lachte auf und gab ihm einen sanften Klaps auf den Arm. »Okay. Ohne Welpenschutz.«

In der Wand gegenüber den Gittern befand sich ein tellergroßes Becken, in das von einem Vorsprung klares Bergwasser tröpfelte, sich sammelte und gemächlich versickerte. Kitey wusch sich die Hände und rieb sich übers Gesicht.

Thriller stieß den Atem aus und biss indes in die fleischige Umwaz-Frucht. Der salzig-süße Geschmack zerging ihm auf der Zunge wie ein Marmeladenbrötchen mit Käse. »Mann, mir war gar nicht bewusst, wie hungrig ich bin«, meinte er mampfend.

Mit einem feuchten Tuch in der Hand kniete sich Kitey vor Thriller und hielt es ihm hin, damit er sich den Swap'Mooren-Schlamm vom Gesicht und den Händen rieb. »Schon besser.«

»Woher hast du die Kratzer am Hals?«, fragte sie und tastete mit den Fingerspitzen die Haut um die Wunden ab.

Während Kitey das völlig verdreckte Tuch mit einem Wurf in das Wasserbecken pfefferte, ein längliches Pflaster aus der Beintasche kramte und mit einem der Elixiere beträufelte, erzählte Thriller von seiner Flucht.

»Verstehe. Gut, dass der Wollming dir geholfen hat.«

Thriller zuckte zusammen, als sie ihm das Pflaster auflegte, und ihm fielen die schwarzen Geschwülste im Fell des Wollming ein. »Der Wollming ... da waren diese Adern in seinem Fell.«

»So sieht es aus, wenn sich das Gift der Deanidar ausbreitet.«

Ein Stich durchfuhr Thrillers Brust. »Er ist tot«, sagte er beklommen und sah zu Boden.

Einen Moment senkte Kitey den Blick, hob dann den Kopf und sah ihm direkt in die Augen. »Ein größeres Wesen hätte womöglich noch ein paar Tage mit Qualen gelebt.« Sie legte ihm tröstend die Hand aufs Bein.

»Gibt es dafür wirklich keine Heilung?«

»Nicht, dass ich wüsste.«

»Wenigstens hat er nicht lange gelitten«, tröstete sich Thriller, um den Druck in seiner Brust zu mildern, und verschloss die traurigen Bilder in einer Ecke seiner Erinnerung. Dann schob er sich den Rest der Frucht in den Mund und trank in einem Zug die halbe Flasche aus. »Wer genau ist diese Firja mit den Witwen im Schlepptau?«

Kitey steckte den Zeigefinger in die gelbe, geleeartige Creme im Tiegel und tupfte sie ihm auf die Schnittwunde im Gesicht.

»Das Miststück hat wie Andorian jede Menge Tricks auf Lager und ihr folgen die Witwen. Du hast die Magie gesehen, oder?«

»Unmöglich zu übersehen.« In Thrillers Gedanken tauchten die Bilder vom Kampf auf. Sofort verspannten sich seine Schultern und sein Herz polterte.

»Das ist Magie der dunklen Art, die Nocmatagi. Jegliches Wissen darüber haben die Magier versiegelt.«

»Trotzdem beherrscht diese Firja sie, genauso wie der Schattenmagier.«

Nachdenklich nickte Kitey und umschloss mit den Fingern den Agisdelit um ihren Hals. »Die Frage ist, wie er an dieses Wissen gelangt ist.« Ihre Absätze hallten auf dem Kerkerboden, während sie hin und her schritt.

»Vielleicht sollten wir doch zu dieser unauffindbaren Bibliothek.«

»Unsichtbare Bibliothek«, korrigierte sie ihn und malmte grimmig mit dem Kiefer. »Wir statten auf dem Rückweg dem Wald der Weisen noch mal einen Besuch ab. Von den Chronisten erfahren wir hoffentlich den Standort der Bibliothek.« Kitey seufzte. »Er wechselt in Etappen und der Zugang ist auch nicht jedem gestattet.«

»Okay. Und wie bist du dieser Firja entkommen?« Thriller zog die Knie an die Brust und legte die Arme darauf ab.

»Ich habe einen Bow'Rain Baum entdeckt. Das war reiner Zufall.«

Sie beschrieb Thriller, wie sie Firja zu dem Baum mit seinen peitschenähnlichen Zweigen getrieben hatte, der nach allem Lebendigen grapschte, das sich ihm näherte. Es war Kitey gelungen, Firja mit einem Angriff aus dem Gleichgewicht zu bringen, ihr ihren Umhang über den Kopf zu stülpen und sie gegen den Baumstamm zu treten. Dieser hatte seine Äste um ihren Körper gewickelt und sie nicht mehr aus seiner holzigen Umarmung entlassen.

»Mir war klar, dass es sie nicht lange stoppt. Aber es hat gereicht, um dich einzuholen.«

»Und wenn wir in den Wald rausgehen, erwarten sie uns da?«

»Die Deanidar haben scharfe Sinne und können eine Fährte auch durch Schleusen verfolgen. Aber nachdem ich aus der Schleuse kam, habe ich einen Schildbann darübergelegt und alle Kraft aufgewandt, die ich noch hatte. Es ist für eine kurze Zeit wie ein Korken. Selbst wenn sie mittlerweile in Sol'Mon sind, den Eingang hier finden sie sicher nicht.«

»Du hast deine Kraft aufgebraucht ...« Thriller kratzte sich am Hinterkopf und sah Kitey blinzelnd an. »Du hast mich im Sumpf mit Engelmagie gedopt, oder?«

»Wenn du es so nennen willst, mit Celistma, ja. Und darum ...«

»Deswegen bist du nicht geflogen und hast die Panas angegriffen«, begriff Thriller.

»Ja und nein. Die Panas hätte ich so oder so nicht angegriffen. Ich kanns nicht erklären, ich hatte ein ... na ja, Bauchgefühl. Oder nenn es von mir aus Instinkt. Davon abgesehen ist es auch nicht ratsam, diejenigen zu attackieren, die du um Hilfe bitten willst. Wir müssen die Chance nutzen und sie dazu bringen ...« Kitey stoppte und fuhr mit dem Kopf zu den Kristallgittern herum.

»Was?«

»Psst. Da kommt jemand.«

KITEY

us dem Tunnel trat ein Panas, das sie grimmig fixierte. Seine Ablehnung zeigte sich deutlich in seiner Mimik, als es die Schnauze verzog und seine Lefzen zuckten. Ein buschiger Walrosschnauzer verdeckte seinen Mund, um die Körpermitte trug es eine kirschrote Schärpe, auf dem dasselbe Wappen prangte wie auf der Pforte in der Bergwand. Mit erhobener Schnauze patschte es auf seinen Entenfüßen über den Steinboden, bis es vor der Zelle stehen blieb und seine Lanze aufstellte.

»Bringst du uns zu Eoin?«, fragte Kitey und trat dicht an die Zellengitter.

»Woher weißt du, dass das nicht Eoin ist?«, flüsterte Thriller.

»Ich weiß, dass Eoins Fellfarbe zitronengelb ist.«

Das Panas nickte und grunzte mürrisch. Zweimal klopfte der Wächter mit der blattförmigen Lanzenspitze direkt vor ihrem Gesicht gegen das Gitter.

Kitey knirschte mit den Zähnen und wich zwei Schritte zurück. Indes rutschte Thriller von der Bank und stellte sich neben sie. »Denkst du, es bringt uns wirklich zum Häuptling?«

»Stammesältesten«, korrigierte sie und fügte im Flüsterton hinzu: »Das hoffe ich.«

Die kaffeefarbenen Streifen im Fell des Panas glommen einen Augenblick. Sofort strich die anschwellende Erdmagie in der Luft wie ein Windhauch über Kiteys Haut und die Kristallgitter öffneten sich. Sie folgten dem Tier aus dem Kerkergewölbe eine Steigung hinauf, bis sich der Weg gabelte, und steuerten direkt auf das warme Licht zu, das ihnen entgegenflutete.

»Bleib wachsam«, raunte Kitey Thriller zu und verlangsamte ihre Schritte.

Über seinen müden Augen zog er die Brauen angespannt zusammen. Sein Gang war schleppend und kleinschrittig, das Zittern seiner Knie war jedoch verschwunden. Ein erstes Zeichen, dass sein Körper ihren Energieschub verarbeitete und zu Kräften kam.

Ich musste das Risiko eingehen, seinen Körper zu überfordern. Er wäre ohne nie entkommen, dachte Kitey und richtete den Blick wieder nach vorn. Im Vorbeigehen betastete sie einen der Kristalle, der zwischen den Steinen aus der Wand ragte. Auf ihren Fingerspitzen prickelte die Kraft der Erde, doch da war eine zweite Energie. Sanfter und nicht von elementarer Art. Je näher sie der Lichtquelle kamen, umso mehr lag es in der Luft und irritierte Kitey.

Irgendwas fühlt sich hier eigenartig vertraut an.

Durch ein massives Steintor betraten sie hinter dem Wächter eine Kaverne.

»Wow, krass. Das muss ihr Bau sein«, hauchte Thriller mit vor Staunen offen stehendem Mund. »Da war ich mit meinen Eltern auf der ganzen Welt unterwegs, aber so was gab es nirgends.« Er stolperte über eine Unebenheit der Pflastersteine.

Kitey packte ihn rasch am Arm. »Umschauen, ja. Zu sehr ablenken lassen, nein«, mahnte sie und ahnte, dass es vergeblich war. Kindliche Faszination strahlte aus seinen braunen Augen, während er alles regelrecht in sich aufsaugte.

Kitey hielt es allerdings nicht für das Zuhause der Panas, denn jedes Tier, das sie entdeckte oder ihren Weg kreuzte, trug nicht nur eine rote, blaue oder braune Schärpe, sondern auch einen Gürtel mit Waffen daran. »Das sieht eher aus wie eine Kaserne«, murmelte sie und fing den Blick des Wächters auf, als er über die Schulter zu ihr lugte.

In den Seitenwänden reihten sich Höhlen bis unter die Decke. Um die Größe abzuschätzen, legte Kitey den Kopf in den Nacken. Sie vermutete, dass es bis unter die gewölbte Decke mindestens einhundert Meter waren.

»Das sieht ein bisschen aus wie eine Katzenklappe«, flüsterte Thriller ihr zu und zeigte auf ein Panas, das sich in eine der Höhlen schob.

Was sich dahinter befand, blieb größtenteils verborgen, doch vereinzelt standen Klappen nach oben geöffnet und sie erspähten flüchtig Bettenlager mit Kissen oder eine steinerne Essecke.

Die erste Höhlenreihe befand sich direkt am Boden; die folgenden stets mit großzügigem Abstand versetzt darüber. Über Holzleitern und Seilzüge mit Körben und Holzgondeln erreichten die Tiere die oben liegenden Bauten. Aus einigen der Höhlen streckten Panas ihre Köpfe heraus. Ihre Teddybäraugen blitzten vor Neugier und verfolgten Kitey und Thriller wachsam bei jedem Schritt durch die Kaverne. Ihre Nasen wackelten schnüffelnd und kräuselten sich, wenn sie sich näherten. Das rief Kitey wieder den Sumpfgestank von Swap'Mooren in Erinnerung, der an ihnen klebte.

In der ganzen Kaverne raunte Tuscheln. Mit jedem Tierchen, das um sie herumwuselte, drückten mehr und mehr Emotionen gegen ihre mentale Barriere. Kitey knurrte in sich hinein.

Ich muss meine Kräfte einteilen.

Der Wächter führte sie zu einem Steintor, vor dem zwei weitere Wächter standen, einer zu jeder Seite. Sie tauschten ein paar Laute miteinander und sahen prüfend zu Kitey und Thriller. Dann läutete das kiwigrüne Tier, links von Thriller eine Glocke, die kaum größer war als es selbst. Der helle Ton erfüllte die ganze Kaverne. Noch drei Wächter erschienen daraufhin aus einer Höhle. Die beiden mit dem kupferschattierten Fell überragten den pummeligeren Glöckner um einen Kopf. Hinter ihnen schritt das größte Panas und beäugte Kitey und Thriller wachsam, wobei sich sein tannengrünes Fell im Nacken sichtlich sträubte.

Die Posten der Wächter haben also grundsätzlich die großen Tiere und ihre Magie ist ausgeprägt, ergibt Sinn.

Kitey atmete angestrengt ein.

Verdammt. Meine Kraft reicht noch nicht, um die Barriere stabil zu halten.

Sie ballte die Hände. Je stärker die Erdmagie der Panas war, umso intensiver nahm sie jedes von ihnen wahr. Die Feindseligkeit dieser Wächter scharrte mit scharfen Krallen an ihrem Geist. Um ihren grimmigen Blicken auszuweichen, musterte Kitey die Waffen.

Diese drei trugen keine Lanzen, sondern zwei von ihnen eine Art Beil mit gespaltener Schneide und eines einen Bogen samt Köcher um die Schulter gelegt.

Thriller neigte den Kopf zu Kitey. »Pssst. Das da hat die Witwe abgeschossen.« Mit einem knappen Kopfzucken deutete er auf das tannengrüne Tier, das sich aufbaute und kehlig brummte. Es drängte die beiden kupferfarbenen hinter sich und verschränkte die Pfoten vor dem Bauchfell, während die anderen die Ohren anlegten. Es gab eindeutig den Ton an.

Der Wächter, der sie aus der Zelle geholt hatte, pochte mit seiner Lanze und knurrte dem Grünen entgegen.

»Die sind sich wohl nicht einig, was sie mit uns anstellen.«

»Ich vermute eher, ihnen gefallen die Befehle nicht«, erwiderte Kitey amüsiert von dem Zwist vor sich.

Mit einem groben Raunzen fuhr ihr Wächter den Bogenträger an und behauptete sich, bis dieses die Augen zu Schlitzen zusammenkniff und die Pfoten ballte. Es sah an dem Wächterpanas vorbei, musterte Kitey und Thriller von Kopf bis Fuß und wandte sich mit einem animalischen Grollen um.

»Okay. Mit dem trinken wir heute nicht mehr Bruderschaft«, murmelte Thriller.

Nach einem kehligen Raunzen des grünen Bogenträgers legten die kupferfarbenen die Pfoten auf die zweiflüglige Pforte. Mittig prangte das Wappen, um das sich acht Kreise mit Symbolen ordneten. Als die Wächter gleichzeitig auf die untersten Symbole drückten, versanken diese ein Stück im Stein. Dann lösten sie sich von der Tür und traten zur Seite. Begleitet von einem dumpfen Seufzen, glitten die Pfortenflügel gemächlich auf und offenbarten eine Stadt in der Unterwelt des Berges.

Ohne zu warten, dass die Pforte gänzlich geöffnet war, tappte der Lanzenwächter los. Er warf Kitey einen Blick über die Schulter zu und gab ihr mit einem Kopfnicken zu verstehen, dass sie ihm folgen sollten. Die kupferfarbenen Panas blieben zurück und tuschelten mit dem Glöckner, während der Bogenwächter ihnen mit grimmig verzogenem Gesicht hinterherlief.

Direkt hinter dem Tor führte sie eine steinerne Bogenbrücke, unter der ein unterirdisches Gewässer dahinfloss, auf einen belebten Platz. Die Luft war kühl, frisch, und erinnerte Kitey an den Geruch von Tannen im Winter. Kaum setzte sie ihren Stiefel auf die Brücke, rauschte ein Schauer durch ihren Körper. »Loreo«, hauchte sie erschrocken, die Hand instinktiv auf ihre Brust gelegt.

»Was? Ist er heißer?«, wollte Thriller wissen und sah sie verunsichert an.

»Nein. Das ... Er ist hier«, erwiderte Kitey und folgte dem Panas zögernd über die Brücke. »Seine Energie ist hier überall.«

Mit gerunzelter Stirn sah Thriller sie so verwirrt an, wie sie sich fühlte. »Wie meinst du das?«

Schritt für Schritt wuchs Loreos Präsenz. Seine Kraft, seine Ausstrahlung, sie hing in der ganzen Stadt.

Bei allen Heiligen, wie ist das möglich?

»Seit ich den Kristall trage, ist Loreos Präsenz generell um mich. Aber das hier ist ... Ich kann es nicht beschreiben. Er erfüllt diesen Ort. Irgendetwas ist hier verdammt eigenartig.« Misstrauisch tastete sie sacht nach der Kraftquelle, konnte sie jedoch nicht ausmachen. Sie war hier, irgendwo in der Nähe.

»Und es liegt nicht am Kristall?«

Kitey schüttelte den Kopf. »Ausgeschlossen. Und ...«

»Da kommt ein Empfangskomitee«, unterbrach sie Thriller und lenkte ihre Aufmerksamkeit nach rechts. »Sicher, dass sie uns nicht direkt zu einem Scheiterhaufen oder so bringen?«

Am Ende der Brücke gesellten sich vier blauschattierte Wächter zu ihnen, deren silberne Streitäxte kampfbereit an ihren Gürteln hingen. Ohne einen Laut zu quieken, nahmen sie Thriller und Kitey mit Abstand in ihre Mitte auf dem weiteren Weg durch die Stadt. Um sie herum wimmelte es von geschäftigen Tieren, die ihre imposante Bergwelt belebten. Boden und Wände bestanden aus grauem Pflasterstein, die Rillen zwischen den einzelnen Steinen füllten kristallene Partikel und reflektierten das Licht. Aus den Höhlenwänden ragten Häuserhälften mit ihren Erkern, Ziegeldächern, Fenstern und Vorgärten. Davor stand eine zweite Reihe uriger Häuser, die einen beinah vergessen ließ, dass man sich unter der Erde aufhielt. Und über allem lag Loreos Kraft wie ein umhüllender, unsichtbarer Schleier.

»Die Idee mit den Tinyhäusern stammt wohl aus Galmadur.« Die meisten Häuser waren nur einen Kopf höher, als Thriller groß war.

»Du würdest dich wundern, was alles seinen Ursprung hier hat.«

Von der Höhlendecke hingen Öllampen an Metallketten herab, welche die Stadt erleuchteten. Bei jedem Schritt durch das

Stadtzentrum und mit jedem Atemzug spürte Kitey Loreos kraftvolle Präsenz wachsen. Doch sie war nicht rein, sondern deutlich von Erdmagie durchzogen. Ihre Gedanken glichen einem dicken, fetten Fragezeichen, als sie einen Brunnen passierten, auf dessen Rand Statuen von Panas thronten. Rundherum tollten Panaskinder, platschten mit ihren Pfoten im Brunnenbecken und fiepsten verspielt. Viele Panas wuselten kreuz und quer an ihnen vorbei, trugen Holzbretter zwischen den Pfoten oder schoben Schubkarren mit Früchten, Obst und Blumen in ihre Häuser. Die Stadt erfüllte Leben, abgeschieden vom Wahnsinn, der an der Oberfläche tobte.

Der Wächter führte sie vorbei an einem halb abgebauten Markt, zu einem Gebäude, das aus der Felswand ragte und eines der größten der Stadt war. Es überragte die umliegenden deutlich und Kitey fiel sofort auf, dass auffällig viele bewaffnete Panas um das Gebäude herumwuselten, hinein- und herausgingen. Kitey straffte instinktiv die Schultern.

Aufgeregtes Quieken und Brummen drang gedämpft durch die Eingangstür zu ihnen und verriet, dass jemand eine hitzige Diskussion führte.

Thriller neigte flüsternd den Kopf zu Kitey. »Denkst du, die zoffen sich wegen uns?«

»Kein Zweifel«, murmelte Kitey und spürte deutlich die aufgewühlten Vomani am Rand ihrer erschöpft zitternden Barriere.

Das Gespräch verstummte augenblicklich, als der Wächter mit seiner Lanze gegen die Tür pochte. Die vier blauen Tiere entfernten sich, blieben jedoch in der Nähe und positionierten sich zwischen bernsteinfarbenen Kristallsäulen, die zu beiden Seiten das gebogene Vordach stützten. Nach einem auffordernden Quieken betraten sie mit dem ockerfarbenen Wächter und dem tannengrünen Bogenträger eine Art Besprechungsraum, der fast wie ein Thronsaal anmutete. Obwohl sie beim Eintreten die Köpfe einzogen, standen sie im Innenraum aufrecht. Thriller streckte sich, stellte sich auf die Zehenspitzen und berührte knapp die marmorglatte Decke mit den Fingerspitzen.

»Lass den Quatsch«, raunzte Kitey.

»Na gu- Wow, sieh dir die Wände an.« Thrillers Kopf fuhr zu den Reliefs aus Kristall und Stein herum, welche die Wände säumten. Die Geschichten erzählenden Bilder von Panas lockten das staunende Kind in ihm wieder hervor. Kitey konzentrierte sich jedoch auf den wuchtigen Steintisch, hinter dem sie drei Panas erwarteten.

In gebückter Haltung stützte sich ein zitronengelbes Panas auf den Tisch. Eoin. Durchzogen von marineblauen Tigerstreifen floss ihm das Fell in Wellen um den wohlgenährten Körper. Als sie sich näherten, hob er den Blick und Kitey las darin die Last von Sorgen.

Der Lanzenwächter trat beiseite, als sie direkt vor dem Tisch zum Stehen kamen, und auch der Bogenträger wich respektvoll an die Wand zurück.

Sogleich baute sich Eoin wackelig auf seinem Schwanz auf. »Ihr seid jene, die eine Deanidar in unsere Wälder geführt haben?« Er sprach fehlerfrei, ohne jeglichen Akzent und mit erhabener Stimme.

Zu seiner rechten zuckten die Ohren des Orangen, jenes, das bei ihrem Weg durch den Wald den Ton angegeben hatte. Fast aufgeschreckt schlug es das offen liegende Buch vor sich zu.

»Verzeiht, dass wir diese Gefahr in eure Heimat gebracht haben. Es geschah nicht in böser Absicht. Wir waren auf der Flucht«, begann Kitey ruhig. »Und Ihr seid also Eoin.«

»Der bin ich. Stammesältester und Oberhaupt des Volkes«, erwiderte er, wobei er Kitey und Thriller musterte. »Ich erinnere mich aber nicht, einem von euch schon einmal begegnet zu sein.« Eoin bewegte seine Pfoten bedächtig zu einem knorrigen Stock, der an der Tischkante lehnte.

Kiteys Blick huschte über die ausgebreitete Landkarte, die

anscheinend das komplexe System aus Tunneln im Innenreich der Bergkette darstellte und von zahlreichen Schriftrollen und Büchern eingerahmt auf dem Tisch lag.

Sie achtete darauf, nicht zu forsch zu klingen, blieb aber direkt. »Das seid Ihr nicht. Wir haben einen gemeinsamen Freund. Loreo.«

Die Erwähnung ihres Gefährten ließ sämtliche Panasohren im Raum blitzschnell zucken wie die einer Katze.

Mit einem Räuspern lenkte das dritte Tier, das Thriller gegenüberstand, die Aufmerksamkeit auf sich. Es hob hochmütig den Kopf und musterte sie unverhohlen aus grauen Knopfaugen. Seine Schulterknochen zeichneten sich spitz unter dem Fell ab, als es einen Schritt nach vorn trat und mit den Krallen seiner linken Pfote über den Deckel eines der Folianten strich. Im Flüsterton quiekte es rasch zu Eoin, behielt dabei aber Thriller und sie im Auge. Thriller trat unter seiner Musterung einen Schritt dichter zu Kitey. Die eng beieinanderliegenden Augen des Panas zuckten kaum merklich.

Gier! Dieses Tier will irgendetwas von uns.

»Loreo ist ein Freund von euch? Euch beiden?«, wollte Eoin wissen.

»Ja.« Unwillkürlich beschleunigte sich ihr Puls und obwohl Eoin keine Spur von Abneigung oder Falschheit zeigte, prickelte Misstrauen in Kiteys Nacken.

Wenn hier kein Plan im Gang ist, bade ich morgen freiwillig in Trollrotz, dachte Kitey und verschränkte die Arme vor der Brust.

»Es ist etwas Besonderes, wenn man einen Engel als Freund bezeichnen darf«, fuhr Eoin ruhig fort.

Im achatgrauen Fell des schlanken Panas fiel ihr Blick auf die in seine Bartsträhnen geflochtenen Kristallperlen.

»Ein treuer und ehrlicher Freund ist immer etwas Besonderes. Vor allem in den heutigen schattenerfüllten Zeiten«, entgegnete sie wachsam und wählte ihre Worte mit Bedacht.

Ich wünschte, meine Kräfte wären regeneriert, dann könnte ich seinen Geist durchforsten.

Da Kitey unschlüssig war, ob hier ein möglicher Kampf lauerte, sparte sie ihre Kräfte sicherheitshalber. Vorerst.

Eoin nickte gemächlich und sein Bartfell kräuselte sich bei seinem sanften Lächeln. »Ihr hattet einen aufregenden Weg hierher, wie mir scheint. Was führt euch zu uns und bewog euch zu der Suche nach mir?«

Neben ihr trat Thriller angespannt von einem auf den anderen Fuß und durch die Berührung seines Arms schwappte eine Welle seiner Aufregung zu ihr. Sie zuckte unauffällig mit dem Oberarm zurück.

»Wir sind durch Swap'Mooren hierhergereist«, begann Kitey und erklärte damit gleich ihre schlammbesudelte Kleidung und den modrigen Geruch. »Ursprünglich sah der Plan vor, über die Quathyst-Bergkette weiterzuziehen. Doch nun ... bitten wir um eure Hilfe.« Sie atmete tief ein, straffte die Schultern und machte einen Schritt nach vorn, bis die Tischkante ihre Oberschenkel berührte. Sofort zuckten die beiden Wächter alarmiert mit Lanze und Bogen, gleichzeitig fuhr Thriller schreckhaft zusammen.

Eoin hob die Pfote, sah zu den Wächtern hinüber und verwies sie zurück auf ihre Plätze. »Sie werden uns nichts tun. Das sehe ich doch richtig?«

»Das ist nicht unsere Absicht«, bestätigte Kitey.

»Dann nehmt Platz und tragt eure Bitte vor.« Eoin stützte sich schwer auf die Tischplatte vor sich, während die blauen Streifen in seinem Fell glühten. Hinter Kitey und Thriller bildeten sich steinerne Sessel aus dem Boden, wie von unsichtbaren Steinmetzen in Sekunden erschaffen.

»Das ist ... steinstark«, murmelte Thriller grinsend und lehnte sich gegen die hohe Rückenlehne.

In dem Moment, als sich auch Kitey setzte, trat das tannengrüne Panas vor. Seine Schultern bebten vor Ärger, der in jedem seiner geknurrten Quiektöne deutlich mitschwang.

Über die Lehne beugte sich Thriller zu ihr. »Du hast echt keinen Plan, warum es da kracht wie in einer Telenovela?«

»Verdammt, nein.«

Immer wieder zeigte das tannengrüne Panas auf Kitey und Thriller, fauchte und ballte die Pfoten zu Fäusten. Eoin hörte sich mit beachtenswerter Ruhe alles an, bis das Panas aufgeregt schnaufend innehielt. Was aber nicht für das graue Tier zu seiner Linken galt, das verständnislos den Kopf schüttelte und seine Schnauze verzog. Indes sah das orange Tier ratlos zwischen Eoin und dem sich in Rage schimpfenden Bogenträger hin und her.

»Sagt uns, was für ein Problem ihr mit uns habt, dann lässt es sich vielleicht klären.«

Kitey hob überrascht die Augenbrauen. Thrillers Vorschlag kam ihm zwar zögerlich über die Lippen, aber er zeugte von Mut. Er mischte sich ein, obwohl er vor ein paar Minuten noch vor ihren Waffen zusammengezuckt war.

»Warum habt ihr uns hierhergebracht, wenn wir nicht erwünscht sind?«, griff Kitey seinen Vorstoß auf.

Die Augen zu Schlitzen verengt, murrte das tannengrüne Panas. Kitey meinte das Wort *Feinde* herauszuhören, hatte jedoch Mühe, dem von Quieken durchzogenen Wortschwall zu folgen.

Eoins Brust hob sich bei einem tiefen Atemzug, ehe er zu sprechen begann. »Nun, ihr kamt mit einer Deanidar in unseren Wald. Unsere Späher gaben Meldung von Feinden. Mein Enkel Onida war Teil des Vertreibungstrupps.« Liebevoll legte der Stammesälteste seine Pfote auf die Schulter des orangen Panas.

»Vertreiben?« Kitey gab sich keine Mühe, ihren zynischen Tonfall zu mildern. »Beschönigen wir es nicht. Diese Gefahr ist erst gebannt, wenn sie vernichtet ist, und das habt ihr getan.«

»Wir töten nicht gerne. Unser Volk musste diese Art der Verteidigung und des Kampfes erst lernen«, mischte sich das achatgraue Tier ein, dessen Aussprache markante Quieklaute durchzogen.

»Ich weiß, die Panas lebten zurückgezogen in Sol'Mon und vor langer Zeit verteilt in ganz Fernhem«, meinte Kitey.

»Und trotzdem habt ihr uns nicht abgeschossen, sondern hierher verschleppt.« Thriller klopfte aufgeregt mit den Fingern auf sein Bein. »Verschnürt wie Pakete.«

Während sich hinter Eoin ein Stuhl bildete, der nach und nach einem prächtigen Thron glich, glomm Onidas Fell.

Mit einem Seufzen sank der Älteste auf den steinernen Thron und faltete die Pfoten über seinem Bauch. »Wir waren nicht sicher, ob ihr vertrauenswürdig seid oder Feinde, die sich meisterhaft tarnen.« Eoin erzählte, dass sein Enkel an Thriller die Kraft von Loreo wahrgenommen hatte, ihm die Ursache jedoch unerklärlich gewesen war und er daher instinktiv gehandelt hatte.

»Ihr müsst wissen, mein Enkel ist wie Avonim hier ...«, Eoin blickte zu dem achatgrauen Panas, »mit der Gabe des Terkiflüsterns geboren.«

»Terkiflüstern?«, hakte Thriller nach. »Noch eine Art von Hexen oder Magier?«

»Nein. Unsere Erdmagie ist so ausgeprägt, dass sie ebenso auf mentaler Ebene verschiedenste Wirkungsweisen hat«, erklärte Avonim und schweifte mit seiner Erklärung aus.

Kitey nutzte, dass er sich selbst gerne reden hörte, und tastete geschwind nach Onidas Geist. Avonim hatte etwas Durchtriebenes an sich und hätte es sicher sofort gemerkt, doch das jüngere Panas schien anders. Zwar ihnen gegenüber vorsichtig, doch aufrichtig. Kühl und kraftvoll strahlte die Erdmagie im Zentrum seines Geistes, streifte samtig über ihren sich nähernden Geist. Gleichzeitig nahm sie die Spuren der übrigen Elemente wahr. Es erschien Kitey wie ein Energiefluss, der geduldig in seinen Bahnen wanderte, bis man aus ihm schöpfte.

Es ist diese Terkiflüstermagie, die sich hier mit der von Loreo vermischt. Sie gehört nicht zu Onida, er ist zu jung, ging es Kitey durch den Kopf.

»Und jetzt seid ihr euch sicher, dass wir keine Feinde sind?«, unterbrach Kitey Avonims Monolog.

»Ich empfange euch, weil mein Enkel Loreos Präsenz bei euch spürt. Loreo ist auf ewig ein Freund des Panasvolkes.«

Avonims Augen blitzten verschlagen auf und Kitey war sich sicher, es gab noch einen anderen Grund.

»Um was wollt ihr nun bitten?«

Sie berichtete Eoin von Loreos Verwundung. Erwähnte dabei jedoch keine Details, die ihr Vorhaben gefährdeten oder die Panas zur Zielscheibe machten. Bei jeder Erwähnung von Loreos Namen sah Kitey ein ehrfürchtiges Glänzen in den Augen der Wächterpanas. Zum Schluss holte sie den Agisdelit heraus. Alle richteten ihre Blicke auf den Kristall, in dem sich die orangegelbe Magie kräuselte.

Die Ohren des Ältesten zuckten sacht und er stieß ein bekümmertes Seufzen aus. »Engel kämpfen gegeneinander. Ich weiß nicht, ob Galmadur noch zu retten ist.«

»Ihr versteht also, warum eure Tunnel für unsere Reise unerlässlich sind. Über die Berge nach Lines zu reisen, kostet uns wertvolle Zeit. Und–«

»Nein. Das ist unmöglich.« Eoins erhabene Stimme drang durch den ganzen Raum. Er strich sich langsam über den Bart, während ein sorgenvoller Schatten seine Gesichtszüge erfasste.

»Warum?«, fragten Kitey und Thriller gleichzeitig.

In ihrem Augenwinkel sah Kitey den Bogenschützen grimmig die Schnauze kräuseln. Auf der anderen Seite verkrampfte sich der Griff des Lanzenträgers um seine Waffe. Die Feindseligkeit beider bäumte sich vor ihrer geistigen Barrikade auf.

Was, wenn diese Gefühle nicht direkt mir und Thriller gelten? Argh.
Kitey fluchte in sich hinein.
Ich erkenne es nicht klar, ohne meine Barriere zu schwächen.
Das alles war ein Brandbeschleuniger für die aufflammende

Wut in ihrer Brust. Sie waren hier, bei den Panas. Das verdammte Tunnelsystem war zum Greifen nah. Das nächste Ziel auf dem Weg nach Tulp war so nah. »Warum, verdammt, weigert ihr euch, uns zu helfen?«

»Wir verweigern euch nicht die Hilfe. Aber die Reise durch die Tunnel ist unmöglich! Zuallererst seid ihr Fremde. Ihr hättet nicht mal unsere Stadt Tamoa sehen dürfen. Ohne Loreos Präsenz an euch hättet ihr unser Reich nie zu Gesicht bekommen.«

»Das ist eine lächerliche Ausflucht. Vergesst nicht eure Lebensschuld! Loreo hat euch gerettet«, sagte Kitey forsch und ballte die Hand auf ihrem Knie zur Faust, wobei sie die Fingernägel in die Handfläche grub. Sie fixierte Avonim und Eoin, zu beiden sandte sie einen geistigen Impuls. Sie hatte nicht vor, in sie einzudringen oder sich den Weg zu den Tunneln zu erkämpfen. Aber eine warnende Demonstration ihrer Kräfte schadete nicht. Beide Panas weiteten die Augen, ihre Schnauzen zuckten nervös. Doch bei Avonim wechselte der kurze Schreck rasch erneut zu einem begierigen Aufblitzen.

Der Stammesälteste hingegen wich ihrem vorwurfsvollen Blick aus.

»Was ist das Problem mit euren Tunneln? Entweder wollt ihr uns helfen oder nicht ... Es kann doch nicht euer Wunsch sein, ewig hier unten abgeschottet auszuharren, oder seid ihr so kalt wie die Steine um euch herum?«, warf Thriller ein und verlagerte unruhig sein Gewicht.

Eoin erhob sich mit zitternden Schultern und stützte sich auf seinen Enkel, der ihn besorgt musterte. »Ihr versteht uns nicht. Wie könntet ihr als Fremde auch.« Gedankenversunken streifte der Älteste mit seiner zitternden Pfote über die Karte auf dem Tisch. »Wie Loreo mich aus diesem reißenden Fluss gezogen hat, ist klar und deutlich in meinen Erinnerungen. Und was er unserem Volk gegeben hat, vergisst ihm kein Panas. Aber ...«

»Wovon redet ihr? Was hat er euch gegeben? Ich spüre

Loreos Kräfte, seit wir hier sind. Überall vermengt mit eurer Erdmagie.« Es war Kitey schnuppe, dass ihr Ton scharf durch den Raum hallte.

»Trolle!«, fiepste Eoins Enkel. »Trolle in Bergen.«

Eoins Schultern sackten müde nach unten, als könne er einer erdrückenden Last kaum länger standhalten. »Der Schattenmagier. Er ... Die Bergtrolle sind seit Jahren hier; plündern die Kristalle. Ihr Wachstum und die Ernte neigen sich dem Ende zu. Wenn die Plünderungen andauern und unser Schutz erlischt, ergrauen und versteinern die Quathystberge einer nach dem anderen.«

»Was wollen die Trolle mit Kristallen? Ein Krönchen basteln?«, fragte Thriller und sah Kitey forschend von der Seite an.

Kitey rollte mit den Augen. »Das wäre zu simpel. Der Schattenmagier verfolgt einen perfiden Plan und die Kristalle sind ein Bestandteil davon. Man kann sie auf so vielfältige Weise einsetzen ...«

Alle drei Tiere bekräftigten ihre Worte mit einem Nicken und Eoin erklärte Thriller, dass die Kristalle der Berge im Kern eine katalysierende und magische Kraft trugen. Zu den Zeiten der Magier bauten die Panas sie an, kümmerten sich um ihre Zucht, ihr Gedeihen und die Ernten. Das war die ehrenvolle Aufgabe der Panas, durch die sie eine unerlässliche Rolle in der Gemeinschaft innehatten.

»Der Zauber, mit dem wir euch geholt haben, die Gesteinsstimme ...«, sagte Kitey an Thriller gewandt, »er hat seinen Ursprung in diesen Bergen, genauso wie der Agisdelit, in dem Loreo drinsteckt.«

»Sie sind in der Lage zu verstärken. Zu speichern. Es gibt nichts, was unmöglich ist, wenn man die Bearbeitung beherrscht. Das Schutzsystem unserer Heimat basiert ebenfalls auf den Kristallen. Dennoch ist ihre Kraft nicht unerschöpflich«, führte Eoin aus und strich sich dabei mit der Pfote durch den langen Bart. »Das heißt, es bedarf Erneuerung. Was unmöglich ist, wenn die Trolle vordringen, plündern und zerstören. Sie roden grob durch die Kristallvorkommen.«

Kitey spürte, wie viel ihm die Kristalle und Berge bedeuteten. Sein Herz war schwer. Er fürchtete nicht allein um sein Volk. Eoin quälte sich damit, was es verhieß, wenn der Schattenmagier all die Kristalle für sich hortete.

Nachdenklich betrachtete sie die vergilbte Karte auf dem Tisch. Sich in einen Kampf mit Bergtrollen zu stürzen, um die Kristallvorkommen zu bewahren, kostete Zeit. Zeit, die sie nicht übrig hatten. Hinzu kam, dass Thriller dem noch nicht gewachsen und sie selbst geschwächt war.

Mit den Fingerspitzen strich Kitey unbewusst über die Fassung des Agisdelit, als erhoffte sie sich ein Flüstern, einen Rat von Loreo.

Doch ihr war klar, dass sie eine mögliche Konfrontation mit den Trollen nicht aufhalten durfte. Im Gegenteil. Der Erfolg ihrer Mission und die Rettung von Loreo wurden umso bedeutsamer. Dafür bot die Nutzung der Tunnel die beste und zeitsparendste Option, da war sich Kitey sicher. »Eure Sorge ist berechtigt. Ich verstehe sie. Doch ein paar Axt schwingende Kieselhirne schrecken mich nicht ab.«

»Ähm, mich schon irgendwie«, warf Thriller ein.

Kitey winkte mit der Hand ab. »Es muss einen Weg geben, um uns die Reise über die Berge zu ersparen. Um schnellstmöglich Lines zu erreichen, um nach Tulp zu gelangen. Bedenkt das große Ganze. Loreos und unser Ziel ist es, diese tyrannische Schattenherrschaft zu beenden. Helft uns!«

Eoin hielt den Kopf gesenkt und drückte zittrig die Pfote seines Enkels. Es war offensichtlich, dass er mit sich rang. »Seit so vielen Jahren graben wir mehr und mehr Tunnel, verwandeln das Innere der Berge in ein Labyrinth, um die Trolle zu verwirren.« Bitterkeit schwang in seinen Worten mit. Kitey erkannte, dass sie sich mit den Jahrzehnten tief ins Herz des Ältesten geschlichen hatte. Alles Sanfte verschwand aus seiner Stimme. »Sie sollen sich in den Tunneln verlieren. Nie wieder herausfinden und verenden wie die Kristalle, die sie grausam rauben und andere dabei zerschlagen.«

Avonim und Onida legten ihm behutsam ihre Pfoten auf seine Schultern.

»Einen Weg, wie ihr ihn sucht, geradewegs durch unsere Quathystberge, existiert nicht mehr. Nicht wie früher.«

»Was?«, hauchte Kitey, von einem kalten Schauer erfasst. Jegliche geschöpfte Hoffnung schien von seinen Worten erbarmungslos zertrampelt.

»Versteht bitte, wir tun, was nötig ist«, fuhr der Stammesälteste fort. »Das Errichten neuer Tunnel ist nur ein Teil unserer Verteidigung. Jeden Tag bringen wir Dutzende unterirdische Gänge ganz oder teilweise zum Einsturz, um ihr Vordringen weiter zu verlangsamen. Wir sind gezwungen, Tunnel zu vernichten, die unsere Vorfahren errichtet haben. Und es ist Loreo und Avonim zu verdanken, dass sie erst vier Berge vereinnahmt haben und nicht bereits alle sieben.«

Der Älteste erzählte ihnen davon, wie er Loreo nach seiner Rettung in die Stadt geführt hatte. Zu diesem Zeitpunkt hatten sich erste Trollkolonnen Wege in die Tunnelsysteme gebahnt. Um zu helfen, hatte Loreo sich entschlossen, ihnen eine seiner Federn zu schenken. Mit der Kraft der Armfeder und der Terkifflüstermagie errichteten sie einen wirksamen Schutzwall um den Berg, unter dem ihre Stadt und das Haupttunnelsystem lagen.

»Unfassbar«, murmelte Kitey, sank mit dem Rücken gegen die Stuhllehne und lachte ironisch auf.

Völlig perplex starrte Thriller sie an und legte ihr die Hand aufs Knie. »Welche Sicherung ist dir denn jetzt durchgebrannt? Alles okay?«

»Nein, entschuldigt, es ist nur – hast du eine Vorstellung

davon, wie viele Diskussionen ich mit Loreo geführt habe, in denen es darum ging, sich an die Gesetze der Engel zu halten? Und nun erfahre ich, dass er selbst seine Kraft mit Außenstehenden geteilt hat. Er hat eines der höchsten Gebote gebeugt! Um den Panas zu helfen!« Am liebsten hätte Kitey Loreo sofort einen seiner eigenen Vorträge um die Ohren gehauen. Und gleichzeitig erfüllte sie Stolz und Zuneigung gegenüber Loreo, weil ihm die Panas wichtiger waren als seine Regeln, und er sie gebrochen hatte.

»Loreo hat Avonim gezeigt und erklärt, wie er die Erdmagie mit der aus seiner Feder verbindet und bündelt, um sie am wirkungsvollsten zu nutzen«, fuhr Eoin fort. Ein Zögern in seiner Stimme ließ Kitey aufhorchen. »Ich höre ein Aber in Euren Worten.«

»Seit einigen Tagen ist der Schutzwall beschädigt. Trolle näherten sich bedrohlich. Hier.« Der Älteste deutete auf der Karte vor ihnen auf zwei Stellen.

Thriller und Kitey standen gleichzeitig auf und beugten sich über die Karte. »Eure Tunnel ein Labyrinth zu nennen, war echt keine Untertreibung. Wenn ich da reingerate, würde man mich irgendwann als Skelett bergen«, sagte Thriller und begutachtete die verschlungenen Linien, neben denen sich krakelige Schriftzeichen und Markierungen mit Zahlen fanden.

Beschlichen von einer Ahnung, tippte sich Kitey mit dem Finger an die Unterlippe. »Was meint Ihr mit *beschädigt*?«

Onida legte die Ohren an. »Kraft verlieren. Gefühl, wie Fluss, der langsamer fließt.«

»Liegt es vielleicht daran, dass Loreo verwundet ist und selber an Kraft verliert?« Thriller sah auf den Agisdelit, der zwischen ihren Brüsten hing.

»Das vermute ich stark«, meinte Kitey und umfasste entschlossen den Agisdelit. »Das macht es umso wichtiger für euch, sein Leben zu retten. Lasst uns dennoch durch eure Tunnel weiterreisen. Es muss doch irgendeinen Weg ...«

»Selbst wenn es den gäbe. Es gibt keine Garantie für uns, dass Loreo nicht auf dem Weg stirbt«, konterte Avonim mit kühlem Ton. »Angenommen, ihr gelangt nach Lines, habt ihr die Überfahrt nach Silpea und den Weg nach Tulp vor euch. Ein sehr weiter Weg. Und die Schleusen auf Pagja ...«

»Ich weiß!«, unterbrach Kitey die Einwände von Avonim zähneknirschend.

Dieser Zottelkopf beabsichtigt irgendetwas. Warum zählt er die Gefahren auf?

»Die Schleusen dort sind kaum nutzbar. Denkt ihr, ich bin mir nicht bewusst, dass Pragja der Kontinent ist, auf dem der Schattenmagier am meisten gewütet hat?«

»Immer noch verwüstet«, korrigierte der Terkiflüsterer. »Unbeschadet nach Tulp zu gelangen, wäre ein Wunder.«

Neben ihr seufzte Thriller. »Das heißt, die Reise geht todsicher aufregend weiter ...« Er plumpste auf den Steinsessel und verfolgte das Wortgefecht.

»Verratet mir eins, Avonim.« Kitey baute sich vor dem Tisch auf und sah auf ihn hinab. »Warum war für euch vor allem der Schutz dieses Berges so bedeutsam? Jeder andere eignet sich als neue Heimat ebenso. Mit eurer Erdmagie errichtet ihr eine Stadt wie Tamoa innerhalb von Tagen. Was ist entscheidend an diesem? Warum belagert der Schattenmagier genau diesen Berg?«

Die Blicke, welche die drei Tiere ertappt tauschten, verrieten Kitey, dass sie der Lösung des Rätsels auf der Spur war. In dem Moment, als der Stammesälteste zu einer Antwort ansetzte, berührte Avonim ihn am Arm. Eoin hielt inne. Gleichzeitig zuckte der Lanzenträger mit seiner Waffe, während der Bogenschütze nach vorne trat und aufgeregt quiekte. Diese beiden Wächter waren eingeweiht.

Thriller grinste. »Also noch offensichtlicher gehts ja nicht, Jungs.«

»Raus mit der Sprache. Was verbirgt sich in diesem Berg?«
Kitey hatte genug von dem geheimnisumwitterten Herum-
quieken. Sie schlug mit den Händen auf die Tischplatte und
beugte sich näher zu Eoin hinüber. »Loreo hat euch die Feder
gegeben, um euch zu schützen, aber gleichzeitig, um etwas vor
dem Schattenmagier zu bewahren.«

Das Älteste streifte die Hand des Terkiflüsterers von seinem
Arm ab und verwies den Bogenschützen mit einer Handbewegung
und einem bestimmenden Quieklaut wieder an seinen Platz an der
Wand. Dann wandte er sich an Kitey. »Wenn sich meine Zeit dem
Ende neigt, nimmt Onida den Platz des Oberhaupts ein. Die Entscheidung, euch in unsere Geheimnisse einzuweihen, und die Folgen,
die daraus entstehen, trägt eines Tages er. Ich treffe sie nicht allein.«

Das zukünftige Oberhaupt der Panas fixierte abwechselnd
Kitey und Thriller mit seinen Teddybäraugen. Bei einem
Flackern von Kiteys Barriere traf sie die schäumende Gefühls-
welle von Onida. Er rang damit, die Tradition zu brechen und
eine neue Ära einzuleiten, in der sich die Panas wieder für die
Außenwelt öffneten. Und gleichzeitig fürchtete er sich davor,
eine falsche Entscheidung zu treffen.

Während er sich mit der Pfote flatterig das Bauchfell
glättete, wandte Onida den Kopf zu seinem Großvater. Dann
griff er nach seiner linken Pfote und sagte: »Einweihen wir sie.«

Von den beiden Wächtern vernahm Kitey ein skeptisches
Grummeln. Wobei sie das Gefühl beschlich, dass der Lanzenwächter für Veränderungen aufgeschlossener war.

»Es ist ein wohl gehütetes Geheimnis, das außer den
ältesten Magiern einzig wir Panas kennen. Und wie ich an jenem
Tag erfuhr, auch Loreo.« Während Eoin sprach, strich er mit den
Pfoten durch sein fluffiges Schwanzfell.

Kitey spürte einen Stich im Herzen. Sie glitt mit den Fingern
über den Agisdelit.

Wie viele Geheimnisse hast du nicht mit mir geteilt? Was hast du

mir alles verschwiegen?

»Verborgen in diesem Berg, noch weit unter Tamoa, liegt das Solstarsia.« Eoin sprach das letzte Wort mit einer Ehrfurcht aus, bei der Kitey eine Gänsehaut über die Arme kribbelte.

»Das was?«, fragte Thriller. »Hat das was mit euren Solarisschleusen zu tun?« Er kratze sich am Hinterkopf und sah Eoin an.

»Ganz recht. Es ist die Quelle, die Ursprungsschleuse all unserer Solarisschleusen«, erwiderte der Älteste.

Kitey erinnerte sich vage, den Namen Solstarsia gehört zu haben. Eoin erklärte, dass sich jegliche gesammelte Energie der überirdischen Schleusen an das Ursprungsportal weiterleitete.

»Ihr müsst wissen, es bündelt all diese Kraft und verstärkt sie mit der Erdmagie der Kristalle, die es umgibt und aus dem Berg schöpft.« Während der Älteste sprach, gestikulierte er mit den Pfoten. »Diese gekräftigte Energie leitet es zurück an die einzelnen Portale. So ergibt sich ein stetiger Energiefluss, der sich erneuert und kräftigt. Solstarsia ist das einzige Portal, das eine Verbindung zu jedem anderen in der ganzen Welt hat.«

»Wow. Na, dann lieg ich ziemlich richtig, wenn ich mir eure Solarisschleusen vorstelle wie ein überdimensionales Straßenbahnnetz. Das Portal unter diesem Berg ist quasi der Hauptbahnhof.«

Thriller rutschte auf dem steinernen Sessel bis auf die Kante nach vorn. Seine unstillbare Wissbegierde, der er mit kindlicher Leichtigkeit folgte, entlockte Kitey ein Schmunzeln. Dann stand sie auf und betrachtete die Karte auf dem Tisch nun aus einem anderen Blickwinkel. »Der Schattenmagier will an dieses Portal. Die Kristalle, die er auf dem Weg einsammeln lässt, sind nützliches Beiwerk. Entweder plant er, die Kraft des Portals anzuzapfen, oder es als ultimatives Reiseportal zu verwenden.«

»Oder beides. Wenn es seine Energie durch die anderen Schleusen kontinuierlich auflädt, dann ist es eine unerschöpfliche Energiequelle«, schlussfolgerte Thriller.

»Lasst uns das Solstarsia nutzen, um direkt nach Tulp zu

gelangen. Wir retten Loreos Leben und euer Schutz ist wieder-hergestellt«, sagte Kitey entschieden mit der entfachten Flamme neuer Hoffnung in der Brust.

Onida quiekte erschrocken, seine Nase zitterte und er starr-te sie ungläubig an.

Neben ihm richtete sich Eoin mit geweiteten Knopfaugen auf. »Eine Reise durch Solstarsia ist irrwitzig. Unmöglich. Es zer-fetzt euch. Es wurde nicht nur verborgen, damit niemand seine Kraft missbraucht, sondern auch, weil kein Wesen die Energie besitzt, ihm standzuhalten.«

»Unmöglich ... unmöglich ... Das höre ich von euch wieder und wieder. Hat es jemand für möglich gehalten, dass ein durch-geknallter Magier genug Nocmatagi erlangt, um die Existenz unserer Welt zu bedrohen?«, blaffte Kitey geladen. Sie hatte es satt, dass Mögliches zu Unmöglichem wurde, weil der Mut fehlte, Grenzen zu sprengen. Der Weg mochte gefährlich sein, vielleicht unbequem, aber es existierte einer. Und sie weigerte sich, sich aufhalten zu lassen. »Ich entscheide, was für mich unmöglich ist! Es hat noch nie irgendjemand versucht, durch Solstarsia zu reisen. Schon gar kein Engel. Lasst es mich sehen, lasst mich seine Kraft einschätzen und selbst entscheiden.«

»Werde ich hier eigentlich auch noch gefragt?«, erkundigte Thriller sich verdattert blinzelnd.

»Im Moment nicht.«

»Du könntest mir wenigstens ein Vetorecht einräumen.«

»Darüber reden wir, wenn es so weit ist«, zischte Kitey. Es war nicht ihr Ziel, ihn in Gefahr zu bringen. Aber wenn dieses Portal ein Weg war, um Loreo zu retten, musste sie es in Erwägung ziehen.

Thriller brummelte und sank resigniert an die Sessellehne. »Na klasse.«

»Ich bin der Meinung, wir sollten sie es sehen lassen.«

Misstrauisch musterte Kitey Avonim. Es war zu verdächtig,

dass ausgerechnet er ihren Plan unterstützte.

»Doch unabhängig davon, ob eure Reise über das Portal, durch die Tunnel oder über die Berge weitergeht – es gibt keine Garantie, dass Loreo überlebt«, fügte er hinzu und betastete die Kristallstücke in seinem Bart. Wieder blitzte diese Begierde in seinen Knopfaugen, die sie abstoßend fand.

Kitey stellte sich mit verschränkten Armen ihm gegenüber vor den Tisch. »Komm auf den Punkt. Was wollt ihr?«

»Gib uns eine deiner Federn.«

Das war keine Bitte, sondern eine Bedingung. Entweder Kitey gab ihm eine ihrer Federn oder er würde ihre Weiterreise behindern. Eines zeigte ihr sein Verhalten deutlich - er schreckte nicht davor zurück, sie zu zwingen, sich den Weg zu den Tunneln freizukämpfen. Dieses hinterlistige Tier hatte abgewartet und erkannt, dass sie das nicht vorhatte. Mit geballten Händen wandte sie den Blick zu Eoin. Avonim zog im Hintergrund bedeutsame Fäden, das war klar. Doch Kitey würde ihm nicht mehr Respekt gewähren als nötig.

»Also gut«, sagte sie gepresst. »Ihr bringt uns zu dem Ursprungsportal. Dort gebe ich euch eine meiner Federn und schätze ab, ob meine Kraft es uns ermöglicht, Solstarsia zu benutzen, oder ob wir die Tunnel nehmen. Zeigt uns das Ursprungsportal!«

Ich lasse mich nicht von diesem verzotteln Nagetier erpressen, fügte sie in Gedanken hinzu.

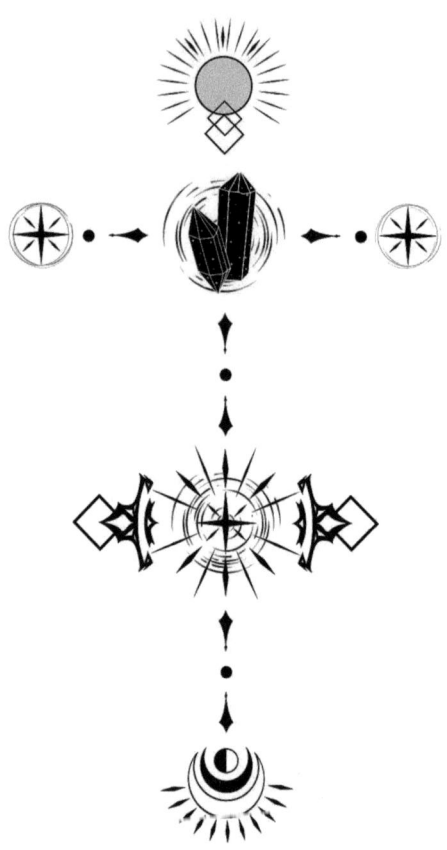

KRISTALLINE
BERGWELT

KITEY

Auf seinen Enkel und den Stock gestützt, führte sie der Stammesälteste aus dem Saal und links um die Ecke. Wieder verfolgten sie unzählige Augenpaare von umherwuselnden Panas, die sich vor dem Haus sammelten. Bibernasen zitterten, Ohren zuckten und Knopfaugen weiteten sich. Sich gegen all die Gefühle abzuschirmen, fiel Kitey immer schwerer. Teile ihrer Kraft in die Barriere zu leiten, vermied sie jedoch. Wenn Solstarsia so energie- und magiegeladen war, wie die Panas sagten, dann würde sie jeden Funken ihres Celistma benötigen, um Thriller und sich durchzubringen.

»Wartet hier bitte einen Moment.« Allein betrat Eoin einen eingezäunten Bereich, der aussah wie ein Steingarten, in dem sich Kiesel und Felsen zwischen großblättrigen Sukkulenten häuften. Auf einem der Brocken blieb Eoin stehen und hielt inne. Mit geschlossenen Augen ließ er seine Erdmagie wirken.

Kitey spürte sie sandig auf ihrer Haut kratzen. In ihren Schläfen zwickte es wie beginnende Kopfschmerzen. Jeder Einsatz der Erdmagie um sie herum beeinflusste ihre Mentalbarriere, schabte an ihrer Hülle wie ein Hobel, der Substanz abtrug.

Seine blauen Streifen glommen, das Fell flatterte, wie von einem Wind in Wallung versetzt. Die Hände steif zu Fäusten geballt, erwartete Kitey sehnsüchtig das Ende von Eoins Zauber. Unter seinen Entenfüßen löste sich ein beinah ebener Stein aus der Geröllgruppe. Gemächlich schoben sich sechs kurze Beine aus dem Stein und hoben Eoin zwei Handbreit über den Boden. Mit Gehstock und Schwanz balancierte er sein Gleichgewicht aus. Endlich verebbte seine Magie und Kitey atmete erleichtert aus.

Während Thriller wie die anderen vor dem Zaun wartete, ging er in die Hocke und musterte das Gestein. »Was ist das für ein ...« Es war offensichtlich, dass er das Tierlexikon in seinem Kopf nach vergleichbaren Heimattieren durchforstete.

»Ein Tumwul gerufen er hat«, erklärte Onida und lehnte seine Pfoten an die Umzäunung.

Der Älteste stand souverän auf dem Rücken des felsigen Tieres. Verschlafen reckte sich ihnen sein länglicher Kopf entgegen, der sich aus dem Stein schob wie der einer Schildkröte aus ihrem Panzer. Reptilienaugen blinzelten sie an.

»Oh, Wahnsinn. Ein Steinalligator mit Schildkröten-Cousin. Ist das gefährlich?«

»Nein, nein, Sie sind zahm wie Felsmäuse«, versicherte Eoin, als er auf dem Tier an ihnen vorbeiritt. »Ich bin nicht mehr so gut zu Fuß, wie ihr gesehen habt. Die Tiere helfen mir und wir kümmern uns um sie.«

»Sind geflohen. Die Trolle!« Onidas war anzusehen, dass er mit den Tieren fühlte und sie als Teil ihrer unterirdischen Berggemeinschaft betrachtete.

Die einzigen Wächter, die ihnen zwischen die Häuserreihen folgten, waren das ockerfarbene und der Bogenschütze. Es war ihnen anzusehen, dass sich etwas verändert hatte. Ihre Feindseligkeit nahm Kitey nur noch unterschwellig wahr. Doch das Gefühl war straff verknotet mit dem ausgeprägten Beschützerinstinkt, den sie sich als Wächter angeeignet hatten.

Seit ich ihnen die Feder zugesagt habe, betrachten sie mich anders. Aber ihr Misstrauen ist tief verwurzelt.

Im Grunde verstand sie ihren Argwohn gegenüber Fremden und dass er sich über die Jahre in den Köpfen und Herzen vieler Panas eingenistet hatte.

»Der Schattenmagier zerstört nicht einfach. Er trennt die Wesen voneinander. Der Zusammenhalt schwindet. Zu viele kämpfen allein um ihr Überleben und im Grunde ist es genau das, was uns schwächt und ihm in die Karten spielt«, murmelte Kitey. Die Bitterkeit ihrer Worte schmeckte auf der Zunge, als hätte sie in eine von Saruhs Zikwan-Früchten gebissen.

»Ja, man sagt nicht umsonst: *Gemeinsam sind wir stärker.* Aber glaubst du wirklich, wir zwei sind stark genug, um durch dieses Zerfetz-Mich-Portal zu reisen?«, meinte Thriller unsicher und schloss zu ihr auf.

»Na, du allein mit Sicherheit nicht.« Kitey verbarg ihre eigene Skepsis vor ihm. Sie hoffte inständig, dass sich ihre Kräfte ausreichend regeneriert hatten, um dieser Reise standzuhalten, und sie direkt vor die Tore Tulps gelangten.

Der Stammesälteste führte sie dank des gerufenen Tumwul in kurzer Zeit zu einer Pforte, eingelassen in die Bergwand hinter der letzten Häuserreihe. Die Wachposten davor tauschten einen verwunderten Blick, als Eoin mit ihnen im Schlepptau auf das Tor zusteuerte. Der Älteste gab einen Befehl von sich. Daraufhin salutierten die beiden Wächter rasch und zogen aus ihren Schärpen zwei kristallene Schlüssel, die glänzten wie goldener Bernstein. Die beiden Torwächter wandten sich um, hielten ihre Schlüssel vor Aussparungen zwischen den gewundenen Reliefsymbolen auf der Pfortenoberfläche und wirkten ihre Erdmagie.

Zwei Schlüssellöcher, die exakt die kahlen Stellen ausfüllten, formten sich im Stein, wie in Windeseile mit Hammer und Meißel hineingeschlagen. Synchron führten die Wächter die Bernsteinschlüssel hinein und drehten sie bedächtig zweimal um die eigene Achse. Einem Klicken folgten die mechanischen Geräusche von ratternden Zahnrädern, während sich das Tor nach oben schob und in der Bergwand verschwand. Avonim und Onida legten zu je einer Seite eine Pfote an die kristallenen Bergwände des nachtschwarzen Tunnelschlunds, aus dem ihnen kühle Luft entgegenzog.

Ihre Streifen glommen und unter der Präsenz ihrer Erdmagie erzitterte Kiteys Schutzwall. Die Terkiflüsterer strotzten vor Kraft. Kiteys Herz schlug schneller. Je heller die Streifen im Fell der beiden aufleuchteten, desto mehr breitete sich ein Druck in ihrer Brust aus. Das Luftholen fiel ihr schwer und sie leckte sich über die trockenen Lippen.

»Hey, alles okay.« Von der Seite sah Thriller sie besorgt an und legte ihr eine Hand auf den Arm. Es war das Schlimmste, was er hätte tun können. Seine Berührung schoss wie ein Blitz, geladen mit Gefühlen durch ihren Körper. Kitey zuckte vor ihm zurück. Er zog die Hand weg. Seine Augen weiteten sich und er sah aus, als hätte sie seinem vierjährigen Ich eben erklärt, es gäbe keinen Weihnachtsmann. Hinter ihnen räusperten sich zu allem Überfluss auch noch die beiden Wächter.

»Weiter«, grummelte der Bogenschutze.

Neben ihren Schenkeln ballte Kitey die Hände und erkämpfte sich die Kontrolle zurück. »Ihre Magie. Meine Barriere«, raunte sie abgehackt und Thriller nickte. Er kapierte offenbar direkt, was sie meinte.

Kennt dieser Schlaukopf mich schon so gut, dass ihm die Wortfetzen reichen? Unfassbar.

Indes brachte die Terkiflüstermagie der beiden Panas die größten der Kristalle in den Wänden zum Leuchten wie Laternen. Ihre aktive Magie erlosch und Kitey kam zu Atem.

Zielstrebig folgten sie Eoin in die Höhle hinein. Auf ihrem Weg durch den Tunnel konzentrierte sich Kitey darauf, ihre Regeneration anzukurbeln. Sie tastete mit ihren Sinnen nach der Erdmagie, die sie umgab, setzte ihr Celistma frei und ließ die Magie wie einen Katalysator fungieren. Ein experimenteller Versuch, der eine Bindung zur Erdmagie erforderte. Verbundenheit, die sie als Engel naturgegeben nur schwach ausgeprägt besaß.

Nach einigen Metern durchzogen den Boden die ersten Unebenheiten. Der Untergrund wurde rauer und felsig, bis ihr Weg vor einem Schacht endete.

Eine steinerne Gondel hing schwerelos in diesem Tunnelschacht und versetzte Thriller erneut in Staunen. »Sie schwebt durch eure Erdmagie?«

»So ist es. Beim Steinhauen haben wir die benötigte Energie eingearbeitet und mit diesen vier Spheriliten in den Wänden verbunden.« Eoin wies auf die einzigen rundgeschliffenen, blauen Kristalle, die sich gleichmäßig um den Schacht verteilten. »Mit unserer Erdmagie steuern wir sie rauf und runter.«

Mit glänzenden Augen trat Thriller näher an die von sanftem Glimmen durchzogene Steingondel heran. Ein Geländer zur Absturzsicherung umschloss ihre schlanke Rechteckform und reichte Kitey bis zur Taille. Auf Handlauf und Balustern prangten dieselben spiralförmigen Symbole, die sie schon auf den Pforten und den Wänden des Steinsaals gesehen hatte.

Unter sachtem Wanken bestieg Avonim die Höhlengondel durch die Öffnung im Geländer als Erster. Nach ihm die beiden Wächter, Eoin mit seinem Tumwul und Kitey.

Thriller stand zögernd da und kratzte sich am Kinn. »Das Ding ist cool, aber ... muss das sein? Verdammt, in keinem Film ist es eine gute Idee, tiefer in den Schacht abzusteigen.«

»Du hast einen Angriff von Deanidar überlebt – ohne dein Schwert zu ziehen; oder einer Ahnung davon, wie du es benutzt. Du schaffst das«, sagte Kitey und zog ihn am Arm auf die Gondel.

»Als hätte ich eine Wahl«, murmelte Thriller resigniert.

Da die Steingondel auf die Größe der Panas ausgerichtet war, fanden sie nur alle Platz darauf, weil Thriller Onida auf seinen Arm hob. Kitey schmunzelte in sich hinein, denn die befremdliche Situation stand den beiden ins Gesicht geschrieben. Sie beäugten einander mit einer Mischung aus Neugier und Scham, während Thriller nicht wusste, wie und wo er das Panas am besten halten sollte. Erst trug er es wie eine Katze vor der Brust, dann machte er Anstalten, es sich unter den Arm zu klemmen, woraufhin Onida empört quiekte. Letztendlich trug er ihn im Arm wie ein Kind einen großen Kuschelbären, den es auf dem Rummel gewonnen hatte.

Umhüllt von einer Kuppel aus Avonims Erdmagie, die Kitey spitz wie Nadeln in die Schläfen stach, rauschten sie in die Tiefe. Schneller, als Kitey sich hätte träumen lassen, war alles vorbei und sie erlöst von der Terkimagie.

Onida sprang direkt aus Thrillers Arm über die Begrenzung und vor die Gondel.

Indes stand Thriller steif neben ihr und hielt sich den Bauch. »Scheiße! Dagegen ist der Tower of Terror das reinste Ponyreiten. Eine Warnung wäre nett gewesen.«

Der Schnauzbart des Bogenschützen verzog sich amüsiert, als er zu ihm aufsah.

Kitey klopfte Thriller auf die Schulter, gleichzeitig glitt ihr Blick durch den Höhlenraum vor ihnen. Alles, vom Boden über die Wände bis zur Decke, war kristallen. Rein und ursprünglich, nicht durchzogen von Erde oder graubraunen Felsen. Es glich dem Inneren eines Amethyst-Drusenstücks.

Ein melodisches Flüstern erfüllte die Höhle. Bezaubernd und friedlich, wie der Gesang einer verliebten Nixe, klang es in Kiteys Ohren und der beklemmende Druck auf ihren geistigen Schutzwall ließ nach. Vor ihnen lag ein spiegelglatter Weg, an dessen Rand Kristallstücke emporragten, die ihnen bis zu den

Schultern reichten. Jeder Kristall trug ein Licht in sich, ein Leuchten, das die gesamte Höhle zum Strahlen brachte, erfüllt von Magie, die Kitey mit jedem Härchen auf ihren Armen wahrnahm.

»Ich fühl mich wie Alice, und die Panas sind meine weißen Kaninchen.« Thriller trat von hinten an Kitey heran. »Gehts mit deiner Yedi-Kraft wieder?«

»Ja. Hier unten ist es anders. Das liegt sicher an den Kristallen.« Seit Langem hatte Kiteys Geist sich nicht mehr so leicht angefühlt. Die Kristalle schienen ihr die Kraft zu spenden, die sie in diesem Moment brauchte.

Die beiden Wächter lotsten Kitey und Thriller auf den Weg, den Eoin bereits mit seinem Tumwul betreten hatte.

»Es ist nicht mehr weit. Die Energie von Solstarsia ruht bereits in diesen Purpiliten.« Avonim legte eine Pfote auf einen der Kristalle und trug dabei einen seligen Ausdruck im Gesicht.

»Graubart ist irgendwie komisch, oder?«, flüsterte Thriller ihr zu. »Würde mich nicht wundern, wenn er die Magie ab und zu anzapft, wie ein Schnäpschen zwischendurch.«

Kitey unterdrückte ein Auflachen. »Mhm. Sympathiepunkte hat er bei mir auch nicht viele. Trotzdem scheint er das Wohl der Panas und Solstarsia im Sinn zu haben.«

»Sie sind das Material, aus denen die Fassung des Solstarsia geschaffen ist. Sie leiten einen Teil der Kraft«, erklärte Eoin weiter und lenkte Kiteys und Thrillers Aufmerksamkeit wieder auf die Kristalle.

Es war ein eigenartiges Gefühl, das die Höhle in ihr auslöste. Je weiter sie in die unterirdische Welt vordrangen, umso mehr Ruhe, Frieden und Ausgeglichenheit erfüllten sie. Eine einzelne Träne stahl sich in ihr Auge, als ihr schmerzlich bewusst wurde, dass sie sich nicht erinnerte, wann sie sich zum letzten Mal so gefühlt hatte.

Bei allen Göttern und Heiligen. Mir ist scheißegal, wer von euch uns hilft, aber bitte ... Diese Welt kann doch nicht das sein, was ihr euch

für uns vorgestellt habt.

Kitey ballte die Hände und ihre aufwallenden Gefühle fochten mit der Ruhe, die ihr die Kristalle zuflüsterten.

Seit dem Verlassen der Gondel erschien ihr Thriller eigenartig schweigsam. Mit der Zeit hatte Kitey sich an sein Geplapper so sehr gewöhnt, dass sie sein Schweigen nervös machte. Sie warf ihm aus dem Augenwinkel einen skeptischen Blick zu und stupste ihn mit dem Ellenbogen an. »Was ist los? Keine Fragen, keine eigenartigen ... Fantasien, die du loswerden möchtest?«

»Doch, doch. Nur je mehr ich von all diesen unfassbaren Dingen hier sehe ... Es fühlt sich immer noch an, als wäre ich in einer Traumwelt, gleichzeitig ist es real.« Er tastete an die Schramme auf seiner Wange. »Mir wird immer bewusster, dass diese Bedrohung nicht allein diese Welt betrifft. Galmadur ist mit meiner Welt verbunden. Nur wie stark?«

»Du weißt, die Welten waren früher eins. Es gibt die verschiedensten Arten der Bindung, die auf diese Zeit zurückgehen.« Kitey rieb sich nachdenklich über den Nacken. »Also, genau kann ich dir das nicht sagen. Ich weiß aber, dass einige Menschen auch nach der Weltentrennung eine Verbindung aufrechterhielten. Und durch Portale regelmäßig zu Besuch kamen. Das war aber auch vor meiner Zeit als Engel.«

Thriller sah sie von der Seite an und fragte zögernd: »Dein früheres Leben ... wie war es denn?«

»Eigentlich erinnere ich mich nur noch an meine letzten Tage.« Ein bedrückendes Gefühl breitete sich in Kitey aus, legte sich wie ein bleierner Mantel auf ihre Schultern und sie ging nicht näher auf diese letzten schmerzhaften Erinnerungen an ihr früheres Leben und ihren Tod ein.

»Was? Du hast sonst alles vergessen? Deine Familie? Deine Freunde?«

»Wieder so ein herrliches Gesetz der Engel.« Sie seufzte und zuckte mit der Augenbraue. »Die Bindung zum früheren Leben und der Menschlichkeit soll der neuen Aufgabe, der Berufung, nicht im Wege stehen oder sie beeinflussen.«

»Aber deine Fähigkeit ist es doch, in die Vergangenheit zu sehen und diese Gefühle wahrzunehmen.«

»Ganz schön widersprüchlich, was? Reinkarnation, meine Art, ist selten. Extrem selten. Weil die Bindung zur Menschlichkeit um einiges stärker ist als bei geborenen Engeln. Gefühle sind ... ein recht umstrittenes Thema im Reich der Engel. Sie sind gut, bis zu einem gewissen Grad. Wenn sie deine Entscheidungen und dein Handeln nicht lenken.«

»Aber ist nicht jede Handlung auch von Gefühlen beeinflusst? Es ist doch völliger Quatsch zu glauben, dass man einzig und allein durch rationales Denken gute Entscheidungen treffen kann.«

»Diese Diskussion habe ich mit dem Rat der Engel auch geführt, als es darum ging, dass Loreo und ich unsere Aufgabe niederlegten. Diese verbohrten Sturköpfe sehen das anders – Vernunft steht über den Gefühlen.«

»Hm ... So ist das also.« Thriller verzog nachdenklich den Mund und machte Anstalten, einen der Kristalle am Wegrand zu berühren. Die Lanze des Wächters schoss nach vorne und schlug ihm mit der flachen Seite auf die Finger.

»Au!«

Neben ihm stand der Bogenschütze, die Hand bereits an einem der Pfeile im Köcher, und funkelte ihn aus seinen Knopfaugen vernichtend an.

»Das heißt dann wohl: Finger weg oder Finger ab.«

»Die Kristalle in diesen Hallen sind heilig und verlassen sie nicht«, sagte Avonim mit ernstem Ton. »Zusammen mit Solstarsia sind sie das Zentrum der Kraft aller Schleusen.«

»Dort. Da vorn«, fiepte Eoins Enkel freudig erregt mit ausgestreckter Pfote und zeigte auf eine gewaltige Lichtwand.

Je näher sie ihr kamen, umso deutlicher zeichnete sich das

463

Bild des imposanten Sonnenschleusentors in der Mitte eines strahlenden Purpilitkristallraums ab.

Mit jedem Schritt kribbelte Kiteys Haut mehr. Ihr Herz schlug gleichmäßig, doch kräftiger. Das Schleusenlicht leuchtete ihnen in einem Farbenspiel, ähnlich dem Nordlicht, entgegen, wobei es in einem eigenen Rhythmus die Farbtöne wechselte.

Sie legte den Kopf in den Nacken, um zu erkennen, was mittig auf dem höchsten Punkt des Torbogens prangte. Es war ein uraltes Symbol, das sie seit Jahrzehnten nicht mehr außerhalb von Saruhs Bibliothek zu Gesicht bekommen hatte: das Weltenwappen von Galmadur. Jeder der sieben Kontinente stand für eines der sieben Elemente der Magie. Sie prägten den Kern des Kontinents wie seine Wesensart. Im Weltenwappen von Galmadur kam jedes der Symbole zusammen und sie fügten sich ineinander wie ein harmonisches Symbolpuzzle.

EMSAL – METALL

ANOM – WASSER

TAKTES – LUFT

BILJUM – GEIST

AS'TUMA – FEUER

SINELTHRA – ERDE

PRAGJA – HOLZ

Die enorme Energie der Magie, die von Solstarsia ausging, legte ihre Arme um Kitey wie ein geliebter Freund. Im Zentrum nahm sie etwas unfassbar Starkes wahr, das mit zerstörerischer Macht brodelte. Solstarsia war jedoch einfach rein, weder gut noch böse. Seine Magie schmiegte sich an jedes Wesen in seiner Nähe und las in seinem Inneren, was es brauchte und wollte.

Kitey legte sich die zitternde Hand auf die Brust, umschloss mit den Fingern den Agisdelit.

»Er darf dieses Tor niemals finden!«, flüsterte sie ehrfürchtig. Die Macht des Weltenzaubers der alten Magier musste unvorstellbar gewesen sein. Eine solche Macht durfte der Schattenmagier nicht erlangen. Das wäre Galmadurs Ende. Das Ende aller Welten.

Eoin kam mit seinem Tumwul auf Kitey zu und nahm ihre Hand in seine Pfoten. »Nun erkennt ihr klar, warum der Schutz von Solstarsia so von Bedeutung ist. Ihr fühlt seine Kraft.«

»Mit jeder Faser meines Körpers.«

Hinter dem Ältesten trat Avonim einen Schritt auf sie zu. »Dann ist eine Feder Eurer Schwingen kein zu großes Opfer, um den Schutz aufrechtzuerhalten.« Die Wahrheit in den Worten des Terkiflüsterers war unbestreitbar. Aber sein drängender Ton stieß Kitey auf wie miserabel gebrauter Zwergenschnaps.

Du giftiger Nager hast ja keine Ahnung, was es bedeutet, eine Feder seiner Schwingen zu entfernen.

Kitey trat zwei Schritte näher an Solstarsia heran.

»Seid vorsichtig«, mahnte der Stammesälteste und knetete seine Waschbärpfoten.

Neben ihm spielte Onida gespannt mit seinem Bauchfell und starrte sie an.

»Es wird euch nicht hineinziehen, aber seine Kraft greift nach euch«, erklärte Eoin.

»Ich spüre, was ihr meint«, erwiderte Kitey, als sie ihnen den Rücken zuwandte.

»Bist du sicher, dass du dichter rangehen willst?«

Sie blickte über die Schulter zu Thriller. »Es ist nötig, um herauszufinden, wie viel Kraft darin steckt. Nur so kann ich einschätzen, ob ich ihr gewachsen bin.« Mit geschlossenen Augen legte sie ihre rechte Hand auf den kristallenen Rahmen. Unvermittelt lechzte die energetische Magie Solstarsias nach ihr und kam wie eine Flutwelle über sie. Kiteys Fuß rutschte einen

Schritt zurück, doch sie hielt stand und löste ihre Handfläche nicht vom Torbogen. Ein Kribbeln fuhr von ihren Fingerspitzen in die Hand, ihre Arme entlang, und bahnte sich von dort seinen Weg durch Kiteys ganzen Körper. Ein Gefühl wie Tausende Opwitzkäfer, die mit ihren winzigen Beinchen über ihre Haut krabbelten. Sie kämpfte nicht gegen das Prickeln an, konzentrierte sich nur auf die Magie, die darin lag, und atmete tief ein. Beim nächsten Atemzug beruhigte sich ihr Herzschlag und sie ließ ihre Schwingen erscheinen.

Hinter ihr stieß Thriller einen bewundernden Pfiff aus.

Ein Lächeln zuckte in Kiteys Mundwinkel. Gleichzeitig veränderte sich ihre Wahrnehmung. Sie war verstärkt. Erschreckend intensiv. Alles war glasklar. Die Vomani der Panas. Eoin erfüllt von Pflichtgefühl und Sorge. Warmherzig und ehrlich.

Die Erinnerungsbilder von seiner Rettung durch Loreo sausten durch Kiteys Kopf. Sein Enkel ähnelte ihm so sehr, doch Unsicherheit und Ehrfurcht trübten seine Gedanken. Sie sah deutlich seine Terkimagie. Sie leuchtete klarer als Avonims, dessen Herz zwar für die Panas und die Gemeinschaft schlug, der aber auch Neid fühlte. Er wusste, dass Onida ihn eines Tages übertreffen würde. Die Wächter waren treuherzig und unbeirrt.

Die Bilder von Kämpfen gegen Trolle und einstürzende Tunnel strömten auf Kitey ein. Der Schutz ihres Volkes erfüllte sie von der Nasenspitze bis zu den Entenfüßen.

Und dann war da Thriller. Kitey schnappte nach Luft. In ihm schlummerte etwas, das in Ketten lag. Verborgen unter einem Wirrwarr aus Symbolen, die sie noch nie gesehen hatte. Jemand hatte sich an seinem Geist zu schaffen gemacht. Ihr Blut rauschte heiß durch ihre Adern.

Das ist ein alter Zauber. Reagierte er deswegen empfindlich auf Magie? Hat die Gesteinsstimme ihn daher hergebracht? Warum habe ich das nicht vorher bemerkt? Weiß er darum von Tulp?

Unzählige Fragen schossen durch ihren Kopf.

Behutsam tastete sie nach seinem Geist und dem Zauber. Obwohl Solstarsia ihre Fähigkeiten verstärkte, peitschte ihr eine Kraft entgegen, die sie aus Thrillers Geist hinausschleuderte.

Kitey keuchte, rang nach Atem. Es war, als hätte sie der Felshammer eines Bergtrolls mit der Breitseite erwischt. Sie ließ von Thrillers Geist ab. Fürs Erste. Kaum löste sie die Hand von Solstarsia, ebbte das einschüchternde und zugleich berauschende Gefühl ab.

Fragend musterte Thriller sie. »Alles okay? Warum starrst du mich so an?« Er verzog das Gesicht, als überlegte er, was er gerade falsch gemacht haben konnte. Dabei lag es nicht an ihm, sondern an den Fragen, die in Kiteys Kopf kreiselten. Ein Geheimnis war gelüftet und ein neues entdeckt. Eines, das vielleicht genauso schwer wog wie jenes um die Urschleuse.

Was sollte sie ihm sagen? Er hatte sich gerade erst entschieden zu bleiben, gewöhnte sich an Galmadur und die Magie. War er bereit zu erfahren, dass irgendjemand in seinem Geist rumgepfuscht hatte?

»Es ist alles in Ordnung«, erwiderte Kitey und wich seinem besorgten Blick aus. Erst musste sie mit Saruh oder Loreo darüber reden. »Die Kraft von Solstarsia ist einzigartig. Aber ich denke, wir können eine Reise nach Tulp wagen«, sagte sie schließlich und ging mit ausgebreiteten Schwingen auf Avonim zu.

Bewunderung und Gier zeichneten sich gleichermaßen auf dem Gesicht des Terkiflüsterers ab. Seine Pfoten zuckten nach vorne, um ihre Schwingen zu betasten. Geschmeidig veränderte sie ihre Position, dass er sie nicht erreichte. Ihm eine ihrer Federn zu überlassen, war eine Sache, doch ihre Flügel musste er dafür nicht berühren.

»Wie versprochen, gebe ich Euch eine meiner Schwingen. Ihr wisst, was Ihr damit zu tun habt.«

»Sicher. Es gibt Aufzeichnungen über das Prozedere, die ich zusammen mit Loreo verfasst habe, damit mir kein Fehler unterläuft.« Wort für Wort weiteten sich Avonims Augen mehr, jede ihrer Federn schien er mit ihnen abzutasten.

Kitey wandte sich von ihm und dem aufdringlichen Ausdruck in seinen Augen ab.

»Das heißt, wir machen uns wirklich bereit, um da durch zu ... zu was? Springen? Und du bist gaaanz sicher, dass es uns nicht in Fetzen reißt?« Thrillers Gesichtsfarbe wurde deutlich blasser.

»Die Kraft ist stark, aber ich kann standhalten«, versicherte sie ihm.

In einer fließenden Bewegung führte Kitey ihren linken Flügel nach vorn und griff mit der Hand in die Reihe ihrer Armschwingen. Thriller und Eoin standen neben ihr und verfolgten aufmerksam jede ihrer Bewegungen.

Sanft umfasste sie eine der langen Federn, spürte dabei ihre zarte Struktur, flexibel, fast flauschig, und doch widerstandsfähig. Während sie ihre Finger fester darum schloss, zitterten sie vor Anspannung. Ein scharfer Schmerz schoss durch ihren Flügel, als sie an der Feder zog, und ihre Glieder verkrampften sich. Kiteys Atem beschleunigte sich. Schwarze Punkte tanzten vor ihren Augen.

»Kann ich dir irgendwie helfen?«, fragte Thriller mit schmerzverzogenem Gesicht, als könne er ihren selbst spüren.

Kitey schüttelte mechanisch den Kopf. Als sich der Schmerz in ihrem Körper ausbreitete, war sie nicht in der Lage zu sprechen. Erst nach einigen tiefen Atemzügen brachte sie den Schmerz unter Kontrolle. Ihre Finger und ihr Flügel zitterten im gleichen Rhythmus, während sie einen Kraftschub in ihre Hand lenkte. Dann riss sie die Feder mit einem Ruck heraus, wobei sich ein ersticktes Keuchen aus ihrer Kehle drängte. Von Schmerz und einem erdrückenden Verlustgefühl geschüttelt, sackte Kitey auf die Knie. Am Federkiel hingen Tropfen ihres roten Blutes. Das Brennen in ihrer verwundeten Schwinge erstreckte sich bis zu ihrem Arm.

Thriller eilte zu ihr und half ihr auf die Beine.

»Bitte verzeiht uns, dass wir zum Schutz Solstarsias dieses schmerzhafte Opfer von Euch verlangt haben.« Eoins gesenkter Blick und seine Worte drückten ehrliches Bedauern und Mitgefühl aus.

»Es gibt nichts zu verzeihen«, presste Kitey angestrengt hervor. »Ich erkenne, von welcher enormen Bedeutung Solstarsia ist. Loreo hat damals richtig entschieden.« Sie übergab dem Stammesältesten ihre Feder und wandte sich an Onida. »Dass ihr euch vor der Außenwelt verschließt, um die Panas und das Geheimnis zu beschützen, verstehe ich. Auch, dass euer Misstrauen durch die Schatten in der Welt gewachsen ist. Aber vergesst nicht, dass es da draußen mehr gibt. Nicht nur die Dunkelheit.«

»Das stimmt, ihr solltet echt nicht vergessen, dass es andere gibt, die genauso ums Überleben kämpfen wie ihr«, ergänzte Thriller und ließ Kiteys Arm los, nachdem sie ihren Stand gefestigt hatte. »Vielleicht könnt ihr euch gegenseitig helfen und euer Leben leichter machen.«

Das junge Panas sah hoffnungsvoll zu seinem Großvater. Kitey hatte den Eindruck, dass Eoin seinen Enkel gut auf seine zukünftige Aufgabe vorbereitete. Und obwohl sie Avonim nie gänzlich vertrauen würde, war sie sich sicher, dass er dem neuen Stammesoberhaupt treu zur Seite stehen würde.

Zusammen mit den beiden Wächtern zogen sich die Panas an den Wegrand zurück. Ehrfürchtig hielt Eoin Kiteys Feder in den Pfoten und beobachtete, wie sie sich für den Eintritt ins Portal wappnete.

Während sie konzentriert ein- und ausatmete, bündelte sie ihr Celistma und leitete es in ihre Schwingen.

Thriller biss mehrmals hastig in die Umwaz-Frucht, die er aus seiner Tasche geholt hatte. »Und wie hast du jetzt vor, dass wir da durchkommen?«

»Jetzt isst du?« Kitey sah auf die bereits halb verschlungene Frucht in Thrillers Hand.

»Bin Nervositätsesser. Also, wie soll das funktionieren?« Mit drei weiteren Bissen war sein Mund voll und die Frucht verschlungen.

Kitey blies resigniert den Atem aus. »Meine Schwingen werden wie eine Art Schutzschild fungieren.«

»Ja, für dich. Und was ist mit mir? Soll ich einen neuen Umhang aus der Tasche kramen? Kann der irgendetwas Besonderes?« Die Unsicherheit in Thrillers Stimme hörte Kitey deutlich heraus.

»Nein, der eingearbeitete Schutz wäre hier nutzlos. Meine Flügel umschließen uns beide. Komm her.«

»Wie jetzt? Kuschelkurs?«

»Du musst dich an mir festhalten, sonst funktioniert das nicht. Ich habe keine Lust, dich unterwegs zu verlieren. Aber wenn du noch ein bisschen weiter quatschst, dann lass ich dich vielleicht unterwegs los und du wirst zerfetzt.«

»Weißt du, ich glaube, das wird noch eine Weile dauern, bis ich mich an diese ganze Magie gewöhnt hab.« Ehe er zögerlich näherkam, rieb sich Thriller mit den Handflächen an den Schenkeln.

Mit wachsamen Bewegungen stellte sich Kitey mit dem Rücken vor das Portal und spürte sogleich, wie die Kraft von hinten magnetisch an ihr zog.

Thriller trat vor sie und kicherte, als ihre Haare an seinem Kinn kitzelten.

»Wir müssen uns aneinander festhalten und ich schlinge meine Schwingen um uns beide.«

»Du machst aus uns einen Flügelknäuel und das beschützt uns davor, zerfetzt zu werden. Alles klar.«

Als Kitey den Kopf zur Seite drehte, hörte sie Thrillers Herz aufgeregt in seiner Brust pochen. Sie legten die Arme umeinander, dann wickelte Kitey ihre Schwingen so eng um ihre beiden Körper, dass es sie aneinanderpresste. Ehe sie Thrillers

Gefühle durch ihre Berührung zu deutlich wahrnahm, ließ sie sich in den Sog des Portals nach hinten fallen.

Alles um sie herum erstrahlte in einem Leuchtspiel der verschiedensten Töne jeder Regenbogenfarbe. Jeder von Kiteys Gedanken galt ihrem Ziel. Tulp. Die Stadt, in der sie hoffte, die Rettung für Loreo zu finden.

Die Energie riss sie mit sich und der Sog wirbelte sie herum. Energiebahnen schossen durch das Portal, trafen aufeinander, kreuzten und entwirrten sich wieder. Thriller und sie fegten wie lebendig gewordene Magieimpulse an ihnen vorbei.

Sie pressten ihre Körper noch enger aneinander. Während er hektisch atmete, klammerte sich Thriller an sie und sie spürte, wie seine angespannten Muskeln zitterten. Gleichzeitig lenkte Kitey jeden Funken ihres Celistma in ihre Schwingen, die sich schützend um sie schlossen wie ein Kokon.

Ihr entglitt die Kontrolle über ihre mentale Barriere. Ein scharfes Krachen ertönte in ihrem Geist. Es hallte schmerzhaft in ihr wider, als die ersten Risse ihre Barriere durchzogen. Thrillers verwirrte und angsterfüllte Gefühle ergossen sich über Kitey wie ein Schwall eiskaltes Wasser. Sie stieß einen Schrei aus. Die Verzweiflung lähmte sie, während ihr der Wille, Tulp zu erreichen und Thriller zu beschützen, Kraft gaben. Eine der Energiebahnen prallte gegen Kiteys Rücken. Bohrte sich durch ihre Haut bis in ihr Innerstes. Ihr geistiger Schutzwall zersprang wie Glas. Ihr Herz gefror, ehe es mit einem Ruck weiterpochte wie Dämonenfeuer.

Tulp. In Tulp ankommen. In Tulp Loreos Rettung finden.

Ihre Gefühle. Seine Gefühle. Die Magie, die um sie herumschoss. Alles kollidierte in Kitey.

Tulp ist das Einzige, was zählt.

Ein unkontrollierbares Beben erfasste ihren Körper und plötzlich riss etwas an ihnen, schleuderte sie herum.

Thriller keuchte, krallte sich an sie, wie sie sich an ihn.

Tulp.

Im nächsten Augenblick krachte Kitey mit dem Rücken auf einen harten Untergrund und ihre Wahrnehmung verschwamm.

DAS ABENTEUER GEHT BALD WEITER …

Eine kleine Bitte noch ...

Rezensionen sind für Autor*innen sehr wichtig. Sie helfen, unser Buch bekannter zu machen und geben uns ein wichtiges Feedback zu unserer Arbeit. Über eine kleine oder große Rezension auf der Plattform Deiner Wahl würde ich mich daher sehr freuen und bedanke mich herzlich.

Deine Yvonne

Danke!

Unglaublich, der Traum ist wahr geworden. Band 1 der Bloody-Angel-Reihe ist vollendet. Nachdem die erste Idee zum Buch bereits zu meiner Schulzeit entstand, fühlt es sich noch so unwirklich, aber auch fantastisch an. Hoffentlich verflucht ihr mich gerade nicht für den gemeinen Cliffhanger, mit dem dieses Buch endet... Die gute Nachricht lautet aber: Die Reise von Thriller und Co. geht auf jeden Fall weiter, denn Band 2 ist schon geschrieben und die Planung der Veröffentlichung läuft.

Ein herzliches Dankeschön an euch, die ihr euch mutig in das Abenteuer gestürzt haben. Ich hoffe, Bloody Angel 1 hat euch beim Lesen ebenso verzaubern wie mich bei der Erschaffung dieser Welt.

Ich möchte mich auch bei allen bedanken, die mich auf dem Weg unterstützt und zur Verwirklichung des Buchprojekt beigetragen haben:

Allen voran meinen Eltern, die stets an mich geglaubt und auf jede erdenkliche Weise unterstützt haben. Ihr habt mir den daran geschenkt, dass mein Träumen wahr werden können.
Besonders danken möchte ich meiner Lektorin Larissa, die meine Geschichte mit Adleraugen durchforstet und mir geholfen hat das Beste herauszuholen.

Und auf dem Weg durch den dichten Dschungel des Self-publishings hätte ich mir keine bessere Begleiterin als die liebe Sandra Andres von der Agentur Autorenträume wünschen können. Danke! Du warst immer da und standest mir mit Rat und Tat zur Seite. Ohne dich wäre ich wahrscheinlich irgendwo zwischen Manuskriptüberarbeitung und Veröffentlichung verloren gegangen.

Ich danke auch meinen ersten Testleserinnen Platti und Mareike: Eure ehrlichen Rückmeldungen und eure Begeisterung haben mich darin bestärkt, dass es eine wunderbar magische Reise werden wird.

Last but not least möchte ich den fantastischen Autor*innen, die ich auf dieser Reise kennenlernen durfte und meiner Buchbubble-Community danken. Den Austausch mit euch und eure unendliche Begeisterung für Bücher möchte ich nicht missen.

Euch allen danke ich von Herzen

... das nächste Abenteuer in Galmadur erwartet euch schon bald, seid ihr dabei?

EURE YVONNE

ÜBER DIE AUTORIN

Yvonne Janosi, Jahrgang 1987, ist eine lebensfrohe Optimistin, die die Dinge und das Leben gern mit Energie angeht.

Sie lebt zusammen mit ihrer Familie im schönen Schwabenländle, wo sie auch aufgewachsen ist. Wenn sie nicht gerade fantastische Welten erschafft, liebt sie es zu zeichnen, gemütlich eine Runde zu zocken oder taucht sehr gerne mit einem guten Buch in die Geschichten anderer Autoren ein. Sie ist auch auf Instagram unterwegs, wo sie sich gerne mit ihren Lesern austauscht.

Als Autorin steht sie für spannende Abenteuer in fiktiven Welten und mit viel Magie. Es ist ihr wichtig für ihre Leser ein schönes Bucherlebnis zu schaffen, um abzuschalten und ein bisschen Magie in den Alltag zu zaubern. Am liebsten schreibt sie ihre Geschichten im heimischen Garten oder wenn der Regen auf das Dachfenster über dem Schreibtisch prasselt.

Yvonne ist fest davon überzeugt, dass es keine unüberwindbaren Hindernisse gibt, wenn man an seine Träume glaubt.

**Heike Pflüger
Kleefee und Kaninchenritter**

Im idyllischen Grünhain leben die von und zu Doldenstaubs, Herrscher über die Kleefeen, ein bequemes Leben.

Doch als Finara, Prinzessin und einzige Tochter, an ihrem 17. Geburtstag erfährt, dass sie ausgerechnet mit dem Prinzen der Kaninchenritter verheiratet werden soll, hängt der Haussegen schief. Gleichzeitig machen beunruhigende Kriegsgerüchte die Runde.

Die Familie bleibt jedoch unerbittlich und will die Hochzeit nicht platzen lassen. Als ihre einzige Freundin am Hof ihr die Unterstützung entzieht, sieht Finara keine andere Möglichkeit, als ihr Zuhause zu verlassen. Zusammen mit Primm, ihrer treuen Kampfhummel, macht sie sich auf eine abenteuerliche Reise durch Grünhain und enthüllt eine Wahrheit, die ihr Leben für immer verändern wird.

Covergestaltung: Florin von 100CoversForYou

Isa Bella King
Märchenhaftes Karma –
Warum man Prinzen nicht töten sollte

So viele Mädchen träumen davon, die Heldin ihres ganz eigenen Märchens zu sein, einen Prinzen zu heiraten und als bildschöne Königin in einem zauberhaften Schloss zu leben. Natürlich glücklich bis ans Ende aller Tage!
Viele Mädchen – nur Nell nicht. Die hat nach dem Tod ihrer Großmutter, ihrer Nana, gänzlich mit Märchenbüchern und dem kindischen Unfug beschlossen und ihr Herz fein säuberlich in einen Eispanzer gepackt – zusammen mit ihren guten Manieren.

Doch wie jedes Kind weiß, bekommt man im Märchen normalerweise nicht das, was man möchte, sondern das, was man verdient. (Karma ist da ziemlich eigenwillig!).

So beginnt mit dem Sturz in einen Kaninchenbau für Nell eine unglaubliche Reise durch eine Welt hinter den Spiegeln. Unfreiwillig lernt sie die Geschichten von Schneewittchen, Cinderella, Rotkäppchen und Co. von einer völlig neuen Seite kennen und muss alles, was sie zu wissen glaubt, auf den Prüfstand stellen.

Bei ihren zahlreichen Abenteuern findet Nell mehr. als sie eigentlich gesucht hat. Sie muss über sich hinauswachsen und ihr wahres Ich finden, denn es steht nicht nur ihre Rückkehr nach Hause auf dem Spiel.

Covergestaltung: Patricia von DeinCoverdesign

Rieke Clausen
Bend and Break – Bis der Mond uns trennt

Eine riskante Undercovermission.
Eine Freundschaft, die zum Scheitern verurteilt ist.
Werden Rylee und Sam ihren Ruf retten können - und ihre Heimat?

Im kleinen Städtchen Winchester wird es immer gefährlicher, seitdem die nächtlichen Angriffe in schrecklichen Morden enden. Wer sich nicht nach Sonnenuntergang im Haus zurückzieht, schließt sich einer kleinen Jägertruppe in Willow Creek an. Ihr Ziel ist, das Geheimnis von Winchester ein für alle Mal zu beseitigen: die Werwölfe.

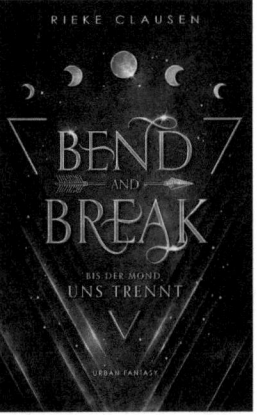

Die junge Rylee macht es sich mit ihrem Freund Sam nicht nur zur Aufgabe, ihre Heimat vor den Wölfen zu schützen, sondern auch die Jäger selbst. Allen voran ihre beste Freundin Skylar, die in ihrer Wut über die Wölfe förmlich aufblüht. Nur was Skylar nicht weiß: Rylee wurde vor zwei Wochen selbst mit dem Biss verflucht. Und ihre Augen leuchten nicht wie die der anderen rot - sondern blau.

Bissig – Liebevoll – und voller Mysterien

Covergestaltung: Julia Tauwald

Lara Eliasch
Mileans Erben – Schattenlilie

»Wir wurden versteckt. In Unwissenheit gelassen. Belogen.
Es wird Zeit zu erfahren, was Laban zu verbergen hatte.
Es wird Zeit zu erfahren, wer wir sind.«

Die 16-jährige Yola lebt abgeschieden in den Tiefen des Nordwalds und fühlt sich bevormundet und eingesperrt. Ein verbotener Ausflug ändert jedoch alles. Mit ihrem besten Freund folgt sie ihrem Lehrmeister und Vaterersatz heimlich in die Stadt. Dort treffen sie nicht nur auf den charmanten Fürstensohn Zeph, der auf Anhieb reges Interesse an Yola zeigt; sie geraten ins Kreuzfeuer zwischen Rebellen und Soldaten. Und nicht nur das – Yola selbst wird zur Zielscheibe beider Fronten.

Mit dem verwundeten Fürstensohn fliehen sie, doch die Ereignisse lassen sie nicht mehr los. Warum wurde sie verfolgt? Wer ist sie wirklich? Und vor allem: Kann sie Zeph trauen – oder ist er ihr größter Feind?

Covergestaltung: Alexander Kopainski